BASTEI
LÜBBE

Über die Autorin:

Beverley Harper wurde in New South Wales, Australien, geboren. Im Alter von 26 Jahren reiste sie nach Afrika, wo sie ein ganzes Jahr verbringen wollte – doch sie blieb fast 20 Jahre. Schließlich kehrte sie in ihre Heimat Australien zurück. Im englischsprachigen Raum sind ihre fesselnden Afrikaromane überaus erfolgreich.
Weitere Titel der Autorin in der Verlagsgruppe Lübbe sind in Vorbereitung.

BEVERLEY HARPER

Sonne über dunklem Land

Aus dem Englischen von
Barbara Ritterbach

BASTEI
LÜBBE

BASTEI LÜBBE TASCHENBUCH
Band 15 079

1.+2. Auflage: Januar 2004
3. Auflage: Februar 2004

Dieser Roman ist ein fiktionales Werk. Namen und Figuren sind das Ergebnis der Fantasie der Autorin oder sind fiktiv gebraucht. Jegliche Ähnlichkeit zu realen Personen, lebend oder verstorben, ist rein zufällig.

Die Karten wurden erstellt von Mike Gorman.

Vollständige Taschenbuchausgabe

Bastei Lübbe Taschenbücher ist ein Imprint
der Verlagsgruppe Lübbe

Deutsche Erstveröffentlichung
Titel der Originalausgabe: *People of Heaven*

Published by arrangement with Beverley Harper.
Dieses Werk wurde vermittelt durch die
Literarische Agentur Thomas Schlück GmbH, 30827 Garbsen.

Einbandgestaltung: Gisela Kullowatz
Titelbild: Van OS Jos/The Image Bank
Satz: hanseatenSatz-bremen, Bremen
Druck und Verarbeitung: GGP Media, Pößneck
Printed in Germany
ISBN 3-404-15079-1

Dieses Buch ist meiner Familie gewidmet –
Robert, Piers, Miles and Adam
für ihre Unterstützung und ihre Liebe
und vor allem dafür, dass sie sind, wer sie sind.

Zu Dank verpflichtet bin ich Anne und
Jim Boyd, Ann und Bob Cochrane sowie
Beryl und Basil »Mac« McMenamin, dem
gesamten Swasiland für drei unglaubliche
Tage und Nächte in der Nkankanka Lodge
oberhalb des Mlawula-Stroms im
Mbuluzi Nationalpark.
Die Geschichten des alten Zululands
werden auf ewig in meinem
Gedächtnis bleiben.

Gloria Goold und Robin Jones gelten
ebenfalls mein herzlicher Dank und meine
Liebe, aus Gründen, die zu zahlreich sind,
um sie hier zu nennen.

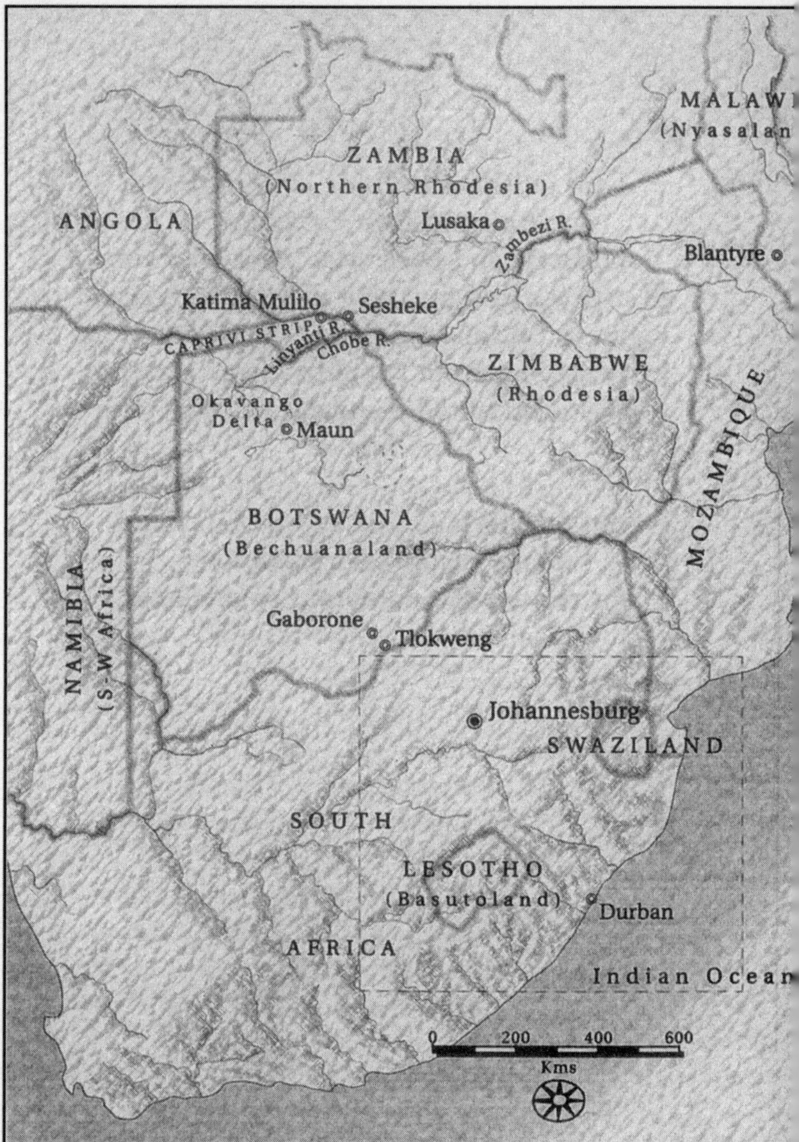
MALAWI
(Nyasaland
ZAMBIA
(Northern Rhodesia)
ANGOLA
Lusaka
Zambezi R.
Blantyre
Katima Mulilo
Sesheke
CAPRIVI STRIP
Linyanti R.
Chobe R.
ZIMBABWE
(Rhodesia)
MOZAMBIQUE
Okavango
Delta
Maun
BOTSWANA
(Bechuanaland)
NAMIBIA
(S-W Africa)
Gaborone
Tlokweng
Johannesburg
SWAZILAND
SOUTH
AFRICA
LESOTHO
(Basutoland)
Durban
Indian Ocean
0 200 400 600
Kms

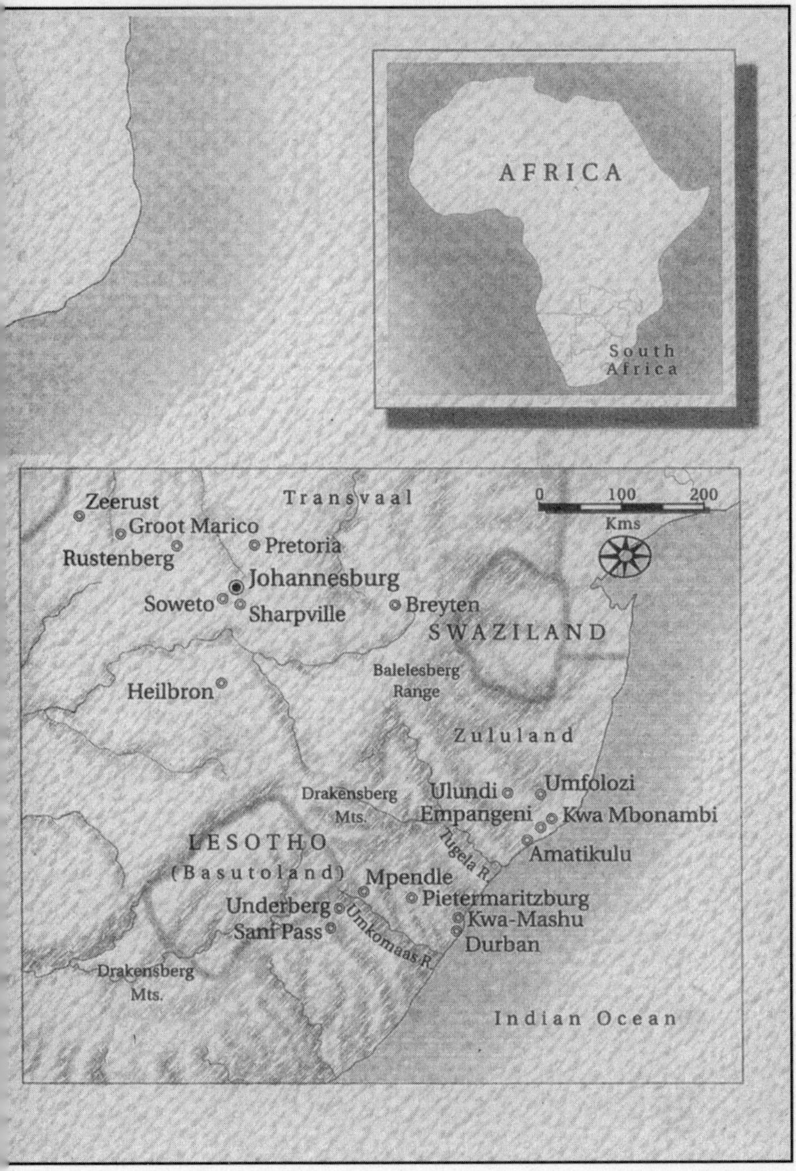
AFRICA
South Africa
Transvaal
0 100 200
Kms
Zeerust
Groot Marico
Rustenberg
Pretoria
Johannesburg
Soweto
Sharpville
Breyten
SWAZILAND
Balelesberg Range
Heilbron
Zululand
Drakensberg Mts.
Ulundi
Umfolozi
Empangeni
Kwa Mbonambi
Amatikulu
LESOTHO (Basutoland)
Tugela R.
Mpendle
Pietermaritzburg
Underberg
Kwa-Mashu
Sani Pass
Umkomaas R.
Durban
Drakensberg Mts.
Indian Ocean

Prolog

Sie lief, so schnell sie konnte. Panik durchströmte ihren Körper. Schaum stand ihr vor dem Mund. Sie hatte die Grenzen ihrer Belastbarkeit fast erreicht. Es war dunkel, sie konnte kaum noch etwas erkennen. Sie musste hier weg, sich irgendwo verstecken – das war ihre einzige Chance.

Unerträgliche Schmerzen rollten in Wellen durch ihren Körper. Sie rannte immer weiter, Schutz suchend, der Gefahr entfliehend, hatte nur eins im Sinn: einen sicheren Ort zu finden.

Sie stolperte über einen niedrigen Strauch, stürzte fast. Erschrocken holte sie Luft. Ihr Herz hämmerte wild. Ihre Lungen schmerzten und ihre Beine zitterten vor Müdigkeit, doch sie quälte sich weiter. Hier war sie nirgends sicher. Sie würden sie finden. Sie musste etwas Dichteres, Dunkleres, Undurchdringlicheres finden.

Schließlich konnte sie nicht mehr und ließ sich erschöpft zu Boden fallen. Der Schmerz hatte noch zugenommen, beherrschte sie nun vollkommen – verdrängte sogar ihre Angst. Irgendwo in der Ferne lauerten Hyänen, ihr Furcht erregendes Geheul drang durch die Nacht. Sie würden kommen, würden dem Blutgeruch folgen. Sie musste dringend neue Kraft sammeln.

Sie atmete keuchend. Unerträgliche Schmerzen tobten in ihr. Sie nahm die allerletzten Reserven zusammen, erhob sich mühsam und schleppte sich auf ein dichtes Gebüsch zu. Das musste genügen. Ohne auf die spitzen Dornen zu achten, kroch sie so weit wie möglich hinein und brach dann völlig erschöpft zusammen. Zitternd vor Angst und Schmerzen lag sie da, lauschte auf Anzeichen einer drohenden Gefahr. Ein jagender Leopard gab irgendwo in der Nähe einen sägenden Laut von sich, aber sie wusste, dass er ihr nichts tun würde. Die Hyänen waren weit weg. Schließlich blieb ihr keine Wahl mehr: Sie ergab sich den heranrollenden Wellen des Schmerzes, als ihre Zeit herankam.

Der Drang zu pressen war unwiderstehlich, und sie gab ihrem natürlichen Instinkt nach. Sie hatte keinerlei Erfahrung – es war ihr erstes Baby. Fast eine Stunde lang überwältigten sie Schmerz und Anstrengung. Alles andere – ihre anfängliche Panik und ihre Angst – waren wie fortgeblasen, während sie in den Wehen lag, allein, im Dickicht, in der tiefen Schwärze einer afrikanischen Nacht.

Endlich spürte sie etwas Glitschiges zwischen den Schenkeln. Es kam. Sie presste ein letztes Mal mit aller Kraft, und das Baby glitt aus ihr heraus auf die Erde. Es wimmerte leise. Der frisch gebackenen Mutter blieb keine Zeit zum Ausruhen. Strauchelnd kam sie auf die Beine. Sie wusste, dass sie fort musste, dass sie das Baby nehmen und von dem Blut und der klebrigen Masse der Nachgeburt fliehen musste, ehe die Hyänen sie fanden.

Erschöpft wie sie war, galt ihr einziger Instinkt dem Schutz ihres neugeborenen Babys. Sie senkte den Kopf und stupste es sanft an, leckte behutsam den Schleim und das Fruchtwasser ab, die sein Gesicht noch bedeckten. Das kleine Wesen fand seine wackeligen Beinchen, und die Mutter stupste es erneut an. Nase an Nase lockte sie ihr Baby mit sanften Tönen von seinem Geburtsort weg, tat einen Schritt rückwärts, wartete, bis es folgte, ehe sie den nächsten Schritt machte. Auf diese Weise überwanden Mutter und Kind eine Strecke von einigen hundert Metern, ehe sie anhielten, um sich eine wohlverdiente Pause zu gönnen.

Das Kleine fand die Zitzen. Erschöpft ließ die Mutter es saugen. Endlich, als im Osten bereits die Morgensonne den Himmel erhellte, schlief das Baby ein, und die Mutter – eine bösartige und aggressive Einzelgängerin – gönnte sich den Luxus liebevoller Gefühle. Alles andere hasste sie. In drei Jahren würde sie auch dieses Kleine hier hassen, aber im Augenblick leckte sie ihr Baby, liebkoste es sanft und genoss die innige Verbindung zu ihm.

Sie war sich eines wesentlichen Umstands nicht im Geringsten bewusst. Ebenso wenig wie der Rest der Welt. Schließlich bedeutete die Geburt eines Spitzmaulnashorns tief in der Wildnis von Zululand vermutlich nichts Besonderes, würde kaum von jemandem wahrgenommen werden.

Aber dieses winzige Wesen symbolisierte Hoffnung.

Hoffnung für eine Spezies, die so sehr vom Aussterben bedroht war. Es gab nur noch wenige frei lebende Exemplare auf der Erde.

Hoffnung, dass dieses Baby Gelegenheit haben würde, zu leben und sich fortzupflanzen, ehe die Spezies für immer ausgerottet sein würde.

Hoffnung, dass der Mensch, in seiner wahnsinnigen Gier nach den angeblich aphrodisierenden Kräften gemahlener Nashorn-Hörner, dieses hier nicht finden und töten würde.

Hoffnung, dass irgendwer irgendwann da draußen in der Welt der Menschen sich besinnen würde, ehe es zu spät war.

Sie war nur ein schwerfälliges, wehrloses Tier, und der Fortbestand ihrer Art lag außerhalb ihres Einflussbereichs.

Die Panik, die sie zur Flucht getrieben hatte, war nicht mehr gewesen als der Instinkt, sich vor den Wesen der Nacht zu verstecken, die im afrikanischen Busch lauerten. Sie konnte nicht wissen, dass ihr von den zweibeinigen Wesen am Tag eine weitaus größere Gefahr drohte.

TEIL EINS

1945–1952

Kapitel eins

Joe King geriet auf dem harten Ledersitz ins Rutschen, als der Zug heftig von einer Seite auf die andere schaukelte. Er hatte die Wahl zwischen zwei Möglichkeiten gehabt – entweder den Milchzug von Durban nach Empangeni zu nehmen oder zu trampen. Er hatte sich für den Zug entschieden, wünschte sich aber inzwischen, er hätte es nicht getan. Mit gerunzelter Stirn sah er aus dem Fenster in die dunkle Landschaft hinaus, ohne wirklich etwas wahrzunehmen. Er war völlig erschöpft. Sein magerer Körper, in einen viel zu großen Mantel gehüllt, war durchgefroren. Ein Schmerz brannte tief und stechend in seinem rechten Oberarm, wo die Kugel den Knochen zerfetzt hatte. Die Quacksalber hatten gesagt, er könnte von Glück reden, dass er den Arm überhaupt noch benutzen könnte. Verfluchte Idioten! Was nützte einem denn ein Arm, der nur halb funktionierte?

In der Scheibe konnte er sein Spiegelbild erkennen. Müde fuhr Joe sich mit seiner gesunden Hand durchs Gesicht. Es war voller Stoppeln. Drei Tage lang hatte er sich nicht rasiert. Was würde Claire nur von ihm denken?

Claire! Er konnte sich kaum noch an ihr Gesicht erinnern. Merkwürdig. Er hatte sie doch so sehr geliebt – sie war sein

Leben gewesen. Er kramte seine Brieftasche aus dem Mantel und zog ein zerknittertes, verblichenes Foto hervor. Es war lange her, seit Joe es sich das letzte Mal angeschaut hatte. Da. Das da war Claire. Sie stand auf der Veranda ihres Elternhauses, den Kopf lachend in den Nacken gelegt, die schönen langen Beine gespreizt. Eine leichte Brise zerzauste ihr langes, blondes Haar und drückte die dünne Baumwolle ihres Kleids gegen ihren festen schlanken Körper.

Nachdenklich betrachtete Joe das Foto seiner Frau. Sie hatten jung geheiratet; sie war damals erst zwanzig gewesen, Joe zweiundzwanzig. Joes Vater hatte seinen Landbesitz unter seinen vier Söhnen aufgeteilt, und Joe, der jüngste von ihnen, hatte fast zehntausend Hektar Land zu bestellen. Er brauchte eine Frau, er war verliebt in Claire, er hatte sein eigenes Stück Land. Was wollte ein Mann mehr?

Achtzehn Monate lang waren sie glücklich gewesen. Claire war eine Frau, auf die ein Mann stolz sein konnte. Sie führte den Haushalt und kümmerte sich um die Buchhaltung. Sie beschäftigte die Gärtner und hielt eine feste, aber gerechte Hand über das Hauspersonal, sodass Joe genug Zeit blieb, sich auf die Plantage zu konzentrieren. Und sogar seine abendlichen Annäherungen ließ sie willig über sich ergehen. Der Wunsch nach Intimität ging zwar nie von ihr aus, aber sie erfand auch nie irgendwelche Kopfschmerzen wie die Frauen seiner Freunde, die sich darüber häufig beklagten. Wenn Claire sagte, sie hätte Kopfschmerzen, dann *hatte* Claire Kopfschmerzen.

Als sie ihm schließlich verkündet hatte, sie sei schwanger, hatte Joe geglaubt, sein Glück sei komplett. Er genoss es zuzusehen, wie das Kind in seiner Frau heranwuchs. Er genoss die harmlosen Frotzeleien seiner Freunde. Er stellte sich vor, wie es sein würde, wenn er seinem Sohn eines Tages beibrachte, Cricket und Rugby zu spielen.

Claire blühte auf, aber die Anforderungen des Elterndaseins führten schon bald dazu, dass Joe sich wieder nach dem Frieden und der Ruhe sehnte, die er gehabt hatte, ehe sein Sohn geboren worden war. Zu spät wurde ihm klar, dass es ein Fehler gewesen war, sich Hals über Kopf in eine Ehe und die Gründung einer Familie zu stürzen. Er hatte sich vorher nicht genug Zeit zum Leben genommen. Claire war seine erste Liebe gewesen, aber als die Verantwortung plötzlich schwer auf ihm lastete, begann er auch daran zu zweifeln.

Dann kam der Krieg. Wie alle anderen gesunden jungen Männer hatte auch Joe die Vorbereitungen mit großem Interesse verfolgt. Und während sich die jungen Ehefrauen um ihre Männer gesorgt und sich geängstigt hatten, hatten diese dem Krieg regelrecht entgegengefiebert und von Heldentaten, Ruhm und Ehre geträumt. Auch Joe und Claire waren da keine Ausnahme gewesen.

Mein Gott, dachte Joe, während er in dem schaukelnden Eisenbahnwaggon saß. Hätten wir es doch nur geahnt. Männer waren verkrüppelt oder sogar getötet worden, andere wurden noch immer von schrecklichen Erinnerungen gequält. War es das, wovor sich die Frauen gefürchtet hatten? Er seufzte und steckte das Foto zurück in seine Brieftasche. Aus den Augen, aus dem Sinn. So funktionierte es. Nicht ganz allerdings: Es gab Dinge, an die er sich nur allzu gut erinnerte.

Er erinnerte sich noch immer an jede Linie ihres Körpers, an das Gefühl ihrer Haut unter seinen Händen, an den Duft ihrer Haare und an ihre Weichheit an dieser ganz intimen Stelle zwischen ihren Beinen. Manchmal in den zurückliegenden drei Jahren, wenn er völlig verzweifelt gewesen war, hatte er die Augen geschlossen und sich vorgestellt, sie läge unter ihm und seine heißen Stöße gingen nicht in seine Hand auf der von Flöhen wimmelnden Matratze. Manchmal hatte es geholfen. Doch meistens hatte es seine Qual und seine Frustration noch verschlimmert, bis er heiße Tränen der Hoffnungslosigkeit und der Verzweiflung geweint hatte. Vor allem als er schließlich zu krank und schwach geworden war, um diese Bedürfnisse überhaupt noch zu verspüren. Oder besser gesagt, um sie zu befriedigen, wenn er sie verspürt hatte.

Joe blinzelte, und die Vergangenheit war verschwunden. Er schaute wieder hinaus in die Dunkelheit, die das Land einhüllte, in dem er geboren worden war. Dort hinten lag der heiße, feuchte Zuckerrohr-Gürtel von Zululand. Er wollte das Fenster öffnen und seinen Geruch einatmen, aber es war zu kalt. »Willkommen zu Hause«, sagte er höhnisch zu seinem Spiegelbild. »Willkommen bei alldem, für dessen Erhalt du in den Krieg gezogen bist.« Joe schnaubte verächtlich. Alles Lug und Trag, dachte er. Er war aus Abenteuerlust in den Krieg gezogen. Er war in den Krieg gezogen, weil er die Realität seines Lebens erkannt und sie ihn zu Tode geängstigt hatte. Sechsundzwanzig, verheiratet, eine Familie und eine Plantage am Hals. Joe war in den Krieg gezogen, um das Leben kennen zu lernen, ehe es an ihm vorbeiging. Wenn der Krieg nicht gekommen wäre, hätte er sein Leben in stumpfer Eintönigkeit verbracht. Aber der Krieg war gekommen, und Joe hatte die Gelegenheit beim

Schopfe gepackt und sich eingeredet, es ginge um König und Vaterland. Gut, es ging auch um einen König, um ihn – Joe King.

Oktober 1939 – Joe war bei den Ersten gewesen, die sich gemeldet hatten. Da er zu ungeduldig gewesen war, auf Südafrika zu warten, hatte Joe sich auf das Geburtsland seiner Eltern und seinen britischen Pass berufen und war in die Royal Air Force eingetreten. Er konnte immer noch Claire vor sich sehen, wie sie tränenüberströmt die Hand ihres Sohnes gehalten hatte, während das Schiff abgelegt und von Durban aus langsam den Indischen Ozean angesteuert hatte. Michael war erst drei Jahre alt gewesen. Der Anblick hatte Joe völlig ungerührt gelassen.

Im Gegenteil, er hatte es eher als Erleichterung empfunden zuzusehen, wie Claire mit zunehmender Entfernung immer kleiner wurde. Er hatte sie geliebt, aber sie hatte für alles in seinem Leben gestanden, das ihn einengte.

Wie wird es wohl jetzt sein, fragte Joe sich. Es ist fünf Jahre her. Ich habe mich verändert. Ob sie sich auch verändert hat? Werde ich sie noch lieben? Kann ich das? Will ich das?

Er fragte sich, ob sein Sohn immer noch so anstrengend sein würde wie damals. Michael war inzwischen fast acht. Herrje, dachte Joe, ich habe einen achtjährigen Sohn, den ich nicht kenne, und eine Frau, an die ich mich kaum erinnern kann. Wir sind uns völlig fremd.

Er war damals sechsundzwanzig gewesen, und der Tod weit, weit entfernt.

Joe hatte seinerzeit seit ein paar Jahren sein eigenes Flugzeug geflogen, und das hatte sich die Royal Air Force zunutze gemacht. Wieder und wieder hatten sie ihn auf die Deutschen gehetzt. Verzweifelte Luftkämpfe über dem englischen Kanal, Bombenangriffe auf Berlin, Einsätze von Fallschirmspringern über Frankreich in mondlosen Nächten.

Joe genoss es in vollen Zügen. Das Bier war gut, nachdem er sich einmal daran gewöhnt hatte. Die Männer, die mit dem Tod vor Augen lebten, waren eine wilde, hemmungslose Horde. Frauen, die sich den Männern für England hingaben, angespornt von der Vorstellung, jede Liebesnacht könnte die letzte sein, waren im Überfluss zu haben. Joe vergaß Claire, vergaß seinen Sohn, seine Farm, am Ende sogar sein Land. Er hatte Spaß, genoss den Schwindel erregenden Nervenkitzel und machte sich vor Angst fast in die Hose. Er lebte in der Hoffnung auf Glanz und Gloria und mit dunklen, entsetzlichen Albträumen. Nicht dass er sie sich je eingestanden hätte. Er war Joe King; er war hart, und er würde ewig leben.

Bis er über Frankreich abgeschossen wurde und beinahe im Cockpit seiner Maschine verbrannt wäre. Nur die Besonnenheit von zwei mutigen Landarbeitern hielt ihn am Leben, aber er erlitt schwere Verbrennungen an beiden Beinen. Seine Erleichterung über die Rettung war nur von kurzer Dauer. Noch ehe er von seinem Wrack fortgetragen werden konnte, wurde er gefangen genommen. Seine Uniform rettete ihm das Leben; die Franzosen hatten nicht so viel Glück – sie wurden an Ort und Stelle mit erhobenen Händen niedergeschossen.

Joe schüttelte den Kopf, versuchte so, die Vergangenheit loszuwerden. Aber sie stand in seinem Spiegelbild geschrieben, in dem ausgemergelten Gesicht und dem gehetzten Blick, in den schmalen Lippen und den herabhängenden Schultern. »Diese Schweine!« Joe war nicht gut zu sprechen auf die Deutschen. Nicht wegen ihrer Arroganz und Grausamkeit. Nicht weil sie der Feind gewesen waren. Sondern weil sie aus ihm einen alten Mann gemacht hatten. Sein vormals pechschwarzes Haar war grau geworden. Sein einst kräftiger Körper war ausgezehrt und schmerzte.

So lange er lebte, würde Joe seine Gefangenschaft und die drei Jahre Hölle nicht vergessen. Sein erster Eindruck von dem Lager hatte sich auf ewig in seinem Gedächtnis eingebrannt. Es war Winter gewesen. Der Boden war aufgewühlt und steinhart gefroren. Drei verschiedene Stacheldrahtzäune umgaben das Lager. Das 16 Hektar große Gelände war mithilfe von noch mehr Stacheldraht und von parallel verlaufenden Gräben in einzelne Segmente aufgeteilt.

Holzbaracken oder zweckentfremdete Scheunen beherbergten die Gefangenen, in jedem Gebäude wohnten etwa 200 Männer. Sie schliefen auf Holzbrettern, die mit einer dünnen Schicht Stroh bedeckt waren, eng zusammengepresst wie Ölsardinen. Kein Gedanke an Komfort oder Privatsphäre. Es gab keine wärmenden Decken, kein Licht, keine Heizung. Die Gefangenen drängten sich aneinander, der Körperkontakt war ihre einzige Wärmequelle.

Das Lageressen war so dürftig, dass alle Männer schnell an Kondition verloren. Brot und Kaffee am Morgen, mittags eine dünne Suppe aus Kichererbsen, Linsen oder Fadennudeln, abends dasselbe.

Die Stärksten, in der Regel die Neuzugänge, wurden zum Straßenbau in der Umgebung herangezogen. Sobald die

Unterernährung ihren Tribut forderte, gab man ihnen leichtere Aufgaben – Hütten säubern, Latrinen leeren, die Toten begraben oder was sonst noch notwendig war, um den Lagerbetrieb aufrechtzuerhalten. Trotz seiner schweren Verbrennungen verlangte man von Joe, sich an den anstrengenden Straßenbauarbeiten zu beteiligen. Seine Beine heilten zwar irgendwann, aber es blieben schreckliche Narben. Und sie schmerzten – oh Gott, wie sehr sie schmerzten, vor allem in der Kälte des Winters. Aber wenigstens blieb er am Leben.

Die Toten wurden nackt begraben. Es gab keine neuen Kleider, und die Männer mussten sich Ersatz beschaffen, wo immer es ihnen möglich war. In seinem zweiten Winter im Lager, als die bittere Kälte seine Füße aufriss, überwand Joe seinen Ekel und trug die Schuhe eines Toten.

Am schlimmsten waren die Lagerappelle. Viermal am Tag, bei jedem Wetter, hatten sich die Männer zu versammeln – manchmal bis zu einer Stunde lang. Man verlangte von ihnen, regungslos zu stehen, jeglicher Verstoß wurde mit einem sofortigen unbarmherzigen Schlag mit dem Gewehrkolben geahndet.

Trotz dieser strengen Appelle wurde die Bewachung erstaunlich locker gehandhabt. Joe wurde rasch klar, dass seine beste Chance zu fliehen darin bestand, sich von den Straßenbautrupps zu entfernen, die außerhalb des Lagers arbeiteten. Die Deutschen waren in der Minderzahl. Die Arbeitergruppen bestanden aus ungefähr 400 Männern, die nie von mehr als acht Wachposten beaufsichtigt wurden. Wenn einer der Gefangenen durchblicken ließ, dass er fliehen wollte, versuchten die anderen ein Ablenkungsmanöver. Die Deutschen sahen das relativ gelassen. Viele Gefangene versuchten zu fliehen. Soweit Joe wusste, war es nur einem gelungen. Das Problem war die karge Landschaft. Es gab ganz einfach nichts, wo man sich verstecken konnte.

Joe hatte einen Mann gesehen, der verzweifelt fortwollte und zu rennen begonnen hatte, als die Wachen ihn aufforderten, stehen zu bleiben. Ihm wurde in den Rücken geschossen. Die Deutschen ließen ihn einfach liegen, als grausame Mahnung für die anderen. Diejenigen, die bei einem Fluchtversuch erwischt wurden, wurden mit zweiwöchiger Einzelhaft bestraft, bei Brot und Wasser. Die Bedingungen im Lager waren unerträglich, aber die Isolierung war noch viel schlimmer. Solange die anderen Männer um ihn herum waren, wusste Joe wenigstens, dass er mit seinem Schicksal nicht allein war. Trotzdem hatte ihn die Aussicht auf Einzelhaft nie an einem Fluchtversuch gehindert. Er hatte es versucht, Gott, wie oft hatte er es versucht! Einmal bekam er zwei Wochen. Dabei hatte er bei dieser Gelegenheit sogar ziemliches Glück gehabt. Es hatte so heftig geschneit, dass es ganze dreißig Minuten gedauert hatte, ehe seine Abwesenheit überhaupt bemerkt wurde. Aber sie hatten ihn trotzdem gefunden. Der französische Farmer, der ihn bei sich versteckt hatte, wurde erschossen. Armer Kerl!

Gegen Ende des letzten Sommers tauchten Gerüchte im Lager auf, begannen sich zu verbreiten. Es hatte immer Gerüchte gegeben, aber diesmal war es anders. Sogar das Verhalten der Wachen hatte sich verändert, sie wirkten verschlossener als sonst. Und bald waren die Gefangenen davon überzeugt, dass sich etwas Großes anbahnte. »Hast du schon gehört?«, sagte ein Mann zu Joe. »Paris ist gefallen. Die Deutschen sind auf der Flucht.«

»Woher weißt du das?«

»Ich habe mitbekommen, wie sich zwei Wachen darüber unterhalten haben.«

Da war Joe schon zu schwach gewesen, um sich weiter darum zu kümmern, aber als am nächsten Morgen alle Lagerinsassen zusammengerufen und darüber informiert wurden, dass sie in ein anderes Lager verlegt werden würden, sah er seine letzte Chance zur Flucht. Eine Stunde später verließen sie das Lager. Sie liefen zwei und zwei, die Starken halfen den Schwachen. Joe wartete, bis die Wachen abgelenkt waren, dann verließ er einfach die Straße. Die Aufforderung, sofort stehen zu bleiben, kam unverzüglich, aber er ignorierte sie. Er wollte unbedingt weg. Der Tod erschien ihm weniger bedrohlich als dieses Dahinvegetieren im Lager. Man schoss auf ihn. Sein rechter Arm explodierte in rasendem Schmerz, ehe er richtig begriff, was geschehen war.

Er hatte fest damit gerechnet, dass sie ihn töten würden. Er rührte sich nicht von der Stelle, hielt seinen zerfetzten Arm und wartete auf die nächste Kugel. Stattdessen wurde er grob in die Reihe zurückgeschoben, und der Marsch wurde fortgesetzt. Sie marschierten zwei Tage lang. Niemand hatte die leiseste Ahnung, wohin sie gingen. Neue Gerüchte. »Österreich. Deutschland.« Spekulationen mischten sich mit Vermutungen und Drohungen. Die Deutschen hielten ein zügiges Tempo, niemand bekam die Gelegenheit sich auszuruhen. Dann, nach zwei Tagen, erreichten sie ein anderes Lager. Es war besser befestigt, und es gab mehr Wachen. Der Fußmarsch mit all seinen Qualen war vorüber, aber ihre Bewacher wandten sich, vielleicht aus Verbitterung oder Wut über den Verlauf des Krieges, gegen die Gefangenen und unternahmen keinerlei Anstrengungen, die Neuankömmlinge unterzubringen. Sie mussten sich in den ohnehin schon überfüllten Baracken selbst einen Schlafplatz suchen. Wie ausgehungerte Tiere kämpften die Männer um jeden Krümel Nahrung.

Niemand kümmerte sich um Joes verletzten Arm. Die Deutschen ließen die Kugel, wo sie war, und hofften vermutlich, er würde an Wundbrand sterben. Aber er starb nicht, so sehr er sich das auch gewünscht hätte.

Der Krieg ging zu Ende, und die Deutschen verschwanden. Seit Tagen waren Gerüchte im Umlauf gewesen, dass es sich nur noch um Stunden handeln könnte. Eines Abends legten sich die Gefangenen in ihren elendigen Behausungen zum Schlafen nieder, und als sie am nächsten Morgen erwachten, waren ihre Bewacher fort. Die Kranken und die Sterbenden wurden zurückgelassen, auch Joe gehörte dazu. Die Lagerausgänge standen offen; er war frei zu gehen, aber er hatte nicht die Kraft dazu.

Am nächsten Tag, als sich die Amerikaner würgend und mit bleichen Gesichtern einen Weg durch die aufgedunsenen, von Fliegen übersäten Körper der toten Gefangenen bahnten, stießen sie auch auf Joe. Fieber und Ruhr hatten ihn an den Rand des Todes gebracht. Man schaffte ihn in ein Krankenhaus in Paris. Ein französischer Arzt grub die Kugel aus und erklärte ihm, einen Tag später, und die Vergiftungen in seinem Körper wären tödlich gewesen. Das hätte Joe den Ärzten selbst sagen können. Ihn interessierte vielmehr, wie lange es dauern würde, bis er seinen Arm wieder benutzen konnte.

»Er wird nie wieder voll funktionsfähig sein«, antwortete der Arzt. »Sie können von Glück sagen, dass Sie ihn überhaupt noch bewegen können.«

Daraufhin hatte Joe die Augen geschlossen und dem Arzt gesagt, er möge sich verpissen.

Krankenschwestern machten sich an die Arbeit, säuberten ihn von der Krätze und entfernten die Läuse. Sie kurierten die Ruhr, die ihn so schwächte, bei deren Attacken er sich vor Schmerzen krümmte und sich ständig selbst besudelte. Sie reinigten die Geschwüre, die sich in sein Fleisch fraßen, wuschen den Schmutz und den Gestank von drei Jahren Kriegsgefangenenlager ab. Sie versorgten ihn gut, gaben ihm etwas Anständiges zu essen und Medikamente, und ganz allmählich erholte sich sein geschundener Körper. Die Ärzte sagten ihm, wie froh sie über seine Fortschritte wären, aber aus ihren Blicken las er deutlich das Mitleid und manchmal auch den Ekel über das, was aus seinem Körper geworden war.

Als es ihm gut genug ging, wurde er in eine Rehabilitationsklinik nach London geschickt. Dort versuchten Psychiater, inmitten von Amputierten, Gelähmten und Brandopfern Joes Seele zu heilen. Sie stellten ihm Fragen und notierten die Antworten. Sie legten Puzzleteile vor ihn hin und baten ihn, sie wieder zusammenzusetzen. Sie zeigten ihm Tintenkleckse und fragten ihn, was er darin sähe. Sie setzten ihn unter Drogen und hypnotisierten ihn und bohrten in seinem Unterbewusstsein herum.

Als sie keine Fragen und keine Puzzles mehr hatten, überließen sie ihn den Generälen. Joe hatte Dutzende Fluchtversuche hinter sich. Die Generäle wollten Einzelheiten wissen. »Warum, um alles in der Welt?« Joe wand sich, unwillig, seine Erinnerungen neu zu beleben. »Was soll das jetzt noch nützen? Ich bin einfach nur weggegangen.« Aber die Generäle blieben hartnäckig und schrieben seine Antworten auf. Joe wusste, dass sie sich im Prinzip nur beschäftigen wollten, dass sie ihren Status nicht aufgeben und nicht in ihr Alltagsleben zurückwollten, das sie geführt hatten, bevor der Krieg ihnen Macht gegeben hatte.

Endlich ließen sie ihn in Ruhe. Joe vermutete, dass jemand Claire benachrichtigt hatte. Aber da er von einem

Krankenhaus ins nächste verlegt wurde, erreichten ihn ihre Briefe nicht – falls sie überhaupt welche geschrieben hatte. Es kümmerte ihn nicht. Getrieben von dem Gefühl, drei Jahre seines Lebens verloren zu haben, machte er sich auf die Suche nach den Frauen, die er kennen gelernt hatte, bevor er abgeschossen worden war.

Der Wahnsinn, der jeden erfasst hatte, war ebenso schnell wieder vergangen. Die willigen Frauen hatten entweder ihre Liebhaber aus den Tagen des Krieges geheiratet oder waren zu ihren Ehemännern zurückgekehrt. Amüsiert dachte Joe darüber nach, dass sich viele der heimkehrenden Helden sicher verwundert fragen würden, wo um alles in der Welt ihre liebenden und treuen Ehefrauen solche Dinge gelernt haben mochten. Er fragte sich, ob Claire ihm treu geblieben war, und kam zu dem Schluss, dass es ihm im Grunde gleichgültig war.

Es gelang Joe tatsächlich, eine der besagten Frauen wieder zu treffen. Er aß und trank mit ihr und ging dann mit ihr ins Bett. Bei dieser Gelegenheit stellte er fest, dass es nicht funktionierte. Die Frau war verständnisvoll, geduldig und sehr erfahren. Aber Joe kriegte ihn trotzdem nicht hoch.

Fünf Monate nach Kriegsende wurde Joe im Dienstgrad eines Fliegerleutnants aus dem aktiven Militärdienst entlassen und fand, es wäre Zeit, nach Hause zu fahren. Die Ärzte, Psychiater und Generäle waren fertig mit ihm, der Spaß der Kriegstage war vorüber. Obwohl das Bier immer noch gut schmeckte, war Whisky besser.

Hier war er nun. Joe King. Um einiges dünner, erheblich älter, verdammt viel weiser und mit einer Vorliebe für Whisky, die er früher nicht gekannt hatte. Ladies and Gentlemen, dachte er verbittert. Hier bringe ich Ihnen Joe King zurück, Pilot, Flüchtling, emotionales Wrack – in einem beschissenen Milchzug.

Er war einunddreißig und kehrte nach Hause zurück, zu einer Frau und einem Sohn, die er nicht kannte. Kehrte zu einer Plantage zurück, von der er nicht mehr wusste, wie man sie betrieb. Der junge Mann, der damals fortgegangen war, der Mann, der Großes vorgehabt hatte, kam zurück mit nichts als dem Gestank einer dreijährigen Kriegsgefangenschaft und den Narben erfolgloser Fluchtversuche.

Joe rutschte auf dem harten Sitz herum. Er saß auf den Knochen seines Hinterns, und das tat weh. Er kramte in den großen Taschen seines Mantels, brachte eine Flasche Whisky zum Vorschein, öffnete sie und trank. Er schmeckte kaum etwas. Es war das Brennen in seiner Kehle und im Bauch, das er wollte. Hätte mich rasieren sollen, dachte er.

Südafrika nahm seine Rückkehr nicht zur Kenntnis. Die Paraden, die Feiern, die Heldenverehrungen waren vorbei. Nicht dass ihn das wirklich gestört hätte. Es gab nichts, dessen er sich rühmen konnte. Trotzdem wäre es nett gewesen, es zu sehen. Stattdessen war er in Durban von Bord gegangen, hatte seine Tasche genommen und war die Point Road zum Bahnhof heruntergegangen. Der Milchzug fuhr um zwei Uhr morgens in Richtung Zululand. Niemand erwartete ihn. Gut! So mochte er es. Trotzdem, dachte er erneut und fuhr sich mit der Hand übers Kinn. Ich hätte mich rasieren sollen.

Vielleicht hätte er Claire benachrichtigen sollen, dass er nach Hause kam. Und seine Brüder. Wie war es ihnen ergangen? Hatten sie alle überlebt? Aus einem Brief, den

Claire ihm zu Beginn des Krieges geschickt hatte, wusste Joe, dass sein Vater gestorben war. Er hatte die Nachricht damals mit völligem Desinteresse zur Kenntnis genommen. Der alte King hätte seinen Grundbesitz zu gleichen Teilen zwischen seinen Söhnen aufteilen und jedem ein anständiges Erbe hinterlassen können, aber er war ein dominanter und grausamer Vater gewesen. Joe hatte den Alten gehasst.

Einer seiner Brüder, Colin, hatte bereits nach einem Monat beide Beine bei einer Landminenexplosion verloren. Wie das wohl war, fragte Joe sich nüchtern: in einer Minute ruhmreich in den Krieg zu ziehen und in der nächsten auf Stümpfen zurückgeschleppt zu werden.

Draußen war es pechschwarz. Joe zündete sich eine Zigarette an und schloss die Augen. Wie Claire jetzt wohl aussah? Ohne das Foto, das seiner Erinnerung auf die Sprünge half, konnte er sich nicht an ihr Gesicht entsinnen. Er erinnerte sich an andere Dinge – ihr perlendes Lachen, ihre langen, kräftigen Beine, ihre Brüste. Er erinnerte sich daran, dass sie große graue Augen und blondes Haar hatte. Sie mochte Leute nicht, die zu viel tranken, das wusste er auch noch. Pech, dachte er achselzuckend. Sie wird sich daran gewöhnen müssen. Dann wurde er etwas weicher. Sie hatte die sanftesten Lippen, die er je gesehen hatte. Aber warum konnte er nicht alles zusammensetzen, sodass sich ein Bild daraus ergab? Wie würde es sein, wieder mit einer Frau zusammen zu sein? Joe dachte lange und angestrengt darüber nach. Er versuchte sich vorzustellen, wie sie aussah, wenn sie unter ihm lag, weit geöffnet für ihn. Aber obwohl er sich daran sehr gut erinnern konnte, regte sich zwischen seinen Beinen nichts. Da unten war er tot. Die Ärzte hatten gesagt, es würde wieder kommen.

Er dachte an UBejane, seine Farm. Als Kingsway, wie das

Anwesen seines Vaters seinerzeit hieß, in vier Teile aufgeteilt worden war, hatte Colin den alten Namen für seinen Anteil behalten. Einer der anderen Brüder nannte seinen Besitz Kingsmead, während der andere sich für Kingston entschied. Joe hingegen brach sehr zum Missfallen seines Vaters mit dem Namen King und nannte seine Farm UBejane, die Bezeichnung der Zulu für das Spitzmaulnashorn, das einst in Zululand in freier Wildbahn gelebt hatte. Er hatte den Namen gleich in mehrfacher Hinsicht passend gefunden, denn *uBejane* bedeutete übersetzt »der Böse«, was seinen Vater ziemlich treffend beschrieb.

Joe fragte sich, wie heruntergekommen die Farm wohl inzwischen sein würde. Fünf Jahre ohne Führung zu sein war für jedes Unternehmen tödlich. Ob die Farm überhaupt noch solvent war? Eine Frau konnte doch keine Zuckerrohrplantage führen. Claire hatte sicher ihr Bestes getan, aber das war doch keine Arbeit für eine Frau. Sie hätte zum Beispiel diese verdammten Pondos nie in den Griff bekommen. *Scheißtypen.* Joe fragte sich, ob sie immer noch auf der Farm beschäftigt waren, diese Wilden aus Pondoland tief im Süden, die einfach schissen, wo sie gerade standen, und sich nur selten darum scherten, sich zu waschen. Eine Lady durfte gar keinen Kontakt mit ihnen haben. Und dann die Inder. Sie raubten einem das letzte Hemd, sobald man ihnen den Rücken zudrehte. Verdammt!, dachte Joe müde, als ihm die alltäglichen Probleme einer Zuckerrohrplantage wieder ins Bewusstsein kamen. Ich will das alles nicht mehr.

Maschinenschäden, Regen, der entweder nicht fallen wollte oder zum falschen Zeitpunkt fiel. Schwankende Preise, kindische Streitereien zwischen den eingeborenen Pflückern und ihren *indunas*, der Brandpilz, eine Pilzkrankheit, die die jungen Zuckerrohrpflanzen befiel. Und das waren nur die Probleme des Zuckers. Ein wesentlicher Bestandteil der Farm war auch die Viehzucht mitsamt allen dazugehörenden Schwierigkeiten: unzählige Krankheiten, Fehlgeburten, Zäune, die repariert werden mussten, Futtergetreide, das gesät werden musste, zu wenig Regen, zu viel Regen. Das Vieh hatte sich wahrscheinlich inzwischen völlig ungehindert vermehrt, nicht so geregelt, wie Joe es gern hätte. Es würde mindestens ein Jahr dauern, das wieder hinzukriegen. Und das Zuckerrohr? Er versuchte sich zu erinnern: Jetzt war Oktober. Die Mühlen schlossen im Dezember. Also war jetzt die entscheidende Phase. Wenn sie diese Saison verpassten, konnten sie erst wieder im April ernten.

Erschrocken stellte Joe fest, wie anders sein Leben von nun an sein würde. Er war in den zwei Jahren in England regelrecht verroht. Und anschließend war er drei Jahre lang wie ein Wilder behandelt worden. Claire war eine Lady, und so würde er sie auch behandeln müssen. In den letzten fünf Jahren hatte er Frauen nur wie Huren behandelt. Claire legte viel Wert auf diese ganzen Kleinigkeiten. Dass man ihr die Tür aufhielt, ihr einen Stuhl zurechtrückte, sie fragte, ob sie einen schönen Tag hatte. Sex mit Claire war drauf – rein – raus. Er war unschuldig und unerfahren gewesen, bevor er nach England gegangen war. Jetzt würde es nicht mehr gut genug sein. Amüsiert überlegte er, was Claire wohl dazu sagen würde.

Und Michael, sein Sohn. Joe hatte nie viel Kontakt zu Kindern gehabt. Wem sah er wohl ähnlich? Claire hatte ihm natürlich geschrieben, ihn an den Fortschritten ihres Sohnes teilhaben lassen. Aber aus der Entfernung war ihm das alles nicht sonderlich wichtig gewesen. Er hatte sogar irgendwann aufgehört, ihre Briefe zu lesen. Jetzt würde er seiner Familie plötzlich von Angesicht zu Angesicht gegenüberstehen. *Seiner* Familie. Seiner Frau und dem Kind, das sie gemeinsam gezeugt hatten. Sein Sperma in ihrer warmen feuchten Muschi. Nur dass er sie nicht Muschi nennen durfte. Es war ›da unten‹ oder einfach ›unten‹. So bezeichnete es jedenfalls Claire selber.

Wollte er das? Wollte er nach Hause fahren und so tun, als hätte sich nichts verändert? Denn er hatte sich verändert. Mehrfach. Vom Idealismus zur Unbarmherzigkeit. Und von der Unbarmherzigkeit zur Hoffnungslosigkeit. Konnte er nun wieder zum Idealismus zurückfinden? War es möglich, sich vom Zyniker in einen Optimisten zu verwandeln? Joe öffnete die Augen und sah sein Spiegelbild an. Der Junge war verschwunden. Es war nichts mehr von ihm übrig. Lieber Gott, dachte er plötzlich mitleidig. Arme Claire.

Seufzend stand Joe auf, hielt sich mit dem gesunden Arm fest und verließ mit wackeligen Schritten das Abteil. Er musste pinkeln, und die Toilette war am anderen Ende des Waggons. Schwankend ging Joe den Gang entlang. Bis auf eins waren alle Abteile leer. Der Schwarze, der drei Abteile von Joe entfernt saß, nahm keine Notiz von ihm. Er sah aus, als wäre er in Trance.

Joe hatte missbilligend die Stirn gerunzelt, als der Schwarze den Zug bestiegen hatte. Nicht dass der Schwarze nicht im Zug hätte sein dürfen – die Apartheid war zwar schon vor Ausbruch des Krieges verbreitet gewesen, aber soweit Joe wusste, gab es noch kein Gesetz, das Schwarze daran hinderte, im selben Waggon wie Weiße zu fahren. Trotzdem taten das nur wenige. Sie schienen es vorzuziehen, in der dritten Klasse zu reisen, unter ihresgleichen. Wenigstens handelte es sich in diesem Fall um einen Zulu und nicht um einen stinkenden Pondo. Er trug die Uniform eines Sergeanten der Natal Mounted Rifles. Joe hatte nicht gewusst, dass Schwarze Soldaten werden konnten. Also gut, etwas, das sich NMC, Native Military Corps, nannte, war gegründet worden. *Militärkorps! Ein Witz! Wirklich ein komischer Name für die Ausbildung von Kaffern zu Bahrenträgen.* Joe bemerkte auch die vielen Orden auf der Brust des Zulu. Das ärgerte ihm. Es sah so aus, als wäre dieser unverschämte Kaffer auch noch hoch dekoriert worden, während Joe die meiste Zeit des Krieges in einem elendigen Kriegsgefangenenlager auf dem Hintern gesessen hatte.

Wilson Mpande war nicht in Trance. Er hatte die Augen offen und starrte vor sich hin. In seinem Kopf lief ein Film ab, den niemand außer ihm sehen konnte. Wilson betrachtete die vergangenen Jahre seines Lebens und versuchte, ihnen einen Sinn zu geben. Es war ein Trick, den ihm sein Vater vor vielen Jahren beigebracht hatte. »Konzentrier dich auf etwas in deiner Nähe. So kannst du Frieden finden, wenn Ärger deine Urteilskraft vernebelt«, hatte sein Vater gesagt. Und Wilson Mpande war sehr ärgerlich.

Nichts hatte sich verändert. Im Gegenteil, es war noch schlimmer geworden. »Ich nehme an, Sie meinen die dritte Klasse«, hatte der Bahnbeamte gesagt, als Wilson um einen Erste-Klasse-Fahrschein gebeten hatte.

»Nein.«

Der weiße Bahnbeamte hatte ihn mit offenem Mund angesehen und dann die Uniform und die Ordensbänder registriert. »Wofür hat man Ihnen die gegeben, Mann? Fürs Schuheputzen?«

Wilson hatte eine wütende Antwort hinuntergeschluckt und sich daran erinnert, dass er wieder im Land der rassistischen Diskriminierungen war. »Tapferkeit«, hatte er knapp erwidert.

Der Beamte hatte bloß verächtlich mit den Schultern gezuckt und einen Fahrschein durch den Spalt geschoben. »Muss ein gefährlicher Schuh gewesen sein«, hatte er höhnisch kommentiert und Wilson einen Augenblick angeschaut. »Ein Zulu, der sich einbildet, ein Weißer zu sein«, hatte er schließlich sinniert. »Wo doch die Söhne von Blood River noch unter euch leben.«

Es war eine sehr bewusste Beleidigung gewesen, und sie hatte gesessen. Man musste sehr mutig sein, um so von den 3.000 Kriegern zu sprechen, die unter Führung von König Dingane in der Schlacht, die später Blood River genannt wurde, ihr Leben gelassen hatten, ohne einen einzigen Weißen zu töten. Sehr mutig oder sicher verbarrikadiert in einem Schalterhäuschen. Wilson verzichtete auf eine Antwort und stieg in den Zug. Ein Schaffner, dem Aussehen nach ein Xhosa aus dem Süden, hielt Wilson auf. »Falscher Waggon«, informierte er ihn.

Der Schaffner zog erstaunt die Augenbrauen hoch, als Wilson ihm seinen Fahrschein zeigte. »Darf ich vorbei?«, fragte er ruhig.

Der Schaffner trat zur Seite, aber er war noch nicht fertig mit Wilson. Er folgte ihm den Gang entlang bis zu seinem Abteil. »Warum tun Sie das? Das bringt nur Ärger.«

»Wenn ich dafür zahlen kann, gibt es keinen Grund, weshalb ich nicht hier sitzen sollte.«

»Warum tragen Sie diese Uniform, Mann? Wo haben Sie die gestohlen? Sie versuchen Aufmerksamkeit zu erregen. Das bringt Ihnen Ärger, ich schwöre es Ihnen.«

»Die Uniform gehört mir.« Wilson setzte sich.

Der Schaffner blieb an der Abteiltür stehen. »Sie haben

für die Weißen gekämpft!« Sein Gesichtsausdruck zeigte deutlich, wie sehr ihm diese Vorstellung zuwider war.

Wilson reichte es allmählich. Was fiel diesem Xhosa-Hund ein, einen Zulu auszufragen? Es kostetet ihn große Anstrengung, die Ruhe zu bewahren. »Ein Zulu kennt kein Erbarmen und erwartet auch keins«, entgegnete er knapp.

»Ich erwarte von einem Xhosa auch nicht, dass er solche Dinge versteht. Wir haben in der Vergangenheit gegen die Weißen gekämpft, wir haben gewonnen, und wir haben verloren. Vielleicht werden wir eines Tages wieder gegen sie kämpfen. Was in unserem Herzen ist, ist entscheidend. Das ist die Art der Zulu.« Er sah den Schaffner von oben bis unten an. »Sie sind kein Zulu. Also reden Sie nicht über Dinge, von denen Sie keine Ahnung haben.«

Der Schaffner lächelte, aber es war keine freundliche Geste. »Bah, arroganter Zulu! Sie bilden sich etwas auf Ihre Kampfeskünste ein und prahlen damit, dass ein Zulu sich schnell erhitzt und ebenso schnell vergibt. Erzählen Sie das mal einem Weißen. Sie mögen für ihn gekämpft haben, aber wenn ein Weißer im Zug ist, kann er von Ihnen verlangen, den Wagen zu verlassen. Sie sind vielleicht ein *Zulu* ...«, er stieß das Wort voller Verachtung hervor, »aber bilden Sie sich nicht ein, Sie wären gut genug, um mit den Weißen in einem Waggon zu sitzen.«

Wilson wusste, dass das, was der Schaffner sagte, der Wahrheit entsprach, aber er gab nicht nach. »Es ist nicht gegen das Gesetz.«

»Nein«, stimmte ihm der Xhosa zu. »Aber das wird es bald sein.« Mit dieser Prophezeiung verließ er das Abteil.

Wilson schüttelte den Kopf. Ungerechtigkeit zog Ungerechtigkeit nach sich. »Wird das je enden?«, fragte er sich verbittert. Manchmal kam es ihm vor, als hätten die Zulu alles verloren. Aber dann schüttelte er erneut den Kopf. »Die Weißen haben uns unser Land genommen, aber sie werden uns niemals unsere Würde nehmen.«

Ein Zulu war einem alten Feind gegenüber nicht nachtragend, deshalb hatten sich viele Zulu gemeldet, um auf der Seite der Briten zu kämpfen. Dass sie sich noch ein Jahrhundert zuvor gegenseitig bekämpft hatten, war nicht wichtig. Allerdings hatte man ihnen nicht gesagt, dass die weißen Südafrikaner nicht die Absicht hatten, ihre schwarzen Einheiten tatsächlich zu bewaffnen. Die Zulu waren für den alleinigen Zweck verpflichtet worden, sich um die Bedürfnisse ihrer Landsleute zu kümmern. Dafür bekamen sie als Belohnung ein Fahrrad und einen Mantel oder eine Decke.

Wilson war einer der wenigen Zulu gewesen, die sich aktiv an den kriegerischen Auseinandersetzungen beteiligt hatten. Er war mit der 1. Südafrikanischen Division nach Nordafrika entsandt worden. Dort hatten die Südafrikaner gemeinsam mit der 9. Australischen, der 51. Ungarischen, der 2. Neuseeländischen und der 4. Indischen Division den insgesamt 30 Korps angehört, die eine entscheidende Rolle in der Schlacht bei El Alamain gespielt hatten. Sie waren an Feldmarschall Montgomerys erfolgreichem Durchbruch in Rommels Linien beteiligt gewesen. Und Wilson war mittendrin gewesen in den erbitterten kämpferischen Auseinandersetzungen, die zwischen dem 23. Oktober und dem 4. November 1942 stattgefunden hatten.

Er erinnerte sich noch gut an die aufrüttelnden Worte des Befehlshabers. Worte, die jeder Zulu-Häuptling vor einer Schlacht zu seinen Kriegern gesagt haben könnte:

»Als ich das Kommando über die 8. Armee übernommen habe, habe ich gesagt, dass es unser erklärtes Ziel sei, Rom-

mel und seine Armee zu schlagen, und dass wir das tun würden, sobald wir bereit dazu seien.

Nun sind wir bereit.

Die Schlacht, die in Kürze beginnen wird, wird eine der entscheidenden Schlachten der Geschichte sein. Es wird der Wendepunkt des Krieges sein. Die Augen der ganzen Welt werden auf uns gerichtet sein und aufmerksam verfolgen, in welche Richtung sich der Kampf bewegen wird.

Wir können ihnen die Antwort sofort geben. Er wird sich zu unseren Gunsten bewegen.«

Und der entscheidende Schlusssatz:

»Und möge kein Mann aufgeben, solange er unverletzt ist und kämpfen kann.«

Es war eine Rhetorik, die Wilson verstanden hatte und auf die er mit dem heißen Blut seiner Vorfahren, das in seinen Adern floss, angesprungen war. Und nun war er wieder zu Hause, hoch dekoriert, ein Held, ein Mann, der sein eigenes Leben für die Weißen aufs Spiel gesetzt hatte, und man sagte ihm, er sei nicht gut genug, um mit ihnen im selben Eisenbahnwaggon zu sitzen. Und das Schlimmste daran war, dass es auch noch ein Schwarzer gewesen war, der dies gesagt hatte.

Als Wilson zu seinem Abteil gegangen war, hatte er gesehen, dass der einzige andere Fahrgast im Wagen ein Weißer in der Uniform eines britischen Fliegers gewesen war. Nach seinem Aussehen zu urteilen, hatte er ebenfalls einiges durchgemacht. Als er an dem Abteil vorbeigekommen war, in dem der weiße Mann zusammengesunken gesessen hatte, hatte Wilson sich auf eine Auseinandersetzung vorbereitet, aber sie war nicht gekommen. Der Mann hatte ihn nur stirnrunzelnd angesehen und dann weggeschaut.

Als der Zug aus dem Bahnhof fuhr, vergaß Wilson den

weißen Mann. Er vergaß die Worte des Fahrscheinverkäufers und die des Schaffners. Sein Ärger richtete sich gegen keinen der beiden. Sein Ärger richtete sich vielmehr gegen sich selbst und gegen sein eigenes Volk. Denn ihm war inzwischen klar geworden, dass er benutzt worden war, kalt und skrupellos. Er war nicht mehr gewesen als ein Mittel zum Zweck. Die Tatsache, dass er fünf Jahre Trennung von seiner Frau Nandi ertragen hatte, die mit ihrem zweiten Kind schwanger gewesen war, als er in den Krieg gezogen war; dass er in Nordafrika verwundet und dann, einige Monate später, beinahe getötet worden war bei dem Versuch, einen weißen Unteroffizier zu retten, der in heftigen Beschuss geraten war; dass er die Nachricht erhalten hatte, dass sein zweites Kind tot geboren worden war ... das alles war denen, die von ihm verlangt hatten, sich zum Waffendienst zu verpflichten, völlig gleichgültig. »In den nächsten Jahren«, hatten sie ihm gesagt, »werden wir Männer wie Sie brauchen. Männer, die wissen, wie die Weißen denken.«

Und so war Wilson der Armee beigetreten, hatte Seite an Seite mit weißen Südafrikanern gekämpft. Er war gut genug, um für sein Land zu sterben, aber nicht gut genug, um mit seinen Landsleuten zusammen zu essen, zu schlafen und sich auszuruhen. Sobald sich die Nachricht seiner Anwesenheit herumgesprochen hatte, hatten ihn selbst die, die sich als liberale Denker bezeichneten, links liegen gelassen. Was ihm nicht geholfen hatte, denn schließlich wollte er lernen, wie die Weißen dachten – eine irrwitzige Idee des Afrikanischen Nationalkongresses.

Verstand er nun, wie die Weißen dachten? Nein. Nicht mehr jedenfalls, als ein Weißer je verstehen würde, wie ein Schwarzer dachte. Es war ein Spielchen, das sie miteinander trieben. Ein Hin und Her. Gib ein bisschen und nimm sofort etwas zurück. Nichts war wirklich eine Lösung. Nur gerade so viel, um das Täuschungsmanöver aufrechtzuerhalten. Ein Spiel mit Worten. Ein Spiel voller Misstrauen. Ein Spiel, das seine Wurzeln im Verrat und der Habgier vergangener Zeiten hatte, die so tiefe Keile zwischen Schwarze und Weiße getrieben hatte, dass Wilson bezweifelte, dass sie je überwunden werden konnten.

Das größtmögliche Maß an Verständnis hatte er erreicht, als er sich zusammen mit dem Unteroffizier, dem er das Leben gerettet hatte, betrunken hatte. »Was Sie getan haben, war unglaublich mutig«, hatte der Unteroffizier zu ihm gesagt.

»Zulu sind mutig«, hatte Wilson nüchtern geantwortet. »Dafür können sie nichts.«

Der Unteroffizier hatte gelächelt. »Gott sei Dank«, hatte er leise gesagt. Und dann ernsthaft hinzugefügt: »Ich hätte das für Sie nicht getan.«

»Ich weiß«, hatte Wilson geantwortet.

Ihre Blicke hatten sich getroffen, und in diesem Moment hatten beide Männer gewusst, dass sie die Schranken der Wahrheit kurz durchbrochen hatten. Und beide hatten sich unverzüglich auf sichereren Boden zurückgezogen – Boden, der ihnen vertraut und angenehm war.

Wilson hatte erwartet, dass der Kampf gegen die Unterdrückung in Südafrika größere Fortschritte gemacht hätte. Schließlich waren so viele Weiße des Landes fort gewesen, um für König und Vaterland zu kämpfen. Andere Weiße wiederum, denen man nachgesagt hatte, mit Deutschland zu sympathisieren, waren in Lagern inhaftiert gewesen. Doch stattdessen hatte es Rückschritte gegeben. Und das war es, was ihn so ärgerte. Es erfüllte ihn mit einer ungeheuren Enttäuschung, die ihm das Gefühl der Hilflosigkeit gab und ihn sehr bedrückte.

Er war bereits seit drei Monaten wieder in Südafrika, aber während dieser ganzen Zeit hatte man ihm nicht erlaubt, in den Norden zu reisen, um Nandi und seinen Sohn zu sehen. Als Mitglied des African National Congress, als Mann, den der ANC als potenziellen Streiter für seine Sache betrachtete, musste Wilson in diesen unsicheren Zeiten greifbar sein. Sie hatten seine zahlreichen Gesuche, nach Hause fahren zu können, notfalls nur für ein paar Tage, abgelehnt. Jan Smuts, hatten sie ihm gesagt, würde über kurz oder lang seines Amtes enthoben. An seine Stelle sollte eine Gruppe von Nationalisten rücken, die wild entschlossen waren, ihre rassistische Überzeugung von der Überlegenheit der Buren zu realisieren und ein geprügeltes Volk aus den Trümmern auferstehen zu lassen.

Wilson wusste ein wenig über die Unzufriedenheit der Buren. Er wusste, dass sie einen heftigen Groll hegten gegen die britischen Versuche, Südafrika zu kolonisieren. Er wusste auch, dass sie fürchteten, von einer schwarzen Mehrheit erdrückt zu werden, die sie für unterlegen hielten, selbst in den Augen Gottes. Still und heimlich hatten die Buren sich und ihre Sache in Position gebracht. Inspiriert durch Hitlers Nationalsozialismus, sahen sie in der Idee einer Rassenideologie eine geeignete Methode, um die Mehrheit der Bevölkerung in den Griff zu bekommen.

Wie so viele radikale Veränderungen begann die Bewegung zu eskalieren, bis sie eine Eigendynamik bekommen hatte und nicht mehr zu stoppen war. Die Geschwindigkeit, mit der der Nationalismus der Buren an Einfluss gewann, hatte den ANC völlig unvorbereitet getroffen. Man hatte sich davon einlullen lassen, dass Jan Smuts und seine Vereinigte Partei den Willen demonstriert hatten, sich die Belange der Schwarzen zumindest anzuhören.

Wilson war rasch zu dem Schluss gekommen, dass der Afrikanische Nationalkongress ohnmächtig geworden war. Die ursprünglichen Ideale, Stammes- und Rassenunterschiede zugunsten aller Menschen zu überwinden, waren gescheitert und in einen Mischmasch aus Stammesfehden, Führungsschwäche und fehlende politische Orientierung gemündet. Entmutigt und angewidert hatte Wilson dem ANC den Rücken gekehrt.

Mit größter Anstrengung gelang es Wilson, seinen Unmut zu bezähmen. Er fuhr nach Hause. Nach Hause zu Nandi, nach Hause zu Dyson, dem Sohn, den er fünf Jahre nicht gesehen hatte, der ein zweijähriges Kleinkind gewesen war, als er damals fortgegangen war. Seine Züge wurden weicher. *Mein Sohn!* Er würde noch mehr Söhne haben, viel mehr. Und Mädchen auch. Ein Mann brauchte Töchter, die sich mit um die Männer der Familie kümmerten und einen Brautpreis von mehreren Stück Vieh einbrachten. Er fuhr in seiner Uniform nach Hause, weil er stolz auf seine Auszeichnungen war. Wieso auch nicht? Er hatte sich gut geschlagen, und er kehrte, wie die Krieger früher, im Triumph nach Hause zurück.

Wie Dyson inzwischen wohl aussah? Wie Wilson, nicht groß, dafür aber kräftig gebaut, mit einer Haut, die die Farbe von poliertem Mahagoni hatte, einer Hakennase und ausgeprägten Wangenknochen, die seinem Gesicht etwas Stolzes und Habichtartiges gaben? Oder kam er mehr auf seine Mutter – klein, der Inbegriff blanken Goldes, Haut, die sich anfühlte wie die Daunenfedern eines Vogels, und duftete wie die Brise, die vom Meer hereinwehte? Hatte sein Sohn Nandis zierliche Nase und den großen Mund?

Als er an Nandi dachte, spürte Wilson plötzlich, dass er eine Erektion bekam. Es war lange her, seit er mit einer Frau zusammengelegen hatte.

Nandi. Die Süße. Als er ihren Namen erfahren hatte, hatte Wilson gleich gewusst, dass sie von edler Herkunft war. Die Nandi, nach der sie benannt worden war, war die Mutter von Shaka, dem ersten König der Zulu und dem Mann, der dafür verantwortlich gewesen war, dass die vielen Clans zu einem Königreich vereint wurden. Wilson selbst trug den königlichen Namen Mpande; er war der dritte König der Zulu und ein Halbbruder von Shaka. Als er ihren Namen erfahren hatte, hatte Wilson zunächst befürchtet, es wäre ihm und Nandi gar nicht gestattet zu heiraten. Aber ihre Familie hatte zwar königliche Verbindungen, sie entstammte aber einem anderen Clan und war zu weit entfernt von Wilsons Familie, um Probleme zu bereiten.

Er erinnerte sich noch daran, wie er sie zum ersten Mal gesehen hatte. Er hatte sofort gewusst, dass sie die Richtige für ihn war. Ihr kurzes Haar und das schlichte Kopfband hatten ihm signalisiert, dass sie unverheiratet war und nicht zu seinem eigenen Clan gehörte. Wenn sie Wilson ebenfalls bemerkt hatte, gab sie dies nicht zu erkennen. Sie war mit anderen unterwegs, um am Fluss Wasser zu holen, und Wilson, der ihr Dorf besucht hatte, um einem Onkel seine Aufwartung zu machen, war sofort nach Hause zurückgekehrt und hatte seine Schwestern gebeten, Erkundigungen einzuholen.

»Ihr Name ist Nandi«, hatten sie ihm berichtet. »Sie ist nicht interessiert. Sie nennt dich einen Hund.«

Wilson fühlte sich ermutigt. Nandi hätte ihn nicht beleidigt, und sie hätte auch ihren Namen nicht preisgegeben, wenn sie nicht doch ein wenig interessiert wäre. »Geht und redet noch einmal mit ihr.«

Drei quälende Monate lang stellte Nandi sich stur. Wilson musste sich langsam und mit größter Vorsicht auf dem Minenfeld ihrer Schwestern und Freundinnen herantasten. Ehe er sich auf Nandi konzentrieren konnte, musste er erst diese anderen davon überzeugen, dass er einen guten Ehemann abgeben würde. Er verbrachte viel Zeit mit ihnen, plaudernd, lachend, sie unterhaltend. Dabei war Nandi immer gegenwärtig, aber nie anwesend. Dann verkündeten seine Schwestern ihm eines Tages: »Wir haben mit Nandis Schwestern gesprochen. Sie ist vielleicht doch ein bisschen interessiert.«

Ein Treffen zwischen Nandi und Wilson wurde organisiert. Wie üblich, waren ihre gesamten Freundinnen und Verwandten dabei. Wilson kam allein, trug ein Kopfband aus Otterleder und einen neuen Ledergürtel mit vorn und hinten herabhängenden Fellstücken. Dieses Treffen war ganz anders gewesen als alles, was er zuvor erlebt hatte. Dieses Mal stellte man ihm eine Reihe spezieller Fragen. Würde er seine Frau schlagen? Nur wenn sie faul oder ungehorsam wäre. Würde er häufig bei ihr liegen und wäre sie seine Frau Nummer eins? Er würde so oft bei ihr liegen, wie sie es wünschte, und sie wäre seine Lieblingsfrau. Würde er ihr ein schönes, strohgedecktes Heim bereiten, auf das sie stolz sein konnte? Er würde für sie das schönstmögliche Haus bereiten. Die Fragen prasselten auf ihn nieder. Nandi saß mit dem Rücken zu ihm und tat so, als würde sie seine Antworten nicht hören. Dabei lauschte sie sehr aufmerksam. Wilson konnte das an ihrer angestrengten Haltung erkennen.

Schließlich schwieg die Gruppe. Für Wilson war der Augenblick der Wahrheit gekommen. Sie ließ ihn warten. Wilson konnte sich noch gut an das Gefühl von Angst und

Aufregung erinnern, das in seinem Magen wütete. Die Spannung innerhalb der kleinen Gruppe stieg, während alle auf Nandis Antwort warteten. Sie regte sich, erhob sich langsam und stand lange mit dem Rücken zu ihm nur da, ehe sie sich endlich umdrehte. Wilsons Herz schlug wild, als er die Verlobungsperlen in ihren Händen sah. Als sie die Perlen über seinen Kopf legte, versuchte er ihr tief in die Augen zu schauen. Aber Nandi wich scheu seinem Blick aus.

Wilson kehrte nach Hause zurück und hisste die weiße Flagge, um allen zu signalisieren, dass er sich bald eine Frau nehmen würde. Er kam sich weltgewandt und wichtig vor, als er am nächsten Tag Nandi besuchte, um mit dem Werberitual zu beginnen. Ihre Brüder empfingen ihn, wie er es erwartet hatte, und sie verprügelten ihn anständig und jagten ihn dann fort. Drei Wochen lang weigerte Nandi sich jedes Mal ihn zu empfangen, wenn er sie besuchte, weigerte sich auch, mit ihm nach Hause zu gehen, und seine Brüder jagten ihn fort. Nach jenem ersten Besuch sorgte Wilson dafür, dass sie ihn nie mehr einfangen konnten. Die Liebe verlieh im Flügel; er fühlte sich stark und schnell und lief jauchzend und hüpfend in sein eigenes Dorf zurück. Ihren Stöcken blieb er von nun an wohlweislich fern.

Das alles gehörte mit zum Spiel. Wilson wusste das. Er konnte den Prozess nicht beschleunigen und wartete ungeduldig auf den Tag, an dem er und seine Brüder Nandi entführen und in der Hütte seiner Mutter gefangen nehmen würden. Als es so weit war, weinte Nandi und jammerte und flehte, bis Wilsons Mutter zu seinem Vater ging und ihm sagte. »Unser Sohn hat etwas Böses getan. Du musst zu Nandis Eltern gehen und die Sache in Ordnung bringen.«

Wilsons Vater schimpfte über die Unbesonnenheit seines Sohnes, Nandi entführt zu haben, und beklagte sich, weil er nun zur Wiedergutmachung eine Kuh zusätzlich als Brautpreis an Nandis Familie zahlen musste. Es kam zu weiteren Verzögerungen, als sein Vater die *lobola* berechnete, ein schwieriger Balanceakt, bei dem die Bedeutung von Nandis Familie ebenso bewertet werden musste wie der Status von Wilsons Familie und beide Seiten gleichermaßen zufrieden gestellt sowie davon überzeugt werden mussten, einen guten Handel getätigt zu haben. Zu wenig zu bieten, wäre eine Beleidigung, ein zu hohes Angebot könnte bei Nandis Familie den Verdacht erwecken, mit Wilson wäre etwas nicht in Ordnung.

Während Wilsons Vater die Angelegenheit weiter verzögerte, entsandte Nandis Familie eine Abordnung junger Männer, um die Braut zu befreien und nach Hause zurückzuholen. Wilsons Brüder erwarteten sie und ließen sich, obwohl sie in der Überzahl waren, auf einen Stockkampf ein. Auch dabei war höchste Vorsicht geboten. Auf beiden Seiten durfte es zu keinem Gesichtsverlust kommen, was viel Geschick und Disziplin erforderte. Ein paar leichte Verletzungen wurden geduldet, aber ein gespaltener Schädel konnte zu ernsthaften Spannungen zwischen den beiden Familien führen. Das Gleiche galt auch für den Fall, wenn die eine Familie das Gefühl hätte, die andere würde sich mit Absicht zurückhalten.

Während Wilson vor Ungeduld brannte, führten beide Elternpaare die Verhandlungen über den Brautpreis und versuchten, zwischen Wilsons und Nandis Brüdern Frieden zu schließen. Dann endlich kam der wunderbare Tag, an dem alle übereinstimmend der Meinung waren, dass eine Heirat zwischen Wilson und Nandi eine gute Sache wäre, und sie mit ihren Tontöpfen und Schlafdecken, gefolgt vom Tross ihrer Schwestern und Freundinnen, zu seinem Kral kam. Während des Hochzeitsfests wurden die Töpfe Nandis feierlich zerbrochen, um die Verbindungen zu ihrer eigenen Familie zu kappen.

Die Hochzeitszeremonie dauerte drei Tage. Nandi verbrachte die meiste Zeit damit, in Wilsons Hütte zu sitzen, das Gesicht bedeckt von einem mit Perlen verzierten Kopfschmuck, als Zeichen des Respekts gegenüber Wilson und den übrigen männlichen Mitgliedern seiner Familie. Die Gäste tranken Bier, aßen verschiedene eigens für das Fest zubereitete Speisen, machten Musik und tanzten.

In der dritten Nacht ging Wilson, als alle anderen fort waren, zu Nandi in die Hütte. Sie bekämpfte ihn wie eine Wildkatze. Enttäuscht und frustriert beklagte Wilson sich am nächsten Morgen bei seinem Vater. »Als ich sie aus der Nähe gesehen habe, habe ich Narben auf ihrer Brust entdeckt. Sie muss eine Krankheit gehabt haben. Wir sind von ihren Eltern betrogen worden. Du musst zu ihnen gehen und eine Kuh zurückfordern.«

Die Verhandlungen über Nandi und ihren Preis wurden noch mehrere Wochen fortgesetzt. In dieser ganzen Zeit weigerte sie sich, sich mit ihm hinzulegen. Nach außen tat Wilson ungeduldig und frustriert, und seine Freunde zogen ihn unbarmherzig auf. In Wahrheit ging es Wilson sehr gut. Er war sehr stolz auf seine junge Braut. So gern er mit ihr gelegen hätte, er wäre schockiert gewesen, wenn sie sich anders verhalten hätte. Jeden Abend ging er zu ihrer Schlafmatte. Jeden Abend verließ er sie wieder, schimpfend und fluchend, dass er und seine Familie betrogen worden seien.

Am Ende gab Nandis Familie eine Kuh zurück. Es war das Zeichen, dass sie ihrer Tochter gestatteten, ihren Mann in ihr Bett zu lassen. Als sie an diesem Abend zu ihm kam, zitternd vor Angst und Begierde, und er endlich die lang ersehnte Befriedigung bekam, drückte er sie fest an sich und sagte ihr, wie sehr er sie liebte. Sie küssten sich nicht; der Mund war zum Essen da – ihn abzulecken war etwas Schmutziges. Aber Wilson hielt Nandi eng umschlungen und flüsterte ihr zu, wie stolz er auf sie wäre, und er legte sich erneut auf sie und nahm sie sanft und sehr vorsichtig, damit sie wusste, dass er immer gut auf sie aufpassen würde.

Seufzend verdrängte Wilson seinen Tagtraum. Bald würde er Nandi wieder in den Armen halten können.

Der weiße Mann ging an seinem Abteil vorbei zur Toilette. Er war erschreckend mager und schleppte sich über den Gang wie jemand, der noch vor kurzem unter großen Schmerzen gelitten hatte. Er hielt den Körper nach vorn gebeugt, dabei hielt er einen Arm fest an die Seite gepresst, als würde es ihm Qualen bereiten, ihn zu bewegen. Sicher ist er im Krieg verwundet worden, dachte Wilson.

»Darf ich mich zu Ihnen setzen?« Joe King war über seine Frage selbst mindestens ebenso überrascht wie Wilson. Eigentlich hatte er vorgehabt, zu seinem Platz zurückzukehren, aber im allerletzten Augenblick erschien ihm die Vorstellung, wieder mit seinen Erinnerungen allein zu sein, unerträglich. Das und die Tatsache, dass seine Whiskyflasche leer war. Dieser Schwarze war besser als niemand. Außerdem interessierten ihn die vielen Orden.

»Wollen Sie mich jetzt auffordern, den Wagen zu verlassen?«

Joe nahm die Frage ernst. »Ich denke nicht.«

Wilson nahm seine Füße vom gegenüberliegenden Sitz, und Joe setzte sich. Er sah den Zulu an, der zurückstarrte. Plötzlich war Joe froh, wieder zu Hause zu sein. Als er diesen Schwarzen sah, der seinen Blick mit der ganzen stolzen Würde der Zulu-Tradition erwiderte, merkte Joe, wie sehr er seine Heimat vermisst hatte. Afrika war ein Land voller Gegensätze. Dieser Mann war ein Teil davon. Trotz seiner Uniform strahlten seine Augen in dem habichtähnlichen Gesicht so viel ... so viel ... – angestrengt suchte Joe nach dem richtigen Wort – ... Zulu aus. Das war es. Pures Zulu. Es gab auf der ganzen Welt keine andere Rasse, die ihr vergleichbar wäre. »Ich vermute, Sie waren im Westen, in der Wüste. Haben Sie dort viel mitbekommen?«

»Mehr als mir lieb war.«

Der Mann sprach perfektes Englisch. »Wie sind Sie zur Armee gekommen?«

Das war eine gute Frage. Nicht viele Schwarze waren zur Armee gekommen. Wilson hatte diese Frage oft gehört, deshalb hatte er eine Antwort vorbereitet, um die Neugier der Weißen zu befriedigen. Er sprach dann immer über seine Überzeugung, dass Weiße und Schwarze an einem Strang ziehen müssten, und wenn das bedeutete, gemeinsam in den Krieg zu ziehen, dann wäre das eben so. Aber er hatte die Lügen satt. »Um so viele Weiße wie möglich sterben zu sehen.«

Zu Wilsons Überraschung warf Joe King den Kopf in den Nacken und lachte schallend. Es war ein merkwürdig hohles Geräusch. »Ein Kaffer mit Sinn für Humor«, meinte er laut. »das ist gut.«

Wilson krümmte sich innerlich bei dem Wort ›Kaffer‹, außerdem wehte ihm eine Duftwolke sauer aufgestoßenen

Whiskys in die Nase. Aber alles, was er sagte, war: »Wohin fahren Sie?«

»Empangeni. Und Sie?«

Wilson nickte. »Auch.«

»Wohnen Sie dort?«

»Nein. Ich lebe einen Zweitagesmarsch von dort entfernt.«

Joe pfiff leise. »Weiter Weg, Mann.«

Wilson sah ihn an. »Sie sind Südafrikaner?«, fragte er überrascht.

Joe zeigte auf seine Uniform. »Ich war bei der Royal Air Force, damit ich fliegen konnte.«

»Sie hätten auch für die Südafrikaner fliegen können.«

Joe nickte. »Ich weiß. Aber nicht so wie für die Briten.«

Wilson zuckte die Schultern. Flugzeuge waren ein Geheimnis für ihn, und es war ihm am liebsten, wenn das so bliebe. Diese Maschinen erregten sein Misstrauen.

»Wofür sind die Ordensbänder?«, fragte Joe plötzlich. Er konnte seine Neugier nun nicht länger zurückhalten.

Die Stimme des weißen Mannes klang leicht aggressiv, aber Wilson ignorierte es. »Ich habe einem Unteroffizier das Leben gerettet.«

»Einem Weißen?«

Wilson verzog das Gesicht. »Es war Krieg. Er hat auf meiner Seite gekämpft. Wenn es eines gibt, wovon Zulu etwas verstehen, dann von den Gesetzen des Krieges. Ich vermute, Sie denken jetzt, das ergäbe keine Sinn.«

»Nicht viel.« Joe betrachtete den Schwarzen eingehend. Äußerlich war er ein typischer Zulu, aber er benahm sich nicht wie einer. Ja, die Zulu verstanden etwas von den Gesetzen des Krieges, und sie hatten großen Respekt vor einem tapferen Gegner. Man brauchte nur an den Respekt zu denken, den die Zulu den Briten in der Schlacht von Rorke's Drift entgegengebracht hatten. Die Zulu hatten berichtet, sie hätten viele zweimal erstechen müssen, so wie man einen Löwen zweimal erstechen muss, ehe er wirklich tot ist. Das hatte die Zulu beeindruckt. Die Kampfeslust lag ihnen im Blut, aber das erklärte immer noch nicht, warum dieser Mann sich freiwillig zum Krieg gemeldet hatte. Er schien eine seltsame Mischung aus traditionellem und modernem Zulu zu sein. Aber wie sollte man aus einem verdammten Zulu auch schlau werden, dachte Joe brummend. Es ärgerte und beeindruckte ihn, dass dieser Mann angesichts eines sicher verwirrenden Übergangsprozesses seine Zulu-Kampftraditionen mit demselben Gleichmut akzeptierte wie die Pflicht zur Verteidigung seines Landes. Für Joe war beides meilenweit voneinander entfernt.

Wilson fragte sich, was der weiße Mann jetzt wohl dachte. Er sah zum Fenster und betrachtete sein Spiegelbild. Das Gesicht des Mannes war dünn und hager, Enttäuschung hatte sich in feinen Linien um seinen Mund herum eingegraben. Er hatte etwas Trauriges, Resigniertes an sich. Er drehte sich zu ihm um und sagte: »Mein Name ist Wilson Mpande.«

»Joe King.« Der Weiße zögerte, dann streckte er umständlich seine linke Hand aus. »Tut mir Leid, mit der Rechten habe ich ein kleines Problem.«

Wilson ergriff seine Hand und schüttelte sie. »Sie wurden verwundet?«

»Habe versucht zu fliehen.«

»Sie waren in Gefangenschaft?«

Eine leichte Röte überzog Joes Hals. »Und?«, entgegnete er trotzig.

Wilson schüttelte den Kopf. »Nichts. Nur eine Frage. Sie waren nicht der Einzige.«

»Zwölf Mal?«, fragte Joe bitter.

Wilson lächelte. »Ein Mann, der zwölf Mal versucht hat zu fliehen, hat keinen Grund, sich zu schämen.«

»Ich schäme mich nicht«, antwortete Joe gereizt. Wilsons Augen wurden ausdruckslos. Ein guter Trick, der Joe nicht entgangen war. Er wusste, dass er damit seine Gefühle verbarg. »Trotzdem habe ich ein paar Deutsche erledigt.« Joe krümmte sich innerlich. Diese Aussage hatte schrecklich wichtigtuerisch geklungen, als müsste er sich rechtfertigen. Dieser Zulu begann ihn zu nerven. Er hatte ihn auf dem falschen Fuß erwischt, und das gefiel ihm gar nicht.

Wilsons Augen waren immer noch starr, als er fragte: »Wovon leben Sie in Zululand?«

Joe nahm das Friedensangebot an. »Zucker und Viehzucht«, antwortete er knapp.

Wilson runzelte die Stirn. »Beides?«

Joe wusste, was er meinte. Es war eine ungewöhnliche Kombination »Hauptsächlich Zucker. Das Vieh halte ich nebenbei.«

Wilson nickte. Zucker war für ihn ein Fremdwort, er verstand nicht viel davon. Viehzucht hingegen bedeutete für ihn fast so etwas wie eine Religion. »Sie können sich glücklich schätzen.«

»Das rede ich mir auch ständig ein. Was ist mit Ihnen?«

»Ich bin ein Zulu. Ich lebe sehr traditionell.«

Joe glaubte, einen trotzigen Unterton in der Stimme des Schwarzen gehört zu haben. »Das ist doch nichts Schlimmes.«

»Habe ich auch nicht behauptet.«

Joe zuckte mit den Schultern. Es interessierte ihn nicht weiter.

Wilson ließ nun wieder zu, dass sich seine Gefühle in seinen Augen spiegelten. »Es ist eine aussterbende Lebensweise. Die Weißen nehmen uns das beste Land und lassen uns den Rest.« Er sah Joe ungerührt an. »Natürlich kommt uns auch diese Großzügigkeit nur zuteil, weil die Weißen nichts damit anfangen können. Ihr habt euer Vieh. Es wird fett und gesund auf dem guten Weideland, das ihr uns weggenommen habt.«

Der Ausbruch überraschte Joe. Er hatte nie ernstlich darüber nachgedacht, dass die Einverleibung des Zulu-Landes unrecht sein könnte. Es war ihm auch nie in den Sinn gekommen, dass die Zulu Einwände dagegen haben könnten. Schließlich war es das, was die Kolonialmächte am besten konnten. Sie nahmen den ungebildeten Wilden das Land ab und verwandelten es in anständig aufgeteiltes, profitables Weideland, das die Nation ernährte und die Wirtschaft des Landes nach vorn brachte. Was war daran falsch? Die Zulu hätten das nie hingekriegt. Sie interessierten sich nur dafür, ein paar Stück Vieh zu besitzen, weiter dachten sie nicht.

Okay, ihm war klar, wie wichtig dieses Vieh für einen Zulu war. Die Tiere waren ein Symbol für die Macht eines Mannes; das traf auf die einfachsten Männer ebenso zu wie auf den König. Der Viehkral galt als heiliger Ort, den nur die Männer betreten durften. Aber meine Güte, Südafrika entwickelte sich schließlich weiter. Wenn sich die Weißen an die Veränderungen anpassen konnten, dann mussten es die Zulu auch tun. Joe fand, es sei nun an der Zeit, diesem arroganten Kaffer eine Lehre zu erteilen. »Sie werden noch mit viel weniger zurechtkommen müssen, wenn Daniel Malan die nächsten Wahlen gewinnt. Wenn Sie glauben, es ginge Ihnen schlecht, warten Sie nur ab, was Ihnen noch bevorsteht.«

Seine Worte ließen Wilson ungerührt. »Die Buren sind eine Minderheit. Ihr Englischsprachigen werdet es nicht zulassen, dass ihr Mann die Regierung anführt.«

Wenn es Joe überraschte, wie viel dieser Zulu von südafrikanischer Politik verstand, ließ er es sich nicht anmerken. Stattdessen erwiderte er: »Sie irren sich, mein Freund. Es ist richtig, dass es in Südafrika mehr Englischsprachige gibt, aber viele von ihnen dürfen nicht wählen. Sie hängen an ihren britischen Pässen. Also könnten die Buren die Stimmen durchaus zusammenkriegen. Außerdem gibt es keine Alternative. Die Engländer mögen einen großen Teil der Wirtschaft unseres Landes dominieren, aber solange die Nationalpartei ihre Interessen wahrt, werden sie Malan wählen.«

Wilson wusste, dass er Recht hatte. Und das ärgerte ihn. »Und Sie? Sie, der Sie mein Land bearbeiten und eine englische Uniform tragen? Wen werden Sie wählen, vorausgesetzt Sie dürfen wählen?«

Die unerwartet direkte Frage erstaunte Joe. »Ich behalte meinen britischen Pass«, erwiderte er ärgerlich. »Denn ohne bin ich ein Mensch ohne Heimat.«

»Sie haben eine Heimat. Sie haben Sie von mir genommen. Jetzt könnten Sie ihr wenigstens ein wenig Respekt entgegenbringen.«

Joe erhob sich steif, verlor das Gleichgewicht und schwankte, als der Zug schaukelte – möglicherweise lag es auch am Whisky. »Ich sage Ihnen eines, schwarzer Mann. Wir haben euch das Land nicht genommen. Ihr habt es verloren.« Er verließ das Abteil, um zu seinem Platz zurückzukehren, ehe er den starren Blick unterdrückten Zorns in Wilson Mpandes Augen sehen konnte.

Wilson war ebenfalls überrascht über die Wendung, die das Gespräch genommen hatte. In dem dunklen, schaukelnden Eisenbahnwaggon waren die Karten offen auf den Tisch gelegt worden. Das also war die unverfälschte Wahrheit. Hatte er gelernt zu verstehen, wie die Weißen dachten? Traurig kam er zu dem Schluss, dass es nicht so war.

Kapitel zwei

Michael King wartete, bis der Eselskarren abgefahren und im Straßenstaub verschwunden war, dann bückte er sich und zog sich Schuhe und Strümpfe aus. Er stopfte sie in seine Leinentasche, ohne sich darum zu kümmern, dass sie schmutzig waren. Die helle, sandige Straße blendete ihn. Er kniff die Augen zusammen und untersuchte den Boden vor ihm sorgfältig auf Fußabdrücke. Mit den geschmeidigen Bewegungen eines Leoparden schlich er zu der halbrunden Mauer auf der rechten Seite des Tors, stellte sich auf Zehenspitzen und spähte hinüber. Anschließend lief er zur linken Mauerseite und tat dort dasselbe. Mit einem erleichterten Seufzer schwang er seine Tasche über die Schulter, ging durch das gewaltige Tor mit der Aufschrift ›UBejane-Plantage‹ und begab sich auf den in flirrender Hitze liegenden Weg zum Haus. Ein Zwei-Kilometer-Marsch lag vor ihm.

UBejane war seit seiner Geburt sein Zuhause. Michael wusste, dass es einst Teil eines noch größeren Anwesens gewesen war, das seinem Großvater gehört hatte, einem ungnädigen, scharfzüngigen Patriarchen, an den Michael sich noch heute mit Schaudern erinnerte. Als der alte Mann vor vier Jahren gestorben war, war Michael froh gewesen, nie wieder den Bösartigkeiten ausgesetzt zu sein, die sein Großvater willkürlich an alle und jeden in seiner Umgebung verteilt hatte. Mehr als einmal hatte er seine Mutter wegen einer der sarkastischen Äußerungen seines Großvaters in Tränen ausbrechen sehen. Da drei der vier Söhne von Großvater King nicht aus dem Krieg zurückgekehrt waren und der älteste im Krieg beide Beine verloren hatte, hatten die Frauen der Familie das Begräbnis des alten Mannes organisiert. Keine von ihnen hatte den Schwiegervater genug gemocht, um auch nur vorzutäuschen, über seinen Tod sonderlich traurig zu sein. Claire King hatte Michael die Entscheidung überlassen, an der Beerdigung teilzunehmen. Doch Michael wollte sich selbst vergewissern, dass der böse alte Mann sie nie mehr würde ärgern können.

Inzwischen war Michael fast acht, und die Erinnerungen an seinen Großvater verblassten allmählich. Wenn er überhaupt je an ihn dachte, musste Michael zugestehen, dass er seinem Großvater vielleicht keine Liebe, aber zumindest Dankbarkeit schuldete. Der Krieg war vorüber, und die beteiligten Länder waren bemüht, sich davon zu erholen. In der Schule hatte Michael das Wort *Lebensmittelknappheit* gehört. Es sagte ihm nicht viel. Der Gemüsegarten, die Obsthaine, der Hühnerstall, die Schweineverschläge und die Felder von UBejane gaben so viel Nahrung her, dass nicht nur Michael und seine Mutter satt wurden, sondern die gesamten Bewohner des Anwesens. Es war sogar noch so viel übrig, dass sie in der nahen Stadt Empangeni den Menschen aushelfen konnten, denen es nicht so gut ging. Das Geld war knapp, das wusste Michael, aber er hatte einen vollen Magen und ein Dach über dem Kopf, und ihm war klar, dass er zu denen gehörte, die sich glücklich schätzen konnten.

Während er die Straße entlangging, wurde die Umgebung um ihn herum immer grüner. Hohe Zuckerrohrpflanzen umschlossen den Weg zu beiden Seiten und dämpften alle Geräusche. Aber die Stille heute war ungewöhnlich. Normalerweise brachte der leiseste Windhauch die abgestorbenen unteren Blätter in Bewegung; sie raschelten wie emsig umherhuschende kleine Lebewesen. Jetzt regte sich nichts. Es war fast ein bisschen unheimlich. Michael verließ die Straße, ging auf die Pflanzen zu und suchte nach einem saftigen jungen Trieb. Als er einen entdeckte, knickte er ihn ab und saugte im Weitergehen genussvoll den süßen Saft heraus, bis sein Kinn und seine Hände ganz klebrig waren. Dann ließ er den Blick von rechts nach links wandern. Heute musste er besonders vorsichtig sein. Ein Angriff aus den Zuckerrohrfeldern war lange überfällig.

Michael atmete tief ein. Der Sommer lag in der Luft. Regenwolken türmten sich über dem Meer auf, aber bisher hatten sie noch keinen Niederschlag gebracht. Die Luft war schwer. Michael konzentrierte seine Aufmerksamkeit auf die schmalen Grasstreifen zu beiden Seiten der Straße. Das Gras war hoch genug, um sich darin zu verstecken. Er suchte mit wachen Augen die unmittelbare Umgebung ab, während er weiterging, achtete auf verräterische Zeichen. Nirgends waren Arbeiter zu sehen; sie waren im Moment alle im nördlichen Teil der Plantage beschäftigt, um junge Zuckerrohrpflanzen zu säen. Die Felder hier würden bald niedergebrannt werden, und Michael hoffte, dass er dabei sein durfte. Normalerweise wurde das Feuer je nach Witterung sehr früh morgens gelegt, wenn er noch schlief, aber manchmal brannten sie das Zuckerrohr auch abends nieder, und wenn es nicht allzu spät war, durfte er dabei zusehen.

Die Straße verlief schnurgerade und wurde nur gelegentlich durch Querverbindungen unterbrochen, die die Felder in Vierecke unterteilten. Die Luft war trocken, aber ein süßlicher Duft wehte zu ihm herüber. Manchmal, wenn die Straße und die Felder nass waren oder die Grasränder frisch geschnitten, war die Mischung der Gerüche geradezu überwältigend. Dies war häufig der Fall, seit seine Mutter das Bewässerungssystem hatte installieren lassen.

Als Claire zum ersten Mal davon gesprochen hatte, die Zuckerrohrfelder zu bewässern, hatte Michael geglaubt, sie sei verrückt geworden. Alle Farmer in der Gegend verließen sich auf die Regenfälle, niemand wässerte seine Felder. Claire tat es trotzdem, und sie hatte Erfolg. Die Erträge der Plantage waren gestiegen, und die jahreszeitlichen Ernteschwankungen hatten nachgelassen. Als die Bodenfeuchtigkeit auf diese Weise gesteuert werden konnte, ging Claire noch einen Schritt weiter. Sie brannten nun absichtlich die trockene Bagasse ab, ehe sie das pressfertige Zuckerrohr ernteten. Es war eine schmutzige Arbeit, und die afrikanischen Arbeiter hassten sie und trugen dazu Jutesäcke über ihrer Kleidung, um diese zu schützen. Doch Claire bestand auf dieser Prozedur. Das Zuckerrohr war nun viel reiner, bei kaum oder nur wenig Sucroseverlust. Anfangs wurde Claire King von den anderen Farmern belächelt, die die Bagasse nach traditioneller Methode mit dem Messer abschlugen. Aber als sie sahen, wie hoch ihre Erträge waren, übernahm einer nach dem anderen ihre Vorgehensweise. Michael hatte einmal einen Nachbarn sagen hören: »Es gibt keinen Zweifel daran, dass sie Recht hat. Sie ist sehr klug, diese Frau.«

Michael erreichte die erste Kreuzung und bog nach rechts ab. Der Gutsverwalter Raj Singh, ein groß gewachsener Sikh, kam ihm auf dem Fahrrad entgegen. Michael atmete erleichtert auf. Die Furcht vor einem drohenden Angriff war heute besonders groß. Da war es beruhigend, Raj die Straße entlangkommen zu sehen. Es sah ziemlich albern aus, wie er auf seinem Fahrrad saß, mit schiefem Turban, weißen Hosen, vom Wind aufgeblähter Tunika und den flatternden Enden einer breiten roten Schärpe. Er bremste, indem er einen Fuß in die Erde rammte, und kam wackelnd neben Michael zum Stehen. Ein Strahlen ging über sein schmales, dunkles Gesicht mit der hakenförmigen Nase. Er liebte den Jungen wie einen eigenen Sohn.

»Guten Tag, Master Michael.«

»Guten Tag, Mr. Singh.« Michael vergötterte Raj, aber er achtete stets darauf, ihm gegenüber die Gebote der Höflichkeit einzuhalten. Er hatte bereits mehr als eine Ohrfeige kassiert, weil er es nicht getan hatte. Nicht dass sie ihn wirklich geschmerzt hätten, die Maßregelungen waren immer sehr flüchtig gewesen. Doch Michael legte größten Wert auf Rajs Anerkennung und tat alles, um dem Sikh zu gefallen.

Raj genoss auf der Farm eine besondere Stellung, nicht nur weil er der Verwalter war. Da Joe in den Krieg ziehen musste, hatte Raj es sich zur Aufgabe gemacht, sich um Michaels landwirtschaftliche Ausbildung zu kümmern, ihn so häufig wie möglich mit auf die Felder zu nehmen, ihm zu erklären, was er tat und warum – kurzum, ihn in die Geheimnisse des Zuckerrohranbaus einzuweihen, wovon er eine Menge verstand. Dabei ließ er, wann immer möglich, ein paar typische Männerweisheiten einfließen.

»Man darf einer Frau nie das Gefühl geben, dass sie klug ist«, hatte er Michael einmal mit Nachdruck gewarnt.

»Warum nicht?«

Raj hatte Michael einen bedeutungsvollen Blick zugeworfen. »Weil sie es nicht ist.«

»Manche Frauen schon«, hatte Michael entgegnet. »Katie Fisher ist Klassenbeste in Mathe *und* Englisch.«

»Pah!« Raj hatte eine verächtliche Handbewegung gemacht. »Das heißt bloß, dass sie ein gutes Gedächtnis hat.«

Michael wünschte sich, er hätte ein ebenso gutes Gedächtnis, und hatte das auch gesagt.

Daraufhin hatte Raj erwidert. »Kann sie eine Farm führen? Nein. Kann sie in den Krieg ziehen? Nein. Das Einzige, was sie kann, ist Babys kriegen.«

Michael fand, dass seine Mutter UBejane ziemlich gut führte, hatte aber vorsichtshalber geschwiegen. Stattdessen fragte er: »Warum können Männer keine Babys kriegen?« Er war froh gewesen, dass Raj dieses Thema angesprochen hatte. Michael hatte das Vieh beobachtet, die Farmhunde und den alten Hahn und seine Hühner, und er hatte zwei und zwei zusammengezählt. Die Vorstellung, dass die Angelegenheit bei den Menschen ähnlich verlaufen könnte, erschien ihm zwar seltsam, aber irgendetwas faszinierte ihn trotzdem daran – schon allein weil es so offensichtlich tabu war. Er wollte unbedingt mehr dazu herausfinden. Dies war seine Gelegenheit. Doch Rajs Antwort war eher enttäuschend gewesen.

»Männer haben Wichtigeres zu tun.«

Michaels Mutter ließ Raj die Farm führen, kümmerte sich aber selbst um die Buchhaltung und traf alle größeren Entscheidungen. Sie hatten eine zähe und erbitterte Auseinandersetzung über das Thema Bewässerung geführt. Raj weigerte sich immer noch zuzugeben, dass es eine gute Idee war, aber Claire wusste genau, dass sie ihn überzeugt hatte. Sie war froh, dass Michael häufig mit ihm zusammen war. Der Junge brauchte einen männlichen Erwachsenen um sich. Allerdings musste sie, nachdem Michael ihr die eine oder andere von Rajs oft bizarren Ansichten wiedergegeben hatte – etwa als er sechs war und feierlich verkündet hatte, dass er ab sofort kein Toilettenpapier mehr brauche, schließlich hätte er Hände, mit denen er das perfekt erledigen könne –, Raj mit viel Diplomatie erklären, dass seine indischen Gewohnheiten anders waren als die ihres Sohnes und er das doch bitte in Zukunft bedenken sollte.

Raj hatte den Vorwurf mit einer knappen, steifen Verbeugung zur Kenntnis genommen und ansonsten beharrlich geschwiegen. Aber sobald Claire außer Hörweite gewesen war, hatte er sich gerächt. Er hatte Michael zu verstehen gegeben, dass seine Mutter schließlich nur eine Frau sei und deshalb von wichtigen Dingen keine Ahnung habe; deshalb würde er ihm auch weiterhin seine indischen Bräuche und Anschauungen lehren. Michael hatte ihn unsicher angelächelt und nicht so recht gewusst, ob Raj sich lustig über seine Mutter machte oder nicht. Allerdings machte der Sikh selten Witze; deshalb vermutete Michael, dass er es ernst gemeint hatte. Während er Rajs Ratschläge im Allgemeinen gern annahm, war er in diesem Fall zu dem Schluss gekommen, dass der Inder sich irren musste. Claire war die wichtigste Person in seinem Leben, und er liebte und respektierte sie.

Raj streckte seinen Fuß aus, um das Gleichgewicht zu halten. »Wie war es in der Schule?«

»Ganz okay.« Michael zeigte mit der Hand auf das Zuckerrohrfeld zu seiner Rechten. »Wann verbrennen Sie dieses Stück?«

»Schule«, beharrte Raj ernst.

Michael seufzte und erzählte Raj, was er an diesem Tag gelernt hatte. Doch dann kam er auf seine Frage zurück. »Es wird bald regnen, und dieses Feld ist so weit.«

Raj tat überrascht. »So ist es, tatsächlich. Meine Güte. Wir werden schon bald einen guten Farmer aus Euch machen, Master Michael.«

Michael ließ sich nicht abwimmeln. »Also wann?«

Raj strich sich nachdenklich übers Kinn. »Ich weiß noch nicht genau. Vielleicht morgen.«

Michael machte ein enttäuschtes Gesicht.

Der Sikh lächelte. »Ach so.« Er klatschte in die Hände. »Jetzt verstehe ich. Ihr möchtet gern, dass wir auf Euch warten, nicht wahr? Dann sagt mir doch, wann es Euch passen würde. Dann kann Raj entscheiden, ob wir so lange warten können.«

Michael hielt den Atem an. Er hatte schon viele ähnliche Gespräche mit dem Inder geführt und dann häufig feststellen müssen, dass Raj das Zuckerrohr abbrannte, wann es ihm passte. Angeblich hatte es etwas mit der Mühle und den Quoten zu tun.

Aber heute war das anders. Raj ließ sich erweichen. »Keine Sorge, wir warten, bis Ihr hier sind, Master Michael. Es wird Zeit, dass Ihr verstehen lernt, dass das Feuer keine Spielerei ist. Dieses Mal werdet Ihr dafür verantwortlich sein.«

Michael war sehr erfreut und nickte feierlich. Er hatte schon häufig zugesehen, sogar geholfen, und er wusste, wie man das Wetter berechnete und an welchen Stellen man das Feuer legte. Dieses Mal durfte er also zum ersten Mal Verantwortung übernehmen. »Am nächsten Wochenende«, entschied er. »Es sei denn, es regnet.«

»Wie Ihr meint.« Raj verneigte sich tief und verbarg sein stolzes Lächeln.

Zufrieden wechselte Michael das Thema. »Wo mag er sich bloß heute verstecken?«

Raj wusste sofort, wovon Michael sprach. »Ich weiß es nicht, Master Michael.«

Michael runzelte die Stirn. Der Inder log.

Raj ließ ihn ein wenig schwitzen, ehe er hinzufügte. »Aber seid vorsichtig, sobald Ihr die Zuckerrohrfelder hinter Euch gelassen haben.«

Michael klopfte spielerisch auf Rajs knochigen Arm. »Danke, Raj.« Er verabschiedete sich und raste die Straße hinab. Er hatte es plötzlich eilig, an den Feldern vorbeizukommen und den Teil der Farm zu erreichen, der ihm am liebsten war.

Für eine Zuckerrohrplantage war UBejane recht groß. Der flache Streifen Land, insgesamt 640 Hektar, der parallel zur Küstenstraße verlief, war gänzlich mit Zuckerrohr bepflanzt. Dahinter, wo das Gelände leicht anstieg und hügelig wurde, lagen weitere 320 Hektar, unbebaute Weideflächen für das Vieh. Michaels Großvater hatte die Nachfrage nach Zucker zwar vorausgesehen, aber er war im Herzen immer ein Viehzüchter geblieben und konnte es nicht ertragen, ohne seine Tiere zu sein. Joe King hatte keinen Grund gesehen, daran etwas zu ändern.

UBejane beherbergte viele verschiedene Kulturen. Indische Sirdare waren für den Transport des geernteten Zuckerrohrs verantwortlich. Sie hatten die Transportwege gebaut, auf denen die von Mauleseln gezogenen Karren das Zuckerrohr zur Eisenbahnverladestation brachten. Hier wurde das Zuckerrohr auf größere Waggons verladen und zur Mühle nach Empangeni gebracht.

Ihre Frauen jäteten Unkraut – eine Aufgabe, die äußerste Sorgfalt erforderte, damit die Zuckerrohrpflanzen auch wirklich jeden Zentimeter des Bodens einnehmen konnten. Es war eine sehr mühsame Arbeit, die sie klaglos erledigten.

Die Inder waren speziell für die Arbeit auf den Zuckerrohrplantagen nach Südafrika geholt worden. Sie arbeiteten fleißig und waren dankbar, dass sie ein Dach über dem Kopf hatten und etwas zu essen auf dem Teller – was in ihrem Geburtsland nicht selbstverständlich war.

Die anstrengendste Tätigkeit, das eigentliche Schlagen des Zuckerrohrs, wurde von Wanderarbeitern erledigt, den Pondos, die für Einjahresverträge aus dem tiefen Süden heraufkamen. Sobald ihr Vertrag zu Ende war, kehrten sie nach Hause zu ihren Familien zurück, und die nächste Arbeitercrew trat ihren Dienst an.

Einige Inder waren als Vorarbeiter tätig, deren Aufgabe darin bestand, die anderen zu beaufsichtigen, doch Raj war der einzige Inder auf der Farm, der eine Position in der Verwaltung innehatte. Er war bereits vor vielen Jahren nach UBejane gekommen, und der alte King war von seiner Intelligenz und seiner Lernfähigkeit beeindruckt gewesen. Langsam hatte er sich zu seiner jetzigen Stellung emporgearbeitet. Die Inder und die Pondos konzentrierten sich ausschließlich auf den Zuckeranbau, sie hatten mit dem Vieh nichts zu tun. Die Zulu hingegen kümmerten sich um das Vieh und weigerten sich strikt, etwas mit Indern, Pondos oder Zucker zu tun zu haben.

Ein mürrischer alter Schotte, den alle nur Mac nannten, führte die Werkstatt der Farm und ließ sich von niemandem in seine Arbeit hineinreden. Er war ein exzellenter Mechaniker, der alles reparieren konnte, von Claires Nähmaschine bis zu den kompliziertesten landwirtschaftlichen Geräten. Erstaunlicherweise hatte er 26 Jahre lang die böse Zunge des alten King ertragen und war zweifellos zu einer Institution geworden. Als Joe King UBejane übernahm, hatte er sich als Erstes darum gekümmert, dass Mac blieb.

»Also gut«, hatte Mac geantwortet. »Aber wenn Sie in meiner Werkstatt herumschnüffeln, trete ich Ihnen in ihren verfluchten Arsch, und zwar schneller, als Sie gucken können.«

»Abgemacht.« Joe hatte seine Hand ausgestreckt. »Unter einer Bedingung.«

»Und die wäre?« Mac hatte Joes ausgestreckte Hand ignoriert und ungeduldig die Stirn gerunzelt.

»Halten Sie sich vom Whisky fern.«

Mac hatte die Stirn noch mehr gerunzelt. »Ich trinke keinen Whisky, Sie Grünschnabel. Ich trinke Scotch, und den werden Sie in meinem Atem nicht riechen, außer sonntags. Und was ich sonntags mache, geht Sie nichts an.«

Die beiden Männer hatten sich die Hände geschüttelt. Joe hatte sich von Macs Werkstatt fern gehalten, und Mac war dafür von Montag bis Samstag nüchtern geblieben.

Als Joe nach Europa in den Krieg gezogen war, entwickelte Mac plötzlich eine für ihn ganz ungewöhnliche Zuneigung zu Michael. Er schien die Gesellschaft des Jungen zu mögen. Claire machte sich häufig Gedanken über die Erziehung ihres Sohnes. Wenn er nicht Rajs skurrilen Ratschlägen lauschte, setzte ihm Mac seine nicht minder seltsamen Ideen in den Kopf, die er großzügig dem gälischen Aberglaube zu entnehmen schien. ›Macs Magie‹ nannte Claire es, als Michael eines Tages einen Korken auf ihr verkrampftes Bein legte und die Spannungen sofort verschwanden. Bei einer anderen Gelegenheit, als sie von einem nicht enden wollenden Schluckauf geplagt wurde, fragte Michael sie: »Hast du heute ein weißes Pferd gesehen?« Claire musste eine Sekunde nachdenken, aber das genügte bereits, um ihren Schluckauf zum Verschwinden zu bringen. In der Hoffnung, dass all dies die Entwicklung ihres Sohnes nicht ernstlich beeinträchtigen würde, überließ Claire die Entscheidung, mit wem er sich umgab, schließlich ihrem Sohn und schritt nur noch in äußersten Notfällen ein.

Michael hatte die Zuckerrohrfelder inzwischen hinter sich gelassen und lehnte sich kurz an ein breites Holztor. Vor ihm, auf einer saftigen Weidefläche, die sich bis zu den Hügeln erstreckte, graste Vieh. Das Schachbrettmuster der Straßen verlor sich, der Weg stieg durch ein Akazienwäldchen, vorbei an Felsausläufern, leicht an. Aufmerksam ließ Michael den Blick schweifen. Von hier aus konnte er das Haus sehen, das am Hügel geschützt unter den Bäumen lag. Aus der Zulu-Siedlung stieg Rauch auf, und zur Linken verteilten sich die Hütten der Inder über ein Gebiet von fast vier Hektar.

Noch hinter den Behausungen der Zulu und der Inder lagen die Hütten der Pondos, auf einem Landstück, das niemand betrat. Sie waren aus einfachem Sperrholz gebaut und mit Stroh gedeckt. Nach Ablauf eines jeden Jahres wurden sie niedergebrannt, denn nur so konnte man das ganze Ungeziefer und den Schmutz loswerden, der sich hier ansammelte. Die Pondos schienen den Sinn von Sauberkeit und Hygiene nicht nachvollziehen zu können, so sehr man auch versuchte, es ihnen nahe zu bringen. Ihre Siedlung lag hinter Büschen verborgen; es war der einzige Teil des Anwesens, den Michael nicht betreten durfte. Aber ihm reichte bereits der Kontakt zu den Pondos, den er durch die Feldarbeit hatte. Sie waren verschlossen, eigenbrötlerisch und schmutzig, und Michael hatte nicht das geringste Bedürfnis, ihre Quartiere aufzusuchen.

»Wo ist er bloß?« Angestrengt kniff Michael die Augen zusammen, so wie er es bei Mac gesehen hatte, wenn er sich konzentrierte. Dyson konnte überall stecken.

Die Straße führte nun durch zwei große Felsblöcke hindurch. Die würde er sich einmal genauer ansehen. Zwischen dem Tor und den Felsen verlief ein ausgetrockneter Bach links neben der Straße. Michael kletterte über das Tor, rannte hastig über ein Stück freies Feld und sprang auf den sandigen Grund des Bachbetts. Von hier bis zu den Felsen war er vor einem Angriff sicher. Tief geduckt lief er weiter, knackende Zweige und trockenes Laub sorgfältig meidend. Er erreichte den Felsen und schlich vorsichtig um den ersten herum. Nichts. Nun untersuchte er die andere Seite. Dann blieb ihm nichts anderes übrig, als das freie Feld vor ihm zu überqueren. Michael holte tief Luft, dann trat er auf die Straße.

Dyson Mpande grinste. Er beobachtete Michaels Unternehmen seit einiger Zeit von dem rechten Felsblock aus. Inzwischen lag er flach auf dem Bauch, doch die letzte halbe Stunde hatte er in einem überhängenden Baum verbracht, wo er die niedrigeren Äste so zusammengebunden hatte, dass sie die Felsspitze verdeckten. Er wollte, dass Michael ihn nicht sah – offenbar war es ihm gelungen. Es wurde zunehmend schwierig, Michael zu überrumpeln, und Dyson musste immer erfinderischer werden. Als Michael direkt unter ihm stand, ließ Dyson sich mit einem markerschütternden Schrei genau auf den Rücken seines Freundes fallen. Beide Jungen wälzten sich auf der staubigen Straße. Derjenige, dem es gelingen würde, sich rittlings auf den anderen zu setzen, würde Sieger des Zweikampfs sein.

»Ich bin *Mhlathuze*, der Mächtige«, rief Dyson lachend, während er Michael niederdrückte und versuchte ihn festzuhalten. Er riss den Mund vor Anstrengung weit auf, sodass man die Lücke sehen konnte, wo ihm kürzlich vier Milchzähne ausgefallen waren. An den weiß schimmernden Unebenheiten konnte man erkennen, dass die neuen Zähne bereits durch den Gaumen stießen.

»Ich bin *iNdlovu*, der Elefant«, keuchte Michael auf Zulu und rollte sich so zur Seite, dass Dyson von ihm herunterrutschte und sich rasch in Sicherheit bringen musste, ehe sich ihre Positionen umkehrten.

Halb spielerisch, halb ernst rangen die beiden Jungen miteinander und erprobten ihre Kräfte. Sie waren Freunde, gute Freunde, und sie würden sich niemals wehtun. Aber ihre Ehre stand auf dem Spiel.

Michael, der den Vorteil hatte, fast ein Jahr älter zu sein, gewann den Wettbewerb. Dyson nahm es gelassen. »Eines Tages, *Nkawu*«, meinte er und sprach seinen Freund mit dessen Spitznamen, Affe, an, »werde ich dich kriegen. Du wirst mich nicht immer besiegen können.« Er klopfte sich den Staub von der Hose.

Michael legte den Arm um Dysons Schulter und grinste. »An dem Tag werde ich in Sack und Asche gehen.«

Beide Jungen kicherten.

Dyson blickte auf Michaels schmutzige Schuluniform. »Deine Mutter wird dich schlagen.«

»Meine Mutter schlägt mich nie.«

»Aber heute wird sie dich schlagen.«

»Unsinn.« Michael war völlig unbekümmert. Er würde ins Haus schleichen und Bessie, dem Zulu-Hausmädchen, seine verschmutzten Sachen geben. Morgen früh würden sie gewaschen, getrocknet und gebügelt in seinem Zimmer sein.

»Wie war es heute in der Schule?« Dyson ging noch nicht zur Schule, es war das Einzige, was die beiden Jungen nicht gemeinsam tun konnten. Im Empangeni war eine Schule für afrikanische Kinder gebaut worden, aber sie war völlig überfüllt. Neue Klassen mussten eingerichtet werden, so lange musste Dyson warten.

»Ich habe eine neue Rechenart gelernt.« Michael hockte sich hin und zeichnete mit dem Finger etwas auf den Boden.

Dyson betrachtete es eingehend. »Was ist das?«

»Man nennt es Ungekürzte Division. Weißt du, wenn eine Zahl durch mehr als zwölf dividiert werden muss, ist das eine Ungekürzte Division. So wird es gemacht.« Michael zeigte Dyson, wie man es ausrechnete.

Dyson begriff sehr schnell. Michael gab ihm seinen Lernstoff auf diese Art weiter, seit er zur Schule ging. Jeden Nachmittag machte er sich, sobald er vom Schulwagen geklettert war, als Erstes auf die Suche nach Dyson. Es gab unterwegs viele Möglichkeiten, wo sich sein Freund verstecken konnte. Sie taten so, als wäre Michael ein tapferer Elefantenjäger und Dyson ein unerschrockener Zulu-Krieger. Sie stellten sich vor, sie beide wären Feinde, die sich geschworen hätten, sich gegenseitig zu töten. Mit klopfendem Herzen schlichen sie aufeinander zu, lockten sich in den Hinterhalt, und ihre Anspannung legte sich erst, wenn sie miteinander gekämpft hatten. Anschließend zeigte Michael Dyson, was er gelernt hatte.

»Ich habe dir meine Hausaufgaben aufgeschrieben. Es sind alles Ungekürzte Divisionen. Bring sie morgen mit, dann sehen wir, ob du die gleichen Lösungen hast wie ich.«

Dyson nahm das Blatt. »Was hast du sonst noch gelernt?«

Michael verzog das Gesicht. »Geschichte.«

»Pah! Deine Geschichte brauche ich nicht. Ich habe meine eigene.«

»Rechtschreibung«, zählte Michael weiter auf. »Hier ist das Arbeitsblatt. Ich werde dich am Samstag testen.«

»Und ich werde dich ebenfalls testen, *Nkawu*.«

Michael drehte sich um und schielte in Richtung der Behausungen, wo Dyson lebte. Es war ein traditionelles Zulu-Dorf mit bienenkorbförmigen, strohgedeckten Hütten. Die meisten hatten keine Fenster, und die Türen waren so niedrig, dass man sich tief bücken musste, um hineinzugelangen. Gekocht wurde in der Regel draußen, jede Hütte hatte eine eigene Kochstelle. Die Viehkrale lagen ein Stück entfernt. Michaels Großvater hatte mit Vorliebe Mpande zitiert, den dritten Zulu-König, der, und das faszinierte Michael besonders, zu Dysons Vorfahren zählte: »Man kann einen Zulu nur beherrschen, wenn man ihn tötet.« Michael hatte das immer wörtlich genommen und konnte nie verstehen, warum sich jemand wünschte, eine tote Person zu beherrschen, zumal sein Großvater stets hinzugefügt hatte: »Ein Schritt vorwärts ist für einen Zulu ein Schritt rückwärts.« Michael jedenfalls war froh, dass die Zulu in UBejane nach ihren Traditionen lebten. Es schien sie glücklich zu machen, und das war alles, was Michael interessierte.

Michael liebte die Siedlung und den stechenden Geruch der Kochstellen. Er saß gern zusammen mit Dyson und seiner Mutter am Feuer, aß mit ihnen und unterhielt sich auf Zulu. Er fühlte sich in der Nähe dieser Schwarzen ebenso wohl wie bei seiner Mutter, seinen Tanten und Kusinen. Die offenen, gastfreundlichen Zulu behandelten Michael, als wäre er einer von ihnen. Wenn er darüber nachgedacht hätte, wäre ihm klar geworden, welch große Ehre das für ihn bedeutete – aber auch welche Verpflichtung. Nicht dass es etwas Schwieriges zu lernen gegeben hätte. Michael akzeptierte die Zulu-Lebensweise, wie er seine eigene akzeptierte. Beide Kulturen gehörten trotz ihrer Unterschiedlichkeit zu seinem Leben. Es war für Michael ebenso normal, sich automatisch auf die rechte Seite, die Männerseite, der Hütte zu begeben, wenn das Wetter schlecht war und sie dazu zwang, drinnen zu essen, wie es für ihn normal war, das Besteck richtig zu benutzen, wenn er zu Hause aß. Er sprach Zulu so gut wie Dyson, hatte die Sprache schon beherrscht, ehe er Englisch gelernt hatte. Er war auch für Dysons Englischunterricht zuständig, verbesserte seine Aussprache und Grammatik, sodass Dysons Englisch für einen Farmarbeiterjungen außergewöhnlich gut war.

Wenn Michael und Dyson zusammen waren, sprachen sie eine Mischung aus Englisch und Zulu, manchmal wechselten sie mitten im Satz von einer Sprache in die andere. Die Freundschaft mochte aus Langeweile entstanden sein, aber obwohl Michael inzwischen zur Schule ging und andere Jungen kennen gelernt hatte, war sie noch so stark wie eh und je. Sie waren enge Freunde, Vertraute, und die Tatsache, dass ihre Väter beide noch nicht aus dem Krieg zurückgekehrt waren, verband sie noch mehr. Sie sprachen häufig darüber.

Jetzt gingen sie auf die Weggabelung zu, die rechts zur Zulu-Siedlung führte und links zum Haupthaus. An der Abzweigung blieben sie stehen. Michael hob einen Stein auf und warf ihn in die Richtung, aus der sie gekommen waren. Eine Frankolinen-Familie wurde aus ihrem Nest aufgescheucht. »Meine Mutter glaubt, dass Dad bald nach Hause kommt.« Er sah den aufgeregten rotschnäbeligen Vögeln zu, die erschrocken durcheinander schrien, dann drehte er sich wieder zu Dyson. »Ich frage mich, wie das wohl ist. Einen Vater zu haben, weißt du.«

Dyson warf ebenfalls einen Stein. »Keine Ahnung. Sicher seltsam.«

»Ja«, stimmte Michael ihm zu. »Aber es ist bestimmt auch schön.«

Sie redeten eine Weile und ließen ihrer Fantasie freien Lauf. Für beide war die Vorstellung aufregend, aber auch beängstigend. Eine Viertelstunde später verabschiedeten sie sich und gingen auseinander. Auf den letzten 500 Metern zu seinem Haus überlegte Michael, was die Rückkehr seines Vaters tatsächlich bedeuten würde. Von Raj und Mac abgesehen war er hauptsächlich unter Frauen aufgewachsen. Seine wichtigsten Bezugspersonen waren seine Mutter und Bessie. Natürlich, seine Mutter war etwas ganz Besonders, und er liebte sie abgöttisch. Die Art, wie sie aussah, wie sie duftete, sich kleidete, selbst wie sie sprach, faszinierte Michael immer wieder von neuem. Er freute sich jeden Tag auf den Augenblick, an dem sie, kurz bevor sie selbst ins Bett ging, nach ihm sah und sich über ihn beugte, um ihn aufs Haar zu küssen in dem Glauben, er schliefe tief und fest. In Wirklichkeit schlief Michael nie, bevor sie das getan hatte. Wenn sie in seiner Nähe war, empfand er immer ein besonderes Wohlbehagen. Er hatte das Gefühl, dass – ganz gleich was geschah – alles gut war, solange sie da war.

An seinen Vater hatte Michael kaum eine Erinnerung. Er vermutete, dass der Mann, den er Dad nannte, sich nicht viel um ihn gekümmert hatte, ehe er in den Krieg gezogen war. Seine Mutter hatte einmal gesagt, dass er sehr beschäftigt gewesen sei, aber wenn er zurückkomme, sei Michael ein ganzes Stück älter, könne seinem Vater bei der Arbeit helfen, und dann würden sie sich richtig kennen lernen. Diese

Bemerkung hatte sich in Michaels Kopf festgesetzt, zusammen mit einem vagen Gefühl von Angst – eine Unruhe, etwas, das ihn zur Vorsicht mahnte. Warum, konnte er nicht sagen.

Sein Vater war die Person auf einem Foto, ein lachender, gut aussehender Mann, mit blitzenden dunklen Augen und strahlend weißen Zähnen, dickem schwarzen Haar, das sich über der Stirn kräuselte, und einer dicht behaarten muskulösen Brust. Manchmal versuchte Michael den Mann auf dem Foto zu imitieren, aber er hatte den Teint und die Haare seiner Mutter geerbt, und damit konnte er nicht an das piratenhafte Aussehen seines Vaters heranreichen. Manchmal, wenn er und Dyson zusammen spielten, rieb er sich Erde in seine blonden Haare und tat so, als sei er dunkel wie sein Vater. Auch in anderer Beziehung hatte Michael das Gefühl, an seinen Vater nicht heranreichen zu können. Er war groß für sein Alter, aber sehr schmal. Er konnte sich nicht vorstellen, je muskulös zu werden. Michaels Augen waren blau, und er besaß die griechische Nase seiner Mutter oder würde sie zumindest bekommen, wenn er reifer würde – das sagten alle. Michael wusste nicht genau, was das bedeutete, und er hatte niemanden, mit dem er über solche Dinge sprechen konnte.

In der Schule hatte Michael eine Lehrerin. Zwei seiner Onkel waren nicht aus dem Krieg zurückgekommen. Der einzige, der zurückgekehrt war, saß im Rollstuhl, ohne Beine. Er redete kaum. Michael sprach mit seiner Mutter oder seinen Tanten nicht über sein körperliches Gebrechen. Die bloße Vorstellung trieb ihm bereits die Schamesröte ins Gesicht. Seine Kusinen und Vettern waren in einem ähnlichen Alter wie er, plus oder minus ein paar Jahre, aber nicht weltgewandt genug, um ihn zu beraten. Außerdem hätte Michael sie unter den gegebenen Umständen ohnehin nicht fragen können. Sechs von ihnen hatten gar keinen Vater mehr, und zwei nur einen halben. Sein bester Freund, Dyson, war völlig hoffnungslos. Aber Dysons Mutter sagte immer, Dyson wäre das genaue Ebenbild seines Vaters, deshalb brauchte er sich schließlich auch keine Gedanken zu machen. Einmal hatten sie darüber gesprochen. Dysons ›Warte doch einfach ab‹ war ihm wenig hilfreich erschienen, deshalb hatte Michael das Thema nie wieder angeschnitten.

Er zögerte auch, Raj oder Mac darauf anzusprechen. Raj hätte doch nur wieder indische Weisheiten zitiert. Das tat er immer. Er würde irgendeine Geschichte von einem Elefantenmann oder einem Schwanenmädchen erzählen und am Ende sagen, dass die Götter es schließlich am besten wissen müssten und es keine gute Idee sei, ihre Entscheidungen infrage zu stellen. Und Mac, der bekam immer ganz glänzende Augen, wenn er Claire sah, und deshalb wusste Michael, dass Mac ganz und gar nicht verstehen würde, wieso er unbedingt wie sein Vater aussehen wollte.

Er war nun fast am Haus angelangt. Ein weit ausladendes einstöckiges Gebäude, weiß getüncht, dessen dunkelgrünes Wellblechdach eine große Veranda überragte, die das Haus von drei Seiten umgab. Zwei Zulu-Frauen arbeiteten ganztags, um den ausgedehnten zehntausend Quadratmeter großen Garten in Schuss zu halten. Alle nur erdenklichen Sträucher sorgten das ganze Jahr über für ein vibrierendes Farbenspiel. Für den Blumenschmuck im Haus waren extra Beete mit einjährigen Stauden angelegt worden. Der hinter dichten Hecken verborgene Gemüsegarten war eine Oase köstlicher Schätze. Michael stattete ihm häufig einen Besuch ab, naschte Erbsen und Bohnen von den Sträuchern und alles, worauf er sonst gerade Lust hatte. Ein weiterer von ihm bevorzugter Aufenthaltsort war der Obstgarten. Dort wuchs wirklich alles: Bananen, Papayas, Orangen, Pfirsiche, Guaven, Granatäpfel, Avocados, und er aß alles gern. In der Nähe des Hauses wuchsen üppige Flammenbäume, Jacaranda und Kassia-Zimtbäume, die noch mehr Farbenpracht ausstrahlten. Ihre abgestorbenen Blütenblätter bedeckten den Rasen immer wie ein Teppich, ehe sie schließlich Laub ansetzten und einen willkommenen Schutz vor der unbarmherzigen Sonne Zululands boten.

Michael schloss das Tor und dachte an den Swimmingpool, den sie vielleicht bekommen würden, wenn sein Vater wieder zu Hause wäre. Seine Mutter hatte einmal davon gesprochen, und Michael hoffte, dass sich sein sehnlicher Wunsch eines Tages erfüllte. Das Meer war zwar nicht weit, dennoch war es jedes Mal ein langer Fußweg bis dahin. Michael lief über den Rasen und sprang über ein Phlox-Beet. Seine Mutter war vermutlich in ihrem Büro an der anderen Seite des Hauses. Die Hunde – zwei große Deutsche Schäferhunde und ein Drahthaarterrier, der, wie seine Mutter immer sagte, aussah wie ein lebender Spüllappen, aber als Einziger ins Haus durfte – dösten wahrscheinlich irgendwo auf der Veranda. Wenn er in die Küche gelangen konnte, ohne sie aufzuwecken, hatte er gute Chancen, dass seine schmutzige Kleidung wie üblich ein Geheimnis zwischen ihm und Bessie blieb. Als Michael sich der Küche näherte, wehten ihm köstliche Gerüche entgegen, sodass ihm das Wasser im Mund zusammenlief. Gegrilltes Hähnchen, frisch gebackenes Brot und der unverwechselbare Vanille- und Zimt-Duft von Brotpudding. Wie jeder heranwachsende Junge war Michael ständig hungrig.

»Was ist das? Hast du dich wieder mit Dyson durch den Dreck gewälzt?« Bessies runde Gestalt kam ihm entgegengewatschelt. »Raus aus den schmutzigen Sachen, schnell, schnell. Deine Mutter bekommt einen Anfall, wenn sie dich so sieht.« Ohne seine Antwort abzuwarten, zog Bessie seine Shorts herunter und begann sein Hemd aufzuknöpfen.

»Warte, Bessie, ich mache das selbst.«

»Du bleibst schön ruhig stehen. Wie siehst du bloß aus! Wo sind deine Schuhe und Socken? Tz, tz. Du würdest nackt losrennen, wenn du könntest. Ich schwöre, du bist mehr ein Zulu als ich.« Michael hatte jetzt nur noch die Unterhose an und wollte so schnell wie möglich wieder verschwinden, aber Bessie war noch nicht fertig mit ihm. »Raus, mein Junge. Jetzt kommst du erst einmal unter den Schlauch.«

Michael rannte nach draußen und täuschte heftigen Protest vor, während Bessie den Schlauch auf ihn richtete. Die Hunde kamen vom Lärm angelockt ums Haus gerannt, bellten aufgeregt und versuchten, sich an dem fröhlichen Treiben zu beteiligen. Es fand fast an jedem Nachmittag statt. »So, und jetzt läufst du so lange hin und her, bis du trocken bist.« Bessie drehte den Wasserhahn ab und strahlte über das ganze Gesicht. »Danach kannst du in die Küche kommen. Ich habe etwas für dich.«

Unbekümmert über seine Nacktheit blieb Michael in der Sonne, bis er aufhörte zu tropfen. Dann lief er zur Küche. »Du bist noch nicht trocken«, beschied Bessie ihm, ohne auch nur in seine Richtung zu schauen.

»Ich bin trocken genug. Außerdem ist es schön kühl so.«

Bessie schüttelte den Kopf. »Du hast auch auf alles eine Antwort, stimmt's, mein Junge?«

»Hab ich.«

Bessie lachte. »Hier. Die habe ich für dich aufbewahrt.« Sie reichte ihm drei Butterkekse. »Aber krümele mir hier ja nicht alles voll«, mahnte sie ihn, als er kauend die Küche verließ. Der Drahthaarterrier, der offiziell Duke hieß, aber immer nur Boet genannt wurde, folgte ihm. Er hielt die Nase dicht am Boden und leckte auf, was herunterfiel.

Michael steckte den Kopf ins Büro. Seine Mutter brütete über einem Stapel Papiere, mit vor Konzentration gerunzelter Stirn. Das blonde Haar umgab ihren Kopf wie ein Heiligenschein. Sie hatte sich vor einigen Wochen einen kurzen Bob schneiden lassen, und er hatte sich noch immer nicht ganz daran gewöhnt. Ihr Gesicht war dicht über dem Blatt, das sie gerade las. Claire klagte zwar ständig, sie würde eine Brille brauchen, kümmerte sich aber ansonsten nicht weiter darum. Michael biss in einen Keks, und sie hörte ihn, schaute auf und lächelte das Lächeln, das ihre Augen immer so warm erstrahlen ließ.

»Ich hoffe, junger Mann, du hast dich erst hier zu Hause ausgezogen.«

»Mum!«

»Geh und zieh dir etwas an, und dann mach deine Hausaufgaben. Ich bin in einer Stunde hier fertig. Danach können wir uns unterhalten.«

Michael grinste, den Mund voller Keks.

»Okay, okay. Wir spielen Karten. Aber nur zwei Spiele.« Sie schüttelte den Kopf, als ihr Sohn den Raum verließ. Manchmal sorgte sie sich, dass er zu unbeaufsichtigt war und zu wild heranwuchs, dass sie nicht genug Zeit mit ihm verbrachte. Er war ständig auf der Plantage unterwegs, in der Zulu-Siedlung oder bei den indischen Behausungen. Obwohl er Vettern und Kusinen in seinem Alter hatte, schien er am liebsten mit Dyson zusammen zu sein. Nicht, dass es Claire gestört hätte, aber sie ahnte, in welche Richtung Südafrika gleiten würde, und fragte sich, welche Auswirkungen das auf ihren Sohn haben könnte. Erneut schüttelte sie den Kopf. Nein! Das war der falsche Ansatz. Wenn Südafrika in die Richtung steuerte, in die es zu steuern schien – und der Himmel mochte das verhindern! –, würde es Menschen wie Michael brauchen, denen die Hautfarbe eines Menschen gleichgültig war.

Claire seufzte. Michael war ein guter Junge, er war ein fleißiger Schüler und sehr beliebt. Was würde geschehen, wenn Joe nach Hause zurückkehrte? Ihr Mann hatte nie sonderlich viel Interesse an seinem Sohn gezeigt. Aber vielleicht ist das jetzt alles ganz anders, überlegte sie, schließlich ist Michael inzwischen viel älter und größer.

»Wo mag er jetzt wohl sein?«, fragte sich Claire laut. Sie hatte seit Monaten nichts von Joe gehört. Sie wusste, dass er am Leben war und in England. Warum war er noch nicht nach Hause gekommen? Claire war dazu erzogen worden, sich stets nach ihrem Ehemann zu richten, aber Joes Verhalten irritierte sie. Sie versuchte ihren Ärger herunterzuschlucken, aber er ging nicht weg, schwelte in ihr, zusammen mit der Unsicherheit über Michaels Erziehung und der Verantwortung, die Plantage zu führen. Es kann nicht mehr so weitergehen, dachte sie müde und wandte sich wieder ihrer Arbeit zu. Joe muss endlich nach Hause kommen.

Michael ging in sein Zimmer und schloss die Tür. Als er sechs geworden und in die Schule gekommen war, hatte seine Mutter verkündet, er wäre nun zu groß für sein Kinderzimmer und könnte sich im Haus ein neues Zimmer aussuchen. Es gab sechs Schlafzimmer, ohne das Elternschlafzimmer. Michael hatte sorgfältig überlegt, aber am Ende hatte er sich wie erwartet für das Zimmer entschieden, das neben ihrem lag. Das Zimmer war geräumig, mit großen Fenstern zu beiden Seiten der Türen, die auf die Veranda hinausführten. Im Sommer waren die Türen und Fenster immer weit geöffnet, und eine kühle Meeresbrise wehte herein. Sein Bett war etwas größer als ein gewöhnliches Einzelbett – sein Großvater hatte es gebaut –, es war stabil und bequem. Ein kleiner Nachttisch bot genug Platz für eine Petroleumlampe, sein Taschenmesser, die Fahrradlampe und einen ziemlich lauten Big-Ben-Wecker. Es gab zwei kunstvoll geschnitzte Kleiderschränke aus Eiche mit einer passenden Kommode dazwischen. Vor einem Fenster standen ein Schreibtisch und ein Stuhl, ebenfalls aus Eiche, vor dem anderen ein gemütlicher Ohrensessel. Ein Moskitonetz hing über seinem Bett von der Decke, das Bessie tagsüber auf geheimnisvolle Weise zusammenrollte. Auf dem honigfarbenen Zedernholz-Boden lag ein flauschiger indischer Teppich, dessen üppiges Rot sich in den langen Samtgardinen wiederholte. Auf die Veranda hatte seine Mutter zwei Stühle und einen Tisch aus Bambus gestellt, die nur für ihn bestimmt waren. Leider hatte das den Hunden niemand gesagt, und Michael musste sie immer erst fortjagen, wenn er einmal dort sitzen wollte.

Michael liebte sein Zimmer. Als Erstes hatte er seine Mutter, Bessie und alle anderen Hausangestellten davon in Kenntnis gesetzt, dass sie zu klopfen hatten, ehe sie eintraten. Seine Anweisung wurde streng befolgt, und er kam sich viel wichtiger vor, seit die Erwachsenen an seine Tür klopften.

Er wühlte in einer Schublade, fand ein Paar Shorts und zog sie an. Das reichte. Es war Anfang Oktober, die Regenfälle standen unmittelbar bevor, und es war heiß und stickig, auch im Haus. Die Luft schien zu stehen, und egal was man trug, klebte einem die Kleidung sofort am Körper. Michael aß den letzten Keks, wusch sich die Hände in einer kleinen Schüssel, öffnete seinen Schulranzen und zog drei Bücher hervor. Zusätzlich zu seinen Rechenaufgaben musste er englische Sätze schreiben und ein paar Geschichtstexte für einen Test am nächsten Tag lesen.

Michael ging gern zur Schule. Sein wacher Verstand und sein Wissensdurst trugen dazu bei, dass er leicht lernte. Er freute sich sogar auf seine Hausaufgaben. Wenn er in seinem Zimmer am Schreibtisch saß, stellte er sich oft vor, er wäre der Besitzer einer großen Zuckerrohrplantage, ein wichtiger Geschäftsmann oder ein Politiker – je nach Stimmung –, der sich durch endlose Berge Papier hindurcharbeitete. Er beugte sich über seine Bücher und war bald tief konzentriert.

Eine halbe Stunde war rasch vergangen. Dann wurde Michael durch die Geräusche eines heranfahrenden Autos und das Gebell der Hunde aus seinen Gedanken gerissen. Es war weder der alte Ford, den seine Mutter fuhr, noch eines der anderen bekannten Autos, mit denen Nachbarn, Verwandte oder Freunde zu Besuch kamen. Neugierig trat er auf die Veranda hinaus und erkannte das einzige Taxi von Empangeni, das die meiste Zeit vor dem Bahnhof oder dem Hotel parkte. Eine Tür schlug zu, dann kam seine Mutter aus dem Haus gelaufen. Sie hielt sich die Hand vor die Augen, weil die Sonne sie blendete, und sah gespannt auf das staubige schwarze Fahrzeug.

Ein furchtbar dünner Mann mit leeren Augen kletterte mühsam aus dem Fond. Beim Anblick des dicken Mantels, den er trug, brach Michael der Schweiß aus. Der Mann warf ihnen einen kurzen Blick zu, dann drehte er sich um und zog einen Rucksack vom Sitz. Michael hörte seine Mutter entsetzt aufschreien. »Joe!« Dann rannte sie von der Veranda auf das Auto zu. Sie erreichte den Mann genau in dem Augenblick, als er sich wieder zum Haus umdrehte, warf sich in seine Arme und brachte ihn damit fast aus dem Gleichgewicht.

Joe! Der Name seines Vaters war Joe. Aber dieser ausgemergelte Mann in dem viel zu weiten Mantel war nicht ... konnte unmöglich sein Vater sein. Dieser unrasierte alte Mann hatte keinerlei Ähnlichkeit mit der Person auf dem Foto. Unsicher hielt Michael sich zurück. Er sah, wie der Mann Claire von sich schob, wie er dabei zusammenzuckte, sah, wie er die Hand hob, um seine Mutter abzuwehren, und hörte ihn sagen: »Beruhige dich, Claire.«

Während Michael das alles beobachtete, sank seine Mutter plötzlich zu Boden.

Michael glaubte, der Mann hätte seine Mutter umgestoßen. Ohne zu zögern sprang er von der Veranda und rannte geradewegs auf Joe zu, der den regungslosen Körper seiner Frau anstarrte. Michael schrie etwas, in einer Mischung aus Zulu und Englisch, dann rammte er seinem Vater den Kopf in die Leistengegend. Zu seiner grenzenlosen Verwunderung verlor der Fremde nun tatsächlich das Gleichgewicht und stürzte neben Claire zu Boden. Einer der Schäferhunde stand ganz in der Nähe, mit gefletschten Zähnen. Verunsichert wartete Michael ab, was als Nächstes geschehen würde.

»Du kleines Miststück!« Das Gesicht des Mannes war weiß geworden. Er atmete keuchend. »Du verdammtes kleines Biest!«

Michael wich keinen Millimeter zurück. »Meine Mutter. Was ist mit ihr? Sie haben meiner Mutter wehgetan.«

Der Mann streckte seine linke Hand aus. »Hilf mir auf.«

Die Autorität in seiner Stimme ließ Michael keine andere Wahl. Er ergriff die Hand und zog. Sobald er auf den Beinen war, ließ der Mann Michaels Hand los und schlug ihm mit voller Wucht ins Gesicht. Der Schäferhund trat sofort in Aktion und stürzte sich auf ihn, aber Joe versetzte ihm einen gezielten Fußtritt. Winselnd vor Schmerzen floh der Hund. Vor Michaels Augen verschwamm alles, und eine Welle des Schmerzes raste durch seinen Kopf. Von weitem hörte er Joes nächste Worte. »Wie ich sehe, fehlt dir die Hand eines Vaters.«

Ganz allmählich kam Michael wieder zu sich. Der Schlag war heftig gewesen. Aber so sehr er sich auch ängstigte, er wich keinen Zentimeter von seiner Mutter, die sich leise stöhnend zu regen begann.

»Joe?«

»Ja, ich bin es, Claire.«

Sie sah den Mann eine Sekunde lang benommen an, blinzelte, als ihr allmählich klar wurde, wer da vor ihr stand; dann erhob sie sich schwankend. Michael hätte ihr gern geholfen, aber seine Mutter war zu nahe bei diesem Mann. »Warum hast du uns nicht Bescheid gesagt? Wo warst du? Oh, Joe, es ist wunderbar, dich wiederzusehen. Aber du bist so dünn. Lass mich dich anschauen.«

Sie ging auf ihn zu, und Joe King wich zurück. »Fass meinen Arm nicht an«, meinte er barsch. »Er ist noch nicht verheilt.«

»Darling!« Claire war voller Sorge. Dann wandte sie sich an Michael, ihr Gesicht strahlend vor Glück, bis sie die unvergossenen Tränen in seinen Augen sah. »Oh, mein Darling, wein doch nicht. Mummy geht es wieder gut. Ich bin einfach nur in Ohnmacht gefallen. Aber jetzt ist alles wieder in Ordnung. Dies ist dein Vater. Freust du dich nicht, dass er endlich wieder zu Hause ist? Komm, Darling. Komm und sag Hallo.«

Widerstrebend machte Michael einen Schritt nach vorn. »Guten Tag, Sir.«

Joe King musterte seinen Sohn. Er bedauerte, den Jungen so geschlagen zu haben, aber er spürte immer noch den betäubenden Schmerz dieses kleinen harten Kopfes. Er betrachtete das ovale Gesicht und die blauen Augen, den breiten Mund und das glatte blonde Haar. Er war ein hübscher Junge. Allerdings musste er feststellen, dass von seinen eigenen Genen nichts zu erkennen war. Michael kam ganz auf Claire, und seinen Vater sah er mit kaum verhohlener Abneigung an. »Komm, mein Sohn, lass uns noch einmal von vor beginnen.« Joe hielt ihm die linke Hand hin.

Zögernd streckte Michael seine Rechte aus, bemerkte seinen Fehler und wechselte auf die linke Hand. Unbeholfen schüttelten sie sich die Hände, aber sobald der Körperkontakt beendet war, wich Michael wieder zurück. Er musste jetzt allein sein. »Entschuldigung, Sir. Ich habe noch Hausaufgaben zu machen.«

Seine Mutter lachte. »Vergiss doch deine Hausaufgaben, Michael, Darling. Ich schreibe deinem Lehrer einen Brief.« Sie nahm Joes linken Arm. »Geht das so? Sag mir, was dir wehtut, dann werde ich ganz vorsichtig sein.« Michael merkte, dass er, zumindest im Moment, ihre Aufmerksamkeit verloren hatte. Sie gehörte ihm nicht mehr. Ein völlig Fremder war aufgetaucht, und die Aufmerksamkeit seiner Mutter, die bisher ausschließlich ihm gegolten hatte, richtete sich plötzlich auf diesen Fremden. So sehr Michael sich auch bemühte, er kam nicht an gegen das Gefühl von Leere und Einsamkeit, das ihn überfiel, als er sah, wie glücklich seine Mutter war. Es durfte nicht so sein, das wusste er und hatte ein ganz schlechtes Gewissen. Er musste dringend allein sein.

»Ich bin fast fertig damit«, erwiderte er zu seiner Mutter gewandt, ohne seinen Vater noch eines Blickes zu würdigen. »Es wird nicht lange dauern.«

Seine Traurigkeit wurde noch größer, als seine Mutter nur nickte, sich noch enger an den Mann an ihrer Seite schmiegte und sagte: »Gut. Dann komm wieder, wenn du so weit bist.« Im nächsten Moment redete sie wie ein Wasserfall auf diesen Mann ein, als würde Michael gar nicht mehr existieren.

Als er fortging, hörte er seinen Vater sagen: »Das ist also mein Sohn. Nicht ganz das, was ich mir vorgestellt habe.« Und die hastige Antwort seiner Mutter: »Joe, wie meinst du das? Er ist ein wunderbarer Junge.«

Zu allem Überfluss kam auch noch Bessie aus dem Haus gerannt. »Master Joe, Master Joe, Sie sind wieder zu Hause! Oh, Gott sei Dank. Gesegnet sei unser Vater im Himmel. Willkommen zu Hause, *nkosi.*«

Sie tut so, als wäre hier alles über uns zusammengebrochen, während er fort war, dachte Michael verärgert. Was macht sie für ein Getue um ihn? Er ist doch nur ein verdammter Mann.

Sein Vater war wieder zu Hause, und irgendwie hatte Michael ihn enttäuscht. Seine Mutter benahm sich plötzlich so, wie er sie noch nie erlebt hatte. Und er selbst hatte ein schlechtes Gewissen, weil er seinen Vater nicht mochte und auf seine Mutter böse war. Der Augenblick, den er so lange herbeigesehnt hatte, war zu einer großen Enttäuschung geworden. Trotz überkam ihn, eine Reaktion, die bei ihm sehr selten war. Gut, sein Vater war also enttäuscht.

Und? Michael war auch enttäuscht. Dieser Mann sah kein bisschen aus wie sein Vater. Ein völlig unbekanntes Gefühl erfasste ihn – Selbstmitleid. Das Kartenspiel mit seiner Mutter fiel aus, auch daran gab er diesem Fremden die Schuld. Es gab keinen Zweifel, dass das Leben von nun an anders würde. Michael hatte noch nie so viel Autorität in einer Stimme gehört. Sein Vater erwartete offenbar absoluten Gehorsam und schreckte auch vor körperlicher Züchtigung nicht zurück, um ihn zu erzwingen. Michael hoffte nur, dass der Hund nicht ernstlich verletzt war. Das arme Tier hatte doch nur versucht, ihn und seine Mutter zu beschützen.

Er hatte sich immer vorgestellt, dass die Rückkehr seines Vaters ein freudiges Ereignis sein würde, dass sein Vater ein Freund für ihn würde, jemand, den er bewundern konnte. Vielleicht war dieser Mann ja gar nicht sein richtiger Vater? Aber diesen Gedanken verwarf Michael sofort wieder. Das glückliche Lächeln seiner Mutter war zu echt gewesen. Seufzend ging er in sein Zimmer und stellte sich vor den hohen Spiegel in der Tür seines Kleiderschranks. Was hatte sein Vater damit gemeint, dass er nicht so sei, wie er es sich vorgestellt habe?

In diesem Augenblick flog die Tür auf, und sein Vater stand im Zimmer. »Lass die Tür auf, Sohn. Dann weiß ich wenigstens, dass du nichts zu verbergen hast.« Es sollte ein Scherz werden, aber er misslang. Michael nickte bloß stumm. Er legte großen Wert auf seine Privatsphäre. »Hör auf, dich selbst zu bewundern, und mach deine Hausaufgaben. Leiste uns ein wenig Gesellschaft, sobald du fertig bist.« Mit einem eindringlichen Blick in Richtung Schreibtisch verließ Michaels Vater das Zimmer. Die Tür ließ er weit auf.

»Leiste uns ein wenig Gesellschaft«, wiederholte Michael verächtlich, während er zu seinem Schreibtisch ging. »Dabei bist du doch derjenige, der *uns* Gesellschaft leistet.«

Es war kein sehr viel versprechender Anfang.

Das Abendessen war ein einziger Albtraum. Sein Vater trank zu viel Whisky und war deshalb schwer zu verstehen, vor allem wenn er verärgert war. Und das schien er immer wieder und ohne Grund zu sein. Die meiste Zeit verbrachte er damit, daran herumzunörgeln, wie Claire die Plantage geführt hatte. Sein Unmut richtete sich hauptsächlich gegen die neue Bewässerungsanlage und das Abbrennen der Felder vor der Ernte. »Was war falsch an der alten Methode? Wieso um alles in der Welt musstest du alles verändern?«

Claire antwortete geduldig. »Weil es höhere Erträge bringt. Die Mühle ist froh darüber. Wir können jetzt mehr Zuckerrohr mit besserer Sucrose liefern, und wir sparen Arbeitskraft ein. Mit einer Viertelstunde Abbrennen schaffen wir dieselbe Arbeit, mit der früher fünfzig Männer fast zwei Tage lang beschäftigt waren. Ich habe die genauen Zahlen, Joe.«

»Zahlen!« Er schnaubte verächtlich. »Wer hat sich die denn ausgedacht? Zahlen kann man sich immer so zurechtlegen, wie man es gern haben will.«

»Ich habe sie mir nicht ausgedacht, ich habe sie errechnet. Du kannst es dir ja morgen selber anschauen«, antwortete Claire ruhig, obwohl Michael ein ungehaltenes Blitzen in ihren Augen sah. »Es funktioniert. Von Colins letzter Lieferquote musste in der Mühle fast ein Drittel verbrannt werden, weil das Zuckerrohr so schmutzig war.«

»Colin!« Joe stürzte ein halbes Glas Whisky hinunter. »Ohne Beine ist er nicht viel besser zu gebrauchen als du.«

Claire biss sich auf die Lippen. »Es war nicht leicht für ihn. Er hatte niemanden, der ihm helfen konnte.«

»Wahrscheinlich erwartet er jetzt, dass ich das tue.« Joe schlug so heftig mit der Hand auf den Tisch, dass Michael erschrocken aufsprang. »Wo zum Teufel stecken denn eigentlich Bob und Noel? Sie müssen doch schon seit Monaten wieder zu Hause sein. Das eine sage ich dir, Claire, ab jetzt wird hier alles anders. Wenn meine faulen Brüder ...«

»Joe!« Claire war schockiert. »Ich habe dir doch geschrieben. Hast du meine Briefe denn nicht bekommen?«

»Was für Briefe?«, fragte Joe scheinheilig, dabei wusste er genau, dass er viele Briefe erhalten hatte, die er gar nicht gelesen hatte. Er goss sich noch mehr Whisky ein. Er hatte darauf bestanden, dass eine Karaffe auf den Tisch gestellt wurde.

»Bob und Noel sind beide gefallen«, flüsterte Claire mit Tränen in den Augen. »Oh mein Liebling, hast du das denn nicht gewusst?«

Die Nachricht ernüchterte Joe. »Lieber Gott«, flüsterte er und fuhr sich mit der linken Hand über die Augen. Zwei Brüder tot, der dritte ein Krüppel. So viele viel versprechende junge Leben zerstört. Wozu das alles? Er hatte Mühe, Claire weiter zuzuhören.

»Bridget will Kingston verkaufen. Sie sagt, dass sie ohne Bob dort nicht mehr leben kann. Peg möchte Kingsmead gern erhalten, aber es ist schwer für sie. Sie hat jetzt auch angefangen zu bewässern, und es geht langsam aufwärts. Du wirst es sehen, Joe. Wir schaffen jetzt einen Schössling im Jahr.«

»Einen im Jahr!« Joe war überrascht. Ein Schössling, der neue Spross, der sich nach dem Schneiden des Zuckerrohrs bildete, brauchte normalerweise achtzehn Monate, um zur Reife zu gelangen. Wenn Claire nur ein Jahr dafür benötigte, konnte er seine Ertragsquote beträchtlich steigern.

»Wir besuchen Colin morgen«, schlug Claire vor. »Bridget und Peg auch. Sie freuen sich sicher, dich zu sehen.«

Aber Joe hörte nur noch mit halbem Ohr hin. Seine Frau war selbstbewusster und energischer geworden, als er sie in Erinnerung hatte. Sie hatte sich um alles gekümmert und ihre Sache offenbar gut gemacht, auch wenn er sich eher die Zunge abbeißen würde, als ihr das zu sagen. Eigentlich hätte er stolz auf sie sein müssen, das wusste er. Aber er fühlte sich in seiner männlichen Eitelkeit verletzt. Er war der Herr im Haus gewesen, und er hatte die Geschäfte geführt. Aber Claire, die gemerkt hatte, dass sie die Farm auch allein führen konnte, ließ sich jetzt offensichtlich nicht mehr zurückdrängen. Die Nachricht, dass zwei seiner Brüder gefallen waren, schockierte ihn. Sie hatten sich nie besonders nahe gestanden, dafür hatte der Alte schon gesorgt, aber sie waren trotzdem seine Brüder gewesen. Um seiner Autorität und seiner Machtposition Nachdruck zu verleihen, sagte er: »Warum kaufen wir Kingston nicht? Es ist gutes Land?«

»Weil wir es uns nicht leisten können«, antwortete Claire nüchtern.

»Das habe ich zu entscheiden.« Joes Stimme klang scharf. Er sah Michael an. »Was starrst du mich so an? Gewöhn dich an die Tatsache, dass ich wieder hier bin und die Entscheidungen treffe.« Sein Blick ging wieder zurück zu Claire. »Ihr beide solltet euch daran gewöhnen.« Er griff erneut nach dem Whisky.

»Joe!« Claire sah ihn erschrocken an.

»Joe«, ahmte er sie höhnisch nach. »Ich trinke noch einen Schluck. Und? Das würdest du auch tun, wenn du das mitgemacht hättest, was ich mitgemacht habe.«

So, das hatte gesessen. Sie hatte keine Ahnung, was er mitgemacht hatte, und er beabsichtigte auch nicht, es ihr zu sagen. Sollte sie sich doch das Schlimmste ausmalen. Dann würde sie ihm wenigstens vom Hals bleiben.

»Darf ich aufstehen, Mum?« Michael sah Claire bittend an.

Sie nickte, und er erhob sich.

»Setz dich hin«, polterte Joe. »Du verlässt den Tisch erst dann, wenn *ich* es sage.«

Also musste Michael weitere zwanzig Minuten ertragen, in denen sein Vater nach Fehlern suchte, bemängelte, wie Claire die Farm geführt hatte, herumkritisierte und nörgelte und von Claire sogar verlangte, sich die Haare wieder lang wachsen zu lassen. Als Michael endlich den Tisch verlassen durfte, floh er erleichtert in sein Zimmer. Er wünschte, er hätte den Mut, sich seinem Vater zu widersetzen und die Tür zu schließen. Von diesem Mann wollte er nichts mehr sehen und hören.

Joe lag auf dem Rücken, eine Zigarette zwischen den Lippen, und starrte an die Decke. Claires Bemerkung »Darling, musst du denn im Bett rauchen?« war glatt von ihm abgeprallt. Claire war im Bad und machte sich nervös fertig fürs Bett. Er konnte es nun nicht länger vor sich her schieben. Er musste ihr sagen, dass ihr Darling keinen mehr hochkriegte, zumindest im Moment nicht. Joe zog an der Zigarette und blies den Rauch zur Decke. Vielleicht würde sie sich ja sogar darüber freuen. Wenn er sich recht erinnerte, war sie nie begeistert darüber gewesen, sich zwei- oder dreimal in der Nacht zu lieben. Joes Hunger nach Sex war etwas, das sie nie verstanden hatte. Einmal in der Woche hätte Claire immer viel besser gepasst.

Sie kam ins Zimmer und lächelte ihn zaghaft an. »Joe, du hast mir noch gar nicht erklärt, warum du jetzt erst nach Hause gekommen bist. War es wegen der Verletzung?«

»Ja«, antwortete er knapp. »Es hat eine Weile gedauert, bis sie einigermaßen verheilt war.«

»Mein armer Darling. Wie furchtbar für dich.«

Schulterzuckend zog Joe an seiner Zigarette. »So etwas passiert eben. Ich möchte eigentlich gar nicht darüber sprechen.«

»Natürlich, Darling. Verzeih mir.« Sie rieb sich gerade Creme ins Gesicht.

»Komm ins Bett, Claire.«

»Sekunde.« Sie nahm die Haarbürste und fuhr sich damit kräftig durchs Haar. »Wie bist du hierher gekommen?«

»Milchzug. Nie wieder. Dieses verdammte Ding hat ewig gebraucht.«

»Mit dem Milchzug. Aber Joe, er kommt doch schon um acht Uhr morgens an. Wo bist du gewesen?«

»Ich hatte noch einige Geschäfte in der Stadt zu erledigen.« Das entsprach irgendwie der Wahrheit. Er war vom Zug sofort ins Hotel gegangen. »Was zum Teufel machst du denn jetzt noch?«

Handcreme. Sie massierte sie in ihre Hände ein, dann sah sie ihn unsicher an. »Ist das nicht albern? Ich bin so nervös wie eine junge Braut.«

Joe drückte seine Zigarette aus. »Komm her.«

Claire schaltete die Lampe an ihrem Bett aus und

schlüpfte neben ihn unter die Decke. Joe ließ sein Licht an. Er rollte sich auf die Seite und drehte sich zu ihr. »Mach das Licht aus, Joe.«

»Es gibt da etwas, was du wissen solltest«, sagte er, ohne auf ihre Bitte einzugehen. Er schob die gesunde Hand unter ihr Nachthemd. Ihre Haut war warm. Er fühlte das Haarbüschel und strich kurz mit dem Daumen darüber, ehe er die Hand zwischen ihre Schenkel schob und Claire zwang, sie zu öffnen. Er ließ seine Finger in sie hineingleiten, und sie stieß einen kleinen Schrei aus, als die Emotionen, die sie so lange zurückgehalten hatte, über sie hereinbrachen. Sie war zunächst trocken und reagierte nicht auf ihn, aber Joe hatte in London das eine oder andere gelernt, und die fünf Jahre Enthaltsamkeit sorgten dafür, dass seine Frau in kürzester Zeit heftiger reagierte, als er es je erlebt hatte. Ich werde es ihr später sagen, dachte er.

Joe hatte in London mit verschiedenen Ärzten über seine Impotenz gesprochen. Mit einer Ausnahme hatten alle ihn beruhigt und ihm geraten, Geduld zu haben. Ein junger Arzt, den er kurz vor seiner Rückkehr nach Südafrika aufgesucht hatte, hatte ihm empfohlen, es immer wieder zu probieren.

»Es gibt keine physische Ursache, Mr. King. Nicht mehr. Sie reagieren wie viele Männer. Ein Versager, und schon glauben Sie, Sie könnten nie wieder eine Erektion bekommen. Erzwingen Sie nichts. Sobald Sie wieder zu Hause bei Ihrer Frau sind, lassen Sie der Natur freien Lauf. Verschaffen Sie Ihrer Frau Lust – ich bin sicher, Sie wissen, was ich meine –, und Sie werden überrascht sein, wie schnell Ihr kleiner Freund sich regt.«

Der Joe, der in den Krieg gezogen war, hätte den Rat des Arztes nicht verstanden, aber so naiv war er nun nicht mehr.

Claire wand sich unter seiner Hand, sie hatte die Beine weit gespreizt. Sie war feucht und bereit für ihn. Abrupt zog er seine Hand zurück und warf die Decke zurück.

»Joe, das Licht.«

»Lass es an. Ich will dich sehen.« Er rutschte nach unten und richtete sich neben ihr auf. Sofort presste Claire die Beine zusammen. »Mach die Beine auseinander.«

»Joe«, flehte sie.

Er zwang ihre Beine auseinander und beugte den Kopf zu ihr herunter. Schon bald merkte er an ihrem keuchenden Atem, dass sie das Licht vergessen hatte. Sie kam widerstrebend, mit einem langen zufriedenen Seufzer. Aber Joe kannte Claire gut genug, um zu wissen, dass sie über das, was sie gerade getan hatten, und über ihre Reaktion darauf zutiefst schockiert war. Er setzte sich auf und zündete sich noch eine Zigarette an.

Claire drehte ihm das Gesicht zu, und er sah Tränen in ihren Augen. »Das hast du noch nie gemacht.« In ihrer Stimme lag ein Vorwurf.

»Hat es dir gefallen?«

Sie antwortete nicht, sondern bedeckte ihre Augen mit den Händen. »Willst du nicht ... ich meine ... in mich hinein?«

Er sah sie durch die Rauchwolke hindurch an. »Ich kann nicht«, erklärte er knapp. »Ich kriege ihn nicht mehr hoch.«

»Wie meinst du das?« Sie hatte diesen Ausdruck noch nie gehört.

»Mein Schwanz funktioniert nicht mehr«, sagte er grob. »Er wird nicht steif.«

»Joe!« Sie war völlig entsetzt über seine Ausdrucksweise.

Joe wurde milder. Es war nicht Claires Schuld. Ihre Unschuld war früher sein ganzer Stolz gewesen. Ob er je wieder so empfinden würde? Herrje, sie war wirklich attraktiv genug. »Es tut mir Leid, Darling. Ich war einfach zu lange mit Männern zusammen.«

Zu Joes Erstaunen begann sich plötzlich etwas zu regen, was lange tot gewesen war. Er hatte zwar keine richtige Erektion, aber sein kleiner Freund zeigte ganz deutlich Interesse. Joe drückte seine Zigarette aus und sank nach hinten. Die Decke war bis zu seinen Knien herabgerutscht. Claire hatte immer noch die Augen geschlossen. Sicher war sie überzeugt davon, dass sie gerade eine schreckliche Sünde begannen hatten. Joe wusste, dass sie entsetzt sein würde über das, worum er sie nun bitten wollte. Aber er musste sie überreden. So nah dran war er seit Jahren nicht gewesen. »Darling, sieh mich an.«

Widerstrebend öffnete sie die Augen.

»Wir sind verheiratet. An dem, was wir gerade getan haben, ist nichts Unrechtes.«

»Bist du sicher? Wir haben es doch noch nie so gemacht.«

Sie wollte ihm gern glauben, sie musste nur noch ein wenig überzeugt werden. »Es hat dir gefallen, oder?«

Sie nickte zögernd.

»Und du liebst mich noch, nicht wahr?«

»Ja natürlich.« Sie klang nicht so sicher.

»Ich liebe dich auch, Darling. Was wir getan haben, ist völlig normal.«

»Woher weißt du das?«

»Männer reden normalerweise nicht über solche Dinge, aber in den drei Jahren im Lager hatten wir nichts anderes zu tun. Wir haben uns oft über unsere Frauen unterhalten. Die Gespräche waren, nun, sagen wir, sehr offen. Es hat mich auch sehr schockiert, das kannst du mir glauben. Aber ich war der Einzige.«

»Oh.« Sie war erleichtert. »Ich dachte schon, dass du, dass du vielleicht ...«

»Dass ich eine Affäre hatte? Sei nicht albern. Ich liebe dich doch.«

»Ich würde dir keinen Vorwurf machen, wenn es so wäre. Ich könnte es verstehen, wirklich.«

»Das ist nett von dir.« Er konnte den Sarkasmus in seiner Stimme nicht verbergen. *Wenn du nur wüsstest.*

Sie rollte sich zu ihm und schlang den Arm um seine Brust. »Verzeih mir, Darling. Aber du kommst mir so verändert vor.«

Er küsste sie auf die Wange. »Natürlich bin ich verändert, aber ich liebe dich noch. Ich möchte es dir gern zeigen, aber du musst mir dabei helfen.«

»Wie denn?« Sie sah ihn erschrocken an.

Er nahm ihre Hand. »So zum Beispiel.«

Sie umfasste ihn und schob seine Vorhaut vor und zurück, so heftig, dass es schmerzte. »Himmel!«

»Entschuldigung.« Sie ließ ihn sofort wieder los.

»Versuch einmal, ihn zu küssen.«

»Was?«

Er hätte fast laut gelacht. »Mach nur, es tut bestimmt nicht weh.«

Claire holte tief Luft und hauchte einen hastigen Kuss auf seinen schlaffen Penis. Das war nicht der Joe, an den sie sich erinnerte. Sein Liebesspiel war immer vorhersehbar gewesen. Sobald sie im Bett gewesen waren, hatte er die Hand ausgestreckt, sie ein paarmal gestreichelt und ein bisschen mit ihren Brüsten gespielt, dann war er auf sie gestiegen und in sie eingedrungen. Manchmal war sie mitten in der Nacht aufgewacht, und er hatte seine Finger in ihr gehabt und sie, sobald er merkte, dass sie wach war, wieder genommen. Jeden Morgen hatte er sich von hinten an sie gedrückt, sodass sie seinen geschwollenen Penis gespürt hatte. Es war immer dasselbe gewesen. Er hatte sie auf den Rücken gedreht und sie wieder geliebt. Sie hatte ihn kaum einmal mit einer Erektion oder auch nur nackt zu Gesicht bekommen. Sie war erzogen worden in der Überzeugung, dass Männer Bedürfnisse hatten, die sie nicht beherrschen konnten, und dass es das Schicksal der Frau war, die Wünsche ihres Ehemannes zu ertragen und mit etwas Glück auch ab und an zu genießen. Joe schien ebenfalls dieser Ansicht gewesen zu sein, und wenn sie irgendeinen Grund zur Klage gehabt hatte, dann höchstens über die Häufigkeit, mit der er Sex zu brauchen schien. Ihr Liebesspiel hatte immer im Dunkeln stattgefunden, unter der Decke, und sie hatten beide Nachtwäsche getragen. Jetzt lag er neben ihr, splitternackt, die Decke war heruntergerutscht und das Licht war an. Die wenigen Male, in denen Claire Joes Erektion gesehen hatte, hatte sie sich gewundert, wie er überhaupt in sie hineinpasste.

Sie schämte sich für das, was sie taten. Es musste Sünde sein. Das, was sie gerade gespürt hatte, hatte sie noch nie empfunden. Claire King hatte soeben ihren ersten Orgasmus erlebt, und es war ihr peinlich, dass sie ihn so genossen hatte.

»Leck ihn, Claire. Leck ihn so, wie ich dich geleckt habe.« Sein Atem kam keuchend.

Claire starrte seinen Penis an, angewidert. Er regte sich, wie eine große Schnecke. »Ich kann nicht«, jammerte sie.

»Verschaff mir dieselbe Lust, die ich dir verschafft habe.«

Zögernd und widerstrebend senkte Claire das Gesicht in seine Leistengegend. Sein Stöhnen und das erschreckende Tempo, mit dem sein Penis in ihrem Mund wuchs, zeigte ihr, dass es ihm gefiel. Was man von Claire nicht behaupten konnte. Ganz plötzlich fasste er ihren Kopf, umklammerte ihn und ejakulierte in ihren Mund. Sobald er sie losließ, sprang Claire auf und rannte ins Bad. Im allerletzten Moment erreichte sie die Toilette und erbrach sich. Sie war außer sich vor Entsetzen und Übelkeit. Sie spülte ihren Mund aus und putzte sich dann noch einmal die Zähne.

Als sie wieder ins Schlafzimmer kam, rauchte Joe wieder eine Zigarette. Er lächelte sie an, als wäre sie sein Lieblingskind. »Ich danke dir, mein Liebling.«

Da wusste Claire, dass sie diesen Mann nicht liebte, dass er sich völlig verändert hatte und dass der Joe, der in den Krieg aufgebrochen war, nicht der Joe war, der nun nach Hause zurückgekehrt war. Ihre Erziehung machte ihr den Gedanken an eine Scheidung unmöglich, aber sie wusste, dass sie ihm klar zu verstehen geben musste, dass sie gewisse Dinge nicht dulden würde. »Tu mir das nie wieder an.« Ihre Stimme war voller Ekel und Wut.

Er schien ernstlich erstaunt zu sein. »Es ist die einzige Weise, wie ich es tun kann.«

»Dann geh zu einem Arzt. Ich werde das nicht noch einmal ertragen. Das ist ja widerlich.«

Er konnte sehen, dass sie jedes Wort ernst meinte. Und er wusste, wie stur sie sein konnte. »Es tut mir Leid, Darling. Ich hatte geglaubt, du wolltest mir helfen.«

Ihr Gesicht wurde milder, sie kam ans Bett und setzte sich. »Das tue ich ... ich will dir helfen, Joe, aber wenn du das je wieder in meinem Mund machst, dann werde ich ... dann werde ich ihn abbeißen.« Sie meinte das nur halb im Scherz.

Joe lachte. »Also gut, ich verspreche es dir.«

Claire ging ins Bett und schmiegte sich an ihn. Sie würde auch weiterhin ihre Pflicht als Ehefrau erfüllen, ihr blieb keine andere Wahl. »Schlaf jetzt. Du hast einen langen Tag hinter dir.«

Lange nachdem Claire eingeschlafen war, lag Joe immer noch hellwach. Seine Erektion hatte ihn überrascht. Er fragte sich, ob seine Erregung auf Claires offensichtlichem Widerwillen beruht hatte. Er wusste, was er tat und dass er ihren altmodischen Glauben, sie müsste sich seinen sexuellen Wünschen fügen, ausnutzte. Es kam Joe in den Sinn, dass dies vielleicht eine Möglichkeit sein könnte, seine Frau unter Kontrolle zu halten, die wesentlich selbstbewusster geworden zu sein schien, zumindest was die Angelegenheiten der Farm betraf.

Joe hatte längst erkannt, dass er Claire nicht mehr liebte. Die Frau, zu der er zurückgekehrt war, war eine Fremde für ihn. Ihre gezierte Art nervte ihn. Ihre mangelndes Wissen entsetzte ihn. Aber ihr Selbstvertrauen, das ärgerte ihn am meisten. Er war hier verantwortlich, und daran würde sie sich gewöhnen müssen. Vielleicht konnte er sich seine sexuellen Kicks woanders besorgen, das würde sicher helfen.

Der Sohn, den er nicht kannte und auch nicht sonderlich mochte, war ein weiteres Übel. Der Junge hatte den ganzen Abend am Tisch gesessen und seinen Vater vorwurfsvoll angestarrt. Seinen Vater, verflucht! Dieses Wort hatte einmal etwas bedeutet. Das Kind musste dringend in die Schranken gewiesen werden. Joe war mit dem Gürtel seines Vater aufgewachsen, und es hatte ihm nicht geschadet. Der Junge brauchte ebenfalls eine harte Hand.

Ganz plötzlich schlug seine Stimmung um. »Komm schon, Joe«, flüsterte er sich selbst zu. »Du hast doch alles, was du dir früher einmal gewünscht hast. Du kannst dich doch nicht so verändert haben. Sei geduldig. Claire ist eine wunderbare Frau. Michael ist vermutlich auch ganz in Ordnung, du musst ihm nur Zeit lassen.« Joe starrte hinauf an die dunkle Decke. »Der alte Joe wird wiederkommen. Er ist da irgendwo drin. Er wird wiederkommen. Er muss wiederkommen.«

Es war fast wie ein Gebet, das da über seine Lippen gekommen war.

Kapitel drei

Wilson Mpande trottete müde vor sich hin. Der Fußmarsch war anstrengend. Der Weg war kaum mehr als ein Trampelpfad, der im Laufe der Zeit von Mensch und Tier niedergetreten worden war. Die letzten zehn Kilometer war es nur bergauf gegangen. Mit jeder Minute war sein Rucksack schwerer geworden und die Armeeuniform enger. Vor sich konnte Wilson den zerklüfteten Gipfel des Ka Isele erkennen, der aus dem Amahlumbe-Gebiet herausragte. So erschöpft, wie er war – der Anblick munterte ihn auf. Er war fast zu Hause. Dies war das Land der Könige. Sein berühmter Vorfahr, Mpande, nach dem er benannt worden war – der dritte König der Zulu –, hatte länger als dreißig Jahre regiert und seinen Kral damals in Sichtweite des Ka Isele errichtet. Mpandes Sohn und Nachfolger Cetshwayo hatte seinen Kral ebenfalls in der Nähe gebaut. Diese Hügel waren voll von der Geschichte des Zulu-Volks, aber es war noch mehr als das. Viel mehr. Zululand war in Wilsons Blut, und er hatte seit über fünf Jahren von dieser Heimkehr geträumt.

Er blieb stehen und atmete tief ein. Die reine Luft war eine Wonne, die sanften grünen Hügel eine Wohltat für die Augen, die so lange nichts als die grelle, flirrende Hitze der nordafrikanischen Wüste gesehen hatten. Der Himmel war wie ein Gemälde, ein perfekter blauer Hintergrund für die weißen Schäfchenwolken, die darüber hinwegsegelten, und die dunkleren Gewitterwolken, die sich über den Hügeln in der Ferne zusammenballten. Träge ließ sich ein Steinadler-Paar auf seiner nie endenden Suche nach Nahrung auf unsichtbaren Luftströmungen treiben. Jedes Mal, wenn einer von ihnen eine Kurve flog und die Richtung änderte, schimmerte das schwarze Gefieder in der Sonne. Während Wilson sie beobachtete, legte plötzlich einer von ihnen die Flügel an und ließ sich wie ein Stein zu Boden fallen, um Sekunden später mit einem zappelnden Kaninchen in den rasiermesserscharfen Fängen wieder emporzusteigen. Dann flog der Steinadler seinem Partner hinterher und war bald nur noch als dunkler Punkt am Himmel zu erkennen, der auf den Steinbruch in der Ferne zustrebte. Das schwere Kaninchen in seinen Fängen schien sein Vorankommen nicht im Geringsten zu behindern.

Wilson seufzte vor Freude über diesen Anblick. Hier waren seine Wurzeln. Das war es, was *Mpande* bedeutete – die Wurzel –, und er, Wilson Mpande, trug diesen Namen voller Stolz und in dem Bewusstsein, dass sein königliches Blut ihn mit dem größten König von allen, mit Shaka, verband.

Wilson war schockiert gewesen, als er festgestellt hatte, wie wenig die weißen Südafrikaner über die Geschichte des Zulu-Königshauses wussten. Während seines Aufenthalts in Nordafrika hatte Wilson bei den seltenen Gelegenheiten, als das Thema zur Sprache gekommen war, gelernt, dass zwar alle Weißen von Shaka gehört hatten und die meisten auch noch wussten, dass sein Halbbruder Dingane ihn ermordet hatte, ihre Kenntnisse damit allerdings auch erschöpft waren.

Im Moment interessierte ihn das allerdings nicht. Im Moment kümmerte ihn nicht, dass die einzigen Menschen, die sein königliches Blut bewunderten oder zumindest respektierten, andere Zulu waren. Das würde sich bald ändern. Es musste sich ändern. Das Zulu-Volk war zu gewaltig, zu großartig gewesen, um jetzt einfach in Vergessenheit zu geraten. Die Zeit würde kommen, und dann würde sich sein Volk erneut zusammenfinden und derart mächtig werden, dass ihre ganzen Nachbarn ihnen Respekt entgegenbringen würde. Auch die Weißen.

Wilson reckte die Brust, atmete die Luft tief ein und spürte, wie die Müdigkeit von ihm abfiel. Sein Dorf, seine Frau Nandi und sein Sohn waren hinter der nächsten Erhebung. Als Kind hatte er genau an der Stelle gespielt, wo er jetzt stand. Dort, wo die Baumreihe dem Fluss folgte, hatte er um Nandi geworben und sie gewonnen. Und in der Ferne, zu seiner Linken, so weit das Auge reichte, lagen die Täler, Hügel und Flüsse, wo der junge Wilson zum Mann herangewachsen war. Er kannte jeden Zentimeter, jede Nuance, jede Stimmung dieses Landes, das seine Heimat war. Außer seine Schönheit und seiner Tücke hielt es keine Überraschungen für ihn bereit. Es konnte rau und unnachgiebig sein, aber kleine Flussläufe und Bäche führten Wasser, das so rein, so süß, so kalt war, dass seine Zunge vor Vorfreude brannte. Dem Boden, über den er ging, waren der Schweiß, das Blut und die Knochen der Zulu nicht unbekannt – die Luft, die er einatmete, war voller Erinnerungen an frühere Schlachten. »*Yebo!*«, rief Wilson laut und setzte sich wieder in Bewegung. »Ich bin wieder zu Hause.«

Die Freude über seine Heimkehr hatte sich immer mehr gesteigert, seit er in Empangeni den Zug verlassen und sich in nordwestlicher Richtung auf den Weg gemacht hatte. Es tat gut, endlich wieder die eigene Sprache mit den Menschen zu sprechen, denen er unterwegs begegnete. Der Anblick von Wilson in seiner Uniform stieß auf großes Interesse. Viele Menschen wussten nichts über den Krieg, er war nicht wichtig für sie gewesen. Wilson fragte sich, ob ihre Ignoranz etwas Gutes oder Schlechtes sei. Er wusste nicht, ob er sie beneiden oder bedauern sollte. Vermutlich ein bisschen von beidem.

Er hätte in Nseleni in einen anderen Zug umsteigen und bis Ulundi fahren können, aber er hatte dieses Erlebnis gewollt. Er wollte durch die Hügel seiner Heimat laufen und den Weißen Umfolozi-Fluss an der Stelle überqueren, wo er träge einen großen Bogen machte und die Ufer von Sandbänken gesäumt waren, die so breit waren, dass sie aussahen wir ein Strand. Auf der anderen Seite lag das Land, das ihm so vertraut war. Sobald er den Fluss überquert hatte, traf er Menschen, die er gut kannte. Er kam an Stellen vorbei, wo er das Vieh seines Vaters hatte weiden lassen, sich mit Freunden getroffen und den Kampf mit dem Stock geübt hatte. In dieser Gegend waren Wilsons Erinnerungen, seine Vergangenheit lebendig.

Der zweitägige Marsch fiel von ihm ab, er fühlte sich beschwingt und ausgeruht. Er stieg den letzten Hügel hinauf, und da lag das Dorf vor ihm. Es sah noch fast genau so aus, wie er es in Erinnerung hatte. Es war während seiner Abwesenheit ein wenig gewachsen, neue Hütten waren gebaut worden, um junge Männer zu beherbergen, die erwachsen geworden waren und sich eine Frau genommen hatten; es gab neue Krale für ihr Vieh und etwas, das es zuvor nicht gegeben hatte – einen Laden. Er war bunt bemalt, mit tanzenden Figuren und Werbung, und wirkte zwischen den ganzen hübschen bienenkorbartigen Hütten entschieden fehl am Platz. Wilson runzelte die Stirn, als er die Gegend unter sich betrachtete, und versuchte, den Kral seines Vaters und die dazugehörigen Hütten auszumachen. Als er sie entdeckte, wurde seine Sorge noch größer. Die Hütte, die er für Nandi gebaut hatte, wirkte sehr reparaturbedürftig. Seine Brüder hätten sich darum kümmern müssen. Irgendetwas stimmte da nicht.

Als er das Dorf erreichte, steuerte er sofort den Kral seines Vaters an. Er war auf traditionelle, bewährte Weise gebaut, mit einer große runden Einfriedung aus Ästen von Akazienbäumen. Die flachen dornigen Spitzen waren so ineinander gesteckt, dass sie einen undurchdringlichen Wall bildeten. Innerhalb der Umzäunung befand sich ein weiterer Zaun um ein Gelände, das leicht abschüssig und nach unten geöffnet war, damit bei Regen Dung und anderer Unrat abflossen und in den unterhalb liegenden Gemüsegarten liefen. Dort wurde das Vieh nachts sicher untergebracht und vor herumstreunenden Raubtieren geschützt. Zwischen der äußeren und der inneren Umzäunung lagen die Hütten, vierzehn insgesamt. Die von Wilsons Großmutter war die größte, sie lag an der höchsten Stelle und war am weitesten vom Eingang entfernt. Bei ihr lebten die Geister ihrer Vorfahren. Rechts davon war die Hütte seines Vaters und links die seiner Mutter. Verschiedene andere Familienmitglieder lebten innerhalb des Krals; der Abstand ihrer Hütte zum Eingang war abhängig von ihrem Alter. Zu beiden Seiten des Eingangs befanden sich die Hütten der unverheirateten Mädchen und Männer.

Leute begrüßten ihn, aber Wilson ließ sich nicht aufhalten. Für ein Gespräch war später noch Zeit. Sein wichtigstes Anliegen war, sich seinem Vater zu zeigen. Sein Herz schlug aufgeregt, als er den Eingang betrat, den Ort seiner Kindheit und den einzigen Flecken auf der Erde, den er als seine

Heimat bezeichnete. Ein junger Mann wollte ihm den Zutritt verwehren, aber dann erkannte er ihn, lächelte und ließ ihn passieren.

Seine Mutter stand über die Kochstelle gebeugt und hörte ihn nicht kommen. Er sah ihr einige Sekunden zu, lächelte über die vertraute Art, mit der sie das Holz hin und her schob, bis es so brannte, wie sie es gern hatte. Ihr enormer Körperumfang schien sie in ihrer Beweglichkeit nicht das kleinste Bisschen einzuschränken. Tausende Male hatte er sie so gesehen, doch noch nie war ihm der Anblick so kostbar, so wunderbar vertraut und tröstend vorgekommen wie jetzt. Endlich war er zu Hause. »Ich sehe dich, Mutter«, rief Wilson leise.

Ihre Reaktion auf das unerwartete Auftauchen ihres Sohnes beruhte auf mehreren hundert Jahren würdevoller Zulu-Tradition. Sie richtete sich langsam auf und drehte sich um. Ein breites Lächeln lag auf ihrem Gesicht. Sie sah ihn aufmerksam an, regungslos, bis sie sich sicher war, dass ihm nichts fehlte. Erst dann ging sie auf ihn zu, berührte ihn kurz an der Wange, ehe sie sagte: »Dein Vater wird erfreut sein, dich zu Hause willkommen zu heißen.« Sie rief etwas, und ein junges Mädchen, vielleicht sieben oder acht Jahre alt, kam schüchtern aus einer Hütte getreten. Den Blick hielt sie respektvoll zu Boden gerichtet.

Wilson sah das Kind an. Sie musste seine Nichte sein. »Silomo?«

Seine Mutter strich liebevoll über den Kopf des Kindes. »Das zweitgeborene Kind deines älteren Bruder«, bestätigte sie. »Sie ist nicht mehr das Baby, das du gekannt hast.«

In Wilsons Kehle steckte plötzlich ein dicker Kloß. Silomo und Dyson waren gleichaltrig. Sein Sohn würde sich ebenso sehr verändert haben.

»Geh und such deinen Großvater und bring ihn her. Sag ihm, sein Sohn ist nach Hause gekommen. Sag ihm«, rief sie dem Mädchen hinterher, das bereits losrannte, um zu tun, was seine Großmutter von ihm verlangte, »dass sein Sohn als Mann nach Hause kommt.« Sie konnte ihren Stolz nicht verbergen, und Wilson wusste genau, dass jede Frau im Dorf von seiner Heldentat erfahren würde, sobald seine Mutter hörte, wie er den weißen Unteroffizier gerettet hatte. So war es bei den Zulu üblich. Wenn ein Mann erfolgreich aus einem Krieg zurückkehrte, sorgten die Frauen dafür, dass die Geschichten von seinen Heldentaten zur Legende wurden. Schließlich würde sein guter Ruf auch ihren eigenen Status heben. Und Frauen konnten sich nur durch die Taten und den Status der zu ihnen gehörenden Männer Respekt verdienen.

Wilson war gespannt, wie es Nandi ergangen war, und wunderte sich, warum sie noch nicht erschienen war, um ihn zu begrüßen. Eine unangenehme Ahnung befiel ihn, dass ein Unglück über sie hereingebrochen sein könnte. Die Frauen seiner Brüder hatten ihn gesehen und näherten sich scheu, zögernd und mit respektvollem Abstand, bis er sie begrüßte. Wo war Nandi? Wilson fragte nicht. Er musste so lange warten, bis sein Vater es ihm verriet.

Trotz seiner Furcht war Wilson nicht ungeduldig. Wichtige Nachrichten wurden unter Berücksichtigung ihrer Bedeutung weitergegeben. Und das bedeutete, dass unwichtigere Dinge zuerst besprochen wurden. Alles, wonach Wilson sich so lange gesehnt hatte, würde warten müssen. Dazu gehörte das endgültige Ablegen der Kriegsuniform des weißen Mannes, das Anziehen seiner eigenen traditionellen Kleidung, die Kontrolle über sein eigenes Schicksal. Er konnte es kaum erwarten, dass sein Vater, der während seiner Abwesenheit für sein Vieh gesorgt hatte, ihn zum Kral brachte und es ihm zeigte. Bevor er fortgegangen war, hatte Wilson jedes einzelne Tier identifizieren können. Jetzt musste er sich von neuem mit ihnen vertraut machen. Aber vor allem wollte er seine Frau und seinen Sohn sehen. Zuerst jedoch stand das Gespräch von Mann zu Mann mit seinem Vater bevor.

»Ich sehe dich, mein Sohn. Willkommen zu Hause.«

Sein Vater hatte zugenommen. Erfreut stellte Wilson fest, dass er sich immer noch auf herkömmliche Zulu-Weise und nicht auf die Weise des weißen Mannes kleidete. »Ich sehe dich, Vater.« Ein paar graue Strähnen in der kurz geschorenen Frisur. Einige Falten, an die er sich nicht erinnern konnte. Ein Zahn fehlte, sodass jetzt nur noch vier zu sehen waren. Aber noch immer lag Weisheit in seinen Augen, die ihn aufmerksam musterten, und den stolz aufgerichteten Kopf umgab eine große Würde.

Sein Vater kam auf ihn zu, langsam und ruhig, wie Wilson es von ihm kannte, dann ergriff er Wilsons Hand und lachte leise. Er war ebenso froh, seinen Sohn zu sehen, wie Wilson froh war, seinen Vater zu sehen, aber es gab ein Protokoll, und der alte Mann würde im Traum nicht daran denken, es zu brechen.

»Du kehrst ausgezeichnet mit den Symbolen der Weißen zu uns zurück. Ich vermute, es ist für Heldentaten?«

»Ja, Vater.«

»Erzähl mir davon.«

»Ich habe das bekommen, weil ich einem Mann das Leben gerettet habe.«

»Hau. Warum hast du das getan?«

»Ich hatte den Befehl dazu.«

Im Blick seines Vaters lag Verachtung. »Welcher Dummkopf befiehlt einem guten Krieger, sein Leben für jemanden zu riskieren, der in Schwierigkeiten steckt? Wenn ein Krieger dazu bestimmt ist zu sterben, dann muss er sterben. Es obliegt anderen nicht, ihn zu retten. Wenn du nicht kämpfst, überwältigt dich der Feind. Wie kann so etwas sein?« Er schüttelte den Kopf. »Der weiße Mann kämpft wie eine alte Frau.«

Für seinen Vater galt nur der Nahkampf als ehrenwerte Art zu kämpfen. Dabei weckten die Worte eines Heldengedichts in dem Krieger einen solchen Kampfesgeist, dass jeglicher Gedanke an den Tod nur den Tod des Gegners betreffen konnte. Wilson wusste, dass der alte Mann die Kriegsführung der Weißen verachtete. Er sprach schnell, ehe sein Vater sich in Rage reden konnte »Wenn ich lernen soll, wie die Weißen denken, Vater, dann muss ich auch lernen, wie sie kämpfen.«

»Das ist richtig.« Diese Erklärung gefiel seinem Vater. »Der Krieg ist nun beendet, und den Engländern wurde Genugtuung verschafft«, meinte er.

Wilson nickte. »Ja, Vater.«

»Es gibt in diesem Land Menschen, die darüber nicht glücklich sind.«

Wilsons Vater bezog sich auf jene Buren, die mit den Deutschen sympathisiert hatten und auf Anordnung der Briten den Krieg in Gefangenenlagern zugebracht hatten. Wilson hatte großen Respekt vor den Kenntnissen seines Vaters über die politischen Bedingungen in Südafrika. Er hatte ihn dazu gedrängt, dem Afrikanischen Nationalkongress beizutreten. Wilson war jedoch nicht sonderlich interessiert an der Politik der Weißen. »Sie bekämpfen sich untereinander wie die Kinder«, hatte er voller Geringschätzung geantwortet.

»Tun wir das nicht auch?«, hatte sein Vater daraufhin leise gefragt und gelächelt.

Wilson hatte seinem Vater Recht geben müssen. Auch die Geschichte der Zulu war reich an Kriegen.

»Wie war die Schlacht?« Kämpfen und Töten war Teil der Tradition. Sein Vater wollte Einzelheiten hören.

»Es gab viele Schlachten. Mir gefällt die Art nicht, wie die Weißen kämpfen. Viele sterben, aber an ihren Speeren klebt wenig Blut.«

Sein Vater nickte. »Sie ändern sich nicht. Das Töten bringt keine Ehre, wenn man nicht Brust an Brust mit seinem Feind steht.« Sein Vater spuckte auf den Boden. »So war es immer. Die Art des weißen Mannes ist manchmal seltsam. Sie täuschen Freundschaft vor, dabei ist in ihren Herzen nichts als Gier und Verrat. Sie nennen uns Wilde und behandeln uns wie Hunde, und trotzdem beten sie zu einem Gott, von dem sie sagen, er wäre gut und gerecht. Aber wer kann diesen Gott sehen? Wenn er ein so guter Mensch ist, warum bringt er seinem Volk nicht bei, gütig zu sein? Wir haben ihnen nichts als Freundlichkeit entgegengebracht, und wo hat das hingeführt? Pah! Wir hätten sie alle töten sollen, als sie in unser Land kamen.«

Wilson wusste, dass sein Vater stundenlang über die Unzulänglichkeiten der weißen Rasse reden konnte, deshalb versuchte er das Gespräch abzukürzen. »Sag mir, Vater, was ist mit Inkatha ka Zulu?« Er wusste bereits, dass die Zulu eine eigene Organisation gegründet hatten, nachdem der Afrikanische Nationalkongress die Orientierung verloren hatte. Sie war nach *inkatha yezwe* benannt, dem heiligen Grasknäuel, das die Einheit des Zulu-Königreichs symbolisierte. Aber auch sie schien gescheitert zu sein. Das Ziel der Inkatha-Freiheitsbewegung, das Leben der Zulu durch

Landerwerb und die formale Anerkennung des Königshauses zu verbessern, war nicht erreicht worden. Anstatt zum Ankauf von Land war ein Teil des durch Steuererhöhungen eingenommenen Geldes dazu benutzt worden, ein Denkmal für Shaka zu errichten, doch das meiste war für König Salomons Trunksucht und seinen üppigen Lebensstil verschwendet worden.

Ehe Wilson fortgegangen war, hatte er große Sorge um den Fortbestand von Inkatha gehabt. Bei seiner Rückkehr hatte er bereits von ihrem Schicksal erfahren. Doch sein Vater erwartete von ihm, dass er sich danach erkundigte, und das hatte er getan und wartete nun geduldig auf eine sorgfältig formulierte Antwort.

»Gescheitert«, stieß sein Vater voller Verachtung hervor und schüttelte den Kopf. »Jetzt haben wir die Zulu Cultural Society.«

Auch davon hatte Wilson bereits in Durban gehört. Aber er fragte dennoch: »Was will sie?«

Sein Vater räusperte sich und wurde wieder verächtlich. »Wie Inkatha wollen sie vor allem Anerkennung. Sie versuchen, eine Zulu-Identität zu schaffen, aber es wird schwierig. Pretoria schickt uns weiße Gouverneure, die den Häuptlingen die Macht nehmen. Wenn einem Mann die Entscheidung seines Häuptlings nicht gefällt, geht er zu dem Gouverneur. Wenn ihm die Entscheidung des Gouverneurs nicht gefällt, geht er zu seinem Häuptling. Diese Gouverneure verstehen unsere Lebensweise nicht und treffen schlechte Entscheidungen. Die alten Traditionen verlieren sich.«

Sein Vater war ärgerlich. »Manche von uns glauben, dies sei nur ein Versuch, uns zu spalten. Sollte ihnen das gelingen, wird – auch wenn es uns tatsächlich gelingt, an Anerkennung gewinnen – nichts übrig sein, was anerkennenswert ist.«

Wilson hatte sich bereits auf eine längere Diskussion eingestellt, aber seine Mutter ahnte, wie sehr er sich danach sehnte, etwas über seine Familie zu erfahren, und mischte sich in das Gespräch, was sehr ungewöhnlich war. »Mann, diese Dinge, von denen du sprichst, beunruhigen uns alle. Unser Sohn wird früh genug davon erfahren. Sicher möchte er nun etwas von den Dingen hören, die ihm näher sind.«

Sein Vater wirkte enttäuscht, aber als er das Lächeln sah, das sich im Gesicht seines Sohnes ausbreitete, wurde ihm klar, dass eine mögliche Diskussion warten musste. »Komm, wir setzen uns.« Er führte seinen Sohn in den Schatten eines Baumes, und die beiden setzten sich auf kleine, selbst gebaute Holzhocker. Sein Vater brauchte eine Weile, ehe er eine bequeme Position gefunden hatte. »Du hast sicher noch nichts von der Bantu Purity League gehört?«

Das hatte Wilson nicht, und er sagte es seinem Vater.

»Die Zeiten ändern sich. Viele *amakholwa* leben nun unter uns.« Wilsons Vater meinte die konvertierten Christen, die man dazu gebracht hatte, ihre traditionellen Wertvorstellungen aufzugeben und die der Weißen anzunehmen. »Sie haben große Schwierigkeiten. Die jungen Mädchen gehen weg, um sich Arbeit in den Städten zu suchen. Sie bringen *isifo sabelungu* mit – die Krankheit der Weißen –, und sie bringen Babys mit, ehe sie sich einen Ehemann nehmen. Diejenigen von uns, die die alten Traditionen achten, sind sehr besorgt darüber.« Er sah Wilson scharf an. »Auch auf diese Weise versuchen die Weißen unsere Kultur zu zerstören. Viele unserer Frauen haben entschieden, dass es an der

Zeit ist, etwas dagegen zu tun, und sie versuchen, den *amakholwa* die alten Regeln wieder beizubringen. Es ist eine sehr schwierige Aufgabe, weil die Jungen ihnen nicht zuhören wollen. Trotzdem geben die anständigen Frauen unter uns nicht auf. Nandi gehört auch zu ihnen. Sie hat sich denen angeschlossen, die die Purity League gegründet haben.«

Wilson erstarrte. Nandi hatte, obwohl sie ebenso traditionell lebte wie er, nie das Bedürfnis gehabt, diese Lebensweise zu schützen. Die Dinge musste sehr schlimm stehen, wenn sie sich zu solch einer Maßnahme entschlossen hatte. »Ist sie hier?«

Sein Vater schüttelte den Kopf. »Nein. Sie hat deinen Sohn mitgenommen und lebt nun auf einer Zuckerrohrplantage in der Nähe von Empangeni. Sie ist die örtliche Vertreterin der Liga.« Wilsons Vater schien die Ziele der Organisation zwar durchaus gutzuheißen, aber mit Nandis Entscheidung nicht einverstanden zu sein. Eine Frau gehörte nach Hause, vor allem die Frau seines Sohnes.

Bis zu einem gewissem Grad teilte Wilson die Einstellung seines Vaters, aber er war ein Mann, der mit dem einen Bein in der Vergangenheit verhaftet war, während das andere den Schritt in die Zukunft getan hatte. Die Schwierigkeit bestand darin, das Beste der alten Traditionen zu bewahren und zugleich Neuem gegenüber aufgeschlossen zu sein. Es war ein Balanceakt. Shakas Zeiten, als überall Zulu ein Land besiedelt hatten, das sie mit ihrem Blut bezahlt hatten, waren endgültig vorüber. Nicht einmal der hoffnungsvollste Träumer konnte sich vorstellen, dass sie je zurückkommen würden. Das Wichtige in dieser Zeit der Veränderungen war, das zu bewahren, was intakt war.

Wilson hatte genug von der Welt gesehen, um zu wissen,

dass die Zulu nicht die Einzigen waren, die mit einer solchen Situation zu kämpfen hatten. Er hatte in Nordafrika mit Australiern gesprochen, mit weißen Südafrikanern, Schotten und Neuseeländern, die ihm von Veränderungen erzählt hatten und davon, wie sehr die älteren Generationen sich dagegen wehrten. Allerdings hatte Wilson den Eindruck gehabt, als hätten sie ihre Probleme selbst verursacht. Diesen Luxus gab es bei den Zulu nicht.

Und nun hatte seine eigene Frau mit der Tradition gebrochen, und das ausgerechnet, um Traditionen zu erhalten. Es stand Nandi nicht zu, selbstständig eine derartige Entscheidung zu treffen und das Dorf ihres Mannes zu verlassen, ganz gleich aus welchem Grund. Und deshalb war Wilson ärgerlich auf Nandi. Aber er war auch stolz auf sie.

»Du wirst sie nach Hause zurückholen?«, fragte sein Vater.

Wilson zögerte. Das war eine Frage, die er nicht gleich beantworten konnte. Natürlich wollte er das lieber tun als alles andere auf der Welt, aber die Vernunft sagte ihm, dass es nicht einfach werden würde. In den wenigen Jahren, die sie zusammen gewesen waren, hatte Nandi immer wieder gezeigt, dass sie einen eigenen Kopf hatte, und zwar einen ziemlich klugen. Wilson akzeptierte das. Es ging darum, was das Beste war. *Irgendwer* musste etwas unternehmen, *irgendwer* musste sich einsetzen und versuchen, seinem Volk wieder Würde und Selbstachtung beizubringen, ehe beides ganz verloren ging. »Ich weiß nicht«, antwortete Wilson langsam. »Es ist noch zu früh, um das zu entscheiden.«

Damit musste sich sein Vater zufrieden geben.

Den Abend verbrachte Wilson an seinem eigenen Feuer. Alle Mitglieder der Familie und viele Freunde kamen zu Besuch. Die Gespräche drehten sich um das Vieh und um alte Clan-Streitereien, und schon nach kurzer Zeit hatte Wilson das Gefühl, nie fort gewesen zu sein. Aber als er versuchte, ernstere Themen anzusprechen, wurde schnell klar, dass Wilson und sein Vater die Einzigen waren, die sich für politische Belange interessierten.

Als die Frauen und Kinder sich schließlich verabschiedet hatten und nur die Männer zurückgeblieben waren, musste Wilson plötzlich an vergleichbare Erlebnisse in den letzten fünf Jahren zurückdenken. Männer unter sich, redend, lachend, rauchend und trinkend. Er erinnerte sich an einen schlaksigen Australier, den er in der Wüste kennen gelernt hatte und der mit der ihm eigenen nasalen Stimme, die Wilson erst nach Monaten verstanden hatte, einmal zu ihm gesagt hatte: »Yeah, Kumpel. Nichts geht über ein Fässchen, ein paar Freunde und einen guten Plausch.« Und nun war er zu Hause, und sie hatten zwar kein Fässchen, dafür aber etwas viel Besseres: köstliches selbst gebrautes Bier, milchig und bittersüß, damit der ›gute Plausch‹ den Hals nicht zu sehr austrocknete.

Irgendwie sind wir alle gleich, überlegte Wilson, während das Gespräch an ihm vorbeiging. Wir sind alle Männer, und wir sind alle gleich. Aber warum sind wir dann so verschieden?

Später, als er sich auf seiner Schlafmatte zusammenrollte, wusste er, dass die Stille einer dunklen Nacht in Zululand das schönste Geräusch war, das er seit fünf Jahren vernommen hatte.

Ehe Wilson sich am nächsten Morgen auf den langen Rückmarsch nach Empangeni machte, stattete er der *sangoma* des Dorfes einen Besuch ab, um sich geistigen Beistand und Rat zu holen. »Ich habe dich schon vor drei Vollmonden kommen sehen. Was hat dich aufgehalten?«, lauteten die ersten Worte der Wahrsagerin.

Wilson setzte sich vor ihr auf den Boden. »Ich wurde in Durban aufgehalten.«

Sie betrachtete sein Gesicht einige Sekunden lang. Eine Perücke mit einer Aufsteckfrisur, die mit weißen Perlen geschmückt war, umrahmte ihr Gesicht. »Es gibt nichts für dich«, erklärte sie schließlich. »Noch nicht. Der Tag wird für dich kommen, aber es ist noch ein langer Weg. Du bist noch nicht bereit dazu.«

Aufmerksam beobachtete Wilson ihren Haarschmuck. Man sagte, der Knoten wäre so verschlungen, damit die Geister einen Sitzplatz hatten, während sie der *sangoma* ins Ohr flüsterten. Es müsste sich doch etwas bewegen, wenn sie sich setzten. Aber Wilson konnte nichts erkennen.

Die *sangoma* schaute ihn anerkennend an, weil er schwieg. »Es liegt bei dir«, sagte sie plötzlich. »Die Geister schlagen dir zwei Wege vor. Einer ist übersät mit den Überresten von Dingen, die im Augenblick nicht verfügbar sind. Wenn du diesen Weg wählst, wirst du Frieden finden, aber du wirst auch feststellen, dass ein Weiterkommen irgendwann unmöglich wird. Die Türen unserer Vergangenheit haben sich geschlossen und können nicht wieder geöffnet werden.«

Wilsons Gesicht blieb unbewegt. Die *sangoma* verkündete ihm etwas, was er ohnehin bereits vermutet hatte. Die Vergangenheit war vergangen. »Erzähl mir von dem anderen Weg«, bat er leise.

Die *sangoma* schloss die Augen. Sie lächelte, dann bewegte sie sich ruckartig und saß dann wieder ganz still. »Der andere Weg ist neu, fremd; es gibt viel, was einen schwachen Mann verwirren und ängstigen kann. Die Türen sind schwer zu öffnen, aber das bedeutet nicht, dass man sie nicht öffnen kann. Wenn du diesen Weg wählst, musst du sehr stark sein.«

Stark?, fragte Wilson sich. Oder naiv? Die *sangoma* hatte ihm keinerlei Hinweis darauf gegeben, obwohl er vermutete, dass sie die Antwort wusste.

Sie öffnete die Augen und sah ihn an. Aber ihr Blick wirkte glasig, und er hatte nicht das Gefühl, dass sie ihn wirklich sehen konnte. Ihre Stimme klang weich und singend, als sie wieder zu ihm sprach.

»Jeder Tag bringt ein Geschenk mit sich. Es liegt an uns, ob wir es annehmen oder nicht. Wenn wir es annehmen, wird, ganz gleich wie gering es auch ist, nichts mehr so sein, wie es am Vortag war. Wenn wir versuchen, mehr zu nehmen, als der Tag uns bietet, brechen wir den Rhythmus der Geduld. Das, was am langsamsten wächst, hält am längsten.« Sie schwieg und begann sich sachte hin und her zu wiegen.

Das ist ja alles sehr schön, dachte Wilson. Aber die Schildkröte kommt nur voran, wenn sie den Kopf herausstreckt. Er wartete darauf, dass die *sangoma* weitersprach.

Der tranceartige Ausdruck verschwand aus ihren Augen. »Was musst du sonst noch wissen?«

»Bitte«, sagte er und bemühte sich höflich zu sein. »Kannst du mir sagen, wo ich Nandi finde?«

Sie entrollte ein Springbockfell vor sich und legte an beide Seiten eine Reihe von Gegenständen. Es waren hauptsächlich Knochen, aber es waren auch einige menschliche

Zähne dabei und ein kleiner zeremonieller Speer. Sie steckte die kleineren Gegenstände, die Knochen, Muscheln und Steine in einen Lederbeutel, schüttete sie auf das Fell und betrachtete sie lange. »Finde den Ort, wo das Meer und *uBejane* Seite an Seite leben«, erklärte sie ihm schließlich. »Das ist in der Nähe der Stelle, wo sich die Menschen mit dem schlechten Omen niedergelassen haben«, fügte die *sangoma* hinzu und nannte den Namen der Gegend, die als Kwa Mbonambi bekannt war. »Dort wirst du Nandi finden.«

Sie blickte weiter auf die Gegenstände vor sich. »Hier ist viel«, sprach sie mit ruhiger Stimme weiter. »Dort ist Tod und Betrug und ein großes Übel. Aber dort ist auch Gutes und Lohnendes. Man kann an dem, was die Vorfahren prophezeit haben, nichts ändern. Welchen Weg auch immer du wählst, diese Dinge werden geschehen. Das Übel, von dem ich spreche, wird das Leben von zwei Familien betreffen, das deiner Familie und das einer anderen. Du kannst nichts tun, um es zu verhindern.« Ein Schaudern überkam sie. »So viel Böses habe ich noch nie gesehen«, flüsterte sie.

Wilson fror plötzlich. Die *sangoma* irrte sich nie.

»Die Geister sind bereits in Aktion. Dein Schicksal ist besiegelt.« Sie sah kurz zu ihm auf. »Denk daran. Verlier nicht dein Verantwortungsgefühl. Du bist erwählt. Der dritte König des Zulu-Volkes beobachtet dich. Nutze deine Zeit gut und sei zufrieden.« Sie nahm eine Hand voll Schmutz auf. »Ein Sandkorn mag nicht viel erscheinen. Aber was wäre, wenn jedes Sandkorn sich für unbedeutend hielte und wegginge?«

Wilson saß fasziniert da. Die Gespräche mit der *sangoma* fesselten und ängstigten ihn zugleich. Ihre Botschaft war deutlich: Geh erst, bevor du losrennst.

Sie schaute wieder auf das Fell vor ihr. »Die Inkatha-Bewegung wird wieder aufleben. Du wirst dabei eine Rolle spielen. Sei nicht enttäuscht. Vielen wird es ebenso ergehen. Denk daran, ein Sandkorn macht kein Land aus, aber hab Vertrauen in die Stärke vieler Sandkörner, um die Zukunft zu gestalten.« Sie sammelte die Gegenstände wieder ein und steckte sie zurück in den Lederbeutel, ehe sie das Fell zusammenrollte und hinter sich legte. Als die *sangoma* schließlich weitersprach, sprach sie mit der Stimme einer Freundin, nicht wie eine Frau in Trance, die Kontakt zu den Geistern hatte. »Du wirst Nandi ganz leicht finden. Nicht heute oder morgen, aber am Tag danach. Akzeptiere, dass sie sich verändert hat. Wenn du das tust, wirst du glücklich werden. Nimm dir Zeit für sie, so viel bist du dir schuldig.« Sie nickte kurz, um ihm anzudeuten, dass das Gespräch beendet war.

Wilson erhob sich. »Danke«, sagte er. »Ich habe die Worte gut verstanden.« Er wandte sich zum Gehen.

»Dein erster Sohn ist ein guter Junge«, rief sie hinter ihm her. »Du wirst stolz auf ihn sein.«

Wilson ging weiter, ohne sich umzudrehen. Aber ein freudiges Lächeln huschte über sein Gesicht.

Der Inyanga, der traditionelle Medizinmann des Dorfes, begrüßte ihn, als er vorbeikam. Wilson überlegte einen Moment, auch ihn zurate zu ziehen. Seine Hauptaufgabe bestand zwar darin, Husten, Magenprobleme und viele andere Erkrankungen mit Mixturen aus Rinde, Blättern, Samen und Tierteilen zu kurieren, aber er war auch auf anderen Gebieten sehr erfahren. Schon häufig hatte er bewiesen, dass seine Heilmittel vor Blitzeinschlägen schützen konnten, Unglück in Glück verwandeln, den Bann der Liebe über jemand legen und dass sie für eine gute Ernte, etwa bei

Mohrenhirse, Rispenhirse, Bohnen, Süßkartoffeln und Kürbissen, sorgen konnten. Und wenn ein böser Fluch auf einem der Dorfbewohner lag, konnte es der Inyanga – der Mann von den Bäumen – ebenfalls abwenden.

So verlockend es war, auf Nummer sicher zu gehen und den Inyanga um seinen Rat zu bitten und vielleicht sogar um seinen magischen Beistand bei der Suche nach Nandi: Wilson ging weiter. Die *sangoma* war diejenige, die mit den Geistern in Verbindung stand, und die Geister hatten ihr eine klare Botschaft gesandt. Es war besser, sie nicht zu verärgern.

Sein Vater war der Überzeugung, Wilson sollte Nandi ins Dorf zurückholen, aber trotz seines hohen Status innerhalb des Clans wagte auch er nicht, den Rat der *sangoma* infrage zu stellen. Er schüttelte nur den Kopf über den Gang der Dinge. Wilson verabschiedete sich von seiner Familie und brach in Richtung Meer auf.

Er war noch immer unentschlossen. Ein Teil von ihm sehnte sich danach, Nandi und seinen Sohn nach Hause zu holen, nach Hause, wo die Geister seiner Vorfahren noch immer in den Hügeln und Tälern hausten; nach Hause, wo die aufgehende Sonne lange Schatten über die Talsohlen warf, wenn sie durch den morgendlichen Nebel brach; nach Hause, wo die hohen Felsen die Stimmen seines Viehs zurückgaben, wo sich das Echo mit dem fernen Schrei des Steinadlers mischte. Es wäre ganz einfach, allem den Rücken zuzudrehen und vorwärts in die Vergangenheit zu gehen.

Aber konnte er das? Die Finger einer anderen Welt hatten sein Dorf bereits berührt. Es war nur der Anfang. Er hatte die Kochtöpfe der Weißen gesehen, ihre industriell gefertigten Stühle, selbst einen mit Öl betriebenen Kühlschrank.

Das Dorfleben hatte sich verändert, und Wilson wusste, dass es nicht an dieser Stelle stehen bleiben würde. Der Fortschritt war nicht mehr aufzuhalten. Die Zulu würden das Gute und das Böse nehmen müssen. Würden sie blindlings vorwärts laufen und die Lebensweisen der Weißen annehmen, um dann festzustellen, dass sie dadurch nicht den geringsten Fortschritte erzielt hatten?

Diese Gedanken gingen Wilson durch den Kopf, während er weiterlief. Er hatte die Städte gesehen und das, was sie aus seinem Volk machten. Er hatte Zulu gesehen, die es den Weißen gleichtun wollten, dann jedoch aus Verzweiflung niedere Arbeiten in Küchen und Gärten verrichteten und auf den beleidigenden, gleichmachenden Zuruf ›Boy‹ hörten. Wilson war sich darüber im Klaren, dass die Zulu eine neue Orientierung brauchten, aber in welche Richtung sollten sie gehen? Würde das stolze Volk, das unter Shaka so erhaben gewesen war, nun ins Straucheln geraten und untergehen? War dies das Schicksal seines Volkes?

Jedes Mal wenn Wilson zu wissen glaubte, welcher der beiden Wege, die die *sangoma* ihm beschrieben hatte, der richtige sei, geriet sein Entschluss anschließend sofort wieder ins Wanken. Sie hatte gesagt, dass die Inkatha wieder aufleben und er dabei eine Rolle spielen würde. Konnte er dies von seinem ländlichen Dorf aus tun oder musste er dazu in der großen Stadt bleiben?

Am nächsten Abend erreichte Wilson Empangeni. Er stieg genau in dem Moment die Hügel hinab, als die Sonne hinter ihnen versank. Seine ursprüngliche Absicht war es gewesen, mit leichtem Gepäck zu reisen. Also nur mit der Kleidung, die er am Leibe trug, seinem Schild, den Speeren und dem *knobkerrie*. Aber seine Mutter hatte ihm Geschenke für Nandi und seinen Sohn mitgegeben, seine Schwestern hatten ihm geraten, sich europäische Kleidung mitzunehmen, falls er sich Arbeit suchen wollte, und dann hatte er noch die Nahrungsmittel eingepackt, die er auf Geheiß seines Vaters unbedingt hatte mitnehmen müssen. Am Ende hatte Wilson Mühe gehabt, alles in seinem Armee-Seesack unterzubringen.

Eine Tante von ihm wohnte direkt vor den Toren Empangenis, und er steuerte diese Richtung an, da er wusste, dass er dort willkommen sein würde. Aber in ihrem Haus wusste trotz der Nähe zur Stadt niemand, wo Nandi sich aufhielt. Wilson erwachte früh am nächsten Morgen und brach erneut in Richtung Ozean auf.

Die *sangoma* hatte ihm den Hinweis gegeben, nach einem Ort zu suchen, wo UBejane mit dem Meer zusammentraf und wo sich das Volk mit dem schlechten Omen niedergelassen hatte. Ein Nashorn, das wusste Wilson, wagte sich nicht ans Meer. Ebenso wenig würde man es in der Nähe einer großer Stadt antreffen. Aber die *sangoma* war sehr genau gewesen, deshalb blieb er auf der staubigen Straße, die ihn an der Küste entlangführte. Mittags um Viertel nach eins fand er, wonach er gesucht hatte: die UBejane-Plantage. Er ging durch das große Tor und befand sich auf einer Straße, die zu beiden Seiten von hohen Zuckerrohrpflanzen umgeben war. Als er die erste Kreuzung erreichte, blieb er stehen. Welche Richtung nun? Da erklang hinter ihm plötzlich eine Stimme. Jemand rief ihm in gebrochenem Englisch zu: »Sie befinden sich auf Privatbesitz, Zulu. Was haben Sie hier zu suchen?«

Wilson drehte sich um und sah einen großen indischen

Sikh auf sich zukommen. Automatisch richtete er sich zu seiner vollen Größe auf, nahm die Speere von der rechten in die linke Hand und hielt die Rechte hoch, damit der Mann sehen konnte, dass er keine Waffe trug und in Freundschaft kam. »Ich bin gekommen, um meine Frau und meinen Sohn zu suchen«, sagte er auf Englisch, der Sprache, die ihnen trotz ihrer so unterschiedlichen kulturellen Herkunft gemeinsam war.

Der Inder blieb vor ihm stehen. »Und wer könnte das sein?«

»Es sind Nandi und Dyson Mpande.«

Der Gesichtsausdruck des Sikh veränderte sich. »Dann müssen Sie Wilson sein, nicht wahr?«

Wilson nickte.

»Du meine Güte! Sie werden sich sehr freuen, Sie zu sehen. Meine Güte, ja.« Er zeigte in die Richtung der Zulu-Siedlung. »Wenn Sie unterwegs aufgehalten werden, sagen Sie, Raj würde Sie kennen. Das bin ich«, fügte er feierlich hinzu. »Meine Güte.«

Wilson dankte Raj und wandte sich zum Gehen.

»Warten Sie noch, Zulu.«

Er drehte sich um.

»Wenn Sie einen Weißen auf einem Pferd sehen, machen Sie sich am besten unsichtbar. Der Besitzer dieser Plantage, ist ... meine Güte, wie soll ich das sagen ... man weiß nie, was er gerade vorhat. Früher war er ein fairer Mann, aber seit er aus dem Krieg zurückgekehrt ist ...« Raj zuckte mit den Schultern. »Versuchen Sie, ihm aus dem Weg zu gehen.«

Wilson schaute den Sikh an. Er konnte sehen, dass der Mann aus ehrlichem Herzen sprach. Aber er, Wilson, war ein anständiger Zulu. Er würde sich vor niemandem wie ein geprügelter Hund verstecken. Aber Raj sah ihn ängstlich an, und da begriff Wilson, dass der weiße Besitzer den Inder wahrscheinlich bestrafen würde, wenn er einen Fremden auf seinem Grund und Boden erwischte. Deshalb nickte er feierlich, bedankte sich noch einmal und machte sich auf den Weg durch die Zuckerrohrfelder.

Auch wenn die gesunden und ordentlich in Reihen bepflanzten Felder für das Auge nicht so angenehm waren wie die Kartoffelreihen zu Hause, die sich jeder noch so sanften Kurve anpassten, so waren sie dennoch der Beweis für die Entschlossenheit und die Klugheit der Weißen. Die Felder waren nicht nur in übersichtliche Sektionen aufgeteilt, die Pflanzen schienen auf dem sandigen Boden auch sehr gut zu gedeihen, und – Wunder, oh Wunder – Rohre spuckten in großen Bogen Wasser aus, um den Zuckerrohr feucht zu halten.

Wilson kam an einem Feld vorbei, auf dem indische Frauen Unkraut jäteten. Sie hatten den Rücken gebeugt, arbeiteten methodisch, ohne ablenkendes Geschwätz. Ganz plötzlich war er am Ende des Zuckerrohrfeldes angelangt. Das wellenförmige Land erstreckte sich bis zu den Hügeln in der Ferne. Die Landschaft war nicht so spektakulär wie in seiner Heimat, aber Wilson gefiel sie besser als die eintönige Symmetrie der Zuckerrohrfelder. Er konnte Vieh grasen sehen, und sein kritisches Auge registrierte sofort, wie gesund es war, mit kräftigen Rücken, gutem Fleisch und glänzendem Fell, auf das die Nachmittagssonne schien. Es war eine Herde, auf die man stolz sein konnte. Sorgfältig schloss Wilson das Tor hinter sich, dann folgte er der kurvigen Straße, die zwischen zwei großen Felsmassiven hindurchführte.

Dyson Mpande, der gerade Vorbereitungen traf, um Michael in einen Hinterhalt zu locken, sah zu, wie der Fremde vorbeiging, und fragte sich, wer das wohl sein könnte. Der Mann wirkte sehr stolz, wie jemand, der bedeutende Vorfahren hatte. Dyson war beeindruckt.

Nandi Mpande schloss den Deckel der Schreibmaschine und stand auf. »Ich bin mit den Briefen fertig, Mrs. King.«

Claire schaute auf die Uhr an der Wand. Nandi war eine halbe Stunde länger geblieben, um die Briefe zu Ende zu schreiben. Sie arbeitete nur halbtags und war für gewöhnlich um ein Uhr fort. »Danke, Nandi. Ich werde sie noch heute Nachmittag zur Post bringen.« Sie fuhr sich mit der Hand durchs Haar. »Morgen beschäftigen wir uns dann mit den Rechnungen.«

»Ja, Madam.« Nandi nahm ihre Tasche. »Dann bis morgen, Madam.«

Claire nickte und widmete sich wieder ihrer Tagespost.

Nandi verließ das Büro und ging die Stufen der Veranda hinab. Wenn sie nach Hause kam, musste sie noch dreißig Briefe für die Bantu Purity League schreiben, Essen kochen, und wenn die Zeit es zuließ, würde sie vielleicht noch ein Stündchen an dem schweren Faltenrock arbeiten, den sie sich gerade aus Ochsenfell nähte. Die Perlenstickerei war sehr zeitaufwändig, aber jede Farbe hatte eine eigene, traditionelle Bedeutung, und sie hatte bereits eine passende Kopfbedeckung geplant. Normalerweise hätte ihr Ehemann den Rock genäht und Nandi nur die Stickerei überlassen, aber Wilson war seit fünf Jahren fort, und Nandi hatte keine Ahnung, wann er zurückkommen würde. Obwohl sie, wenn sie im Büro der Farm arbeitete, ein Kleid und Schuhe trug, wie es in Europa Mode war, zog sie zu

Hause ein schlichtes Wickelkleid oder, für besondere Anlässe, den Ochsenlederrock vor.

Es war heiß und stickig, und die Sonne brannte durch ihr dünnes Baumwollkleid, als sie auf ihre Siedlung zueilte. Nandi sehnte sich häufig nach der kühleren Luft ihrer Heimat in den Hügeln. Was würde Wilson denken, wenn er nach Hause kam und feststellte, dass sie fort war? Es gab keinen Postdienst in ihrem Dorf, und Wilson hatte auch keine Adresse hinterlassen, wo sie ihn erreichen konnte. Sie hatte keine Gelegenheit gehabt, ihn wissen zu lassen, dass sie umzog. Sie hatte keine Ahnung, wo er war, aber sie wusste, dass er am Leben war, weil ihr die *sangoma* gesagt hatte, er wäre in Sicherheit und sie würde ihn wiedersehen. Nandi rechnete damit, dass ihr Mann sie schlagen würde, weil sie das Dorf verlassen hatte. Das würde sie akzeptieren. Aber was war, wenn er darauf bestand, dass sie zurückkam? Obwohl Nandi schon seit frühester Kindheit dazu erzogen worden war, ihrem Vater und ihren Brüdern zu gehorchen und später dann ihrem Mann und seinen männlichen Verwandten, wusste sie, dass sie nicht zurückgehen konnte.

Ihr Schwiegervater hatte sie geschlagen und von ihr verlangt, im Dorf zu bleiben und dort auf Wilsons Rückkehr zu warten. Nandi hatte damit gerechnet, dass er das tun würde. Sie hatte ihrer Strafe aufrecht entgegengesehen, ohne auch nur den Versuch zu machen, ihr zu entkommen. Aber es hatte ihr das Herz gebrochen, als Wilsons Vater sie mit Verachtung in der Stimme enteignet und ihr gesagt hatte, er würde erst dann wieder mit ihr sprechen, wenn sie zur Vernunft gekommen wäre. Wilsons Mutter war nichts anders übrig geblieben, als ihre Schwiegertochter ebenfalls zu ächten – aber erst, nachdem Nandi die Sorge, das Verständnis, ja sogar die Zustimmung auf ihrem ansonsten so ausdruckslosen Gesicht gesehen hatte.

Nandi setzte ihren Weg fort, bis sie die Gabelung erreichte. Sie seufzte. Manchmal kam es ihr vor, als würde die Bantu Purity League keinen Schritt vorankommen. Die Mädchen rannten immer noch in Scharen in die Städte und suchten dort nach Arbeit. Das Gleiche galt auch für die Männer, die ihre Frauen und Kinder zu Hause in ihren Dörfern zurückließen. Die Einsamkeit brachte sie zusammen, und oft war die unvermeidliche Folge eine ungewollte Schwangerschaft. Die Liga wusste, dass sie nicht verhindern konnte, dass Frauen und Männer zusammenlagen. Sie versuchte deshalb, sie zu *hlobonga* zu überreden. Die traditionellen Stammesbräuche duldeten von der Pubertät an sexuelle Aktivitäten. Junge Männer und Frauen durften sich gegenseitig stimulieren, aber unter keinen Umständen durfte ein Mädchen seine Jungfräulichkeit verlieren. Deshalb wurden die Mädchen dazu angehalten, die Beine fest zusammenzupressen. Diese Technik, *hlobonga* genannt, verhinderte eine Penetration und verschaffte dem Partner trotzdem Lust.

In letzter Zeit schien es, als wären die alten Methoden nicht mehr ausreichend. Nandi und ihre Mitstreiter kämpften einen im Grunde aussichtslosen Kampf. Das galt nicht nur für den Bereich der Sexualität. Anstatt sich auf den Feldern zu plagen, bevorzugten es viele junge Frauen, in den Häusern der Weißen zu arbeiten und in den Dienervierteln oder *kias* zu leben. Dort schliefen sie auf Betten statt auf Matten und kochten ihre Mahlzeiten über Ölbrennern, anstatt am offenen Feuer. Die Männer fanden sie faul und ungehorsam und verglichen sie mit ihren Frauen zu Hause in den Dörfern, aber das hielt sie nicht davon ab, die Offenherzigkeit dieser moderneren Mädchen auszunutzen. Nandi wusste, dass selbst die Mitglieder der Bantu Purity League trotz ihrer Bemühungen, die Stammesriten lebendig zu halten, immer mehr der modernen Lebensweisen annahmen. Außerdem waren sie immer weniger gewillt, das Wort eines Mannes als Gesetz hinzunehmen. Erst vor kurzem hatte Nandi sich dabei ertappt, dass sie etwas Ähnliches dachte.

Als zum ersten Mal eine Vertreterin der Liga Wilsons Dorf besucht und den Häuptling höflich gefragt hatte, ob sie zu den Frauen sprechen dürfte, war das an sich schon ein Bruch mit der Tradition gewesen. Und deshalb hatte der Häuptling seine Zustimmung verweigert. Daraufhin hatte die Besucherin sich einfach umgedreht und hinter seinem Rücken mit jeder Frau einzeln gesprochen. Die meisten Frauen stimmten ihren Vorhaben zwar zu, aber ihre Leben waren ausgefüllt. Die Männer verboten ihnen, sich für etwas zu engagieren, was ihnen als Bedrohung ihrer männlichen Autorität erschien, und die meisten Frauen konnten die Vertreterin dieser neuen Liga geistig nicht von den Mädchen trennen, die ihrer Meinung nach der Hilfe bedurften.

Nandi war die einzige Frau gewesen, die sich der Vertreterin angeschlossen hatte, auch wenn sie sich zunächst gescheut hatte, ihr Dorf zu verlassen, um sich in der Umgebung von Empangeni für die Liga einzusetzen.

»Warum kann ich nicht von hier aus arbeiten?«, hatte sie gefragt.

Die Vertreterin hatte zwei Tage gebraucht, um Nandi davon zu überzeugen, dass ihre Arbeit an einem größeren Ort wesentlich wirksamer sein würde.

»Wie werde ich leben?«, hatte sich Nandi als Nächstes beklommen erkundigt.

»Ich werde Arbeit für Sie finden. Die Liga kann Ihnen leider nichts zahlen, aber ich werde Ihnen einen Job besorgen, bei dem Sie etwas verdienen können.«

Sie hatte ihr Wort gehalten. Nandi war zwei Wochen später in Empangeni angekommen, mit ihrem kompletten Besitz, einem dreijährigen Sohn an der Hand und den verblassenden Blutergüssen am Rücken, die sie noch eine Zeit lang an die Schläge von Wilsons Vater erinnern würden.

Die Vertreterin der Liga brachte sie nach UBejane, um sie Claire King vorzustellen. Von ihrer Kusine Bessie, die dort in der Küche arbeitete, wusste sie, dass Claire eine Hilfe für die Büroarbeiten benötigte. Als Claire erfuhr, dass Nandi an einer Missionsschule Englisch gelernt hatte, verpflichtete sie sie auf der Stelle.

Nandi eröffnete sich eine völlig neue Welt. Mrs. King lehrte sie, wie man Schreibmaschine schrieb und das Telefon bediente; und als sie sah, was für eine schöne gleichmäßige Handschrift Nandi hatte, zeigte sie ihr auch noch, wie man Buchungen ins Hauptbuch eintrug. Nandi erwies sich als fleißige und gelehrige Schülerin und wurde in den vier Jahren zu einer wertvollen Assistentin. Ihre Aufgaben wurden ausgeweitet und umfassten nun auch das Notieren von Bestellungen und die Vorbereitungen der Gehaltshefte. Mrs. King bezahlte sie großzügig und bot ihr ein Zimmer in den Dienstboten-Behausungen in der Nähe ihres Hauses an. Als Nandi ablehnte und erklärte, sie würde lieber so leben, wie sie es gewohnt wäre, hatte Mrs. King ihr eine Hütte innerhalb der Zulu-Siedlung besorgt.

Gedankenverloren lief Nandi weiter. In den letzten vier Tagen war Mrs. King nicht sie selbst gewesen. Ihr Ehemann war aus dem Krieg zurückgekehrt, aber statt außer sich vor Freude und glücklich zu sein, wirkte Mrs. King nachdenklich und in sich gekehrt. Sie war angespannt, und ein oder zwei Mal hatte sie Nandi aus nicht ersichtlichem Grund beschimpft. Es war nicht zu übersehen, dass die Dinge zwischen Mrs. King und ihrem Mann nicht zum Besten standen. Als Nandi Mr. King vorgestellt wurde, war ihr sofort klar, dass er der Grund für die Schwierigkeiten war. Er roch ständig nach Alkohol und wirkte entweder abwesend oder war aggressiv. Diejenigen in ihrer Siedlung, die ihn bereits gekannt hatten, ehe er fortgegangen war, behaupteten, er sei ein ganz anderer Mensch geworden.

Das entschuldigte nichts. Nandi mochte ihn ganz einfach nicht. Ein- oder zweimal hatte er sie ziemlich unverschämt angesehen, und einmal, als Mrs. King nicht im Büro war, hatte er ihre Brust berührt unter dem Vorwand, die Hand nach etwas auf dem Schreibtisch ausstrecken zu müssen.

Bis zu seiner Heimkehr hatte Nandi ihre Arbeit Spaß gemacht. Jetzt war sie ihrer überdrüssig. Joe King hatte etwas, was ihr nicht behagte. Und sie konnte nicht verstehen, warum er an der Farm so desinteressiert war und es vorzog, sich zu betrinken oder nörgelnd im Büro herumzuhängen.

Gestern hatte Mrs. King ihn offenbar gefragt, warum er sich nicht mehr um die Plantage kümmern würde, und Nandi hatte ihn brüllen gehört. »Ich brauche eine Pause, verflucht. Ich bin verwundet worden, Himmel.« Mrs. King war lange nicht ins Büro zurückgekommen. Als sie schließlich wieder erschien, waren ihre Augen ganz rot gewesen.

Nandi hatte ihre Siedlung nun fast erreicht. Da sie so in Gedanken war, hatte sie den Mann, der auf sie zukam, nicht bemerkt. Er war ein Fremder, gekleidet nach Art der Zulu. Heutzutage war es ungewöhnlich, einen Mann in traditioneller Kleidung zu sehen. »Er sieht gut aus«, dachte sie und senkte den Blick, damit er die Bewunderung in ihren Augen nicht sehen konnte, als er näher kam. Nandi war eine gesunde junge Frau, und seit einiger Zeit sagte ihr Körper ihr, dass es zu lange her war, seit sie mit einem Mann zusammengelegen hatte. Sie war Wilson treu gewesen, weil sie ihn liebte, aber es wurde zunehmend schwierig, keine unanständigen Gedanken zu haben. Sie riskierte noch einen allerletzten Blick auf den näher kommenden Mann und stieß einen Schrei ungebändigter Freude aus. »Wilson!«

Wilson blieb wie angewurzelt stehen. Er hatte der Frau, die auf ihn zukam, weiter keine Beachtung geschenkt. Seine Gedanken waren bei Nandi. Als ihm klar wurde, dass es Nandi war, ließ er den Seesack fallen, hielt Schild und Speere stolz in die Höhe und ging mit so viel Würde, wie er nur aufbringen konnte, auf sie zu. Nandi näherte sich ihrem Mann ebenfalls mit großem Respekt. Doch als sie ungefähr zwanzig Meter voneinander entfernt waren, gaben sie beide ihre Zurückhaltung auf und liefen das letzte Stück lachend und schreiend aufeinander zu. Er fing sie in seinen Armen auf, wirbelte sie herum und hielt sie dann fest an sich gedrückt. »Ich habe dich so vermisst.«

»Ich habe dich auch vermisst.«

»Oh Frau«, flüsterte er. »Wie gut fühlt es sich an, dich wieder in den Armen zu halten.«

Als sie eng umschlungen dastanden, kamen Nandis Erinnerungen zurück: der Druck seines harten muskulösen Körpers an ihrem; seine starken Arme, die sie umfasst hielten, seine sanften Hände an ihrem Körper, sein Geruch. Ein Schauder lief über ihren Rücken. Es war ungewöhnlich für Zulu, solche Emotionen zu zeigen, aber, oh, es tat so gut, ihn wiederzuhaben.

Ganz sanft schob er sie von sich. »Wo ist mein Sohn?«

Sie hatte seine Sehnsucht nach ihr gespürt, aber es wäre unanständig, das zu erwähnen. »Ist dir unterwegs kein feiner Junge begegnet?«

»Nein.«

Nandi lächelte. »Er wartet auf seinen Freund, den Sohn der weißen *nkosi*.«

Wilson runzelte die Stirn. »Mein Sohn ist mit einem *izilwane* befreundet?«

Nandi stieß ihn liebevoll in die Seite. Er hatte die Weißen als wilde Tiere bezeichnet, so wie es früher üblich gewesen war. »Er wird erst in ein paar Stunden nach Hause kommen«, wagte sie sich vor, ermutigt durch die Tatsache, dass er offenbar nicht böse auf ihn war.

»Komm, Frau«, sagte Wilson und lächelte breit. Er konnte dem Bedürfnis sie zu lieben nicht länger widerstehen. »Komm und zeig deinem Mann, wie sehr du ihn vermisst hast.«

Dyson Mpande hatte sich eine neue Strategie ausgedacht. Er hatte Michael an vier aufeinander folgenden Tagen an der Stelle aufgelauert, wo die Straße zwischen den beiden Felsblöcken hindurchführte, und sich abwechselnd auf der linken und der rechten Seite versteckt. Gestern hatte er dafür gesorgt, dass Michael ihn sah, und sich leicht überrumpeln lassen. Michael hatte anschließend bemerkt: »Du wirst faul. Ein Leopard kehrt nie zweimal an dieselbe Stelle zurück.«

Dyson hatte einigermaßen verschämt geguckt und dann geantwortet: »Morgen wirst du mich nicht sehen.«

Michael hatte ihn nicht gesehen, aber schließlich hatte er

ihn auch noch nicht richtig gesucht. Das Problem mit seinem Vater belastete ihn sehr, und er konnte sich nicht so wie sonst auf das Spiel konzentrieren. Aber selbst wenn, hätte er kaum damit gerechnet, dass Dyson auf demselben Felsen sein würde wie am Tag zuvor. Dyson ließ sich lautlos fallen, und Michael stürzte zu Boden.

»Das ist unfair«, protestierte Michael, rappelte sich hoch und klopfte sich so gut es ging den Staub ab.

»Krieg ist unfair«, erwiderte Dyson und lachte schelmisch. »Und der Leopard ist listig.«

Das Schnauben eines Pferdes ließ Michael aufspringen. »Komm schnell, wir verstecken uns besser.« Er zog Dyson von der Straße, und die beiden Jungen duckten sich in das ausgetrocknete Flussbett. Joe King ritt vorbei. Sie warteten, bis sie die Hufe auf dem harten Boden nicht mehr hören konnten.

»Warum versteckst du dich vor deinem Vater?«, fragte Dyson, richtete sich auf und schaute Pferd und Reiter nach.

Michael runzelte die Stirn. »Ich mag ihn nicht.«

Dyson war entsetzt. »Aber er ist dein Vater.«

»Shaka hat seinen Vater auch nicht gemocht«, antwortete Michael trotzig.

»Das stimmt nicht. Shakas Vater hat seinen Sohn nicht gemocht.«

»Gleicher Unterschied. Mein Vater mag mich auch nicht.«

Dyson dachte kurz darüber nach. »Vielleicht wird aus dir ein großer Krieger wie Shaka.«

Michael kannte die Zulu-Geschichte fast genauso gut wie Dyson. Er war wütend, weil er sich von Dyson erneut hatte überlisten lassen, verwirrt über die Abneigung gegen seinen Vater und überhaupt unzufrieden mit seinem Leben, sonst wäre das, was als Nächstes geschah, nicht passiert. Michael brachte die Sache ins Rollen. »Zumindest hat meine Mutter die Schuld für ihren dicken Bauch nicht dem *itshaka* gegeben. Und ich bin auch nicht nach einem Käfer benannt. Mein Name bedeutet ›Wer ist wie Gott?‹ Ich werde einmal ein großer König werden, nicht bloß ein Krieger.«

»Shaka *war* ein König. Er war der erste König. Alle Zulu haben ihren Namen von seinem Clan.« Dyson wurde nun auch ärgerlich. Es war gar nicht typisch für Michael, einen Streit vom Zaun zu brechen.

»Himmel.« Spöttisch stieß Michael den Namen eines frühen Qwabe-Prinzen hervor. Übersetzt ins Englische bedeutete das Wort Zulu ›Himmel‹, und von diesem Prinzen hatten die Zulu ihren Namen. »Was für ein blöder Name für einen Mann, der seinen Clan nach sich selbst benannt hat.« Dann wurde er noch beleidigender. »Du, der du von einem Hundepenis stammst.« Es war ein alter Ausdruck, mit dem man vor Shakas Zeiten manchmal Mitglieder des Zulu-Clans beschimpft hatte, und er war sehr kränkend. Dessen war sich Michael durchaus bewusst, auch wenn er sich nicht sicher war, ob er richtig verstand, was er bedeutete.

Dyson schubste Michael. Michael boxte Dyson. Plötzlich wurde ihr Kampf ernst. Keiner von ihnen hatte Joe King zurückkommen hören. Das Erste, was Michael registrierte, war ein Schlag in den Nacken. »Geh nach Hause, Junge. Warte in deinem Zimmer auf mich.« Dann wandte Joe sich an Dyson. »Verschwinde hier, du kleiner Bastard, bevor ich dir meinen Stiefel in den Arsch trete.«

Dyson drehte sich um und flüchtete. Michael, das Gesicht schmutzig, blutig und voller Tränenspuren, bückte sich, um seinen Schulranzen aufzusammeln. Ohne seinen

Vater eines Blickes zu würdigen machte er sich auf den Weg zum Haus. Als er die Weggabelung erreichte, war Dyson verschwunden, und er hatte sich ein wenig beruhigt. Es tat ihm Leid, dass er seinen Freund so herausgefordert hatte, und nahm sich vor, sich bei nächster Gelegenheit zu entschuldigen. Es war schließlich nicht Dysons Schuld, dass Michaels Leben seit dem Auftauchen seines Vaters vor vier Tagen völlig aus den Fugen geraten war.

Dyson wäre auf direktem Weg in ihre Hütte gestürmt, wenn ihn nicht eine der Frauen des *induna* angehalten hätte, des Vorarbeiters, der für alle Zulu auf UBejane verantwortlich war. »Bleib stehen, Junge«, rief sie scharf. Dyson war so überrascht, dass er auf der Stelle stehen blieb. Gut, sie war eine Frau des mächtigsten Mannes im Kral, aber schließlich war sie nur seine dritte Frau, und Dyson war männlich.

Sie lächelte, um ihren scharfen Ton ein wenig zurückzunehmen. »Deine Mutter hat Gesellschaft«, erklärte sie. »Dein Vater ist nach Hause gekommen.«

Dyson war erstaunt, aufgeregt und nervös zugleich. Endlich hatte er einen Vater. Danach hatte er sich gesehnt, seit er alt genug gewesen war, um zu sehen, dass er und seine Mutter anders waren als die anderen. Aber Michael hatte sich so verändert, seit sein Vater zurück war. Vielleicht waren Väter ja gar nicht so großartig. Verunsichert blieb Dyson vor der Hütte sitzen und wartete darauf, seinen Vater kennen zu lernen. Er musste sich nicht lange gedulden. Zehn Minuten später kam der Mann, der ihn so beeindruckt hatte, als er den Hinterhalt für Michael geplant hatte, aus der Hütte, und nach ihm seine Mutter, die glücklich lächelte.

»Hier«, sagte sie stolz zu dem Mann. »Das ist dein Sohn Dyson.«

Dyson stand auf, wusste nicht, was er zu erwarten hatte.

»Dyson!«, brach es glücklich aus dem Mann heraus.

Dyson spürte, wie er in die Luft gehoben wurde. Als er in das Gesicht des Fremden blickte, sah er nichts als Liebe, Stolz und Glück. »Mein Vater«, rief er atemlos und schmiegte sich kurz an die Brust seines Vaters, ehe er wieder auf dem Boden landete.

Sein Vater ging vor ihm in die Knie. »Mein Sohn, ich sehe dich. Es war viel zu lange.«

Dyson studierte das Gesicht seines Vaters. Es war stark und stolz. Er seufzte zufrieden. Alles war gut. Sein Vater liebte ihn, das konnte er spüren. Dann tat Dyson etwas, was für Zulu-Jungen ganz untypisch war, denn zwischen Zulu-Jungen und ihren Vätern gab es normalerweise keine Gefühlsbekundungen. Dyson warf sich in die Arme seines Vaters und hätte ihn damit fast umgeworfen. Dann fiel ihm seine Erziehung wieder ein, und er trat zurück und sagte feierlich. »Willkommen zu Hause, Vater.«

Wilson Mpande sah Nandi an. »Wir sind wieder eine Familie. Das ist alles, woran ich in den letzten fünf Jahren gedacht habe.« Sein Gesicht wurde ernst, als er hinzufügte: »Aber ich fürchte, meine Familie ist nicht mehr so, wie ich sie zurückgelassen habe. Es sieht so aus, als hätte meine Frau beschlossen, an meiner Stelle ihre Entscheidungen selbst zu treffen.«

Dyson hielt den Atem an. Ein harter, autoritärer Ton hatte sich in die Stimme seines Vaters geschlichen. Seine Mutter stand mit gesenktem Kopf da und schwieg.

»Komm, Frau. Du hattest meinem Vater viel darüber zu sagen, wo du leben würdest. Was hast du mir zu sagen?«

Dyson spürte, dass seine Mutter sich unwohl fühlte. Er war noch zu jung, um richtig zu verstehen warum, aber er kannte sie gut genug, um zu wissen, dass sie UBejane nicht verlassen wollte. Und er war alt genug, um zu wissen, dass die Verweigerung des Gehorsams gegenüber dem Ehemann zumindest früher mit dem Tod bestraft worden war. Diese Zeiten waren zwar lange vorbei, aber seine Mutter riskierte immer noch, von ihrem Mann verstoßen zu werden, und wenn es dazu kommen würde, würde Dyson ebenfalls verstoßen werden.

»Wir werden heute Abend über diese Dinge sprechen, Frau. Du hast mich mit deinen Taten beschämt. Du hast meinen Vater verärgert und meine Mutter verletzt. Im Dorf lachen und flüstern sie hinter meinem Rücken. Wie kommt es, fragen sie, dass Wilson Mpande seine Frau nicht zu Hause halten kann? Was ist mit dir geschehen? Muss ich annehmen, dass du meine Wünsche nicht mehr respektierst?«

Als sie nicht antwortete, fügte Wilson weniger streng hinzu: »Ich verstehe, was du tust, und ich verstehe, warum es getan werden muss. Glaube nicht, ich bin nicht deiner Meinung. Aber wenn ich sage, dass wir in den Kral meines Vaters zurückkehren, dann wirst du mir gehorchen.«

»Es gibt noch so viel zu tun«, protestierte sie.

»Dann werden es andere tun müssen.«

Nandi blickte weiter zu Boden. Sie nickte langsam. Aber Dyson konnte an ihrer Haltung erkennen, dass sie bereit war zu widersprechen. Wilson warf ihm einen raschen Blick zu, und Dyson sah ein kurzes Zwinkern in den Augen seines Vaters, als er fortfuhr. »Aber wenn ich beschließe, dass wir hier bleiben, Frau, dann wirst du tun, was man von dir verlangt, und nicht widersprechen. Das ist mein letztes Wort.«

Dyson sah ein Lächeln über das Gesicht seiner Mutter huschen. Er hatte jedes Wort gehört, auch wenn er noch zu jung war, um jeden Unterton zu verstehen. Aber seine Mutter schien erfreut und entspannt zu sein.

Kapitel vier

Joe sah zu, wie sein Sohn fortging, und fragte sich, wieso er mit dem schwarzen Jungen gekämpft hatte. Kein Wunder, wie er aussieht, dachte er verächtlich. Michael war barfuß, das Hemd hing aus seiner Hose, die Shorts waren fleckig. Er konnte fast selbst ein verdammter Schwarzer sein. Joe fand ohnehin, dass Michael ein viel zu enges Verhältnis zu den Angestellten hatte. Er musste mehr Abstand zu ihnen halten, schließlich sollten sie eines Tages seinen Anordnungen Folge leisten. Samstag war ein gutes Beispiel gewesen. Da hatte seine Sohn die Entscheidung getroffen, eines der Zuckerrohrfelder abzubrennen – gut, der Junge schien zu wissen, was er tat –, aber er hatte die Schwarzen und die Inder wie Freunde behandelt, und, was fast noch schlimmer war, sie ihn auch. Seufzend stieg Joe wieder auf sein Pferd.

Er kam in der Beziehung zu seinem Sohn einfach nicht voran. Der Junge wirkte so überheblich und selbstzufrieden, als wollte er gar keinen Vater. Er sagte kaum etwas, nur wenn er angesprochen wurde, und selbst dann waren seine Antworten äußerst knapp, fast schon unhöflich. Wenn Michael Joe je ansah, blickten seine Augen vorwurfsvoll. Die meiste Zeit ging er ihm aus dem Weg und mied die Gesellschaft seines Vaters. Dabei war er kein schlechter Bursche, das musste Joe zugeben. Hübsch, gut gebaut, er sprach ein makelloses Zulu. Wenn er doch nur ein bisschen mehr Respekt oder gar Interesse zeigen würde. Merkte er denn nicht, dass sein Vater versuchte, ihre unglückliche Wiedervereinigung wieder gutzumachen?

Joe griff in die Satteltasche. Der Flachmann war heute Morgen randvoll gewesen. Erstaunt musste er feststellen, dass er jetzt nur noch einen winzigen Tropfen hergab. Er überlegte, ob er umkehren sollte, um die Flasche erneut aufzufüllen, entschied sich dann aber dagegen. Stattdessen lenkte Joe sein Pferd an den Baracken der Inder vorbei und stieg vor der Werkstatt ab. Claire nervte ihn schon die ganze Zeit, weil er noch nicht bei Mac gewesen war. Jetzt konnte er zwei Fliegen mit einer Klappe schlagen.

Er fand Mac mit dem Kopf unter der Kühlerhaube von Claires altem Ford.

»Wird auch langsam Zeit, dass Sie mal bei mir vorbeisehen«, knurrte der alte Schotte, ohne aufzusehen.

Joe schluckte eine ärgerliche Antwort herunter. Der Mann gehörte zur Farm, solange er denken konnte, und wenn Joe jemanden bewunderte, dann Mac. Außerdem wusste Joe, dass er nie einen besseren Handwerker finden würde. »Ich hatte viel zu tun«, antwortete er knapp.

Mac richtete sich auf und stöhnte, weil ihm der Rücken wehtat. »Schon gut.« Er wischte sich die Hände an einem schmutzigen Lappen ab und streckte eine riesige schwielige Pranke aus. »Willkommen zurück.«

Joe schüttelte die fettverschmierte Hand. »Was ist mit dem Auto?«

»Nichts, was sich nicht reparieren ließe.« Mac zeigte mit dem Kopf in Richtung einer der Traktoren. »Dieses Ding da ist reif für den Schrott.«

»Ja.« Joe nickte. »Das hat Raj auch gesagt.« Er ging zu dem Traktor hinüber und trat gegen einen der wuchtigen

Reifen. »Kriegen Sie ihn dazu, noch für ein paar Monate durchzuhalten?«

»Tja.« Mac trat neben ihn. »Ich könnte es versuchen.« Mac griff in eine hölzerne Werkzeugkiste und zog eine Flasche hervor. »Siehst so aus, als könnten Sie ein Schlückchen vertragen«, meinte er, drehte den Verschluss auf und reichte Joe den Whisky. »Habe gehört, dass Sie dem Zeug in letzter Zeit ziemlich zugetan sind.«

Joe riss ihm die Flasche aus der Hand. »Wer sagt das?«

»Kommen Sie, Sie sind doch ständig voll, seit Sie zurück sind.«

Jack runzelte die Stirn. »Das behindert mich aber nicht bei meiner Arbeit.«

Mac steckte die Hände in die Taschen seines Overalls und wippte mit den Füßen. »So muss es sein.« Er wurde ungeduldig. »Kommen Sie, trinken Sie schon. Ich habe nicht den ganzen Tag Zeit.«

»Danke.« Joe hob die Flasche an die Lippen und nahm zwei große Schlucke, ehe er sie zurückgab. »Nehmen Sie auch einen Schluck?«

Aber Mac drehte die Flasche wieder zu. »So früh trinke ich noch nicht.«

»Seit wann das denn?«

Mac warf Joe einen scharfen Blick zu. »Seit Sie weggegangen sind. Mrs. King hat ein Paar kräftige Hände gebraucht. Sie ist ein gutes Mädchen, Ihre Frau, aber es war nicht leicht. Sie wird froh sein, Sie wiederzuhaben.«

Joe warf einen hoffnungsvollen Blick auf die Flasche, aber Mac verstaute sie wieder in der Werkzeugkiste. »Sind Sie bereit, die Zügel wieder in die Hände zu nehmen?«, fragte er, und in seiner Stimme schwang eine Spur Sarkasmus mit.

»Das habe ich bereits getan«, antwortete Joe knapp.

Mac schüttelte den Kopf und kehrte zu dem Ford zurück. »Nur dass es niemand sehen kann«, knurrte er.

Joe runzelte die Stirn. »Ich bin ja gerade erst zurückgekommen.«

»Ah«, stimmte Mac zu und kratzte sich sein stacheliges Kinn. »Sehen Sie doch nur, in welchem Zustand Sie sind. Sie sollten sich lieber zusammenreißen, sonst verlieren Sie hier noch alles.« Mac sah Joe bedeutungsvoll an und gab ihm noch eine seiner Weisheiten mit auf den Weg. »Wenn sich ein Mann in Selbstmitleid packt, ist er nur ein kleines Päckchen.« Er schien sehr zufrieden über seine Worte, dann fügte er hinzu: »Daran sollten Sie immer denken. Ich glaube, in Ihnen steckt mehr von Ihrem Vater, als gut ist.« Er steckte den Kopf wieder unter die Motorhaube, und seine Stimme klang nun gedämpft. »Ihre Frau ist ein tolles Mädchen«, wiederholte er, »aber sie braucht einen guten Ehemann. Wachen Sie auf, Joe King, ehe es zu spät ist.«

Erstaunt über den Ausbruch wartete Joe, ob Mac noch mehr zu sagen hätte, aber der Schotte hatte sich wieder seiner Arbeit zugewandt. Joe war entlassen. Mit Macs kritischen Worten in den Ohren verließ er die Werkstatt. Als er fortritt, brummte er vor sich hin: » Mac irrt sich. Ich werde nie wie dieser alte Bastard sein. Und was ist gegen einen Drink hier und da einzuwenden? Solange ich nicht betrunken vom Pferd falle. Zur Hölle mit ihm. Was fällt ihm ein, so mit mir zu reden? Ich trinke, wenn mir danach ist. Keiner von denen hier weiß, was ich hinter mir habe.«

Joe war sehr unzufrieden mit sich, als er nach Hause kam, und ging geradewegs Richtung Bar. Hastig drückte er sich an Claires Büro vorbei, wo sie allein saß und arbeitete. Dieses kleine Luder Nandi hatte schon Feierabend, sonst hätte er den beiden Ladys noch einen Besuch abgestattet. Sie war eine ziemliche Augenweide, feste kleine Brüste und einen strammen Arsch, der sich unter den engen Baumwollkleidern abzeichnete, die sie trug. Das machte einen Besuch im Büro zum Vergnügen. Joe vermutete, dass sie ebenso drauf aus war, er musste sie nur einmal allein erwischen, vielleicht irgendwann morgens, wenn Claire in der Stadt war. Lächelnd goss er sich einen Whisky ein und schüttete das Glas in einem Zug hinunter.

»Jetzt zu dir, junger Mann.« Joe spuckte sich in die Hände und ging in die Richtung, wo Michaels Zimmer lag. Der Junge hatte sich ihm widersetzt und seine Tür geschlossen. Ohne anzuklopfen riss Joe sie auf und marschierte hinein. »Ich habe dir doch gesagt, du sollst die Tür offen lassen.«

Michael sah von seinen Schulaufgaben auf. »Bei Mum durfte ich sie immer zuschließen.«

»Deine Mutter lässt wahrscheinlich auch zu, dass du jemanden umbringst. Du tust von nun an, was ich sage, ist das klar?«

»Ja«, murmelte Michael.

»Ja, Sir.«

Michael starrte auf die Schreibtischplatte vor sich. Er begann diesen Mann zu hassen. Anscheinend war alles, was er sagte oder tat, falsch, und sein Vater schien nur nach Fehlern zu suchen. »Ja, Sir.«

Joes Gesicht wurde weiß vor Wut. Der Junge machte sich über ihn lustig. Er stürzte auf seinen Sohn zu und hob die Hand. Michael zuckte zurück.

»Joe!« Joe drehte sich um. Claire stand in der Tür. »Kann ich dich einen Moment sprechen?« Ihr Gesicht war blass, aber sie hatte Feuer in den Augen.

Joe sah seinen Sohn an. »Ich komme gleich wieder. Bis dahin könntest du vielleicht einmal über deine Manieren nachdenken.« Zusammen mit Claire verließ er das Zimmer und ließ die Tür offen.

Leise ging Michael zur Tür und horchte. Er hatte seine Mutter noch nie so wütend erlebt. »... ich werde nicht länger dulden, dass du unseren Sohn ständig schlägst und herabsetzt. Du gibst ihm keine Chance.«

Die Stimme seines Vater war hart. »Er tut alles, um mir auf die Nerven zu gehen. Er braucht eine harte Hand.«

»Eine harte Hand ist eine Sache, Joe, körperliche Züchtigung eine ganz andere. Ich habe heute Morgen blaue Flecken an seinen Beinen gesehen. Du darfst das nicht tun, er ist noch viel zu jung.«

Michael hörte seinen Vater ein Whiskyglas klirrend abstellen. »Er ist ein verwöhnter Balg. Du hast ihn verdorben.«

»Er ist ein guter Junge, und ich habe ihn nicht verdorben. Bitte, Joe, wenn du ihm doch wenigstens ein bisschen Liebe zeigen könntest ...«

»Jesus!«, zischte Joe. »Liebe! Das Kind steckt bis zu den Ohren in Liebe. Er braucht einen verdammten Tritt in den Arsch, das ist es.«

»Nein«, rief seine Mutter wütend. »Du bist derjenige, der das braucht. Ich warne dich, Joe ...«

Das Klirren zersplitternden Glases ließ Michael zusammenfahren. Dann die wutentbrannte Stimme seines Vaters. »Scheiße! Jetzt sieht nur, wozu du mich getrieben hast. Verflucht! Als würde der Balg nicht Ärger genug machen. Bessie!«, brüllte er plötzlich. »Wo zum Teufel steckt dieses verdammte Weib! Bessie ... ah da bist ja. Wisch das hier weg und bring mir eine neue Flasche aus dem Vorratsraum.

Komm schon, Mädchen, mach voran. Steh hier nicht so rum. Herrje, muss ich denn alles selber machen?«

Zwei Minuten lang war es still, nur ab und zu hörte man die Geräusche von Scherben, die zusammengekehrt wurden.

»Joe!« Michaels Mutter erhob noch einmal flehend die Stimme. »Was ist nur in dich gefahren? Du hast dich so verändert.«

»Natürlich habe ich mich verändert. Was hast du erwartet. Verbring du einmal drei Jahre in Kriegsgefangenschaft. Leb du einmal mit ständigen Schmerzen. Du verlangst ziemlich viel von mir. Lass mir Zeit. Ich bin ein Mensch, verdammt nochmal, kein Roboter, den du nach deinem Willen ein- und ausschalten kannst. Herrje, Claire, hör auf mit dem Geheule. Das macht mich wahnsinnig.«

Michael hörte, wie seine Mutter ins Schlafzimmer rannte und die Tür hinter sich zuschlug. Er setzte sich rasch wieder an seinen Schreibtisch und wartete. Niemand kam. Draußen sprang der Motor des klapprigen Transporters an. Über dessen Kauf hatte sich sein Vater ganz besonders aufgeregt. »Warum waren die Pferde denn plötzlich nicht mehr gut genug?«, hatte er Claire mehr als einmal vorgeworfen. Michael vermutete, dass seine Einwände weniger etwas mit finanziellen Erwägungen zu tun hatten als vielmehr damit, dass ihn sein verletzter Arm schmerzte und ihm den Spaß am Fahren verdarb. Nach dem Aufheulen des Motors und dem unsanften, krachenden Schaltgeräuschen zu schließen konnte es nur sein Vater sein, der da am Steuer saß. Michael war unschlüssig, was er tun sollte. Er wollte gern zu seiner Mutter gehen, aber er wagte nicht, das Zimmer zu verlassen. Sein Vater hatte ihm befohlen zu warten. Nach einiger Zeit schlich er vorsichtig auf die Veranda hinaus. Dort verjagte er einen der Hunde, setzte sich auf einen Stuhl und starrte nachdenklich in den Garten hinaus. Alles hatte sich verändert.

An den letzten vier Abenden hatte Michael vergeblich darauf gewartet, dass seine Mutter kam und ihm einen Gutenachtkuss gab, wie sie es sonst immer getan hatte. Er war wach geblieben, hatte gewartet und irritierende Geräusche aus dem Zimmer seiner Eltern vernommen. Stöhnen und Seufzer, das Quietschen von Sprungfedern und das langgezogene Grunzen seines Vaters. Er hatte keine Ahnung, was sich auf der anderen Seite der Wand abspielte. Er wusste nur, dass seine Mutter sich verändert hatte und dass die Wärme und Zärtlichkeit, die er sein Leben lang so genossen hatte, plötzlich verschwunden waren. Daran gab Michael seinem Vater die Schuld. Aber er hatte zu viel Angst vor ihm, um seiner Mutter zu Hilfe zu kommen. Also hörte er hilflos zu, wenn sein Vater anfing sie anzuschreien oder diese Geräusche aus dem Zimmer nebenan zu ihm drangen. Michael hatte rasch begriffen, dass sein Vater, wenn er wütend wurde, vor keiner Strafe zurückschreckte.

Michaels Mutter hatte noch nie die Hand gegen ihn erhoben. Wenn sie ihn bestrafen wollte, fand sie andere Wege, etwa, indem sie ihm zwei Tage lang untersagte, die Zulu-Siedlung zu besuchen. Dabei erklärte sie ihm immer genau, warum sie ihn bestrafte, und versicherte ihm, dass sie ihn trotzdem liebte. Sein Vater war ganz anders. Ein rascher, brutaler Hieb gegen den Hinterkopf trieb Michael die Tränen in die Augen und führte zu heftigen Kopfschmerzen. Zweimal hatte sein Vater in den letzten vier Tagen seinen Gürtel genommen und Michael gegen die Beine geschlagen. Die brutale Kraft seines linken Arms ließ Michael vor Furcht erzittern, was wohl sein würde, wenn sein verletzter rechter Arm wieder in Ordnung wäre. Er hatte ständig irgendwo blaue Flecken, denn noch ehe er sich ganz von einer Züchtigung erholt hatte, traf ihn meist schon die nächste. Einmal hatte Michael gefragt, ob er vom Tisch aufstehen dürfte. Sein Vater hatte auf seinen Teller gestarrt und gebrüllt. »Iss deinen Teller leer!!«

Michael konnte nicht. Seine Eltern hatte sich gestritten, oder besser gesagt, sein Vater hatte wieder einmal an seiner Mutter herumgenörgelt, was Michael so aufgeregt hatte, dass ihm der Appetit vergangen war. »Ich habe keinen Hunger mehr, Sir.«

»Hör auf, so einen Unsinn zu reden, junger Mann. Iss den Teller leer!«

Michael hatte versucht zu essen, wusste aber, dass ihm übel werden würde. Also hatte er nur dagesessen und auf seinem Teller herumgestochert, bis sein Vater schließlich aufgesprungen war, ihn am Arm gepackt und in sein Zimmer gezerrt hatte. Als Michael gesehen hatte, dass sein Vater seinen Gürtel auszog, war er starr vor Angst gewesen, und als er ihn mit wutverzerrtem Gesicht auf sich zukommen gesehen hatte, hatte er panisch gerufen, »Ich esse ja, ich werde alles essen. Es tut mir Leid, Sir, ich esse ja alles.«

Aber sein Flehen war auf taube Ohren gestoßen, und wenig später war Michael ins Bett gekrochen, schluchzend vor Schmerz und Wut und mit brennenden Beinen. An diesem Morgen hatte seine Mutter die Blutergüsse gesehen. Sie hatte ihn in die Arme genommen, ihn voller Sorge angesehen und geflüstert: »Oh mein Sohn, mein armes, armes Baby. Es tut mir so Leid.«

Michael überlegte, einfach davonzulaufen. Aber wohin sollte er gehen? Irgendwohin. Irgendwohin, nur fort von seinem Vater. Seine Mutter hatte gesagt, er hätte sich verändert. Ganz sicher hatte er keinerlei Ähnlichkeit mit dem Vater, von dem sie ihm immer erzählt und vorgeschwärmt hatte.

Die Tür zum Zimmer seiner Eltern öffnete sich und seine Mutter trat auf die Veranda hinaus, das Gesicht verquollen vom Weinen. Michael sprang auf und rannte zu ihr, schlang die Arme um ihre Hüften und barg seinen Kopf an ihrer Schulter. Sie hielt ihn fest an sich gedrückt und strich ihm übers Haar. »Komm, wir setzen uns«, sagte sie schließlich. »Es gibt einige Dinge, über die wir sprechen müssen.«

Sie saßen nebeneinander vor Michaels Zimmer. »Dein Vater wollte nicht böse sein«, begann sie. »Er war Kriegsgefangener. Weißt du noch, was ich dir darüber erzählt habe?«

»Ja«, antwortete Michael sofort. »Das bedeutet, dass die Deutschen ihn eingesperrt haben.«

Sie nickte langsam. »Sie haben ihn nicht besonders gut behandelt. Er versucht immer noch, wieder besser zu werden. Es kann lange dauern, aber es wird sicher alles gut. Er liebt dich ganz bestimmt.«

»Ich mag ihn nicht«, stieß Michael hervor.

»Pssst. Er ist dein Vater. Versuch zu verstehen, dass er eine sehr schwere Zeit hinter sich hat.«

»Das ist mir egal«, erwiderte Michael trotzig. »Ich hasse ihn.«

Seine Mutter schwieg eine Weile, und Michael dachte, er wäre zu weit gegangen. Dann sprach sie weiter. »Ich wünschte, du könntest dich daran erinnern, wie er vor dem Krieg war, Darling. Er war damals so anders.« Ihre Stimme klang traurig, als würde sie ihre eigenen Worte selbst nicht glauben.

»Hat er mich geschlagen, bevor er fortging?«

»Nein, Darling. Er hat dich geliebt.«

Ihre Stimme wurde ganz leise. Michael wusste plötzlich, dass sein Vater ihn nie geliebt hatte, auch damals nicht. »Warum schlägt er mich ständig?«, fragte er, und seine Stimme klang brüchig.

Seine Mutter schaute auf seine Beine hinab, und Tränen traten in ihre Augen. »Ich werde nicht zulassen, dass er das je wieder tut.«

Aber Michael wusste nicht, wie sie ihn daran hindern wollte.

An jenem Abend ignorierte Joe King sowohl seinen Sohn als auch seine Frau. Er war mehr als nur ein bisschen betrunken, und Claires vorwurfsvoller Blick ließ ihn immer wieder zu der Karaffe mit Whisky greifen, um sich nachzuschenken. Wenigstens aß der Junge heute anständig. Nach dem Abendessen sagte Michael Gute Nacht und ging in sein Zimmer. Er ließ die Tür offen und konnte so jedes Geräusch aus dem Esszimmer mithören. Er hatte schon längst das Gefühl, seine heile Welt sei zerstört, doch bei den Worten, die sein Vater dieses Mal von sich gab, brach ihm der Schweiß aus.

Joe füllte erneut sein Glas auf.

»Musst du so viel trinken?«, fragte Claire.

»Ja«, antwortete er knapp.

»Warum, Joe?«

Er schaute sie an. In dem weichen Licht der Lampe wirkte ihr Haar wie ein blasser Heiligenschein. Große Augen mit Hundeblick sahen ihn vorwurfsvoll an. Was will sie bloß von mir, fragte Joe sich. Claires Frage irritierte ihn. Er steckte in einem Teufelskreis. Je mehr Claire ihn kritisierte, desto größer wurde sein Wunsch, sie herauszufordern. Joe war viel zu frustriert über sein eigenes Leben, um zu merken, dass er Claire als Ventil benutzte. »Falls du es noch nicht bemerkt haben solltest«, antwortete er mit schleppender Stimme, »ich habe Schmerzen.« Es war eine Lüge. Natürlich spürte er seinen Arm noch, aber nicht die ganze Zeit.

Das Einzige, was Joe sicher wusste, war, dass er das Leben, das er vor dem Krieg geführt hatte, heute nicht mehr führen wollte. Aber er konnte nichts anderes tun, und er konnte sich auch nichts anderes vorstellen, was er tun könnte. Abgesehen von den Gelegenheiten, bei denen es ihm gerade gelegen kam, grübelte Joe nicht mehr über die drei Jahre im Gefangenenlager. Häufig verglich er sein jetziges Leben mit dem rauschenden Leben, das er in den ersten Kriegsjahren in London geführt hatte. Die Aussicht, den Rest seines Lebens auf dieser öden Farm mit seiner öden Frau zu verbringen, erfüllte ihn mit Grauen. Die Vorstellung verursachte ihm mehr Qualen als sein nutzloser Arm, und das wiederum führte dazu, dass er sich seiner Frau gegenüber wie ein Schwein benahm. Ja, Joe gab selbst zu, dass er ein Schwein war. Vielleicht war es das, was ihn jeden Tag in den Alkoholrausch trieb. Joe wusste, dass er zu viel trank. Aber er würde sich nie eingestehen, dass er ein Problem hatte, obwohl seine Trunksucht ihn dazu brachte, seine Frau auf eine Weise zu verletzen, wie er es noch nie zuvor getan hatte.

Noch vor wenigen Tagen hatte er vorgeschlagen, die Farm seines Bruders zu kaufen. Gott sei Dank hatte Claire ihm widersprochen und ihn darauf hingewiesen, dass sie sich das nicht würden leisten könnten. Nach einigen Tagen zu Hause wusste Joe, dass es ihm unmöglich war, den Rest seines Lebens hier zu verbringen. Er würde UBejane verkaufen und Richtung Durban ziehen. Er würde Claire großzügig auszahlen und ihr klar machen, dass in seinem Leben kein Platz mehr für sie und Michael wäre. Sie konnte sich von ihm scheiden lassen, konnte es aber auch bleiben lassen – vermutlich würde sie sich nicht scheiden lassen, denn Scheidung war ein unehrenhaftes Wort für seine Frau.

Er hatte Claire einmal geliebt. Er hatte sie sehr geschätzt und respektiert. Jetzt ließ er keine Gelegenheit aus, sie zu verletzen. Und dass sie seine Beleidigungen mit stiller Würde ertrug, mit verständnisvollen Worten, sogar mit Liebesbeteuerungen, machte es nur noch schlimmer. Wollte er ihren Willen brechen? Wollte er sie wie eine Hure benutzen? Nein. Er wollte ihr nur beweisen, dass er das könnte, wenn er es wollte. Aber er hatte keine Ahnung, wieso.

Sie sah ihn immer noch an, verletzt und resigniert. »Um Himmels willen, Claire, sag doch etwas.«

Sie schüttelte den Kopf. »Ich sage ja doch immer das Falsche.«

Joe lachte zynisch. »Das ist offenbar deine besondere Gabe.«

Claire wechselte das Thema. »Raj hat mich heute Morgen angesprochen. Einige Felder müssten abgebrannt werden.«

Ihre Worte führten nur den nächsten völlig irrationalen Ausbruch herbei. »Lass mich bloß in Ruhe damit, Claire, ich warne dich. Ich entscheide, wann und ob wir ein Feld abbrennen. Du spielst dich in letzter Zeit ziemlich auf.«

»Ich versuche nur zu helfen.«

»Dann lass es bleiben«, schnappte Joe. Er goss sich noch mehr Whisky ein, wobei Flüssigkeit über den Rand des Glases schwappte. Er merkte es nicht einmal. »Wir haben am Mittwoch einen Termin beim Anwalt.«

»So? Wozu?«

»Erinnerst du dich, dass ich die Farm auf dich habe überschreiben lassen für den Fall, dass ich nicht zurückgekommen wäre? So, wie du dich aufführst, müssen alle denken, die Farm würde tatsächlich dir gehören. Das tut sie aber nicht, deshalb lasse ich sie wieder auf mich überschreiben. Ich habe hier das Sagen, und wenn dir das nicht passt, kannst du dich verpissen und diesen Balg gleich mitnehmen.«

»Joe!« Sie war schockiert. Aber jetzt war auch sie richtig wütend. »Glaubst du nicht, du brauchst dazu auch meine Unterschrift?«

Joe kniff die Augen zusammen. »Und?«

»Und«, antwortete Claire ruhig. »die wirst du nicht bekommen.«

»Du tust, was ich dir sage, verdammt nochmal.«

»Tut mir Leid.«

»Abwarten. Ich kann dir so den Hahn abdrehen, dass du ohne einen Penny dastehst.«

»Nein, das kannst du nicht, Joe.«

Er wusste, dass sie Recht hatte, und das ärgerte ihn nur noch mehr. Joe war zwar betrunken, aber nicht so dumm, es sich mit seiner Frau völlig zu verderben. Im Augenblick konnte sie *ihm* den Hahn abdrehen, sodass er ohne einen Penny dastand. »Gib mir Zeit, Claire. Das ist alles, was ich verlange. Ich weiß, dass es schwer für dich ist, aber für mich ist es das auch. Wir schaffen das zusammen. Vielleicht hast du ja Recht. Wir lassen die Farm erst einmal weiter auf deinen Namen laufen.« Er lachte unsicher. »Ich muss sagen, Darling, du überraschst mich. Ich hätte nicht erwartet, dass du so gut mit der Situation klarkommen würdest.«

Der störrische Ausdruck verschwand aus ihrem Gesicht.

Er hatte sie wieder rumgekriegt. Joe zuckte plötzlich zusammen und stöhnte. Sofort war Claire voller Besorgnis. »Dein Arm?«

»Ja.« Er verzog das Gesicht und täuschte Schmerzen vor. »Es ist ganz plötzlich gekommen.«

»Ich hole dir eine Schmerztablette.«

Joe umklammerte seinen rechten Arm mit dem linken und drückte ihn gegen seinen Körper. »Nichts hilft. Mach dir keine Sorgen, es wird gleich wieder weg sein.«

»Kann ich dir etwas holen? Ich fühle mich so hilflos. Was kann ich nur tun?«

»Meinst du das ernst?« Ohne dass er es merkte, hatte er plötzlich einen erwartungsvollen Gesichtsausdruck.

»Natürlich«, antwortete sie zögernd.

»Du könntest mich etwas ablenken. Komm ins Bett, Darling. Ich brauche dich so sehr. Komm und zeig mir, wie sehr du mich liebst.«

Claires entsetzter Blick war überaus befriedigend.

Kurze Zeit später kamen wieder diese merkwürdigen Geräusche aus dem Zimmer seiner Eltern, aber diesmal hörte Michael sie kaum. Sein Vater mochte ihn nicht, das wusste er jetzt ganz sicher. Es war okay, schließlich mochte Michael ihn auch nicht. Aber was meinte er damit, dass er die Farm auf seinen Namen überschreiben lassen wollte? Wollte er Michael und seine Mutter hinauswerfen? Wo sollten sie hingehen? UBejane war das einzige Zuhause, das er kannte. Die große unbekannte Welt, die er sonst so aufregend gefunden hatte, wurde plötzlich sehr bedrohlich. Michael hatte sich durch den Rückzug seines Vaters nicht täuschen lassen, und es wunderte ihn, dass seine Mutter darauf hereingefallen war. Er hatte Angst, denn er war felsenfest davon überzeugt, dass sein Vater sie tatsächlich rauswerfen würde, wenn ihm der Sinn danach stand. Es war so ziemlich das Einzige an seinem Vater, was er mit absoluter Gewissheit vorhersagen konnte.

Wilson und Nandi versuchten beide, Ruhe zu bewahren in einer Situation, in der es keine befriedigende Lösung zu geben schien. Wilson akzeptierte, dass seine Frau gute Gründe hatte, in UBejane zu bleiben. Sie verdiente hier anständiges Geld, und ihre Arbeit für die Bantu Purity League war wichtig. Das alles konnte er durchaus verstehen. Und er war auch nicht besessen von der Vorstellung, wieder in die Heimat zurückzukehren. Genau genommen neigte er mehr dazu, in Richtung Empangeni zu gehen oder sogar noch weiter, Richtung Durban, wo er sicher Arbeit finden würde. Wilsons Hauptproblem war, dass seine Frau bereit war, sich ihm zu widersetzen. Deshalb stellte er ihren Gehorsam immer wieder auf die Probe und fand bei allen anderen Gelegenheiten keinen Grund zur Klage.

Nandi war sich sehr wohl bewusst, was Wilson wollte. Sie wusste aber nicht, wie weit er gehen würde, um sich und seinen männlichen Stolz zu bestätigen. Er war immer äußerst fair gewesen, aber sie spürte, dass seine Geduld im Moment sehr strapaziert wurde.

Nandi war eine intelligente Frau, und bis vor vier Jahren hatte sie keine Gelegenheit gehabt, ihre geistigen Fähigkeiten zu nutzen. Die Vorstellung, zu einem traditionellen ländlichen Leben zurückzukehren, erschien ihr nicht besonders verlockend. Und genau da lag ihr persönlicher Konflikt. In UBejane setzte sie sich für die althergebrachte Lebensform ein; zugleich hatte sie selbst kein Interesse daran, sich an ihr zu orientierten. Sie versucht das zu rechtfertigen, indem sie erklärte, dass sie ihre eigenen Zulu-Traditionen lebendig hielt, und das jetzt einfach nur in größerer Nähe zur Stadt. Aber ganz tief in ihrem Inneren wusste Nandi, dass sie bis zu einem gewissen Grad großes Verständnis für die Menschen hatte, die sie zu retten versuchte.

Sie hatte erkannt, dass die Purity League den Verlockungen der Stadt eigentlich nicht viel entgegenzusetzen hatte. Zulu, sowohl männliche als auch weibliche, strömten in die größeren Städte, nach Durban und Pietermaritzburg. Die Schleusentore hatten sich geöffnet, und inmitten des lauten Getöses der Menschen, die entschlossen waren, ein moderneres Leben zu führen, war die Stimme der Liga kaum zu hören. Wenn die Liga den Drang zu einer Verwestlichung nicht verhindern konnte, dann brauchten die Zulu etwas anderes – eine Stimme, jemanden, der sie vertrat. Nandi fand, dass ihr Ehemann der perfekte Kandidat dafür wäre.

Wilson, ernüchtert über die Arbeit des Afrikanischen Nationalkongresses, war sich da nicht so sicher. »Was würde ich tun, wenn ich bliebe? Wo würde ich leben?«

»Du könntest dir hier Arbeit suchen. Du könntest hier leben.«

»Für einen Weißen arbeiten? Ich bin ein Zulu.«

»Viele tun das.«

»Und ist es nicht das, was du zu ändern versuchst?«

Nandi streckte den Arm aus und strich leicht mit den Fingernägeln über Wilsons Arm. »Wir können nie zurückgehen, Mann. Wir können nur versuchen, unsere Traditionen lebendig zu halten.«

Die Berührung seiner Frau ließ Wilson erschauern.

»Unser Sohn hat im Dorf keine Zukunft«, fuhr Nandi fort.

»Und welche Zukunft hat er in der Stadt?«, fragte Wilson. »Ich habe die jungen Menschen dort gesehen. Sie sind kaum mehr als Bettler.«

»In Empangeni gibt es eine Missionsschule. Sie richten gerade neue Klassen ein. Dyson kann nächstes Jahr anfangen, sein Name steht auf der Warteliste.«

»Hau. Und wie soll er zur Schule kommen?«

»Es gibt einen Eselskarren, der die Kinder einsammelt.«

»Die weißen Kinder.«

»Es gibt auch einen für die Schwarzen.«

Sie drehten sich weiter im Kreis. Auf jeden Einwand von Wilson hatte Nandi eine Antwort. Für jedes Argument von Nandi wusste Wilson eine Lösung. Aber während Nandi fest entschlossen war, schwankte Wilson noch. Die Vorstellung, in ihr altes Dorf zurückzukehren, war auf jeden Fall verlockend – die herkömmliche Lebensweise fortzusetzen, ihre Traditionen am Leben zu halten. Aber war das zu egoistisch? Was war mit den anderen? Den Zulu zu helfen, allen Zulu, machte auch einen Sinn. Konnte Wilson etwas erreichen? Nandi schien das so zu sehen.

»Du kennst doch die Weißen«, argumentierte sie. »Wenn wir keine Stimme haben, ist unser Volk erledigt.«

»Wir haben die Zulu Cultural Society«, entgegnete Wilson. »Ich höre, was du vorhast, Frau, aber die Inkatha-Bewegung ist am Ende.«

»Es gibt Vorschläge, sie wieder zum Leben zu erwecken. Bald kommen Zeiten, in denen unser Volk Hilfe benötigen wird. Man fürchtet, dass Malan nicht auf uns hören wird.«

Wilson neigte den Kopf zur Seite. »Was höre ich? Meine Frau spricht über Dinge, die sie den Männern überlassen sollte.«

Nandi saß ganz still. In der dunklen Hütte konnte sie Wilsons Gesichtsausdruck nicht erkennen. Auch seiner

Stimme konnte sie nicht entnehmen, ob er verärgert war. Sie hatten sich leise unterhalten, um Dyson nicht zu wecken.

Sie hörte ihn seufzen. »Es macht mir große Sorgen. Wir können nicht zurück; dabei ist es das, was ich mir mehr als alles andere wünsche. Das, was ich vor uns sehe, gefällt mir nicht, aber wohin sollen wir sonst gehen? Du hast Recht, Frau, auch wenn es mir schwer fällt, das zuzugeben. Wir haben schwere Zeiten vor uns.«

Nandi lächelte in die Dunkelheit. Sie ahnte, dass sie siegen würde. »Du wärst ein so guter Inkatha-Vertreter«, sagte sie. »Ich wäre sehr stolz auf dich.«

Wilson musste trotz seiner Bedenken lachen. »Ich müsste die Kleidung der Weißen tragen«, protestierte er.

Im Schutze der Dunkelheit griff Nandi unter seinen Lendenschurz. »Du könntest für mich weiter die Zulu-Kleidung tragen, nur für mich«, flüsterte sie und streichelte ihn, bis er hart wurde.

»Wo bleibt deine Zurückhaltung?«, murmelte Wilson und gab sich der Wärme hin, die durch seinen Körper strömte. »Wir werden morgen weiter darüber sprechen. Das Thema ist noch nicht beendet.«

Er erwachte langsam, widerstrebend, ein Kater pochte hinter seiner Stirn, der Whisky des vergangenen Abends war in seinem Magen sauer geworden. »Oh Gott«, stöhnte Joe und erinnerte sich an das, was er Claire in seiner Wut und seiner Trunkenheit angetan hatte. Wie sollte er ihr heute Morgen ins Gesicht sehen? Wie sollte er es vermeiden? Das ging nicht, also zur Hölle damit. Er erinnerte sich schwach daran, dass er mit ihrem Schluchzen in den Ohren in einen trunkenen Schlaf gesackt war. Gestern Abend war er zu weit gegangen. Jetzt würde eine weitere lächerliche Entschuldigung fällig werden. Aber zuerst regte sich sein kleiner Freund. Der Gute! Jetzt, wo er wieder richtig funktionierte, ließ ihn sein einziger Freund nicht ein einziges Mal im Stich. Joe rollte herüber in der Absicht, seine Frau zu wecken, musste dann jedoch feststellen, dass sie nicht neben ihm lag. Wenige Sekunden später erschien Claire im Zimmer, angezogen und fertig zur Arbeit. Sie würdigte Joe keines Blickes.

»Komm wieder ins Bett, Claire. Schau mal, was ich hier für dich habe.« Joe warf die Decke von sich und legte eine Hand um seine Erektion.

Claire ging ans Fußende des Bettes und sah ihm ins Gesicht. Er hatte sie noch nie so grimmig gesehen. »Du wirst noch heute aus diesem Zimmer ausziehen.«

Ihr Ton überraschte ihn. »Den Teufel werde ich«, antwortete er.

»Und noch etwas«, fuhr sie ungerührt fort, »wenn du dich nicht ab sofort zusammenreißt und dich so benimmst wie der Mann, den ich geheiratet habe, kannst du jegliche weiteren Intimitäten zwischen uns vergessen. Ich habe die Nase voll, Joe.«

Mühsam erhob sich Joe aus dem Bett, stöhnte laut, als sich sein Kater dabei noch heftiger meldete, und packte sie am Arm. »Was zum Teufel ist bloß in dich gefahren? Du bist meine Frau.«

»Stimmt«, antwortete sie und sah ihn voller Abscheu an. »Nicht dein Eigentum. Nicht irgendeine Prostituierte. Nicht eine Mülltonne, in die du alles kippen kannst, was dir gerade in den Sinn kommt. Mir gefällt nicht, was aus dir geworden ist, Joe, und wenn du dich nicht änderst, ist diese Seite unserer Ehe zu Ende.«

Joe zwickte sie fest in den Arm, aber sie wich keinen Millimeter zurück. Stattdessen nahm sie ihre freie Hand und zwickte ihn ebenfalls, in seinen verletzten Arm. Ihr Gesicht zeigte keinerlei Regung. Joe war derjenige, der zurückzuckte. »Du Hexe«, flüsterte er, als der tiefe Schmerz zu brennen begann.

»Du wirst mich nie wieder anfassen. Und du wirst auch Michael nie wieder schlagen. Du wirst jetzt deinen Hintern in Bewegung setzen, anfangen zu arbeiten und dich wieder für diese Farm interessieren. Und solange du deinem Sohn nichts Nettes zu sagen hast, sag gar nichts.« Claire spuckte die letzten Worte beinahe aus. »Du besitzt uns nicht, Joe King. Du bist Teil einer Familie, und wenn du dich darauf nicht bald besinnst und dich entsprechend benimmst, stehst du draußen in der Kälte. Du hast um Zeit gebeten, du hast sie bekommen. Aber solange du mit dir selbst beschäftigt bist, wirst du weder Michael noch mich als deine persönlichen Prügelknaben benutzen. Habe ich mich klar ausgedrückt?«

Sie hatte sich ganz klar ausgedrückt. Joe vergaß sein ganzes schlechtes Gewissen. Wut beutelte ihn. Was fiel dieser Schlampe ein, so mit ihm umzugehen. Joe ging auf seine Frau zu und schlug ihr hart ins Gesicht.

Claire zeigte keinerlei Zeichen von Schocks oder Schmerz, sondern schlug zurück und krallte die Nägel in seine Wangen. Ihre äußere Seelenruhe machte ihn fertig.

Joe verlor die Nerven. Er ignorierte die pochenden Kopfschmerzen, packte Claires Bluse und riss sie auf, sodass die Knöpfe absprangen und zu Boden fielen. Er war außer sich vor Wut. Er würde ihr zeigen, wer hier der Boss war. Ein unerträglicher Schmerz in seinen Hoden raubte ihm den Atem. Sie hatte ihm das Knie in die Leisten gerammt. Joe sank aufs Bett. Claire stand einfach nur da, abwartend.

Als er wieder sprechen konnte, zischte Joe: »Es gibt genug Frauen, die nicht so prüde und kleinlich sind, glaub mir. Wenn du mich aus meinem Zimmer aussperrst, werde ich mir woanders holen, was ich brauche.«

»Gut«, antwortete sie knapp. »Das wäre mir sehr recht.« In aller Seelenruhe zog Claire ihre zerrissene Bluse aus, nahm sich eine neue aus dem Schrank und zog sie an. Sie sah ihn nicht ein einziges Mal dabei an.

Joe lag auf dem Bett und fühlte sich ziemlich entwürdigt. Er wusste, dass seine Frau diese Auseinandersetzung um Längen gewonnen hatte. Aber sie meinte das alles nicht ernst. Heute Abend würde er ihr zeigen, wer der Chef im Haus war.

Beim Frühstück verhielt Claire sich ganz normal. Michael war wie üblich schweigsam. »Wenn du heute aus der Schule nach Hause kommst, werden wir unser Kartenspiel nachholen«, meinte sie.

Michael warf seiner Muter einen ungläubigen Blick zu.

Sie lächelte ihn an.

Plötzlich gab es ein großes Getöse an der Küchentür, und Raj stürmte völlig aufgelöst ins Zimmer. »Madam! Du meine Güte, sehr schlimme Sache. Kommt schnell, meine Güte ja. Der *induna* hatte sehr schweren Unfall. Ich glaube, dass Moses nicht mehr am Leben ist. Dieses Vieh, das habe ich immer gesagt, es hat auf einer Zuckerfarm nichts zu suchen.« Raj hatte nie einen Hehl aus seiner Angst vor dem Vieh gemacht und jede Gelegenheit genutzt, dies deutlich zum Ausdruck zu bringen. Deshalb ließ sich Claire von der

Nachricht, dass der für das Vieh verantwortliche Zulu verletzt sein sollte, zunächst einmal nicht aus der Ruhe bringen.

Sie blieb sitzen und sah Joe an. »Geh besser mal nachschauen«, sagte sie.

Joe ließ sich nicht herumkommandieren. »Ich frühstücke.«

Claire sah Raj an. »Warten Sie draußen auf den Master.« Als der Sikh die Küche verlassen hatte, wandte sie sich an Joe. »Geh und schau nach, was es für ein Problem gibt. Sofort.«

»Ich sagte, ich frühstücke.«

Eiskalt stand Claire auf und nahm ihre dampfende Kaffeetasse in die Hand. »Entweder gehst du jetzt und kümmerst dich um die Sache, oder du bekommst das hier ab.«

Michael traute seinen Ohren nicht.

Joe sah Claires Gesichtsausdruck, stand auf und warf seine Serviette auf den Tisch. »Bin sowieso gerade fertig. Was glotzt du so, verdammt?«, herrschte er Michael an. Dann stürmte er davon.

Michael wartete darauf, dass der Himmel über ihm einstürzte. Aber alles, was seine Mutter sagte, war: »Du musst jetzt gehen, Darling. Sonst kommst du noch zu spät zur Schule.«

Joe fand den Transporter trotz seiner ganzen Mäkelei wesentlich bequemer als ein Pferd. Er fuhr mit Raj zur Zulu-Siedlung und hörte dem Inder dabei nur mit halbem Ohr zu.

»Es ist dieser große Bulle, Master, der neue. Er ist durchgedreht, das sage ich Euch. Moses ist schwer verletzt.«

Was zum Teufel war nur in Claire gefahren. Okay, er hatte sie gestern Abend ein bisschen rau angefasst, aber herrje, sie führte sich ja auch auf wie eine Wahnsinnige. Sie konnte ihn doch nicht einfach so herumkommandieren, schon gar nicht vor dem Balg. Und was bildete sie sich ein, ihn aus seinem eigenen Bett zu verbannen? Vielleicht sollte ich weniger trinken, überlegte er. Und zu Raj sagte er: »In Zukunft kommen Sie mit allen Nachrichten, die Sie ins Haus bringen, direkt zu mir. Haben Sie das verstanden?«

Raj sah ihn an und lächelte. »Natürlich Master. Ich war nur nach dem Unfall so verstört.«

Sie fuhren in die Siedlung, wo sich eine Gruppe weinender Frauen und schweigender Männer um Moses versammelt hatte. Raj hatte nicht übertrieben. Der Bulle hatte gründliche Arbeit geleistet. »Holen Sie mir mein Gewehr aus dem Wagen«, sagte Joe zu Raj. »Der Bulle muss aus dem Verkehr gezogen werden.« Er sah in die Gesichter ringsum. »Hat jemand den Vorfall beobachtet?«

Ein Mann trat vor. »Moses war im Stall und hat die Tröge mit Wasser gefüllt, Master. Da hat der Bulle ihn angegriffen.«

»Was hat Moses dem Bullen getan?«

»Nichts, Master.«

Joe schüttelte den Kopf. Er hatte nicht das geringste Interesse daran, den Bullen zu töten. »Er muss gereizt worden sein. Okay, ich weiß, dass er neu ist und vermutlich leicht nervös wird, aber Moses war sehr erfahren. Was ist passiert?«

Die Zulu starrten ihn an.

»Redet«, bellte Joe plötzlich und wünschte, er hätte es nicht getan, weil ihm sofort ein scharfer Schmerz durch den Kopf fuhr. »Ein Bulle greift nicht ohne Grund an«, fügte er etwas ruhiger hinzu.

Ein zweiter Mann trat vor. »Vielleicht war der Bulle krank oder hatte Schmerzen.«

Joe starrte ihn an. Er kam ihm so bekannt vor. Ziemlich gut aussehend für einen Schwarzen und so selbstbewusst. Seine Augen zuckten nicht ein einziges Mal. Joe wusste, dass sie sich schon einmal begegnet waren, aber wo? Dann fiel es ihm wieder ein. Der Schwarze, den er im Zug kennen gelernt hatte. Joe konnte sich nicht mehr an seinen Namen erinnern. Ohne seine Uniform sah er ziemlich verändert aus. »Was tun Sie auf meinem Land?«

»Ich besuche meine Frau und meinen Sohn.«

»Wer sind sie?«

Nandi und Dyson traten zu Wilson. »Dies ist mein Mann Wilson«, erklärte Nandi schüchtern. Wenn Joe King in dieser Stimmung war, war er wirklich furchterregend.

Joe musterte sie von Kopf bis Fuß. Das Büromädchen mit den hübschen Titten und dem strammen Hintern. Claires gezähmter Hausaffe. Joe hatte keine Zeit für intelligente Schwarze, und er traute ihnen nicht über den Weg. Er schaute auf das Kind neben ihr. Es war der Junge, den er mit Michael beim Raufen erwischt hatte. Ärger. Diese ganze Sippschaft brachte nichts als Ärger. »Nun, ihr könnt euch alle zum Teufel scheren. Ich unterhalte hier kein Gästehaus.«

Nandi hielt die Luft an. Sie hatte vorgehabt, an diesem Morgen mit Mrs. King über Wilsons Rückkehr zu sprechen. Wenn es für ihn keine Arbeit auf UBejane gäbe, würde Mrs. King ihm vielleicht trotzdem erlauben, in der Siedlung zu wohnen, während er sich woanders nach einer Beschäftigung umsah. Jetzt forderte man sie plötzlich alle auf, die Farm zu verlassen.

Diejenigen, die um sie herum standen, begannen zu tuscheln. Nicht viele erinnerten sich daran, wie Joe gewesen war, ehe er in den Krieg gegangen war. Und alles, was sie seit seiner Rückkehr erlebt hatten, war ein Mann ohne Geduld, der leicht aufbrauste und gewalttätig wurde, vor allem wenn er betrunken war, und das schien er die meiste Zeit zu sein. Diejenigen, die sich an ihren früheren Boss erinnerten, hatten ihnen zu erklären versucht, dass er nicht immer so gewesen war, aber die Mehrheit hatte sich eine eigene Meinung gebildet und fand Joe King mehr als übel. Und wie sie es seit Jahrhunderten getan hatten, seit die Weißen in ihr Land gekommen waren und sich wichtig gemacht hatten, hatten sie sich gegen ihn verbündet.

»Sie werden einen neuen *induna* brauchen«, meldete sich der Mann zu Wort, der Moses' Unfall mit angesehen hatte. Ob Wilson Erfahrung hatte oder nicht, spielte jetzt keine Rolle – er musste geschützt werden. Wenn er den Job bekam, gab es genügend Leute, die ihm mit Rat und Tat zur Seite stehen konnten. Und was war mit Nandi? Joe King hatte ihr gerade befohlen, die Farm zu verlassen. Vielleicht hatte Mrs. King dabei auch ein Wörtchen mitzureden, aber vielleicht auch nicht. Wenn Wilson der neue *induna* würde, könnten auch Nandi und ihr Sohn bleiben. »Er ist ein sehr ehrenwerter Mann, Master.«

»Ich kann meine Entscheidungen alleine treffen.« Joe ahnte, worauf das Gespräch hinauslief. Diese Leute drängten ihn in die Enge. Er sah die unbewegten schwarzen Gesichter um sich herum an. Viele davon kannte er nicht. Alle warteten gespannt auf seine nächsten Worte. Er musste die Oberhand behalten. Er wollte nicht, dass dieser Mann, dieser Wilson, für ihn arbeitete. Er war zu intelligent, zu selbstbewusst, zu informiert. Er würde ihm sicher Ärger machen. »Ich nehme keinen, den ich nicht kenne.«

Vor dem Krieg hatte Joe großen Wert auf ein gutes Verhältnis zu seinen Arbeitern gelegt. Er sprach fließend Zulu und hatte den feinen Humor und die Weisheit der Zulu immer gemocht. Die Tatsache, dass er offenbar die Kontrolle über alles verloren hatte, über seine Farm, die Arbeiter, seine Familie, ja sogar über die Hausangestellten, machte ihn sehr ärgerlich. Joe spürte, dass man ihn nicht respektierte, und das machte die Sache nur noch schlimmer. Je mehr er sich bemühte, desto deutlicher wurde seine Unfähigkeit, ihren Respekt zu gewinnen. »Vielleicht übertrage ich Raj diese Aufgabe.«

Raj, der gerade mit dem Gewehr zurückkam, hörte seine Worte. »Um Gottes willen, nein, Master. Ich verstehe doch nichts von Vieh.«

Joes Gesicht wurde rot vor Zorn. »Wenn ich Ihnen diese Aufgabe übertrage, Raj, dann werden Sie verdammt nochmal etwas über das Vieh lernen.«

Wilson hatte sich schon längst gefragt, ob Nandis Vorgesetzte mit dem Joe King verheiratet wäre, den er im Zug kennen gelernt hatte. Er hatte gehofft, dass es nicht der Fall sein würde. Er hatte den Mann im Zug nicht gemocht, und nichts, was er über diesen Mann in UBejane gehört hatte, hatte ihm einen Grund gegeben, seine Meinung zu ändern. Dieser Mann war ein sich selbst bemitleidender Tyrann voller Komplexe, das hatte Wilson sofort gespürt, als sie sich begegnet waren. Aber seine Frau und sein Sohn waren, wie Nandi sagte, gute Menschen. Offensichtlich war Joe einmal ein sehr erfolgreicher Farmer gewesen. Der Krieg machte seltsame Dinge mit den Menschen – es war nicht das erste Mal, dass Wilson das feststellte.

Dann passierten plötzlich drei Dinge gleichzeitig, die Wilsons Schicksal bestimmten. Raj zuckte vor Joes Zorn zurück, schüttelte den Kopf und sagte. »Tut mir Leid, Master, Raj mag kein Vieh.« Die Zulu sträubten sich lautstark, künftig Befehle von einem Inder entgegenzunehmen. Und Joe King, dem die Augen vor Wut fast aus dem Kopf getreten waren, packte den Sikh an seiner Tunika und riss ihn zu sich.

In diesem Moment wurde Wilson klar, dass sich etwas ändern musste, dass es nicht länger zu dulden war, dass die Weißen sich aufführen konnten, als wären sie die Einzigen, die etwas zu sagen hätten. Irgendwo musste mit den Veränderungen begonnen werden. Behutsam stellte Wilson den Fuß auf den zweiten Weg der *sangoma* und rüttelte leicht an der ersten verschlossenen Tür. »Wenn Sie möchten, Master«, sagte er leise, »würde ich mich sehr geehrt fühlen, mit solch prächtig aussehendem Vieh zu arbeiten.« Er wusste, noch während er sprach, dass der Weg lang und steinig werden und dass es viele verschlossene Türen geben würde. Aber, wie die Seherin gesagt hatte, war sein Schicksal bereits ausgemacht.

Joe saß in der Klemme, und er wusste es. Die Lösung seines Problems lag auf der Hand. Der Mann war intelligent und musste gut beobachtet werden, aber die anderen würden sich von ihm etwas sagen lassen. Schließlich hatten sie ihn selbst als Ersatz für Moses vorgeschlagen. Es war nur zu offensichtlich, dass Raj nicht dazu in der Lage sein würde. Joe ärgerte sich zwar darüber, aber Raj war ein fähiger Gutsverwalter, und er wurde von den Tagelöhnern und den Pondos viel zu sehr respektiert, als dass er es sich leisten könnte, ihn zu verlieren. Unter den Zulu, die Joe kannte, gab es keinen geeigneten Nachfolger für Moses. Das Problem war nur, wie er Wilson gegenüber ein Zugeständnis machen konnte, ohne sein Gesicht zu verlieren.

»Also gut.« Er nickte steif und warf Wilson das Gewehr zu. »Gehen Sie und erschießen Sie den Bullen, Soldatenjunge. Ich kann Ihnen doch sicher eine Schusswaffe anvertrauen? Versuchen Sie, sich nicht in den Fuß zu schießen.«

Wilson fing das Gewehr auf und kontrollierte sofort, ob es geladen war. Es war geladen, und er entfernte die Kugel mit verächtlicher Miene. Noch während er dies tat, begriff er, warum Joe King so gehandelt hatte. Nicht viele Weiße würden einem Schwarzen so ohne weiteres eine geladene Waffe in die Hände geben, denn der Schuss konnte dabei durchaus nach hinten losgehen. Die Tatsache, dass man ihm, Wilson, eine Waffe anvertrauen konnte, blieb bei den umstehenden Männern nicht ohne Wirkung und sicherte Wilsons Position als *induna*. Mit unbewegtem Gesicht fragte er. »Das Fleisch, Master?«

»Zerlegen Sie es und bringen Sie es in die Küche. Den Abfall könnt ihr behalten.« Joe drehte sich auf dem Absatz um und ging zu seinem Wagen. »Sie haben nur eine Kugel«, rief er noch. »Ich will, dass Sie damit auskommen. Und bringen Sie mir das Gewehr zurück, wenn Sie es gereinigt haben.« Das Problem *induna* war gelöst, wenn auch nicht ganz zu Joes Zufriedenheit. Aber wenigstens war der Mann von den anderen vorgeschlagen worden, was vermutlich ein gewisser Vorteil war.

Auf dem Nachhauseweg beschäftigte Joe wieder das Problem mit seiner Frau. Sie war stahlhart geworden, das musste er ihr zugestehen. Von der schüchternen kleinen Maus, die er in Erinnerung hatte, war nicht viel übrig. Der Krieg hatte auch sie verändert.

Claires Drohung, die Überschreibung der Farm zurück an ihn nicht zu unterzeichnen, war ernst gemeint. Joe hatte damals dafür gesorgt, dass die Verträge wasserdicht waren. Damit hatte er sicherstellen wollen, dass sie, für den Fall, dass ihm etwas zustoßen und er nicht mehr nach Hause käme, nicht mit den juristischen Formalitäten belastet würde, die nötig waren, um die Farm auf ihren Namen zu überschreiben. Jetzt wurde ihm klar, dass das nicht notwendig gewesen wäre. Sie hatte bewiesen, wie fähig sie in Wirklichkeit war. Wenn die Eigentumsurkunde wieder auf seinen Namen umgeschrieben war, würde ihm das helfen, sich Claire vom Hals zu halten, ehe er verkaufen konnte. Im Augenblick nutzte sie seine Lage aus, und er saß in der Klemme. »Verflucht!« Wütend hielt Joe vor dem Tor. »Ich muss diesen ganzen Mist erledigt haben. Vielleicht sollte ich mich ein paar Tage zusammenreißen. Dann wird Claire schon zur Besinnung kommen.«

Er hatte vor, ein paar Schmerztabletten zu nehmen, aber als er das Haus betrat, sah er zwei Dienerinnen, die seine Kleidung aus dem Schlafzimmer schafften. »Bringt sie sofort zurück«, brüllte er.

Die Mädchen erstarrten. Madam hatte ihnen aufgetragen, die Sachen in das blaue Schlafzimmer zu bringen. Jetzt wollte der Master sie wieder im großen Schlafzimmer haben. Sie waren sichtlich erleichter, als Claire erschien. »Macht weiter. Bringt die Kleider ins blaue Zimmer.« Die Mädchen liefen eilig davon.

»Ich lasse mich nicht aus meinem Schlafzimmer werfen«, donnerte Joe.

»Gut«, antwortete Claire seelenruhig. »Dann werde *ich* ins blaue Zimmer ziehen.«

»Jesus!« Joe fuhr sich mit der linken Hand durchs Haar. »Was ist nur in dich gefahren?«

»Wir haben heute Morgen alles besprochen«, sagte Claire. »Ich werde mich nicht wiederholen.« Sie drehte sich um in Richtung Büro, dann stoppte sie noch einmal. »Was ist mit Moses?«

»Ich dachte, du wolltest, dass ich mich darum kümmere. Es ist alle erledigt.«

»Ich möchte es trotzdem wissen.«

»Er ist tot«, antwortete Joe schlicht. Er wusste, dass sie das treffen würde, aber es kümmerte ihn nicht.

Claire schloss kurz die Augen, doch dann sagte sie bloß: »Ich werde heute Nachmittag zu seiner Familie gehen. Sie werden Hilfe brauchen, um ihn zu beerdigen.«

»Ich führe hier keinen Wohltätigkeitsverein, verflucht«, meinte Joe brutal. »Sie können ihre Beerdigung selbst bezahlen.«

Claire war versucht, ihm zu sagen, dass er hier gar nichts führte, aber da die Mädchen zurückkamen, hielt sie den Mund. Joe nutzte ihr Schweigen sofort aus.

»Wir werden nicht in getrennten Schlafzimmern schlafen.«

»Wir werden das unter vier Augen besprechen, wenn du nichts dagegen hast. Komm ins Büro.«

Claire schloss die Tür hinter ihnen und drehte sich zu ihm um. Mit vor der Brust verschränkten Armen sah sie ihn ruhig und abwartend an.

Joe war längst klar, dass seine Frau zumindest im Augenblick die Stärkere von ihnen beiden war. »Hör zu, vielleicht war ich ein bisschen ungerecht.« Er lächelte gewinnend. »Ich entschuldige mich dafür, okay? Lass uns noch einmal von vorn beginnen.«

Claire ging zum Schreibtisch und setzte sich. Sie stützte sich nach vorn auf ihre Ellbogen und verschränkte die Hände ineinander. Sie sah ihn an. Ihre Stimme hatte etwas Unduldsames, als sie sprach. »Ich weiß, dass du eine schwere Zeit hinter dir hast, Joe, aber für mich war sie auch nicht besonders einfach. Ich habe die Farm am Laufen gehalten, wir haben Gewinne gemacht und ich habe mich um die komplette Buchhaltung gekümmert. Ich habe unseren Sohn erzogen und den Haushalt geführt. Das Letzte, was ich brauche, ist einen Fremden als Ehemann. Es ist schwierig genug, damit zurechtzukommen, dass du wieder zu Hause bist, auch ohne deine Launen, deine Wutausbrüche und deine perversen sexuellen Forderungen. Es muss ja nicht für lange sein, Joe. Wir müssen uns beide umstellen. Wenn du aufhören würdest zu trinken, wäre das sicher hilfreich. Denn wenn du betrunken bist, wirst du zu jemand, der, vorsichtig ausgedrückt, nicht besonders nett ist. Wir müssen uns da durcharbeiten, Joe. Mehr verlange ich nicht.«

»Verdammt, Claire. Ich hatte drei Jahre keine Frau.«

»Drei Jahre, Joe«, meinte Claire leise. »Aber du warst fünf Jahre weg.«

»Drei, fünf, was macht das für einen verfluchten Unterschied«, polterte er, aber er wusste genau, dass er ihr nichts vormachen konnte.

»Vergiss es, Joe. Ich weiß, dass du mich für prüde hältst, aber ich brauche nun mal nicht so häufig Sex wie du.« Claire wurde rot. »Die Dinge, zu denen du mich in den letzten Tagen gezwungen hast ... das war einfach ... zu viel.« Es fiel ihr schwer, auch nur darüber zu reden, aber sie fuhr fort, denn sie war fest entschlossen, ihm klar zu machen, dass sie jedes Wort ernst meinte. Gestern Abend war ihr Mann roh und brutal geworden. Es ging hier nicht um ihr Schamgefühl, das verletzt worden war, sie empfand einfach nur puren Ekel. Claire war immer bereit gewesen, die Forderungen ihres Mannes zu erfüllen, aber sie würde keine weitere Nacht der Erniedrigungen und der Misshandlung hinnehmen. »Du hast mich verletzt, Joe. Ich werde nicht zulassen, dass du mich je wieder so berührst.«

»Schon gut, schon gut, ich werde dich nicht wieder so berühren.« Seine Kopfschmerzen brachten ihn fast um. Würde sie denn nie den Mund halten?

»Du wirst mich überhaupt nicht mehr berühren. So lange nicht, bis du mir bewiesen hast, dass der Joe, an den ich mich erinnere, wieder da ist. So lange nicht, bis du Interesse für deinen Sohn zeigst. Ich warne dich, Joe. Wenn du dieses Kind noch einmal anrührst, rufe ich die Polizei.«

Ein einziger Gewehrschuss in der Ferne störte die wütende Bemerkung, die Joe gerade machen wollte. »Ich habe noch zu arbeiten.« Er verließ das Büro, wütend auf seine Frau, wütend darüber, dass er einen verflucht guten Bullen töten lassen musste, noch ehe er der Herde zugeführt werden konnte, wütend auf das Leben. Als er an der Bar vorbeikam, dachte er: ›Zum Teufel mit allem. Ich brauche jetzt einen anständigen Schluck.‹

Moses war sieben Jahre lang *induna* auf UBejane gewesen. Damit war er eine wichtige Person gewesen, und die Tradition der Zulu verlangte nach gewissen Ritualen. Moses stammte aus Kwabhekithunga, in der Nähe von Empangeni. Sein Geist musste dorthin zurückgebracht werden.

Seine Familie musste benachrichtigt werden, die dann eine Abordnung schicken würde, um Moses' Geist nach Hause zu holen. Michael war in der Zulu-Siedlung, als die Gruppe eintraf. Sie trugen einen kleinen Ast bei sich, den sie von einer Büffelhorn-Akazie abgeschnitten hatte. Michael sah fasziniert zu, wie sie genau zu der Stelle gingen, an der Moses gestorben war, und den Ast dort auf den Boden legten. Sie gaben dem Geist Zeit, in den Ast zu treten, dann hob der Anführer der Gruppe ihn auf, begann sofort mit dem Geist zu sprechen und ihn auf den neuesten Stand über die Geschehnisse zu Hause zu bringen.

Michael hatte dieses Ritual noch nie erlebt, aber er wusste, dass der Redefluss des Anführers erst versiegen würde, wenn sie Kwabhekithunga erreichten, dass es ihm nicht gestattet war, bis dahin mit einer anderen Person zu sprechen, und dass jegliche Unkonzentriertheit dazu führen konnte, dass der Geist unterwegs entwischte. Sollte auf dem Weg eine Eisenbahnfahrt nötig werden oder zwischenzeitlich eine Mahlzeit eingenommen werden müssen, ein Fall, der hier nicht eintreffen würde, würde auch der Geist einen Zugfahrschein und ein Mahl bekommen, so schrieb es die Zulu-Tradition vor. Zu Hause würde der Ast im Viehgehege niedergelegt und gegessen werden, sodass Moses' Geist für immer in der Hütte der Stammesmutter wohnen würde, wo man ihm regelmäßig Speisen und Ehrbezeugungen brachte. Im Gegenzug erwartete man von seinem Geist, dass er sie beschützte, ebenso wie alle anderen, die Moses vorausgegangen waren, und so für gute Gesundheit und Wohlstand sorgte.

Das Wissen um diese Traditionen und die Tatsache, dass er sie tolerierte, verband Michael mit den Zulu und öffnete seinen Horizont weit mehr als bei den meisten Jungen seines Alters.

Kapitel fünf

Neun Wochen nach der Rückkehr seines Vaters und zwei Wochen vor Weihnachten feierte Michael seinen achten Geburtstag. Bessie war seit Tagen in der Küche damit beschäftigt, für diesen Anlass Kuchen und Kekse zu backen und selbst gemachte Süßigkeiten herzurichten. Alle Vettern und Kusinen von Michael waren eingeladen, alle seine Schulfreunde und Dyson, der Michael den Streit mittlerweile längst verziehen hatte.

Joe King feierte den Tag, indem er sich sinnlos betrank und einige der Kinder so in Angst und Schrecken versetzte, dass Claire die Party hinaus in den Garten verlegte und Bessie damit beauftragte, ihren Mann im Haus zu bewachen. Das war nicht schwer gewesen. Bessie hatte Joe einfach noch mehr Whisky gegeben, bis er schließlich umgekippt war.

Joes Trinkerei war inzwischen zu einem echten Problem geworden. Trotz aller Bitten von Claire, endlich einen Arzt aufzusuchen und sich helfen zu lassen, weigerte sich Joe hartnäckig anzuerkennen, dass er Hilfe brauchte. Die kleinste Störung in seinem Tagesablauf – und von denen gab es viele, denn er war sehr streitsüchtig und aggressiv – führte Joe an die Bar. In nüchternen Momenten krümmte er sich voller Scham über das, was er in seiner Trunkenheit gesagt oder getan zu haben glaubte. Dann griff er erneut zur Flasche, um sein Gewissen zu beruhigen. Er war überzeugt davon, jederzeit mit dem Trinken aufhören zu können, war aber nicht im Mindesten geneigt, es zu probieren.

Joe verbrachte immer mehr Zeit in der Stadt anstatt auf der Farm. Seine Abwesenheit war eine Erleichterung für alle. Zu Hause ließ er sich meistens, wenn er nüchtern genug war, die Mahlzeiten aufs Zimmer bringen. Er sprach kaum noch mit Claire oder Michael, und wenn er es tat, war er meist zu betrunken, um etwas Sinnvolles zu äußern. Dennoch war seine Gegenwart immer spürbar, vor allem weil er so unberechenbar war. Seine irrationalen Wutausbrüche äußerten sich in schrecklichen Vorwürfen und Drohungen. Er wagte zwar nicht mehr, jemanden anzurühren, aber Michael machte dennoch stets einen großen Bogen um seinen Vater, und Claire hatte immer eine kleine Pistole in der Schreibtischschublade. Sie würde keine Sekunde zögern, Gebrauch von ihr zu machen.

Michaels Vettern und Kusinen wussten, dass ihr Onkel Joe häufig betrunken und schwierig war. Auch Dyson waren die Probleme in Michaels Elternhaus bekannt. Seine Schulfreunde hingegen hatten keine Ahnung davon. Michael hatte Joe schon vor seinem achten Geburtstag nicht gemocht, aber der Anblick seines schwankenden, lallenden Vaters und die entsetzten und angewiderten Gesichter seiner Partygäste gaben ihm den Rest. Er verabscheute seinen Vater.

Das Gleiche galt für Claire. Die Erkenntnis, dass sich ihr Mann unwiderruflich verändert hatte, dass er wahrscheinlich nie wieder auf der Farm zu gebrauchen sein würde, dass ihre Ehe endgültig am Ende war und dass sie ihr restliches Leben mit einem betrunkenen, unberechenbaren Tyrannen verbringen musste, war schlimm genug gewesen. Aber als sie Joe an Michaels Ehrentag schon morgens um neun auf die Whiskyflasche zusteuern und sich betrinken sah, obwohl sie ihn angefleht hatte, wenigstens an diesem einen Tag nüchtern zu bleiben, erstarben in ihr auch die letzten Gefühle, die sie für ihren Mann vielleicht noch gehabt hatte. Sie hasste ihn.

Das wiederum machte ihren Verdacht, sie könnte schwanger sein, umso unerträglicher.

Claire musste sich unbedingt jemandem anvertrauen und beschloss, ihrer Schwägerin Peg zu gestehen, dass sie fünf Wochen überfällig war.

»Ach du liebe Güte, wie fühlst du dich jetzt?« Peg war wie alle anderen erschüttert über Joes Verhalten.

Claire lächelte einem der Kinder zu und trennte zwei andere, die sich gerade um ein Geschenk von Michael stritten, dann schob sie den Schäferhund mit einem Fuß sanft beiseite und antwortete leise: »Schrecklich. Es ist das Letzte, was ich jetzt brauchen kann.«

»Weiß Joe es schon?«

»Nein. Ich bin ja selber noch nicht sicher. Vielleicht ist es ja nur die Anspannung oder so etwas. Die letzten Wochen waren nicht gerade lustig.«

»Was wirst du jetzt tun?«

»Was kann ich tun? Es bekommen, schätze ich. Das arme kleine Ding. In was für eine Familie wächst es da hinein?«

Peg legte Claire voller Mitleid die Hand auf den Arm. »Bridget und ich, wir fragen uns oft, ob Noel und Bob, wenn sie nach Hause zurückgekommen wären ... nun, wie sie wohl wären. Andere Männer sind zurückgekommen, und sie sind noch genau so wie früher, zumindest scheint es so. Es ist bloß die Familie King. Sieh dir Anna an. Colin spricht kaum noch mir ihr, er spricht mit überhaupt niemandem mehr. Er sitzt bloß den ganzen Tag in seinem Rollstuhl und starrt vor sich hin. Und du? Claire, mein armer Darling, sieh nur, was du zurückgekriegt hast.« Peg seufzte. »Es ist diese Familie, Claire. Der Krieg hat die schlimmsten Seiten in Colin und Joe geweckt, so waren sie früher nicht. Lieber Himmel, es muss fürchterlich gewesen sein.«

Claire nickte. »Joe hat so etwas Ähnliches gesagt, kurz nachdem er wieder zu Hause war. Aber er ist noch schlimmer geworden, Peg. Viel schlimmer. Manchmal glaube ich, es war mein Fehler. Er ist durch die Hölle gegangen, und ich habe ihn vielleicht falsch behandelt. Vielleicht habe ich zu viel erwartet.« Sie fuhr sich mit der Hand durchs Haar. »Ich weiß es einfach nicht. Es gibt Zeiten, da wünschte ich, er wäre tot.«

»Nein«, sagte Peg leise. »Denk das nicht. Trotz all seiner Fehler ...« Sie ließ den Satz unausgesprochen in der Luft hängen.

»Es tut mir Leid«, antwortete Claire rasch. »Das war gedankenlos.«

Peg lächelte. »Komm, lass uns schauen, was die Kinder machen. Anna hat einen wunderschönen Esel gemalt. Wo ist die Augenbinde?«

In der Zeit um Weihnachten und Neujahr verbrachten Claire und Michael zehn Tage bei Claires Eltern in Durban. Joe hatte behauptet, er hätte zu viel Arbeit, um mitzufahren, aber davon ließ sich niemand täuschen. Michael überraschte seine Mutter bei einer ernsten Unterhaltung mit ihren Eltern und sah an den besorgten Gesichtern seiner Großeltern, dass sie ihnen von ihren Problemen mit Joe erzählte.

Als sie wieder nach UBejane zurückkehrten, erstaunte sie

Bessies Aussage ›Der Master war nicht sehr häufig hier‹ nicht sonderlich. Aus der Art, wie sie das sagte, schloss Michael, dass sein Vater, wenn er einmal zu Hause gewesen war, eine ziemliche Nervensäge gewesen sein musste, selbst für die ansonsten so unerschütterliche Bessie.

Ende Februar sagte Claire Joe und Michael, dass sie schwanger sei.

Joe starrte sie entgeistert an und fragte dann: »Bist du sicher, dass es von mir ist?«

Claire war inzwischen an den Umgang mit Joe gewöhnt. Ruhig antwortete sie: »Es ist von dir«, und ließ ihn dann einfach stehen.

Einen Augenblick später folgte Joe ihr ins Büro. »Halt den Balg bloß still, du weißt, dass ich keinen Krach vertragen kann.« Dabei zwinkerte er Nandi zu. »Du wirst dann eine Weile allein sein. Vielleicht gehe ich dir ein bisschen zur Hand.«

Claire war Nandis gequälter Gesichtsausdruck nicht entgangen. Als Joe fort war, sagte sie: »Sie bekommen auch ein Baby, nicht wahr?«

Nandi nickte und lächelte.

»Wann ist es so weit?«

Nandi hatte keine Ahnung. Frauen wurden schwanger und bekamen Babys. Sie kümmerten sich nicht weiter um den erwarteten Geburtstermin. »Ich weiß es nicht genau, Madam.«

»Vermutlich um dieselbe Zeit wie ich«, schätzte Claire. »Das bedeutet, dass Sie im Mutterschutz sein werden.«

Nandi wirkte erleichtert, vor allem als Claire hinzufügte. »Machen Sie sich keine Sorgen, Nandi, ich werde schon dafür sorgen, dass Sie nicht mit ihm allein sein müssen.«

Michael fand die Aussicht, einen kleinen Bruder oder

eine Schwester zu bekommen, sehr aufregend und stellte alle möglichen Fragen. Vor allem wollte er wissen, wie genau das Baby aus dem Bauch seiner Mutter herauskommen würde. Claire erzählte ihm so viel, wie sie für richtig hielt; sie wehrte seine Fragen nie ab, ging jedoch nur ins Detail, wenn er darauf beharrte.

Im Mai musste Claire Joe und Michael mitteilen, dass sie Zwillinge erwartete. Sie fand, dass ein Baby in ihrer Situation Strafe genug gewesen wäre. Aber Zwillinge? Äußerlich ruhig und gefasst ging sie ihrer täglichen Arbeit nach und fand dabei noch Zeit, das Kinderzimmer für die beiden Babys herzurichten.

Im Gegensatz zu Claire freuten Nandi und Wilson sich sehr, dass ein Baby unterwegs war. »Es wird ein Junge«, prophezeite Wilson. Nandi wusste, dass es so war. Die *sangoma* hatte einen zweiten Sohn vorhergesagt.

Dyson und Michael diskutierten die bevorstehenden Neuankömmlinge mit großer Sachkenntnis.

»Meine Mutter sagt, es würde lange dauern, bis wir mit ihnen spielen können«, sagte Michael.

»Meine Mutter sagt, dass ich manchmal auf das Baby aufpassen muss«, ergänzte Dyson.

»Wie?«

»Keine Ahnung. Es beobachten wahrscheinlich.«

»Warum? Was tut es denn?«

»Keine Ahnung.«

»Was glaubst du, wie lange es dauert, bis wir mit ihnen spielen können?«, fragte Michael.

»Vielleicht Monate.«

»Monate! So lange?«

»Na ja, auf jeden Fall Wochen.«

In der Schule geriet Michael in eine Streiterei mit einem Jungen, der bemerkte: »Ich habe deine Mutter gestern in der Stadt gesehen. Sie bekommt ein Baby, he? Meine Güte, Mike. Dein Alter ist doch ständig betrunken. Wie hat er denn dann einen hochgekriegt?«

Die Bemerkung über seinen Vater hatte Michael nicht sonderlich gestört, zumal er sie ohnehin nicht so genau verstanden hatte, aber er war erzürnt über das, was er für einen Seitenhieb auf seine Mutter hielt.

Mac nahm sich Michael vor, um ihm zu erklären, wie sehr Claire in Zukunft seine Hilfe brauchen würde. »Ich will nicht lange um den heißen Brei herumreden, mein Junge. Dein Vater ist nutzlos. Es wird vieles an dir hängen bleiben.«

Michael nickte, auch wenn er nicht so recht wusste, wovon Mac eigentlich sprach. Was sollte an ihm hängen bleiben? Er hatte keine Ahnung von Babys.

Mac fuhr fort. »Eine Menge Arbeit wird auf dich zukommen. Jetzt geh zu Raj, du hast noch viel zu lernen.« Als Michael die Werkstatt verließ, um sich auf die Suche nach Raj zu machen, fügte Mac leise hinzu: »Du armer Wicht.«

An einem kühlen Augustmorgen um drei Uhr brachte Nandi einen strammen kleinen Jungen zur Welt. Es war eine leichte Geburt, und das Kind war kerngesund. Nandi gab dem Baby den ersten von etwa einem halben Dutzend Kosenamen, die er im Laufe seines Lebens noch erhalten würde. Sie nannte ihn Phalo. Und wie erwartet, bezog sich dieser Name auf ein wichtiges Ereignis, das zurzeit seiner Geburt stattgefunden hatte. Nach Zulu-Tradition galt die Geburt von Zwillingen als unheilvoll, und man erwartete vom Vater, eines der beiden Babys zu töten. Aus dem späten achtzehnten Jahrhundert ist jedoch eine Geschichte überliefert, wonach der damalige Häuptling des Zulu-Clans, ein Mann namens Jama, sich geweigert haben soll, eines seiner Zwillingsmädchen zu töten. Man munkelte innerhalb des Clans, böse Mächte seien im Spiel gewesen und hätten ein Jahr zuvor auf mysteriöse Weise den Tod von Jamas Sohn verursacht, einem Jungen namens Phalo. Und da Claire in den nächsten Tagen Zwillinge erwartete, wurden dem Namen Phalo eine besondere Bedeutung beigemessen.

Wie es Brauch war, gab Wilson dem Kind seinen offiziellen Namen. Er beschloss, ihn Mapitha zu nennen, nach einem von Mpandes wichtigsten Beratern, dann fügte er hinzu: »Aber er wird auch unter dem Namen Jackson bekannt sein.« Bei den meisten Afrikanern war es inzwischen zur Gewohnheit geworden, ihrem Kind sowohl einen Stammesnamen zu geben als auch einen christlichen Namen, der gewöhnlich dem Alten Testament entstammte.

Nandi war glücklich über die Wahl ihres Mannes. »Jackson«, sagte sie leise und strich dem Baby mit dem Finger über das weiche Köpfchen. »Komm, Dyson«, sagte sie dann. »Komm und lern deinen Bruder Jackson kennen.«

Stolz, glücklich und aufgeregt zugleich blickte Dyson auf das hilflose kleine Baby herab und überdachte seine Vermutung, wie lange es dauern würde, ehe er mit ihm spielen könnte, noch einmal.

»Deine Mutter muss sich jetzt ausruhen«, meinte Wilson Mpande schließlich zu seinem Sohn.

Wilson hatte sich leicht dem Leben auf der Farm angepasst. Er war eine Führungspersönlichkeit, und die anderen Zulu respektierten seine Autorität. Es hatte sich herausgestellt, dass der Bulle, der Moses getötet hatte, einen großen

Tumor in einem Bein hatte, der die Blutzufuhr unterbrochen hatte. Moses hätte es merken müssen. Joe hätte es merken müssen. Jemand hätte es merken müssen. Als die Schmerzen des Bullen unerträglich geworden waren, war Moses zur falschen Zeit am falschen Ort gewesen. Wilson, der sich mit Viehhaltung auskannte, achtete streng darauf, dass jedes Tier auf UBejane mindestens einmal im Monat genau untersucht wurde.

Inkatha, so hatte Wilson bald festgestellt, war zwar etwas, über das viel geredet wurde, aber kaum jemand war bereit, sich ernsthaft zu engagieren. Abgesehen von ein paar wenigen, die längst erkannt hatten, in welche Richtung sich Südafrika bewegte, schien unter den Zulu eine gewisse Trägheit zu herrschen. Die Vereinigte Partei von Jan Smuts verbrüderte sich zwar mit der weißen Bevölkerung, hatte aber dennoch ein offenes Ohr für die Probleme der übrigen südafrikanischen Bevölkerung. Die Wahlen fanden erst in zwei Jahren statt. Die Leute, mit denen Wilson sprach, neigten eher dazu, zunächst abzuwarten.

Das Leben auf UBejane war gut. Wilson arbeitete mit dem Vieh, und das machte ihm große Freude. Es gab genug zu essen und ein festes Dach über dem Kopf, und sein und Nandis Lohn gestattete es ihm, mehr Tiere für seinen eigenen Kral zu Hause anzuschaffen, um den sich sein Vater kümmerte. Dyson ging nun endlich zur Schule. Mit Michaels Hilfe holte er den Stoff mühelos auf und war bald besser als die Kinder seines Alters. Nach der Geburt ihres zweiten Sohnes verlief nun wieder alles in geordneten Bahnen, und Wilson lehnte sich zufrieden zurück.

Drei Tage nach Nandi setzten auch bei Claire die Wehen ein. Um zehn Uhr morgens verlor sie Fruchtwasser, und Mac fuhr sie nach Empangeni. Joe war betrunken. Mac sorgte dafür, dass sie in der Klinik in fachkundige Hände kam, dann fuhr er los, um Michael von der Schule abzuholen. Die erstaunte Lehrerin klärte er in der ihm eigenen brüsken Art über die Ereignisse auf. »Der arme Wicht muss verstehen, wofür er verantwortlich ist.« Sie ließ Michael gehen, in der festen Überzeugung, dass Mac etwas anderes gemeint haben musste.

Michael und Mac liefen sechs Stunden vor dem Kreißsaal auf und ab, ehe eine Krankenschwester den Kopf durch die Tür steckte. »Es ist ein Mädchen.« Eine halbe Stunde später war sie wieder da. »Noch ein Mädchen.«

Alle drei waren wohlauf, und Michael durfte eine Viertelstunde zu seiner Mutter. »Soll ich es ihm sagen?«, fragte er sie und vermied es, das Wort Vater auszusprechen.

»Wenn er nüchtern ist«, antwortete Claire seufzend. »Sonst geh ihm lieber aus dem Weg.«

Auf dem Nachhauseweg bot Mac Michael an, er könne bei ihm wohnen, solange seine Mutter im Krankenhaus sei. Michael lehnte ab. »Ich habe keine Angst vor ihm. Außerdem ist Bessie ja noch da.«

»Wenn du mich brauchst, Junge, sag mir nur Bescheid.«

Zwei Stunden später schleppte Michael sich blutend und schluchzend vor Macs Tür. »Er hat auf mich gewartet. Er hat mich gefragt, wo Mum ist, und mich dann einfach geschlagen, völlig ohne Grund.«

Michaels schlimme Verletzungen erschütterten den alten Schotten bis ins Mark. Wie es aussah, hatte Joe King seine Gürtelschnalle geschwungen, eine Peitsche oder einen Rohrstock. Außerdem hatte er ihn mit den Fäusten traktiert. Mac hüllte Michael in eine Decke und fuhr mit ihm zurück ins Krankenhaus.

Auch der Arzt, der Michaels Verletzungen versorgte, war

zutiefst schockiert über die schweren Platzwunden und Blutergüsse. Er nahm Mac zur Seite. »Hören Sie, das ist sehr ernst. Ich möchte Mrs. King im Augenblick nicht beunruhigen, aber ihr Ehemann gehört angezeigt.«

»Keine Sorge«, versprach Mac. »Er wird bestraft werden. Können Sie den Jungen für eine Nacht hier behalten? Ich werde mich danach um ihn kümmern.«

»Ich hätte ihn ohnehin hier behalten. Ich vermute, er hat eine leichte Gehirnerschütterung.«

»Soso«, murmelte Mac vor sich hin, als er das Krankenhaus verließ. »Nun, da wird er bald in guter Gesellschaft sein.«

Mac stammte von der schottischen Clyde-Werft. Und das bedeutete, er schreckte vor keinem Kampf zurück. Die Tatsache, dass Joe King betrunken war, ließ ihn kalt. Mac verpasste ihm eine mindestens ebenso gründliche Lektion, wie Joe es zuvor bei seinem Sohn getan hatte. Aber Mac war ein alter Mann, und die Anstrengung zollte ihren Tribut. Er erzählte Michael jedoch nichts und hielt sich hartnäckig am Leben, bis Claire zurückkam. An dem Abend, als Michael ins Haupthaus zurückzog, erlitt Mac einen Herzanfall. Er glitt friedlich vom Schlaf ins Koma und vom Koma in den Tod und verließ diese Welt so unauffällig, wie er gelebt hatte.

»Gut, dass wir den los sind«, meinte Joe mit schleppender Stimme. Er hatte noch immer Blutergüsse im Gesicht.

Die hatte Michael auch – auf seinem Körper und seinen Beinen. Claire warf einen einzigen Blick auf ihren Sohn und ordnete sofort an, dass Joes Habseligkeiten erneut umgeräumt wurden, dieses Mal in ein Zimmer ganz am Ende der Veranda, das nur von außen betreten werden konnte. Joe war aus seinem eigenen Haus verbannt, und es gab nichts, was er dagegen tun konnte. Claire benachrichtigte auch die

Polizei. Die Beamten drohten Joe an, ihn ins Gefängnis zu bringen, wenn er sich je wieder seinem Sohn nähern würde. Die Drohung wirkte. Ob betrunken oder nüchtern, Joe hielt sich fortan von seinem Sohn fern.

Die Babys wurden Sally und Tessa genannt. Michael kam zu demselben Schluss wie Dyson. Es würde verdammt lange dauern, bis er mit ihnen spielen konnte.

Das Leben normalisierte sich wieder. Joe blieb der Farm immer häufiger fern. Eine Reihe von Frauen hatten seine Aufmerksamkeit erregt, und es war ihm gleichgültig, wer sie waren, woher sie kamen und mit wem sie möglicherweise verheiratet waren. Jeder, der ihm über den Weg lief, musste sich seine langen ausschweifenden Klagen anhören, dass seine Frau ihn nicht verstehen würde, der Krieg sein Leben zerstört hätte und alles schlicht unfair wäre. Nichts war jemals Joes Fehler. Er fand immer eine Entschuldigung, jemanden, dem er die Verantwortung zuschieben konnte für das, was aus seinem Leben geworden war. Natürlich hatte er Leidensgenossen, andere Männer, die jeden Morgen um zehn Uhr bereits betrunken waren, ganz gleich aus welchem Grund. Joe hatte ein Dach über dem Kopf, wenn es ihm in den Kram passte, nach Hause zu gehen, und er hatte Geld im Portemonnaie. Das Taschengeld, das Claire ihm zugestand, war großzügig bemessen, und sie schien gewillt, noch mehr zu zahlen, wenn er sie dafür nur in Ruhe ließ.

Ab und zu zeigte sich Joe auf der Farm. Doch in der Hauptsache lag die Führung von UBejane in den Händen von Raj, Wilson und Claire sowie in zunehmendem Maße auch von Michael.

Michaels Onkel Colin wurde immer mürrischer und interessierte sich ebenfalls immer weniger für seine Farm. Er stellte einen Verwalter ein, einen Engländer namens Peter Dawson, der viel vom Zuckerrohranbau verstand. Obwohl Peter so alt war wie Joe, wurden er und Michael bald enge Freunde, und in einer Phase, in der die meisten Jungen sich mit ihrer Pubertät auseinander setzten, verbrachten Michael und Peter lange Stunden damit, über landwirtschaftliche Techniken zu sprechen. Peter war etwas entsetzt über die große Verantwortung, die Claire King tragen musste, und machte es sich zur Aufgabe, ihr, wo immer es ihm möglich war, zur Seite zu stehen. Bald verbrachte er fast ebenso viel Zeit auf UBejane wie auf Kingsway.

Immer häufiger aß er mit ihnen gemeinsam zu Abend. Wenn Michael dann später im Bett lag und die gedämpften Stimmen und das Lachen von Peter und seiner Mutter hörte, wünschte er sich häufig, es könnte für immer so sein. Die Geräusche, die aus dem Speisezimmer zu ihm drangen, waren fröhlich und gaben ihm ein wunderbares Gefühl von Sicherheit.

Im Laufe der nächsten paar Jahre hatte Michael, abgesehen von dem einen oder anderen von Joes Ausbrüchen, fast das Gefühl, sein Leben wäre normal.

Er hätte es besser wissen müssen.

Michael und Dyson spazierten gemeinsam durch die Zuckerrohrfelder. Die Hinterhaltspiele, die sie als Jungen gespielt hatten, gehörten der Vergangenheit an. Mit ihren dreizehn und vierzehn Jahren hatten sie beide nun eine Menge zusätzliche Verantwortung zu tragen. Dyson half seinem Vater mit dem Vieh, seiner Mutter mit den Geschwistern und fand immer noch genügend Zeit, seine Schulaufgaben zu machen und fleißig zu lernen. Nandi hatte nach Jackson noch einen weiteren Sohn bekommen und danach eine Tochter.

Die düsteren Vorhersagen, nach denen das Leben für die Schwarzen noch schwerer werden würde, nachdem der ehemalige Pfarrer Daniel Malan und seine Nationalpartei 1948 die Wahlen gewonnen hatten, hatten sich bewahrheitet. Malan verschwendete keine Zeit und trieb die Politik der Rassentrennung, Apartheid genannt, voran. Das Leben war inzwischen so schwierig geworden, dass Michael und Dyson ihre Freundschaft nur noch zeigen konnten, wenn sie von niemandem gesehen wurden. Die von Esel gezogenen Karren waren durch Schulbusse ersetzt worden, und da schwarze und weiße Kinder nicht mehr mit demselben Fahrzeug fahren durften, versteckte sich derjenige, der zuerst vor dem Tor von UBejane ankam, an einer vereinbarten Stelle im Zuckerrohrfeld und wartete auf den anderen. Wenn sie sich öffentlich als Freunde zu erkennen gegeben hätten, hätte ihnen das einen unangenehmen Besuch der Sicherheitspolizei beschert.

Mit großer Eile hatte Malans Nationalpartei Gesetze verabschiedet, die eine Ehe und jeglichen sexuellen Kontakt zwischen den unterschiedlichen Rassen untersagte – eine Verordnung, die alle Menschen nach ihrer Hautfarbe klassifizierte –, sowie ein Gesetz, das landesweit getrennte Wohngebiete vorschrieb. Um die vielen Fälle willkürlicher Grausamkeit oder blinder Verfolgung zu legitimieren, folgte alsbald eine Verordnung, die den Kommunismus untersagte. Jeder konnte beim kleinsten Verstoß als Kommunist beschuldigt und so lange in Gewahrsam genommen werden, wie es die Regierung für nötig erachtete. Der größte Teil der schwarzen Bevölkerung war viel zu verängstigt, um sich gegen den wütenden Rassismus zur Wehr zu setzen.

Ehe Malan an die Macht gekommen war, waren Freundschaften zwischen Schwarzen und Weißen ohnehin selten gewesen, dazu waren die kulturellen Unterschiede viel zu groß. Einige wenige wie Michael, die sich über diese Unterschiede hinweggesetzt hatten, waren entsetzt über die Einschränkungen. Er konnte nicht verstehen, wieso die Mehrheit der Weißen die Veränderungen einfach hinzunehmen schien. Ihm war nicht bewusst, dass jeglicher Vorteil und jedes Privileg auf Kosten der anderen südafrikanischen Rassen ging.

Das Leben für die Familie Mpande wurde wie das aller Schwarzen und Inder auf UBejane zunehmend schwieriger. Das galt nicht für die Farm selbst, denn Claire weigerte sich, die neuen Gesetze Südafrikas zu akzeptieren. Aber die Apartheidspolitik traf jeden, der auch nur einen Schritt aus dem Anwesen herausmachte. Jeder, der nicht als Weißer klassifiziert war, wurde als Bürger zweiter Klasse behandelt.

Nandis Arbeit für die Bantu Purity League verlief im Untergrund, denn alle organisierten Versammlungen schwarzer Gruppierungen waren untersagt worden. Das neue Regime ging davon aus, dass jede Organisation der Schwarzen, gleichgültig ob sie politische Ziele verfolgte oder nicht, eine potenzielle Bedrohung für Recht und Ordnung bedeutete. Schließlich ging der Liga der Atem aus. Die Treffen waren zu schwierig und gefährlich geworden, und außerdem hörte ihnen sowieso niemand zu.

Inzwischen war Wilson, nicht zuletzt durch Nandis beharrliches Zureden, zu der Überzeugung gelangt, dass die Zulu dringend eine eigene Stimme brauchten. Der von den

Xhosa dominierte Afrikanische Nationalkongress war nicht genug. Obwohl Xhosa und Zulu Abkömmlimge desselben Nguni-Stammes waren und eng miteinander verwandt, hatten sie sich im Laufe der Zeit weit voneinander entfernt, sodass sich ihre einzige Gemeinsamkeit inzwischen auf ihre Sprache beschränkte, und auch die entwickelte sich zunehmend auseinander. Wilson erkannte zwar die historischen Verbindungen mit den Xhosa an, betrachtete sie aber wie die meisten Zulu als eigenen Stamm. Und es kam ihm vor, als stände sein eigenes Volk der eskalierenden Unterdrückungspolitik durch Malans Nationalpartei mit alarmierender Gleichgültigkeit gegenüber, was es von allen anderen größeren Stämmen in Südafrika unterschied. Sein Volk war derart mit Kämpfen innerhalb des eigenen Clans beschäftigt, dass sich die Zulu bei einer Protestaktion des Afrikanischen Nationalkongresses gegen die Ungerechtigkeiten der Regierung, die von allen farbigen Bevölkerungsgruppen Südafrikas unterstützt wurde, wegen ihres mangelnden Engagements verdächtig machten.

Wilson war immer mehr davon überzeugt, dass die Zulu eine eigene Organisation benötigten, die von Zulu für Zulu geführt wurde. Dass die ANC-Gruppierung Natals von einem Zulu, Albert John Lutuli, geführt wurde, reichte nicht aus. Der Afrikanische Nationalkongress war zu zersplittert. Wilson traf sich heimlich mit einigen der einflussreichsten Stammesführer in Zululand, aber sie waren meist mit irgendwelchen Blutfehden beschäftigt und hatten nicht das geringste Interesse, etwas zu unternehmen.

Wilsons engster Verbündeter war sein Sohn. Dyson war äußerst intelligent, und aufgrund seiner langjährigen tiefen Freundschaft zu Michael ließ er sich von den Weißen kein bisschen einschüchtern. Unweigerlich wurde die Sicherheitspolizei auf die hohe Intelligenz des Jungen aufmerksam, die in jedem gebildeten Schwarzen, auch wenn er erst dreizehn war, einen potenziellen Unruhestifter witterte. Michael hatte das unbestimmte Gefühl, dass es der Sicherheitspolizei nicht gefiel, dass Dyson gebildeter und klüger war als die meisten aus ihren eigenen Reihen. Dies und die Tatsache, dass er dazu neigte, mit ihnen wie mit Ebenbürtigen zu sprechen – eine nicht zu entschuldigende Entgleisung –, machte ihn verdächtig.

Michael sorgte sich um ihn. Dyson nahm wie sein Vater kein Blatt vor den Mund, wenn es um die Apartheid ging. Ein falsches Wort – und die beiden könnten für immer verschwinden. Dieser Tatsache war sich auch Dyson offenbar bewusst. Er war Michael gegenüber nicht mehr so offen, hielt sich mit seiner Kritik am weißen Regime zurück, selbst bei seinem ältesten Freund. Auch an diesem Tag sprachen sie mal wieder über dieses Thema.

»Ich vertraue dir«, meinte Dyson erhitzt. »Es ist nur so, dass ... Nun, es ist eben besser, wenn du manche Dinge nicht erfährst.«

»Warum? Was glaubst du, wem ich sie weitererzählen würde?«

»Niemand. Ich weiß, dass du nichts weitererzählen würdest.«

»Was ist denn los? Ich weihe dich doch auch in alle meine Geheimnisse ein.«

»Das ist etwas anderes.«

»Nein, ist es nicht. Ich könnte auch in Schwierigkeiten geraten.«

Dyson blieb stehen und sah Michael an. »Ich bin das nicht allein. Andere haben mir verboten, mit dir zu sprechen. Sie haben Angst.«

Michael wusste, was er meinte. In der Sprache der Zulu versicherte er Dyson noch einmal seine Loyalität, gegenüber ihm, der Familie Mpande und dem gesamten Zulu-Volk. Zum Schluss sagte er: »Ich bin ein Freund. Wenn dir das nicht reicht, tut es mir Leid.«

Dyson ging weiter, mit gesenktem Kopf. »Du bist ein Freund, das wissen wir. Aber, *Nkawu*, was glaubst du, wie lange das noch erlaubt sein wird? Es ist besser, wenn du nichts weißt.« Er bohrte seinen nackten Fuß in den sandigen Weg. »Und du musst dich von unserer Siedlung fern halten. Wenn die Polizei plötzlich auftaucht und dich erwischt ...« Er zuckte mit den Schultern.

Michael konnte seinem Freund nicht böse sein, aber es tat trotzdem weh. Sie trennten sich an der Weggabelung, und Michael ging weiter zum Haupthaus. Seine Gedanken kreisten nicht nur um seine Hausaufgaben und die Arbeiten, die auf der Farm erledigt werden mussten, sondern auch um Dinge, die er gar nicht richtig verstand und die sich zwischen ihn und Dyson zu stellen schienen. Er war fast am Ziel, als Peter Dawsons Landrover an ihm vorbeiraste. Michael sprang erschrocken auf die Seite. Er sah dem davonfahrenden Wagen erstaunt nach und fragte sich, was Peter wohl bewogen haben könnte, so zu fahren.

Er fand die fünfjährige Sally weinend auf der Veranda sitzend vor und nahm sie auf den Arm. »Was ist los, mein Äffchen? Nein, sag es mir nicht, lass mich erst raten. Tessas Teddybär hat dein ganzes Eis aufgegessen.«

Normalerweise hätte seine Schwester gelacht, doch diesmal tat sie das nicht. Durch ihre Kleidung hindurch konnte Michael spüren, dass ihr ganzer Körper vor Angst zitterte. Er hielt sie dicht an sich gedrückt, ging hinein und blieb entsetzt stehen. Das Wohnzimmer sah aus, als wäre ein Tornado darüber hinweggefegt. Stühle waren umgekippt, Vasen und Lampen zerbrochen, die Glasvitrine zertrümmert. Bessie und ein paar weitere Dienerinnen versuchten Ordnung in das Chaos zu bringen.

»Was ist denn hier passiert?«, fragte Michael.

Bessie schüttelte den Kopf und antwortete auf Zulu. »Große Probleme, Master Michael.«

Tessa kam herein, das Gesicht mit Marmelade verschmiert. »Mummy bekommt ein Baby, und Dad ist sehr böse«, informierte sie Michael eifrig. Tessa hatte ein besonderes Talent dafür, immer über alles Bescheid zu wissen.

»Woher weißt du das?« Michael war wie vom Donner gerührt. Soweit er wusste, war Joe seit Jahren nicht in der Nähe des Zimmers seiner Mutter gewesen. Ein Schulfreund hatte ihn schon vor einiger Zeit darüber aufgeklärt, wie man Babys machte. Es war einfach nicht möglich, dass seine Mutter schwanger war.

»Ich habe gehört, wie er sie angeschrien hat«, meinte Tessa und leckte sich die Marmelade von den Fingern. »Mummy weint jetzt. Onkel Peter hat auch geweint, und er und Daddy haben sich gestritten, aber jetzt ist er fort.« Sie sah ihn triumphierend an. »Daddy hat alles mit einem Feuerhaken zertrümmert.«

Peter! Was hatte Peter Dawson mit dieser Sache zu tun? »Wo ist dein Vater jetzt?«, fragte er Tessa. Michael betrachtete Joe immer weniger als seinen eigenen Vater.

»In seinem Zimmer.« Sie sah richtig aufgeregt aus, als handelte es sich um eine Art geheimes Spiel. »Er ist betrunken.«

Vorsichtig setzte Michael Sally ab und ging hinaus.

»Nein, Master Michael.« Bessie erhob sich vom Boden,

wo sie das zerbrochene Glas zusammenkehrte. »Es ist jemand bei ihm.«

Michael nickte bloß. Seit Joe King außerhalb des Hauses wohnte, machte er keinen Hehl mehr aus seinen ständig wechselnden Liebschaften. Häufig hielten sie sich tagelang in seinem Zimmer auf. Michael ging zum Zimmer seiner Mutter und klopfte vorsichtig an die geschlossene Tür. Er fand sie schluchzend auf dem Bett liegend. »Mum! Was ist los? Was soll das mit diesem Baby heißen?«

Sie sah ihn nicht an. Stattdessen schüttelte sie nur den Kopf und weinte noch heftiger.

Als seine Mutter sich schließlich zu ihm umdrehte, sah er, dass das Wohnzimmer nicht das Einzige war, über das Joe King hergefallen war. Claires Nase schien gebrochen zu sein, ihre Lippen waren aufgesprungen, ein Auge angeschwollen und ganz blau. »Eines Tages werde ich dir alles erklären«, flüsterte sie. »Aber bitte nicht jetzt, ja?«

Einige Wochen später, als Joe King einen seiner seltenen Besuche auf der Farm machte und tatsächlich nur leicht betrunken war, brachte er ein wenig Licht in den Vorfall, als er Michael und jedem anderen in Hörweite zurief: »Wenn sie glaubt, ich würde für diesen kleinen Bastard auch nur einen Penny zahlen, hat sie sich geirrt.«

Michael ignorierte ihn, wie er es seit Jahren tat.

»Das könnte dir so passen!«, brüllte Joe. »Nichts sagen, wie üblich. So tun, als ginge dich die ganze Sache nichts an. Nun, wie denkst du jetzt über deine kostbare Mutter? Sie ist nichts weiter als eine Hure.« Er ging auf Michael zu und ohrfeigte ihn. Michael ballte die Hände zu Fäusten, aber er wehrte sich nicht. »Los, sag es«, verlangte Joe und schlug ihn erneut. »Sag es. Sag, meine Mutter ist eine Hure. Los, sag es.«

Michael hätte sich eher die Zunge abgebissen. Stattdessen sah er seinen Vater bloß an, mit kaltem Hass in den Augen, und sagte langsam, klar und deutlich: »Deine Mutter ist eine Hure.« Dann wich er rasch zurück und rannte so schnell er konnte in die Sicherheit der Zulu-Siedlung. Wenn Joe King dort versuchte, ihm zu nahe zu treten, würden die Zulu ihn vermutlich töten.

Gregor King kam im April 1952 zur Welt. Er war ein kränkliches Baby, und Claire musste sich sehr viel um ihn kümmern. Michael, der nun fast fünfzehn war, betrachtete Gregor und kam mit einem gewissen Maß an Befriedigung zu dem Ergebnis, dass er unmöglich Joe Kings Sohn sein konnte. Die Zwillinge, inzwischen sechs Jahre alt, interessierten sich weniger für das Aussehen des Babys. Sally konnte es gar nicht erwarten, es auf den Arm zu nehmen und zu behandeln wie eine ihrer Puppen. Tessa warf nur einen raschen Blick auf den Neuankömmling und meinte: »Oje. Der strampelt aber viel.«

Claires und Michaels Blicke trafen sich über dem Kopf des Babys, und sie lächelte. »Er wird sehr geliebt, und er ist sehr gewollt. Das ist das Wichtigste.«

»Ja, Mutter«, antwortete Michael leise. »Und was ist mit dir?«

Es war eine Frage, auf die Claire keine Antwort hatte.

TEIL ZWEI

1960

Kapitel sechs

Sie war fünf Jahre alt, und dies war ihr Revier. Ihre Lebensgeschichte war geprägt von Heimatlosigkeit und Angst. Mit zwei Jahren, kurz nachdem sie sich von ihrer Mutter getrennt hatte, war sie mit einem Narkosepfeil beschossen, in einen Verschlag gesperrt und auf der Ladefläche eines Fahrzeugs in den Umfolozi-Nationalpark gebracht worden. Dort wollte man sie zusammen mit anderen Spitzmaulnashörnern in einem Hochsicherheitsgehege halten. Das hatte ihr nicht gefallen. Um ihr Unbehagen deutlich zum Ausdruck zu bringen, hatte sie nicht gewartet, bis die Männer sie aus ihrem Verschlag entließen. Sie hatte ihn einfach zertrümmert. Dann hatte sie eine breite Kerbe in das brandneue Fahrzeug gerissen und es wie eine Sardinenbüchse geöffnet. Sie war unberechenbar und launisch geblieben, bis man sie vor zwei Monaten aus dem Gehege in die Freiheit des Reservats entlassen hatte.

Mit ihrer Schulterhöhe von insgesamt 164 Zentimetern und ihren annähernd 1.000 Kilo Gewicht stand die Spitzmaulnashorn-Kuh in der Blüte ihres Lebens. Sie war zum ersten Mal brünstig, und die Hormone in ihrem Urin hatten den Bullen in ihr Revier gelockt. Sie hatte ihm zwei Tage gewährt, dann hatte das Bedürfnis allein zu sein ihr Bedürfnis nach einem Partner überwogen, und sie hatte ihn mit einem Fußtritt hinausbefördert.

Wenn man sie in Ruhe ließ, war sie friedlich und duldsam, doch sobald sie irgendetwas aus der Ruhe brachte, sie reizte oder ängstigte, wurde sie wild und stürzte sich auf Bäume, Felsen, Elefanten, Fahrzeuge und Menschen. Ihre Strategie lautete: erst töten, dann fragen. Nicht einmal die anderen Nashörner blieben von dieser Behandlung verschont, denn wie alle Angehörigen ihrer Spezies hatte sie sehr schlechte Augen und ließ sich hauptsächlich von Gerüchen und Geräuschen leiten. Außerdem mochte sie andere Spitzmaulnashörner nicht mehr als alle anderen. Sie war eine Einzelgängerin, bösartig, aggressiv und weitaus mehr daran interessiert, ihren Magen zu füllen als Freunde zu gewinnen.

Ihr Revier war klar markiert: eine flache Mulde aus Dung, zu dem sie einige Monate lang immer wieder zurückkehrte, bis sie sich eine neue suchte. Dieser Misthaufen war ein deutliches Signal an jeden potenziellen Eindringling: Betreten auf eigene Gefahr!

Der Mann war aus einem acht Kilometer entfernten Dorf gekommen, er trug ein Gewehr und einen zerbeulten Koffer mit den Werkzeugen seines Metiers. Er erkannte das Signal und trottete müde weiter. Auch wenn die Kuh sehr groß war, er wusste, dass sie sich überall in der Nähe des ausgetretenen Pfades verstecken konnte. Sie konnte mit der Geschwindigkeit eines galoppierenden Pferdes angreifen, ihr Opfer bis in die Wipfel der Bäume schleudern, es geschickt mit der Spitze ihres emporragenden Horns auffangen und dann erneut in die Luft werfen. Es war ein Erlebnis, auf das er gut verzichten konnte.

Er hatte die Kuh schon vor etwa vier Monaten entdeckt, per Zufall, und die Größe ihres Horns hatte ihn mehr als beeindruckt. Diese harte, gepresste Haarmasse war mindestens sechzig Zentimeter lang und hatte wahrscheinlich denselben Umfang. Er würde einen guten Preis damit erzielen können. Was für ein Pech, dass das Tier mit einem hohen elektrischen Zaun geschützt gewesen war. Aber vor sechs Wochen hatte er es im Hauptteil des Parks gesehen, und dann hatte er begonnen, Pläne zu schmieden.

In seiner rechten Hand hielt er ein altes Armee-Gewehr. Es war inzwischen so verrostet und klapprig, dass es nur noch durch einen Kupferdraht zusammengehalten wurde. Er hatte die noch feuchte Oberschenkelhaut einer Antilope über einen zerbrochenen Lauf gezogen, hatte sie hart und fest werden lassen, damit das Gewehr nicht noch mehr auseinander brach. In seinem Koffer befanden sich acht selbst gebastelte Fallen. Sie waren aus einem Stahlkabel gemacht, die er im Feuer erhitzt hatte, damit er das Material besser biegen konnte. Diese rostigen alten Fallen waren absolut tödlich, stark genug, um einen Elefant aufzuhalten, leicht zu tarnen und eines der grausamsten Wildererinstrumente. Zusätzlich zu den Fallen hatte er eine Axt in seinem Koffer, einige Stücke Stacheldraht, eine kleine Handschaufel und ein Messer zum Enthäuten. Und eine überreife zerdrückte Orange – sein Mittagessen.

In den letzten Wochen hatte er eine Menge über diese Kuh erfahren. Er kannte den Pfad von ihrer Futterstelle bis zu der Stelle, wo sie trank. Er wusste, dass sie sich zu dieser Tageszeit unter einem Baum ausruhte. Er wusste, dass sie, sobald es kühler wurde, wieder zu grasen beginnen würde, mit ihrer spitzen Oberlippe an den Zweigen, Blättern und Rinden von Bäumen und Büschen zupfen würde, bis sie genug hatte. Erst danach würde sie über den ausgetretenen Pfad zu dem Wasserloch laufen, wo sie immer trank. Bis dahin würde die Sonne untergehen. Er hatte also sechs Stunden Zeit, um seine Fallen zu legen. Das reichte.

Dennoch war er äußerst wachsam. Er wusste, dass sie sich gerade erst gepaart hatte, und wollte ihrem Liebhaber nicht unbedingt begegnen. Ebenso wenig war er darauf erpicht, der Kuh selbst zu begegnen. Sie könnte schließlich entschieden haben, ihre Ruhepause abzukürzen, um ein Schlammbad zu nehmen oder sich ausgiebig im Staub zu suhlen. Da sie gerade in der Brunst gewesen war, bestand die Möglichkeit, dass sie immer noch äußerst reizbar war. Er hielt sich vorsichtshalber in der Nähe der Bäume und lauschte aufmerksam auf das deutlich erkennbare Schnauben, das einem Angriff immer vorausging.

Er steuerte eine Stelle oberhalb des Wasserlochs an, wo sie regelmäßig trank. Er hatte vor, seine Fallen dort auszulegen, wo der Pfad steil zum Wasser abfiel, denn er wusste, dass die Kuh sich spätestens dort auf den Geruch des Wassers konzentrieren und den menschlichen Geruch, den er unvermeidlich zurückließ, nicht so schnell wittern würde. Vier Halsschlingen und vier Fußfallen, geschickt verteilt, sollten eigentlich reichen. Die Möglichkeit, dass ein anderes Tier in eine seiner Fallen tappte, war gering, denn die Aggressivität eines Nashorns in der Brunstzeit hielt andere Tier auf Abstand.

Die trockene und dornige Buschlandschaft lag still in der glühenden Hitze. Er lauschte aufmerksam auf die durchdringenden Warnschreie der Zeckenvögel, den ständigen Begleitern eines Nashorns. Sie ernährten sich von Parasiten, die sich in den Hautwülsten der Nashörner verbargen, im Austausch warnten sie vor drohenden Gefahren. Aber alles, was er hörte, war das weit entfernte Zwitschern eines Vogels, und dann, wesentlich näher, den durchdringenden Warnruf eines Gorillas, der die ganze Herde für fünf Minuten in hysterisches, schrilles Geschrei versetzte. So wild die

Laute auch klangen, der Wilderer sorgte sich nicht so sehr wegen des Gorillas, sondern rätselte vielmehr, was der Anlass für seinen Alarm gewesen sein könnte. Normalerweise bedeutete es, dass ein Leopard in der Nähe war.

Dann vernahm der Mann das Geräusch eines Fahrzeugs. Er wusste, dass er gegen das Gesetz verstieß. Wenn die Park-Ranger ihn hier erwischten, würde er im Gefängnis landen. Das war die Strafe für Wilderei in einem Reservat. Aber er bediente sich schon seit Jahren aus dieser so genannten Schutzzone für Tiere. Er war sehr erfolgreich, und seine Familie lebte gut von seiner Arbeit. Allerdings hatte er noch nie etwas so Gefährliches gewagt wie dieses Mal.

Als er den Trampelpfad erreichte, wandte er sich in östliche Richtung, wo das Wasserloch lag. Der Pfad schien völlig willkürlich zu verlaufen, passte sich nicht den Gegebenheiten der Landschaft an, sondern führte an manchen Stellen steil bergauf oder bergab. Es roch nach Tierkot, Staub und Blättern und etwas, das typisch war für den afrikanischen Busch. Bei diesen Temperaturen, die sämtliche Energie aufzehrten, regte sich nichts. Schweiß lief dem Mann über das Gesicht und den bloßen Rücken, und sein Körpergeruch mischte sich mit den Gerüchen des Busches. Er ignorierte es. Er war viel zu sehr damit beschäftigt, auf verdächtige Geräusche zu lauschen, die auf eine Gefahr hinweisen könnten.

Er ging fast zwei Kilometer den Pfad entlang, ehe er die Stelle erreichte, die er ausgesucht hatte. Dann machte er sich an die Arbeit, tat das, was er am besten konnte, rackerte sich ab für die Belohnung, die ihm der weiße Baas zahlen würde, wenn er das Rhinozeros-Horn ablieferte. Das Geld würde ihn und seine Familie in den nächsten zwei Monaten ernähren.

Den Wilderer trieb nichts als finanzieller Profit. Er hatte kein schlechtes Gewissen wegen der Qualen, die er dem ahnungslosen Tier bereiten würde, er hatte keine Ahnung, dass das Spitzmaulnashorn vom Aussterben bedroht war. Diese Themen waren ihm fremd. Er war ein Mann, der auf selbst erlernte Fähigkeiten angewiesen war, um sich und seine Familie zu ernähren.

Er befestigte die Fallen an Bäumen neben dem Pfad. Dann nahm er seine Axt, fällte ein paar andere, zerteilte ihre dicken Stämme und verband die Holzstücke fest mit den Halsfallen, die er sorgfältig im Unterholz verbarg. Jeder Holzklotz war ungefähr zwei Meter lang und wog etwa 200 Kilogramm. Als er mit der Position der Fallen zufrieden war und sicher, dass sie nicht leicht entdeckt werden konnten, packte er seinen Koffer zusammen und ging den Weg weiter Richtung Wasserloch. Dort würde er warten, bis die Nashornkuh zu ihrem Abendtrunk kam.

Einen knappen Kilometer entfernt graste das Spitzmaulnashorn-Weibchen vergnügt in der Kühle des späten Nachmittags, zupfte Zweige und Blätter von den Akazien und kaute zufrieden, ohne sich an den scharfen Dornen zu stören, die kleineren Lebewesen durch Haut, Fleisch und Muskeln drangen. Als es Abend wurde, machte sich das gewaltige Tier in seinem gewohnten Trott auf den Weg zum Wasserloch. Auf seinem Rücken saßen zwei Zeckenvögel und ein Silberreiher. Ungerührt über das schnellere Tempo, suchten sie die Haut der Nashornskuh nach Zecken und anderen Parasiten ab.

Als sie sich der Wasserstelle näherte, beschleunigte sie vor Vorfreude ihre Schritte noch etwas. In der verlockenden Aussicht auf einen kühlen Schluck und ein Bad im Schlamm trottete sie selbstbewusst in ihrem dicken, faltigen Kleid den vertrauten Pfad entlang. Völlig unerwartet blieb ihr Hinterfuß in einer Bodenfalle hängen, und als sie sich erstaunt umdrehte, berührte ihr Kopf eine der Halsfallen. Sie spürte das plötzliche Ziehen und versuchte es abzuschütteln, voller Ungeduld, endlich zum Wasser zu gelangen, und noch ohne sich irgendeiner Gefahr bewusst zu sein.

Die Stahldrähte zogen sich zu, und die Kuh wurde wild und sprang wütend nach vorn. Die Schlingen schnitten sich tief ein. Die Stahldrähte drangen durch ihre Haut, und die Nashornkuh geriet in Panik. Sie bäumte sich auf und warf sich herum, kämpfte gegen die Fallen, aber bei jeder ihrer kraftvollen Bewegungen schnitten sich die Drähte noch tiefer ein. Sie zerschnitten ihre Sehnen und Muskeln. Die Halsfalle zog sich weiter zu, schnürte ihr die Luftröhre ein und begann sie zu erdrosseln. Überall war Blut, und die Kuh, immer noch viel zu zornig, um Schmerzen zu spüren, riss und zerrte, bis der rostige, spröde Stahl auf die Knochen traf. Daraufhin schnappte das fast eine Tonne schwere, rasende Tier nach dem Baumstamm, an dem ihre Fußfessel verankert war, bäumte sich auf, tat einen mächtigen Satz und zerrte den schweren Holzklotz, der an ihrem Hals hing, hinter sich her.

Würgend und nach Luft schnappend stolperte das Nashorn blindlings den Pfad entlang, schüttelte immer wieder den Kopf, in dem sinnlosen Versuch, den Klotz loszuwerden, der wild hinter ihr her schleuderte. Mit vor Angst weit aufgerissenen Augen begann sie zu rennen, außer sich vor Panik, bis sie auf einem steilen und steinigen Wegstück das Gleichgewicht verlor, ausrutschte und zappelnd und schnaubend ins Unterholz rollte. Das Holzstück, das an ihrer Halsfalle hing, verkantete sich zwischen zwei Felsblöcken.

Dann begann die Qual. Als sie so dalag, mit bebenden Flanken, die Augen weit aufgerissen, das Maul geöffnet und durch ihre geschundene Luftröhre verzweifelt nach Luft rang, setzten die stechenden, pochenden Schmerzen ein. Das Stahlseil rieb am Knochen ihres Beines, die Schmerzen rasten bis in Hüfte und Wirbelsäule. Die Falle, die die Luftzufuhr zu ihrer Lunge drosselte, sorgte für ein unerträgliches Pochen in ihrem Kopf und an ihrer Wirbelsäule, wo sie mit den Qualen, die von ihrem schwer verletzten Bein hinaufstiegen, verschmolzen.

Sie lag zitternd und leidend da und hatte sehr, sehr große Angst. Immer wieder bäumte sie sich auf und kämpfte gegen die Fesseln an, aber die Bewegungen lösten betäubende Schmerzen aus, und ihr wurde schwarz vor Augen. Irgendwann gegen Mitternacht starb der Fötus, der gerade in ihr zu wachsen begonnen hatte.

Der Wilderer fand sie ohne größere Schwierigkeiten. Ihr Leiden ließ ihn ungerührt. Ihr Tod bedeutete für ihn nur Zugriff auf ihr Horn, und das wiederum brachte viel Geld. Er saß geduldig in einigen Metern Entfernung und wartete darauf, dass sie starb.

Die Spitzmaulnashorn-Kuh starb in jener Nacht noch nicht, auch noch nicht am nächsten Tag, nicht einmal in der folgenden Nacht. Die Ameisen und Fliegen, die Infektion, die sich bildete, der Blutverlust, der Durst, der langsame Sauerstoffentzug, die lauernden Geier und Hyänen – all das trug zu ihrem Tod bei. Zwölf ihrer letzten vierundzwanzig Stunden war sie gnädigerweise bewusstlos. Solange sie mitbekam, was geschah, waren die Schmerzen unerträglich. Der Wilderer erschoss sie nicht. Kugeln kosteten Geld, und ein Schuss könnte die Ranger alarmieren. Stattdessen beschäftigte er sich, nachdem er die restlichen Fallen eingesammelt hatte, damit, Früchte zu pflücken und zu essen und einen kleinen Bogen mit Pfeilen für seinen jüngsten Sohn zu basteln.

In der dritten Nacht, irgendwann gegen Mitternacht, nachdem sie mehr Qualen erlitten hatte, als je ein Mensch oder Tier aushalten sollte, holte das Nashorn noch einmal zitternd Luft, ihre mächtigen Flanken zuckten ein letztes Mal, dann flüchtete sie sich in das weiche Dunkel des Todes. Sie ging mit Würde. Wenn sie den Grund für ihren brutalen und entsetzlichen Tod verstanden hätte, hätte sie vielleicht so reagiert, wie es für sie typisch war: mit einem gewaltigen, schnaubenden, lustvollen, rasend schnellen Angriff. Aber niemand konnte ihr erklären, warum sie sterben musste.

Als Michael King die Kuh fand oder das, was von ihr übrig geblieben war, stieß er einen Schwall obszöner Worte aus. Es war nicht nur der Tod eines Spitzmaulnashorns, der ihn so in Rage brachte – obwohl in dem Nationalpark nur noch so wenige lebten, dass sein Tod vermutlich eine zwanzigprozentige Minderung des Bestands bedeutete –, nein, es war der Tod dieses ganz speziellen Tieres, der ihn so erschütterte.

In den letzten drei Jahren hatte Michael während seiner Arbeit für den Umfolozi-Nationalpark ein Projekt betreut, mit dem man versuchte, das Spitzmaulnashorn vor dem drohenden Aussterben zu bewahren. Im benachbarten Hluhluwe engagierten sich die Reservate mit vergleichbaren Aktionen für den Erhalt des Breitmaulnashorns, dem ein ähnliches Schicksal drohte. Die Behörden standen mit ihren Bemühungen nicht allein. Das Indische Nashorn war inzwischen sowohl von der indischen als auch von der nepalesischen Regierung unter Schutz gestellt worden, während einige südostasiatische Länder versuchten, die Population des Sumatra-Nashorns zu erhöhen, ehe ihn dasselbe Schicksal ereilte wie seinem bereits ausgerotteten Vetter, dem Java-Nashorn.

Auslöser dieser Bemühungen zur Errettung der Nashörner war die Veröffentlichung einer so genannten Roten Liste durch eine Schweizer Naturschutzorganisation, die sämtliche Nashornarten als vom Aussterben bedroht eingestuft hatte. Überall auf der Welt war das Nashorn lange wegen seines Horns gejagt worden, einer verwobenen Haarmasse, ähnlich einem Fingernagel, das nicht nur als Material für orientalische Schwertgriffe benutzt wurde, sondern in gemahlenem Zustand als angebliches Aphrodisiacum sehr geschätzt war.

Michaels Projekt war im Vergleich zu den anderen eher unbedeutend. Das lag zum Teil an der Natur des zu schützenden Tieres. Viele, die je in Kontakt zu diesem leicht reizbaren Tier gekommen waren, hatten auf meist unangenehme Weise festgestellt: *uBejane* mag keine Menschen, schon gar keine, die es mit Narkosepfeilen betäuben und dann bis zu 1.000 Kilometer transportieren, um sein Leben zu retten. Selbst wenn man ihm hätte verständlich machen können, dass dies alles nur zu seinem Nutzen geschah, *uBejane* hätte mit großer Wahrscheinlichkeit alles versucht, um denjenigen zu töten, der ihm zu helfen versuchte. Das war seine Natur.

Viele helfende Hände engagierten sich für das wesentlich sanftmütigere Breitmaulnashorn, während es nur wenige Freiwillige gab, die sich bereit erklärten, das Spitzmaulnashorn einzufangen. In Michaels Obhut befanden sich lediglich fünf Tiere, drei Kühe und zwei Bullen. Um sie zu schützen, wurde innerhalb des Reservats ein Hochsicherheitszaun um ein Gebiet von mehreren Quadratkilometern gezogen. Dort hatten die Nashörner so viel zu fressen, wie sie wollten, jede Menge frisches Wasser und einige Schlammlöcher. Und sie blieben von den Fallen, Gruben, Pfeilen und Gewehren der Wilderer verschont. Das einzige Problem war, dass sich die Tiere in dieser Schutzzone einfach nicht fortpflanzten.

»Wie haben alles versucht, aber es funktioniert einfach nicht«, hatte ein Ranger bei der monatlichen Besprechung geklagt. »Sie brauchen mehr Platz. Ich würde vorschlagen, dass wir sie in die Freiheit des Parks entlassen.«

»Sie würden Wilderern zum Opfer fallen«, hatte Michael zu bedenken gegeben.

»Was macht das für einen Unterschied?«, hatte ein anderer eingewandt. »Gewildert oder ohne Nachwuchs, das läuft am Ende auf dasselbe hinaus.«

Er hatte nicht ganz Unrecht gehabt. Michael hatte schließlich eingewilligt. »Also gut, zwei. Ein Bulle und eine Kuh. Die anderen lassen wir erst hinaus, wenn wir die Zäune instand gesetzt haben.«

Nachdem die Tiere in den Hauptpark entlassen worden waren, hatte Michael sie wie eine ängstliche Mutterhenne behütet. Die Nashörner machten es ihm nicht leicht, denn sie waren häufig an völlig unterschiedlichen Stellen unterwegs. Aber jeden Montag, an seinem freien Tag, hatte er das 50.000 Hektar große Reservat mit seinem Jeep durchforstet, und war dort, wo das Gelände zu steil war, zu Fuß gelaufen, bis er sich vergewissert hatte, dass es seinen Schützlingen gut ging. Auch während der restlichen Woche hatte er sie aufmerksam im Auge behalten, wenn er seine Routinepflichten erledigte.

Jemand anderes hatte sie ebenfalls sehr intensiv beobachtet und bald gemerkt, dass einer der Ranger jeden Montag durch das gesamte Reservat fuhr oder lief, bis er beide Tiere entdeckt hatte. Also hatte er seine Fallen an einem Dienstag ausgelegt. Und das erst seit kurzer Zeit trächtige Spitzmaulnashorn war unter unsäglichen Qualen am Donnerstag gestorben.

Das war der Grund, warum Michael nun mit Tränen in den Augen und kalter Wut im Herzen im afrikanischen Busch stand. »Ihr Schweine!«, stieß er schließlich hervor.

Dyson Mpande, sein Spurenleser, Assistent und bester Freund, schürzte die Lippen und pfiff leise. »Nur einer, *Nkawu*.« Dyson zeigte auf den Boden. »Dies ist das Werk eines einzelnen Mannes.«

Michael wischte sich mit dem Handrücken den Schweiß von der Stirn. »Du Schwein dann eben.«

»Sie verstehen das nicht.«

»Und ob sie das tun.« Michael biss die Zähne zusammen. »Vielleicht nicht, wenn es um etwas zu essen geht, aber sie wissen, dass es falsch ist.«

»Das Geld kommt von den Weißen.«

»Ich weiß«, antwortete Michael. »Aber das macht keinen Unterschied.«

»Die Weißen werden nie bestraft.«

»Nur weil sie mehr Erfahrung im Brechen von Gesetzen haben. Das arme Schwein, das das hier getan hat, hatte wahrscheinlich keine Wahl. Er konnte dem Geld nicht widerstehen.«

In der Welt von Afrika bleibt nicht viel zurück. Hyänen, Schakale, Geier und Ameisen hatten sämtliche Beweise vernichtet. Noch ein paar Tage, dann würde nichts mehr an die Existenz dieser Kuh erinnern. Michael blickt auf die traurigen Überreste hinab. Die Fallen lagen noch da. Zertrümmerte Steine, ausgerissene Sträucher und Bäume zeugten von den verzweifelten Bemühungen der Kuh, sich zu befreien. »Scheiße!«, schrie Michael laut.

Dyson verstand Michaels Enttäuschung. Diese Kuh war ihnen seit drei Jahren vertraut. Sie hatte sogar einen Namen gehabt. Betty Black. Als sie die Entscheidung getroffen hatten, zwei Nashörner in das Hauptreservat zu entlassen, hatte Michael bewusst Betty Black ausgesucht. Sie war die bösartigste unter den Kühen, die bei weitem aggressivste und daher, so hatte er geglaubt, auch die, die am ehesten überleben würde. Doch selbst Aggressivität schützte nicht gegen die Tücke eines Menschen – nicht, wenn er an sein Geld dachte.

Michael war sehr euphorisch gewesen, als Betty Black den Bullen in ihrem Revier duldete. Endlich konnte das Zuchtprogramm beginnen. Keinen Augenblick zu früh. Die Regierungszuschüsse für das Projekt wurden immer mehr gekürzt, und ohne finanzielle Unterstützung würde es, wie so viele andere, vermutlich bald sterben.

»Komm schon«, meinte Michael barsch. »Lass uns sehen, ob wir das Schwein erwischen können.« Sein Ärger richtete sich weniger gegen den Mann als gegen die missliche Lage des Spitzmaulnashorns. In früheren Zeiten hatte es diese gewaltigen Tiere in großen Mengen in Zululand gegeben. Heute, wo Farmen ihnen den Lebensraum nahmen, gab es sie nur noch in wenigen Reservaten. Und selbst da waren sie nicht sicher. Michael machte dem Wilderer eigentlich gar keinen Vorwurf. Und er wusste: Sollte er den Mann wirklich erwischen, würde er seiner Familie, die es ohnehin schwer genug hatte, ihren Lebensunterhalt zu verdienen, nur noch mehr Probleme bereiten. Aber Michael wusste auch, dass er ein Exempel statuieren musste, sonst würde diese ungeheuerliche Tat viele Nachahmer finden. Die Zulu mussten das verstehen. Sie konnten keine Nachsicht erwarten – schließlich sorgte sich die ganze Welt um die Artenvielfalt der Tiere, die in jedem Jahr um mindestens eine Spezies dezimiert wurde. Was aber, wenn die Zulu einst ihre Männlichkeit am Jagderfolg maßen? Die Welt veränderte sich, und die Bevölkerungsexplosion führte dazu, dass sie sich weiter veränderte. Aus der traditionellen Jagd war Wilderei geworden. Und damit mussten sich die Zulu abfinden.

Michael verdrängte sein Mitleid für das Volk, das große Mühe hatte, mit seinem veränderten Lebensstil zurechtzukommen. Wer immer diese Kuh auf dem Gewissen hatte, hatte sich unehrenhaft und habgierig verhalten. Als er wieder in den Jeep stieg, spürte er das Knistern von Papier in seiner Hemdtasche. Der Brief! Er hatte ihn noch nicht geöffnet. Er war von seiner Mutter. Er würde ihn später lesen.

Dyson schwang sich auf den Sitz neben ihm. »Er muss den Zaun zerschnitten haben.«

»Ja.« Michael startete den Motor. »Direkt in der Nähe seines Dorfes, wenn wir Glück haben.«

Dreißig Minuten später fanden sie die Stelle, wo der rautenförmige Maschendraht zerstört worden war. »Dieser blöde Idiot«, murmelte Michael. Das Loch war nicht repariert worden und war so groß, dass ein Löwe hindurchgepasst hätte. »Er wäre der Erste, der sich laut beklagen würde, wenn eine Raubkatze sein Vieh anfiele.«

»Jede Menge Fährten.« Dyson zeigte zu Boden. »Sie führen zum Dorf.«

Michael und Dyson stiegen aus dem Auto, kletterten durch das Loch im Zaun und gingen den letzten Kilometer bis zum Dorf zu Fuß. Der Wilderer war nicht schwer zu finden. Eine leere Flasche Zuckerrohrschnaps an der Tür zu seiner Hütte, ein brandneues Fahrrad, das an der Wand lehnte, und zwei volle Zehnliterfässer mit Petroleum deuteten darauf hin, dass der Besitzer gerade einen warmen Geldsegen genossen hatte. Sie fanden ihn in der Hütte, stockbetrunken. Seine Frau und seine Kinder sahen ängstlich zu und ahnten, dass sie einen schrecklichen Preis für ihren frisch erworbenen Wohlstand zahlen mussten. Dyson sprach mit dem Häuptling, der hartnäckig behauptete, keiner der Dorfbewohner wäre im Reservat gewesen und mit dem Horn eines Rhinozeros' zurückgekehrt. Aber als Michael ihm in fließendem Zulu androhte, das gesamte Dorf würde noch vor Sonnenuntergang vor Polizisten nur so wimmeln, wenn er nicht die Wahrheit sagte, besann sich der Häuptling eines besseren.

»War das Nutzen oder Ausnutzen des Systems?«, fragte Michael, nachdem der Wilderer verhaftet worden war.

Dyson zuckte unglücklich mit den Schultern. »Ein wenig von beidem.«

»Ich bin auch nicht begeistert darüber«, gab Michael zu. »Ich komme mir vor wie ein Tyrann.«

»Du hast es selbst oft genug gesagt, *Nkawu*. Es kann nur ein Gesetz geben.«

»Aber so ist es nicht, oder? Natürlich, wenn es gerade passt, aber meist ... Hör zu, ich habe einen Fehler gemacht. Ich habe eine Drohung ausgesprochen, gegen die der Häuptling keine Chance hatte.«

»Mach dir deswegen keine Vorwürfe. Der Häuptling wird daran gewöhnt sein.«

»Das ist nicht der Punkt, verdammt.« Michael war wütend auf sich selbst. »Ich hätte es besser wissen müssen.«

»Was hättest du sonst tun sollen? Du wolltest den Schuldigen bestrafen, ein Exempel statuieren. Wenn du es auf traditionelle Weise versucht hättest, hätte dir der Medizinmann jemanden genannt, auf den du alle Schuld hättest schieben können. Aber wir wissen beide, dass es nicht der *tatsächliche* Übeltäter gewesen wäre. Er hätte dir einen Unruhestifter genannt oder den am wenigstens produktivsten Mann, jemanden, den das Dorf gern loswerden wollte.«

Michael sah Dyson an, und ein Lächeln huschte über sein Gesicht. »Du hast Recht. Manchmal denkst du wie ein Weißer.«

»Danke«, antwortete Dyson trocken. »Du verstehst es, einen Mann aufzumuntern.«

Sie lachten und fühlten sich wohl zusammen, während das System, in dem sie lebten, seinen unstillbaren Hunger nach Rassenhass stillte. Sie gehörten beide zu den wenigen Südafrikanern, weißen und schwarzen, die sich einfach über dieses System hinwegsetzten. Aber das wurde zunehmend schwieriger. Auf beiden Seiten war jegliche Vernunft blankem Fanatismus gewichen. Dysons Verständnis für Michaels Verhalten war ein typisches Beispiel. Sie hatten schon häufig darüber nachgedacht, wo alles enden würde. Sie waren nie zu einem Ergebnis gekommen. Die Angelegenheit war viel zu kompliziert.

Michael und Dyson reparierten den Zaun, ehe sie ins Camp zurückfuhren, um dort Bericht zu erstatten. Danach trennten sich die beiden Männer. Dyson ging in das Quartier der Schwarzen, und Michael machte sich auf den Weg in seine Behausung.

Müde und frustriert zog er sich aus und warf seine Kleider zu Boden. Mit einem um die Hüften geschlungenen Handtuch ging er ins Waschhaus und duschte kalt und ausgiebig. Tropfnass kehrte er in sein Zimmer zurück und hielt unterwegs, um sich in der Küche ein Bier aus dem Kühlschrank zu holen. Er trank es direkt aus der Flasche, setzte sich aufs Bett, hob sein Hemd vom Boden auf und zog den zerknitterten Brief hervor. Er öffnete ihn und freute sich auf das sehnsüchtige Gefühl, das ihn bei den Worten seiner Mutter unweigerlich überfallen würde.

Der Brief war voller Neuigkeiten von Zuhause – der Farm war eine größere Zuckerertragsquote zugesagt worden; das Vieh erzielte gute Preise; Tante Anna machte sich Sorgen um Onkel Colins Gesundheitszustand; der alte Raj war schon wieder krank, und sein ältester Sohn Balram musste immer mehr Verantwortung übernehmen; Wilson und Nandis zweiter Sohn Jackson entpuppte sich als Tunichtgut. Von Joe schrieb Claire nichts. Das tat sie nie. Es war fast, als würde er nicht existieren. Aber sie hatte viel Neues über die Zwillinge und Gregor zu berichten. Sie schloss mit der Bemerkung, dass Tessa immer schwieriger würde.

Michael faltete den Brief zusammen und warf ihn aufs Bett. Lieber Himmel, dachte er. Sie verhält sich, als wäre es nie geschehen.

Tessa und Sally waren vierzehn, und damit acht Jahre jünger als Michael. Sie sahen sich dermaßen ähnlich, dass viele Leute Mühe hatten, sie auseinander zu halten, aber ihre Persönlichkeiten waren so unterschiedlich, als entstammten sie völlig verschiedenen Familien.

Von Anfang an hatte sich deutlich gezeigt, dass Sally

sanftmütig war und Tessa hart. Wenn Sally als Baby geweint hatte, um Aufmerksamkeit zu bekommen, so hatte Tessa gebrüllt. Als Kleinkind war Tessa die Dominierende gewesen, sie hatte über sämtliches Spielzeug geherrscht und, wenn gerade niemand hingesehen hatte, Sally durchaus auch mal ein wenig gezwickt oder gar gebissen.

Mit zunehmendem Alter waren die Unterschiede zwischen ihnen gravierender geworden. Sally bat, Tessa verlangte. Sally gab, Tessa nahm. Sally gab nach und entschuldigte sich bereitwillig; Tessa tat das nie, selbst dann nicht, wenn sie offensichtlich im Unrecht war. Sally war ehrlich, Tessa war hinterlistig.

Die Zwillinge waren sechs, als Gregor auf die Welt gekommen war. Sally vergötterte ihren kleinen Bruder und verbrachte Stunden mit ihm, in denen sie ihm vorlas und mit ihm spielte. Tessa hingegen zankte Gregor oft bis zu dem Punkt, an dem er frustriert zu schreien begann – oder sie ignorierte ihn.

Tessa kam früh in die Pubertät. Sie war kaum zwölf, als sich ihre Brüste zu runden begannen und die Körperbehaarung einsetzte. Nach Claires Briefen war Sally schon fast vierzehn, als ihr Körper sich zu verändern begann.

Vom ersten Tag an war Michael der Umgang mit Tessa schwer gefallen, und es war nicht zu übersehen, dass auch Gregor sie nicht besonders mochte. Aber Sally, die am meisten unter der Hinterlist, den Gemeinheiten und häufig sogar unter den handfesten Grausamkeiten ihrer Schwester litt, versuchte immer, sie in Schutz zu nehmen. Tessa selbst schien die Loyalität ihrer Zwillingsschwester für selbstverständlich zu halten, sah jedoch keinen Grund, sie zu erwidern.

Tessa war die Einzige in der Familie, die engen Kontakt

zu Joe hatte. Trotz seiner Alkoholabhängigkeit, seiner wechselnden Geliebten und seiner Wutausbrüche schien er sie zu faszinieren, und sie suchte häufig seine Gesellschaft. Wenn ihr Vater tobte und wütete, kicherte Tessa amüsiert. Wenn er betrunken war und aggressiven Unsinn von sich gab, hing sie an seinen Lippen. Sie schien von seinem exzessiven, häufig irrationalen Verhalten angezogen, und als sie älter wurde, versuchte sie Joe nachzueifern, obwohl offensichtlich war, dass ihr Vater allgemein als Versager galt.

Aber Joe reagierte auf die deutliche Zuneigung seiner Tochter. Ein Band bildete sich zwischen ihnen. Nicht dass er sie liebte. Das tat er nicht. Aber in einem Haushalt, in dem niemand versuchte, seine Abneigung gegen ihn zu verhehlen, war Tessas Bewunderung für alles, was er tat, Balsam für sein böses, angekratztes Ego. Außerdem sah er in seiner Tochter ein Verbindungsglied zu Claire, auch wenn er damit keine guten Absichten verband. Joe wusste, dass Claire über seinen Einfluss auf Tessa besorgt war, und ermunterte sie immer wieder, frech und aufsässig zu sein.

Tessa hielt sich für etwas Besonderes. Vor Sally prahlte sie, sie sei die Einzige, die Joe beherrschen könnte. Sie war viel zu jung, um zu erkennen, dass er sie lediglich benutzte, um Claire zu verletzen. Joe wusste genau, dass die Kinder Claires einzige Schwachstelle waren. Nichts sonst konnte sie aus der Bahn werfen.

Im Lauf der Jahre hatte Joe keinen Hehl mehr daraus gemacht, dass er mit jeder Frau ins Bett ging, die sich dafür hergab. Zunächst hatte er es nur getan, um seiner Frau wehzutun, aber er merkte ziemlich bald, dass sie das nicht im Geringsten kümmerte. Jetzt war er süchtig. Er war nicht wählerisch. Schwarz, weiß, alt, jung, verheiratet, alleinstehend, hübsch, hässlich – Joes Libido war unersättlich, und er nahm alles, was sich im bot.

Und selbst vor Tessa machte er nicht Halt, wie Michael schon vor drei Jahren herausgefunden hatte.

Die Erinnerung an diesen Tag hatte sich auf ewig in sein Gedächtnis eingebrannt. Manchmal fragte er sich, warum er es nicht hatte kommen sehen. Tessas Zügellosigkeit war nicht zu beherrschen. Sie war ständig herausfordernd, aufsässig, stritt ununterbrochen und weigerte sich, das zu tun, was man von ihr verlangte. Nur bei Joe machte sie eine Ausnahme. Ihre Pubertät war ein Albtraum aus Stimmungswechseln und Streitereien mit Claire. Michael war froh, dass er das meiste nur durch die Briefe seiner Mutter miterlebte. Mit zwölf wollte sie hohe Absätze und Lippenstift tragen. Mit dreizehn bekam sie einen Wutanfall, als Claire sich weigerte, ihr ein tief ausgeschnittenes schwarzes Kleid zu kaufen. Immer häufiger schien Tessa sich in Situationen zu verrennen, die weit über ihr physisches und emotionales Alter hinausgingen. Die Sache lief bereits, seit sie elf war.

Michael war erst neunzehn, als sein Leben, das seit der Rückkehr seines Vaters in den Grundfesten erschüttert worden war, völlig zerbrach. Er hatte durchaus schon von Inzest gehört. Aus irgendeinem Grund hatte er immer geglaubt, dass es das nur in den Hinterwäldern Amerikas gäbe. Nicht in Afrika. Nicht in Zululand. Nicht hier zu Hause. Nicht bei seiner elfjährigen Schwester.

Es war wie ein ständig wiederkehrender Albtraum, der nicht mehr verschwand. Und während andere Erinnerung mit der Zeit verblassten, blieb diese eine scharf umrissen und deutlich.

Claire war in die Stadt gefahren und wollte den ganzen Vormittag fortbleiben. Michael, der schon vor Sonnenuntergang mit dem Abbrennen eines Zuckerrohrfeldes beschäftigt gewesen war, sah ihr Auto gegen neun Uhr davonfahren. Die Zwillinge und Gregor hatten das Haus schon viel früher verlassen, um den Schulbus zu erreichen. Joe King schlief vermutlich den Whisky des vergangenen Abends aus, wenn er sich überhaupt die Mühe gemacht hatte, nach Hause zu kommen. Michael wusste es nicht.

Müde und schmutzig kam er um halb elf ins Haus zurück, um zu duschen und ein verspätetes Frühstück zu sich zu nehmen. Er hatte den Rest des Tages frei und spielte mit dem Gedanken, sich mit einer Gruppe Freunde am Strand zu treffen.

Wie üblich betrat Michael das Haus durch die Küche und stellte überrascht fest, dass die Hausangestellten – Gärtner, Hausmädchen und Bessie – alle zusammengelaufen waren. In ihren Gesichtern spiegelte sich eine Mischung aus Angst und Abscheu. »Was ist denn hier los?«, witzelte er. »Streikt ihr?«

Bessie schüttelte den Kopf. »Nein, *Nkosaan.*« Sie wich seinem Blick aus.

Michael sah sie scharf an. »Was ist los, Bessie? Wurde jemand verletzt?«

Sie schüttelte erneut den Kopf. »Nein, *Nkosaan.*« Angstvoll sah sie an Michael vorbei, dorthin, wo die Veranda zu Joes Zimmer führte.

Michael hörte ein Kichern. Es war ein kindlicher Laut, der ihm spontan und unkontrolliert vorkam. »Wer ist da bei ihm?«

Bessie hielt ein Geschirrtuch in den Händen und knetete es mit fahrigen, nervösen Bewegungen. »Tessa«, flüsterte sie, und die Tränen liefen ihr über die Wangen.

»Warum sollte Tessa ... sie ist doch in der Schule ...« Ein furchtbarer Gedanke schoss durch Michaels Kopf, und er sah Bessie entsetzt an. Die Erkenntnis brach in einem Wutschrei aus ihm heraus. »Jesus! Das Schwein! Nicht Tessa!«

Bessie blickt zu Boden, Schluchzer ließen ihren üppigen Körper erbeben.

Michael wirbelte auf dem Absatz herum und rannte aus der Küche auf die Veranda. Er riss die Tür zu Joes Zimmer auf. Sie waren im Bett. Joe hatte den Arm um Tessa gelegt, sie lehnte sich gegen ihn. In ihrer Hand hielt sie eine Flasche Scotch. Sowohl Joe als auch Tessa sahen Michael herausfordernd an, und noch während er wie gelähmt im Türrahmen stand, hob Tessa die Flasche langsam an ihre Lippen. Es war nicht diese Geste, auch wenn sie schockierend genug war. Es war die Tatsache, dass Joe kein Hemd anhatte. Tessa trug keine Schuhe und Strümpfe. Die Art und Weise, in der sie da zusammensaßen, hatte etwas so Intimes, und ihm war sofort klar, dass mehr dahinter steckte, als er jetzt sah.

»Geh sofort in dein Zimmer«, herrschte Michael seine Schwester an.

Sie kicherte, und an ihrem glasigen Blick konnte er erkennen, dass sie betrunken war.

»Bessie«, brüllte Michael. Er hätte nicht zu schreien brauchen. Bessie war bereits auf halben Weg zu ihnen. »Hol Tessa hier weg.«

Joe erhob sich mühsam aus dem Bett. Er konnte sich kaum auf den Beinen halten. »Raus hier. Verschwindet ... ihr alle. Das hier ist mein Zimmer.«

Bessie ignorierte ihn, packte Tessa am Arm und zog sie ziemlich unsanft vom Bett. Joe schwankte vorwärts, um sie aufzuhalten, aber Michael stellte sich zwischen sie. Joe schleuderte die Faust in Michaels Richtung und traf ihn am Ohr. Für seinen Zustand war es ein erstaunlich heftiger Schlag. Michael gab ihm einen Stoß, und Joe fiel hinterrücks aufs Bett. Michael drehte sich um, um Bessie und der sich heftig wehrenden Tessa zu folgen, und sah deshalb die Flasche nicht. Glücklicherweise verfehlte Joe sein Ziel. Das Geschoss flog weit vorbei und zerschmetterte an der Wand. »Trink noch einen Schluck«, meinte Michael mit zusammengebissenen Zähnen, ehe er die Tür hinter sich zuknallte.

Sie schoben Tessa ins Bad. »Stell sie unter die Dusche, aber kalt. Lass sie dort, bis sie wieder nüchtern ist. Ich schicke dir eines der Mädchen zu Hilfe.«

Bessie nickte grimmig und drehte den kalten Hahn auf. Tessa rutschte in voller Bekleidung an der Duschwand hinab und saß fast wie in Trance unter dem kalten Wasserstrahl. Jegliche Kampfeslust war aus ihr gewichen. »Mir ist schlecht«, jammerte sie, ehe sich ihr Körper gegen den Alkohol wehrte und sie sich übergab.

Michael ging in die Küche und bat eines der Hausmädchen, Bessie zu helfen. Er war viel zu erregt, um jetzt etwas essen zu können. Er ging wieder hinaus, unsicher, was er als Nächstes tun sollte. War es nur Whisky gewesen, oder hatte etwas noch Schäbigeres in Joes Zimmer stattgefunden? Was sollte er bloß tun?

Ganz plötzlich erschien Joe King auf der Veranda. In der Hand hielt er einen Gürtel, seine Augen funkelten vor Wut. Er sah fast wahnsinnig aus. »Ich werde dir jetzt eine Lektion erteilen, die du nicht vergessen wirst«, zischte er. »Du hast das schon lange verdient.«

Es war Jahre her, seit sein Vater ihn das letzte Mal mit einem Gürtel bedroht hatte. Michael verlor die Nerven, als er den Mann vor sich stehen sah, sein rotes Gesicht, seine blutunterlaufenen Augen, den vom Alkohol zerstörten Körper. Er ballte die Hände zu Fäusten und hielt sie ihm vor die Nase. »Dann komm«, sagte er leise. »Komm und wag es, du krankes Schwein.«

Mit erhobenem Gürtel, bereit zuzuschlagen, stürzte sich Joe King auf seinen Sohn. »Du kleiner Bastard. Du prüdes, kleines Arschloch.« Joe holte aus und schleuderte den Gürtel auf Michaels Kopf zu.

Michael wich zurück, drehte sich zur Seite, aber der Gürtel traf ihn dennoch. Blut floss aus seiner Wange. Es war ein böser Schlag, der ernsten Schaden hätte anrichten können. Joes Blick war wild, und Michael war plötzlich klar, dass dies ein Kampf um Leben und Tod war. Dass Joe völlig außer sich war. Wenn er könnte, würde Joe King ihn töten. Der Gürtel zischte wieder durch die Luft, und Michael ließ den rechten Arm vorschnellen, bekam das spröde Leder zu fassen und riss seinen Vater zu sich. Joe hatte den Gürtel um die linke Hand geschlungen, da seine Rechte immer noch nicht voll funktionstüchtig war. Als Michael ihn vorwärts riss, saß er in der Falle. Er versuchte sich notdürftig zu schützen, aber Michael ließ eine Abfolge von Schlägen direkt in das Gesicht seines Vaters niederprasseln und hörte erst auf, als sein Vater blutüberströmt zusammensackte. Angewidert trat Michael von dem leblosen Körper seines Vater zurück. Er schwitzte vor Anstrengung und vor Wut. Am liebsten hätte er ausgeholt und jegliches verbliebenes Leben aus dem Körper seines Vater getreten, die Brust so lange traktiert, bis das Herz aufhörte zu schlagen. Als Joe stöhnte und sich mühsam aufrichtete, kostete es Michael jedes Fünkchen Willenskraft, sich umzudrehen und fortzugehen. Doch zuvor hinterließ er Joe noch eine deutliche Warnung. »Solltest du dich je wieder in Tessas Nähe wagen, bringe ich dich um.«

Michael ging wieder ins Haus. Er konnte es nicht ertragen, mit seinem Vater unter demselben Himmel zu sein. Bessie kam gerade aus Tessas Zimmer. »Sie schläft jetzt gleich, *Nkosi.*«

Michael registrierte, dass Bessie ihn *Herr* nannte, anstatt die Verkleinerungsform *Nkosaan* zu benutzen. »Hat sie noch etwas gesagt?«

»Nein, *Nkosi.* Nur, dass ihr schlecht wäre.«

Nachdem Bessie in der Küche verschwunden war, lief Michael erregt im Wohnzimmer auf und ab. »Was jetzt?« Er musste fort von hier, um nachzudenken. Er konnte sich nicht konzentrieren; in seinem Kopf herrschte ein einziges Durcheinander aus Bildern und Fragen. Was sollte er seiner Mutter bloß sagen? Natürlich wusste Claire, dass Tessa kein Engel war, aber wenn sie je erfuhr, was sich heute hier abgespielt hatte, würde sie ihres Lebens nicht mehr froh werden. Ob Tessa ihr etwas erzählen würde? Was war mit den Bediensteten? Wie sollte er die zum Schweigen bewegen?

Michael wusste, dass ihm das nicht gelingen würde. Bis zum Abend würde jeder auf UBejane Bescheid wissen, und das konnte er nicht verhindern. Er könnte zur Polizei gehen, seinen Vater verhaften lassen. Aber dann würde die ganze Gegend davon erfahren. Die Situation musste begrenzt bleiben. Aber wie?

Er fuhr sich mit zitternden Händen durchs Haar, ignorierte den Schmerz seiner aufgerissenen und blutenden Fingerknöchel. Denk nach! Verdammt, denk nach!

Bessie kam zu ihm in die Lounge. »Mr. King ist fort.«

»Gut. Ich hoffe, er bleibt es für immer.«

Sie nickte, wollte noch etwas hinzufügen, ließ es dann aber bleiben und wandte sich zum Gehen.

Michael hielt sie auf. »Bessie, was soll ich jetzt tun?«

»Ich weiß es nicht«, antwortete sie leise. »Ich habe so etwas noch nie erlebt.«

»Nein«, stimmte er ihr zu. »Das habe ich auch nicht. Ist das schon einmal vorgekommen?«

»Zwei Mal.«

»Warum zum Teufel hast du mir nichts davon erzählt?«

Bessie zuckte mit den Schultern. »Was hätten wir denn tun können? Als ich versucht habe, Miss Tessa zur Rede zu stellen, sagte sie, dass ginge mich nichts an. Sie meinte, ich hätte schließlich keine Beweise.« Bessie sah Michael ernst an. »In ihr ist das Böse, *Nkosi*. Sie ist schlecht, genau wie ihr Vater.«

Michael stimmte ihr zu. »Ich werde mit meiner Mutter sprechen, Bessie. Tessa muss weg von hier.«

»Ja. Das wäre das Beste. Aber wie wird Mrs. King das verkraften?«

Michael schloss die Augen. *Ja, wie sollte seine Mutter es verkraften?*

Bessie ging wieder in die Küche zurück. Als Michael, der in Gedanken versunken war, einige Minuten später aufsah, stand Tessa in der Tür. »Bitte lass Mutter mich nicht fortschicken«, schluchzte sie. »Bitte, Michael. Ich könnte es nicht ertragen, in ein Kloster zu gehen. Es wird bestimmt nie wieder vorkommen. Er hat mich dazu gezwungen. Es war nicht meine Schuld.«

Oh Gott. Michael betrachtete sie. Sie war doch noch ein Kind. Tessa rieb sich die Augen, weinte und bekam einen Schluckauf.

»Bitte hilf mir«, flehte sie. »Ich weiß, dass es falsch war. Ich werde dieses Zeug nie wieder trinken.«

Michael ließ sich ein wenig erweichen. *Ist das alles? Joe ist durchaus fähig, Tessa betrunken zu machen, um seinen eigenen unstillbaren Rachedurst zu befriedigen. Oh Gott, hoffentlich ist das alles.*

Aber Tessas nächste Worte bestätigten seine schlimmsten Befürchtungen. »Ich wollte diese Dinge nicht tun. Er hat mich dazu gezwungen.«

Zorn und Hass überkamen Michael. Seine Stimme zitterte, als er angestrengt versuchte, sie normal klingen zu lassen. »Was für Dinge, Tessa?«

Aber mehr bekam er aus seiner Schwester nicht heraus. Ihr Gesicht wurde starr, und sie zuckte mit den Schultern. »Blöde Dinge. Nichts eigentlich.«

Michael wusste, dass er nicht mehr in Erfahrung bringen würde. »Du darfst nie, nie wieder in sein Zimmer gehen. Hast du das verstanden?«

Sie nickte. »Bitte, schickt mich nicht fort. Bitte, Michael.«

Nachdem sie in ihr Zimmer verschwunden war, fuhr sich Michael ratlos mit der Hand über die Augen. Hatte er das Richtige getan? Er wusste, dass er mit der Situation völlig überfordert war. War er zu nachsichtig gewesen? Hatte er gerade einen Fehler gemacht? Tessa schien ziemlich verstört zu sein, aber Michael schätzte, das kam mehr von der Angst, man könnte sie aus dem Haus weisen. Konnte er ihr wirklich trauen?

Verstand sie die Tragweite dessen, was sie getan hatte? Tessa war sehr exessiv bei allem, wozu sie Lust hatte, was ihr einfiel. Sie war maßlos, hatte ständig Grenzen übertreten. Ihr Körper reifte zwar heran, aber war sie vielleicht gar nicht in der Lage einzusehen, welches Unrecht sie getan hatte?

Verzweifelt wünschte er sich, mit seiner Mutter sprechen zu können, aber sie würde noch für Stunden in der Stadt sein. Er spähte bei Tessa durchs Schlüsselloch. Sie schien tief und fest zu schlafen, eng zusammengerollt, Inbild kindlicher Unschuld. Plötzlich hatte Michael das dringende Bedürfnis, das Haus zu verlassen. Er bat Bessie, Tessa im Auge zu behalten, und fuhr zum Strand. Er brauchte jetzt ein wenig Gesellschaft, Menschen, die fröhlich und unbeschwert waren und keine finsteren Geheimnisse hüteten. Er brauchte den warmen Indischen Ozean, um den Schmutz seines Vaters abzuwaschen. Er wollte nicht länger über das Unfassbare nachdenken. Er war schließlich erst neunzehn – er wollte sich wie neunzehn fühlen.

Der lange, sanft geschwungene Strand war leer, bis auf seine Freunde, ihre Hunde und zwei Pferde, die auf einem Grasstreifen weideten. Michael parkte den Landrover, zog Hemd und Schuhe aus und machte sich mit einem Handtuch über der Schulter auf den Weg hinab zu den anderen, die um ein Feuer herumsaßen. Leute begrüßten ihn, aber er hörte es kaum. Ein Mädchen, Jennifer Bailey, die ihm schon seit einiger Zeit nicht mehr aus dem Kopf gehen wollte, sah ihn kommen. Sie lächelte und winkte. Normalerweise wäre er gleich zu ihr gegangen. Sie würde bald fortgehen, zur Universität, und die gemeinsame Zeit mit ihr war kostbar. Jetzt fühlte er sich zu unsauber, um sie mit seiner Gegenwart zu belästigen.

»Hey, Junge. Wo bleibst du denn?«

»Wir grillen gerade ein paar Würstchen. Setz dich zu uns.«

»Hi, Michael.«

Michael grüßte kurz, warf sein Handtuch in den Sand

und rannte zum Wasser hinunter. Er sprang in die Wellen und schwamm mit langen kräftigen Zügen hinaus. Als er allein im Ozean schwamm, ließ Michael den Tränen des Schocks und des Abscheus endlich freien Lauf, die ihm schon seit einer halben Stunde in den Augen brannten. Er schämte sich sehr für seine Schwester und seinen Vater. Er fühlte sich beschmutzt, als hätten ihre Schandtaten auch auf ihn abgefärbt. Wie sie da zusammengesessen hatten, hinter verschlossener Tür, trinkend. Es war zu eng, zu intim, zu geheimnisvoll gewesen, um unschuldig sein zu können. Oh Gott, wie sehr wünschte er sich, es wäre unschuldig gewesen. Aber er wusste, dass es das nicht war.

Am Strand winkten sie ihm zu; jemand hielt ein Würstchen in die Luft, um ihn zurückzulocken. Aber Michael wollte noch ein wenig allein sein.

Zwanzig Minuten später kehrte er zum Strand zurück, gefasst, gereinigt, und nur seine roten Augen verrieten, dass etwas nicht in Ordnung war. Niemand nahm davon Notiz. Die meisten hatten ebenfalls rote Augen, vom Salzwasser. Jennifer Bailey reichte ihm eine Gabel mit einem aufgespießten Würstchen.

»Danke.«

»Wir dachten schon, du kämst nicht mehr.«

Michael blickte in den weiten blauen Himmel. »Es ist ein wunderbarer Tag. Ich musste mich abkühlen.«

Irgendwer reichte ihm eine Flasche Limonade.

Jennifer nahm ihn zur Seite. »Was ist los?«

»Nichts.«

»Es ist doch etwas.«

Er sah in ihr frisches, unschuldiges Gesicht. Blonder Pferdeschwanz, klare haselnussfarbene Augen, strahlend vor Lebensfreude. Was würde sie von ihm denken, wenn er ihr die Wahrheit erzählte? »Ich habe doch gesagt, es ist nichts. Hör bitte jetzt auf, ja?«

Er wich einen Schritt zurück, aber sie folgte ihm. »Dich beschäftigt etwas, das merke ich doch.«

Oh Jesus! Wenn ich es dir doch nur sagen könnte.

»Komm schon, Michael. Wir sind schließlich Freunde.«

Er wurde jetzt ungeduldig. »Könntest du jetzt bitte still sein. Es geht dich verdammt nochmal nichts an.«

Das verletzte sie. »Also gut.« Sie warf den Kopf nach hinten und ließ ihn stehen.

Er hatte sich geirrt. Offenbar war er in keiner Stimmung für Gesellschaft. Aber er konnte auch nicht allein sein. Wenig später warf er einen Blick auf die Uhr. Seine Mutter müsste jetzt zu Hause sein. Er verabschiedete sich kurz und verließ den Strand. Noch während er den Hang zu seinem Auto hinaufstapfte, hörte er eines der Mädchen Jennifer fragen, was mit ihm los wäre.

»Woher soll ich das wissen?«, schnappte Jennifer. »Vielleicht ist er mit dem falschen Fuß zuerst aus dem Bett aufgestanden.«

Claire war vor wenigen Minuten zurückgekommen. Als Michael die Küche betrat, erzählte Bessie ihr gerade, dass Tessa früher aus der Schule heimgekommen sei, weil sie sich nicht wohl gefühlt hätte, und nun schliefe.

»Mutter, ich muss mit dir sprechen.«

»In einer Minute, Darling. Ich will nur schnell nach Tessa sehen.«

»Tessa geht es bestens. Sofort Mutter.«

Claire sah ihn überrascht an. »Dann komm mit ins Büro.«

»Nein. Nandi ist noch da. Draußen.«

Michael wartete, bis sie aus dem Haus waren. Claire

schwieg geduldig. Was immer ihren Sohn beschäftigte, sie wusste, dass er es ihr sagen würde, wenn die Zeit reif wäre.

»Als ich heute Morgen nach Hause kam, habe ich Tessa in Joes Zimmer erwischt. Sie waren beide betrunken.«

»Was? Wie kann das denn sein? Sie ist doch erst elf.«

»Das ist noch nicht alles.«

Claire fuhr sich mit zitternden Fingern an die Lippen. »Was denn noch?«, flüsterte sie.

»Ich glaube, zwischen den beiden spielt sich noch etwas anderes ab.«

»Sei nicht albern«, meinte Claire unwirsch. »Wie kannst du so etwas sagen?«

Michael legte ihr die Hände auf die Schultern und sah ihr ins Gesicht. »Ich habe keine Beweise«, erklärte er ruhig. »Es war die Art, wie sie zusammen im Bett saßen. Wenn es nicht schon passiert ist, dann wird es bald passieren. Du musst sie von ihm fern halten.«

Claire wich verärgert zurück. »Diesen widerwärtigen Schmutz werde ich mir nicht länger anhören. Wie kannst du so etwas auch nur denken, Michael? Tessa ist doch noch ein Kind.«

»Sie wird erwachsen. Und du weißt, wie sie ist.«

Seine Mutter hielt sich die Ohren zu. »Hör auf. Hör sofort auf. Dein Vater ist ein Trunkenbold, kein Kinderschänder. Joe würde so etwas nie tun. Niemals.«

Michael zog die Hände seiner Mutter fort. »Um Himmels willen, Mutter, hör mir zu. Du kannst das nicht einfach ignorieren. Alles kann passieren, wenn sie betrunken sind. Du musst etwas unternehmen, ehe es noch weiter geht. Tessa sollte in ein Kloster gehen.«

»Ich werde meine Tochter nicht fortschicken«, erklärte

Claire hartnäckig. »Diese Dinge ... diese grässlichen Anschuldigungen ... wie konntest du nur, Michael? Ich weiß, dass du Joe hasst, aber das geht wirklich zu weit.«

In dem Moment begriff Michael, dass *er* von UBejane fort musste, ehe er verrückt wurde. Die ganze Verantwortung für die Farm – und nun dies. Er wollte gern jung und frei sein. Solange seine Mutter auf seiner Seite gestanden hatte, war er einigermaßen klargekommen, aber jetzt? »Zieh den Kopf aus dem Sand, Mutter.« Er war nun ebenfalls wütend. »Es gefällt mir genau so wenig wie dir.«

»Dann vergiss es«, zischte sie. »Tu dir selbst einen Gefallen und mach eine Weile Ferien. Ich komme hier schon allein zurecht.«

»Morgen«, antwortete er knapp. »Ab morgen bin ich weg.«

»Gut. Und Michael, komm nicht zurück, bis du diesen Unsinn aus dem Kopf hast.«

Michael wusste, dass sie nie wieder darüber sprechen würden. Niemals mehr.

Ehe er die Farm verließ, musste er sich noch von Dyson verabschieden. Am Gesichtsausdruck seines Freundes erkannte er, dass sich die Gerüchte über Tessa bereits herumgesprochen hatten.

»Meine Tasche ist gepackt«, erklärte Dyson. »Ich komme mit dir.«

Michael schüttelte energisch den Kopf. »Das kannst du nicht. Du bist ein Schwarzer.«

Dyson warf seine Tasche in den Landrover. »Ich dachte, wir könnten es mit Umfolozi probieren. Die Verwaltung des Wildparks ist ständig auf der Suche nach erfahrenen Rangern und Spurenlesern.« Er stieg neben Michael ins Auto.

Michael stützte sich mit beiden Armen auf das Lenkrad

und schaute Dyson an. »Du könntest doch kein Nashorn von einem Nilpferd unterscheiden.«

»Das weiß ich.« Dyson sah starr geradeaus.

»Du könntest ... Himmel, Dyson, du hast doch Angst vor Löwen.«

»Und?«

Michaels Niedergeschlagenheit löste sich ein wenig. Es tat gut, dass sein bester Freund ihn begleiten wollte. »Und?«, wiederholte Michael grimmig. »Dann sind wir schon zu zweit. Wir müssen jetzt nur noch andere vom Gegenteil überzeugen.«

»Das überlasse ich dir«, meinte Dyson gelassen. »Du bist schließlich Weißer.«

Die Erinnerung war noch immer sehr lebendig, vor allem wenn er solche Briefe erhielt. Bisher war er noch nicht in der Lage gewesen, sich der Wahrheit dieses Tages zu stellen, nicht einmal aus der Ferne. Michael trank sein Bier. »Vielleicht wird es Zeit, dass ich wieder nach Hause zurückkehre.« Zum ersten Mal seit drei Jahren war dies eine angenehme Vorstellung.

Er nahm den Brief wieder zur Hand. Claire hatte nie auch nur eine Andeutung gemacht, dass Michael zurückkommen sollte. Wieso hatte er also auf einmal ein schlechtes Gewissen? Herrje, dachte er. Ich bin fast dreiundzwanzig, das Projekt ist gescheitert, und, ja, ich vermisse UBejane. Es ist höchste Zeit, dass ich meinen Kopf aus dem Sand ziehe und dass etwas passiert. Wenn Tessa immer noch verrückt spielt, werde ich dafür sorgen, dass sie in ein Kloster geht.

Michael suchte ein Paar Shorts heraus, zog sie an und

machte sich auf die Suche nach Dyson. Zusammen gingen sie zum Fluss hinab. Auf dem flachen Felsen unter dem Schatten eines Baumes, mit Blick auf das träge an ihnen vorbeifließende, schlammige Wasser, hatten sie schon häufig über die Unbilden der Welt gesprochen hatten.

»Ich glaube, es wird Zeit, dass ich für eine Weile nach Hause fahre.«

Dyson lächelte. »Gut. Ich vermisse meine Familie auch.«

Michael warf ihm einen verdrießlichen Blick zu. »Du Glücklicher.«

»Tessa?«, fragte Dyson. Er und Michael hatten nie über jenen Tag gesprochen.

»Ja. Sie macht Mum sehr zu schaffen.«

»Sie ist jetzt vierzehn, nicht wahr? Wie Jackson. Er macht meinen Eltern auch große Sorgen. Er umgibt sich mit schlechten Leuten.«

»Okay.« Michael schaute den Fluss hinauf. »Ich werde am Freitag kündigen.«

»Was wird aus deiner Arbeit hier?«

»Was soll daraus werden. Sie ist so gut wie fertig. Es gibt keine Gelder mehr.«

»Wann brechen wir also auf?«

»Du musst nicht aufbrechen.«

Dyson sah ihn nur an.

»Du hast Recht. Du musst aufbrechen.«

»Wann?«, wiederholte Dyson.

»Ich würde sagen: je eher, desto besser. Ende des Monats. Mit Betty Black ist das Projekt ebenfalls gestorben.«

»Es gibt noch andere Nashörner im Reservat.«

Michael seufzte. »Klar. Aber wenn wir sie freilassen, damit sie sich fortpflanzen können, werden sie getötet. Die neuen Zäune werden erst in zwei Jahren fertig sein, aber diese Schweine würden sie ohnehin einfach zerschneiden. Ich soll das Spitzmaulnashorn vor dem Aussterben bewahren, aber ich kann ihnen nicht mal einen Lebensraum schaffen, in dem sie sich ungehindert fortpflanzen können. Es ist frustrierend.«

»Wie wäre es, wenn wir uns für einen größeren Sicherheitsbereich einsetzen würden?«

»Ich höre schon die Einwände. Das Problem kommt immer wieder auf unsere mangelnden finanziellen Mittel zurück. Die Regierung möchte gern demonstrieren, dass sie etwas zum Schutz der Tiere tut, aber sie ist nicht bereit, wirklich Geld dafür zu zahlen.« Michael sah Dyson düster an. »Wie viel schlimmer muss es noch werden, bis sie die Ernsthaftigkeit der Lage einsehen?«

»Du hast dein Bestes getan«, meinte Dyson. »Es wird andere Projekte geben.«

»Dann sollten sie sich beeilen. Es wird bald kein einziges Spitzmaulnashorn mehr geben.«

Dyson hob einen Kieselstein auf und warf ihn in den Fluss. »Das ist es nicht, was dir Sorgen macht.«

»Nein«, gab Michael zu. »Es ist meine wunderbare Familie.«

»Geh zurück und versuch es noch einmal. Vielleicht hat sich dein Vater ja geändert.«

»Ja. Und der Leopard hat seine Flecken verloren. Glaubst du das wirklich?«

Es hatte keinen Zweck, mit Michael zu argumentieren. Dyson wechselte Thema und Sprache. »Die mit dem Haar, das glänzt wie der Mond. Wie steht es bei ihr mit *hlobonga*?«

Trotz seiner düsteren Stimmung boxte Michael Dyson in

die Rippen und lachte. »Weiße Frauen machen kein *hlobonga.*«

Das wusste Dyson natürlich, aber er tat trotzdem schockiert. »Hau! Die weiße Frau lässt dich alles tun, als wäre sie deine Frau?«

»Alles oder nichts. Es gibt nichts in der Mitte.«

»Und auf welcher Seite der Mitte befindest du dich?«

Michael grinste. »Was wird aus deinen Treffen?« Er wechselte rasch das Thema.

»Welche Treffen?«

»Komm schon, Dyson. Die Versammlungen, zu denen du zweimal im Monat gehst. Glaubst du, ich wüsste davon nichts?«

Dyson sah ihn an. »Ich habe keine Ahnung, wovon du sprichst.«

Michael beugte sich zu ihm herüber. »Und ob du das tust. Du weißt genau, was ich meine.« Er legte eine Hand auf Dysons Arm. »Sei vorsichtig, mein Freund. Hier ist das alles kein Problem, aber wenn du dich einer Gruppe in Empangeni anschließt, wird die Polizei davon erfahren.«

Sanft schüttelte Dyson Michaels Hand ab und stand auf. »Mach dir um mich keine Sorgen, *Nkawu*, ich tue, was ich tun muss, aber ich bin immer vorsichtig.«

Michael erhob sich ebenfalls. »Du spielst mit dem Feuer. Der Afrikanische Nationalkongress und der Pan-Afrikanische Kongress sind verboten worden, seit nach Sharpeville der Ausnahmezustand ausgerufen wurde.«

»Ich bin bei beiden kein Mitglied«, antwortete Dyson leise.

»Nein? Ich habe gehört, dass sie sich zersplittert haben, mehr radikale Gruppierungen zugelassen haben«, antwortete Michael. »Manche von ihnen sind ziemlich gefährlich.«

Sie machten sich auf den Rückweg in die Behausungen. »Du bist nicht in etwas Schlimmes verstrickt, oder?«, fragte Michael.

Dyson blieb abrupt stehen. »Worüber machst du dir Sorgen?«

Michael dachte erst nach, ehe er antwortete. »Hör zu, wenn du versuchst, Freiheit mit Gewalt zu erzwingen, woher willst du dann wissen, dass es nicht auf euch zurückschlägt? Die Apartheid kann keinen Bestand haben. Bald werden ökonomische Sanktionen erfolgen. Hab nur Geduld.«

Dyson lachte zynisch. »Und wieso merkt man davon noch nichts? Wie lange müssen wir noch leiden?«

»Ich sage nur, sei vorsichtig. Wenn du inhaftiert wirst, kann dir niemand helfen.«

»Ich weiß.« Dyson ging weiter. »Und es ist so, wie ich sagte. Ich bin immer vorsichtig.«

Michael wusste, dass er Dysons Meinung nicht würde ändern können. Er hoffte nur, dass sein Freund bei der Sicherheitspolizei keine Aufmerksamkeit erregte. Spätestens nach Sharpeville hätte sich die südafrikanische Polizei mäßigen müssen. Es war eine Schande gewesen. Neunundsechzig Menschen, darunter Frauen und Kinder, tot. Die meisten von ihnen waren hinterrücks erschossen worden, als sie einem Kugelhagel vor der Polizeistation zu entfliehen versuchten. Anstatt beschämt zu sein, stürmte die Polizei später das Krankenhaus, wo ungefähr 150 verletzte Menschen behandelt wurden, und verhaftete alle: Die Polizei schien außer Kontrolle, vermutlich mit Pretorias Unterstützung.

Sie trennten sich vor dem Lager. Michael machte sich auf die Suche nach der mit dem Haar, das glänzt wie der Mond.

Sie war die Tochter eines älteren Rangers, zwanzig Jahre alt, sehr attraktiv. Sie musste die Zeit überbrücken, bis sie nach Übersee gehen konnte. Sie wollte keine feste Beziehung, dürstete nach Leben und Michaels Körper, in dieser Reihenfolge. Sie erfüllte Michaels Zwecke perfekt.

Kapitel sieben

Zwei Wochen später, es war ein Sonntag, fuhren sie durch das Tor der UBejane-Plantage.

»Habe ich dir ja gleich gesagt«, antwortete Dyson, als Michael feststellte, in welch gutem Zustand die Farm war. Dyson war in den vergangenen drei Jahre mehrfach hier gewesen. »Hier läuft alles wie von selbst.«

»Umso besser«, meinte Michael trocken.

Dyson sagte nichts mehr. Er war viel zu sehr damit beschäftigt, sich über die Heimkehr zu freuen.

Mit wachen Augen nahm Michael alles in sich auf. Die Wege waren sehr gepflegt, die Grasstreifen an den Seiten frisch gemäht. Das Tor zwischen den Zuckerrohrfeldern und den offenen Viehweiden hatte man durch ein Eisenrost ersetzt. Neue Pflanzungen waren angelegt worden, große Bewässerungskanäle mit Schleusen, die den Wasserzufluss kontrollierten, gigantische Sprühanlage für die Bewässerung von oben. Aus der Ferne sah das Haupthaus aus, als wäre es frisch gestrichen. Michael war sich nicht sicher gewesen, ob es richtig gewesen war heimzukehren, aber es war auf jeden Fall ein schönes Gefühl, wieder hier zu sein.

Ehe er seinen Job bei der Verwaltung des Nationalparks gekündigt hatte, hatte Michael kurz darüber nachgedacht, sich ganz auf den Artenschutz zu konzentrieren. Das hätte eine zusätzliche Ausbildung erfordert, wahrscheinlich sogar einen Universitätsabschluss. Ein paar Tage lang hatte er sich damit beschäftigt, die Vor- und Nachteile der zwei sehr verschiedenen Tätigkeiten gegeneinander abzuwägen. Es war eine sehr wichtige Zeit gewesen, von der sein restliches Leben abhing. Die Vorstellung, für immer für den Naturschutz zu arbeiten, war sehr verlockend. Die Arbeit machte ihm Spaß, und er war von ihrer Wichtigkeit überzeugt.

Am Ende waren zwei Aspekte ausschlaggebend gewesen für seine Entscheidung, nach Hause zurückzukehren. Es war unschwer zu erkennen, dass auf Südafrika große Probleme zukamen. Die Chance, dass die Mehrheit im Lande sich weiterhin damit abfinden würde, sich von einer weißen Minderheit regieren zu lassen, war gering. Die Regierung war wahnsinnig, wenn sie glaubte, sie könnte auf Dauer einzig zum Wohle der weißen Bevölkerung handeln. Und nun ignorierte sie auch noch den wachsenden Druck der Weltöffentlichkeit. Es würde Unruhen geben, so viel war klar. Und wenn dies geschah, würden die ohnehin schwindenden Mittel für Naturschutzprojekte mit hoher Wahrscheinlichkeit ganz eingefroren werden. Der andere entscheidende Faktor war ganz einfach die Verlockung, selbstständig zu arbeiten, eigene Entscheidungen zu treffen, danach zu handeln und mit ihnen zu siegen oder unterzugehen.

Claire hatte UBejane inzwischen in eine Handelsgesellschaft umgewandelt. Sie hielt fünfzig Prozent der Anteile, die Bank fünf und jedes Kind zehn Prozent. Joe King war Mitglied des Verwaltungsrates, ebenso wie Michael, auch wenn seine Mutter im Augenblick als Bevollmächtigte seine Interessen wahrnahm. Die Zwillinge und Gregor würden vermutlich ebenfalls dem Beirat angehören, sobald sie einundzwanzig wurden. Michael wusste, dass die Mädchen keinerlei Interesse an Zuckerrohr oder Viehzucht hatten. Tessa würde vermutlich die Lichter der Großstadt ansteuern, sobald sie konnte. Sally hatte nur einen sehnlichen Wunsch: Sie wollte Balletttänzerin werden. Und Gregor war noch viel zu jung, um zu wissen, was er wollte. Er hatte noch zehn Jahre Schule vor sich, und wie Claire in ihren Briefen geschrieben hatte, hörte er lieber Radio oder las, anstatt sich mit landwirtschaftlichen Problemen zu beschäftigen.

Es könnte ein gutes Leben werden, und wenn Joe King sich fern hielt, sogar eines, das Spaß machte.

Michael bog auf die Straße, die zur Zulu-Siedlung führte, und Dyson zeigte ihm den Weg zu dem hübschen Ziegelhaus seiner Eltern, das vor zwei Jahren für sie gebaut worden war. Die Sieldung war nicht wieder zu erkennen. Die Bienenstockhütten waren verschwunden, ebenso die Kraleinfriedungen aus sorgfältig verwobenen jungen Ästen und Zweigen. Die traditionellen Kochstellen waren fort, ebenso die Getreidespeicher aus Gras. Das Einzige, was noch an früher erinnerte, war der zentrale Platz in der Mitte, aber selbst der war inzwischen von hölzernen Bänken umgeben und hatte seine Ursprünglichkeit vollkommen verloren. Die Siedlung ähnelte nun den indischen Baracken, und Michael fragte sich laut, ob die Zulu das so haben wollten.

»Natürlich«, antwortete Dyson. Die Frage erstaunte ihn. »Warum sollten sie es nicht wollen? Es ist doch viel bequemer so.«

»Ich schätze, ich bin einfach ziemlich altmodisch. Mir hat die Siedlung gefallen, wie sie früher war.«

»Aber du, mein Freund, brauchtest auch nicht in ihr zu leben.«

»War es denn so schlimm?«

Dyson lachte über Michaels erstauntes Gesicht. »Nein, natürlich nicht. Wir vermissen auch einiges.«

»Fortschritt!« Sie sprachen das Wort gemeinsam aus, und Dyson fügte hinzu: »Ein notwendiger Schritt nach vorn ist nicht unbedingt ein tatsächlicher Schritt nach vorn.«

Michael grinste. Dyson mochte solche Wortspielereien.

»Da ist mein Vater.« Wilson kam aus dem Haus gelaufen, als er das Auto heranfahren hörte.

Michael hielt an und sah lächelnd zu, wie Dyson und sein Vater sich begrüßten. Dann kam Wilson Mpande auf den Wagen zu. »Ich sehe Sie, *Nkosi*.«

Michael lachte und stieg aus, um den *induna* von UBejane zu begrüßen. »Nennen Sie mich nicht *Nkosi*. Ich bin weder ein Häuptling noch ein König.«

»Vielleicht nicht in Ihrem Herzen, Master Michael, aber in unserem sind Sie der Häuptling von UBejane.«

»Ich bin zurückgekehrt, um zu bleiben«, erklärte Michael ihm. »Lassen Sie mich den Titel zumindest erst verdienen.«

Wilson nickte anerkennend. »Dieser Tag wird schon bald kommen, *Nkosi*. Ersparen Sie uns das umständliche Hin und Her von zwei Namen.« Augenzwinkernd wandte er sich wieder an Dyson. »Und du, mein Sohn. Kommst du auch an diesen Ort zurück?«

Dyson blickte zu Boden. »Im Augenblick ja.«

Wilson presste die Lippen aufeinander und sagte dann kurz: »Wir werden später darüber sprechen.« Dann sah er wieder zu Michael herüber. »Möchten Sie das Vieh in Augenschein nehmen, *Nkosi*?«

Trotz der formellen Sprache hörte Michael Stolz heraus. Wilson liebte das Vieh auf UBejane ebenso leidenschaftlich wie sein eigenes. »Mein Vieh ist in den Händen eines Mannes, der es wie sein eigenes behandelt. Ich würde diesen Mann nicht beleidigen, indem ich als Erstes seine Arbeit kontrolliere. Es stimmt, ich kann kaum erwarten, mein Vieh zu sehen, aber es drängt mich ebenso, meine Mutter zu begrüßen. Ich würde lieber bis morgen warten.«

»Danke, *Nkosi*«, sagte Wilson herzlich. »Werden Sie etwas Bier mit uns trinken?«

»Ein anderes Mal, Wilson, wäre es mir ein Vergnügen.«

»Recht so. Ihre Mutter hat lange genug gewartet.«

Ein großer junger Mann kam auf Dyson zu und begrüßte ihn ohne allzu große Begeisterung. Dyson hingegen war hoch erfreut. »Sieh nur«, sagte er zu Michael. »Sieh nur, wie groß mein Bruder geworden ist.«

Michael sah den muskulös gebauten Zulu an, der ihn mit ausdruckslosem Gesicht anstarrte. »Jackson? Das kann nicht wahr sein! Du bist ja ein richtiger Mann.« Der Junge musste etwa im selben Alter sein wie die Zwillinge, aber in den drei Jahren, seit Michael ihn zum letzten Mal gesehen hatte, war aus dem dickbäuchigen Kind ein strammer Teenager geworden. Er streckte die Hand zum Gruße aus.

»Die Zeit ist nicht stehen geblieben«, antwortete Jackson kalt und ignorierte Michaels ausgestreckte Hand.

Michael erinnerte sich, dass es ihm nie gelungen war, an Dysons Bruder heranzukommen. »Das ist wahr. Ich muss mich beeilen, sonst sind aus meinen Schwestern Frauen geworden.«

Dyson und sein Vater lachten. Jackson tat das nicht. Er musterte Michael noch einmal abschätzend, dann drehte er sich um und rannte davon.

»Ich muss meinem kleinen Bruder ein paar Manieren beibringen«, sagte Dyson rasch und versuchte seine Verlegenheit zu überspielen.

Michael klopfte ihm auf die Schulter. »Dein Bruder ist heißblütig und stolz. Ein echter Zulu. Das ist bestimmt keine Schande. Sei nicht zu hart mit ihm, mein Freund.«

Aber er sah die Sorge in Wilsons Augen, als er Jackson nachschaute.

Als Michael die Farm verlassen hatte, war Gregor ein kleiner Junge von fünf Jahren gewesen. Der schlaksige barfüßige Junge, der sich über das Verandageländer schwang, um ihn zu begrüßen, war nicht der Bruder, den Michael in Erinnerung hatte. Er war immer ein eher kränkliches Kind gewesen, aber jetzt schien er vor Gesundheit nur so zu strotzen. Das dunkelblonde Haar hing ihm über die Augen, sein schlanker Körper war gebräunt, die Arme und Beine muskulös. Michael ging auf ihn zu, um ihn hochzuheben, doch dann besann er sich eines Besseren und streckte stattdessen die Hand aus. Aber Gregor warf sich ihm entgegen und schlang beide Arme um die Hüften seines großen Bruders. »Ich wusste, dass du es bist«, jubelte er. »Ich wusste es.«

»Hallo, kleiner Bruder. Ich sehe, dass du schon bald zum Mann wirst. Du wächst so schnell, dass ich dich kaum wieder erkannt habe.«

Gregor lächelte glücklich über dieses Kompliment. Da es keine Vaterfigur in Gregors Leben gab, war Michael immer der Ersatz gewesen, zu dem Gregor aufschaute und dem er zu gefallen versuchte. »Bist du für immer nach Hause gekommen?«

»Kommt darauf an. Ich hoffe es.«

Gregors Blick zeigte Michael, dass sein Bruder verstanden hatte, was er meinte. Er würde so lange bleiben, wie er seinen Vater ertragen konnte.

Eine Tür flog auf, und Claire King erschien auf der Veranda. »Michael! Ich glaube es nicht! Was für eine wunderbare Überraschung. Warum hast du uns nicht geschrieben, dass du kommst?«

Michael sprang die Stufen hinauf und umarmte seine Mutter. Dann hielt er sie ein Stück von sich und schaute sie an. Sie war alt geworden. Die ruhigen grauen Augen strahlten ihn glücklich an, aber in ihren Tiefen sah er auch eine große Erleichterung. »Wie lange kannst du bleiben?«

»Für immer, wenn du einverstanden bist.«

»Wird auch Zeit«, sagte sie kurz angebunden.

Obwohl Claire so gleichgültig tat, konnte Michael genau erkennen, wie froh sie in Wahrheit war. Seine Mutter trug nun schon seit mehr als zwanzig Jahren die alleinige Verantwortung für UBejane. Um ihre Augen und ihren Mund hatten sich feine Linie eingegraben. Sie sah müde aus. »Trägst du schon eine Brille?«

Claire lachte. »Noch nicht. Aber ich muss mich darum kümmern, jetzt, wo du zurück bist.«

Michael schüttelte den Kopf. »Wo sind die Mädchen?«

»Sally ist drüben auf Kingsway. Tessa hat die letzte Nacht bei einer Freundin in Empangeni verbracht. Sie werden beide heute Abend wieder hier sein.«

Michael achtete auf einen Unterton, auf eine versteckte Botschaft in den Worten seiner Mutter, konnte aber nichts heraushören. »Ich freue mich darauf, sie wiederzusehen«, sagte er.

»Sally wird außer sich sein vor Glück«, meinte Claire und gab Michael damit den Hinweis, auf den er gewartet hatte.

»Gut.« Michael wappnete sich innerlich. »Und Joe?«

Gregor war hinzugetreten. Süffisant antwortete er: »Besoffen, wie immer. Wahrscheinlich unterhält er gerade seine neueste Gespielin. Sie ist zur Abwechslung schwarz.«

»Gregor!«, ermahnte Claire ihn, aber es klang nicht sehr streng.

»Manches ändert sich eben nie«, antwortete Michael. Er war nicht sonderlich überrascht. In der Vergangenheit hatte er sich häufig gewünscht, Joe würde mit einer seiner farbigen Frauen erwischt. Es war ein Verbrechen, für das er im Gefängnis landen konnte. Andererseits, vielleicht auch nicht. Er war Mitglied des elitären Klubs der Weißen und würde womöglich mit einem Fingerklopfen davonkommen, während die arme Frau den weitaus höheren Preis zahlen würde.

»Komm herein«, sagte Claire. »Der Tee müsste gleich fertig sein.«

»Ich hole meine Sachen. Welches Zimmer?«

»Wie früher.« Sie lächelte. »Es ist alles noch so, wie du es verlassen hast.«

Während Michael auspackte, ließ er seine Gedanken schweifen. Die äußere Gelassenheit seiner Mutter war eine seltene Gabe, die sie perfekt beherrschte. Er war sich nicht sicher, ob sie damit geboren war oder sie aus Notwendigkeit erlernt hatte, aber er war froh, dass es so war. Eine emotional weniger gefestigte Frau wäre schon vor vielen Jahren zusammengebrochen. Seine Mutter ging mit Unannehmlichkeiten um, als würden sie nicht existieren. Jahrelang hatte sie sich so verhalten, als gäbe es Joe nicht. Bei den seltenen Gelegenheiten, in denen sie unbedingt mit ihm hatte sprechen müssen, betrunken oder nüchtern, hatte sie Joe immer mit höflicher Gleichgültigkeit behandelt. Ihren Briefen nach zu urteilen, verhielt sie sich Tessa gegenüber ähnlich. Sie ignorierte die Wahrheit und tat so, als wäre mit dem Mädchen alles in Ordnung. Michael war sich nie sicher gewesen, ob seine Mutter schwach war oder unglaublich stark. War sie tatsächlich so gefasst, wie es nach außen schien, oder quälten sie unausgesprochene Ängste, die sie an jedem einzelnen Tag ihres Lebens belasteten?

Joe King erwachte mit einem grässlichen Kater und einer Erektion. Als er mühsam die Augen öffnete, sah er Tageslicht. Wann war er denn im Klub gewesen? War das heute gewesen oder gestern? Er erinnerte sich daran, dort weggegangen zu sein, und zwar zu ... oh ja, zu einem seiner Freunde, unter dem Vorwand, ein sonntägliches Gläschen mit ihm zu trinken. Zumindest hatte er das seinen Kumpanen erzählt. In Wahrheit hatte er eines seiner Hausmädchen besucht.

Du bist ein Idiot, dachte er bei sich. Eines Tages wirst du noch erwischt.

Joe hatte keine Ahnung wieso, aber er fand Sex mit einer farbigen Frau oder mit der Frau eines anderen wesentlich erregender als eine zu vögeln, die frei war, weiß und über sechzehn. Eine Frau mit nach UBejane zu bringen war noch ein zusätzlicher Kitzel. Claire bildete sich ein, man würde ihr ihren Kummer nicht anmerken, aber Joe konnte es an ihren Augen sehen.

Die Frau an seiner Seite regte sich. Joe schaute sie uninteressiert an, aber das Pochen in seinen Lenden ließ sich nicht verleugnen. Als er fertig war, rollte er sich von ihr herunter und setzte sich auf die Bettkante. »Zieh dich an und verschwinde«, meinte er barsch. Sie langweilte ihn. Am Anfang war es noch aufregend gewesen, und die Illegalität ihres Zusammenseins hatte ihm genau die Stimulierung verschafft, die er brauchte. Aber seit der Kitzel, gegen das Gesetz zu verstoßen, nachgelassen hatte, war Lena so erregend wie ein verdammter Sack Kartoffeln.

So war es immer. Alkohol machte ihm abends jede Frau attraktiv. Wenn er morgens verkatert erwachte, erwartete ihn die meist bittere Realität. Lena war nichts Besonderes, sie war das Risiko nicht wert und, um es genau zu sagen, eine Nervensäge. Wenn er sich recht erinnerte, hatte sie keine große Wahl gehabt. Joe entsann sich vage, ihr damit gedroht zu haben, der Polizei einen Hinweis zu geben, dass sie keinen gültigen Pass besaß. Es war eine Drohung, die fast immer funktionierte, denn ohne dieses wichtige Dokument wurden alle farbigen Südafrikaner in das von der Regierung bestimmte Homeland verwiesen, wo sie mit einem unterhalb des Existenzminimums liegenden Lebensstandard zurechtkommen mussten.

Das Bett quietschte, als Lena sich erhob, dann hörte Joe das Rascheln ihrer Kleider. »Morgen?«, fragte sie gleichgültig.

»Nein.«

Ihr Gesicht zeigte keinerlei Regung. »Du willst nicht?«

Joe schüttelte den Kopf. »Es ist vorbei.«

Schulterzuckend verließ die Frau das Zimmer. Sie musste über die Veranda gehen, an dem Zimmer vorbei, in dem Claire sich möglicherweise aufhielt. Joe freute sich diebisch. Er hoffte, dass seine Frau da sein würde. Eine Tür schlug, dann hörte er eine Männerstimme auf Zulu. »Halt, junge Frau. Wo wollen Sie hin?«

Lenas leise Antwort war unhörbar für Joe.

»Bessie hat heute ihren freien Tag«, sagte der Mann.

Joe fragte sich, wer das wohl sein könnte. Er hörte Schritte auf der Veranda, dann vernahm er die Stimme wieder. Sie klang sehr ärgerlich. »Warum lässt du dir das gefallen, Mutter? Ich werde dem ein für alle Mal ein Ende bereiten.«

Michael! Joe zuckte zusammen. Er sprang auf, klammerte sich an das Bettgestell, um das Gleichgewicht zu halten, als ihn Schwindel überkam. Vorsichtig bewegte er sich zum Ankleidetisch und schaute in den Spiegel. Er gab einen erschrockenen Laut von sich, als er sich sah, und fuhr sich mit der Hand über sein Stoppelkinn. ›Jesus Christus‹, dachte er. ›Wie sehe ich bloß aus!‹

Er stolperte zum Bett zurück und ließ sich fallen. Er stützte den Kopf in die Hände. Was war nur aus ihm geworden. Diese Reue nach seinen alkoholischen Exzessen war typisch. Er erlebte sie jeden Morgen. »Ich muss unbedingt mit dem Trinken aufhören«, stöhnte Joe vor sich hin. »Ich muss das unter Kontrolle kriegen, ehe es zu spät ist.« Mit bebender Hand suchte er unter dem Bett nach der Flasche. »Nur einen Schluck. Nur einen einzigen, damit das Zittern aufhört.« Der Alkohol wärmte seinen Bauch und dämpfte sofort die Übelkeit. »Das ist besser.« Er fühlte sich sogar so viel besser, dass er die ganze Flasche leerte. »Morgen höre ich ganz bestimmt auf. Dann fange ich ganz von vorne an. Stehe früh auf und kümmere mich um die Farm.« Er griff in die Nachtkommode und zog eine weitere Flasche hervor. »Letzter Tag«, murmelte er laut und schraubte den Verschluss ab. »Den sollte ich genießen.«

Joe King war in einem Teufelskreis gefangen, auch wenn er sich immer noch einbildete, jederzeit ausbrechen zu können. Wenn er betrunken war, war das Leben aufregend. Wenn er nüchtern war, hatte er bloß Kopfschmerzen. Dennoch glaubte er, alles unter Kontrolle zu haben, vor allem nach einigen Drinks, die das Zittern seiner Hände linderten.

Bis Joe es unter die Dusche schaffte, war er völlig betrunken und in hervorragender Laune. Er sang laut und falsch.

Nicht dass es jemanden gestört hätte. Ein Vorratsraum war schon vor längerer Zeit zu einem Bad umgebaut worden, und mit seinen Whiskygesängen belästigte Joe bestenfalls ein paar Hühner im Hühnerhaus.

Das Wasser ernüchterte ihn ein wenig. Nackt wankte er in sein Schlafzimmer zurück. Sonntag – ein typischer Sonntagnachmittag. Joes Stimmung war eine Mischung aus Aggression, Selbstmitleid und Trotz.

Er stand vor dem Kleiderschrank, suchte weiße knielange Shorts heraus, ein kurzärmeliges weißes Hemd, weiße Kniestrümpfe und braune Schuhe. Die Haut zwischen Socken und Shorts wies noch ein paar Narben von den Verbrennungen auf, als man ihn damals abgeschossen hatte. Es reichte, um sich interessant zu machen. Denn Joe hatte längst festgestellt, dass Frauen Kriegsverletzungen reizvoll fanden. Als er fertig angezogen war, betrachtete er sich im Spiegel und nickte. Er war zufrieden mit sich. Er würde nur kurz im Klub vorbeischauen, um zu sehen, was anstand. Devlin Rattigans Frau hatte ihm bereits ein paarmal heimlich zugezwinkert. Sie war normalerweise Sonntagnachmittag im Klub. Sie war ein bisschen dick, aber was machte das schon. Schließlich war er nicht hinter ihrem Aussehen her.

Er ging zurück ins Bad und spritzte sich eine Ladung Aftershave ins Gesicht; dabei hatte er sich nicht mal rasiert. Nach einem letzten Schluck aus der Whiskyflasche verließ Joe sein Zimmer.

Claire, Michael und Gregor saßen auf der Veranda. Joe ignorierte sie und ging über die Wiese zu seinem Auto, langsam und vorsichtig, wie einer, der nüchtern wirken wollte. Auf halbem Weg blieb er stehen, drehte sich um und brüllte: »Wenn du nach Hause gekommen bist, um Schwierigkeiten zu machen, Michael, kannst du sofort wieder verschwinden. Ab morgen führe ich die Farm.«

»Vergiss es«, meinte Claire, nachdem Joe davongefahren war. »Das verkündet er seit Jahren.«

»Es wundert mich, dass er sich noch nicht umgebracht hat«, bemerkte Michael kopfschüttelnd. »Wenn er in diesem Zustand Auto fährt.«

»Er hat halt das Glück eines Syphilis-Doktors«, meinte Gregor und grinste. Er wusste, dass seine Worte irgendwie unanständig waren, verstand aber nicht so recht wieso.

»Woher hast du denn diesen Ausdruck?«, fragte Claire entsetzt und reagierte damit genau, wie er es erhofft hatte.

»Mac.«

Michael und Claire sahen ihn ungläubig an.

Gregor erklärte es ihnen: »Es ist wahr. Mac hat es Raj beigebracht, und Raj hat es mir beigebracht.«

»Lieber Gott«, murmelte Claire. »Ein Frauen verachtender Sikh ist schon eine Plage an sich, ohne dass er auch noch zweifelhafte schottische Weisheiten von sich gibt.«

»Komm schon, Mutter. Gib zu, dass du das gern hast«, zog Michael sie auf.

»Doch nicht von einem Achtjährigen!« Aber Claire lächelte.

Sie hörten das Motorrad bereits, ehe es in Sicht kam. »Das wird Sally sein«, meinte Claire.

»Sally!« Es fiel Michael schwer, sich die sanfte Sally auf einem Motorrad vorzustellen.

»Es hat Colin gehört. Sie darf auf den Farmwegen damit fahren. Sie ist sehr vorsichtig.«

»Ganz im Gegensatz zu Tessa«, trompete Gregor. »Sie hat kürzlich versucht, damit über den Swimmingpool zu springen. Natürlich ist es ihr nicht gelungen. Vier Männer waren nötig, um das Motorrad wieder aus dem Wasser zu holen. Jetzt lässt Mom sie gar nicht mehr fahren.«

Eine schwere alte BSA 250 kam in Sicht. Sie sah viel zu groß aus für Sally, aber sie brachte sie sicher zum Stehen. »Sie haben mir erzählt, dass du wieder zu Hause bist«, jubelte sie und kam die Stufen heraufgerannt. »Herrje, Michael, es tut so gut, dich wiederzusehen.«

Michael verlor fast das Gleichgewicht, als sie sich an seinen Hals warf. »Wer sind *sie*, die jeden meiner Schritte zu kennen scheinen?«

»Die Hausangestellten.« Sally trat zurück und sah ihn an. »Sie wissen immer alles im Voraus. Bin ich gewachsen? Bitte sag, dass ich gewachsen bin.«

Michael musterte sie kritisch von oben nach unten, während Sally von einem Bein aufs andere hopste und auf sein Urteil wartete. Schließlich grinste er. »Gewachsen und erwachsen. Meine Güte, was bist du für eine hübsche junge Lady. Es ist ein Vergnügen, dich im Arm zu halten.«

Sally kicherte.

»Hast du einen Freund?«

Sie wurde rot. »Nein.«

»Tessa?«

Sally schaute auf ihre Füße. »Hunderte.«

Michael erschauerte und sah seine Mutter nicht an.

»Ist Tessa schon zurück?«, fragte Sally.

»Noch nicht, Darling.«

»Super! Dann kann ich also zuerst ins Bad.« Sie verdrehte die Augen in Michaels Richtung. »Warte nur ab. Tessa hinterlässt immer ein einziges Chaos.«

»Aber nicht bei mir.« Michael versuchte, ein ernstes Gesicht zu machen. »Sonst benutze ich sie als Schrubber.«

Sally kicherte, aber ihre Stimme klang nicht belustigt, als

sie antwortete: »Ich glaube nicht, dass Tessa das mit sich machen lassen würde.«

Es war bereits dunkel, als Tessa nach Hause kam. Sie stürmte ins Esszimmer, wo die anderen gerade ihr traditionelles Sonntagabend-Curry gegessen hatten. »Tut mir Leid, dass ich zu spät bin. Aber es ist nicht meine Schuld. Janets blöde Mutter hat den Autoschlüssel verloren. Ich hatte ein super Wochenende und hab auch schon gegessen. Jetzt muss ich schnell meine Schulaufgaben fertig machen. Ich muss einen Englischaufsatz schreiben, den ich ganz vergessen hatte.« Als sie sich zum Gehen wandte, fiel ihr Blick kurz auf Michael.

»Tessa!«, meinte Claire mit scharfer Stimme.

»Ja?« Ihre Stimme klang trotzig.

»Du könntest wenigstens deinen Bruder begrüßen.«

»Wieso?«, fragte sie verächtlich. »Er mag mich nicht, und ich mag ihn nicht.«

Da hat sie nicht Unrecht, dachte Michael. Er wunderte sich, wie Tessa Sally so ähnlich sehen und dennoch so völlig anders sein konnte. Sie hatten dieselben Züge, aber Sally besaß immer noch die Weichheit der Jugend. Tessas Gesicht war hart, eckig und wirkte um Jahre älter.

Sie warf den Kopf in den Nacken und stolzierte aus dem Zimmer, ohne Michael noch eines Blickes zu würdigen.

Claire hob entschuldigend die Hände. »Es tut mir Leid.«

»So ist unsere Tessa«, meinte Gregor altklug.

»Es macht nichts.« Michael zuckte mit den Schultern. »Sie wird schon zu sich kommen.«

»Da wäre ich mir nicht so sicher«, prophezeite Gregor düster.

Später an diesem Abend, als alle schliefen, saßen Claire und Michael noch zusammen auf der Veranda, unterhielten sich leise und nippten an ihrem Brandy. »Ich bin so froh, dass du hier bleibst, Michael. Raj und Wilson geben ihr Bestes, aber die landwirtschaftlichen Methoden verändern sich, und wir können es uns nicht leisten zurückzustehen. Sie sind zufrieden damit, alles so zu machen, wie es immer war.«

»Die Farm sieht sehr gut aus. Arbeitest du immer noch aktiv mit?«

»Eigentlich nicht. Manchmal muss ich das tun, aber du kannst dir vorstellen, wie Raj das findet. Ich mache mir Sorgen um ihn. Er wird langsam alt, und das merkt man ihm an. Ich habe ihn gebeten, Balram mehr Verantwortung zu geben, aber du weißt ja, wie er ist – er lässt sich von einer Frau nichts sagen. Balram führt inzwischen die Plantage fast selbstständig, aber Raj will die Sache einfach nicht aus der Hand geben. Er ist jeden Tag draußen, bei jedem Wetter, und sieht nach dem Rechten. Der Mann macht alle verrückt. Er mischt sich sogar in die Werkstatt-Angelegenheiten ein. Ich hatte in drei Jahren drei Mechaniker, und der letzte, Derek, droht mir auch schon wieder mit der Kündigung, weil Raj ihn ständig maßregelt. Ich habe versucht, mit ihm zu reden, aber ...« Sie zuckte mit den Schultern. »Vielleicht kannst du noch einmal mit ihm sprechen, Michael. Auf dich wird Raj vielleicht hören.«

»Macht Joe jemals einen Finger krumm, um zu helfen?«

»Selten. Er droht es uns immer mal wieder an, wie an diesem Nachmittag, aber ...« Ihre Stimme erstarb.

»Was ist los mit dem Mann, Mutter?«

Er hörte seine Mutter leise seufzen. »Ich wünschte, ich wüsste es, Darling. Ich kann dir nur sagen, dass er sich verändert hat, seit er aus dem Krieg zurückgekehrt ist. Ich hatte immer gehofft, dass er im Laufe der Zeit wieder normal würde, aber stattdessen wird alles nur noch schlimmer.«

»Ich erinnere mich an den Tag seiner Rückkehr, als wäre es erst gestern gewesen. Er war entsetzlich aggressiv, und so ist er geblieben. Du hast am Anfang ja noch versucht, zu ihm zu stehen, aber niemand kann dir verübeln, dass du ihn irgendwann aufgegeben hast. Das Problem muss doch schon früher ersichtlich gewesen sein.«

»War es wohl auch.« Claire klang unsicher. »Aber er hat immer hart gearbeitet. Die Arbeiter haben ihn geschätzt. Und er hat kaum einmal mehr als ein paar Bier getrunken. Dein Vater war immer nett und rücksichtsvoll. Ich habe ihn angehimmelt.« Sie holte tief Luft. »Ich gebe zu, dass er nie viel Zeit für dich hatte, aber viele Männer haben Schwierigkeiten mit Babys. Wenn nur der Krieg ...« Wieder geriet ihre Stimme ins Stocken, und der Satz blieb unvollendet.

»Warum hörst du nicht auf, ihm ständig Geld zu geben? Er gibt es nur für Whisky aus. Du machst das Problem damit nur schlimmer.«

»Aber das kann ich nicht, verstehst du das denn nicht? Alles, was wir haben, der Lebensstandard, den wir haben ... wenn Joe nicht wäre ...«

»Das ist doch Unsinn«, unterbrach Michael sie ungeduldig. »Wenn du jemandem zu Dank verpflichtet bist, dann bedank dich bei Großvater. Joe hat nichts weiter getan als auf die Welt zu kommen.«

»Ich kann es nicht ändern, Michael. Und auch wenn es jetzt eine Handelsgesellschaft ist, dieses Anwesen gehört Joe. So empfinde ich es. Vor dem Krieg war er gut genug für mich. Hätte man ihn dort nicht so schlecht behandelt ...«

»Hör auf, ihn ständig zu entschuldigen, Mutter. Ich weiß, dass er einiges mitgemacht hat, aber das ist nun fünfzehn Jahre her.«

»Können wir jetzt bitte über etwas anderes sprechen?« Claire ließ sich nicht überzeugen. »Es ist nun einmal geschehen, und ich komme damit zurecht. Lass es uns dabei belassen.«

»Okay.« Michael zögerte noch. »Dann lass uns jetzt über Tessa reden.«

»Muss das sein?«

»Du hast immer noch Probleme mit ihr. In jedem deiner Briefe hast du dich über ihre Eskapaden beklagt.«

»Sie ist schwierig, das gebe ich zu.«

Michael musste diese Frage stellen: »Hält sie sich von Joe fern?«

Claires Stimme wurde hart. »Dafür habe ich gesorgt. Ich werde es Joe nie verzeihen, dass er einer Elfjährigen Whisky eingeflößt hat.«

Sie sagte nichts zu Michaels anderen Ängsten, aber das hatte er auch nicht erwartet. »Und jetzt?«, fragte er.

Sie atmete langsam aus. »Tessa ist wild und ungestüm. Ich weiß, dass sie raucht, das kann ich in ihrem Zimmer riechen. Manchmal riecht ihr Atem auch nach Alkohol. Sie gibt Widerworte, ist unhöflich und aufsässig. Du weißt ja, wie sie früher war, aber das war nichts im Vergleich zu heute. Sie scheint uns alle zu hassen. Ich weiß es nicht«, Claire hob hilflos die Hände, »ich habe schon so oft versucht, mit ihr zu reden, aber sie lässt mich einfach stehen.«

»Gibt es denn niemanden, der Einfluss auf sie hat?«

Claire schüttelte den Kopf. »Nicht einmal Sally.«

»Und Freundinnen? Sie muss doch Freundinnen haben.«

»Nein, hat sie nicht. Janet, das Mädchen, bei der sie an diesem Wochenende war, ist ihre engste Freundin, aber Tessa benutzt sie nur, um hier rauszukommen. Ich bin mir sicher, wenn ich Janets Mutter anrufen würde, um mich zu erkundigen, warum Tessa so spät nach Hause gekommen ist, würde sie mir bestätigen, dass es nichts mit einem verlorenen Autoschlüssel zu tun hatte. Tessa hat ihre Heimkehr mit Absicht verzögert. Ich weiß, wozu sie imstande ist, Michael. Ich weiß bloß nicht, was ich dagegen tun kann.«

»Wie wäre es mit einem Kloster?«

»Daran habe ich natürlich auch schon gedacht. Das würde uns das Leben hier sicher erleichtern, aber, Michael, sie ist meine Tochter. Ich liebe sie. Ein Kloster würde Tessa todunglücklich machen.«

»Okay, sie ist meine Schwester, und auch wenn ich mich über sie ärgere, liebe ich sie wohl auch. Aber Mutter, wenn sie die Grenzen zu weit überschreitet, dann werden wir diese Klosterdiskussion wieder führen müssen, ob es sie unglücklich macht oder nicht. Sie kann mit ihren Eskapaden nicht unser aller Leben hier zerstören, so viel ist klar.«

Er spürte ihre Hand auf seinem Arm. »Ich bin so unendlich froh, dass du wieder hier bist, Darling. UBejane war viel zu lange ohne dich. Jetzt, wo du zu Hause bist, kann alles nur besser werden.«

Michael hörte die Erleichterung in ihrer Stimme, und er hoffte, dass sie Recht hatte. Aber alles, was er sagte, war; »Es tut mir Leid, dass ich so lange fort geblieben bin.«

»Es war meine Schuld«, antwortete sie leise. »Ich habe dich weggeschickt.«

Das war alles. Näher würde seine Mutter jenen unglückseligen Nachmittag vor drei Jahren nicht mehr an sich herankommen lassen.

Es hatte sich bald herumgesprochen, dass Michael zurück war. Er ging als Erstes in die Werkstatt zu Derek, der kurz davor stand, seine Arbeit hinzuschmeißen. »Geben Sie mir ein paar Wochen, und ich verspreche, dass Raj sich nicht mehr in Ihre Arbeit einmischen wird.«

Derek, der von Natur aus ein gutmütiger Mann war, nickte, ohne von seiner Arbeit aufzuschauen. »Also gut.«

Raj fand Michael beim Verladen der frisch geernteten Zuckerrohrstangen auf Schienenzüge. »Du meine Güte, Master Michael, du meine Güte. Ich sehe einen Mann vor mir.« Aufmerksam musterte Raj ihn. »Ihr seid länger fort geblieben, als ich denken kann.«

Michael klopfte ihm auf die Schulter. »Sie haben Recht, mein Freund, aber jetzt bin ich zurück, und ich sehe die vergangene Zeit auch demjenigen an, der vor mir steht.«

Raj war kein bisschen gekränkt. »Es stimmt, Master Michael. Der alte Raj sollte eigentlich zu Hause bleiben und die Füße hochlegen.«

Michael wusste, dass der alte Sikh tatsächlich mehr als reif war für den Ruhestand. »Was ist denn mit Ihrem Ältesten, mit Balram? Lassen Sie mich rechnen. Er müsste fast dreißig sein. Glauben Sie nicht, dass es höchste Zeit ist, dass er Ihre Arbeit übernimmt?«

Raj lächelte. Er freute sich über den Vorschlag, als sei nie zuvor jemand auf diese Idee gekommen. »Meine Güte ja, Master Michael. Mein Junge ist mehr als reif dazu.«

»Dann lassen Sie uns diesen Schritt vorbereiten. Er hätte

schon vor zwei Jahren stattfinden sollen. Warum haben Sie nicht auf meine Mutter gehört?«

Raj verzog hochnäsig das Gesicht. »Sie ist eine Frau.«

Michael lachte. »Ist das so? Das ist mir noch gar nicht aufgefallen.«

Raj machte eine typisch indische Geste, indem er den Kopf in Form einer Acht kreisen ließ. Es sah aus wie eine Verneinung, bedeutete aber das genaue Gegenteil. »Sie ist sehr gut, und ich denke besser als viele Männer.«

Aus Rajs Mund war das ein hohes Lob.

»Aber«, fuhr er fort, »ein neuer Verwalter bedeutet für viele mehr Arbeit, oder? Zumindest bis man weiß, dass man ihm vertrauen kann.«

Michael legte den Arm um die mageren Schultern des alten Inders und zog ihn kurz an sich. »Danke, Raj. Wir wissen Ihre Loyalität zu unserer Familie sehr zu schätzen. Sicher werden Sie sich schon bald über Langweile beklagen und Ihre Arbeit zurückerflehen.«

»Nein, nein«, widersprach Raj und lächelte. »Raj wird viel zu sehr damit beschäftigt sein, sich in Balrams Arbeit einzumischen.«

»Dann werden Sie also hier bleiben?«

»Wohin sollte ich sonst gehen, Master Michael? Hier ist mein Zuhause.«

»Dann müssen wir einen schönen Flecken für das Haus suchen, in dem Sie sich zur Ruhe setzen sollen«, meinte Michael und lächelte ebenfalls. »Irgendwo weit oben, wo Sie die ganze Farm im Blick haben.«

Rajs dünnes Gesicht strahlte vor Freude. »Ich wüsste schon einen Platz, Master Michael«, sagte er. »Einen sehr guten Platz.«

Michael lachte. »Darauf hätte ich wetten können«, antwortete er liebevoll. »Ich schätze, Sie haben ihn sich schon ausgesucht, als Sie zum ersten Mal hier waren.«

Raj spielte verlegen mit einem Ende seiner roten Schärpe, eine Geste, die Michael zeigte, dass der alte Mann noch etwas anderes auf dem Herzen hatte. »Es beschäftigt Sie etwas, Raj. Was ist es?«

»Lasst uns ein Stück gehen, Master Michael. Es gibt viel, was ich Euch zeigen möchte.«

Sie verließen die Männer, die den Zuckerrohr verluden, und gingen an den indischen Baracken vorbei in Richtung der Zuckerfelder. Michael spürte, dass Raj nach den richtigen Worten suchte. Schließlich brach es aus ihm heraus. »Es geht um Miss Tessa, Master Michael.«

Michaels Herz sank. Er nickte steif. »Was ist mit Miss Tessa?«

Raj blieb stehen. Er sah nun richtig elendig aus. »Ihr werdet sehr ärgerlich sein.«

»Wahrscheinlich«, gab Michael zu. »Was hat sie dieses Mal getan?«

Raj sah zu Boden. »Es ist mein jüngster Sohn, Master Michael.«

Du lieber Himmel! Was kam als Nächstes?

Raj fuhr fort. »Er hat heißes Blut, du meine Güte, ja. Er ist gerade erst achtzehn, Master Michael. Wie lange kann er ihr noch widerstehen? Ich habe schreckliche Angst um ihn, Master Michael. Die jungen Leute hören einfach nicht mehr.«

»Nun, auf das, was ich jetzt sage, sollte er besser hören.« Michael war plötzlich sehr, sehr ernst geworden. »Sagen Sie ihm, wenn er Tessa auch nur mit dem kleinen Finger berührt, dann gefährdet er die Zukunft seiner ganzen Familie auf UBejane.«

Raj war schockiert.

Michael bemühte sich um einen etwas milderen Ton. »Vielleicht gibt das Ihrem Sohn die Kraft zu widerstehen.«

Raj vollführte erneut eine Acht mit dem Kopf, als er merkte, dass Michael böse auf Tessa war und nicht auf seinen Sohn. Aber er musste noch etwas sagen. »Mein Sohn«, meinte er leise, »sollte nicht widerstehen müssen. Das Leben ist auch so schwer genug.«

»Ich nehme es Ihrem Sohn nicht übel, Raj. Ich kenne ihn, er ist ein guter Junge.«

»Aber was wollt Ihr tun?«, fragte Raj. »Sie ist ... sie hat ... Miss Tessa scheint nicht ...« Er brach abrupt ab. »Verzeiht einem alten Mann, Master Michael.«

»Ich höre, was Sie sagen, Raj. Meine Schwester hat die Moral einer Straßenkatze.«

»Es ist nicht so, dass sie schlecht wäre, Master Michael. Ich glaube nur, dass sie manche Dinge nicht versteht, die den meisten von uns in die Wiege gelegt wurden.«

Michael fand, dass dies Tessa überaus zutreffend charakterisierte. Er setzte sich wieder in Bewegung. »Überlassen Sie das nur mir, Raj. Ich werde mit ihr reden. Wenn alles nichts nützt, wird sie auf ein Internat gehen.«

In Rajs Gesicht stand nichts als tiefste Erleichterung.

Den restlichen Tag verbrachten Michael und Raj damit, die Zuckerrohrplantage zu inspizieren. Gegen drei Uhr nachmittags diskutierten sie ein Problem, das bei einer Pflanzen-Varietät mit dem Namen 310 auftrat. 310 brachte einen viel höheren Sucroseertrag, war dafür jedoch äußerst empfänglich für eine bestimmte Pilzkrankheit. Dann sah Michael plötzlich seinen Vater auf sie zukommen. Was zum Teufel wollte er?

Raj erblickte ihn ebenfalls, und nach seiner Miene zu urteilen, war auch er sehr überrascht.

Schon aus der Ferne begann Joe King zu brüllen: »Glaub ja nicht, du könntest einfach wieder auf meiner Farm auftauchen und hier das Regiment an dich reißen.«

»Verdammt!« Michael fluchte leise. Er wartete, bis sein Vater dicht vor ihm stand. »Irgendwer muss sich ja um alles kümmern.«

»Ich will, dass du von meinen Grund und Boden verschwindest«, tobte Joe.

Michael konnte seine Whiskyfahne riechen. »Trink doch noch einen Schluck«, schlug er sarkastisch vor.

Joe zog einen Flachmann aus der Tasche. »Gute Idee.« Er hob den Flachmann an den Mund, schwankte leicht und schaute Raj streitlustig an. »Sie erhalten Ihre Anweisungen immer noch von mir.«

»Ja, Sir.« Seinen Respekt bekundend tippte Raj sich an die Stirn.

Joe nickte zufrieden. »Gut.« Eine lange Pause folgte. »Also machen Sie sich wieder an die Arbeit«, sagte er schließlich. Dann fiel sein Blick auf Michael. »Merk dir das gefälligst. Das hier ist *meine* Plantage.«

Michael sah ihn wortlos an.

Der regungslose Blick seines Sohns verunsicherte Joe. Er drehte sich um und ging schwankend davon.

»Wie oft kommt er hierher?«, fragte Michael, als sein Vater außer Hörweite war.

»Nie, Master Michael. Ich kann mich nicht erinnern, wann er das letzte Mal hier war.«

Michael nickte langsam. »Da er sich wahrscheinlich ebenfalls nicht daran erinnern wird, werden wir auch vergessen, dass er heute hier war.« Er setzte sich in Bewegung, und Raj lief ihm eilig hinterher. »Kommen Sie, Raj. Wir müssen Balram suchen und ihm sagen, dass sein Vater zu alt ist, um weiter zu arbeiten.«

Raj gestattete sich ein kurzes Lachen. »Master Michael«, sagte er, »Ihr macht Euch lustig über einen alten Mann.«

»Mr. Raj«, antwortete Michael nur halb scherzend. »Sie haben lange genug für die Engländer gearbeitet, um zu wissen, dass wir uns nur über die lustig machen, die wir lieben.«

Sie machten sich auf die Suche nach Balram. Er beaufsichtigte gerade das Schlagen der reifen Zuckerrohrstangen. Es war eine schweißtreibende, schwere und schmutzige Arbeit, aber wenn das Abbrennen eines Feldes beendet war, blieben nur 72 Stunden, um das Zuckerrohr zu schlagen, zu bündeln, zu verladen und an die Mühle zu liefern, ehe der Sucrosegehalt sank und sich der Wert der Ernte drastisch verringerte. Balram trat zu ihnen und warf einen besorgten Blick zum Himmel. Regen drohte. Ein kurzer Schauer wäre kein Problem und würde eher zur Reinigung beitragen, aber ein länger andauernder Niederschlag könnte katastrophale Auswirkungen haben. »Willkommen zu Hause, Master Michael.«

Michael erwiderte den Gruß, sah aber sogleich, dass der Mann beschäftigt war. »Kommen Sie zum Haus, wenn Sie heute Abend fertig sind. Ich habe etwas Wichtiges mit Ihnen zu besprechen.«

Balram antwortete mit einem enthusiastischen Kopfkreisen.

Michael grinste. »Wie ich sehe, sind Sie mir voraus, so wie es sich für einen guten Verwalter gehört.«

Balrams Lächeln wurde breiter, aber dann blickte er besorgt zu den Zuckerrohrfeldern. »Wenn Ihr mich jetzt bitte entschuldigen würdet, Master Michael.«

Michael ließ ihn gehen. »Ein guter Mann und ein Sohn, auf den Sie stolz sein können«, sagte er zu Raj.

»Balram wird Euch nicht enttäuschen.«

Draußen auf der Straße konnten sie den Schulbus sehen. Er hielt vor dem Tor. »Ich werde jetzt mit Tessa sprechen«, sagte Michael zu Raj. »Ich schlage vor, dass Sie sich zurückziehen.«

Der alte Sikh sah ihn besorgt an. »Für meinen Sohn wird es keine Schwierigkeiten geben?«

»Nein«, versprach Michael ihm. »Aber ganz bestimmt für meine Schwester.«

Tessa sah ihren großen Bruder auf sich zukommen. Wie üblich waren Gregor und Sally ein gutes Stück vorausgelaufen und unterhielten sich über die Schule, Freunde oder was auch immer ihnen gerade in den Sinn kam. Tessa konnte nicht verstehen, was Sally an ihrem achtjährigen Bruder interessierte. Er war viel zu jung, um ernst genommen zu werden. Allerdings war Sally auch nicht besonders interessant. Sie hatte gerade erst bemerkt, dass es Jungs gab, und wenn man nur davon sprach, wurde sie schon rot und geriet ins Stottern. Tessa fragte sich manchmal, wie Sally wohl reagieren würde, wenn sie sie ein wenig in ihre eigenen Erfahrungen einweihen würde. Wahrscheinlich würde Miss Tugendhaft vor lauter Schreck tot umfallen. Mit gerunzelter Stirn sah sie Michael entgegen. Er kam so zielsicher auf sie zu, und Tessa konnte schon von weitem erkennen, dass er ihr etwas zu sagen hatte.

Was konnte er bloß wollen? Vielleicht hatte er eine Flasche Zuckerrohrschnaps in ihrem Zimmer gefunden oder die Zigaretten, die sie in ihrer Schublade versteckt hatte.

Vielleicht hatte er auch die Zeitschriften entdeckt, die sie unter die Matratze gestopft hatte. Hoffentlich nicht. Sie enthielten die sexuell anstößigsten Bilder, die sie je gesehen hatte. Schon der Anblick der Illustrationen erregte sie. Sie waren ihr vor Jahren in die Hände gefallen, als sie im Zimmer ihres Vaters herumgeschnüffelt hatte. Er hatte jede Menge davon hinten in seiner Schublade. Erst hatte sie das Ganze lustig gefunden, weil die Leute alle so töricht und würdelos aussahen. Sie hatte sich ein paar ausgeliehen, weil sie sie Sally zeigen wollte. Doch dann hatte Tessa sie mit in ihr Zimmer genommen. Als sie die Hefte durchgeblättert hatte, war sie zunächst verstört gewesen, dann neugierig, und dann hatte sie plötzlich so ein merkwürdiges Gefühl bekommen. Instinktiv hatte Tessa ihre Finger auf das Zentrum dieser pulsierenden Gefühle gelegt und erstaunt aufgeschrien, als sie davon stärker wurden. Ohne so richtig zu verstehen, was geschah, hatte sie masturbiert, bis sie einen Orgasmus bekam. Es war das Beste, was sie je erlebt hatte.

In ihrem ganzen Leben hatte Tessa alles, was ihr Spaß machte, immer übertrieben. Anfangs hatte sie sich einen abgeschiedenen Ort gesucht, um ihre wiederkehrende Lust zu befriedigen. Doch ihr junger Verstand begriff sofort, dass das, was sie in den Zeitschriften sah, noch heftigere Gefühle hervorrufen würde. Tessa hatte schon in sehr jungem Alter verstanden, dass Männer und Frauen dazu geschaffen waren, sich diese Gefühle gegenseitig zu verschaffen. Die Bilder in diesen Heften bestätigten ihr das nur. Und Tessa war mehr als bereit, es auszuprobieren.

Vor allem verband sie diese Dinge mit ihrem Vater und der endlosen Reihe Frauen, aus denen er keinen Hehl machte. An einem nebligen Sonntagnachmittag, als ihre Mutter mit Sally und Gregor an den Strand und Michael zum Fischen gegangen war, schlich sich Tessas an das Fenster ihres Vaters und sah fasziniert zu. Es war nicht ihr Vater, der sie so in Bann zog. Es war der Ausdruck von Ekstase im Gesicht der Frau, der sie so magisch anzog. Das, was Tessa an sich selbst machte, war großartig, aber dies hier war offenbar noch besser. Und ihr Vater war in der Lage, diese Verzückung herbeizuführen. Ohne sich dessen bewusst zu sein, begann Tessa mit ihm zu flirten.

Zunächst reagierte Joe mit amüsierter Gleichgültigkeit. Von all seinen Kindern war Tessa die Einzige, die ihn überhaupt zur Kenntnis nahm. Ihre plötzliche Koketterie tat er ab als etwas völlig Normales bei einem jungen Mädchen auf der Schwelle zur Frau. Er hatte keine Ahnung, dass seine Tochter vor Verlangen fast verging und sie sich kaum noch zurückhalten konnte. Eines Donnerstagnachmittags in den Schulferien jedoch, als sie beide allein zu Hause waren, kam sie in sein Zimmer und weckte ihn aus seinem Rausch. Wie immer hatte Joe eine Erektion, als er erwachte, und dann passierte es einfach.

Joe schob es auf den Whisky. Wenn er nüchtern gewesen wäre, wäre nichts geschehen. Insgeheim war er sich jedoch darüber im Klaren, dass Tessa genau gewusst hatte, was sie tat.

Die Erinnerung an jenen Nachmittag, das Wenige, was er noch wusste, erfüllte ihn mit tiefer Scham. Immerhin steckte noch so viel Anstand in ihm, um zu begreifen, dass er tiefer wohl nicht mehr würde sinken können. Er schwor sich, es nie wieder zu tun, und ging Tessa, so gut es ging, aus dem Weg. Und als er sich schließlich selbst eingeredet hatte, dass er sich alles nur eingebildet hatte, kam sie erneut zum falschen Zeitpunkt in sein Zimmer. Bis dahin war er nüchtern genug gewesen, um auf der Hut zu sein, doch bei dieser zweiten Gelegenheit war er stockbetrunken.

Als Michael sie vor drei Jahren ertappt hatte, war – außer mit dem Whisky – nichts passiert. Aber Joe wusste, worauf sie zusteuerten, weil er genug Alkohol konsumiert hatte, um alle Hemmungen zu verlieren.

Trotz seines Selbstekels fand Joe immer noch Entschuldigungen. Sie kam ihm nicht vor wie seine Tochter; er war kein Mitglied der Familie; sie war wie eine Fremde; sie sah ganz sicher nicht aus wie elf; eher wie sechzehn. Und eines war ganz klar: Tessa wusste genau, was sie tat.

Tessa wusste es, und sie wusste es nicht. Sie war eigensinnig, stets bereit, sich gegen alles aufzulehnen, voll aggressiver Gefühle, verstört durch die Pubertät und die verwirrenden Gefühle, die damit in Verbindung standen, und viel zu jung, um mit alledem klar zu kommen. Für sie bedeutete das egoistische, unberechenbare Verhalten ihres Vaters die Freiheit des Erwachsenseins. Es war ihr wichtig, von ihrem Vater anerkannt zu werden. Und dann waren da all die Verlockungen, die sie reizten, denen sie nicht widerstehen konnte. Bis zu einem gewissen Punkt wusste Tessa, was sie tat, aber sie war zugleich so hilflos wie eine vom Licht angezogene Motte.

Das Wort *Inzest* bedeutete Tessa wenig. Aber das Wort *vögeln* sagte ihr etwas. Es erregte sie bereits, wenn sie es nur aussprach. Als Michael ihr mit dem Kloster gedroht hatte, hatte sie gewusst, dass er es ernst meinte. Sie ließ ab sofort die Finger von ihrem Vater. Doch sie sah keinen Grund, warum sie deshalb keinen Spaß mehr haben sollte. Schon bald tuschelte man sich in der Schule zu, dass Tessa King leicht zu haben wäre.

Michael hatte Gregor und Sally inzwischen eingeholt. Tessa verzog das Gesicht, als sie sah, dass Sally ihre Hand in seine schob. *Blöde Gans!* Wie sie Michael vergötterte!

»Ihr zwei geht schon mal vor«, sagte Michael zu Sally und Gregor. »Ich muss mich ein wenig mit Tessa unterhalten.«

Tessa hörte, was er sagte. »Ich will mich aber nicht unterhalten«, rief sie schnippisch. »Dazu kannst du mich nicht zwingen.«

Mit einem Blick über die Schulter brachte Michael sie zum Schweigen. Sally und Gregor tauschten einen verwunderten Blick und gingen weiter. Tessas Schritte wurden langsamer, dann blieb sie stehen. Michael verließ die Straße und setzte sich auf den Grasstreifen am Rand. »Bitte.« Er zeigte neben sich auf den Boden.

Widerstrebend setzte sie sich zu ihm. »Ich kann jederzeit gehen.«

»Natürlich«, versicherte er. »Aber erst hörst du mir eine Minute zu.«

Er sah in ihr Gesicht. Die Zwillinge waren sehr hübsch, daran gab es keinen Zweifel. Dunkles, lockiges Haar, das Sally zu einem Pferdeschwanz zusammenband und Tessa frei auf die Schultern fallen ließ. Dunkle Augen. Sallys waren voller Wärme und Intelligenz. Tessas Augen dagegen waren kühl, abweisend und berechnend. Beide Mädchen hatten einen makellosen Teint, volle, perfekt geschwungene Lippen, hohe Wangenknochen und die aristokratische, hohe Nase ihres Vaters. Michael seufzte innerlich. Was war es bloß, das sie so unterschiedlich machte?

»Raj ist besorgt, weil du mit einem seiner Söhne flirtest!« Es hatte keinen Sinn, bei Tessa lange um den heißen Brei herumzureden. »Das lässt du ab sofort bleiben.«

Trotzig warf Tessa den Kopf in den Nacken. »Raj ist ein blöder alter Mann, der sich schon vor Jahren zur Ruhe hätte setzen sollen.«

»Raj«, berichtigte Michael ruhig, aber mit glasklarer Stimme, die keinerlei Widerspruch duldete, »ist kein blöder alter Mann. Er ist der Mann, der UBejane in den letzten drei Jahren ganz allein geführt hat. Er ist der Mann, der dafür sorgt, dass du etwas zu essen hast und Kleider am Leib. Er ist der Mann, dem du Respekt entgegenbringen wirst, oder, bei Gott, ich werde es dir höchstpersönlich beibringen. Ist das klar, Tessa?«

Wenn Michael die Geduld verloren und sie angebrüllt hätte, hätte Tessa damit umgehen können. Sie hatte früh gelernt, dass Männer dann am verwundbarsten waren, wenn sie emotional aus dem Gleichgewicht gerieten. Sie schaute in Michaels Gesicht, suchte nach einem Schwachpunkt. Aber es gab keinen. Seine Augen waren ruhig und durchdringend.

»Ob richtig oder falsch, es ist in diesem Land verboten, eine Beziehung zu einer Person mit anderer Hautfarbe zu haben. Ich warne dich, Tessa. Lass den Jungen in Ruhe.«

»Erklär Vater das«, schoss Tessa zurück. Sie wünschte sofort, es nicht getan zu haben.

»Du solltest von allen am besten wissen, dass dein Vater weder Skrupel noch Anstand besitzt«, erwiderte er ruhig. »Ich werde nicht wieder davon anfangen, aber du befindest dich auf sehr dünnem Eis, junge Lady. Noch eine Beschwerde über dein Verhalten – und du bist im Kloster. Das ist die allerletzte Warnung. Hast du das gut verstanden?«

»Mutter würde niemals zustimmen.«

»Darauf würde ich mich nicht verlassen, Schwesterherz. Ich glaube, ich könnte sie überzeugen.«

Die Drohung klang echt. Michael erhob sich und schaute auf sie hinab. »Glaub mir, Tessa. Ich habe genug von deinem Unsinn. Ich werde nicht zulassen, dass du Schande über unsere Familie bringst. Halt deine verdammten Hormone unter Kontrolle. Du wirst später noch genug Zeit dafür haben.«

»Was bildest du dir eigentlich ein, wer du bist?«, zischte sie. »Du beherrschst diese Familie nicht. Hör auf, dich aufzuspielen, als wärst du mein Vater.«

Michaels Augen blitzten. »Das«, erwiderte er mit tödlichem Ernst, »ist das Letzte, wonach mir der Sinn steht.«

Tessa rappelte sich auf, stützte die Hände in die Hüften und sah ihn mit funkelnden Augen an. »Du hast ja keine Ahnung«, schluchzte sie plötzlich auf »Ich kann nichts dafür, dass ich so bin, wie ich bin.« Damit drehte sie sich um und rannte die Straße hinab. Ihre Schultasche blieb im Staub liegen.

Michael hob sie auf und sah seiner Schwester nachdenklich hinterher. Er war niedergeschlagen. Was sie gesagt hatte, war wahrscheinlich richtig. Vermutlich konnte sie wirklich nichts dafür. »Was soll ich bloß machen?«, fragte er sich verzweifelt. Aber er bekam keine Antwort.

Kapitel acht

Dyson spürte, dass sein Vater unbedingt mit ihm sprechen wollte, und er glaubte auch zu wissen warum. Wahrscheinlich war ihm zu Ohren gekommen, dass er mit dem Gedanken spielte, sich einer neu gegründeten Guerillaorganisation des Afrikanischen Nationalkongresses anzuschließen, Umkhonto we Sizwe, die sich der Apartheid mit gewaltsamen Mitteln entgegenstellen wollte. Die bewährte Mund-zu-Mund-Propaganda, die seit Jahrhunderten benutzt wurde, um Informationen zu verbreiten, schien immer noch gut zu funktionierten. Wilson Mpande war gegen jede Form von Gewalt und vertrat dieselbe Ansicht, die auch Michael kürzlich geäußert hatte, dass nämlich die Apartheid unter dem Druck wirtschaftlicher Sanktionen irgendwann zerbrechen würde. Dyson war da anderer Meinung. Allerdings distanzierte auch er sich von den allzu radikalen Gruppierungen, wie dem bewaffneten Flügel des Pan-Afrikanischen Kongresses POGO, der mit seinem Schlachtruf ›Ein Siedler, eine Kugel‹ unkoordinierte Angriffe auf Weiße verübte. Dyson war ebenso wie die übrigen Mitglieder von Umkhonto we Sizwe davon überzeugt, dass der einzige Weg, die Apartheid aufzuheben, darin bestand, Teile Südafrikas unregierbar zu machen. Und deshalb nahm er zweimal im Monat an ihren geheimen Versammlungen teil, bei denen beratschlagt wurde, wie man am besten Unruhe in die Townships bringen konnte. Mit Michael konnte er nicht über diese Zusammenkünfte sprechen. Und auch mit seinem Vater wollte er nicht darüber diskutieren.

Als sie sich schließlich doch zu einem Gespräch zusammensetzten, versetzte Wilson seinem Sohn mit seinen einleitenden Worten einen Schock. »Der König liegt im Sterben.«

»Davon habe ich noch nichts gehört.«

»Es ist nicht allgemein bekannt.«

»Woran leidet der König?«

Wilson schnalzte missbilligend mit der Zunge. »An dem, was sich in einer Flasche befindet.«

Die Alkoholprobleme von König Cyprian waren allgemein bekannt, und das Zulu-Volk wusste, dass der König, wenn er nicht aufhörte zu trinken, seinem Vater bald nachfolgen würde. Solomon war 1933 mit vierzig Jahren ebenfalls an den Folgen seiner Trunksucht gestorben. Wenn Cyprian jetzt starb, war sein Thronfolger noch zu jung, um die Regentschaft anzutreten, sodass ein anderer zum Herrscher bestimmt werden musste. Das war an sich kein Problem, aber der Mann, der am ehesten für diese Position infrage kam, Prinz Israel Mcwayizeni, war kein Freund des engsten Beraters von Cyprian, Prinz Mangosuthu Gatsha Buthelezi. Und angesichts von Anarchie und Chaos, die seinerzeit im Afrikanischen Nationalkongress herrschten, war eine Spaltung des Königshauses das Letzte, was die Zulu brauchten.

»Wie schlecht geht es ihm?«

»Er ist hier krank.« Wilson berührte die Stelle direkt unterhalb seines Brustkorbs. »Es ist seine Leber. Die Ärzte nennen es Zirrhose. Unser König könnte damit noch ein paar Jahre leben, aber er ist zu schwach, um weiterzuregieren.«

»Und niemand kann vor seinem Tod seine Herrschaft übernehmen.«

»Das bedeutet, dass unser Volk praktisch führungslos ist und ihm vielleicht ein noch schwierigeres Los bevorsteht«, ergänzte Wilson bitter. »Dies hätte zu keinem ungünstigeren Zeitpunkt geschehen können.« Er lehnte sich gegen den Stamm des Avocadobaums, unter dem sie saßen. Die leichte Bewegung führte dazu, dass eine überreife Frucht neben ihnen auf die Erde fiel. Die Haut platzte auf, und das weiche Fruchtfleisch, das schon fast schwarz war, spritzte heraus.

Dyson starrte auf die zerschmetterte Frucht und wartete darauf, dass sein Vater weitersprach. Dabei dachte er über das nach, was er gerade von ihm erfahren hatte. Der Präsident des Afrikanischen Nationalkongresses, Albert Lutuli, war zwar ein Zulu, aber er war in Rhodesien geboren und aufgewachsen. Nelson Mandela, Anführer der Umkhonto we Sizwe, war Xhosa. Erneut musste Dyson feststellen, dass es im Kampf um die Gleichberechtigung in Südafrika ein wesentliches Manko gab – die Zulu hatten keinen Fürsprecher.

»Erzähl mir etwas über das Königshaus«, bat Wilson Mpande seinen Sohn schließlich und lächelte. »Lass mich sehen, ob deine lange Abwesenheit deinem Gedächtnis geschadet hat.«

Als er noch ein kleiner Junge gewesen war, hatte sein Vater ihn häufig über die Geschichte der Zulu befragt und ihm erklärt, dass die Zulu sich ihren Stolz und ihre Identität nur bewahren konnten, wenn sie ihre Geschichte lebendig hielten. Andernfalls würde es zu Rivalitäten innerhalb des Clans kommen und das große, von Shaka mühsam geeinte Reich würde zerfallen. Es überraschte Dyson, dass sein Vater ihn jetzt wieder auf die Probe stellen wollte. Aber er ließ sich gern darauf ein.

Dyson schloss die Augen und ließ die Gedanken weit zurückschweifen, mehr als 150 Jahre. »Wir entstammen dem Volk der Qwabe«, begann er zögernd. »Unser Name, Zulu, stammt von dem zweiten Sohn des großen Malandela, unserem berühmten Vorfahren. Der Name Zulu bedeutet das, was die Weißen ›Himmel‹ nennen. Unser erster König hieß Shaka. Zuvor war er Häuptling des Zulu-Clans. Er war derjenige, der das Dornentreten angeordnet hat.«

Wilson Mpande nickte. Das Dornentreten. Shaka hatte seinen Kriegern befohlen, die Sandalen auszuziehen und auf *nkunzana*-Dornen zu treten, die auf einem Versammlungsplatz verstreut worden waren. Shaka war der Überzeugung, dass jegliches Schuhwerk die Männer auf dem Schlachtfeld behindere und ihre Fußsohlen daher abgehärtet werden mussten. Es war der Beginn des Zulu-Reiches gewesen. 1816, als Shaka ihr Häuptling wurde, war der Zulu-Clan noch nicht besonders groß gewesen und hatte kaum mehr als einige Tausend Zulu gezählt. Zehn Jahre später hatte sich Shakas Königreich bereits über ein Gebiet von über 50.000 Quadratkilometern erstreckt und mehr als 100.000 Bewohner gehabt. Shaka hatte andere Stämme dazu aufgerufen, sich ihnen anzuschließen. Die meisten der kleineren Völker erkannten den Sinn der Vereinigung. Diejenigen, die sich weigerten, wurden durch Kriege rasch umgestimmt.

»Wer waren Shakas Eltern?«, fragte Wilson.

»Sein Vater war Senzangakona, und seine Mutter hieß Nandi.«

»Warum wurde ihr Sohn Shaka genannt?«

»Nandi und Senzangakona hatten *hlobonga*, aber«, Dyson gestattete sich ein leichtes Grinsen, »*kwehl' itonsi.*«

Sein Vater runzelte die Stirn über diesen Ausdruck. Eine Schwangerschaft, bevor ein Mann eine Frau zum Weib genommen hatte, wurde noch immer als Skandal angesehen. »Da gibt es nichts zu lachen«, meinte er ernst. »Senzangakona war ein Häuptling, Nandi die Tochter eines Häuptlings. Ihr Verhalten ziemte sich nicht.«

»Entschuldige, Vater. Als Nandi feststellte, dass sie schwanger war, tat sie, als litte sie an *itshaka*. Daher kommt der Name des großen Königs.«

»Was ist *itshaka*?«

»Eine Magenkrankheit, Vater. Sie wird durch einen Käfer verursacht.«

Wilson nickte. Sein Sohn erinnerte sich gut. »Warum war Shaka so ein großer König?«

Dyson antwortete ohne zu zögern. »Weil er viele kleine Stämme zu einem mächtigen Reich vereinte. Vor Shaka gab es Hunderte von Stämmen.«

»Wie lange hat er regiert?«

Wieder antwortete Dyson unverzüglich. »Zwölf Jahre.«

»Wie ist er gestorben?«

»Dingane, sein Halbbruder, hat ihn ermordet.«

»Und was erzählt man sich über Dingane?«

»Er hatte das Herz eines Hundes und das Wesen einer Hexe.«

Wilson Mpande unterbrach die Prüfung, um sich eine Pfeife anzuzünden. Als sie zu seiner Zufriedenheit brannte, fuhr er fort: »Und warum ist Dingane der zweite König geworden? Warum nicht sein Bruder Mhlangana? Du erinnerst dich doch sicher, dass es Mhlangana war, der über Shakas Körper gesprungen war, nicht Dingane.«

»Ein Mann darf nicht regieren, wenn sein Speer rot vor Blut ist«, zitierte Dyson das alte Tabu. »Man sagt, Dingane wäre an dem tatsächlichen Mord nicht beteiligt gewesen.

»Ha!« Wilson lachte spöttisch. »Hat Mhlangana Shaka denn alleine getötet?«

»Wahrscheinlich nicht, aber Dingane ließ ihn ebenfalls ermorden, vermutlich, um die Wahrheit zu vertuschen.«

»Wer hat das Seil zerrissen?«

Auf diese Frage hatte Dyson gewartet. »Mpande, nach dem unsere Familie benannt wurde.«

»Erzähl mir von ihm«, befahl Wilson Mpande.

»Mpande war Dinganes Halbbruder. Als der neue König seine ganzen Brüder töten ließ, damit ihm niemand sein Recht auf den Thron streitig machen konnte, flüchtete Mpande in ein Versteck und überquerte dabei schließlich den Fluss Tugela, um sich vor den Buren zu schützen. Es war nicht Mpandes Absicht gewesen, unser Volk zu spalten. Er floh nach Süden, um sein Leben zu retten. Inzwischen hatten viele genug von Dingane, der sie ständig in Kämpfe gegen die Buren verwickelte, Kämpfe, die sie nicht gewinnen konnten. Als Mpande in Richtung Süden floh, folgten ihm 17.000 Leute und zerrissen das Seil, mit dem die Stämme zu einem einzigen Zulu-Reich zusammengehalten wurden.«

»Was ist dann geschehen?«

Dyson verstand nicht, warum sein Vater ihn so ausfragte. Er kannte die Geschichte der Zulu in- und auswendig, was also hatte sein Vater im Sinn? Wie auch immer, er beantwortete geduldig jede Frage. »Die Buren wollten ihn zunächst nicht auf ihrer Seite des Flusses Tugela dulden, aber dann sahen sie eine Chance, durch ihn Dingane loszuwerden, der mit den Briten befreundet war. Zunächst behandelten sie ihn mit großem Respekt, sie gaben Mpande sogar einen großen Titel: Regierender Prinz der Ausgewanderten Zulu.« Dyson schüttelte den Kopf. »Aber das war die einzige süße Pflaume in ihrem Obstkorb. Die Buren erklärten Mpande, sie könnten ihm südlich des Flusses kein Land abtreten, und warnten ihn zugleich, dass sie auch das Land im Norden einnehmen würden, sobald Dingane besiegt wäre. Wenn er ein eigenes Königreich wollte, müsste er sich den Buren im Kampf gegen Dingane und die Engländer anschließen.«

»Und, tat er das?«

»Ja. Er hatte keine andere Wahl. Aber die Buren wollten nicht noch mehr Männer verlieren. Sie lehnten sich zurück und gestatteten Mpande, Dingane alleine herauszufordern.«

»Unser Vorfahr erwies sich als großer Krieger.« Wilsons Gesicht glühte vor Stolz.

»Wie du sehr wohl weißt, Vater. Mpandes *impi* schlugen die von Dingane in den Hügeln nahe Magudu.«

»Und er wurde unser dritter König?«

Dyson nickte langsam. »Aber die Buren überlisteten ihn. Sie forderten Kriegsbeute und trieben beinahe die Hälfte des Viehbestands der Zulu in ihr Land zurück, nahmen unsere Kinder als Sklaven und versuchten, nördlich des Tugela noch mehr Land in Besitz zu nehmen.«

»Ist ihnen das gelungen?«

»Nein, Vater. Sie waren zu sehr in ihre Kämpfe mit den Engländern verstrickt. Am Ende waren es die Buren, die sich zurückzogen.«

»Rasch jetzt. Wie lange hat Mpande regiert?«

»Zweiunddreißig Jahre.«

»Wer beerbte ihn?«

»Der Verleumdete, Cetshwayo.«

»Und dann?«

»Der Entschädiger der Zulu, Dinuzulu.«

»Dann?«

»Dann Solomon. Und nun Cyprian.«

»Und Cyprian liegt im Sterben«, stellte Wilson nüchtern fest.

Dyson senkte den Kopf. Der Tod eines Königs, vor allem eines Königs, der zwanzig Jahre regiert hatte, war eine sehr schlimme Nachricht. »Was sagen die, die ihm nahe stehen?«

Wilson dachte einen Moment nach, ehe er antwortete. »Sie sagen, es ist Zeit, die *inkatha yezwe* neu zu beleben.«

Aha, dachte Dyson, darauf will er also hinaus. Sein Vater sprach von dem heiligen Grasknäuel, das 1879 vernichtet worden war, als die Engländer in dem Tal, wo die Könige begraben wurden, die Militärbaracken der Zulu in Brand gesetzt hatte. Die Inkatha-ka-Zulu-Bewegung, die 1921 entstanden und 1937 wieder in der Versenkung verschwunden war, war nach diesem Einheitssymbol der Zulu benannt worden.

Sein Vater paffte an seiner Pfeife. »Was wäre dir lieber?«, fragte er schließlich. »Unser eigenes Land zurückzukaufen und in Frieden zu leben? Oder weiter Aufruhr und Unruhe zu stiften, bis unsere Kinder nichts anderes mehr kennen? Wenn der Tag kommt, und er wird kommen, an dem dieses Land eine Mehrheitsregierung erhält, wie soll es dann möglich sein, ein Volk zu führen, das nichts als Gewalt kennt? Bewaffnete Auseinandersetzungen werden dieses Land überziehen. Ist das die Zukunft, die du befürwortest? Ein Volk von Gesetzesbrechern? Ein Volk, das nichts als Hass kennt? Wir müssen über den heutigen Tag hinaus denken. Aus unserer Geschichte lernen. Shaka hat uns gezeigt, dass nur stark sein kann, wer in Einheit zusammensteht.«

»Die Inkatha-Bewegung hat es früher schon einmal gegeben, Vater. Sie hat damals nicht funktioniert, und sie wird auch jetzt nicht funktionieren.«

Wilson schüttelte traurig den Kopf. »Versuch zu sehen, mein Sohn. Ehe es zu spät ist.«

»Ich sehe, Vater. Ich sehe, dass morgen und der nächste Tag und alle Tage danach so bleiben werden, wie sie heute sind, wenn wir jetzt nicht handeln.«

»Wenn du gefangen genommen wirst ...«

»Ich bin ein Zulu«, unterbrach Dyson ihn. »Wenn es nötig ist, werde ich wie einer sterben.«

Wilson seufzte und schwieg. Auch wenn er die Ansichten seines Sohnes nicht teilte, sein Blick zeigte, wie zufrieden er über Dysons stolze Worte war.

Jackson Mpande beobachtete seinen Vater und seinen älteren Bruder bei ihrem konzentrierten Gespräch, und Eifersucht loderte in ihm. Seit Dyson am Tag zuvor zurückgekehrt war, hatte sein Vater deutlich gemacht, dass er Dyson als Mann betrachtete, Jackson aber für ihn noch ein Junge war. Solange sein Bruder fort war, war Jackson der Älteste gewesen. Er hasste es, so degradiert zu werden.

Die Welt hatte sich gedreht, und Jackson und seine Freunde hatten sich mit ihr gedreht und einen Blick in die Zukunft erhascht. Ihre Eltern schienen sich jedoch zu weigern, nach vorn zu gehen, und an der Vertrautheit der Traditionen zu hängen. Obwohl sein Vater beharrlich versuchte, Verständnis und Respekt für das Althergebrachte in ihm zu wecken, sah Jackson genau, dass es sich veränderte. Was ihn betraf, konnte es gar nicht schnell genug gehen. Traditionen konnten kein neues Zulu-Volk schaffen.

Jackson war ein leidenschaftlicher Zulu. Er entstammte einer neuen Generation und trug nicht den Ruhm vergangener Kriege im Herzen, sondern den Traum von einem unabhängigen Zululand, das frei war von den erdrückenden Einschränkungen der Weißen, frei, sich selbst zu regieren, und frei, um Gleichbehandlung zu verlangen. Jackson betrachtete sich nicht als Idealisten. Für ihn waren Freiheit und Unabhängigkeit erreichbar. Das Einzige, was ihnen im Weg stand, war die Apartheid.

Es war allgemein bekannt, dass viele junge Männer Südafrika verließen und weiter nördlich gelegene Länder ansteuerten, um sich dort als Guerillakrieger ausbilden zu lassen. Die besten von ihnen, diejenigen mit Führungsqualitäten, wurden zur Spezialausbildung nach Russland und China geschickt. Ein bewaffneter Kampf stand bevor, und Jackson wollte daran teilhaben.

So sehr ihn die Vorstellung auch begeistern mochte, Jackson wusste, dass er zunächst eine Ausbildung brauchen würde. Das war hart für ihn, schließlich war er gerade erst vierzehn und erfüllt mit der brennenden Ungeduld eines jungen Mannes. Während er sich also damit abfand, dass er noch mindestens zwei Jahre warten musste, wurde Jackson immer frustrierter und schwieriger.

Er verließ die Siedlung und lief ziellos die Straße entlang bis zu der Stelle, wo die beiden Felsblöcke standen. Er kletterte auf einen von ihnen und starrte auf den Indischen Ozean hinaus. Hierher kam er häufig, um über die Launen des Schicksals nachzudenken. Jackson war davon überzeugt, wenn sich die Dinge damals anders entwickelt hätten, dann wären sein Leben und das seiner Familie heute geprägt von Macht und Reichtum.

Jackson glaubte fest daran, dass *seiner* Familie das Königshaus zustand. *Sein* Vater musste der König sein. Und er selbst ein Prinz.

Er kannte die Geschichte der Zulu ebenso gut wie Dyson. Sein Vorfahr, Mpande, hatte mindestens zwanzig Frauen gehabt und beinahe hundert Kinder. Auch wenn Mpande keine ›große Frau‹ benannt hatte, die den nächsten König gebären sollte, Nqgumbazi, seine erste Frau, war die Tochter eines Häuptlings, und ihr erstgeborener Sohn – Cetshwayo – war als Erbe vorgesehen gewesen. Doch Cetshwayo war bei Mpande in Ungnade gefallen, und er hatte daraufhin einen anderen Sohn, Mbuyazi, als nächsten König bestimmt. Cetshwayo hatte nicht lange gefackelt. Er hatte seinem Bruder den Krieg erklärt.

Der Fluss Tugela, in der Vergangenheit bereits Schauplatz großer Gemetzel, wurde erneut rot von Blut. Mbuyazi und fünf seiner Brüder waren unter den Gefallenen. Als man Cetshwayo die Leiche von Mbuyazi zeigte, sprang er darüber hinweg. Es war eine symbolische Geste, die bedeutete, dass nun Cetshwayo, in seinen Augen und in denen eines jeden Zulu, der dem Ereignis beiwohnte, Anspruch auf den Königsthron hatte.

Jackson verzog den Mund. Er erinnerte sich an die Geschichte, wie Cetshwayo im Triumph zurückkehrte und erwartete, dass sein Vater ihn nun akzeptierte. Er war königlich gewandet, die Lenden bedeckt mit dem Fell eines Silberschakals, die Hinterbacken mit der Haut einer Ginsterkatze; um den Kopf trug er ein Band aus Otterfell, geschmückt mit Quasten aus dem Fell des blauen Affen und, als Zeichen seiner Königswürde, einer einzelnen Kranichfeder. Außerdem hatte er ein Gewehr bei sich. Aber als Mpanda hörte, dass sein Lieblingssohn tot war, weigerte er sich, Cetshwayo zu empfangen.

Ungerührt über diese Zurückweisung wartete Cetshwayo ab, in der Gewissheit, dass sein Führungsanspruch während dieser Zeit nur größer werden würde. Man rühmte ihn sogar in einem Vers wegen seiner Heldentaten auf dem Schlachtfeld: *Das wilde Tier blickt hinab auf die Söhne seines Vaters, und sie verneigen sich.* Im Laufe der Zeit führte Cetshwayos geduldiges Warten auf Mpandes Anerkennung dazu, dass dem Ruhmesgedicht eine weitere Zeile zugefügt wurde: *derjenige, der schweigt und mit niemandem Streit sucht.* Ein ungeduldigerer Thronanwärter hätte vielleicht das Schicksal bemüht, um den Tag schneller herbeizuführen, an dem er König würde. Cetshwayo wartete jedoch in Ruhe ab.

Allmählich ließ Mpandes Trauer nach, und er verliebte sich heiß und innig in die jüngste seiner Frauen, die er zärtlich Somapa nannte. Auf ihre Schenkel richtete sich nun alle Aufmerksamkeit, und sie gebar ihm einen Sohn namens Mthonga. Dieses Kind war Jacksons direkte Blutsverbindung zu Mpande. Als der königliche Hof spürte, dass ihr Herrscher den jungen Mthonga zu bevorzugen begann, breitete sich Unruhe aus. Cetshwayo würde seinen Anspruch zweifellos bis zum Tod verteidigen. Da man nicht noch mehr Kämpfe und Blutvergießen wollte, stimme man der Ermordung Mthongas zu. Aber der Junge floh und suchte Schutz bei den Buren. Erfreut darüber, dass ein so ranghoher Zulu zu ihnen gekommen war, bestimmten sie ihn zum nächsten König, voller Zuversicht, ihn zu ihrer Marionette machen zu können.

Cetshwayo erkannte, was die Buren im Schilde führten,

und schloss einen Handel mit ihnen. Er garantierte für Mthongas Sicherheit und bot ihm ein Stück Land im Norden von Zululand an; als Gegenleistung verlangte er, dass Mthonga ihn als Thronerben anerkannte.

In Jacksons stolzem jungen Gesicht spiegelte sich seine Verbitterung. Wäre Cetshwayo nicht gewesen, wäre er vielleicht ein Prinz geworden – oder sogar König.

Stimmen schreckten ihn aus seinen Gedanken. Hastig legte er sich auf dem Felsen flach auf den Bauch. Es war der junge Weiße aus dem großen Haus und eine der Zwillingsschwestern. Jackson konnte die Mädchen nicht auseinander halten. Die beiden passierten die Stelle, wo Jackson lag, und schienen ihn nicht zu bemerken. Jacksons Englisch war ausgezeichnet. Sie sprachen über das andere Mädchen, die, die Tessa hieß, und er hörte den Jungen sagen, »... und wenn Michael auch nur die Hälfte erfährt, wird sie fortgeschickt. Alle Jungs sagen, sie wäre leicht zu haben.«

»Gregor«, hörte Jackson das Mädchen protestieren. »Sprich nicht so über deine Schwester.«

»Das kümmert mich nicht«, erwiderte er hitzig. »Sie ist genauso verdorben wie unser Vater. Ich wette, Michael wird das nicht dulden. Ich hoffe, dass sie fortgeschickt wird. Ich hoffe ...« Seine Stimme wurde nun wegen der Entfernung unverständlich.

Jackson lag regungslos da. Seine Sympathien galten auf jeden Fall dem Zwilling namens Tessa. Sie war offenbar genauso rebellisch wie er selbst. Er wollte sich gerade aufrichten, als er Tessa erblickte. Sie kam die Straße hinaufgeschlendert, die Arme vor der Brust verschränkt. Jackson beobachtete sie aufmerksam. Ihre Art zu gehen war voller Trotz. Offenbar war sie wütend. Jetzt verschwand sie zwischen den Felsen. Jackson wartete und lauschte aufmerksam. Als ihre Stimme erklang, zuckte er vor Schreck zusammen, denn er hatte sie nicht hinter sich erwartet.

»Wieso spionierst du mir nach?« Sie stand auf der Spitze des Felsen und sah auf ihn herab.

»Das habe ich nicht.« Ruhig erwiderte er ihren Blick. Die Tatsache, dass sie weiß war, war für ihn kein Grund, sich zu fürchten.

»Hast du wohl.« Tessa sprang zu ihm hinunter, schürzte dabei den Rock bis über die Knie und zeigte rückwärts zu den Zuckerrohrfeldern. »Ich habe dich schon von da hinten aus gesehen.« Sie sah ihn an, ein leichtes Stirnrunzeln im Gesicht. »Du bist doch Jackson, oder nicht?«

Er nickte.

»Ich bin Tessa.«

»Ich weiß, wer Sie sind, Miss Tessa.«

Sie lächelte und kaute auf einem Handknöchel. »Ich sagte Tessa, nicht Miss Tessa.«

»Ich muss Sie aber Miss Tessa nennen.«

»Ich weiß.« Sie erforschte sein Gesicht. »Du bist sehr schwarz«, sagte sie freimütig.

»Und Sie sind sehr weiß«, antwortete er sofort.

Tessa lachte. Dann runzelte sie die Stirn. »Oh Scheiße!«, sagte sie, und Jackson war schockiert. »Da ist dieser wichtigtuerische Arsch, Michael. Schnell, runter.« Sie warf sich flach auf den Felsen, und Jackson tat es ihr nach.

So lagen sie einige Minuten, lauschend. Michael ging zwischen den Felsen hindurch auf das Haupthaus zu. Als er sicher außer Hörweite war, erhob sich Tessa wieder. »Was tust du hier?«

»Ich lebe hier.«

»Ja, aber du arbeitest nicht.«

»Ich gehe zur Schule.«

Tessa verzog das Gesicht. »Ich auch. Wie kommt es, dass du heute nicht in der Schule bist?«

»Ich war schon. Wir hatten früher schulfrei.«

»Ihr Glücklichen. Ich wünschte, ich bräuchte gar nicht mehr hinzugehen.«

Jackson entspannte sich. Dieses Mädchen war anders als die meisten Weißen. Sie behandelte ihn völlig normal.

»Gehen Sie nicht gern zur Schule?«

»Nein. Du?«

»Es ist okay.«

Sie musterte noch immer sein Gesicht. »Habt ihr *hlobonga*?«, fragte sie plötzlich, und er wurde rot.

»Ja«, stammelte er.

»Gefällt es dir?«

»Was soll das denn für eine Frage sein?« Jackson fühlte sich ziemlich unbehaglich. Sie kniff die Augen zusammen, und er wurde auf einmal misstrauisch.

»Es ist eine ganz gewöhnliche Frage. Ich habe dich gefragt, ob du *hlobonga* magst. Und?«

Sie rutschte hin und her. Jackson hatte nicht viel Erfahrung, aber ihm wurde plötzlich klar, in welche Richtung ihre Unterhaltung steuerte. Dieses Mädchen war wirklich anders. »Ja«, antwortete er und sah zu, wie sie ihren Unterkörper gegen den harten Felsen rieb.

»Wie macht man das?«, fragte Tessa. »Kannst du es mir zeigen?«

Jackson warf ihr einen durchdringenden Blick zu, aber er hatte nicht das Gefühl, dass sie ihn hochnahm. »So.« Er presste die Beine fest zusammen und spannte die Oberschenkelmuskeln an.

Tessa streckte den Arm aus und schob einen Finger zwischen seine zusammengepressten Beine. Sie spürte, wie sein

Fleisch bei der Berührung zuckte. »Ist das so? Du tust dein Ding hier hin?«

»Ja.« Jacksons Stimme klang krächzend.

Sie ließ ihren Finger langsam auf und ab gleiten. »Es kann für das Mädchen kein großes Vergnügen sein.«

Er zuckte mit den Schultern. *Hlobonga* war zum Vergnügen des Mannes bestimmt, nicht zum Vergnügen der Frau. Tessas Hand lag auf seinem Bein. Er war ziemlich erregt. Sie würde es merken. Er wusste genau, dass er aufstehen und weggehen sollte, aber er konnte nicht.

»Das ist nicht fair.« Tessas Stimme klang weich und verträumt. »Ihr habt den ganzen Spaß. Das Mädchen sollte auch etwas davon haben.« Ein leichtes Lächeln umspielte ihre Lippen. Sie fuhr mit der Hand absichtlich vorn über seine Shorts und genoss sein offensichtliches Unbehagen.

Jackson wusste, dass sie seine Erektion gefühlt hatte. Er spürte, wie ihm eine Welle heißer Verlegenheit in die Wangen schoss. Er hatte keine Ahnung, was er tun oder sagen sollte. Plötzlich nahm sie die Hand fort und stützte sich nach hinten auf ihre Arme. Sie sah ihn herausfordernd an, ihre festen Brüste boten sich ihm förmlich an. Sie schien diese Pose schon häufig eingenommen zu haben.

»Ich hatte noch nie *hlobonga*«, sagte sie dann.

Sollte das eine Einladung sein? Er schwieg.

»Ich glaube nicht, dass es mir gefallen würde.«

Jackson sagte nichts.

»Glaubst du, dass es mir gefallen würde?«

Er zuckte mit den Schultern und blieb stumm.

Sie lachte schallend. »Du würdest es mir gern machen, nicht wahr?«

Sie spielte mit ihm. Er verlor seine ganze Würde. Sie hatte auf der ganzen Linie gewonnen, und das wusste sie. Er würde ihr sagen, sie solle sich zum Teufel scheren. Stattdessen hörte er sich krächzend sagen: »Ja.«

Wieder dieses Lachen. »Du bist ehrlich. Das gefällt mir.« Sie beugte sich zu ihm. »Ich habe gehört, dass die von Schwarzen größer sind als die von Weißen.« Sie legte ihre Hand wieder auf sein nacktes Bein. »Ist das wahr?«

Ihre Berührung brannte sich in sein Fleisch. »Ich weiß es nicht. Ich habe ihn noch nie gesehen. Ich meine von einem Weißen den ...« Er kannte nicht einmal das englische Wort dafür.

»Schwanz«, sagte sie und sah starr in seine Augen.

»Schwanz?«

»Kannst du ein Geheimnis für dich behalten?« Sie schien jetzt das Thema zu wechseln.

»Natürlich.«

»Weißt du, was vögeln heißt?«

Jackson hatte das Wort schon gehört und wusste, was es bedeutete. Es war schockierend, dieses Wort aus dem Mund eines Mädchens zu hören. »Ja.«

Bei ihren nächsten Wochen fiel er fast vom Felsen. »Würdest du mich gern vögeln?«

Sein Penis drückte sich schmerzhaft gegen seine Shorts. Sein Herz pochte heftig, und ein Schwarm Schmetterlinge tanzte in seinem Bauch. »Ja«, antwortete er heiser. »Aber es ist gegen das Gesetz.«

Sie schmollte. »Es ist ein blödes Gesetz.« Sie grub ihre Nägel in sein Bein. »Du hast einen Schwanz, und ich habe ein Loch. Denen ist es egal, welche Farbe sie haben. Warum sollten wir es also nicht tun?«

In Jacksons Kopf drehte sich alles. Ihre Worte waren viel zu direkt, als dass er mit ihnen hätte umgehen können. Sie schien kein bisschen Schamgefühl zu haben. Dann kam ihm plötzlich ein Gedanke. Was, wenn das alles nur ein Trick war? Er schaute sich panisch um und rechnete fest damit, einen Polizisten zu sehen.

»Hast du Angst vor mir?«

Sie sah ihn aufmerksam an und lächelte wieder. Plötzlich wusste er, dass sie es todernst meinte. »Zeig mir dein Loch«, brach es aus ihm heraus. Ihre vulgäre Art erregte ihn.

Tessa knöpfte ihre Schulbluse auf und wölbte eine Hand um eine mit Spitzen bedeckte Brust. Jackson regte sich nicht. Brüste waren ein alltäglicher Anblick. Es war das, was sie zwischen ihren Beinen hatte, das ihn faszinierte.

Sie bot ihm mehr als bloß *hlobonga*. Während er ihr Gesicht betrachtete, kam die kleine pinkfarbene Spitze ihrer Zunge hervor, mit der sie sich die Lippen befeuchtete. Sie saß ihm gegenüber auf dem Felsen, spreizte die Beine, nahm seine Hand und führte sie an ihren Schlüpfer. Durch den feinen Stoff konnte er ihre Wärme spüren. Sie griff an das Vorderteil seiner Shorts. »Meine Güte«, flüsterte sie atemlos. »Was für ein großer Junge du bist.«

Jacksons Vernunft warnte ihn. Er spielte mit dem Feuer. Weiße Mädchen waren tabu. Und dazu auch noch die Tochter des Plantagenbesitzers. Aber sie zog das Gummi ihres Schlüpfers zur Seite und führte seine Finger in sie hinein. So weit war er bei einem Mädchen noch nie gewesen. Sie fühlte sich weich und feucht an. »Möchtest du deinen Schwanz hier hereinstecken?« Ihr Atem ging stoßweise.

Jackson nickte nur.

»Zeig ihn mir«, verlangte Tessa.

Mit einer Hand versuchte er seinen Hosenschlitz aufzuknöpfen. Ungeduldig schob sie seine ungeschickt nestelnden Finger weg und zog ihn heraus. Er stöhnte, als ihre Hand ihn umschloss.

Tessa riss gierig die Augen auf. »Mein Gott, du bist ja gigantisch.« Sie schob seine Hand aus ihrem Schlüpfer und sprang auf. Jackson sah sie erstaunt an, sein Penis ragte wie ein Stecken aus seinen Shorts. »Hier unten«, sagte sie und sprang von dem Felsen.

Er sah zu, wie sie ihren Schlüpfer auszog und ihren Rock und sich mit gespreizten Beinen auf den nackten Boden legte. Dickes schwarzes Schamhaar glänzte in der Sonne, und feuchte pinkfarbene Lippen öffneten sich einladend. Sie streichelte sich selbst, beobachtete ihn dabei mit halb geschlossenen Augen. »Komm«, lockte sie.

Jackson spürte, dass ihn dieses unwiderstehliches Bedürfnis packte, das ihn in letzter Zeit häufiger überkam. Er konnte sich nicht zurückhalten. Er sprang hinunter, zog die Shorts aus und ließ sich auf sie sinken. Tessa schrie schockiert, als sie ihn in voller Länge aufnahm, dann schlang sie die Beine um seine Hüften. Der harte Untergrund unter ihrem Rücken und ihren Schultern kümmerte sie nicht, sie bewegte sich mit ihm, zog ihn tiefer und tiefer in sich hinein.

Als Jackson in ihr kam, war das der mit Abstand beste Augenblick seiner gesamten vierzehn Jahre. Aber er zog sich sogleich wieder zurück, wartete angstvoll darauf, dass sie schreien oder weinen würde oder ihm irgendeinen Vorwurf machte. Aber das alles tat sie nicht. Sie lag ganz still da und lächelte. Dann keuchte sie atemlos »Jaaaa!« und zog ihn an sich.

Tessa lief über die Veranda direkt in ihr Zimmer, damit sie weder ihrer Mutter noch Michael über den Weg laufen konnte. Sie riss sich die Kleider vom Leib und betrachtete sich nackt in dem großen Spiegel an ihrer Kleiderschranktür.

Sie konnte Jacksons Schweiß riechen und sein Sperma. Sie fühlte sich wund von seinem großen Penis. Sie ließ den Blick zu ihrem Gesicht hinauf wandern und sah ihr zufriedenes Lächeln. Es war besser gewesen als alles, was sie je zuvor erlebt hatte. Sie hatte gehört, dass die Schwarzen da unten riesig sein sollten. Es stimmte. Jackson war gigantisch. Sie erschauderte, als sie daran dachte, wie er in sie hineingestoßen war, und war schon wieder erregt. Sie ging zur Tür und verschloss sie. Ihre Schultasche lag mitten im Zimmer auf dem Boden. Es kümmerte sie nicht. Sie ging zu ihrem Bett und legte sich hin, ihre Finger waren bereits auf der Suche nach ihrer kleinen Lustknospe. Dieses Mal brauchte sie die Pornohefte unter ihrer Matratze nicht. Jacksons Versprechen, am späten Abend in ihr Zimmer zu kommen, genügte. Es war ein Versprechen, das er ihr bereitwillig gegeben hatte.

Tessa seufzte tief, als die Erleichterung durch ihren Körper strömte. Sie lag ein paar Minuten lang einfach nur da, genoss das entspannte friedliche Gefühl, das danach immer kam. Dann stand sie schließlich leise summend auf, zog sich einen Morgenmantel über, nahm ihre Waschtasche und ging zum Bad. Dabei kam sie an Sallys Zimmer vorbei. Ihre Tür stand offen, wie immer, und wie immer saß Sally über ihre Schulaufgaben gebeugt. Tessa blieb in der Tür stehen. »Hi.«

Sally sah auf. »Hi«, antwortete sie überrascht. Tessa kam nicht häufig zu ihr und sprach mit ihr. »Nimmst du jetzt schon ein Bad?«

»Ja.« Tessa hob eine Hand hinter den Kopf und schüttelte ihre dunklen Locken aus, dann streckte und dehnte sie sich, sodass ihr Morgenmantel aufsprang und ihren nackten Körper enthüllte. Sie machte keinen Versuch, ihn wieder zu bedecken. »Ich rieche wie ein Kaffer.«

»Tessa«, ermahnte Sally sie. »Das ist nicht sehr nett.«

»Doch ist es«, antwortete Tessa hintergründig. »Es ist sehr, sehr nett.«

Sally sah sie verständnislos an.

Tessa lachte und wandte sich zum Gehen. »Zerbrich dir nicht weiter den Kopf darüber, Schwesterherz. Nimm es so hin, wie ich es sage.« Dann war sie verschwunden.

Sally zuckte mit den Schultern. Die meiste Zeit hatte sie nicht die geringste Ahnung, wovon Tessa eigentlich sprach. Ein schwacher Geruch hing in der Luft. Er war nicht unangenehm, aber so erdig und ungewohnt. Sie brauchte einen Augenblick, ehe sie wusste, was es war. Es war der Schweißgeruch eines Schwarzen, er war so ganz anders als der eines Weißen. Sally starrte an den Türrahmen, wo Tessa gerade noch gestanden hatte. *Sie würde doch nicht ... sie konnte doch nicht ... Nicht einmal Tessa würde so weit gehen, oder?* Sally erschauderte. Sie gab sich bei ihrer Schwester keinen Illusionen hin.

Während Tessa in dem warmen, duftenden Wasser lag, erlebte sie einen völligen Stimmungsumschwung. Das war ihr schon früher passiert, nachdem sie mit den Jungs aus ihrer Schule zusammengewesen war. Ein plötzlicher Wechsel von Euphorie zur Verzweiflung. Selbstzweifel marterten sie. *Warum bin ich so? Keines der anderen Mädchen ist so. Was stimmt bei mir nicht?* Tränen stiegen ihr in die Augen. In solchen Momenten empfand Tessa so großen Hass auf Sally, dass sie sie umbringen könnte. *Es ist nicht fair. Warum ich und nicht Sally?*

Die meiste Zeit glaubte Tessa ernsthaft, sie würde ein aufregendes Geheimnis mit sich herumtragen, das niemand sonst kannte, und sie hielt sich für wagemutig und weltgewandt. Wenn ein Junge ihr seine Aufmerksamkeit schenkte, vor allem einer aus einer höhere Klasse, bildete sie sich ein, beliebt zu sein. Nicht eine Sekunde lang wäre ihr der Gedanke gekommen, dass die ganze Schule von ihren Eskapaden wusste und hinter ihrem Rücken über sie getuschelt wurde. Tessa wollte Anerkennung, und wenn sich eine Hand unter ihren Rock schob, gab sie nach, weil sie glaubte, es wäre eine Möglichkeit, sie zu bekommen. Spaß machte es ihr natürlich auch.

Aber ab und zu, wenn sie sich so wie jetzt fragte, wieso sie so anders war als ihre Altersgenossinnen, zerbrach sie sich den Kopf, um einen Grund dafür zu finden. Unweigerlich kam sie dabei immer wieder auf ihren Vater. Er war schwach. Und das war sie auch. Der Gedanke stürzte sie in tiefes Selbstmitleid.

Als Tessa jedoch schließlich in ihr Zimmer zurückkehrte, war ihre Stimmung erneut umgeschlagen. Jackson kam sie heute Abend besuchen. Und Tessa konnte es kaum erwarten.

Beim Essen registrierte Claire, dass ihre ansonsten so schwierige und missmutige Tochter geradezu liebenswürdig war. Sally war dafür ungewöhnlich schweigsam. Fälschlicherweise schloss Claire, dass die beiden einen Streit gehabt hatten, aus dem Tessa offenbar als Siegerin hervorgegangen war.

Gregor redete viel, ohne sich um die Stimmungen seiner Schwestern zu kümmern.

Michael aß rasch und entschuldigte sich bald. Seine Gedanken waren ganz woanders. Das Wetter hatte gehalten, es war windstill, und sie hatten an diesem Abend noch zwei Zuckerrohrfelder abzubrennen.

Joe erwachte widerstrebend, innerlich bereitete er sich auf den unvermeidlichen Kater vor. Es war pechschwarz, und Joe brauchte einen Moment, ehe ihm klar wurde, dass er gar nicht in seinem Bett lag. Stöhnend richtete er sich auf und zwang sich zum Nachdenken. Als er blind die Hand ausstreckte, fühlte er die bambusähnlichen Stängel des Zuckerrohrs. Er war also auf einem der Felder. Dann erinnerte er sich dumpf daran, nach seiner Begegnung mit Raj und Michael dort hineingewankt zu sein. Es war nicht das erste Mal, dass er es nicht mehr zurück in sein Zimmer geschafft hatte. »Gott!«, murmelte Joe, als ihn das schlechte Gewissen packte. »Ich muss unbedingt mit dem Trinken aufhören.« In diesem Augenblick nahm er den Rauchgeruch wahr.

Joe war nicht besonders erschrocken, deshalb ließ er sich Zeit. Er bemühte sich noch immer aufrecht zu stehen, als er das typische Geräusch hörte. Er versuchte herauszufinden, wo genau das Feuer war, aber da er keine Ahnung hatte, auf welchem Feld er sich befand, war er vollkommen orientierungslos. Er wusste, dass sie gewöhnlich viele kleiner Feuer am Rande eines Feldes entzündeten, aber von der Stelle, an der Joe sich inmitten der ihn weit überragenden Pflanzen befand, konnte er nicht ausmachen, in welcher Richtung das sein könnte.

Er begann ein wenig unruhig zu werden. Er hatte die Qualen nie vergessen, den Schmerz, als seine Beine verbrannt waren, und hatte seither panische Angst vor Feuer. Er drehte sich langsam um, konnte aber nichts erkennen. Das knisternde Heulen des Feuers wurde lauter, es klang wie ein Tornado. Sobald sich die kleinen Feuer trafen, würde eine riesige, unaufhaltsame Feuerwalze von einer Seite des Feldes auf die andere rasen. Er sollte sich beeilen. Aber in welche Richtung musste er gehen? Bleib ruhig, ermahnte er sich, denk nach. In dieser Jahreszeit wehte gewöhnlich eine leichte Brise vom Meer, was bedeutete, dass sich das Feuer in Richtung Osten ausbreiten müsste.

Noch während Joe darüber nachdachte, verfärbte sich der Himmel über ihm und war plötzlich in glühendes Rot getaucht. Wo war Osten? Wie weit war er in das Feld hineingelaufen, ehe er eingeschlafen war? »Jesus Christus!« Joe schrie in Panik. Das Feuer, genährt von der Luft, die es gierig ansog, gewann an Geschwindigkeit.

Im Osten musste es dunkler sein. Joe stolperte und fluchte. Das Zuckerrohr, in engen Reihen gepflanzt, bildete eine Wand, die selbst am Tag nahezu undurchdringlich war. In diesem Feld schienen die Reihen von Norden nach Süden zu verlaufen. Joe wusste, dass er nie lebend hier herauskommen würde, wenn er an den Furchen entlanglief – die Feuerwand in seinem Rücken sagte ihm, dass er genau in der Mitte der nördlichen und südlichen Grenze sein musste. Der einzige Ausweg bestand darin, weg von den Flammen zu kommen.

Jahrelanger Missbrauch hatte seinem Körper alle Kondition geraubt. Er wankte blindlings durch die hohen Stangen vorwärts, stolperte und stürzte.

Die Flammen schlugen dreißig Meter hoch. Funken und brennende Asche wurden durch die wirbelnden Hitzestrudel sogar noch höher hinaufgetragen. Joe konnte den Weg nun vor sich sehen. Das Zuckerrohr war, Reihe für Reihe, durch das Feuer in seinem Rücken hell erleuchtet. *Wo ist bloß die verfluchte Straße?* Er riskierte einen Blick über die Schulter, und das blanke Entsetzen ließ seinen mit Adrenalin voll gepumpten Körper erstarren. Die Flammen waren dicht hinter ihm, donnernd, lodernd, brausend, die Luft verschlingend, gierig und schnell. Seine Luft. »Neiiiin!«, schrie er. In diesem Moment wusste Joe, dass er sterben würde.

Er fühlte, dass die überwältigende Hitze sein Haar versengte. Mit erhobenen Fäusten und einem entschlossenen Ausdruck im Gesicht drehte Joe sich dem Feuer entgegen. Ungeachtet seiner trotzigen Gesten raste das Feuer weiter. Ein Moment rasender Schmerzen, ein wilder angsterfüllter Schrei – und Joe King gab es nicht mehr.

Ein leises Kratzen am Fliegengitter verriet ihr, dass Jackson gekommen war. Die ganze Zeit war Tessa in ihrem Zimmer hin und her gelaufen, aufgeregt und nervös, und überzeugt, dass er nicht kommen würde. Rasch öffnete sie die Tür und zog ihn hinein.

»Nein«, flüsterte er, als sie die Tür wieder schließen wollte. »Ich muss vielleicht schnell weglaufen.«

Tessa schloss die Tür. »Das musst du nicht«, versicherte sie. »Sally und Gregor schlafen. Mutter glaubt, das würde ich auch tun. Sie hört Radio. Michael ist draußen auf den Feldern.« Sie streckte die Hand aus und fand in der Dunkelheit seinen Arm. »Komm«, murmelte sie. Sie umschloss sein Handgelenk und führte ihn zu ihrem Bett.

Willig folgte Jackson ihr, begierig danach, das Erlebnis des Nachmittags zu wiederholen. Er hatte noch nie so etwas erlebt, noch nie jemanden wie Tessa erlebt. Es war viel besser als *hlobonga*. Dass sie beide noch minderjährig waren, dass die Gesetze in Südafrika den sexuellen Kontakt zwischen den verschiedenen Rassen untersagten, dass sie schwanger werden könnte, all das interessierte ihn nicht. Ihre Hände zerrten an ihm, verlangende, glühende Hände. Jackson zog sich das T-Shirt über den Kopf, knöpfte seine

Hose auf, zog sie herunter und war nackt. Dann drehte er sich zu ihr um.

»Ooooh«, stieß sie atemlos hervor, und ihre Finger umschlossen ihn.

Jackson ließ seine Hand unter ihr Nachthemd gleiten. Tessa spreizte die Beine ein Stück, damit er sie fühlen konnte. Sie trug keinen Schlüpfer, und seine tastenden Finger spürten ihre Feuchte und Bereitwilligkeit.

»Warte.« Sie machte sich frei, zog das dünne Hemd über den Kopf und warf es ungeduldig von sich. In der Dunkelheit trat sie auf ihn zu, bis sein erigierter Penis ihren Bauch berührte, dann bewegte sie sich ganz langsam hin und her. Das Gefühl ihrer weichen Haut war überwältigend, er bebte vor Verlangen. Keiner von ihnen konnte noch warten. Tessa zitterte von Kopf bis Fuß. »Jetzt«, forderte sie. »Mach es mir jetzt.«

Er hörte das Rascheln von Bettwäsche, als sie sich setzte und ihn an den Schultern packte und nach vorn zog, während sie sich hinlegte. Er glitt in sie hinein, und sie bäumte sich auf, um ihn zu empfangen, und schlang die Beine um seine Hüften.

»Fester«, flüsterte sie in seine Ohren. »Fester.«

Jackson stieß mit aller Kraft in sie hinein. Er spürte seinen Höhepunkt kommen, fühlte die warme Flüssigkeit durch seinen Unterkörper und seine Genitalien schießen, ein Dröhnen erfüllte seinen Kopf und ein tiefes Stöhnen entfuhr ihm.

»Pssst!«

Er rollte von ihr, dann wurde ihm wieder bewusst, dass sie beide nackt waren und dass er, Jackson Mpande, sich im Haus und im Bett der Tochter des weißen *Nkosi* befand. Er, der sonst nur auf einer Matte schlief, lag zwischen den gestärkten weißen Laken eines weißen Mädchens. Er, dem die Regierung kaum mehr Bedeutung zugestand als einem Tier, konnte die Hand ausstrecken und sie an ihrer intimsten Stelle berühren, und sie, die der unberührbaren herrschenden Klasse angehörte, würde die Beine für ihn öffnen und ihn hineinlassen.

Das war für einen vierzehnjährigen Jungen kaum zu bewältigen. Die Chance, dass so etwas passierte, war viel zu abwegig, viel zu unmöglich, um sie auch nur in Erwägung zu ziehen, und Jackson entfuhr ein amüsiertes Grunzen.

»Was ist?«, zischte Tessa.

»Ich habe nur daran gedacht«, flüsterte er ihr ins Ohr, »was unsere gottesfürchtige Regierung sagen würde, wenn sie uns jetzt sehen könnte.«

Die Vorstellung, wie entrüstet alle sein würden, war zu viel für Tessa und sie begann hemmungslos zu kichern. »Scheiß drauf«, meinte sie, als sich ihr Anfall wieder gelegt hatte. »Wen kümmert es schon, was sie denken.« Und um zu beweisen, wie wenig es sie kümmerte, streckte sie erneut die Hand nach ihm aus. Jackson reagierte willig. Wenn sie älter gewesen wäre und darüber nachgedacht hätte, wäre Tessa vielleicht zu dem Schluss gekommen, dass sie in Jackson endlich einen Gleichgesinnten gefunden hatte.

Eine halbe Stunde, nachdem das Feuer über das Feld gefegt war, fand man Joe King. Während die Flammen auf die östliche Seite des Feldes zurasten, bezogen die Pondos am Straßenrand Stellung. Bewaffnet mit Stöcken, die am Ende eine Verdickung hatten, standen sie da, hielten ihre brennenden Taschenlampen hoch und ließen die Blicke schweifen. Kein Rascheln und kein huschender Schatten entging ihren wachsamen Augen. Tief in den Feldern verbargen sich alle möglichen Überraschungen. Schlangen, Ratten, Duiker, sogar größere Tiere. Wenn sie in Panik gerieten und Hals über Kopf vor der Feuerwand flohen, boten sie ein leichtes Ziel für einen gezielten Schlag mit einem *knobkerrie*.

Wenn das Feuer ausgebrannt war, wagten sich die Pondos in die schwelende Überreste, um nach Tieren zu suchen, die dem Feuersturm zum Opfer gefallen waren. Dabei fanden sie Joe, obwohl zu dem Zeitpunkt niemand wusste, dass er es war. Ein Bote wurde zu Michael geschickt. »Ihr müsst schnell kommen, Master.« Der Pondo war in einer solchen Aufregung, dass Michael sofort wusste, dass etwas Ernstes passiert sein musste.

Er konnte das verkohlte Fleisch bereits riechen, noch ehe er den Körper erreicht hatte. Irgendwer war vom Feuersturm überrascht worden. »Schnell eine Taschenlampe hierher.«

Die Uhr gab Michael den ersten Hinweis auf die Identität der Leiche. Aber auch da dachte er noch, sein Vater könnte die auffällige Rolex vielleicht verloren und jemand anders sie getragen haben. Aber im Schein der Taschenlampe blitzte noch etwas anderes an den verkohlten Fingern auf. Es war ein rechteckiger goldener Siegelring: der Ring seines Vaters.

Raj kam näher und sah Michaels ungläubigen Gesichtsausdruck. »Das ist eine sehr schlimme Sache, Master Michael, meine Güte, ja.« Er hockte sich neben Joes schwelende Leiche. Der Sikh hatte auf Begräbnisstätten schon häufig verbrannte Körper gesehen, doch da waren ihre Seelen schon längst fort gewesen. Lange starrte Raj das an, was von Joe King übrig war. Michael vermutete, dass er betete.

Schließlich erhob sich der Inder. »Es war nicht Eure Schuld.«

»Ich weiß.« Michael verspürte eine unerklärliche Wut auf seinen Vater. Ein Unfall wie dieser verstörte alle.

»Es ging sicher schnell«, meinte Raj leise.

»Nein«, widersprach Michael. »Sie und ich, wir wissen beide, dass in dieser Gluthitze selbst wenige Sekunden wie eine Ewigkeit gewesen sein müssen. Sehen Sie ihn sich an. Niemand schläft in dieser Position. Er muss noch versucht haben zu flüchten.«

»Vielleicht hat er nun den Frieden gefunden, den er so lange entbehren musste«, meinte Raj.

»Vielleicht.« Michael schüttelte den Kopf. »Aber man kann nur spekulieren, was der Allmächtige mit ihm machen wird.« Er blickte zu den Pondos, die ihn staunend umstanden. »Geht jetzt. Es wird heute keine weiteren Feuer mehr geben.«

»Und Ihr, Master Michael?«, fragte Raj. »Was werdet Ihr jetzt tun?«

»Ich werde es der Familie sagen. Und der Polizei. Und den Bestatter anrufen.« Michael war völlig nüchtern und sachlich. Es hätte ebenso gut ein Fremder sein können, der dort vor ihm lag.

»Ich werde dafür sorgen, dass die Leiche von hier fortgeschafft wird«, bot Raj an. »Dann braucht Ihr Euch nicht darum zu kümmern.«

Michael blickte auf den grauenhaft verbrannten Leichnam seines Vaters. Er empfand keinen Schmerz, keine Trauer, nur Mitleid. Er hatte seinen Vater gehasst. Aber so einen Tod hätte er niemandem gewünscht.

Claire hörte den Landrover heranfahren und ging hinaus, um zu sehen, wieso Michael so früh zurück war. Sie wusste, dass etwas passiert war, als Michael die Hand auf ihren Arm legte und sie zurück ins Haus zog. »Es hat einen Unfall gegeben«, berichtete er ruhig. »Joe ist tot.«

Claire riss ihre Hand an den Mund. »Tot! Was ist passiert?«

»Er ist von dem ersten Feuer überrascht worden, das wir gelegt haben.«

Sie sank schwer auf einen Stuhl. »Du meine Güte! Der arme Mann.«

Michael goss seiner Mutter einen Brandy ein und setzte sich zu ihr. »Er ist heute Nachmittag betrunken umgekippt. Vermutlich hat er seinen Rausch ausgeschlafen.«

»Glaubst du, er musste leiden? Oje! Ich hoffe, er hat nicht gelitten.«

Michael dachte an die verkrümmten, verkohlten Überreste, an den Geruch des verbrannten Fleischs. »Ich schätze, der Qualm hat ihn zuerst erwischt. Er ist sicher ohnmächtig geworden. Aber es ist schwer zu sagen.«

»Ich hoffe, er hat nicht gelitten«, wiederholte sie und seufzte leise. »Wo ist er jetzt?«

»Raj bringt ihn zu den Schuppen. Wir müssen die Polizei verständigen. Ich glaube nicht, dass du dir die Leiche ansehen solltest, Mutter.«

»Du hast vielleicht Recht, Darling.« Claire stand auf und räusperte sich. »Wir haben jetzt einiges zu erledigen«, sagte sie plötzlich barsch.

Michael nickte und erhob sich ebenfalls. »Ich werde die anderen wecken. Sie sollten es sofort erfahren.«

Claire stimmte ihm zu. »Dann rufe ich in der Zwischenzeit die Polizei an.«

Leise betrat Michael das Zimmer seines jüngeren Bruders Gregor. Ihm war die Nachricht am einfachsten beizubringen. Gregor hatte so häufig unter Joes Wutanfällen zu leiden gehabt und hatte ihn wie Michael gehasst. Gregor erwachte, als Michael ihn an der Schulter berührte. Er richtete sich sofort auf. »Was ist passiert?«, fragte er schläfrig.

Michael setzte sich auf sein Bett. »Schlechte Nachrichten, fürchte ich. Joe wurde heute Abend getötet. In einem Zuckerrohrfeld. Wir vermuten, dass er dort eingeschlafen ist. Das Feuer hat ihn erwischt.«

»Oh!« Gregor klang vor allem überrascht.

»Ich muss es den Mädchen beibringen. Du kannst zu uns ins Wohnzimmer oder weiterschlafen, wenn du möchtest.«

Gregor schlüpfte wieder unter die Decke. »Ich glaube, ich werde schlafen. Ich schreibe morgen einen Englischtest.«

Sally weinte ein bisschen. »Was für ein schrecklicher Tod. Wie hat Mum es aufgenommen?«

Michael legte den Arm um ihre Schulter. »Ganz gut. Es ist sicher schnell gegangen«, versicherte er ihr. »Er hat vermutlich geschlafen.«

»Was passiert jetzt?«

»Was meinst du? Die Beerdigung?«

»Nein, die Farm. Müssen wir jetzt hier wegziehen?«

»Natürlich nicht. Das ist eine reine Familienangelegenheit. Alles andere geht weiter wie bisher.«

Sally nahm seine Wort auf, lächelte ein wenig und wurde dann ernst. »Ich habe ein ganz schlechtes Gewissen, Michael. Ich müsste doch viel trauriger sein. Schließlich war er mein Vater.«

»Das war er in der Tat«, stimmte Michael ihr zu. »Aber nur im biologischen Sinn.«

Sally sank zurück auf ihr Kissen. »Ich bin froh, dass wir UBejane nicht verlassen müssen. Ich möchte nirgendwo anders leben.«

Michael drückte ihre Hand und blieb noch ein paar Minuten sitzen, um seinen eigenen Gedanken nachzugehen. *Kannst du sie hören, du Schwein? Dem einen ist die Schule wichtiger, und der anderen, wo sie in Zukunft leben wird.*

Widerstrebend näherte er sich schließlich Tessas Zimmer. Man konnte nie vorhersagen, wie sie reagierte. Die Tür öffnete sich leise, und Michael brauchte einen Moment, ehe sich seine Augen an die Dunkelheit gewöhnt hatten. Der Mond schien, und sein Licht fiel durch die Fenster und warf einen silbrigen Schatten auf das Bett. Tessa schien gerade zu träumen, sie bewegte sich unruhig im Bett. Michael machte einen Schritt nach vorn und blieb ungläubig stehen. Das, was er für einen Schatten gehalten hatte, lag auf seiner Schwester und stieß heftig zwischen ihre erhobenen Knie. Und Tessa hob sich ihm nicht weniger heftig entgegen.

Michael schaltete das Licht an. »Jackson?«

Dysons Bruder warf einen Blick über die Schulter, fiel zur Seite, landete auf dem Boden und suchte hastig nach seinen Kleidungsstücken. Michael sprang auf ihn zu, stolperte über Tessas Schultasche, und Jackson brach seine Suche ab und stürzte mit einem schnellen Sprung zur Verandatür, rüttelte panisch daran, bis sie aufsprang. Er rannte hinaus, schwang sich über das Geländer und war verschwunden.

Tessa zog sich das Laken bis unters Kinn. »Kannst du nicht anklopfen?«, fragte sie kühl.

Michael schüttelte den Kopf, um einen klaren Gedanken zu fassen. »Das war Jackson Mpande. Dieser verdammte Jackson.«

»Und?«, meinte sie herausfordernd. »Das geht dich gar nichts an.«

»Ihr seid beide noch minderjährig.« Michael wusste, dass das albern klang. Aber er hatte im Augenblick größte Schwierigkeiten, etwas Sinnvolles von sich zu geben.

Seine Schwester ließ den Blick hektisch durch das Zimmer schweifen, als suchte sie nach einem Grund, einer Entschuldigung, irgendetwas, um davonzukommen. »Es war seine Idee.«

»Nein«, antwortete Michael hart. »Dieses Mal nicht. Dieses Mal bist du zu weit gegangen.«

»Und es kümmert mich nicht im Geringsten.« Sie wurde trotzig. »Du hast kein Recht, einfach in mein Zimmer zu stürmen. Was bildest du dir eigentlich ein, wer du bist?«

»Wie lange geht das schon so? Himmel, Tessa! Hier in unserem Haus, mit deiner Schwester im Nebenzimmer. Besitzt du denn überhaupt gar keinen Anstand?«

»Verschwinde!«, schrie Tessa ihn an. »Verschwinde aus meinem Zimmer.«

Ihr Ausbruch erinnerte Michael wieder an den eigentlichen Grund seines Kommens. »Es hat einen Unfall gegeben«, meinte er knapp. »Ich bin gekommen, um dir zu sagen, dass Joe tot ist.«

Tessa riss eine Hand vor den Mund und starrte ihn mit weit aufgerissenen Augen an. »Was ist passiert?«

» Das Feuer«, erklärte er nur.

»Feuer!« Sie formte das Wort mit dem Mund, dann fand sie ihre Stimme wieder. »Beim Abbrennen der Zuckerrohrfelder, meinst du? Du hast ihn umgebracht! Du Schwein!«

Michael hatte so etwas Ähnliches erwartet. Er ignorierte ihren Vorwurf. »Joe hat seinen Rausch ausgerechnet in dem

Feld ausgeschlafen, in dem wir Feuer gelegt haben. Es ist sicher schnell gegangen.«

Einen Moment lang dachte er, Tessa würde in Tränen ausbrechen. Sie starrte ihn schweigend an und biss sich auf die Lippen.

Jetzt wird sie gleich völlig hysterisch, dachte Michael.

Doch stattdessen warf Tessa den Kopf in den Nacken und begann schallend zu lachen.

Die meisten Zulu auf UBejane wurden Zeugen von Jacksons Schandtat. In blinder Panik kam er nackt in die Siedlung gerannt und schrie etwas Unzusammenhängendes. Er war davon überzeugt, dass Michael ihn mit einem Gewehr verfolgte, und hatte nur einen Gedanken im Kopf: Er musste fort. Sein hysterisches Geschrei weckte jeden auf, und von überall kamen Leute aus ihren Hütten und versuchten schlaftrunken auszumachen, woher der Lärm stammte. Ehe Wilson irgendetwas Sinnvolles aus ihm herausbekommen konnte, kam Michaels Landrover in die Siedlung gerast, sodass einige Tiere erschrocken zur Seite sprangen. Er hielt in einer Staubwolke an, und die Scheinwerfer leuchteten hell durch die offene Tür von Wilsons und Nandis Haus.

»Wo ist Jackson?«, brüllte Michael, noch ehe er aus dem Fahrzeug gestiegen war.

Der höfliche Gruß aus Wilsons Lippen erstarb, als er Michael sah.

»Ich will wissen, wo Jackson ist, verdammt«, schrie Michael.

Hinter der Tür vernahm man ein Rascheln, dann erschien Nandi, notdürftig in eine Decke gehüllt. »Bitte, Master Michael«, sagte sie ängstlich. »Was ist los?«

Michael kam näher. »Jackson, komm raus!«, befahl er. Mit verschränkten Armen wartete er, bis die immer noch nackte Gestalt Jacksons widerstrebend in der Tür erschien. Hinter ihm stand Dyson. »Raus«, herrschte Michael. »Es gibt eine Versammlung.«

Jackson kam heraus, die Hände vor seine Genitalien gelegt.

Dyson hatte Michael noch nie so wütend gesehen. »Bitte!«, mischte er sich ein, »erlaube meinem Bruder, sich zu bedecken.«

Verächtlich schaute Michael auf Jacksons Blöße. »Rasch«, meinte er knapp. »Zieh dich an.« Irgendwer warf Jackson eine Decke zu, und er legte sie sich um.

Immer mehr Zulu kamen herbeigelaufen. Wilson ging auf Michael zu. »Es soll geschehen. Beruft eine Versammlung ein«, sagte er ruhig. Er klatschte in die Hände und befahl, ein Feuer zu entzünden. Leute versammelten sich und raunten sich zu: »Was ist los? Was hat Jackson getan? Warum ist der *Nkosi* so wütend?«

Michael stieß Jackson vor sich her. »Ich bin mit den schlimmsten Vorwürfen hierher gekommen«, sagte er in Zulu. »Es ist etwas, das nicht bis morgen warten kann, es muss noch heute Abend erledigt werden.«

Das Raunen wurde lauter. »Ich nehme an«, sagte Wilson, der kerzengerade vor Michael stand und ihm direkt in die Augen sah, »Es hat etwas mit meinem Sohn Jackson zu tun. Was hat er getan, *Nkosi*? Hat er Sie bestohlen? Welches Verbrechen er auch immer begangen hat, es wird nicht ungestraft bleiben.«

In den Augen des ehrenwerten Mannes sah Michael Ehrlichkeit, aber auch Verwirrung, Angst und den echten Wunsch, jegliches Vergehen seines Sohnes zu sühnen. Sein

Ärger ließ etwas nach, und er holte tief Luft. »Es ist nicht so einfach«, sagte er. »Ja, er muss bestraft werden, aber die Frage ist, wie?«

Jackson, der sich inzwischen vergewissert hatte, dass Michael keine Waffe bei sich trug, mischte sich ein und meinte verächtlich: »Ja, Michael. Denk bloß keine Sekunde daran, deine Schwester zu bestrafen. Sie ist ja weiß.«

»Sei ruhig«, Kind«, zischte Wilson ihm zu. »Beleidige den *Nkosi* nicht.«

Michael schloss einen Moment die Augen. »Er hat Recht. Meine Schwester wird ebenfalls bestraft werden. Sie wird die Farm verlassen müssen.« Er machte zwei Schritte nach vorn, sodass er Jackson von Angesicht zu Angesicht gegenüberstand. »Was hast du dir dabei gedacht?«, fragte er verzweifelt. »Wie konntest du so etwas tun?«

Wilson kam zu ihnen. »Was haben sie getan? Ich flehe Sie an, *Nkosi*, sagen Sie es mir.«

»Sie waren zusammen wie Mann und Frau im Bett meiner Schwester.«

Ein Aufschrei ging durch die Menge.

»Nein!«, schrie Nandi. »So etwas würde er nie tun.

Michael sah Jackson an. »Also gut«, meinte er. »Sag es ihnen.«

Jackson ließ den Kopf hängen. »Es stimmt. Ich hatte meinen Schwanz in ihrem Loch.«

Michael ballte die Fäuste, bis ihm klar wurde, dass Jackson seine Ausdrucksweise eigentlich nur von Tessa haben konnte. »Sie müssen ihn auf Ihre eigene Weise bestrafen. Das ist nur fair. Tun Sie, was Sie für richtig halten, ich werde mich da nicht einmischen. Lassen Sie mich nur das eine sagen: Ich weiß, dass meine Schwester ebenso viel Schuld an dieser Sache hat wie Jackson, vielleicht sogar noch mehr. Ich bin mir über ihr ... unakzeptables Verhalten sehr wohl bewusst. Sie wird ihre Strafe bekommen. Aber das entschuldigt nicht Ihren Sohn. Ich erwarte, dass Sie ihn entsprechend bestrafen.«

Sein Blick wanderte über die Umstehenden. »Sie haben vermutlich schon gehört, dass Joe King heute Abend getötet wurde. Es hat viel zu lange Böses auf UBejane gegeben. Nun ist höchste Zeit für Veränderungen. Ich überlasse Jackson Ihren Händen.« Er wandte sich zum Gehen.

»Warten Sie, *Nkosi.*« Wilson sah Michael angstvoll an. »Werden Sie der Polizei von der Sache erzählen?«

Michael schüttelte den Kopf. »Wie könnte ich das? Aber wenn die beiden auch nur noch einmal miteinander sprechen, wird die ganze Familie Mpande UBejane verlassen. Das schwöre ich. Ich spreche diese Drohung schweren Herzens aus, aber ich meine sie ernst.«

Entsetzt und ungläubig sah Dyson der entschwindenden Gestalt seines einzigen weißen Freundes nach. »Warte.« Er rannte hinter ihm her. »Das kannst du nicht ernst meinen. Du weißt genau, dass deine Schwester viel mehr Schuld daran hatte.«

Michael kletterte in das Fahrzeug. Lehnte den Ellbogen durch das offene Fenster und sah starr geradeaus. »Ich meine es ernst, Dyson. Halt ihn von ihr fern.«

»Nur weil er schwarz ist«, antwortete Dyson bitter. »Ich habe mehr von dir erwartet.«

Michael sah Dyson nicht an. »Nein, nicht weil er schwarz ist. Weil sie erst vierzehn sind und weil es gegen das Gesetz ist.«

»Und wenn Jackson weiß wäre?«

»Dann hätte ich genauso gehandelt.« Michael startete den Motor und fuhr ohne ein weiteres Wort davon.

Dyson glaubte ihm nicht.

Es galten unterschiedliche Maßstäbe; so hatte Michael es vor nicht allzu langer Zeit selbst formuliert. Niemand gab sich in Bezug auf Tessa irgendwelchen Illusionen hin, nicht einmal Dyson. Jackson hatte seine gerechte Strafe bekommen, sein Rücken war mit einem *sjambok* traktiert worden, das schwere Nashornfell hatte sich tief in die Haut eingeschnitten, sodass er für immer Narben zurückbehalten würde. Wilson hatte die Strafe selbst ausgeführt, während Nandi leise vor Scham geweint hatte. Dyson empfand weder Sorge noch Mitleid für seinen Bruder. Er hatte ein Verbrechen begangen und zahlte nun mannhaft die Strafe. Was ihn verletzte, war Michaels Drohung, seine Familie von der Farm zu verjagen. Michael kannte die Zulu so gut wie sonst keiner, aber er schien sich dessen nicht bewusst zu sein, oder es kümmerte ihn nicht, dass auch er eine doppelte Moral vertrat.

Kapitel neun

Joe King starb Montagnacht. Aufgrund der unnatürlichen Umstände seines Todes musste ein Gerichtsmediziner zunächst bestätigen, dass das Feuer die Todesursache gewesen war; deshalb konnte die Beerdigung nicht vor Freitag stattfinden. Am Dienstagmorgen sah Michael, dass seine Mutter telefonierte und eine Verabredung traf. Sie legte den Hörer auf und sagte: »Ich habe für Tessa einen Termin bei einer Ärztin vereinbart.«

»Warum?«

»Um feststellen zu lassen, ob wir irgendetwas tun können.«

»Dann meinst du eine Psychiaterin?«

Claire nickte.

»Wo?«

»Durban.«

»Das ist verdammt weit.« Michael hielt nicht viel von Psychiatern, egal ob männlich oder weiblich. Er fand, sie waren nichts weiter als das Abfallprodukt der Seelenklempner-Manie, die in Amerika herrschte. Doch nach Claires Gesichtsausdruck zu urteilen, würde sie sich auf keine Diskussion einlassen. Noch am selben Vormittag fuhr sie mit einer sich heftig sträubenden Tessa nach Durban.

Acht Stunden später kehrten sie zurück. Tessa hatte rote

Augen, war sehr schweigsam und ging direkt in ihr Zimmer. Michael folgte seiner Mutter ins Büro. »Und?«

»Sie will dich sprechen.«

»Tessa?« Er war überrascht. Tessa ging ihm normalerweise aus dem Weg, wann immer sie konnte.

»Nein. Dr. Lewis.«

»Warum? Mir fehlt doch nichts.«

»Sie sagt, die ganze Geschichte klänge so, als hätten Tessas Probleme sehr viel mit dir zu tun. Die Ärztin glaubt, dass ...« Claire zögerte, dann fuhr sie hastig fort: »Sie meint, du seist eine Art Vaterfigur für sie. Du würdest Maßstäbe setzen, von denen Tessa glaubt, dass sie sie nicht erfüllen kann.« Claire zuckte verzweifelt mit den Schultern. »Ich weiß auch nicht, Michael. Aber alles ist einen Versuch wert.«

Er versuchte zu widersprechen. Seiner Meinung nach verursachte Tessa ihre Probleme selbst. Aber da seine Mutter davon überzeugt zu sein schien, dass es wichtig sei, willigte Michael schließlich ein, am nächsten Tag die dreistündige Fahrt auf sich zu nehmen, um mit Dr. Lewis zu sprechen. Er war ebenso begeistert über diesen Termin, wie Tessa es am Vortag gewesen war.

Er wusste nicht, was er erwartet hatte, aber ganz sicher keine Frau in Jeans und T-Shirt, die völlig normal aussah, unaufhörlich rauchte und sich zuweilen einer Sprache bediente, bei der ein Bierkutscher rot wurde. Und eine Couch konnte er auch nirgends entdecken. Sie hatte hellblonde Haare, wild gelockt und mit einem Gummiband zusammengehalten. Sie führte ihn in ihr Sprechzimmer, schloss die Tür, ging zu ihrem Schreibtisch, nahm ihre Zigaretten und zündete sie an. Während sie den Rauch genießerisch zur Decke blies, sagte sie: »Ich bin Annie Lewis. Setzen Sie sich. Wir sollten uns ein bisschen miteinander bekannt machen.« Ihre Stimme klang rau.

Michael musterte sie unauffällig. Sie trug kein Make-up, ihre Haut war makellos, die Augen klar und offen. Sie sah unglaublich jung aus. »Haben Sie eine richtige Ausbildung?«

»Natürlich.«

Michael ging zu ihrem Schreibtisch hinüber. »Sie sehen aus, als gingen Sie noch zur Schule.«

»Das nächste Mal werde ich eine graue Perücke aufsetzen.« Sie lächelte. »Kommen Sie, Michael King. Setzen Sie sich und lassen Sie uns anfangen. Ich bin viel zu teuer, um mit Ihnen über mein Alter zu diskutieren, aber wenn Sie sich danach besser fühlen, ich bin fünfundzwanzig. Okay?«

Sie war drei Jahre älter als er.

Michael fühlte sich ein wenig unbehaglich, als er sich setzte.

Annie Lewis kam sofort zur Sache. »Ihre Schwester braucht Hilfe. Glauben Sie im Ernst, es wäre eine Lösung, sie in ein Kloster zu schicken?«

»Es ist eine Lösung für uns alle.«

Ärger breitete sich in ihrem Gesicht aus. »Sie machen es sich sehr einfach.«

»Sie müssen ja auch nicht mit ihr leben.«

»Sie braucht Verständnis und Geduld, Michael.«

»Bei einem Honorar von dreißig Rand in der Stunde glaube ich Ihnen das gern.«

Dr. Lewis drückte ihre Zigarette aus. »In Tessa steckt eine Menge aufgestauter Frustrationen. Irgendetwas hat sie sehr getroffen. Es muss noch etwas anderes sein als der Tod Ihres Vaters.«

Michael lächelte grimmig. »Tessa trifft nichts, so viel ist sicher.«

»Sie mögen sie nicht, nicht wahr?«

»Nicht besonders.«

»Warum nicht?«

Michael sah sie herausfordernd an. »Geht Sie das etwas an?«

Sie hielt seinem Blick stand. »Wenn ich Ihnen helfen soll, ja.«

Ihre Augen waren tiefblau, beinahe violett. »Sie war von Geburt an schwierig. Aufsässig, störrisch, hinterlistig und eine Lügnerin.« *Verdammt, sind diese Augen schön!* »Ich wette, sie hat Ihnen nicht erzählt, warum wir sie in ein Kloster schicken wollen.«

»Sie wurde in flagranti mit einem schwarzen Jungen erwischt.«

Ihre Offenheit ließ Michael zusammenzucken.

»Es ist ein zweifaches Vergehen. Sie ist minderjährig, und er ist schwarz. Was heißt das?«, fragte sie.

»Tessa hat keine Moral.«

»Unsinn!« Sie machte eine wegwerfende Handbewegung.

»Außerdem vermute ich ...« Michael schluckte seine Worte hinunter. Was zwischen Tessa und Joe passiert war, ging diese Frau nun wirklich nichts an.

»Sie vermuten was?«

»Dass sie in der Schule häufig sexuelle Kontakte hat.«

»Das haben viele Mädchen.«

»Nicht so wie Tessa.«

»Nein. ich gebe zu, dass Tessa anders ist.«

»Wie meinen Sie das?«

»Ich weiß es noch nicht. Es ist noch zu früh, um es sicher sagen zu können. Offenbar scheint Ihre Schwester weder Verlegenheit noch Scham zu empfinden. Das ist für einen so jungen Menschen wie Tessa ungewöhnlich. Und aus dem, was sie mir gestern erzählt hat, schließe ich, dass sie seit dem Tod ihres Vaters völlig einsam ist. Sie hat das Gefühl, dass sie niemand aus der Familie mag. Das gilt besonders für Sie.«

Michael seufzte. »Hören Sie, Dr. Lewis ...«

»Annie.«

»Also gut, Annie. Tessa hat ihr Leben lang anderen die Verantwortung für das gegeben, was sie getan hat. Nichts war jemals ihre Schuld. Sie hat kein ...«, er suchte krampfhaft nach dem richtigen Ausdruck, »... keine Selbstkontrolle. Wenn Sie auf ihre ›Niemand-versteht-mich‹-Scharade reingefallen sind, hat sie Sie an der Nase herumgeführt. Sie verhält sich nicht so, wie sie sich verhält, nur weil sie in unserer Familie niemand mag. Das ist Unsinn.«

Annie Lewis grinste. »Gut. Ich bin froh, dass Sie das gesagt haben.«

»Warum?«

»Weil ich es gesagt hätte, wenn Sie es nicht getan hätten. Ich stimme Ihnen zu. Ich hatte gestern auch das Gefühl, dass sie ein ziemlich gutes Schauspiel aufgeführt hat.«

»Wir kennen das zur Genüge.«

»Es ist sicher nicht einfach, das verstehe ich. Aber sie braucht trotzdem Hilfe.«

»Sie muss überwacht werden.«

Annie schüttelte den Kopf, und ihre Locken flogen. Fasziniert schaute Michael zu. Aber ihre Worte ließen ihn an ihrer Erfahrung zweifeln. »Wenn Sie versuchen, Tessa zu überwachen, wird sie sehr negativ reagieren. Sie ist wie eine Zeitbombe. Sie muss langsam an eigenverantwortliches Handeln herangeführt werden. Verstehen Sie das denn nicht, Michael? Tessa braucht Liebe, keine Verbannung. Und Sie sind derjenige in der Familie, der ihr am meisten Liebe geben muss.«

»Warum ausgerechnet ich?«

»Glauben Sie es oder nicht, aber sie hat großen Respekt vor Ihnen.«

Michael lachte bitter. »Tessa weiß nicht einmal, was dieses Wort bedeutet.«

Annie ignorierte seinen Einwand. »Sie sind die Vaterfigur, derjenige, von dem sie Anerkennung braucht. Ich schätze, ihr wirklicher Vater hatte ein Alkoholproblem. Tessa braucht einen Mann in ihrem Leben, einen, zu dem sie aufschauen kann.«

Michael erhob sich und sah Annie Lewis an. »Tessa braucht einen Mann in ihrem Leben, ja? Sie haben ja keine Ahnung, wovon Sie reden. Sie kommt in ein Kloster, wo sie weit und breit keinem Mann mehr begegnen wird. Wenn Sie mich jetzt bitte entschuldigen würden, ich muss mich noch um eine Beerdigung kümmern.«

»Warten Sie.« Annie stand ebenfalls auf. »Ich verlange nichts weiter von Ihnen als ein bisschen Zeit. Ich kann ihr helfen, ich weiß, dass ich das kann, aber zuvor muss ich dafür sorgen, dass sie den Tod ihres Vaters nicht mehr als Entschuldigung nimmt.«

Michael schüttelte den Kopf. »Keine weitere Zeit, keine weiteren Gespräche. Sie kommt in ein Kloster, bevor sie noch mehr Schande über ihre Familie bringt. Wie Sie richtig sagten, Doktor, sie ist minderjährig, und Schwarze scheinen eine gewisse Faszination auf sie auszuüben. Eine tödliche Kombination in diesem Land, finden Sie nicht auch?«

»Hören Sie auf, so verdammt moralistisch zu sein. Das nützt gar nichts. Sie müssen doch sehen, dass ein Mädchen wie Tessa, das sich mit Absicht allen Regeln widersetzt, nach Aufmerksamkeit schreit.«

Michael hatte jetzt genug. »Woher haben Sie so ein Zeug, Dr. Lewis? Jeder, der auch nur einen Funken Verstand besitzt, erkennt sofort, dass Tessa ganz einfach nur sexbesessen ist.«

Annie griff verärgert nach ihren Zigaretten. »Dann verschwinden Sie. Ich glaube, es ist wirklich sinnlos, an Ihre Vernunft zu appellieren.« Sie zündete sich eine Zigarette an. »Gott möge Ihrer Schwester helfen und Ihnen allen, wenn sie erst einmal achtzehn wird.« Sie machte eine ungeduldige Handbewegung. »Gehen Sie nur, gehen Sie und kümmern Sie sich um Ihre verdammte Beerdigung.«

Ohne ein weiteres Wort verließ Michael ihre Praxis.

Annie sank auf ihren Stuhl und starrte auf seinen leeren Platz. »Du Idiot, Lewis«, murmelte sie vor sich hin. »Du verdammter Idiot. Du hättest erkennen müssen, dass er von der Sekunde an, als er hier hereinkam, gegen dich war. Du hättest versuchen müssen, sein Vertrauen zu gewinnen, anstatt ihn unter Druck zu setzen.«

Sie kamen von weit entfernt zum Begräbnis von Joe King, eine eng verschworene Gemeinschaft, die eines verband – Zucker. Manche kamen, um ein Schwätzchen zu halten. Andere aus Neugier, wieder andere, um einmal einen freien Tag zu haben. Zwei Personen nahmen Claire zur Seite und machten ihr ein Kaufangebot für die Plantage. Beide sagten im Grunde das Gleiche: »Schnell verkaufen, rasch abstoßen, neu anfangen, ich mache Ihnen einen fairen Preis, Sie brauchen keine Agentur einzuschalten, Sie können mir vertrauen.« Und Claire lächelte beide freundlich an und sagte: »Ich werde mich bei Ihnen melden.«

Die Trauerfeier hatte in Empangeni stattgefunden. Anschließend waren alle nach UBejane gefahren, wo Joe als Erster und Letzter der Kings in einem Familiengrab beigesetzt wurde, das er einige Jahre zuvor in einem rührseligen Moment angelegt hatte. Ein einsamer Leichnam auf einem einsamen Hügel in einer einsamen Landschaft. Niemand kümmerte es. Als Michael die versammelte Menschenmenge auf dem Rasen vor dem Haus betrachtete, fragte er sich, wie viele von ihnen wohl gekommen waren, weil sie wirklich trauerten. Einer von Joes Saufkumpanen, der zur Abwechslung einmal nüchtern war, wischte sich ein oder zweimal mit dem Handrücken über die Augen. Eine Kusine weinte ausgiebig. Michael zählte sie nicht mit. Sie war jemand, der auch auf Hochzeiten immer weinte. Sally vergoss ein paar Tränen, aber nicht aus Trauer, sondern aus Mitleid.

Die Gäste standen in Gruppen zusammen, aßen, tranken, erzählten und lachten. Eine ziemlich gute Party, dachte Michael. *Danke, Joe King. Großes Verpiss-dich. Ich bin sicher, dass dir das gefallen würde.*

Ein bildhübsches Mädchen mit einer blonden Bobfrisur, haselnussfarbenen Augen, leicht gebräunter Haut und einer Figur, die die Blicke sämtlicher anwesenden Männer auf sich zog, bahnte sich einen Weg durch die Menge und kam auf Michael zu. »Es tut mir so Leid«, sagte sie leise.

Er konnte sie nicht einordnen, und das merkte sie.

»Als wir uns das letzte Mal gesehen habe, hatten wir eine Art Streit.« Sie lächelte. »Du warst wegen irgendetwas schrecklich schlechter Laune.«

»Jennifer! Du meine Güte! Oh entschuldige bitte.« Michael fuhr sich mit der Hand durchs Haar. »Du siehst großartig aus.« Vor drei Jahren hatte sie noch Babyspeck und einen Pferdeschwanz gehabt. Die Frisur, die sie jetzt trug, betonte ihre Wangenknochen und gaben ihrem Gesicht einen völlig neuen Ausdruck. Von dem Teenager, den er in Erinnerung hatte, war jedenfalls nicht viel übrig. »Ich wollte deine Eltern längst anrufen und sie fragen, was aus dir geworden ist.«

»Ich habe gehört, dass du zurück bist.«

»Jen. Es tut mir so Leid. Als wir uns das letzte Mal gesehen haben ... Nun, damals war ich ... sehr verärgert.«

Sie lächelte. »Das sei dir verziehen.«

»Wie ist es an der Universität? Es war doch Zoologie, wenn ich mich nicht irre, oder?«

»Das ist es immer noch.«

Ihre sachliche Art zu sprechen gefiel ihm. »Noch nicht fertig?«

»Nicht ganz. Ich habe noch etwas über ein Jahr vor mir.«

»Du bist doch nicht nur deswegen nach Hause gekommen?« Michael zeigte auf die versammelten Trauergäste.

Als sie den Kopf schüttelte, fiel die Sonne auf ihr hin und her fliegendes Haar, das wie Gold glänzte. »Ich habe Semesterferien.«

»Wie lange?«

»Noch einen Monat.«

»Wir sollten uns einmal treffen und über alte Zeiten reden.«

»Das wäre schön.« Ihre Augen ließen ihn keine Sekunde los.

Michael nahm seinen ganzen Mut zusammen. »Hast du morgen Abend schon etwas vor?«

»Nein, nichts.« Sie antwortete direkt. Keine Ausflüchte, kein Hinhalten, keine Bedenkzeit.

»Meine Kusine feiert auf Kingsway eine Geburtstagsparty. Hast du Lust mitzukommen?«

»Gern.«

»Ich hole dich gegen acht ab, wenn es dir recht ist.«

»Perfekt.«

»Es geht übrigens ganz zwanglos zu.«

Sie hatte in der Menge jemanden entdeckt. »Würdest du mich jetzt bitte entschuldigen, Michael? Da hinten steht meine Tante. Ich muss sie begrüßen, sonst spricht sie nie wieder ein Wort mit mir.« Ein kurzes Lächeln, und Jennifer war verschwunden.

Michael sah ihr nach. Er sah, wie ihr glatter schwarzer Rock sich über die runden Pobacken spannte, wie der Schlitz lange, schöne Beine freigab. Er sah, wie sie die Schultern hielt, wie sie beim Gehen ganz leicht die Hüfte schwang. Sie war groß, fast so groß wie Michael. Sie ging mit langen, eleganten Schritten, mit einer beinahe katzenhaften Grazie, die ihn an die Geschmeidigkeit eines Leoparden erinnerte. Sie strahlte zugleich offene Freundlichkeit und natürliche Zurückhaltung aus, aber Michael war überzeugt, dass ein Mann, der das Glück hatte, die richtigen Knöpfe zu drücken, bei ihr in den Genuss großer Leidenschaft kommen würde. Er sah den Blick in den Augen anderer Männer, an denen sie vorbeilief. »Wow!«, entfuhr es ihm.

Der Nachmittag ging in den Abend über, und dann ging Jennifer. Als sie Michael zum Abschied kurz auf die Wange küsste, roch er ihr Parfüm, holzig, natürlich und leicht würzig. Es passte perfekt zu ihr.

Tessa hatte an der Beerdigung teilgenommen, weigerte sich allerdings, während des Essens anwesend zu sein. »Diese ganzen langweiligen Leute.« Sie hatte die Nase gerümpft. »Ich gehe in mein Zimmer.«

Sehr zu Tessas Überraschung hatte Claire »Gut!« geantwortet und sie gehen lassen.

Als sie nun den Lärm von der Wiese hörte, wusste sie, dass ihre Mutter und Michael beschäftigt waren. Sie hatte vor, sich davonzuschleichen und auf die Suche nach Jackson zu machen. Aber als sie versuchte, die Tür zu öffnen, stellte sie fest, dass sie von außen abgeschlossen war. An dem normalerweise offenen Riegel der Verandatür baumelte ein Vorhängeschloss. Auch die Fenster waren umgebaut worden und ließen sich jetzt nur noch einen Spaltbreit öffnen.

»Das können sie doch nicht machen«, schimpfte sie wütend. »Das ist barbarisch. Das ist ... illegal.« Sie hatte Angst. Alles war schief gelaufen. Am Tag nachdem Michael Jackson in ihrem Zimmer erwischt hatte, hatte Claire Tessa darüber informiert, dass sie in einem Kloster in der Nähe von Durban angemeldet sei. Michael würde sie zwei Tage nach der Beerdigung hinfahren. Tessa hatte geweint, gebettelt, Versprechungen gemacht, die sie nie halten würde. Aber ihre Mutter war ungerührt geblieben.

Daraufhin hatte Tessa beschlossen, mit Jackson wegzulaufen. Natürlich hatte sie dabei keinen einzigen Gedanken an die Realisierbarkeit ihres Plans verschwendet, auch nicht an die Möglichkeit, dass Jackson sich weigern könnte. Sie hatte vorgehabt, es ihm heute während der Trauerfeier für ihren Vater zu sagen. Vorher war das unmöglich gewesen, denn sie wurde nun auf Schritt und Tritt bewacht – von ihrer Mutter, von Michael, sogar von Bessie.

Und nun war sie auch noch eingeschlossen. »Lieber Gott«, flehte sie. »Bitte mach, dass sie mich nicht wegschicken.« Aber Tessa wusste, dass sie gehen musste. Und Michael würde ihr keine Chance geben, vorher zu flüchten.

Die Aussicht war beängstigend. Sie hatte von der strikten

Disziplin, den unbeugsamen Regeln und der Grausamkeit der Nonnen gehört. Für Tessa war die Vorstellung, so leben zu müssen, schlimmer als der Tod. Sie war ein freier Geist und wollte auch einer bleiben. Wenn man sie in ein Kloster einsperrte, würde sie zugrunde gehen. Tessa hatte bereits einen Plan. Wenn sie ihre Verbannung in ein Kloster nicht verhindern konnte, würde sie dort derartig aufbegehren, dass den Nonnen nichts anderes übrig blieb, als sie wieder nach Hause zu schicken.

Dennoch war sie wie gelähmt. Für einen so egoistischen und undisziplinierten Menschen wie sie war die Aussicht auf ein Leben im Kloster eine grauenvolle Vision. Jackson nicht mehr zu sehen, mit ihm nicht mehr das zu tun, auf das sie so begierig war, wie sollte sie das je ertragen können? In weiblicher Gesellschaft hatte sie sich noch nie besonders wohl gefühlt. Frauen und Mädchen waren so langweilig, es fehlte jegliche Spannung. Und nun sollte sie auf Jahre so leben?

In ihrem Zimmer eingesperrt, schluchzte Tessa sich die Angst und Frustration von der Seele.

Draußen ließen Claire, Michael, Sally und selbst Gregor den Abend regungslos über sich ergehen. Der einzig verbliebene King-Bruder, Colin, saß teilnahmslos vor sich hin starrend in seinem Rollstuhl und murmelte nur gelegentlich »Danke«, wenn ihm jemand sein Beileid bekundete.

Raj und Balram waren zwar bei der Bestattung dabei gewesen, hatten sich dann jedoch auf dringende Arbeiten berufen, um dem anschließenden Essen fern bleiben zu können. Michael vermutete, dass der alte Sikh und sein Sohn über Joes Tod erleichtert waren. Sie waren zwar durchaus bereit, ihren Respekt zu bekunden, aber nicht heuchlerisch genug, um wirkliche Trauer vorzutäuschen.

Ähnliches galt für die Zulu. Dyson, der genau wusste, wie sehr Michael seinen Vater gehasst hatte, drückte ihm lediglich die Hand und sah ihm lange in die Augen. Der Blick, den die beiden wechselten, sagte alles. ›Endlich frei!‹ Dann nickten sich die Männer noch einmal kurz zu, und Dyson kehrte in seine Siedlung zurück.

Wilson war über Joe Kings Ableben zwar nicht sonderlich betrübt, aber er war schockiert über die Art, wie er zu Tode gekommen war. Tröstend sagte er zu Claire: »Es war Gottes Wille. Wenn nicht, hätte Gott einen Regenguss geschickt, um das Feuer zu löschen.« Michael gegenüber äußerte sich Wilson wesentlich pragmatischer: »Ein früher Tod ist das Werk böser Mächte. Hier in der Nähe gibt es eine kluge *sangoma*. Ich werde ihr einen Besuch abstatten.«

Michael dankte ihm, denn er wusste, dass Wilson auf diese Weise versuchen wollte, die Familie vor weiterem Unglück zu schützen.

An jenem Abend konnte Dyson Mpande sich nicht richtig entschließen, ob er an der Zusammenkunft um halb zehn teilnehmen sollte oder nicht. In den letzten Tagen war so viel geschehen, dass er sich ein wenig verpflichtet fühlte, zu Hause zu bleiben, schon allein um seine Eltern im Umgang mit Jackson zu unterstützen, der mürrisch, störrisch und unhöflich war. Schließlich entschied er sich, doch zu gehen. Diese heutige Versammlung war einfach zu wichtig, um sie zu versäumen.

Während er Richtung Empangeni fuhr, kehrten seine Gedanken noch einmal zu den Ereignissen zurück, die UBejane erschüttert und seine Eltern so beschämt und verunsichert hatten, dass sie ernsthaft überlegten, die Farm zu verlassen und in ihr Heimatdorf zurückzukehren.

Michaels Drohung, die Familie aus UBejane zu weisen, hatte ihnen allen sehr zu schaffen gemacht. Sie unterstrich die Grenze, die zwischen Weiß und Schwarz gezogen worden war, eine Grenze, von der Dyson fest geglaubt hatte, sie würde für Michael nicht existieren. Jetzt war er sich nicht mehr so sicher. Dyson wollte gern glauben, dass sein Freund nur deshalb so hart reagiert hatte, um beide Familien vor den Behörden zu schützen. Vielleicht war das wirklich so gewesen. Aber die Drohung, die er ausgesprochen hatte, war die eines Arbeitgebers gegenüber einem Angestellten. Michael saß am längeren Hebel, und das hatte er ausgenutzt. Wenn es hart auf hart kam, spielte Freundschaft offenbar nur noch eine untergeordnete Rolle. Das konnte Dyson gerade noch hinnehmen. Aber galten auch für Michael unterschiedliche Maßstäbe, die abhängig waren von der Hautfarbe eines Menschen?

Es gab Zeiten, in denen Dyson ehrlich genug zu sich selbst gewesen war, um anzuerkennen, dass unterschiedlich angesetzte Maßstäbe eher die Regel, denn die Ausnahme waren. Das galt für ihn ebenso wie für jeden anderen. Sein eigenes Engagement für den Afrikanischen Nationalkongress war das perfekte Beispiel.

Ehe er mit Michael nach Umfolozi gegangen war, war Dyson wie sein Vater der Meinung gewesen, dass sich der ANC nicht um die Belange aller Stämme kümmern konnte, die Zulu daher eine eigene Stimme bräuchten. Er hatte Wilsons Enttäuschung über die Gleichgültigkeit der Zulu geteilt, etwa was ihren Widerstand betraf, die Inkatha-Bewegung neu zu beleben. Die meisten Zulu vertraten den

Standpunkt, dass es beim ersten Mal nicht funktioniert hätte, es also keinen Grund geben würde, nun mit einem Erfolg zu rechnen. Wie sein Vater favorisierte auch Dyson ein friedliches Ende der Apartheid. Im Gegensatz zu seinem Vater ging ihm jedoch langsam die Geduld aus. Die Vorstellung, die Zwänge des verhassten Systems endlich loszuwerden, waren einfach zu verlockend.

Am Ende eines jeden Arbeitstages im Umfolozi-Park hatte Michael sich in die nur für die Weißen bestimmten Unterkünfte zurückgezogen. Dyson war in das Lager der Schwarzen gegangen, und dort hatte das allabendliche Gespräch am Feuer rasch gezeigt, dass der Afrikanische Nationalkongress trotz Verbotes lebendig und aktiv war. Wo auch immer Zulu lebten, bildeten sich kleinere Gruppierungen des bewaffneten Flügels des ANC, Umkhonto we Sizwe – der Speer der Nation.

Auch Dyson wurde dazu aufgefordert, sich ihnen anzuschließen.

Zunächst hatte er befürchtet, Umkhonto wäre auch nicht effektiver als die anderen Gruppen, die sich im ganzen Land zu geheimen Zusammenkünften trafen. Sie hatten sich zusammengesetzt, sie hatten Pläne gemacht, aber es war letztlich nicht mehr dabei herausgekommen als heiße Luft. Der Ausnahmezustand band ihnen die Hände; es gab nicht viel, was sie tun konnten. Regelmäßige Razzien durch die Sicherheitspolizei hatten unter den Dissidenten gegenseitiges Misstrauen geschürt, und das wiederum führte dazu, dass ihr Protest kaum mehr war als ein leises Flüstern.

Doch dann hatte Dyson eine wunderbare Feststellung gemacht. Natürlich war ihr Aufbegehren mühsam, doch mit jedem Mal wurde das Flüstern ein klein wenig lauter. Es war wie ein weit entfernter Sturm. Man konnte ihn noch nicht spüren, aber alle wussten genau, dass er kommen würde. Deshalb wurden die Versammlungen fortgesetzt, weiter Pläne geschmiedet, und Dyson wusste, dass der Sturm, wenn er sie endlich erreichte, nicht nur stark wie ein Hurrikan sein würde, sondern sie auch in die Lage versetzen würde, darauf zu segeln.

Das einzige Problem bestand darin, dass er Chaos, Gewalt und Blutvergießen vor sich sah, das zunächst über die Schwarzen hereinbrechen würde, ehe es das Leben der Weißen erreichte. Wenn es schließlich auch die Weißen traf, würde es zu einem Blutbad kommen. Und sein bester Freund auf dieser Welt war ein Weißer. Was also sollte er tun?

Das heutige Zusammentreffen sollte im Privathaus des Onkels eines ehrwürdigen ANC-Mitglieds stattfinden. Die Versammlungsorte wechselten ständig, um nicht die Aufmerksamkeit der äußerst wachsamen Sicherheitspolizei zu erregen. Der Ausnahmezustand, der nach Sharpeville verhängt worden war, sollte bald wieder aufgehoben werden. Wenn es so weit war, konnte der Afrikanische Nationalkongress seine Versammlungen wieder offen abhalten, aber im Moment galt jede Zusammenkunft als politisch und war daher strikt verboten.

Es gab alarmierende Gerüchte, dass der Premierminister beabsichtigte, sämtliche Verbindungen zu Großbritannien zu kappen, eine Republik auszurufen und sich aus dem Commonwealth zurückzuziehen. Wenn das zutreffen sollte und den Briten jeglicher Einfluss entzogen würde, würden die ständig zunehmenden Repressionen völlig außer Kontrolle geraten. Und ehe das geschah, musste Pretoria klar gemacht werden, dass nicht alles nur nach ihren Vorstellungen verlaufen konnte und dass die Mehrheit der südafrikanischen Bevölkerung allmählich genug hatte.

Für heute Abend war eine Diskussion darüber vorgesehen, wie man am besten verkündete, dass eine bewaffnete Auseinandersetzung unmittelbar bevorstand. Sie hatten sich bereits auf eine Reihe von Bombenanschlägen geeinigt. Die Frage war nur wo. Manche wollten verhindern, dass Menschen zu Schaden kamen, und drangen darauf, zunächst nur Drohungen auszusprechen. Andere waren der Meinung, dass der Tod einiger Weißer nötig sei, um die volle Aufmerksamkeit Pretorias zu erlangen. Die Debatte wurde zunehmend hitziger. Dyson befürwortete den Vorschlag, eine Bombe in einem vorwiegend von Weißen besuchten Einkaufszentrum hochgehen zu lassen. Die Vorstellung, dass dabei Unschuldige getötet wurden, gefiel ihm zwar nicht, aber besondere Situationen erforderten eben besondere Maßnahmen. Schließlich hatte Nelson Mandela selbst erklärt. »Gewalt ist unvermeidbar. Es ist unrealistisch und falsch, dass die Anführer der Schwarzen weiterhin Frieden und Gewaltfreiheit predigen, wenn die Regierung unsere friedlichen Forderungen mit Gewalt beantwortet.«

Im Durcheinander der erhobenen Stimmen hörte niemand, dass draußen im Dunkeln Sicherheitsschlösser aufgeknackt wurden. Später erinnerte sich jemand, ein Krachen vernommen zu haben, als die Eingangstür eingetreten worden war, doch sie waren alle so vertieft in ihre Auseinandersetzung gewesen, dass sie völlig überrascht waren, als auf einmal schwer bewaffnete weiße Polizisten den Raum stürmten, sie umzingelten und alle Ausgänge blockierten. Die plötzliche Stille war gespenstisch. Angst trieb

Schweiß in Gesichter, die noch Sekunden zuvor voller Zuversicht und Kampfbereitschaft gewesen waren.

Niemand rührte sich. Draußen wurden Stimmen laut, und die Polizisten an der Tür traten zur Seite, um einen unbewaffneten Mann in der Uniform eines Kommandeurs vorbeizulassen. Er blieb in der Tür stehen und musterte langsam die Gesichter der Umstehenden. Einige der Männer kannte er mit Namen. »Was macht ihr hier?«, bellte er plötzlich.

Sie waren vorbereitet. Bier und Chips standen für genau diese Situation bereit. »Eine Party, *Nkosi.*«

Der Beamte schnaubte verächtlich. »Wo sind denn die Frauen?«

»Es ist eine Bierparty, *Nkosi*. Ohne Frauen.«

Der Mann kam weiter in den Raum, drehte sich langsam auf dem Absatz und sah sich um. »Ihr habt in höchsten Tönen gebrüllt. Wir konnten euch vom Ende der Straße aus hören.«

»Verzeihung, *Nkosi.*«

»Wie war noch das Wort, das wir gehört haben? Umkhonto, kann das sein?«

Einige der Polizisten grinsten und nickten.

Der Kommandeur sah Dyson an. »Was ist dieses Umkhonto, von dem ihr hier herumschreit und diskutiert, he? Erklär es uns. Wir würden auch gern mitdiskutieren.«

Dyson schwieg. Er sah den Polizeibeamten nicht an.

»Rede schon, Kaffer.« Die Freundlichkeit war plötzlich verschwunden, und die Stimme des Kommandeurs klang schneidend. »Was ist Umkhonto?«

Eine Stimme antwortete leise: »Es ist nichts, *Nkosi*. Wir haben uns nur an eine große Schlacht aus den Zeiten Shakas erinnert, das ist alles.«

Der Kommandeur kniff die Augen zusammen. »Umkhonto we Sizwe«, sagte er langsam. »Der Speer der Nation.« Er drehte sich um und zeigte der Reihe nach auf verschiedene Männer. »ANC, ANC, ANC, ANC«, wiederholte er und wählte nach Gutdünken aus. »Dies ist eine politische Versammlung.«

»Nein, *Nkosi*. Es ist nur eine Bierparty.«

Der Sprecher wurde durch einen brutalen Fausthieb niedergestreckt. »Lügner!«, brüllte der Kommandeur laut. »Nehmt sie alle fest«, schnappte er. Dann war er verschwunden.

Niemand widersetzte sich. Sie hatten keinerlei Illusionen was ihr Schicksal betraf. Sie würden verprügelt und verhöhnt werden. Einige von ihnen gefoltert. Die Polizei konnte sie unendlich lange hinter Gitter sperren, während sie nach Beweisen suchten, die sie des Verrats überführten. Sie konnten ohne Prozess Tage, Wochen, Monate, ja sogar Jahre festgehalten werden. Der ANC konnte ihnen nicht helfen, niemand konnte ihnen helfen.

Dyson, der mit Handschellen an einen anderen Mann gefesselt war, wartete regungslos darauf, dass er in den Polizeiwagen geschoben wurde. Ein Polizist schlug ihn grundlos mit dem Knauf einer Pistole. Es schmerzte. »Steig ein, Kaffer.« Es hatte keinen Sinn zu argumentieren und zu erklären, dass er sich erst dann bewegen konnte, wenn der Mann vor ihm im Wagen war. Dyson drängelte vorwärts, in der Hoffnung, willig zu erscheinen und weiteren Hieben zu entgehen. Äußerlich war er unterwürfig und ergeben. In seinem Inneren rangen Angst und Wut heftig miteinander.

Er hörte den Mann, an den der gefesselt war, flüstern: »Es tut mir Leid, Vater.« Es war seine persönliche Entschuldigung für das, was er seiner Familie antat. Denn die Polizei würde sich nicht damit begnügen, nur die zu verhaften, die sie bei ihrer Razzia aufgegriffen hatten. Sie würden ganze Familien zum Verhör holen. Dyson wusste, dass Wilson, Nandi, Jackson und sogar die beiden kleinen Kinder gnadenlos ausgefragt werden würde. Wenn die Polizei mit ihren Antworten nicht zufrieden war, würden auch sie eingesperrt. Der Schweiß brach ihm aus. Im Zuge ihrer Ermittlungen würde die Polizei vielleicht auch herausfinden, was sich zwischen Jackson und Tessa abgespielt hatte.

Sie wurden auf die Ladefläche des Wagen gepfercht, so eng, dass sie kaum noch atmen konnten. Dann schlug die Tür hinter ihnen zu. Dyson warf einen verzweifelten Blick nach draußen, in die Freiheit. Er fragte sich, wie lange es wohl dauern würde, ehe er sie wiedersehen würde, wenn er sie überhaupt je wiedersah.

Die Nachricht von Dysons Verhaftung erreichte UBejane am nächsten Morgen. Nandi und Wilson waren fast verrückt geworden vor Sorge, als ihr Sohn nach der Versammlung nicht nach Hause gekommen war. Polizeiautos, und zwar gleich sechs, fuhren vor dem Haupthaus vor, als Claire in ihrem Büro am Schreibtisch saß. Der Kommandeur war ein Ausbund an Zuvorkommenheit und Freundlichkeit. »Guten Morgen, Mevrou King.«

»Guten Morgen, Officer.« Claire kannte sich mit Dienstgraden nicht aus. Sie nannte alle Officer.

»Äh ... Das mit Ihrem Mann tut mir Leid.«

»Danke.«

»Aber wir sind heute aus einem anderen Grund hier.«

Claire zog die Augenbrauen hoch. »Da Sie mit sechs Fahrzeugen gekommen sind, hätte ich mir das fast denken können.«

»Ah ... ja.« Der Beamte sah Nandi an. »Wie heißen Sie?«

Nandi blickte ängstlich auf. »Nandi, Master.«

»Nandi wie?«

»Mpande, Master.«

Der Polizist schüttelte den Kopf und blinzelte Claire zu. »Nandi Mpande. Klingt wie ›An die Pfanne‹.«

Claire warf ihm einen eisigen Blick zu. »Würden Sie uns jetzt bitte sagen, weshalb Sie hier sind?«

Der Mann holte tief Luft und blies sich wichtigtuerisch auf. »Gestern Abend haben wir zweiundzwanzig Männer verhaftet, die eine illegale politische Versammlung abhielten. Dyson Mpande war einer von ihnen.« Er ignorierte Nandis schockierten Aufschrei. »Wir sind hier, um seine Familie abzuholen.«

Er sah lächerlich aus, wie eine Kropftaube. Claire wurde zunehmend ungehalten. »Was glauben Sie denn, wie groß diese Familie ist?« Sie zeigte auf die vielen Fahrzeuge und die bewaffneten Polizisten davor.

»Wir werden alle Schwarzen zum Verhör mitnehmen. Wir werden sie wieder gehen lassen, wenn wir uns davon überzeugt haben, dass sie unschuldig sind.«

»Unschuldig? Wie meinen Sie das?« Der Beamte kannte Claire nicht gut genug, sonst wäre ihm die Schärfe nicht entgangen, die plötzlich in ihrer Stimme lag.

»Verrat.« Er sagte das Wort so, dass es schrecklich wichtig klang.

Claire blinzelte langsam und fuhr sich mit dem Handrücken über die Stirn. »Sagen Sie mal, Officer«, sagte sie seelenruhig. »Wie würden Sie es nennen, wenn jemand absichtlich die Produktion des Hauptexportguts dieses Landes sabotieren würde?«

Der Beamte kratzte sich am Kopf. »Das wäre auch Verrat«, antwortete er schließlich, ohne zu begreifen, worauf sie hinaus wollte.

Claire erhob sich und stützte sich auf ihren Schreibtisch. »Wenn Sie meine ganzen Arbeiter mitnehmen, wie soll ich dann meine Quote schaffen?«

Endlich verstand er, was sie meinte. Er stand stocksteif da. »Mevrou« sagte er drohend, ohne auf die Frage einzugehen. »Ich erledige nur meinen Job. Wollen Sie sich etwa weigern zu kooperieren?«

»Ich kenne meine Rechte«, erwiderte Claire nicht minder scharf. »Sie können die Familie Mpande zum Verhör mitnehmen, aber ich versichere Ihnen, Sie verschwenden Ihre Zeit. Ich erwarte alle bis morgen Abend zurück. Wenn sie es nicht sind, werde ich über Ihren Kopf hinweggehen. Der Polizeichef von Durban ist ein persönlicher Freund von mir. Und Sie werden keinen meiner anderen schwarzen Arbeiter mitnehmen. Habe ich mich klar ausgedrückt?«

»Madam«, antwortete er kalt. »Wenn ich will, kann ich jeden Mann, jede Frau und jedes Kind von Ihrer Plantage mitnehmen.«

»Ich weiß«, antwortete Claire. »Aber ich glaube nicht, dass Sie so dumm sind.« Er war ein Tyrann. Sie würde sich von seiner Taktik nicht abschrecken lassen, auch wenn sie sich wünschte, Michael käme endlich von den Feldern zurück. »Ich habe schon von Ihnen gehört. Ihre Männer vergewaltigen Frauen und Mädchen und foltern kleine Jungen. Ich behaupte damit nicht, dass Sie persönlich daran beteiligt sind oder dass die Gerüchte der Wahrheit entsprechen, aber ich frage mich, was Ihre Vorgesetzten wohl dazu sagen würden.«

Sein Gesicht wurde rot vor Zorn. »Wie können Sie es wagen«, stieß er hervor.

Claire, die nicht die geringste Vorstellung von den persönlichen und privaten Neigungen des Mannes hatte, lächelte zuckersüß. »Ich bin überzeugt, dass diese Geschichten hoffnungslos übertrieben sind, Officer, aber Sie stimmen mir sicher zu, dass Gerüchte auf geheimnisvollste Weise entstehen, oder?«

Sein Finger schnellte in Nandis Richtung. »Sie. Kommen Sie mit.«

Nandi warf Claire einen angstvollen Blick zu und folgte ihm nach draußen. Sie wurde in den Fond einer der Wagen geschoben, dann fuhr der gesamte Konvoi davon.

»Lieber Gott«, sagte Claire laut. Sie wusste, dass der Familie Mpande Drohungen, wahrscheinlich körperliche Misshandlungen und vielleicht sogar Schlimmeres bevorstanden, ehe sie wieder entlassen würde. Ihr Gespräch mit dem Officer war kein Dahingerede gewesen. Schon seit Jahren kursierten Gerüchte über seine Grausamkeit und die seiner Männer. Es gab keine Garantie dafür, dass man Nandi nicht sexuell missbrauchen würde, oder ihre zwölfjährige Tochter. Wilson und der kleine Junge mussten damit rechnen, geschlagen zu werden. Und Jackson. Gott möge ihm beistehen, wenn die Ereignisse von Montagabend ans Licht kommen würden. Claire konnte nichts weiter tun, um ihnen zu helfen. Dieser widerwärtige Mann mochte tatsächlich einen Vorgesetzen in Durban haben – sie hatte jedenfalls keine Ahnung, wer es war.

Minuten später kam Michael auf den Hof gefahren. Er wusste weder etwas von dem Polizeibesuch noch kannte er den Grund dafür. Rasch informierte Claire ihn über das Wichtigste. »Dieser Idiot!«, brach es aus ihm heraus. »Ich habe ihn immer wieder gewarnt, dass er mit dem Feuer spielt.«

Claires Gesicht war leichenblass. »Wie können wir ihnen bloß helfen? Es sind doch unsere Freunde. Die Polizei kann sie doch nicht einfach ohne Grund festhalten.«

»Wir können wahrscheinlich allen helfen, nur Dyson nicht.« Michael schlug auf die Kühlerhaube des Landrovers. »Wenn er auf dieser Versammlung war, dann hat er schlechte Karten.«

»Michael, du weißt, wie die Polizei ist. Wir müssen dringend etwas unternehmen.«

Er legte den Arm um sie. »Hab Geduld. Wenn sie morgen Früh nicht zurück sind, kenne ich jemanden, der vielleicht die Fäden ziehen kann.«

»Erst Joe, dann Tessa und nun das noch.« Sie sah ihren Sohn an. »Was mag noch passieren?«

»Ist Tessa immer noch ...?«

»Ja. Aber ich finde es furchtbar, sie so einzusperren, Michael. Sie ist doch kein Hund.«

»Es ist nur bis morgen, Mutter. Und du weißt, dass es nur zum Besten ist.«

»Ich wünschte nur, ich wüsste den Grund, weshalb sie so schwierig ist, das ist alles.«

Michael zuckte die Schultern. »Ich weiß es ja auch nicht. Aber was immer es ist, lass uns einfach darauf hoffen, dass sie im Kloster zur Vernunft kommt.«

Wie verabredet holte Michael Jennifer ab, um sie mit auf die Party zu nehmen. Er war kein sehr unterhaltsamer Begleiter. Die Sorge um Tessa und Dyson belastete ihn sehr. Ein Streit mit Claire über die Psychiaterin hatte die Sache auch nicht besser gemacht. Sie wollte, dass Tessa noch einmal zu ihr ging, aber Michael fand das sinnlos. Am Ende fuhr Claire dann doch noch einmal mit Tessa zu Annie Lewis, aber Tessa verhielt sich völlig unkooperativ, und die Sitzung musste vorzeitig abgebrochen werden.

Irgendwann im Laufe des Abend fragte Jennifer ihn, was los sei. »Nichts«, antwortete Michael.

»Ich glaube, so ein ähnliches Gespräch hatten wir schon einmal«, meinte Jennifer und ließ die Sache einfach auf sich beruhen.

Sie verließen die Party sehr früh. Auf dem Heimweg entschuldigte Michael sich dafür, so ein schlechter Unterhalter gewesen zu sein. »Ich werde dir irgendwann erzählen, wieso«, sagte er.

»Nur wenn du möchtest.«

Also erzählte er ihr von Dyson.

»Das tut mir Leid«, antwortete sie leise. »Ihr zwei wart so gute Freunde.«

»Ich habe ihn immer gewarnt.«

»Aber du hast nicht ernsthaft damit gerechnet, dass er auf dich hört, oder?«

»Nein. Ich fühle mich so hilflos. Es gibt nichts, was ich für ihn tun kann.«

»Er weiß das, Michael.«

»Ja.« Er seufzte. »Trotzdem fühle ich mich schlecht.«

Jennifer sagte nichts mehr. Schweigend fuhren sie weiter. Dann meinte sie plötzlich: »Aber das ist nicht alles, was dich beschäftigt, oder?«

»Nein.«

»Ich kann warten.«

»Du musst. Ich kann es dir jetzt noch nicht erzählen.«

»Warum nicht?«

»Weil«, sagte er und hielt vor ihrem Haus, »weil ich möchte, dass du zuerst eine gute Meinung von mir bekommst.«

Sie beugte sich zu ihm und küsste ihn sanft auf die Lippen. »Das habe ich bereits. Gute Nacht.« Und dann war sie verschwunden.«

TEIL DREI

1964–1967

KAPITEL ZEHN

Tessa reagierte auf das »Gut gemacht, Darling« ihrer Mutter mit einem Schulterzucken. Die Tatsache, dass sie die Zulassungsprüfungen für Englisch, Geografie und Wirtschaft geschafft und überall als Klassenbeste abgeschnitten hatte, war für sie ohne Bedeutung. Nach dreieinhalb Jahren im Kloster brannte sie nur darauf, diesen verhassten Ort endlich verlassen zu können.

Es waren grässliche Jahre gewesen. Disziplin, alberne, starre Regeln, ständige Versammlungen zum Gebet, Strafen für die geringsten Vergehen, blöde kichernde Mädchen, mit denen sie die Schlafsäle teilen musste – und nicht das kleinste bisschen Freiheit und Privatsphäre. Ihre Strategie, durch Ungehorsam, Aufsässigkeit und offene Aggression ihre Ausweisung aus dem Kloster zu erreichen, war nicht aufgegangen. Denn Tessa wusste nicht, dass Michael für die gesamten dreieinhalb Jahre im Voraus bezahlt hatte und dass das Geld für die überfällige Reparatur des Klosterdachs längst ausgegeben war. So gern die Nonnen Tessa losgewesen wären, sie mussten sich mit ihrer Anwesenheit abfinden. Und umso größer war die Freude bei Tessa, als sie endlich offiziell in die Welt zurückentlassen wurde.

»Ah, guten Morgen, Mrs. King.« Mutter Frances, die Äbtissin des Klosters Heiliges Herz von Gottes Gnaden, warf einen kurzen Blick auf Tessa, schaute dann aber wieder zu Claire. »Ihre Tochter hat sich sehr gemacht.«

Tessa konnte sehen, wie sehr dieses Lob die gute Frau schmerzte.

Claire reagierte überschwänglich, und Mutter Frances fühlte sich bemüßigt, die Verdienste der schwierigsten Schülerin aufzuzählen, die das Kloster je zu erziehen versucht hatte. Schließlich wandte sich die Äbtissin an Tessa. »Herzlichen Glückwunsch, Kind. Sie sind jetzt frei und dürfen unser Kloster verlassen.«

Tessa hätte schwören können, beim Fortgehen einen lauten Seufzer der Erleichterung von Mutter Frances gehört zu haben.

Auf der Heimfahrt im Auto war Tessa sehr schweigsam und reagierte kaum auf Claires Versuche, ein Gespräch mit ihr zu beginnen. Nach einer Weile gab ihre Mutter auf und konzentrierte sich aufs Fahren. Tessa konnte ihre Gedanken ungehindert schweifen lassen.

Sie erinnerte sich an den Tag, als sie von UBejane ins Kloster gebracht worden war. Wenn Sally nicht gewesen wäre, würde sie heute nicht mehr hier sitzen. Sie war im Bad gewesen, niedergeschlagen und verzweifelt, denn ihre Mutter hatte ihr kurz zuvor zu verstehen gegeben, dass es keinen Ausweg gebe, dass sie gehen musste. Als Tessa daraufhin eine Erklärung verlangt hatte, hatte Claire nur gesagt: »Weil ich dir nicht mehr vertraue.« Obwohl sie gewusst hatte, dass ihre Mutter Recht hatte, hatte die Bemerkung sie sehr verletzt.

Wenig später hatte sie im Bad zu Michaels Rasierer gegriffen. Ich werde mich umbringen, hatte sie sich überlegt, dann wird es ihnen allen Leid tun. Sie hatte die Klinge an ihrer Haut angesetzt, wo die Venen zu sehen waren, bläulich und erhaben.

Sally hatte schon häufiger Vorahnungen in Bezug auf ihre Zwillingsschwester gehabt, und sie hatten sich immer als richtig herausgestellt. Michael wollte gerade Tessas Koffer ins Auto bringen, als seine Schwester erschrocken aufgeschrien hatte. »Schnell, Michael. Tessa ist in Gefahr.«

Michael hatte nicht gezögert, schließlich hatte er diese unerklärliche Form der Verbundenheit zwischen den Zwillingen früher schon erlebt. Er hatte den Koffer sofort fallen gelassen und war ins Haus gerannt. »Wo ist Tessa?«, hatte er Claire zugerufen.

»Im Bad. Was ist denn passiert? Was ist los?«

Mit der Schulter hatte Michael die Tür aufgestemmt und dabei so viel Kraft aufgewendet, dass das Schloss aus dem Holz gebrochen war. Tessa war über sein plötzliches Eindringen so erschrocken gewesen, dass ihr die Rasierklinge aus der Hand gefallen war. Aber Michael hatte schon genug gesehen.

»Was zum Teufel tust du hier?«

»Ich werde nicht ins Kloster gehen, ich werde nicht ins Kloster gehen, ich werde nicht ...« Claires Schlag ins Gesicht hatte ihr hysterisches Geschrei gestoppt, und Tessa war unkontrolliert schluchzend zu Boden gesunken.

Inzwischen war Tessa ihrer Zwillingsschwester dankbar, aber während ihrer Zeit im Kloster hatte sie sich oftmals gewünscht, tot zu sein. Nach einigen Wochen hatten die anderen Mädchen ihre Versuche, sich mit ihr anzufreunden, aufgegeben. Tessa war ihnen zu launisch und zu missmutig. Ihre Isolation war immer größer geworden, und sie hatte sich hinter einer Fassade aus Gleichgültigkeit versteckt. In Wahrheit war sie zutiefst unglücklich gewesen, aber das hätte sie sich niemals anmerken lassen.

Die Ferien waren jedes Mal ein Albtraum gewesen. Tessa

hatte Michael und Claire die Schuld an ihrem Unglück gegeben und ihre ganze Frustration bei ihnen abgeladen. Sally, die gespürt hatte, wie sehr Tessa litt, hatte ein paarmal versucht, sie in ihre eigene Freundesclique einzubinden, aber als deutlich wurde, dass ihre Schwester nichts als Verachtung für ihre Freundinnen übrig hatte und mit den Jungen nur hemmungslos flirtete, hatte sie aufgegeben. Jackson war sehr zu Tessas Missmut jedes Mal in den Ferien zu seinen Großeltern geschickt worden, um sie gar nicht erst in Versuchung zu führen.

Wenn die beiden sich in den Ferien hätten sehen können, hätte Tessas Interesse an Jackson vielleicht allmählich nachgelassen. Stattdessen hatte sich ihr Verlangen nach ihm in unglaubliche Höhen geschraubt. So sehr, dass Tessa nun – sie war inzwischen achtzehn – davon überzeugt war, Jackson sei der einzige Mann auf der Welt für sie. Im letzten Schuljahr hatte sie im Kloster wenigstens die Privatsphäre eines eigenen Zimmers genossen. Wenn sie dort im Dunkeln gelegen und versucht hatte, die sexuellen Spannungen abzubauen, die sich in ihr aufgestaut hatten, hatte sie immer Jacksons Gesicht vor sich gesehen.

Der *Immorality Act,* der jeglichen sexuellen Kontakt zwischen den verschiedenen Rassen strengstens untersagte, bedeutete Tessa nichts. Sie wusste zwar, dass er existierte, aber in ihren Fantasien umging sie ihn einfach, indem sie und Jackson in ein anderes Land auswanderten. Sie war überzeugt davon, dass er ebenso verzweifelt mit ihr zusammen sein wollte, wie sie mit ihm. Und nun war sie endlich frei dazu.

»Wir sind gleich da, Darling.«

»Gut.« Sie rutschte ungeduldig auf ihrem Sitz herum, schob die Erinnerungen ans Kloster in die hinterste Ecke ihres Kopfes und hoffte, dass sie dort in Laufe der Zeit für immer verschwinden würden.

Zu Hause hatte Tessa als Erstes einen erbitterten Streit mit Michael. Er hatte Claire davon überzeugt, sie mit Sally zusammen nach Frankreich zu schicken, um dort die Schule zu beenden. »Im Leben nicht!«, stieß sie wütend hervor, als er ihr seinen Beschluss mitteilte. »Ich habe die Nase voll von der Schule. Du kannst mich nicht so herumkommandieren!

»Okay. Dann sag mir, was du stattdessen tun möchtest.«

»Hier bleiben natürlich.« Sie sah ihn trotzig an.

»Um was zu tun?«

»Keine Ahnung.« Tessa hatte noch keinen einzigen Gedanken an ihre Zukunft verschwendet. Freiheit, das war alles, was sie interessierte. »Kann ich nicht einfach nur hier bleiben?«

»Und wovon möchtest du leben?«

Geld war immer nur einfach da gewesen. Was wollte er von ihr? »Ich könnte Mutter im Büro helfen.«

»Das tut Nandi bereits.«

»Dann suche ich mir eben einen Job in Empangeni.«

Michael seufzte. »Falls du es noch nicht bemerkt hast, wir wohnen ein ganzes Stück von der Stadt entfernt.«

»Ich kann Mutters Auto nehmen.«

»Tessa«, meinte er ungeduldig. »Versuch doch mal an andere zu denken. Du kannst Mutters Auto nicht nehmen, weil sie es selbst braucht.«

»Du versucht mit Absicht, mir Steine in den Weg zu legen«, warf sie ihm vor. »UBejane ist auch mein Zuhause. Warum kann ich hier nicht arbeiten?«

»Darum nicht«, stellte er knapp fest. »Du bist jetzt genau fünf Minuten zu Hause, und schon stellst du hier alles auf den Kopf.«

»Typisch. Schieb mir nur die Schuld an allem zu. Dabei habe ich nichts weiter getan, als euch anzubieten, hier zu arbeiten.«

»Darling«, mischte Claire sich ein. »Wir haben hier aber einfach keine Arbeit für dich.«

»Dann entlasst Nandi.«

»Herrje!« Michael fuhr sich mit der Hand durch das Haar.

Tessa stampfte mit dem Fuß auf. »Ihr wollt mich hier nicht, ihr beide nicht. Ich werde nicht nach Frankreich gehen, und ihr könnt mich nicht dazu zwingen!«

»Richtig«, stimmte Michael ihr zu. »Du bist achtzehn, und das können wir tatsächlich nicht. Aber wir werden auch nicht für deinen Lebensunterhalt aufkommen.«

Claire versuchte es auf einem friedlicheren Weg. »Vielleicht können wir uns ein altes Auto leisten. Dann könntest du doch in Empangeni arbeiten.«

»Wenn ihr nicht mal ein Auto bezahlen könnt, wovon wollt ihr mich und Sally dann in eine teure Schule nach Frankreich schicken?«

»Dafür haben wir Geld zurückgelegt.«

»Dann schickt Sally hin und zahlt mir meinen Anteil aus. Davon werde ich mir dann ein Auto kaufen.«

»Tessa«, versuchte Claire noch einmal in Ruhe, »ich habe achtzehn Jahre dafür gespart, um dich nach Frankreich schicken zu können. Wenn du die Schule nicht beenden willst, ist das deine Entscheidung, aber glaube nicht, dass das Geld dann dir gehört. Das wird es nämlich nicht. Ich bin bereit, mich um ein gebrauchtes Auto zu kümmern. Michael kann mir dabei helfen.«

»Ich will keine Schrottkiste.« Hasserfüllt starrte Tessa ihren Bruder an. Dann drehte sie sich auf dem Absatz um, marschierte in ihr Zimmer und knallte die Tür hinter sich zu.

Seufzend schüttelte Claire den Kopf. »Was sollen wir nur mit ihr machen?«

»Universität?«

»Das habe ich auch schon vorgeschlagen. Sie wäre klug genug dazu, aber sie weigert sich, darüber auch nur nachzudenken.«

»Warum? Sie hätte dort die Freiheit, die sie sich so wünscht.«

»Für Tessa bedeutet lernen Disziplin.«

»Natürlich bedeutet es Disziplin, aber sie ist selbstbestimmt. Das muss sie doch verstehen. Hör zu, Jennifer kommt nächsten Monat wieder nach Hause. Sie hat die Zeit an der Universität sehr genossen. Vielleicht kann sie einmal mit Tessa reden.«

»Sie könnte es versuchen.« Claire hatte leise Zweifel. »Aber wenn Tessa so reagiert wie bei mir, dann hat Jennifer nichts zu lachen.«

Michael war genervt, und das zeigte er deutlich. »Dann setz das verdammt Mädchen unter Drogen und steck sie mit Sally zusammen ins Flugzeug.«

»Michael, bitte! Sie ist deine Schwester. Wenn sie nicht will, können wir sie zu nichts zwingen. Was ist nur los mit diesem Mädchen? Jedes normale Kind wäre begeistert von der Idee, nach Frankreich gehen zu dürfen.«

»Wie ich meine Schwester kenne, interessiert sie sich nur dafür, wieder mit Jackson zusammenzukommen.«

Claire verbarg ihr Gesicht in den Händen.

»Mach dir keine Sorgen, Mutter. Ich habe bereits mit Wilson gesprochen. Jackson wird wieder zu seinen Großeltern geschickt. Er wird in zwei Tagen fort sein.«

Claire schaute ihn an. »In zwei Tagen kann viel passieren.«

Michael nickte. »Ich werde dafür sorgen, dass es das nicht tut«, versprach er mit grimmiger Miene.

Dyson Mpande wurde um 1.45 Uhr desselben Tages, an dem Tessa das Kloster verließ, ohne jede Vorankündigung freigelassen. Zwei Jahre lang war er in der Nähe der Stadt Pietermaritzburg gefangen gehalten worden, nachdem er zunächst drei Wochen im Gefängnis von Empangeni und weitere achtzehn Monate in Durban verbracht hatte.

Es war keine einfache Zeit gewesen, aber damit hatte er auch nicht gerechnet. Schon bei seinem Eintritt in die Umkhonto we Sizwe hatte er gewusst, was ihm im Fall einer Inhaftierung bevorstehen würde. Die Gefängnisse für die Schwarzen waren überfüllt und primitiv. Einige der Aufseher waren fair, aber die meisten waren ungebildet, ungerecht und sadistisch. Eine fatale Kombination, zumal sie sich einbildeten, das Gesetz auf ihrer Seite zu haben. Dyson war ebenso wie alle anderen, die an jenem Abend festgenommen worden waren, einige Male brutal verprügelt worden; er war beleidigt und beschimpft worden, war beinahe verhungert und hatte sich fast zu Tode gearbeitet. Das Leben war zu einem nicht enden wollenden Albtraum aus Schmerz, Angst, Dreck sowie Schlaf- und Nahrungsentzug geworden.

Mit jedem neuen Sträfling drangen Nachrichtenfetzen von draußen zu ihnen. Vor zwei Jahren, kurz nachdem man Dyson nach Pietermaritzburg transportiert hatte, hatte die Umkontho we Sizwe durch eine Serie von Bombenanschlägen vor Regierungsgebäuden auf sich und ihre Absichten aufmerksam gemacht. Niemand war verletzt worden, aber der Vorfall hatte einen tiefen Keil getrieben zwischen den Befürworter der Aktion, Nelson Mandela, und Albert Lutuli, den Präsidenten des ANC, der die Anschläge verurteilt hatte. Allerdings hatte selbst der so friedliebende Lutuli sechs Monate später, als Mandela inhaftiert und zu lebenslangem Freiheitsentzug verurteilt worden war, bekannt: »Niemand kann es mutigen, gerechten Männern verübeln, unter Einsatz von Gewalt nach Gerechtigkeit zu streben.«

Dyson und seine Mitgefangenen, die jede Nachricht, ganz gleicher welcher Bedeutung, begierig einsogen, hatten sich damit getröstet, dass der Kampf um die Gleichberechtigung endlich einen Gang höher geschaltet worden war. Dies zu wissen, hatte ihre am Boden liegende Moral beträchtlich gehoben.

Und dann kamen sie um 1.45 Uhr morgens in seine Zelle. Der sich im Schloss drehende Schlüssel, der metallene Klang, mit dem die Tür aufflog, drang durch den dünnen Schleier seines unruhigen Schlafs. Das Licht ging an. Blinzelnd erkannte Dyson einen der Aufseher, der zu ihm herabsah.

»Steh auf, Kaffer!«

Die beiden anderen Zelleninsassen regten sich und öffneten die Augen. Als sie sahen, dass sich die Aufmerksamkeit der Wache auf Dyson richtete, rollten sie sich auf die andere Seite und versuchten weiterzuschlafen. Es gab ohnehin nichts, was sie für ihn hätten tun können.

Dyson rechnete damit, erneut zu einem ihrer willkürlich stattfindenden Verhöre gebracht zu werden, und stellte sich innerlich auf ein weiteres Trommelfeuer verbaler und körperlicher Misshandlungen ein. Stattdessen wurde er aus dem Gebäude geführt zum Haupteingang des Gefängnisgeländes. Eine kleine Tür, die in das schweren Holztor eingelassen war, öffnete sich geräuschlos, und er wurde hindurchgeschoben, in die Nacht hinaus. Dabei wurde kein Wort gesprochen. Dyson erwartete, dass ihm der Aufseher folgen würde. Er konnte es kaum fassen, als die schwere Tür hinter ihm zufiel und er allein war.

Sicher war das nur ein Trick. Vor dem Gefängnis regte sich nichts, keine bellenden Hunde, kein Laut. Er setzte sich zögernd in Bewegung, erstarrte aber sogleich wieder. Eine Gedanke ließ ihn frösteln. Es war mitten in der Nacht, und um diese Zeit hatte sich kein Schwarzer draußen aufzuhalten, es sei denn, er besaß eine Sondererlaubnis. Er konnte auf der Stelle erschossen werden. Innerhalb einer Stunde konnte er tot und begraben sein, verschwinden, ohne eine Spur zu hinterlassen. Je wilder seine Gedanken rasten, desto überzeugter war er, dass die Polizei irgendwo da draußen im Dunkeln stand und nur darauf wartete, dass er sich regte.

Angestrengt spähte Dyson in die Dunkelheit außerhalb des Scheinwerferlichts. Er musste von hier verschwinden. Hier war er ein perfekt beleuchtetes Ziel für die Scharfschützen der Polizei. Er musste unbedingt weg. Aber wie? Und wohin? Er hatte nur ein einziges Mal vor die Gefängnismauern sehen können, und das war vor zwei Jahren gewesen. Das Gefängnis lag mitten auf dem Land, Pietermaritzburg war einige Kilometer entfernt. So viel wusste er. Es begann zu regnen. Dicke Tropfen platschten auf die staubige Straße. Ein Gewitter kündigte sich an.

In dem Bewusstsein, dass er geliefert war, wenn er stehen blieb, und ebenso geliefert war, wenn er sich bewegte, entschied er sich für Letzteres. Er schob beide Hände tief in die Hosentaschen, zog den Kopf ein, um sich vor dem plötzlichen Regenguss zu schützen, und ging langsam die Straße entlang. Dabei rechnete er jede Sekunde damit, dass eine Kugel seinem Leben ein Ende bereiten würde. Hätte man die Absicht gehabt, ihn zu entlassen, hätte man ihm sicher seine eigene Kleidung zurückgegeben. Manchmal hatte er nachts in großer Entfernung Schüsse gehört, und dann hatte am nächsten Tag immer ein Gesicht gefehlt und die Wachen hatten verkündet, dass ein Gefangener bei einem Fluchtversuch erschossen worden sei. Jedes Mal hatte es sich dabei um jemanden gehandelt, der ohne Gerichtsurteil und ohne Anklage schon so lange festgehalten worden war, dass sich Fragen über die Legalität seiner weiteren Inhaftierung stellten. Erst gestern hatte einer der Wachen ihm höhnisch zugerufen: »Du hast Freunde an höherer Stelle, Kaffer. Sieht aus, als stünde deine Gerichtsverhandlung bevor.«

Dyson war daraufhin sehr aufgeregt gewesen. *Michael!* Es musste sein Einfluss sein. Endlich, ein Prozess. Er gab sich keinen Illusionen hin, dass ihn die Gerichte freisprechen würden, aber es bedeutete wenigstens ein Stück Öffentlichkeit, Nahrung für den wachsenden Proteststurm, der durch aufgeklärte Südafrikaner rund um die Welt fegte.

Gott! Was für ein Idiot war er gewesen, ernsthaft zu glauben, er würde einem Richter vorgeführt. So behandelte das System jeden, der eine Bedrohung für die Autorität darstellte. *Um Himmels willen, denk nach! Die Schüsse vor den Gefängnismauern, sie waren immer ein ganzes Stück entfernt gewesen. Sie werden dich nicht hier erschießen. Die Polizisten wollen ihren Spaß haben. Verhalte dich ruhig. Sie wollen, dass du rennst. Sie spielen mit dir.*

Ein Rascheln in dem hohen trockenen Gras versetzte ihn beinahe in Panik, aber er zwang sich, in gleichmäßigem Tempo weiterzugehen, und entspannte sich ein wenig, als ein Bergriedbock vor ihm über die Straße lief. Wenn die

Wachen dort draußen standen – und Dyson war sich verdammt sicher, dass sie das taten –, dann würden sie darauf warten, dass er losrannte. *Der Regen wird heftiger. Vielleicht haben sie irgendwann keine Lust mehr zu warten. Denk nach!* Die Spiele mit Michael. Die einzige erfolgreiche Methode, seinen Freund jemals zu überrumpeln, hatte darin bestanden, etwas völlig Unerwartetes zu tun. Und das hatte manchmal bedeutet, etwas vollkommen Naheliegendes zu tun.

Lauf!, schrie ihm sein Verstand zu. *Um Himmels willen, lauf!* Er näherte sich einer Ecke des Gefängnisses. Dann sah er es. Ein dünner Schatten, dort wo das Licht der Scheinwerfer nicht übereinander lag. *Lauf. Tu das Naheliegende!*

Ein Blitz zuckte, lange zerrissene Pfeile, die in die Erde schlugen. Dyson traf die Entscheidung nicht bewusst. Er war ohnehin ein toter Mann. Und es wäre wesentlich angenehmer, eine Kugel im Rücken zu haben, als den Rest seines Lebens im Gefängnis zu verbringen. Ob er nun losrannte oder nicht, das Ergebnis wäre dasselbe. Ein Toter würde niemandem mehr sagen können, dass er versucht hatte wegzurennen. Sein Instinkt gewann die Übermacht. Er wusste nicht, dass er zu laufen begonnen hatte. Ein Donner durchdrang die Stille und rollte davon. Irgendetwas zerrte am Saum seines Hemdes, und einen Sekundenbruchteil später hörte er den Knall eines Gewehrs. Eine ganze Salve von Schüssen krachte. Dann war es still.

»Wo ist er? Dieser Bastard ist entwischt«, rief eine Stimme zu seiner Rechten.

»Er ist da drüben. Holt die Hunde.«

Weitere Stimmen ertönten.

»Haltet das Feuer, Männer. Er kann nicht weit kommen.«

Dyson hörte das hohe aufgeregte Winseln eines der Schäferhunde. »Hier, Junge. Such ihn. Guter Junge.«

»Dieser Scheißkerl. Lasst uns die Sache hinter uns bringen. Ich bin völlig durchnässt.«

Dyson war bereits hinter den Scheinwerfern, ehe er stehen blieb. Er kannte das Terrain nicht. Seine Augen hatten sich noch nicht an die Dunkelheit gewöhnt. Regungslos duckte er sich auf den Boden, um ja kein Geräusch zu machen.

»Hey, Kurt. Der glaubt, er könnte uns entwischen, was?«

»Ja, Hennie. Ich spendiere eine Flasche Brandy für den, der ihn erwischt.«

»Dieser verdammte Regen.«

»Ist doch nur Wasser. Was ist los, Fanie? Du bist doch nicht aus Zucker.«

»Sollen wir die Hunde loslassen, Sir?«

»Noch nicht. Lasst uns erst ein wenig Spaß haben.«

Darauf erklang dröhnendes Gelächter.

»Schwärmt aus, Männer. Der Richter braucht einen Körper mit Kugeln, nicht einen, der von Hundezähnen zerrissen ist. Lasst die Tiere erst los, wenn ich pfeife.«

Dyson erkannte die Stimme. Captain Eksteen schien unbekümmert, beinahe amüsiert darüber, dass Dyson entwischt war. *Ich kann hier nicht bleiben.*

»Er kommt nicht weit. Du, Kurt, nimm dir drei Männer und übernimm die andere Seite der Stelle, wo er verschwunden ist. Fanie, du nimmst ebenfalls drei und bleibst auf dieser Seite. Ihr anderen folgt mir. Und seid vorsichtig. Das Letzte, was wir brauchen, ist ein verletzter Polizist. Schießt, um zu töten, aber versichert euch erst, dass es auch der Kaffer ist.«

»Sir? Was ist, wenn ...?«

Dyson wartete nicht ab, bis er den Satz zu Ende gehört hatte. Sie hatten sich formiert und kamen in seine Richtung. Die Hunde würden ihnen verraten, wo er war. Er musste hier weg. Er drehte sich um und machte einen zögernden Schritt. Er war noch immer nachtblind. Noch einen Schritt. Noch einen. Der Regen prasselte mit zunehmender Heftigkeit. Er machte noch einen Schritt, und dann war da plötzlich nichts mehr. Dyson fiel wie ein Stein.

Es war kein langer Fall, aber er nahm ihm den Atem. Sand unter ihm. Er musste in einem ausgetrockneten Flussbett gelandet sein. Das zuckende Licht eines Blitzes bestätigte ihm das. Keine Zeit zum Nachdenken. Dyson sprintete auf die andere Seite und kletterte hinauf. Donner. Oder waren das Schüsse? Ich werde das nie schaffen. Lieber Gott. Hilf mir. Hinter ihm zuckten Lichter. Taschenlampen. *Sieh nicht in die Lichter.*

Dyson rannte blindlings in entgegengesetzter Richtung des Gefängnisses. Instinktiv versuchte er sich westlich zu halten, weil er wusste, dass er zwischen den Erhebungen und Tälern der dunstigen Hügelkette von Mpendle Schutz finden würde. Dann hörte er den Pfiff. Sie ließen die Hunde frei. Und Dyson begriff mit quälerischer Gewissheit, dass er niemals entkommen würde.

Er rannte weiter. Es war nun weniger die Dunkelheit als vielmehr der strömende Regen, der ihm die Sicht nahm. Die übervollen Wolken ergossen sich auf das unter ihnen liegende Land, gleichgültig gegenüber dem Drama, das sich dort abspielte. *Sie kommen näher, sie kommen näher.* Er war panisch vor Angst. Er fürchtete sich mehr vor den Hunden als vor den Kugeln.

Irgendetwas sagte ihm, dass die Hunde ihn eigentlich inzwischen erwischt haben müssten.

Schüsse. Ein Hund jaulte auf und bellte. *Hinter mir. Sie sind direkt hinter mir.* Dyson rannte und rannte. Adrenalin strömte durch seinen Körper. Er spürte weder seine schmerzenden Beine noch seinen pfeifenden Atem, als er nach Luft schnappte. Er wagte keinen Blick zurück, um zu schauen, wo die Taschenlampen waren. Schreie. Der Befehl zum Rückzug. Weit entfernt und gedämpft durch den strömenden Regen. Aber er hörte ihren Unmut. Der Regen hatte seine Spuren weggewaschen.

Und Dyson begann zu hoffen.

Er lief weiter, bis er völlig erledigt war, bis seine Flucht in die Sicherheit nur noch das stolpernde Schlurfen eines Mannes jenseits aller Belastbarkeitsgrenzen war. Geschundene Lungen, die nach Luft schrien. Beine, die vor Erschöpfung zitterten. Ein Herz, das zu zerspringen drohte. Ein Kopf, der wild hämmerte, als das Blut hindurchschoss. Ein Gehirn, das völlig taub war. Irgendwann konnte er keinen einzigen Schritt mehr tun. Er stürzte mit dem Gesicht nach unten zu Boden, schluchzend vor Erschöpfung, während der strömende Regen, der ihn gerettet hatte, sich weiter vom Himmel auf ihn ergoss, bis er kaum noch von dem schlammigen Grund, auf dem er lag, zu unterscheiden war.

Langsam setzte sein Verstand wieder ein. Die Hunde hatten die Witterung verloren, aber wenn der Regen nachließ, konnten sie sie leicht wieder aufnehmen. Er benötigte seine ganze Willenskraft und das allerletzte Quäntchen Kraft, um sich aufzurappeln. Dann stand er, schwankend, und schaute zurück in Richtung Gefängnis. Er konnte das Licht der Scheinwerfer glimmen sehen. *Ist das eine Taschenlampe?* Wenn, dann war sie mehrere hundert Meter entfernt und bewegte sich Richtung Süden. Dyson drehte sich um und schleppte sich langsam westwärts. Wenn sie ihm erneut folgten, hatte er keinerlei Reserven mehr. Ein Fuß nach dem anderen, jeder Schritt entfernte ihn von seinen Verfolgern. Das war alles, was ihm geblieben war, und es musste reichen. Der Regen fiel weiter in Strömen.

Er war noch immer nicht in Sicherheit, aber es sah schon viel besser für ihn aus. *Warum haben sie nicht geschossen, solange ich im Licht war?* In den Stimmen, die er gehört hatte, hatte Erregung mitgeschwungen. Vorfreude. Wie viele hatten sie bereits zu Tode gehetzt? Sie hatten gewollt, dass er es ihnen schwer machte. Es war eine Herausforderung gewesen. Der Mensch. Die letzte Grenze für einen Jäger. Doch dann hatten sie ihn verloren, waren in Panik geraten und hatten die Hunde losgelassen. Dyson lief weiter. Mit etwas Glück würde es die ganze Nacht regnen. Mit etwas Glück könnte er, bis es aufhörte zu regnen, seine Geruchsspuren in irgendeinem Bach noch weiter beseitigt haben, oder besser noch in einem Fluss. Mit außergewöhnlich viel Glück!

Während er weiterging, arbeitete sein Verstand fieberhaft. Er konnte nicht nach UBejane zurück, denn dort würde ihn die Polizei als Erstes suchen. Am besten wäre es, wenn er Südafrika ganz verließe. Aber darüber konnte er sich später noch Gedanken machen. Jetzt musste er erst einmal hier wegkommen.

Vier Stunden später, als Tessa nach ihrer letzten Nacht im Kloster erwachte, befand Dyson Mpande sich auf einer kleinen Straße, die in Richtung der mächtigen Drakensberge sowie des kleinen britischen Protektorats Basutoland führte. Unterwegs hatte er Kleidung gestohlen, die über einem Strauch zum Trocknen ausgebreitet war, und seine Gefängniskleidung in die strudelnden Tiefen des angeschwollenen Flusses Umkomaas geworfen. Mit etwas Glück würden sie im Indischen Ozean landen. Er benötigte eine Menge Glück, das wusste er.

Je weiter er sich vom Gefängnis entfernte, desto entspannter wurde er. Er befand sich noch immer in Südafrika, in der englisch beherrschten Provinz Natal, aber das Land in den Hügeln war von Zulu besiedelt, wo er auf uneingeschränkte Gastfreundschaft hoffen konnte.

Aufgrund der Nachrichten, die ihn im Gefängnis erreicht hatten, wusste Dyson, dass die Südafrikanische Union zur Republik erklärt worden war und dass der Afrikanische Nationalkongress nun von Oliver Tambo aus seinem Exil in London geführt wurde. Der Name Mangosuthu Gatsha Buthelezi, Oberhaupt des aristokratischen Buthelezi-Clans, gebildet, mit guten Verbindungen und Verwandtschaftsbeziehungen zu zwei früheren Zulu-Königen, wurde immer wieder genannt, wenn es um die Frage ging, wer den Weg aus der Apartheid finden könnte. Buthelezis Anhängerschaft hatte sich stark vermehrt, vor allem nach seinem Auftritt in dem Film *Zulu*, in dem er selbst die kleine Rolle seines eigenen Großvaters Cetshwayo übernommen hatte.

Dyson wusste, dass ihm im Augenblick die Hände gebunden waren. Eins nach dem anderen, tröstete er sich und sah zu, wie die aufgehende Sonne die Gipfeln des Mpendle erleuchtete. Ein neuer Tag brach an. Er kannte diese Gegend nicht. Sie unterschied sich sehr von dem Gebiet nördlich des Flusses Tugela. Schluchten, Klammen, wilde Flüsse und hoch aufragende Berge. Er hatte in der Schule von diesem Landstrich gehört und verstand nun, warum er Mpendle, ausgesetzter Ort, genannt wurde.

»Geh erst nach Basutoland, überleg dir dann, wie der Freiheitskampf weitergeht.«

Es war kalt. Nebel lag in den Tälern. Die majestätische Schönheit der Berge reichte nicht weiter als sein Blick. Würde er in Basutoland willkommen sein? Die Sotho waren von alters her Feinde der Zulu. Sollte er lieber versuchen, weiter nördlich nach Betschuanaland zu gelangen? Von dort hätte er wenigstens Zugang zu anderen Ländern. Basutoland war von allen Seiten von Südafrika umgeben.

»Eins nach dem anderen«, wiederholte er noch einmal laut. »Hauptsache, du bist noch am Leben.«

Tessa konnte ihre Aufregung kaum zurückhalten. Sie war wieder zu Hause. Jackson war da. Sie würde sich heute Abend davonschleichen und ihn treffen. Gott, wie sehnte sie sich nach ihm. Sie hatte in einem solchen Ausmaß fantasiert, dass sie jegliches Gefühl für die Realität verloren hatte. Jackson war größer, attraktiver als jeder andere Mann. Er brannte vor Verlangen nach ihr und liebte sie so sehr wie sie ihn. Sie würden zusammen nach England gehen oder irgendwo weit weg von Südafrika und bis in ewige Zeiten glücklich miteinander sein.

Das Abendessen zog sich quälend in die Länge. Anschließend wollte Sally, die ebenfalls eine gute Abschlussprüfung gemacht hatte, sich unbedingt noch ein wenig unterhalten. Gregor, inzwischen zwölf, bestand darauf, dass ihn die ganze Familie beim Üben seiner Rolle als Puck in Shakespeares Mittsommernachtstraum bewunderte, das in seiner Schule in Empangeni aufgeführt werden sollte.

Tessa fragte sich verzweifelt, ob ihre Familie je ins Bett gehen würde. Um zehn gähnte sie und räkelte sich. »Ich bin müde. Es war ein langer Tag für mich. Bis morgen. Gute Nacht zusammen.«

Hinter verschlossener Tür horchte sie, bis auch das letzte Geräusch im Haus erstarb. Sie wartete eine weitere Stunde in vollkommener Dunkelheit, um sicherzugehen, dass auch wirklich alle schliefen, und den Hunden Gelegenheit zu geben, sich in ihren Körben auf der entgegengesetzten Seite des Hauses niederzulassen. Mit ihren Schuhen in der Hand und heftig pochendem Herzen öffnete sie vorsichtig die Verandatür und trat hinaus.

»Wo willst du hin?«

Die Stimme ihres Bruders ließ sie so zusammenzucken, dass ihr die Schuhe aus den Händen fielen. »Geht dich nichts an.«

Er schob polternd seinen Stuhl zurück und stand auf. »Und ob.« Sie konnte seine Umrisse erkennen, als er auf sie zukam. »Hinein mit dir, junge Dame.«

Trotzig warf Tessa den Kopf in den Nacken. »Ich bin achtzehn. Ich kann tun, was ich will.«

»Gut.« Er kam weiter auf sie zu. »Dann rufe ich jetzt die Polizei.«

In seiner Stimme lag ein drohender Unterton. Er meinte es ernst. Trotzdem blieb sie hartnäckig. »Das würdest du nicht wagen.«

»Und ob.«

Tessa hätte vor Enttäuschung heulen können. Michael folgte ihr und ließ das Vorhängeschloss zuschnappen.

Sofort rannte Tessa zur Zimmertür, aber Michael war schneller. Er zog die Tür zu, und dann hörte sie, wie sich der Schlüssel im Schloss drehte. »Das hast du dir selbst zuzuschreiben, Tessa«, rief er. »Man kann dir einfach nicht trauen. Du bist vielleicht achtzehn, aber du wirst nicht das Gesetz brechen und Schande über uns bringen, solange du unter diesem Dach wohnst. Gute Nacht.«

»Warte«, rief sie ihm in Panik hinterher. »Ich muss dringend ins Bad.«

»Unter dem Bett steht ein Topf. Nimm den.«

Seine Schritte verklangen. Sie lief zum Fenster und versuchte es zu öffnen. Es war noch immer verschlossen und ließ sich nur einen Spaltbreit öffnen. Für das andere Fenster galt dasselbe.

Am nächsten Morgen hatte Tessa vor Zorn rot verweinte Augen. Claire schloss ihre Schlafzimmertür auf. »Es tut mir Leid, Tessa. Ich hatte gehofft, das wäre nicht mehr nötig.«

Tessa gab keine Antwort.

Ihre Mutter kam ins Zimmer. »Es ist nur zu deinem Wohl, Darling. Männer prahlen gern mit bestimmten Dingen, und die Leute reden dann. Wenn die Polizei je erfahren würde ... Wir versuchen doch nur, dich zu schützen.«

Tessa sah ihre Mutter an. »Ihr habt ja keine Ahnung«, sagte sie leise. »Ihr habt keine Ahnung, was ihr mir antut. Ich liebe Jackson.«

»Nein.« Claire schüttelte traurig den Kopf. »Das glaubst du vielleicht, aber es ist keine Liebe.«

»Woher willst ausgerechnet du das denn wissen?«, antwortete Tessa schnippig.

Claire wurde bei der Andeutung ihrer Tochter rot. Tessas Stimme ließ keinen Zweifel daran, dass sie das zölibatäre Leben ihrer Mutter verachtete. Was sollen wir nur mit ihr machen?, fragte sie sich verzweifelt.

»Wollt ihr mich jetzt Tag und Nacht einschließen?«, fragte Tessa kalt.

»Nein. Du kannst tun und lassen, was du willst. Aber ich flehe dich an, Darling, geh nicht zu Jackson. Wir können nicht noch mehr Unannehmlichkeiten gebrauchen. Jackson wird UBejane morgen verlassen.«

»Warum? Wo geht er denn hin?« Tessa hatte mit etwas Ähnlichem gerechnet, aber es jetzt zu hören, bedeutete für sie fast das Ende der Welt.

»Ich weiß es nicht«, log Claire. »Komm jetzt frühstücken«, sagte sie und ging aus dem Zimmer.

Ich muss ihn unbedingt vorher sehen, dachte Tessa fieberhaft, während sie sich anzog. Ich muss einfach.

Alle anderen saßen bereits am Tisch. Ihre Mutter war ruhig und freundlich und tat, als wäre nichts vorgefallen. Gregor sagte zwischen den einzelnen Bissen immer noch seine Rolle auf. Sally war verlegen und schweigsam. Michael hatte den Kopf hinter der gestrigen *Natal Mercury* versteckt. Er nickte Tessa kurz zu und widmete sich dann wieder seiner Lektüre. Wenige Sekunden später entfuhr ihm ein erschrockener Ausruf.

»Was ist?«, fragte Claire.

»Dyson. Er ist geflohen. Die Polizei hat in der Nähe von Bulwer eine Suchaktion nach ihm gestartet.« Michael raschelte erregt mit der Zeitung, dann las er den gesamten Artikel.

Fünfundvierzig Polizisten und zehn Spürhunde durchkämmen in diesen Tagen die Hügel in der Nähe von Bulwer nach dem entflohenen Häftling Dyson Mpande.

Donnerstag früh ist Mpande aus dem Hochsicherheitsgefängnis in der Nähe von Pietermaritzburg ausgebrochen. Er wurde auf der R617 in Richtung Bulwer gesehen, wenig später fand man seine Gefängniskleidung im Fluss Umkomaas.

Polizisten aus Howick, Deepdale, Bulwer und Himeville

haben daraufhin eine der größten Suchaktionen gestartet, die in dieser Gegend je stattfand.

Nach Auskunft eines Sprechers des südafrikanischen Polizei-Hauptquartiers in Pretoria gehört Mpande der Umkhonto-we-Sizwe-Bewegung an, einem Flügel des verbotenen ANC, dem eine Reihe terroristischer Anschläge zugeschrieben werden. Mpande könnte bewaffnet sein und gilt als gefährlich. Die Bewohner von Bulwer und Umgebung werden dringend aufgefordert, sich ihm unter keinen Umständen zu nähern. Beobachtungen sollten der Antiterroreinheit der Polizei in Himeville gemeldet werden.

Mpande wird wie folgt beschrieben: Ein Meter achtundsiebzig groß, untersetzt, dunkle Hautfarbe, besonderes Kennzeichen: eine entstellende Narbe über dem rechten Auge.

Michael warf die Zeitung auf den Tisch. »Sie schreiben nichts davon, dass er nun schon seit dreieinhalb Jahren ohne Grund und ohne Gerichtsverhandlung festgehalten wird. Sie bringen ihn mit den Bombenattentaten in Verbindung und übersehen dabei großzügig, dass er schon zwei Jahre in Haft war, als die erste Bombe explodierte. Und was ist mit der Narbe? Die hatte er mit Sicherheit noch nicht, als er verhaftet wurde. Das ist alles zu einfach. Nachdem ich Gott weiß was für Fäden gezogen habe, habe ich vor zwei Tagen endlich erfahren, dass ein Gerichtstermin angesetzt worden war. Und nun das. Es stinkt zum Himmel. Es ist fast so, als hätte man ihm absichtlich erlaubt zu fliehen, um einen Grund zu haben, ihn zu töten, ehe es zu einer Verhandlung kommen kann.«

Tessa sah von ihrem Teller auf. »Wenn er hierher käme, würdest du ihm helfen?«

»Was soll das für eine Frage sein? Natürlich würde ich ihm helfen.«

»Aber Michael«, antwortete sie zuckersüß. »Es wäre gegen das Gesetz.«

»Ich würde ... es ist nicht ... verdammt, verstehst du denn nicht?« Er sah sie an. »Das ist etwas ganz anderes.«

»Wieso?«

Michael schaute Hilfe suchend zu Claire, aber sie zuckte nur ratlos mit den Schultern.

Michael musste zugeben, dass seine Schwester nicht Unrecht hatte. Aber seine Sorge um Dyson ging auf eine fast zwanzigjährige Freundschaft zurück, wogegen Tessas Fixierung auf Jackson rein körperlicher Natur war.

Abrupt erhob er sich vom Tisch. »Ich habe noch zu arbeiten.«

Claire musste Gregor zur Probe nach Empangeni bringen. Sally, die inzwischen den Führerschein besaß, bat darum, fahren zu dürfen. Tessa sagte, sie würde zu Hause bleiben, und war erstaunt, dass Claire keinen Widerspruch erhob.

Auf der Fahrt in die Stadt sagte Sally: »Sie wird versuchen, Jackson zu treffen.«

»Wahrscheinlich«, antwortete ihre Mutter gelassen. »Aber sie wird leider feststellen, dass Wilson ihn auf Schritt und Tritt überwacht.«

Als endlich alle weg waren, verschwendete Tessa keine Zeit. Sie drückte sich an den Zäunen vorbei, an denen in regelmäßigen Abständen Schatten spendende Bäume standen. Sie durfte nicht riskieren, gesehen zu werden, weder von Michael noch von einem der anderen Farmarbeiter. Leider hatte sie nicht die geringste Ahnung, wo Jackson sein konnte; das machte die Sache schwierig. Da er jedoch gerade erst die Schule beendet hatte und deshalb noch nicht sehr erfahren war, vermutete Tessa, dass er irgendwo arbeitete, wo ihm andere mit Rat und Tat zur Seite stehen konnten.

Sie konnte nur daran denken, dass Jackson morgen fortgehen würde. Diese Nachricht hatte sie völlig aus dem Gleichgewicht gebracht. Sie war absolut überzeugt von ihrer Liebe zu ihm, und es brach ihr fast das Herz.

Tessa blieb stehen und ließ den Blick über das offene Weideland schweifen. Kein Mensch weit und breit, nur grasendes Vieh. Sie drehte sich um und sah zu den Ställen, die ein Stück den Hügel hinauf lagen. Da. Dort bewegten sich Leute, aber sie waren zu weit weg, um sie zu erkennen. Tessa lief weiter, ihr Herz klopfte in freudiger Erwartung.

Jackson sah sie kommen, denn er hatte bereits Ausschau nach ihr gehalten. Er wusste, dass Tessa wieder zu Hause war, und rechnete fest damit, dass sie ihn suchen würde. Gestern Abend war er aus der Siedlung geschlichen und hatte an den Felsen auf sie gewartet, aber sie war nicht gekommen. Er schaute sich nach den anderen um. Niemand sonst hatte sie gesehen. Sie hatten die Arbeit an diesem Zaunabschnitt gerade beendet und bereiteten nun alles vor, um das nächste Stück zu reparieren.

Jackson war froh, dass sein Vater nicht da war. Die Nachricht von Dysons Flucht aus dem Gefängnis, die Michael ihnen heute Morgen überbracht hatte, hatte Wilson und Nandi sehr erschüttert, und sie fürchteten nun um das Leben ihres ältesten Sohnes. Sie machten sich keine Illusionen, dass man ihn ins Gefängnis zurückbringen würde, sondern waren fest davon überzeugt, dass er auf der Stelle erschossen würde. Michael hatte Wilson geraten, in der Siedlung zu bleiben. »Die Polizei wird über kurz oder lang hier auftauchen«, hatte er gesagt. »Bleiben Sie am besten hier.« In ihrer

Angst um Dyson hatten sie ganz vergessen, dass Wilson eigentlich Jackson im Auge behalten sollte.

Der rief jetzt den anderen zu: »Ich will rasch hören, ob es irgendwelche Neuigkeiten über meinen Bruder gibt.«

Er lief den Hügel hinab in der Hoffnung, dass Tessa so klug wäre, im Sichtschutz der Bäume zu bleiben. Jackson sah, dass sie in seine Richtung blickte. Ihre Schritte wurden zögernder, doch dann senkte sie rasch den Kopf und ging weiter. Als er das nächste Mal hinsah, war sie ganz verschwunden. Er glaubte zu wissen wohin, änderte seine Richtung und steuerte nun das einzelne Grab in dem eingezäunten Gärtchen an, in dem Joe King ruhte. Dort fand er sie, versteckt zwischen dem großen Grabstein und den Sträuchern dahinter. Sie lag splitternackt auf dem Boden, ihre Kleidungsstücke waren wild verstreut.

Jackson hielt den Atem an. Für ein weißes Mädchen war sie sehr schön, da gab es keinen Zweifel. Aber im Augenblick interessierte ihn ihr Aussehen nicht. Seit sie das letzte Mal zusammen waren, hatte er sich mit *hlobonga* begnügen müssen. Die Erinnerung an den vollkommenen Sex mit ihr hatte ihn ebenso sehr verfolgt wie Tessa. Rasch vergewisserte er sich, dass sie niemand gesehen hatte, dann sank Jackson neben sie zu Boden.

»Ich habe gestern Abend auf dich gewartet.«

»Sie haben mich eingeschlossen.« Tessa streckte die Hände nach ihm aus. »Red jetzt nicht. Vögel mich. Vögel mich, so heftig du kannst.«

Und dann stillten auf dem Boden, in dem Joe King begraben lag, seine Tochter und der Sohn von UBejanes *induna*, das Verlangen, das in ihnen wütete.

Viel später, als sie endlich befriedigt war, fragte Tessa: »Wohin schicken sie dich?«

»Zu meinen Großeltern. Sie wollen mich von dir fern halten.«

»Ich möchte nicht, dass du fortgehst. Ich liebe dich. Niemand versteht das.«

Ihre Worte überraschten ihn. Er hätte von ihr niemals tiefere Gefühle erwartet. Für ihn war es bloß Sex gewesen, sonst nichts.

»Warum laufen wir nicht fort?« Tessa war bereits zu dem Schluss gekommen, dass es für sie keine andere Möglichkeit gab, zusammen zu sein.

»Wohin? Wo sollen wir denn hingehen?« Auch Jackson dachte seit einiger Zeit darüber nach wegzulaufen, aber nicht mit Tessa. Er hatte vor, nach Norden zu gehen in das seit neuestem unabhängige Sambia. Er hatte gehört, dass dort viele schwarze Südafrikaner zu Guerillakriegern ausgebildet würden.

»Betschuanaland«, antwortete Tessa ohne zu zögern. Sie hatte bereits alles geplant. »Wir könnten dort leben, etwas Geld sparen und dann vielleicht nach England gehen.«

Jackson dachte kurz nach. Von dem nicht sehr dicht bevölkerten britischen Protektorat, das hauptsächlich aus der Wüste Kalahari bestand, konnte er Sambia leicht erreichen. Tessa würde ihn nicht weiter behindern. Er würde sie einfach sitzen lassen, wenn ihm danach war.

»Wir würden jetzt aufbrechen müssen«, sagte er. »Sofort.«

Tessa griff nach ihren Kleidern und dachte an nichts als das Vergnügen, mit ihm zusammen zu sein. »Warte hier auf mich.« Sie küsste ihn auf die Lippen, ohne zu merken, dass er solche Gesten nicht mochte. »Ich gehe rasch nach Hause zurück. Ich weiß, wo Mutter etwas Geld versteckt hat.«

Während Jackson auf sie wartete, überlegte er, was wohl zuerst geschehen würde. Würde er genug von Tessa haben, oder würde sie der Strapazen und der Entbehrungen überdrüssig werden, von denen sie offensichtlich nicht die leiseste Vorstellung hatte? Er wusste, dass er sie nicht mitnehmen durfte. Es war reiner Wahnsinn. Wenn sie erwischt würden, wären die Folgen katastrophal. Aber die Verlockungen ihres willigen Körpers waren zu groß, um widerstehen zu können.

Zwanzig Minuten später kam Tessa mit einem Rucksack voller Nahrungsmittel zurück. »Ich habe fast hundert Rand gefunden«, verkündete sie stolz. »Hier, nimm es.«

Während er mehr Geld in seine Tasche steckte, als er je auf einmal gesehen hatte, fügte Tessa hinzu: »Das habe ich auch mitgenommen«, und streckte die Hand aus. In ihrer Handfläche lag der Verlobungsring ihrer Mutter, eine Brosche mit einem Diamanten und ein goldenes, mit Saphiren besetztes Halsband. Es waren alles Geschenke von dem Mann gewesen, der hier so einsam unter ihnen lag.

Sie wollten gerade aufbrechen, als sie unter sich auf der Straße eine Staubwolke sahen. »Polizei!«, zischte Jackson. »Sie sind auf der Suche nach Dyson. Komm. Wir müssen los, bevor mein Vater mich sucht.«

Ehe Jackson sich umdrehte, warf er noch einen letzten Blick auf die Siedlung. Tessa hatte dieses Bedürfnis nicht. Sie nahm seine Hand, führte ihn vom Grab fort und sagte nur: »Wir sollten in Richtung der Eisenbahnschienen gehen und ihnen bis Breyten folgen.«

»Wo ist Breyten?«

»Im Transvaal. Ich habe eine Karte. Die Eisenbahnlinie führt durch eine ziemlich verlassene Gegend. Ich zeige es dir später.«

Sie machten sich auf den Weg, und Tessa fühlte sich so glücklich wie noch nie in ihrem Leben.

Tessa hatte nicht widerstehen können und einen Abschiedsbrief hinterlassen. Er wurde jedoch erst viel später gefunden, als Claire sich allmählich über die Abwesenheit ihrer Tochter zu wundern begann.

»Vielleicht ist sie am Strand«, mutmaßte Gregor.

»Als ob Tessa den ganzen Weg dorthin zu Fuß gehen würde«, höhnte Michael.

Einer Eingebung folgend fand Sally den Brief an Tessas Kopfkissen gelehnt. Aus der langjährigen Erfahrung mit ihrer Schwester heraus schlug sie dann vor, die Wertsachen im Haus zu kontrollieren, um festzustellen, ob etwas fehlte.

Claire nahm den Verlust ihres Schmucks gelassen hin. »Ich habe das Zeug sowieso nie getragen.« Aber über das gestohlene Bargeld war sie sehr verstimmt.

»Du lieber Himmel«, sagte Michael, zerknüllte Tessas Brief und warf ihn in den Papierkorb neben Claires Schreibtisch.

Ein Schluchzer an der Tür kündigte eine verzweifelte Nandi an. »Madam, Jackson ist verschwunden. Die Polizei will ihn verhören.«

Michael stöhnte leise. Das Leben war für die Familie Mpande doch nun wirklich schwer genug. »Kommen Sie herein, Nandi. Wir müssen Ihnen etwas erzählen.«

Nandi nahm die Nachricht halbwegs gefasst auf. »Vielleicht geht er mit ihr in unser Dorf.« Ihre zitternden Lippen verrieten ihre wahren Gefühle.

»Zeig ihr den Brief, Michael.«

Er holte das zerknüllte Papier aus dem Papierkorb und strich es glatt, damit Nandi es lesen konnte:

Ihr habt mein Leben unerträglich gemacht. Ich gehe weg, um mit Jackson zusammenzuleben. Versucht nicht uns zu finden, ich würde mich sowieso weigern zurückzukommen. Ich liebe Jackson, und er liebt mich. Wir werden woanders glücklich werden. Ihr vermisst uns ohnehin nicht.

Nandi sah auf. »Sie irrt sich. Wir vermissen unseren Sohn jetzt schon.«

»Was sollen wir bloß tun?« Claire lief unruhig durch ihr Büro. »Sollen wir die Polizei benachrichtigen?«

»Nein!«, antworteten Michael und Nandi wie aus einem Mund.

»Überleg doch, Mutter«, fuhr Michael fort. »Sie sind beide achtzehn. Die Polizei würde sie sofort ins Gefängnis sperren.«

Claire setzte sich hinter ihren Schreibtisch. »Aber wir können sie doch nicht einfach gehen lassen«, meinte sie verzweifelt.

»Tessa hat doch hinreichend klar gemacht, dass sie genau das will«, widersprach Michael. »Ich persönlich glaube, dass sich alles von allein lösen wird. Der Weg, den sie sich ausgesucht haben, ist sehr mühsam. Gib ihnen ein paar Wochen, dann kommen sie schon zurück.« Er ging zur Tür. »Ich habe zu arbeiten.«

Claire sah ihm nachdenklich hinterher. »Nandi«, sagte sie anschließend leise. »Michael hat Recht. Es ist das Beste, worauf wir hoffen können.«

Seufzend wandte sich Nandi zum Gehen. »Vergeben Sie mir, Madam, aber Miss Tessa hat meinen Jungen fehlgeleitet.« Sie stand stocksteif da und wartete auf einen Widerspruch.

Aber Claire wusste, dass sie Recht hatte. »Ich hatte leider keinen Einfluss auf sie. Wenn dies das Leben ist, das sie sich wünscht, dann bete ich aus ganzem Herzen, dass Jackson um die Gefahren weiß und sie gut behandelt.«

Nandi, die aus lauter Sorge um Dyson nicht mehr ein noch aus wusste, hatte alle Zurückhaltung verloren. »Gefährlich ist nur Ihre Tochter«, erwiderte sie hart. »Es hat nichts mit meinem Sohn zu tun. Wenn Tessa die Beine nicht zusammenhalten kann, wird es andere geben, viele andere.«

Michael fuhr in die Siedlung, um Wilson zu suchen. Der Zulu war verstört wegen der Nachricht über Dyson und zitterte vor Wut über das brutale Vorgehen der Polizisten, die gerade wieder gegangen waren. »Ich fürchte, es gibt noch mehr schlechte Nachrichten«, sagte Michael.

»Was könnte schlimmer sein?«

»Jackson und Tessa sind weggelaufen.«

Wilson schloss die Augen, als könnte er sich damit vor der Welt verschließen.

»Wir können die Polizei nicht verständigen«, fuhr Michael fort. »Das Einzige, was wir tun können, ist hoffen, dass sie wissen, wo sie hinwollen, und ihr Ziel sicher erreichen.«

»Betschuanaland«, sagte Wilson plötzlich. »Jackson wird mit Sicherheit dorthin wollen. Und von da aus nach Sambia.«

»Um eine Guerillaausbildung zu bekommen?«

»Ja.« Wilson schüttelte den Kopf. »Er ist ein Hitzkopf, mein Sohn. Er hat keine Geduld für langsame Veränderungen. Er möchte lieber kämpfen als reden.«

»Dann ist er ein toter Mann«, antwortete Michael knapp. »Und meine Schwester wird mit ihm sterben.«

»Ich glaube nicht, dass sie zusammenbleiben. Sie sind beide viel zu egoistisch. Was sie ihm bietet, ist im Moment unwiderstehlich, aber irgendwann ...« Wilson zuckte mit den Schultern.

»Meine Schwester ist eine Hure«, meinte Michael verächtlich.

»Dann befürchte ich, *Nkosi*, dass sie nach Zulu-Tradition wie eine behandelt wird.«

»Das ist vermutlich das Einzige, das Tessa glücklich machen wird«, erwiderte Michael bitter.

Wilson legte eine Hand auf seine Schulter. »Wir können nicht immer verstehen, was in den Herzen anderer ist, selbst wenn sie durch ihr Blut mir uns verbunden sind. Die Dinge, die meinen Sohn und Ihre Schwester treiben, stecken schon seit ihrer Geburt in ihnen. Wir konnten nicht mehr tun als zu versuchen, sie auf einen sichereren Weg zu führen. Wenn sie den nicht annehmen«, Wilson schüttelte den Kopf, »dann können wir nur hoffen, dass sie wenigstens in Sicherheit bleiben. Ihr Schicksal ist längst besiegelt. Sie folgen ihm nur.«

»Ja«, antwortete Michael resigniert. »Direkt in die Hölle.«

»Kommen Sie. Wir gehen ein Stück spazieren, Sie und ich.«

Sie verließen die Siedlung und gingen so weit, bis Wilson die Viehweiden sehen konnte. Ihr Anblick beruhigte ihn.

Auch wenn seine Vorfahren offenbar nicht zufrieden mit ihm waren, die kräftigen, gesunden Tiere waren der lebende Beweis dafür, dass die Geister nicht so erzürnt waren, dass sie auch ihnen Übles zufügten. Und das war für Wilson Grund genug, um in seinem sorgenvollen Herzen ein kleines Stück Hoffnung zu behalten.

Michael brach das Schweigen zwischen ihnen. »Was hat die Polizei über Dyson gesagt?«

»Pah!« Wilson tat den Besuch voller Verachtung ab. »Sie sagen, wenn er hierher kommt, muss ich sie sofort benachrichtigen. Halten sie mich für dumm? Glauben sie, sie könnten mir Angst machen? Glauben sie, ich hätte das hier vergessen?« Er zog sein Hemd hoch.

Michael hatte die Narben schon früher einmal gesehen. Nach Dysons Inhaftierung hatten die Polizisten Wilson mit Schlagstöcken traktiert, um sein Schweigen zu brechen. Die gebrochenen Rippen waren inzwischen verheilt, aber sein Körper würde die Spuren für den Rest seines Lebens tragen. Michael selbst hatte Wilson am Tag, nachdem die gesamte Familie Mpande abgeholt worden war, aus der Polizeiwache getragen. Wilson war fast ohnmächtig vor Schmerzen gewesen, doch als sie die Zulu-Siedlung erreicht hatten, hatte er beim Aussteigen aus dem Auto jegliche Hilfe verweigert. Er war langsam herausgeklettert und hatte dann aufrecht und würdevoll dagestanden. Vorsichtig und mit zitternden Händen hatte er sein Hemd ausgezogen und sich so gedreht, dass alle seine Verletzungen sehen konnten. Ein Aufschrei des Schreckens und der Wut war durch die Umstehenden gegangen. Anschließend war Wilson in seinem Haus verschwunden und hatte die Tür hinter sich geschlossen. Eine ganze Woche lang hatte er keinen Fuß mehr nach draußen gesetzt. Danach hatte er seine Arbeit wieder aufgenommen und niemals mehr ein Wort über das verloren, was man ihm angetan hatte.

Nandi, Jackson und die beiden jüngeren Kinder waren verhört worden, doch ansonsten hatte man sie in Ruhe gelassen.

Michael hatte Wilson nicht in die Klinik bringen können. Wenn Schwarze eine Behandlung benötigten, weil man ihnen Gewalt angetan hatte, durften die Ärzte nichts für sie tun, sofern sie nicht in Begleitung eines Polizeibeamten waren. So war es Gesetz. Michael wusste, dass es sinnlos war, deshalb hatte er Wilson nach Hause gebracht. Colins Frau Anna war früher Krankenschwester gewesen und zuständig für Verletzungen auf UBejane. Sie hatte eine Salbe auf die Wunden gestrichen und Wilsons Brustkorb anschließend verbunden.

Wütend zog Wilson sein Hemd nun wieder herunter. Er zitterte immer noch.

Michael konnte die Emotionen, die dieser Mann empfand, nur erahnen: Wut, Angst, Verbitterung, Sorge.

»Es tut mir Leid«, sagte er, und sie wussten beide, dass dies eine echte Entschuldigung war, keine Beileidsbezeugung.

»Danke«, antwortete Wilson leise. Er blickte über das Land, wo das Vieh graste. »Es ist nun zu spät, um es zu stoppen. Es dauert bereits zu lange, und es ist zu weit gegangen.« Er drehte sich wieder zu Michael um. »Ich habe große Angst vor dem, was auf uns zukommen wird. Wenn dem Menschen sein Recht genommen wird, menschlich zu leben, bleibt nur noch eins. Er hat keine andere Wahl. Wenn der Respekt vor seinem Leben fort ist, dann wartet er nur noch auf seinen Tod.«

»Den Tod als Krieger?«

»Es ist besser im Kampf zu sterben, als in Angst zu leben.«

»Wann wird das alles enden? Wie lange kann dieser Wahnsinn noch weitergehen?«

»Er wird so lange weitergehen, wie die Menschen verschiedener Meinung sind.«

»Dann wird er nie enden.«

»Ja. Schau doch meine eigene Familie an.«

Er hatte Recht. Wilson, Dyson und Jackson, sie alle verfolgten das gleiche Ziel, aber sie alle strebten es auf ganz unterschiedliche Weise an.

»Jackson besitzt die Heißblütigkeit der Jugend. Er widersetzt sich allem, was wir ihm beigebracht haben.« Wilson lächelte bitter. »Er hält uns für dumm. Er ist zu jung, um zu wissen, was wir wissen. Der einzig Dumme ist Jackson.« Er zog so heftig an einem Lederriemen, den er um den Hals trug, bis er zerriss. »Er geht zu weit.« Nachdenklich blickte er auf das Stück Leder in seinen Händen. »Wir werden sehen, was passiert.«

Michael sagte nichts.

»Und Dyson«, fuhr Wilson fort. »Wenn er noch am Leben ist, wird er sein wie Schilfgras. Wenn der Wind weht, wird er sich zu Boden ducken. Wenn der Wind nachlässt, wird er stolz und gerade dastehen.«

»Und Sie?«, fragte Michael.

»Ah.« Wilson lachte leise. »Ich bin ein Mann des Landes; ich habe gelernt, dass der Mais Regen und Zeit braucht, ehe man ihn verspeisen kann.« Er zeigte auf einige frisch geborene Kälber. »Jackson würde sich sofort über sie hermachen. Dyson würde warten, aber nicht lange. Und ich? Ich habe sehr viel Geduld.«

»Ich wünschte, die hätte ich auch, Wilson. Im Moment ist sie mir ausgegangen.«

»Sie dürfen gern an meiner teilhaben, *Nkosi.* Aber meinen Zorn, den würden Sie sich nicht wünschen.«

Als Michael zum Haus zurückfuhr, fragte er sich, wie er es schon so häufig getan hatte, wie es Menschen wie Wilson gelang, ihre Emotionen unter Kontrolle zu halten. Es war reine Fassade, das wusste er. Eine, die aus der Not geboren war. Dennoch war es eine bemerkenswerte Demonstration von Selbstbeherrschung.

Kapitel elf

Tessa genoss das Leben in vollen Zügen. Das Gefühl der Freiheit war einfach überwältigend. Sie hätte ewig so weiterleben können. Die Flucht mit Jackson war ein großartiges Abenteuer. Es war Sommer, und die Tage waren zwar unangenehm heiß, die Nächte aber dafür wunderbar mild, wie ein sanfter Kuss auf ihrer Haut, wenn sie eng aneinander geschmiegt lagen.

Der Karte nach, die sie von zu Hause mitgenommen hatten, führte die Eisenbahnlinie durch nahezu unbesiedeltes Land. Das stimmte jedoch nicht ganz. Es gab zwar keine Städte, aber überall stießen sie auf kleine Ansiedlungen, die von Schwarzen bewohnt waren. Tessa verstand nicht, wieso Jackson den Kontakt zu all diesen Menschen mied. In ihrer Fantasie bildete sie sich ein, überall willkommen zu sein und wie eine Prinzessin behandelt zu werden. Hatte sie nicht ein Leben in Luxus aufgegeben? Hatte sie damit nicht bewiesen, dass sie nicht wie die anderen Weißen war? Verdiente sie nicht Anerkennung und ihren Respekt? Sie war eine Heldin, eine, die man verehren und lobpreisen musste und die es nicht wie ein peinliches schamhaftes Geheimnis zu verstecken galt. Aber Jackson wusste genau, dass Tessa bei seinem Volk nicht willkommen sein würde. Wenn sie erfuhren, was Tessa und Jackson taten, würden sie sich nur ängstigen und befürchten, dass ihr eigenes Leben durch diesen sündigen Akt beeinflusst werden könnte. Die wenigen Menschen, die ihnen begegneten, rümpften die Nase angesichts der jungen weißen Frau in Gesellschaft eines jungen schwarzen Mannes, aber jegliche Schlussfolgerungen, die sie daraus hätten ziehen können, waren so unvorstellbar, dass sie es vorzogen, gar nicht erst darüber nachzudenken.

Jeden Abend suchten sich Tessa und Jackson eine geschützte, abgelegene Stelle, um sich ein Nachtlager einzurichten. Dort, unter den Sternen, genossen sie sich gegenseitig und vollführten den einen und einzigen Akt, der sie verband, das Einzige, durch das ihr Schicksal miteinander verflochten war. Es war eine derart gewaltige Kraft, dass keiner von ihnen begriff, dass nichts übrig bleiben würde, wenn die Musik erst aufhörte zu spielen und die Sterne sich verzogen.

Sie kamen an dem Dorf vorbei, in dem Jacksons Großeltern lebten. Jackson kannte es gut. Er hatte sein ganzes Leben lang die Ferien hier verbracht. Und, ähnlich wie es sein Vater erlebt hatte, als er vor Jahren aus dem Krieg zurückgekehrt war, erfüllte Jackson der Anblick des Dorfes mit Wehmut. Sehnsüchtig blickte er auf die bienenstockartigen Hütten. Dort unten lebten seine Verwandten. Dort unten würden ihn Nahrung, Schutz und Freundschaft erwarten. Melancholie überkam ihn, aber er erwähnte seine Verbindungen zu dem Dorf nicht. Der Anblick der sich an den Hang schmiegenden Hütten entlockte Tessa einen Aufschrei des Entzückens. »Das sieht ja aus wie im Märchen. Es ist wunderschön. Oh. Jackson, wäre es nicht wundervoll, wenn wir dort leben könnten?«

Jackson merkte sehr schnell, dass er einen schrecklichen Fehler begangen hatte. Wie hatte er nur so dumm sein können? Ohne Tessa im Schlepptau hätte er einfach nur von zu Hause weglaufen können, ohne das Gesetz zu brechen. Er hätte offen und ungehindert nach Betschuanaland gehen können. Stattdessen führte er nun ein raues, gefährliches Leben und war ständig auf der Hut vor lauernden weißen Augen. Manche Mädchen hätten das problemlos mitgemacht, aber Tessa war schwierig. Sie war arrogant und fordernd und quengelte ununterbrochen. Außerdem war sie weiß. Er genoss ihren Körper, und es gefiel ihm, ihn zu benutzen. Aber schon nach wenigen Tagen war Jackson klar geworden, dass sie sich nie an die schwarze Lebensweise würde anpassen können. Trotz ihres ganzen Geredes war sie einfach zu verwöhnt, zu europäisch und viel zu flatterhaft, um weiter zu denken als bis zu seinem Schwanz. Sie erwartete von ihm, dass er sie von früh bis spät bediente. Jackson war derjenige, der Holz suchen musste, um ein Feuer zu machen. Jackson war derjenige, der ein Bett aus Gras für sie bereitete, auf dem sie schlafen konnten. Jackson war derjenige, der wilde Früchte und Beeren sammelte, damit sie etwas zu essen hatten. Tessa saß immer nur da und wartete und betrachtete es als seine Pflicht und Schuldigkeit, sie zu hofieren.

Jackson war zwischen zwei Welten hin- und hergerissen. Seine traditionelle Erziehung sagte ihm, dass die Frau eigentlich diese niederen Arbeiten zu verrichten hatte. Aber das System in Südafrika hatte ihm beigebracht, dass Tessa die Überlegene und er der Diener war. Das alles war sehr verwirrend und durch ihre illegale Beziehung zusätzlich verkompliziert.

Am Ende der dritten Woche begannen sich die Probleme allmählich abzuzeichnen. Je weiter sie nach Norden kamen, desto schwieriger wurde es für sie, sich zu verstecken.

Nachdem sie die Balelesberg Range überquert hatten, wurde das Land flacher und gewährte ihnen kaum noch Schutz. Sie hatten Natal hinter sich gelassen und waren nun im Transvaal. Die Menschen hier waren Eigenbrötler und tolerierten weiße und Englisch sprechende Südafrikaner kaum. Jackson beschloss, dass es sicherer sei, nachts zu wandern und sich tagsüber versteckt zu halten, bis sie den Norden von Johannesburg erreicht hatten.

Zur Abwechslung nahm Tessa seinen Entschluss widerspruchslos hin.

Er beobachtete sie. Sie war den ganzen Tag über ungewöhnlich schweigsam gewesen. In den letzten Wochen hatte sie nichts anderes getan als sich beklagt: über die Hitze, die wenige Nahrung, über wunde Füße und darüber, dass sie auf der harten Erde schlafen musste. Jackson hatte allmählich genug von ihr. Vor zwei Tagen hatte sie ein heftiger Sturm überrascht, und es hatte die ganze Nacht geregnet. Tessa hatte sich zitternd vor Angst und Kälte an ihn geklammert. Aus ihrem heutigen Schweigen schloss er, dass auch sie ihre Flucht allmählich bereute.

»Ist alles in Ordnung?«

»Nein.« Tränen liefen ihr über das Gesicht.

»Was ist jetzt schon wieder?« Er konnte seine Ungeduld nicht verbergen.

»Mir ist schlecht.«

»Du siehst aber gesund aus.«

Sie strich sich über die Wange. »Ich hatte meine Periode nicht.«

Diesen Ausdruck kannte er nicht. »Was meinst du damit?«

Sie atmete zitternd ein. »Ich glaube, ich bin schwanger.«

Vor diesem Augenblick hatte Tessa sich gefürchtet. Jackson liebte sie nicht. Zunächst hatte sie den Gedanken verdrängt, geglaubt, Gespenster zu sehen. Sie hatte nach Anzeichen gesucht, die ihr bewiesen, dass er für sie dasselbe empfand wie sie für ihn. Stattdessen musste sie sich eingestehen, dass er sie nicht liebte, und, schlimmer noch, er versuchte nicht einmal, dies zu verbergen. Er zeigte keinerlei Zuneigung, berührte sie nie, es sei denn, sie hatten Sex, sprach mit ihr nur, wenn es absolut nötig war, und war offensichtlich völlig genervt von allem, was sie sagte.

Letzte Nacht, als er die Hände ausgestreckt und zwischen ihre Beine gelegt hatte, hatte sie nicht mehr anders gekonnt und ihn gefragt: »Liebst du mich, Jackson?«

»Sei nicht albern«, hatte er lachend geantwortet. »Ich bin ein Zulu. Wie könnte ich eine weiße Frau lieben?«

Diese Antwort hatte sie erschüttert. Denn Tessa war sofort klar gewesen, dass er das nicht im Hinblick auf die Apartheid-Gesetze Südafrikas meinte. In Jacksons Augen war sie einfach nicht gut genug für ihn.

Nun betrachtete sie sein Gesicht, während er ihre Wort aufnahm. Seine Augen waren kalt und ausdruckslos. »Du Närrin«, zischte er schließlich.

Es lief alles ganz schrecklich schief, und sie bekam plötzlich Angst. Er war doch das Einzige, was sie hatte. »Jackson!«, flehte sie.

»Das ist wirklich das Letzte, was ich brauche.«

»Was *du* brauchst.« Sie war jetzt wütend. »Was ist denn mit mir?«

»Was ist mit dir?«, höhnte er arrogant. »Du bist eine Frau.«

Es war wie ein Schlag ins Gesicht. Er war genau wie die anderen. Die Aufgabe einer Frau bestand entweder darin, auf dem Rücken zu liegen, oder eine der unzähligen Pflichten zu erledigen. Ihre Angst wuchs. Sie hatte alle Brücken hinter sich abgebrochen, es gab kein Zurück. »Es wird noch ewig dauern, bis es auf die Welt kommt«, versuchte Tessa Jackson zu beruhigen. »Bis dahin werden wir uns längst in Betschuanaland niedergelassen haben.«

»Du vielleicht«, meinte Jackson verächtlich. »Ich werde nach Sambia weiterziehen.«

»Und was wird mit uns? Du nimmst mich doch mit, oder nicht? Du kannst mich doch nicht einfach verlassen. Ich dachte, du liebst mich.«

»Nein, das tue ich nicht. Und wenn du schwanger bist, nützt du mir gar nichts mehr.«

Seine Worten gingen zu weit. Wie konnte er das wagen, nachdem sie alles für ihn aufgegeben hatte?

»Weißt du, ich habe das nicht allein gemacht. Du bist ebenso daran beteiligt.«

»Wenn wir *hlobonga* gemacht hätten, wärst du jetzt nicht schwanger.«

»Es hat dir immer Spaß gemacht, mich richtig zu vögeln«, erwiderte sie heftig.

»Sag dieses Wort nicht. Ich hasse es, wenn du dieses Wort benutzt.«

»Vögeln«, schrie Tessa.

Das war der Moment, in dem Jackson sich nicht mehr beherrschen konnte. Seine Rechte war so kraftvoll, dass sie Tessa von den Füßen riss. Er war überrascht. Er hatte schwarze Frauen erlebt, die ganz andere Schläge ausgehalten hatten. Tessas Anfälligkeit bewies nur ihre Schwäche. Sie hatte nichts als eine große Klappe. Und diese Erkenntnis verschaffte Jackson eine ganz neue Gewalt über sie. Sie lag jammernd im Gras, und er baute sich über ihr auf. »Steh auf.«

»Du hast mir wehgetan.« Es war nicht nur der körperliche Schmerz. Tessa fühlte sich in ihrem Stolz verletzt.

»Ich werde dir noch einmal wehtun, wenn du jetzt nicht aufstehst.«

Die Drohung wirkte. Tessa kam langsam auf die Beine. Die rechte Seite ihres Gesichts war bereits angeschwollen und verfärbte sich. Erneut stellte Jackson fest, wie empfindlich dieses arrogante Mädchen war. »Ich will nach Hause«, jammerte sie kleinlaut.

Jetzt war es heraus. Nachdem sie es einmal gesagt hatte, stand Tessas Entschluss fest. »Alles war ein Fehler. Ich will wieder nach Hause.«

»Das kannst du nicht. Du hast ein uneheliches schwarzes Baby in deinem Bauch. Wie willst du das verheimlichen?«

Tessa fing an zu weinen.

Jackson drehte sich um und setzte sich in Bewegung. »Mach, was du willst. Ich gehe jetzt nach Betschuanaland.«

Er war bereits mehrere hundert Meter entfernt, als Tessa endlich begriff. Sie brauchte Jackson unbedingt, aber er brauchte sie nicht. Sie hatte geglaubt, Macht über ihn zu besitzen, dabei hatte er sich nur das genommen, was sie ihm so großzügig angeboten hatte. Er hatte sie benutzt, und nun saß sie in der Falle. Und sie hatte Angst, dass er sie irgendwo sitzen lassen würde, wo sie sich allein durchschlagen musste. »Warte.« Sie rannte hinter ihm her. »Jackson, bitte lass mich nicht allein. Warte auf mich.«

Er blieb nicht stehen. Tessa musste einige Minuten laufen, ehe sie ihn eingeholt hatte. »Von nun an werde ich dich nicht mehr bedienen«, sagte er, als sie neben ihm war. »Siehst du den Baum dort drüben? Geh und pflück ein paar Früchte.«

»Wartest du hier?«, fragte sie ängstlich.

»Ja.«

Während Tessa die wilden Äpfel pflückte, suchte ihr berechnender Verstand bereits nach einem Ausweg. Ich könnte in der nächste Stadt zur Polizei gehen und behaupten, er hätte mich entführt, überlegte sie. Sie werden mir glauben. Und Mutter wird mich zurücknehmen, das weiß ich ganz genau. Bis dahin darf ich mir nur nichts anmerken lassen. Er muss denken, dass ich gern bei ihm bleiben möchte. Sie brachte Jackson die Früchte. »Hier«, sagte sie mit sanfter Stimme. »Es tut mir Leid. Ich werde das Wort nie mehr benutzen.« Sie hasste ihn nun. *Wie konnte ich mir bloß einbilden ihn zu lieben?*

Jackson ging inzwischen seinen eigenen Gedanken nach. Ich könnte sie umbringen, überlegte er, und ihren Körper einfach vergraben. Niemand würde ihn je finden. Allein käme ich viel schneller und sicherer voran. Aber er verwarf die Idee sofort wieder. Ein weißes Mädchen zu töten, bedeutete für den Fall, dass man ihn erwischte, automatisch die Todesstrafe. Da war es wesentlich besser, sie mit nach Betschuanaland zu nehmen und sie dort loszuwerden.

An jenem Abend war Tessa diejenige, die das Gras für ihr Bett suchte. An jenem Abend war Jackson derjenige, der darauf bestand, Sex zu haben. Tessa wollte nicht, wagte aber auch nicht, Nein zu sagen. Als er in sie eindrang, konnte sie sich der Lust, die sic dabei überfiel, nicht erwehren. Ihr Körper reagierte bereitwillig, auch wenn ihr Verstand aufbegehrte und ihr Herz sich wehrte. Zum ersten Mal begriff Tessa, dass sie machtlos war gegen ihr Verlangen, eine Gefangene ihres eigenen Körpers.

Ungefähr zwei Monate nach Tessas Verschwinden stellte Michael fest, dass er glücklicher war als je zuvor. Er summte unter der Dusche, lächelte den ganzen Tag vor sich hin und verspürte eine Leichtigkeit in sich, wie er sie noch nie gekannt hatte. Er brauchte nicht lange zu überlegen, woran das lag. Der Grund war Jennifer Bailey.

In den vergangenen vier Jahren hatte er nicht viel von ihr gesehen. Sie war an der Universität gewesen, und nach ihrem Abschluss hatte sie sich eine Weile in Europa aufgehalten. Sie war in Frankreich gewesen und hatte sich dort einem Team von Wissenschaftlern angeschlossen, die untersuchten, welche langfristigen Auswirkungen die beengten und völlig unnatürlichen Lebensräume in vielen europäischen Zoos auf einige der größten afrikanischen Tiere hatten.

Zwischendurch war Jennifer einige Male nach Hause gekommen, und sie waren dann jedes Mal unzertrennlich gewesen. Trotzdem war ihre Beziehung immer nur rein platonisch geblieben. Sie hatten sich beide zu jung für eine festere Beziehung gefühlt, aber es gab eine unausgesprochene Übereinkunft zwischen ihnen, ihre Gefühle auf den Prüfstand zu stellen, sobald die Zeit reif wäre. Natürlich hatte immer das Risiko bestanden, dass einer von ihnen jemand anders kennen lernte. Tatsächlich hatte Michael die Psychiaterin Annie Lewis sehr attraktiv gefunden und hätte vielleicht sogar versucht, eine Beziehung mit ihr anzufangen, wenn sie sich nicht wegen Tessa zerstritten hätten. Es hatte wohl einfach nicht sein sollen.

Nun war Jennifer endgültig nach Afrika zurückgekehrt. Sie wartete darauf, dass Dr. Emil Daguin, der Leiter des Forschungsprojekts in Frankreich, nach Afrika kam, um hier eine umfangreiche Studie über die Fortpflanzungsgewohnheiten des Spitzmaulnashorns durchzuführen, das vor kurzem unter anderem im Okavango-Delta in Betschuanaland angesiedelt worden war. Es war ein sehr ehrgeiziges Unternehmen, für das fünf Jahre anberaumt waren, und Dr. Daguin hatte Jennifer angeboten, in seinem Team mitzuarbeiten.

Schwierigkeiten beim Auftreiben der Forschungsmittel sowie der Tod von Dr. Danguins Frau, die bei einem tragischen Autounfall ums Leben gekommen war, hatten das Projekt ein wenig verzögert. Das Schicksal, so schien es, gab Jennifer und Michael nun endlich eine Chance. Michael gewöhnte sich schnell daran, sie drei- bis viermal in der Woche zu sehen. Gestern Abend war ihre Beziehung schließlich intimer geworden, und nun wusste Michael ganz sicher, dass er verliebt war.

Der Abend hatte wie üblich begonnen. Michael war gegen sechs Uhr auf einen Drink zu ihr gefahren. »Hast du Lust, ins Kino zu gehen?«

Sie hatte die Nase gerümpft.

»Schon alles gesehen.«

»Zum Abendessen?«

»Schon alles gekocht.«

Daraufhin hatte Michael sich bequem auf dem Sofa ausgestreckt. »Wo sind deine Eltern?«

Dann war es ihm wieder eingefallen. Mr. und Mrs. Bailey waren für eine Woche nach Himeville in ihr Ferienhaus in den Bergen gefahren, um der Sommerhitze ein wenig zu entgehen. »Nur du und ich, hm?«

»Genau.«

Das Timbre in ihrer Stimme war tiefer geworden. Michael war das sofort aufgefallen. Es gab keinen Grund für weitere Worte. Sie hatten sich in der Mitte des Zimmers getroffen; ihre Blicke waren miteinander verschmolzen, das einzige äußerliche Zeichen dafür, dass ihre Herzen, Seelen und ihr Verstand plötzlich eins wurden. Als sich ihre Lippen berührt hatten, hatte sie beide ein heißer Schauer erfasst. Er hatte sie fester in die Arme genommen, ihr Kuss war inniger geworden, und da hatte Michael gewusst, dass er seine Zukunft in den Armen hielt. Als sie später eng aneinander geschmiegt im Bett gelegen hatten, hatte Jennifer ihm von Emil Daguin und seinem Projekt erzählt. »Er wird jemanden brauchen, der das alles koordiniert.«

Michael war noch immer ganz benommen von ihrem Liebesspiel. »Ein bisschen anders als das, was ich bisher gemacht habe.«

»Überhaupt nicht. Du wärst perfekt.«

»Jen, ich bin Zuckerrohrfarmer.«

»Aber du hast doch schon mit dem Spitzmaulnashorn gearbeitet.«

»Ja, aber ich habe keinerlei wissenschaftlichen Hintergrund.«

»Darum wird sich Emil kümmern. Er braucht jemanden mit guten organisatorischen Fähigkeiten, nicht einen weiteren Wissenschaftler.«

Je länger sie davon sprach, desto aufgeregter wurde er. Es war nicht nur die Aussicht, Seite an Seite mit Jennifer zu arbeiten, die ihm so verlockend erschien. Nein, er war ehrlich genug zuzugeben, dass er zwar mit der Führung von UBejane durchaus zufrieden war, ihn das Spitzmaulnashorn-Projekt in Umfolozi jedoch auf den Geschmack gebracht hatte und er sich durchaus auch eine andere Zukunft gut vorstellen konnte.

Es war fast zwei Uhr morgens, als Michael schließlich

nach Hause fuhr. Die Euphorie hatte ihn nicht losgelassen. Er wusste nun, dass er den Rest seines Lebens mit Jennifer verbringen wollte. Emil Daguins Forschungsvorhaben war das Sahnehäubchen. Alles schien plötzlich perfekt zu passen. Aber konnte er seiner Mutter ernsthaft zumuten, noch einmal die volle Verantwortung für UBejane zu übernehmen? Die Frage belastete ihn sehr, und ihm fiel keine befriedigende Lösung ein.

Beim Frühstück entging Claire nicht, dass Michael ungewöhnlich ruhig war. »Du bist heute Morgen so nachdenklich. Hat das vielleicht etwas mit Jennifer zu tun?«

Gregor, der gerade seinen Löffel zum Mund führen wollte, sah auf. Obwohl er erst zwölf war, wusste er immer über alles Bescheid. »Er ist verliebt«, erklärte er altklug.

Michael gab ihm einen brüderlichen Klaps auf den Hinterkopf. In einer theatralischen Geste ließ Gregor sein Gesicht in die frische Papaya sinken, die er gerade aß.

Claire lachte. »Geh und wasch dir das Gesicht, Gregor.«

Gregor stand nur unwillig vom Tisch auf. »Erzähl Mom bloß nichts, bevor ich zurück bin.«

Michael schüttelte den Kopf. »Du bist ein richtiger Schauspieler. Du gehörst auf eine Bühne.«

»Dort wird er sicher auch enden. Aber was ist mit dir?«

Michael grinste. »Also gut, ich gebe es zu. Ich bin jetzt sechsundzwanzig und bereit für eine feste Beziehung. Und Jennifer ist ... einfach verdammt großartig.«

»Das ist ja wunderbar!« Claire warf ihre Serviette auf den Tisch, stand auf und umarmte ihn. »Ich muss es sofort Sally schreiben.«

»Warte noch.« Michael schob seinen Stuhl zurück und erhob sich. »Lass uns nichts überstürzen.«

Claire sah ihn erstaunt an. »Was überstürzen? Du und

Jennifer, ihr seht euch doch regelmäßig, seit sie wieder hier ist. Du kennst sie fast dein ganzes Leben. Vielleicht hast du gerade erst festgestellt, dass sie die Richtige für dich ist, aber glaube mir, Michael, wir anderen haben das seit Jahren kommen sehen, und auch Jennifer weiß schon eine ganze Weile, was sie für dich empfindet.«

»Meinst du?« Michael lächelte zufrieden.

»Frag sie doch, ob sie dich heiraten will.«

Michael sah seine Mutter erschrocken an. »Und wenn sie Nein sagt?«

»Das wird sie nicht.«

»Was macht dich da so sicher?«

»Ich bin eine Frau.«

Michael verschränkte die Arme vor der Brust. »Und?«

»Frauen spüren so etwas.«

Gregor kam zurück. »Was habe ich verpasst?«

»Nichts«, erklärte Michael.

Gregor setzte sich und aß sein Frühstück weiter. »Scheint ja ein interessantes Nichts gewesen zu sein«, sagte er und tat, als spräche er mit seinem Teller. »Mein armer Bruder hat jedenfalls vor Aufregung ganz rote Ohren bekommen.«

»Ach sei still.« Michael lachte. »Und beeil dich, sonst verpasst du noch deinen Bus.«

Als Gregor fort war, meinte Claire: »Komm ins Büro, Michael. Wir müssen reden.«

Michael fragte sich, was sie wohl auf dem Herzen haben könnte. Ihre Worte trafen ihn völlig unvorbereitet.

»Was würdest du sagen, wenn wir UBejane verkaufen?«

»Verkaufen?« Er sah sie fassungslos an. Diese Plantage war doch ihr Leben.

Claire sah ihren Erstgeborenen liebevoll an. »Wenn Gregor sich mehr dafür interessieren würde, wäre ich nicht auf diese Idee gekommen. Sally bleibt vielleicht in Paris, wer weiß? Sie hat sich inzwischen damit abgefunden, dass sie zu groß ist, um eine Primaballerina zu werden, und möchte sich nun auf Modedesign konzentrieren. Und Tessa ...« Claire biss sich auf die Lippen. »Tja, damit bleibst nur noch du, Michael. Du bist für mich da, das weiß ich, aber du bist nicht mit dem Herzen bei der Sache.«

Michael sah sie forschend an. »Du hast nicht zufällig mit Jennifer gesprochen?«

Claire tat unschuldig, aber Michael ließ sich nicht täuschen. »Du weißt es, nicht wahr? Sie hat dir von diesem Nashorn-Projekt erzählt. Verdammt, Mom, vielen Dank ...«

»Ich wollte wissen, wie du zu Jennifer stehst. Ich hätte niemals vorgeschlagen zu verkaufen, wenn ich gewusst hätte, dass du hier weitermachen willst. Als Jennifer mir von diesem Projekt berichtet hat ... nun, wir waren beide einer Meinung. Es tut mir Leid, dass ich mich eingemischt habe, aber ich musste einfach Bescheid wissen.« Claire war ein wenig verlegen, weil sie befürchtete, Michael könnte verärgert sein.

Er wollte sie gern etwas schmoren lassen, aber ein Lächeln verriet ihn. »Hast du sie auch gefragt, ob sie mich heiraten möchte?«

»Michael! Natürlich nicht!«

Er sah sie durchdringend an.

»Äh ... April wäre gut.«

»Gut wofür?«

»April ist ein guter Monat«, plapperte Claire. »Das Wetter ist schön. Wenn wir verkaufen würden ... ich meine, du würdest doch gern hier feiern, oder? April ist ... oh Mist!«

Michael brach in lautes Gelächter aus.

»Du bist also nicht böse auf mich?«

»Warum sollte ich? Du schlägst vor, die Farm unter meinem Hintern zu verkaufen; es klingt so, als wäre die Hochzeit bereits bis auf die Nelke in meinem Knopfloch organisiert, und als ob das nicht reichen würde, hast auch noch einen Karrierewechsel für mich arrangiert. Wirklich. Mutter. Wie kommst du auf die Idee, ich könnte böse auf dich sein?«

»Michael!«, bat sie.

Er umarmte sie fest. »Jetzt ist aber Schluss! Ich würde gern selbst noch ein oder zwei Entscheidungen treffen. Was ist denn mit dir? Wenn UBejane verkauft ist, was wirst du tun?«

»Ich?« Diesmal versuchte Claire, ihr Lächeln zu verbergen. Es misslang. »Ich gehe vielleicht nach England.«

»Aha. Nach England.« Er musste über ihre plötzliche Verlegenheit lachen. »So so. Und du machst mir Vorwürfe, weil ich dir nichts erzähle. Es hat nicht zufällig etwas mit Peter Dawson zu tun, oder? Nein. Natürlich nicht.«

Claire wurde rot. »Hast du etwas dagegen? Wir sind in all den Jahren immer in Kontakt geblieben. Er hat nie geheiratet. Er hat mich schon häufig gebeten, nach England zu kommen, um ... nun, um zu sehen, wie es mit uns beiden funktionieren würde.«

Michael umarmte sie noch einmal. »Ich finde es wunderbar. Ich habe Peter immer sehr gemocht.«

»Du weißt, nicht wahr, dass Gregor ...«

»Ja«, unterbrach Michael sie. Nicht weil er es von ihr nicht hören wollte, sondern weil er wusste, wie schwer ihr das fallen würde. »Ich weiß. Gregor auch?«

»Noch nicht. Aber wenn ich nach England gehe, wird er natürlich mitkommen. Das wäre ein guter Zeitpunkt.«

»Ich schätze, er wird sehr erleichtert sein. Er hat Joe gehasst.«

»Das stimmt«, antwortete Claire leise. »Ich war so oft versucht, ihm die Wahrheit zu sagen.«

»Peter weiß es natürlich.«

»Ja. Er hat Gregor ein paarmal gesehen. Es war sehr schwierig für ihn.«

»Warum stellst du für UBejane keinen Verwalter ein? Vielleicht möchtest du ja irgendwann mit Peter hierher zurückkommen?«

Claire schüttelte den Kopf. »Ich könnte diese Farm und die vielen unangenehmen Erinnerungen nie mit Peter teilen. Es wäre auch nicht fair. Wir brauchen einen ganz neuen Start. Und so, wie die Dinge in diesem Land stehen ...«

»Nicht du auch noch! Ich höre in letzter Zeit nichts anderes. Die Leute sagen seit mindestens zehn Jahren, dass sie diesem Land noch höchstens fünf Jahre geben.«

»Du musst zugeben, dass Südafrika auf große Auseinandersetzungen zusteuert.«

»Ich gebe dir Recht. Aber ein wenig Optimismus würde uns nicht schaden.«

Claire lächelte. »Du bist noch jung. Du hast noch Zeit für Optimismus.«

Michael wurde klar, dass sie sich entschieden hatte. »Ich hoffe, dass alles so kommt, wie du es dir wünschst, Mutter. Du hast wirklich ein bisschen Glück verdient.«

Michael hinterließ einige Anweisungen für Balram, dann machte er sich auf die Suche nach Wilson. »Gibt es etwas Neues?«

Wilson wusste, was er meinte. »Nein, nichts. Ich würde es Sie sofort wissen lassen, wenn ich etwas gehört hätte.«

»Danke. Ich weiß gar nicht, ob ich das unbedingt möchte.«

Wilson nickte ernst. »Unser Volk sagt, dass schlechte Nachrichten immer von schlechten Nachrichten begleitet werden. Ich bin wie Sie, *Nkosi*. Ich sehne mich danach, etwas von meinem Sohn zu hören. Aber mein Herz ist schwer vor Angst. Trotzdem frage ich Nandi jeden Tag, ob ein Brief angekommen ist.«

»Glauben Sie, sie würden schreiben? Das kann ich mir nicht vorstellen.«

»Nein«, stimmte Wilson ihm zu. »Jackson wird nicht schreiben. Aber Nandis Schwester, die in Betschuanaland lebt, kennt unsere Situation. Sie würde schreiben. Wir rechnen jeden Tag mit einer Nachricht von ihr.«

»Glauben Sie denn, dass die beiden dorthin gegangen sind?«

»Jackson wird ganz sicher Betschuanaland angesteuert haben. Er spricht seit Jahren von nichts anderem. Er will sich unbedingt den Freiheitskämpfern dort anschließen.« Wilsons Blick suchte den von Michael. »Aber vielleicht erzähle ich dem *Nkosi* zu viel.«

»Sie wissen, dass es nicht so ist«, versicherte Michael ihm rasch. »Ich glaube nicht, dass Gewalt eine Antwort ist, aber es gibt viele, die der Ansicht sind, mit Gesprächen allein käme man hier nicht mehr weiter. Dyson und ich ...« Er brach ab, als er den plötzlichen Schmerz in Wilsons Gesicht sah.

»Wir befürchten, er könnte tot sein.«

»Das ist er nicht«, widersprach Michael entschieden. »Wenn die Polizei ihn wieder gefangen genommen oder sogar getötet hätte, würden sie keine Sekunde verschwenden, um sich damit zu brüsten. Nein, Wilson. In Dysons Fall bedeuten keine Nachrichten gute Nachrichten.«

»Aber selbst wenn er am Leben ist, kann er nicht wieder nach Hause zurück.«

»Noch nicht, zugegeben, aber er ist mein Freund, und ich würde ihm gern helfen.«

»Wie könnten Sie das?«

»Mit Geld. Ich bin angesichts der Dinge, die sich in unserem Land abspielen, ebenso hilflos wie Sie, aber ich kann Bargeld aufbringen. Er könnte nach London gehen, sich dort zum Beispiel Oliver Tambo anschließen. Bitte sagen Sie ihm das, wenn Sie etwas von ihm hören.«

»Das werde ich tun. Es würde unser Herz erleichtern, wenn wir wüssten, dass er aus sicherer Entfernung eine friedliche Lösung anstrebt.« Wilson lächelte plötzlich und klatschte leise in die Hände. »Eh, aber ich habe ganz vergessen. Man erzählt sich, dass der *Nkosi* an diesem Tag die weiße Flagge vor seinem Haus hisst.«

Michael lachte. »Woher zum Teufel wissen Sie das? Gibt es denn hier überhaupt nichts Privates mehr?«

»Privat?« Wilson runzelte die Stirn. »Wie kann es privat sein, wenn es mitten auf Ihrem Gesicht geschrieben steht, wo es jeder lesen kann? Aber ich frage mich, *Nkosi*, wer wird für Sie sprechen?«

»Ich werde für mich selbst sprechen.«

»Hau! Was ist, wenn sie Sie als Hund beschimpft?«

Dann werde ich vermutlich bellen. »Ich bin mir sicher, dass die infrage kommende Lady mich eher als Hund beschimpfen würde, wenn ich nicht für mich selbst sprechen würde.«

Wilson legte eine Hand auf Michaels Arm. »Kommen Sie«, sagte er so stolz wie ein Vater. »Wenn der *Nkosi* für sich selbst sprechen wird, dann sollte er es mit Mut, kluger Zunge und weisem Kopf tun. Dafür habe ich genau das Richtige.«

Michael war nicht sehr begeistert. Er war afrikanischem Bier gegenüber sehr skeptisch, denn er wusste aus leidvoller Erfahrung, welche fatalen Wirkungen es haben konnte. Aber er würde Wilson beleidigen, wenn er ablehnte.

Und so kam es, dass Michael, als er Jennifer Bailey einen Heiratsantrag machte – dem Mädchen, mit dem er bereits zur Schule gegangen war, dem Mädchen, dessen seidige blonde Locken und haselnussfarbenen Augen, deren ansteckendes Lachen und klarer Verstand sein Herz erobert hatte –, ziemlich betrunken war. Jennifer, durch und durch ein Zululand-Mädchen, die Zulu ebenso fließend sprach wie Michael, die mit einem Zulu-Kindermädchen aufgewachsen war und die es mit manch einem Zulu beim Trinken aufnehmen konnte, wenn sie in der Stimmung dazu war, sagte ohne zu zögern Ja. Nachdem sie ihren Entschluss mit einem langen, leidenschaftlichen Kuss besiegelt hatten, öffnete sie zwei weitere Flaschen Bier, reichte eine davon Michael und prostetet ihm zu: »Auf uns.«

Michael trank einen Schluck. »Ich vermute, April wäre dir angenehm?«

»Deine Mutter kann den Mund nicht halten.« Sie lächelte ihn an. »Warum hast du so lange gewartet?«

Michael setzte seine Flasche an und trank sie zu einem Viertel leer, ehe er antwortete. »Aus Angst vor einer Abfuhr«, gab er schließlich zu.

Jennifer lachte und stellte ihre Flasche ab. »Ich glaube, du hast jetzt genug Alkohol, mein Lieber. Du redest ja schon wirr.«

Michael stellte seine ebenfalls ab. »Das stimmt.«

»Ich nehme an, du hältst nicht viel davon, mich auszuführen, damit wir ein bisschen feiern können?«

»Nicht viel.«

»Wir könnten auch hier bleiben und ... na ja, sagen wir, den Anlass würdig begehen.«

»Das könnten wir.«

Sie schlang die Arme um seinen Nacken. »Unsere Unterhaltung ist sehr einseitig.«

Er legte seine Arme um ihre Hüften und küsste sie. »Ich übe schon mal die Rolle als Ehemann.«

Ihre Hand fand den Reißverschluss seiner Hose. »Dann übe ich jetzt auch.«

Er stöhnte, als sie ihn berührte. »Üb ruhig. Ich stehe dir jederzeit zur Verfügung.«

»Auf dieses Versprechen werde ich sicher noch häufiger zurückkommen. Also vergiss es nicht.« Jennifer lächelte ihn an.

Da wusste Michael, dass er dieses Mädchen ewig lieben würde.

Dyson klopfte leise an die Tür des dunklen Hauses am Stadtrand von Gaberones. Ein paar Minuten vergingen, ehe eine schlaftrunkene Stimme rief: »Wer ist da?«

»Dyson Mpande. Dein Neffe.«

Die Tür öffnete sich sofort. »Komm herein.«

Dyson hatte die Schwester seiner Mutter noch nie zuvor gesehen. Sie hatte jemanden geheiratet, der nicht zum Volk der Zulu gehörte, einen Tswana, und war in sein Haus im britischen Protektorat von Betschuanaland gezogen. Trotz ihrer Enttäuschung, dass ihre Tochter nun einem anderen Stamm angehörte, waren ihre Eltern damals froh gewesen, dass zumindest eins ihrer Kinder der schwierigen Lage in Südafrikas entkommen war. Viele Briefe wurden regelmäßig hin- und hergeschickt, deshalb war Dorcas Sobona über Nandis Probleme mit zwei ihrer Kinder bestens informiert.

»Du brauchst dringend etwas zu essen.« Sie war entsetzt über Dysons Zustand. Er war ausgemergelt, trug zerschlissene Kleidung und sah so erschöpft aus, als stände er kurz vor dem Zusammenbruch. Die Gier, mit der er ihr rasch bereitetes Mahl verschlang, zeigte Dorcas, wie hungrig er gewesen sein musste.

Nachdem Dorcas' Ehemann seinen ihm bisher unbekannten Verwandten begrüßt hatte, ließ er die beiden in der Küche allein und ging wieder ins Bett. Im Gehen fragte er, »Schlafen Zulu nie?«

»Er ist müde«, entschuldigte Dorcas ihn. »Du bist jetzt in Sicherheit, Dyson. Hier kriegt dich die südafrikanische Polizei nicht.«

Dyson schüttelte den Kopf. »Sie könnten meine Auslieferung fordern. Ich muss noch weiter.«

»Niemand weiß, dass du hier bist. Bleib eine Weile bei uns. Sammle neue Kraft. Aber jetzt komm. Zieh deine schmutzigen Sachen aus, ich werde dir in der Zwischenzeit ein Bett machen. Du kannst etwas von meinem Mann anziehen, bis wir dir etwas Neues besorgt haben.« Während Dorcas ihm mit Sofakissen auf dem Boden rasch ein Bett herrichtete, redete sie mit beruhigender Stimme auf ihn ein. Offenbar hatte sie gemerkt, wie verunsichert und verängstigt er war. Sie war nicht seine Mutter, aber sie war das Zweitbeste, was ihm passieren konnte. Dyson spürte, wie er entspannte. »So.« Sie strich die Laken glatt und schüttelte das Kissen auf. »Schlaf jetzt, Dyson. Schlaf dich richtig aus. Du bist bei deiner Familie.«

Wie gut das tat. Etwas zu essen im Bauch, ein sauberer Schlafanzug am Körper, ein Dach über dem Kopf, Menschen, die ihn umsorgten.

Dyson war nun seit neun Wochen auf der Flucht und wäre dreimal fast erwischt worden. Als sie mit Hubschraubern angerückt waren, hatte er geglaubt, alles wäre zu Ende. Dass sie ihn in seinem notdürftigen Versteck nicht entdeckt hatten, grenzte an ein Wunder. Er war am Rande der kleinen Stadt Underberg unterwegs gewesen, in Richtung Sani-Pass, der einzigen Straße in Natal, die nach Basutoland führte, als plötzlich zwei Hubschrauber hinter einem Hügel aufgetaucht waren. Wenn die Männer, die darin saßen, in seine Richtung geschaut hätten, hätten sie ihn ganz sicher gesehen. Vielleicht war ihre Aufmerksamkeit ganz kurz abgelenkt gewesen, weil die hoch aufragenden Gipfel der Drakensberge gerade am Horizont aufgetaucht waren. Vielen stockte bei diesem majestätischen Anblick der Atem: Scheinbar endlose Steilhänge, die aus der Wiesenlandschaft emporwuchsen, eine unüberwindbare Basaltwand, die bis zu 3.500 Meter über den Meeresspiegel aufragte, glatt geschliffen durch jahrhundertelange Erosion und schneebedeckt. Darunter grüne, in der Eiszeit modellierte Hochtäler mit klaren Flüssen, die sich in tiefe Schluchten ergossen.

Als Dyson den Hubschrauber erblickt hatte, war ihm sofort klar gewesen, dass dieser ebenfalls in Richtung Sani-Pass unterwegs war. Offenbar hatten sie seine Pläne durchschaut. Die schmale staubige Straße, die sich zwanzig endlos lange Kilometer durch die Berge bis Basutoland schlängelte, war für ihn die einzige Möglichkeit nach oben gewesen. Ein erfahrener Bergsteiger hätte den direkten Weg über Felswände und durch Bergschluchten wagen können, aber ihm war diese Möglichkeit verwehrt gewesen. Resigniert, voller Angst, hungrig und einsam war Dyson schließlich in Richtung Norden gebogen, um die Gipfel zu umrunden. Es hatte keine Alternative gegeben. Er hätte es vorgezogen, eine Weile abzuwarten, bis sich die Lage ein wenig beruhigt hatte, aber es war seine einzige Chance gewesen, so schnell wie möglich in Richtung Betschuanaland zu fliehen.

Zwei weitere Male war er auf seiner endlosen Wanderung nur knapp seinen Verfolgern entgangen. In einem schwarzen Township, in der Nähe eines Ortes namens Heilbron, hatte er das Pech gehabt, in eine Razzia zu geraten, als die Polizei bei einer ihrer üblichen Einschüchterungsversuche eine Gruppe Schwarzer verhaftet hatte, die in einem *shebeen* gefeiert hatten. Dyson war an dem zwar illegalen, aber großzügig tolerierten Trinkhaus vorbeigekommen, hatte seine Schritte verlangsamt, sehnsüchtig auf den Trubel gelauscht und sich gewünscht, er hätte genügend Geld, um daran teilhaben zu können. Er war so in Gedanken versunken gewesen, dass er viel zu spät bemerkt hatte, dass das Fahrzeug, das hinter ihm gehalten hatte, ein Polizeiwagen war. Zum Davonlaufen war keine Zeit mehr geblieben. Kurz bevor er zusammen mit den Zechern in das Polizeiauto gepfercht worden war, hatte ihm jemand etwas in die Hand gedrückt. »Bring ihn zurück, wenn du kannst«, hatte eine Frau ihm zugeflüstert und war dann verschwunden. Dyson hatte sofort gewusst, was es war: ein Pass. Er hatte gehofft, dass ihm das Foto halbwegs ähnlich sah, jedoch keine Chance gehabt, sich das Dokument näher anzusehen und sich zumindest den Namen einzuprägen. Schließlich war er sich nicht einmal sicher gewesen, ob er unter Freunden gewesen war. Wenn jemand ihn dabei erwischt hätte, wie er den Pass studierte, hätte er ihn ebenso gut verpfeifen können, um dadurch seine eigene Haut zu retten.

»Wo hast du den gestohlen, Kaffer?«, hatte der Polizist ihn auf Afrikaans gefragt. Er hatte blassblaue, eiskalte Augen. »Erzähl mir bloß nicht, dass das dein Pass ist.«

»Ja, Sir, es ist mein Pass, Sir.« Dyson hatte mit Absicht gebrochenes Englisch mit starkem Akzent gesprochen.

»Red Afrikaans, Junge. Das ist nicht dein Foto. Für wie blöd hältst du mich?«

»Ah, Sir. Aber ich war damals sehr krank«, hatte Dyson in Afrikaans geantwortet und das Foto entsetzt angesehen. Der Mann auf dem Bild war doppelt so schwer wie er und hatte nicht die geringste Ähnlichkeit mit ihm gehabt.

»Krank?« Der Polizist hatte höhnisch gelacht.

Dyson hatte genickt und zugleich hastig versucht, den auf dem Kopf stehenden Namen zu entziffern. »Ja, Sir. Ich hatte die Scheißerei-Krankheit.«

»He! Du verdammter Kaffer.« Der Polizist hatte das nicht lustig gefunden.

»Ja, Sir. Den ganzen Tag musste ich scheißen und den ganzen Tag musste ich mich übergeben.«

Der Pass war über den Schreibtisch geschoben worden. »Verschwinde hier, du dreckiges Schwein. Hau ab. Raus, verdammt!« Der Polizist hatte ihn angewidert angesehen und sich dann an einen Kollegen gewandt. »Wahrscheinlich hat er die Cholera. Am besten wäschst du dich gründlich, wenn du nach Hause kommst, Dirk.«

Dyson war versucht gewesen, den Pass zu behalten, aber dann hatte er ihn doch in die *shebeen* zurückgebracht. Dabei hatte sich herausgestellt, dass die Frau, die ihm den Pass in die Hand gedrückt hatte, die Besitzerin des Ladens war. »Woher haben Sie das gewusst?«, hatte er sie gefragt.

Schulterzuckend hatte sie geantwortet: »Ich habe Sie auf der Straße stehen sehen. Sie sahen so verzweifelt aus. Ich habe das schon häufig erlebt.«

Dyson hatte sich bei ihr bedankt und dann zum Gehen gewandt.

»Warten Sie, Zulu.« Sie hatte ihm eine Flasche Bier gereicht. »Sie sind ein ehrlicher Mann. Viele hätten den Pass behalten.«

»Wem gehört er?« Das Bier war vermutlich das beste, das er je getrunken hatte.

»Hau, Zulu. Sie trinken wie ein Mann, der vor Durst fast stirbt.« Sie hatte die Augen zusammengekniffen. »Oder vor Angst?«

»Vielleicht.« Er hatte die Flasche abgestellt. »Danke«, hatte er leise gesagt.

Hätte er das Mitleid in ihren Augen gesehen, als er die Bar verlassen hatte, hätte er geweint. Erst viel später war ihm klar geworden, dass sie seine Frage nicht beantwortet hatte. Es blieb ein Geheimnis, wem dieser Pass gehörte, der ihm vermutlich das Leben gerettet hatte.

In Zeerust, nicht weit von der Grenze zu Betschuanaland, war Dyson erneut zur falschen Zeit am falschen Ort gewesen. Zu seinem Glück hatte die gesamte weiße Polizeieinheit, insgesamt sechs Personen, gerade die Geburt des vierten Kindes des Sergeanten gefeiert. Auf die hartnäckigen Fragen eines Polizisten, warum er keinen Pass bei sich habe, und seiner verzweifelten Antwort: »Bitte, Sir, dies ist meine Heimat. Tut mir sehr Leid, Sir«, hatte der Polizist schließlich drohend gesagt: »Dies ist nur eine Warnung,

Kaffer. Lass dich nie wieder ohne Pass erwischen.« Dann hatte man ihn fünfzehn Kilometer einen Buschpfad entlang gebracht und ihm befohlen, zu Fuß zurückzugehen. Während die Polizisten wieder in ihren Wagen gestiegen waren, hatten sie höhnisch gerufen: »Wir werden diesen verdammten Kaffern eine Lehre erteilen.« Dann war das Fahrzeug in einer Staubwolke verschwunden. Dyson hatte den Männern hämisch hinterhergewinkt. Ohne es zu wissen, hatten sie ihm einen großen Gefallen getan: Sie hatten ihn näher nach Gaberones gebracht. »Danke, Gentlemen.« Wenig später hatte Dyson die sandige Straße verlassen und war im Busch verschwunden.

Das war nun zwei Tage her. Im Haus seiner Tante, wo er sich halbwegs sicher fühlte, dachte Dyson über seine Optionen nach. Rhodesien kam nicht infrage. Er könnte versuchen, nach Sambia zu gelangen und sich dort den Guerillakämpfern anzuschließen, aber Dyson hatte nicht viel übrig für ihre Methoden, die mehr Probleme schafften als lösten. Er könnte das ganze Südafrika-Unheil einfach vergessen, sich einen neuen Namen zulegen und woanders sein Glück suchen. Er könnte ...

Dyson schlief ein.

Auf der Rückfahrt nach UBejane dachte Michael über praktische Dinge nach. Über den Kauf eines Verlobungsringes, darüber, wen man zur Hochzeit einladen sollte, über das Nashorn-Projekt. Lauter angenehme Gedanken, denn alle betrafen Jennifer und ihr zukünftiges gemeinsames Leben. Michael hielt vor dem Farmhaus und stieg leise summend aus. Wilson tauchte aus der Dunkelheit auf. »Ich sehe Sie, *Nkosi.*«

»Ich sehe Sie, Wilson.« Seine gute Stimmung verflog. Denn wenn Wilson zu dieser Stunde auf ihn wartete, konnte das nur schlechte Nachrichten bedeuten.

»Werden Sie die weiße Flagge hissen?«

»Morgen früh als Erstes.«

»Das ist gut. Dann hat *Nkosi* gut für sich gesprochen.«

Michael wurde ein wenig ungeduldig. Es wäre unhöflich, Wilson zu drängen, doch ein leichter Anstoß konnte nicht schaden. »Eine sehr schöne Nacht, aber es ist schon spät.«

»In der Tat. Eine sehr schöne Nacht, aber gegen Morgen wird es regnen.«

»Wir können Regen gut gebrauchen.«

Schweigen. Wilson brach es widerstrebend. »Hier ist ein Brief«, sagte er schließlich. »Es sind keine guten Nachrichten.«

»Sind sie in Betschuanaland?«

»Inzwischen wird nur noch Miss Tessa dort sein. Jackson ist nach Sambia gegangen.«

»Dann hat er sie also verlassen.«

»So musste es kommen. Sie waren nicht dafür geschaffen zusammenzubleiben.« Deutlicher würde Wilson seine Kritik an Tessa niemals formulieren, auch wenn er vermutete, dass Michael derselben Meinung war wie er.

»Wo ist sie jetzt? Sie rechnet doch vermutlich damit, dass sie jemand holt?«

Michael hörte Wilson seufzen. »So einfach ist es nicht. Sie werden sehr ärgerlich sein.«

»Ich weiß nicht, ob mein Ärger noch größer werden kann.«

Wilson antwortete leise. »Ich glaube, er kann noch viel größer werden, *Nkosi*. Es ist sehr schlimm.«

»Was erzählen Sie mir? Ist sie tot?«

»Nein, aber das wäre vielleicht besser.«

Die Familie Sobona stand mit dem Sonnenaufgang auf, und wenig später scharten sich seine jüngeren Vettern und Kusinen neugierig um Dyson. Als sie schließlich zur Schule aufgebrochen waren und sein Onkel zur Arbeit, verkündete Dorcas plötzlich: »Dein Bruder Jackson war übrigens auch hier.«

»Jackson! Wann? Wo ist er jetzt?«

Sie zog einen Stuhl hervor und setzte sich an den Küchentisch. »Setz dich. Wir haben etwas zu besprechen.« Seine Tante sah so ernst aus, dass er sofort wusste, dass sie mit Jacksons Plänen ganz und gar nicht einverstanden war. »Jackson war vor ungefähr zwei Wochen bei uns. Er ist Richtung Norden gegangen, nach Sambia.«

»Um sich der Guerillatruppe anzuschließen.« Dyson nickte. »Das überrascht mich nicht. Er hat häufig davon gesprochen.«

Dorcas schaute auf ihre Hände hinab. »Er war nicht allein.« Sie reinigte ihre Fingernägel und wich seinem Blick aus. »Er hatte ein Mädchen bei sich.«

Dyson grinste. »Typisch mein Bruder.«

Sie sah auf. »Ein weißes Mädchen.«

Er erstarrte. »Tessa?«

Dorcas nickte.

»Diese Idioten! Was denken sie sich bloß?« Dyson stöhnte. »Ich muss sofort Michael benachrichtigen.«

»Michael?«

»Tessas Bruder. Er ist ein Freund von mir.«

»Ich habe deiner Mutter einen Brief geschrieben. Vielleicht erfährt dein Freund es von ihr.« Sie schüttelte missbilligend den Kopf. »Dein Bruder ist allein Richtung Norden weitergegangen. Er hat das weiße Mädchen nicht mitgenommen. Sie ist hier.«

»Wo?«

»Sie arbeitet für Mama Naledi.«

»Wie kann ich sie finden? Wer ist Mama Naledi? Du musst mich zu ihr bringen.«

»Dyson.« Sie beugte sich zu ihm herab. »Mama Naledi hat ein Haus, wo Männer hingehen, um mit Frauen zusammen zu sein.«

»Ein Bordell?« Er war entsetzt. »Tessa ist in einem Bordell?«

Seine Tante nickte.

Dyson erhob sich ganz plötzlich, und seine Augen blitzten vor Zorn. »Jackson hat sie in einem Bordell zurückgelassen! Tessa King! Die Schwester meines besten Freundes!«

»Das ist nicht alles«, flüsterte Dorcas. »Das Mädchen ist schwanger.«

Es war wie eine Reihe von Hammerschlägen auf seinem Kopf. Dyson atmete tief ein und versuchte vergeblich, Ruhe zu bewahren. Wo würde Jacksons Dreistigkeit enden? Dyson empfand kein Mitleid für Tessa. Er hatte seit Jahren kaum Kontakt zu ihr gehabt, und wie er sie einschätzte, hatte sie sich wahrscheinlich selbst in ihre jetzige Lage gebracht. Aber dass Jackson die Tochter der Arbeitgeberin seines Vaters derartig behandeln konnte, die Tochter einer Frau, die Tausende Male bewiesen hatte, wie gut sie es mit ihnen meinte, das bewies, wie kalt er war.

Und Michael? Dyson kannte die Probleme, die sein Freund mit seiner Schwester hatte. Vermutlich hatte Tessa sich in den letzten drei Jahren, die er im Gefängnis verbracht hatte, nicht verändert. Aber sie war Michaels Blutsverwandte und damit war sie auch Dysons Schwester. Und das machte sie wiederum auch zu Jacksons Schwester. Trotz ihrer Hautfarbe gehörte Tessa irgendwie zur Familie Mpande. Und es gab keinen Zulu, der seine Schwester in einem Bordell zurückgelassen hätte. Keinen außer Jackson.

»Bring mich zu Mama Naledi«, bat er seine Tante. »Wir müssen Tessa da herausholen.«

»Sie wird sie nicht gehen lassen. Ich habe gehört, dass das Mädchen sehr beliebt ist.«

»Jesus!« Dyson schloss die Augen. »Dann werde ich mich eben als Kunde dort einschleichen. Ich muss Tessa von da wegschaffen.«

Jackson hatte Tessa auf dem langen Weg nach Betschuanaland keine Gelegenheit gegeben, ihren Plan umzusetzen. Er hatte einen großen Bogen um jede Stadt gemacht, vermutlich weil er ahnte, dass sie die erstbeste Chance nutzen würde, um zur Polizei zu laufen und zu behaupten, Jackson hätte sie entführt. Und er gab sich keinen Illusionen hin, wem die Polizisten mehr glauben würden.

Tessa wiederum, die fürchtete, Jackson könnte sie verlassen, und die ihm in ihrer unkontrollierbaren Gier nach seinem Körper völlig hörig war, ließ sich willig von ihm lenken. Tagsüber folgte sie Jackson schweigend und gehorsam, obwohl ihr Blick voller Geringschätzung war. Dennoch schien sie ihn nicht zu hassen. Jackson wusste, dass sie große Angst hatte, er könnte sie sitzen lassen. Er vermutete jedoch, dass das mehr mit ihren eigenen egoistischen Bedürfnissen zusammenhing als mit irgendeiner Illusion von Liebe. Nachts reagierte sie sofort auf ihn, wenn er die Hände nach ihr ausstreckte, auch wenn sie völlig erschöpft sein musste. Anschließend drehte er ihr sofort wieder den Rücken zu, aber ihre Hand tastete nach ihm, und dann schmiegte sie sich an ihn. Das hochnäsige Mädchen, die sich ihrer so sicher gewesen war, wirkte plötzlich so verletzlich. Und das gab Jackson genau die Macht, die er brauchte.

Tessa behielt ihren Kummer für sich und litt still. Sie hatte eine große Dummheit begangen, so viel war ihr inzwischen klar. Wenn sie nachts unter freiem Himmel lag und die Sterne anschaute, grübelte Tessa über ihre missliche Lage. Und während Jackson neben ihr schlief, weinte sie stille Tränen der Angst und der Verzweiflung. Es war nicht dieser Junge, den sie brauchte, es war sein Körper und das, was er mit ihr tat. Diese Erkenntnis gab ihr wenig Trost. Mit einem unehelichen Kind im Bauch lebte sie wie ein wildes Tier im Freien. Sie war verrückt vor Verlangen nach einem Mann, der keinerlei Anstrengungen unternahm, seine Verachtung für sie zu verbergen. Sie verstieß gegen die Gesetze Südafrikas. Und das alles war nur halb so schlimm wie das Wort, das ihr seit einige Zeit ständig durch den Kopf schwirrte: Nymphomanin.

Zum ersten Mal in ihrem Leben empfand Tessa echte Scham. Sie hatte keine Ahnung, dass ihr noch Schlimmeres bevorstehen würde.

Sie umwanderten Johannesburg im Norden, mieden Rustenburg und hielten sich dann westlich in Richtung des rauen Buschlands nahe Groot Marico. Es war eine schreckliche Gegend, ausgedörrt und verlassen, und die Luft war so trocken, dass das Atmen schmerzte. Tessas Kleider, die sie unterwegs in irgendwelchen Bachläufen notdürftig wusch, waren zerrissen. Ihr Haar, das sie normalerweise zweimal in der Woche wusch und pflegte, litt unter dem kalten Wasser der Bäche und der gnadenlosen Sonne. Es war rau und spröde und kaum zu bezähmen. An beiden Beinen hatte sie Kratzer und Schrammen. Ihre Hände waren rissig, die Nägel schmutzig und abgekaut.

Je mehr sie sich der Grenze nach Betschuanaland näherten, desto öder und unwirtlicher wurde die Landschaft. Hier lebte nur noch eine Hand voll hart gesottener Schwarzer, die in den wenigen, verstreut liegenden Dörfern Arbeit gefunden hatten.

Kurz vor Sonnenuntergang erreichten sie eine dieser entlegenen Siedlungen. Tessa sah sich um. Sie sehnte sich nach dem Anblick eines weißen Gesichts, aber natürlich konnte sie keines entdecken. Neugierige Kinder kamen angelaufen, Frauen schnalzten mit der Zunge, und Männer warfen ihr unverschämte Blicke zu. Jackson sprach mit den Dorfältesten, die sich bereit erklärten, ihnen ein Bett für die Nacht zur Verfügung zu stellen. Entsetzt hörte Tessa zu. Im Austausch gegen das Bett bot Jackson den Männern des Dorfes ihren Körper an.

»Nein, Jackson«, flehte sie. »Um Gottes Willen. Das kannst du mir nicht antun.«

Er lächelte nur kalt. »Erzähl mir nicht, dass dir das keinen Spaß macht. Du denkst doch sowieso an nichts anderes.«

Apartheid und Rassentrennung bedeuteten in den kleinen versprengten Ansiedlungen in Groot Marico nichts. Am Ende jener langen Nacht kam Tessa zu dem Schluss, dass sie nicht mehr tiefer würde sinken können.

Erschöpft, verzweifelt, erniedrigt und mit schrecklichen Schmerzen erreichten sie Gaberones. Tessa ahnte, dass sie nun ihre einzige Verbindung zur Heimat verlieren würde, und ihre schlimmsten Befürchtungen wurden bestätigt. Sie gingen zunächst zum Haus einer Frau, von der Jackson sagte, sie wäre seine Tante. Nach einer längeren Diskussion und einigem Widerstand zeigte die Frau ihr einen durch Vorhänge abgetrennten Raum, gab ihr eine Schüssel mit Wasser und ein Stück Seife und forderte sie auf, sich zu waschen. Sie konnte Jackson und seine Tante im Nebenraum sprechen hören. Dabei wurde ihr rasch klar, dass Dorcas Sobona sie bereits erwartet hatte und Jacksons Pläne scharf verurteilte. Doch ebenso deutlich wurde, dass sie als enge Verwandte dazu verpflichtet war, ihren Neffen auf jedwede Art zu unterstützen, ungeachtet ihrer persönlichen Bedenken. Während Tessa die Unterhaltung mit anhörte, erschien ihr das, was sie in den letzten Wochen durchgemacht hatte, plötzlich vergleichsweise harmlos. Sie traute ihren Ohren nicht, als sie Jacksons Absichten vernahm. Das, was er mit ihr vorhatte, ließ sie vor Angst zittern.

»Bitte!«, flehte sie und rannte ins Zimmer. »Tu das nicht. Ich werde meiner Mutter schreiben, sie wird mir helfen. Oder lass mich mit dir kommen. Ich werde dir bestimmt nicht zur Last fallen, ich verspreche es. Bitte, Jackson, ich flehe dich an. Bitte ...« Angstvoll riss sie die Augen auf, als er auf sie zukam und sie am Arm packte. »Neiiiin!« In ihrer Verzweiflung wandte sie sich an Jacksons Tante. »Helfen Sie mir, um Himmels willen, bitte, lassen Sie das nicht zu!« Tessas Bitten und Betteln fielen auf taube Ohren, und die Frau wandte sich mit versteinertem Gesicht ab.

Tessa bedrängte Jackson weiter, während er sie durch staubige Straßen hinter sich her zog. Aber er hielt sie eisern fest, ohne auf ihr Flehen einzugehen. Er konnte es kaum erwarten, sie endlich loszuwerden. Er bezweifelte, dass sie bei

Mama Naledi lange durchhalten würde, sie besaß einfach nicht die geistige und körperliche Widerstandskraft schwarzer Frauen. Das war gut. Denn solange sie am Leben war, war sie eine Bedrohung für ihn. Wenn sie tot war, konnte sie ihm weder Vorwürfe machen noch irgendwem verraten, wo er hinwollte. Das Gute an seinem Plan war, dass man ihn nicht zur Verantwortung ziehen konnte für das, was mit ihr geschah.

Es kümmerte Jackson nicht, dass Tante Dorcas ihm böse Vorhaltungen gemacht hatte. Als männlicher Verwandter hatte er ein Anrecht auf ihre volle Unterstützung. Es war alles perfekt.

Sie waren inzwischen an der Adresse angekommen, die seine Tante ihm genannt hatte, ein rotes Backsteinhaus, das sich nur durch seine Größe von den umstehenden Gebäuden unterschied. Jackson klingelte. Die Tür wurde von einer dicken Frau in einem weiten Kaftan geöffnet. »Ja?« Ihr Blick wanderte zu Tessa, dann zurück zu Jackson. Wenn sie überrascht war, dann ließ sie sich nichts anmerken.

»Sind Sie Mama Naledi?«

»Wer möchte das wissen?«

»Jackson Mpande.«

Sie hatte wache Augen, mit denen sie die beiden Personen vor sich eingehend musterte. Dann streckte sie ihre dicke Hand aus, griff nach Tessas Arm und zog sie ins Haus. Jackson folgte, und die Tür knallte hinter ihnen ins Schloss. Tessa zitterte vor Angst.

»Ihr Name?«

»Tessa.«

Mama Naledi schüttelte den Kopf. »Ab sofort heißt sie ...« – abschätzend betrachtete sie Tessas Gesicht – »Opal.« Sie lächelte hintergründig. »Unter dem Namen Tessa wird sie hier nicht mehr anzutreffen sein. Wenn Sie sie noch einmal wiedersehen wollen, müssen Sie nach Opal fragen.«

»Ich bin fertig mit ihr«, antwortete Jackson kalt.

Tessa schluchzte auf. Ihre Beine zitterten so heftig, dass sie kaum stehen konnte.

»Sie ist schwanger«, erklärte Jackson Mama Naledi knapp.

»Dann kann sie nicht lange bleiben.« Die Frau war sehr nüchtern. »Mit dickem Bauch kann ich sie nicht gebrauchen.«

Jackson zuckte gleichgültig mit den Schultern und wandte sich zum Gehen.

»Jackson!« Tessa warf sich ihm in die Arme. »Lass mich nicht allein, bitte.«

Mama Naledi besaß eine gute Menschenkenntnis. Das musste sie, denn ihr Geschäft lebte davon, dass sie die Mädchen richtig einschätzte und vor allem auf Anhieb erkannte, ob ein Freier möglicherweise schwierig oder gar gewalttätig sein konnte. Deshalb sah sie sofort, dass Tessa trotz ihrer Angst und Verzweiflung ein sehr stolzes, trotziges Mädchen war. Mit einer für ihren Körperumfang überraschend flinken Bewegung trat sie zwischen die beiden und gab Tessa eine schallende Ohrfeige. »Da entlang«, zischte sie Jackson zu.

Gemeinsam zerrten sie die sich heftig sträubende Tessa in ein Nebenzimmer und verschlossen die Tür. Ihre Schreie gingen allmählich in Schluchzen über. Als letztes Zeichen seines mangelnden Respekts Tessa gegenüber nahm Jackson den Schmuck an sich, den Tessa ihrer Mutter gestohlen hatte. Sie würde ihn nicht mehr brauchen.

Nachdem Jackson gegangen war und eine enttäuschend niedrige Summe Geld für den Handel erhalten hatte, überlegte Mama Naledi, wie sie aus einer weißen Hure am besten Kapital schlagen konnte. Sie konnte das Mädchen bestenfalls für ein paar Monate nutzen, denn man würde garantiert nach ihr suchen. Und wenn man sie hier entdeckte, würde das ihr Bordell teuer zu stehen kommen.

»Als Erstes müssen wir das Baby loswerden«, entschied sie. Eine Prostituierte mit morgendlicher Übelkeit konnte nicht ihr Bestes geben, und Mama Naledi hatte mit untrüglichem Instinkt gemerkt, dass Opal eine Menge Leidenschaft besaß.

»Dann bekommt sie eine Woche zur Erholung, ehe die Arbeit beginnt. Zwei Monate. Wenn sie so gut ist, wie ich glaube, werde ich in der Zeit eine Menge Geld mit ihr verdienen. Das heißt, falls sie danach überhaupt noch am Leben ist.«

Im Kopf addierte sie rasch die Einnahmen von schätzungsweise zehn Freiern pro Tag. Zufrieden über das Ergebnis schickte Mama Naledi eines ihrer Mädchen los, um die Hebamme zu holen. Sie hatte schon viele Abtreibungen für das Bordell erledigt, und Mama Naledi wusste, dass sie sich darauf verlassen konnte, dass sie den Mund hielt.

Dyson sah ein, dass er nicht einfach so zu Mama Naledi gehen und nach Tessa fragen konnte. Die Frau würde Fremden gegenüber misstrauisch sein und das, was sie als wertvolles Eigentum betrachtete, beschützen. Er brauchte einen Namen, jemanden, der der Bordellbesitzerin bekannt war und der Dyson empfohlen haben könnte, das weiße Mädchen einmal zu probieren. Und er musste schnell handeln. Jackson hatte Tessa vor zwei Wochen in das Bordell gebracht. Sie war ihr Leben lang verwöhnt worden und in ihrem Zustand, erschöpft von dem langen Marsch nach Betschuanaland, schwanger und zweifellos ziemlich verängstigt, würde sie dringend Hilfe brauchen. Er musste zwei Tage in einer nahe gelegenen Bar verbringen, ehe jemand eine weiße Prostituierte namens Opal erwähnte.

»Weiß?«, fragte Dyson nach. Sein Herz schlug schneller. »Sind Sie sicher?«

Der Mann sah ihn mit glasigen Augen an. »So weiß wie Hühnchenfleisch.«

»Wie ist sie?« Dyson sprach absichtlich mit schleppender Stimme.

»Mein Freund, sie ist so heiß, sie verbrennt dir den Schwanz.«

Der Mann lachte über seinen eigenen Witz, und Dyson stimmte mit ein.

»Probier sie aus und überzeug dich selbst. Sag Mama Naledi, dass Toffee, der Taxifahrer, dich geschickt hat.«

Dyson bestellte dem Mann ein Bier, und nach einigen weiteren obszönen Bemerkungen verließ er die Bar. Dann machte er sich auf den Weg zum Bordell. Er schwankte leicht. Das war nicht vorgetäuscht, schließlich hatte er ja wirklich den ganzen Tag getrunken.

Mama Naledi musterte ihn kurz. Sie war zufrieden. Offenbar kam die Neue gut an. Dieser Mann hatte denselben dümmlichen, aber erregten Gesichtsausdruck wie alle anderen, die das weiße Mädchen ausprobieren wollten.

»Toffee, der Taxifahrer, sagt, ihr hättet ein weißes Mädchen.« Dyson kramte in seiner Hosentasche. »Wie viel?«

Der Preis war hoch, fünfmal so hoch wie die normale Rate. Dyson hatte etwas Sorge, nicht genug Geld dabei zu haben, aber er kratzte sein ganzes Kleingeld zusammen. Es reichte so gerade. »Hoffentlich ist sie es wert«, murmelte er.

»Jeden Cent.« Mama Naledi stopfte sich das Geld zwischen ihre mehr als üppigen Brüste. »Aber nur zwanzig Minuten. Hier entlang.« Sie führte ihn durchs Haus, blieb vor einer verschlossenen Tür stehen, kramte einen Schlüssel hervor und öffnete. »Zwanzig Minuten«, wiederholte sie noch einmal. »Dann komme ich zurück.«

Dyson betrat den Raum, und die Tür schloss sich hinter ihm. Ein schmutziges vergittertes Fenster, schmuddelige Gardinen, die gerade so viel Licht hereinließen, um ein einzelnes Bett zu beleuchten. Das übrige Mobiliar bestand aus einer Kommode und zwei Stühlen. Tessa saß mit gebeugtem Kopf auf dem Bett. Sie schaute nicht auf. Dyson durchquerte den Raum und kniete sich vor sie. »Tessa«, flüsterte er.

Widerstrebend hob sie den Kopf, und er war erstaunt, wie leer und ausgebrannt ihre lebenshungrigen Augen waren. »Dyson?« Rasch legte er die Hand auf ihren Mund, aus Angst, sie könnte Mama Naledi aufmerksam machen. Ihre Haut war heiß und klamm.

»Psst!, ich werde dich hier herausbringen.« Allerdings hatte er noch keine Ahnung wie. Die Gitter vor den Fenstern waren massiv. Mama Naledi zu überwältigen würde nicht allzu schwer sein, aber sicher hatte sie ein paar starke Männer um sich herum, um sich im Notfall zu schützen.

»Sie schließt die Tür nicht ab, wenn ein Freier bei mir ist«, flüsterte Tessa, die sich inzwischen von ihrer ersten Überraschung erholt hatte.

»Kannst du stehen?«

Sie nickte und erhob sich mit Mühe und unter offensichtlich großen Schmerzen.

Sie stützte sich schwer auf ihn, und er spürte, dass sie am

ganzen Körper zitterte. Sie roch unangenehm, nach Krankheit und Verfall.

Sie waren gerade bis in die Mitte des Zimmers gelangt, als die Tür aufflog.

Michael King war noch am selben Nachmittag nach Gaberones gefahren. Er war den Anweisungen gefolgt, die Nandi ihm gegeben hatte, und hatte Dorcas Sobonas Haus ohne Probleme gefunden. Zunächst war sie ihm gegenüber sehr misstrauisch gewesen, aber da sie um Dysons Freundschaft zu Michael wusste, hatte sie ihn schließlich über alles informiert, was in den letzten zwei Wochen mit Tessa, Jackson und Dyson geschehen war. Michael hatte mit zunehmender Wut über Jacksons kaltblütiges Verhalten zugehört.

»Dyson hat illegal die Grenze überquert. Er kann nicht zur Polizei gehen. Mein Mann möchte keine Scherereien und hat mir verboten, über Tessa zu sprechen. Dyson geht jeden Tag in eine Bar in der Nähe des Bordells in der Hoffnung, jemanden zu treffen, der ihm eine Eintrittskarte bei Mama Naledi verschaffen kann. Er möchte Ihre Schwester unbedingt da rausholen.«

So froh Michael über die Nachricht gewesen war, dass Dyson lebte, er hatte nur daran denken können, wie er Tessa in Sicherheit bringen konnte. »Verdammt«, hatte er laut geflucht. »Ich werde selbst hingehen.«

»Dann nimm den hier mit.« Dorcas hatte ihm einen *knobkerrie* gereicht.

Michael hatte das glatte Holz mit der einen Hand umfasst und sich mit dem Knauf am Ende des Stocks in die andere geschlagen. Der Stock war sehr stabil und schwer. Michael hatte den traditionellen Stockkampf der Zulu als Junge ein paarmal mit Dyson geübt, und es schadete nicht, sich bei dieser Gelegenheit eine zusätzliche Sicherheit zu verschaffen. »Danke.«

»Wenn Sie erfolgreich waren, bringen Sie Tessa hierher. Sie wird ein wenig Erholung brauchen.«

Michael hatte großes Glück gehabt. Da es ein Nachmittag mitten in der Woche war, hatte Mama Naledi nur einen starken Mann im Dienst gehabt. Den hatte sie sofort alarmiert, als sich Michael gewaltsam Zugang zu ihrem Haus verschafft hatte. Er kam angelaufen, in geduckter Haltung, ein Messer angriffsbereit in der Hand. Michael hatte sich einen sicheren Stand gesucht und den *knobkerrie* geschwungen. Er hatte seinen Angreifer zurückweichen sehen, doch der Stock, mit dem er es auf die Messerhand abgesehen hatte, hatte sein Ziel nicht verfehlt. Er hatte das Handgelenk des Mannes mit einem hörbaren Krachen gebrochen.

»Welches Zimmer?«, hatte Michael nur gefragt.

Mama Naledi hatte ihm blass vor Schreck die Richtung gezeigt. Ihr Wachmann hatte auf dem Boden gelegen, sein gebrochenes Handgelenk gehalten und gestöhnt.

Michael war den Flur entlanggerannt und hatte die Tür aufgerissen. Dyson und Tessa standen in der Mitte des Raumes. Michael griff nach seiner Schwester und hob sie auf. Sie war erschreckend leicht. »Lass uns verschwinden.«

Dyson nahm den *knobkerrie* aus Michaels Hand und folgte ihm. Der Eingangsbereich war verlassen. Mama Naledi und ihr Rausschmeißer hatten sich verzogen. »Beeilt euch«, drängte Dyson. »Ehe jemand kommt.«

»Michael«, murmelte Tessa. »Ich kann gar nicht glauben, dass du es bist.«

»Später, Tessa. Wir können später reden.«

»Mir ist schlecht, Michael.«

Dorcas Sobona war entsetzt über Tessas Zustand und machte sich sofort daran, traditionelle Heilkräuter zu mischen und aufzukochen, um sie damit zu behandeln.

Michael und Dyson verbrachten den größten Teil der nächsten beiden Tagen damit, sich gegenseitig zu erzählen, was in der Zwischenzeit geschehen war. Dyson wusste bereits, wie man seinen Vater während des Verhörs behandelt hatte, da das meiste nur zwei Zellen von seiner eigenen entfernt passiert war. Er gestand Michael, wie sehr er sich dafür schämte, dies verschuldet zu haben. Er erzählte ihm von seiner Wut und seiner Frustration, aber auch von seinem Stolz darüber, dass sein Vater während der Misshandlungen nicht einen einzigen Laut von sich gegeben habe.

Michael konnte Dyson in Bezug auf seine übrige Familie beruhigen. »Meine Mutter hat dem Kommandeur angedroht, sich bei seinem Vorgesetzten in Durban zu beschweren, wenn man sie schlecht behandeln würde. Sie hat ihm gesagt, der Mann wäre ein Freund von ihr.«

»Wie ich deine Mutter einschätze, hätte sie das auch getan.«

»Nein.« Michael grinste. »Sie kennt ihn gar nicht.«

Anschließend brachte Dyson sein Bedauern darüber zum Ausdruck, dass UBejane verkauft werden sollte. »Es war immer meine Heimat«, meinte er.

»Meine auch. Es wird merkwürdig sein, wenn die Farm nicht mehr uns gehört.«

Dyson zuckte mit den Schultern. »Aber vielleicht ist UBejane gar nicht so wichtig.«

»Wie meinst du das?«

»In diesen schlimmen Zeiten müssen wir dort leben, wo man uns versteht.«

Michael sah die tiefe Traurigkeit in Dysons Augen. »Eines Tages, mein Freund.«

»Ich weiß nicht. Vielleicht werde ich nie wieder nach Zululand zurückkehren können.«

»Sag so etwas nicht. Es muss möglich sein.«

Sie standen sich näher als Brüder, und ihre Beziehung basierte auf gegenseitigem Respekt und Verständnis, auf Erinnerungen an gemeinsame Kinderspiele an heißen Nachmittagen und geteilte Teenager-Sorgen und -Hoffnungen, und auf ihrer Liebe zu einem Land, das sie Heimat nannten.

Am zweiten Tag begann Michael sich Sorgen zu machen, weil es Tessa immer noch nicht besser ging. »Wenn es morgen immer noch so ist, werde ich nicht länger warten.«

Dyson nickte. »Unsere Medizin ist gut, aber vielleicht braucht sie noch etwas anderes.«

»Ich werde dir ewig dankbar dafür sein, dass du versucht hast, sie zu retten.«

Dyson grinste. »Was hätte ich sonst tun sollen? Sie ist doch meine Schwester.«

Michael wusste, dass Dyson in Bildern sprach, wie es bei den Zulu üblich war, aber er lachte und sagte: »Kennst du den Spruch: Seine Freunde kann man sich aussuchen, seine Verwandten nicht?«

»Ist das ein englischer Spruch?«

»Ja.«

Dyson dachte darüber nach. »Siehst du den Kochtopf meiner Tante?«

»Ich sehe ihn.« Michael ahnte bereits, was kam.

»Er hat eine verbrannte Stelle, die sie nicht mehr wegbekommt.«

»Und?«

»Jeder Kochtopf hat so etwas. Eine schwarze Stelle. Aber wir werfen den Topf deshalb nicht weg.«

Tessa Zustand war wesentlich schlimmer, als alle vermutet hatten. Sie sprach auf die Heilkräuter, die Dorcas Sobona ihr verabreichte, nicht an. Da Tessa illegal nach Betschuanaland gekommen war, wagte Michael nicht, mit ihr zu einem Arzt zu gehen. Deshalb beschloss er am nächsten Tag, sie schleunigst über die Grenze zurückzuschmuggeln und mit ihr nach Hause zu fahren, um dort den Arzt der Familie aufzusuchen. Tessa lag auf dem Rücksitz des Autos unter einer Decke, und Michael wählte eine Tageszeit, um aus Betschuanaland aus- und nach Südafrika einzureisen, in der die Grenzposten sehr beschäftigt waren. Aber seine Vorsorge war unnötig gewesen. Es interessierte sich ohnehin niemand dafür, in seinen Wagen zu schauen.

Ehe sie aufbrachen, verbrachte Michael ein paar letzte Minuten allein mit Dyson. »Ich wünschte, wir hätten mehr Zeit, alter Freund.«

»Eines Tages, *Nkawu*, eines Tages.«

Michael gab ihm einen Barscheck. »Ich weiß nicht, wie du dir einen Pass besorgen willst, aber dies hier sollte reichen, um nach London zu kommen und für eine Weile Körper und Seele zusammenzuhalten. Bleib in Verbindung.«

Dyson warf einen Blick auf die Summe, »Das ist zu viel.«

»Ich würde alles hergeben, was ich habe«, erklärte Michael bewegt, »wenn ich wüsste, dass in unserem Land wieder alles in Ordnung kommt.«

Dyson drückte Michaels Hand. »Lebe wohl, Michael King«, sagte er leise.

»Lebe wohl, Dyson Mpande.«

Kapitel zwölf

Claire hatte vor Erschütterung geweint, als Michael Tessa aus Betschuanaland nach Hause zurückgebracht hatte. Die Infektion, verursacht durch eine unsterile Abtreibung, wütete in ihrem Körper. Außerdem litt sie an Syphilis. Praktisch veranlagt, wie sie war, griff Claire zum Telefon, nachdem sie sich von ihrem Schock erholt hatte, und rief ihren eigenen Arzt in Empangeni an.

Dr. John Cane kam sofort. Er trug, obwohl er als Weißer klassifiziert worden war und mit seinem sandfarbenen Haar und den hellblauen Augen auch aussah wie ein typischer weißer Südafrikaner, ein Geheimnis mit sich, von dem er naiverweise glaubte, niemand würde es kennen. In Wahrheit war er ein Nachfahre eines Abenteurers, der während Shakas Herrschaft nach Zululand gekommen war, und war auch nach diesem benannt. Der erste John Cane, ein Deserteur der Handelsmarine, der Händler und Kolonist geworden war, war ein grober Mensch gewesen, der jegliche Autorität verachtete und dessen einziges Interesse darin bestanden hatte, das Leben zu genießen. Zugleich war er nicht abgeneigt gewesen, sich auf jede nur erdenkliche Weise die Taschen zu füllen. Sofern sie ihn überhaupt erwähnten, neigten die Historiker dazu, ihn als Mann mit grobschlächtigen Manieren zu beschreiben. Er hatte fließend Zulu gesprochen, war für den zweiten Zulu-König Dingane in den Krieg gezogen und hatte Stammessitten angenommen, die es ihm erlaubten, mehrere Frauen gleichzeitig zu haben.

Der jetzige John Cane gab sich der Illusion hin, niemand kenne seine Geschichte. Dabei wurde sie hinter verschlossenen Türen schadenfroh diskutiert, und die meisten Weißen wussten von seiner Abstammung. Claire hoffte nun, dass ebendiese Abstammung ihn für das empfänglich machte, was sie ihm zu sagen hatte. Aber das Gegenteil war der Fall. Als man sich in Südafrika dazu entschlossen hatte, Menschen nach ihrer Rassenzugehörigkeit zu klassifizieren, hatten Dr. Canes Eltern so große Schwierigkeiten gehabt zu beweisen, dass sie Weiße waren, dass sie in der Folge besonders radikale und diskriminierende Ansichten angenommen hatten. Und deshalb war Dr. John Cane, dessen Vorfahren mütterlicherseits tiefschwarz gewesen waren, über Claires Offenheit überaus entrüstet.

Als Claire begriff, dass der Schock den guten Doktor durchaus veranlassen konnte, seinen Eid auf die ärztliche Schweigepflicht zu brechen und den Vorfall anzuzeigen, geriet sie in Panik. Sie nahm ihre schwerkranke Tochter und setzte sich mit ihr in das nächste erreichbare Flugzeug nach London. Dort gelang es ihr mit Peter Dawsons Hilfe, Tessa in einer Privatklinik unterzubringen. Als sie schließlich dort aufgenommen wurde, befand sie sich bereits im Fieberdelirium. Zum Glück stabilisierte sich ihr Zustand schon bald, aber der behandelnde Arzt verlangte von Claire eine vollständige und ehrliche Erklärung der Situation.

Claire holte tief Luft und begann zu erzählen. Die Schleusentore öffneten sich, und Claire, die in der Vergangenheit immer einige Dinge auch vor sich selbst verleugnet hatte, stellte plötzlich fest, dass sie sich nicht länger verleugnen ließen. Als sie ihr Herz ausschüttete und dem Arzt von Tessas Promiskuität berichtete, angefangen von der inzestuösen Beziehung zu ihrem Vater bis zu ihrer Rettung aus einem Bordell, wünschte sich Dr. Benjamin Greenberg, selbst Vater von zwei Töchtern, erstmals, er hätte Söhne in die Welt gesetzt.

Als Claire, hochrot vor Verlegenheit, mit ihrem Bericht fertig war, war Dr. Greenbergs anfänglicher Ärger längst verraucht, und er verspürte das ehrliche Bedürfnis, der armen Frau zu helfen. Allerdings war er sich nicht sicher, ob er das konnte.

»Sie benutzen den Ausdruck Nymphomanin. Das hören wir nicht so gern.« Er hatte das zwar nicht beabsichtigt, aber es klang doch sehr nach einem Vorwurf.

»Lassen Sie diese Wortspielereien«, entgegnete Claire gereizt. »Es ist mir gleichgültig, wie Sie es nennen möchten.«

Dr. Greenberg beugte sich über seinen Schreibtisch. »Ich möchte Sie wirklich nicht belehren, ich versuche nur, die Lage Ihrer Tochter in die richtige Perspektive zu rücken. Nymphomanie hat so einen unangenehmen Beigeschmack, und es ist kein medizinischer Begriff. Tessas Problem hat keine physische Ursache.«

»Wollen Sie damit sagen, dass meine Tochter ein psychisches Problem hat?« Was er gesagt hatte, gefiel Claire ganz und gar nicht, und das hörte man ihr an.

Der Arzt lächelte plötzlich und nahm ihr damit den Wind aus den Segeln. »Das soll kein Vorwurf sein. Ich versuche nur zu helfen.«

Claire schaute ihn eine ganze Weile an. Er war ein merkwürdig aussehender Mann. Ohne seinen weißen Kittel und das Stethoskop hätte sie ihn für einen Hippie gehalten, von denen im Moment in London so viele zu sehen waren. Sein

Haar war lang und lockig, und abgesehen von einer absurden Baseballkappe, die er verkehrt herum aufgesetzt hatte, machte er keinerlei Versuche, es zu zähmen. Er trug eine große Brille, die die obere Hälfte seines Gesichts fast vollständig bedeckte. Seine Nase war einmal gebrochen gewesen und nun leicht krumm. Trotzdem wirkte sein Gesicht sehr weich und jungenhaft. Seine Augen erwiderten ihren Blick offen und freundlich. Claire beschloss, ihm zu vertrauen. »Erklären Sie es mir.«

Er nickte und lehnte sich zurück. »Okay. Wir können die Entzündung bekämpfen. Das könnte etwas dauern, aber die neuen Antibiotika sind hervorragend.« Er nahm einen Bleistift und trommelte damit auf den Schreibtisch. »Die Syphilis ist ein bisschen problematischer, aber auch die kriegen wir in den Griff. Physisch können wir Tessa wieder vollkommen herstellen.«

»Und psychisch?« Claire runzelte die Stirn. »Was sagen *Sie* denn zu Nymphomanie?«

»Sexabhängigkeit.«

Claire lachte höhnisch. »Und wo ist der Unterschied?«

Der Arzt lächelte erneut, diesmal reumütig. »Also gut, ich versuche, es Ihnen zu erklären. Bei dem Wort Nymphomanin denken wir zwangsläufig an sexhungrige Frauen, die durch die Straßen ziehen und Ausschau nach Männern halten, auf die sie sich stürzen können. Sie werden meist als wilde Tiere wahrgenommen, die nur von dem Bedürfnis nach Kopulation getrieben sind. Man macht Witze über sie, aber niemand gibt sich die Mühe zu verstehen, was ihr Verhalten auslöst. Um es kurz zu machen, Mrs. King, sie werden als menschlicher Abschaum betrachtet. Ist es nicht so?«

Claire nickte zögernd. Dieser Arzt nahm kein Blatt vor den Mund, und dafür war sie ihm dankbar.

»Sexabhängigkeit ist genau das, was der Name besagt«, fuhr Dr. Greenberg fort. »Es ist ebenso eine Realität wie Drogen- oder Alkoholabhängigkeit. Es verschafft denselben Rausch und gehorcht denselben Gesetzen. Sagen Sie mir, Mrs. King, wieso trinkt ein Alkoholiker?«

»Mein Mann war Alkoholiker«, antwortete Claire langsam.

Dr. Greenberg nickte. »So etwas dachte ich mir schon.«

»Er hat getrunken, weil er unglücklich war.« Claire merkte plötzlich, dass sie durch das Gespräch mit diesem Fremden die Dinge plötzlich mit ganz anderen Augen sah. Sie hatte schon häufig zu verstehen versucht, weshalb Joe getrunken hatte, aber dieser Arzt brachte sie weiter, führte sie näher an eine Wahrheit heran, die sie bisher immer geleugnet hatte. Es wurde allmählich Zeit.

»Was hat ihn so unglücklich gemacht?«

»Der Krieg war sehr aufregend für ihn gewesen«, antwortete Claire. »Er war ein Held, ein Sonnyboy. Es wird Frauen gegeben haben ...« Sie biss sich auf die Lippen.

»Sprechen Sie weiter«, drängte sie der Arzt sanft.

»Vor dem Krieg hatte es nur die Farm und mich gegeben. Jene Tage in London waren der Höhepunkt seines Lebens. Dann wurde er über Frankreich abgeschossen. Ich schätze, es war nur die Erinnerung an jene Zeiten, die ihn während der Kriegsgefangenschaft am Leben gehalten hat. Ich glaube nicht, dass er viel an seine Frau und seinen Sohn gedacht hat. Die Rückkehr nach Hause bedeutete für ihn, dass er der Wirklichkeit ins Gesicht sehen musste. Das Leben war nun kein Adrenalinstoß mehr. Es war eine Farm, die er nicht mehr haben wollte, eine Frau, die er praktisch vergessen hatte, und ein Sohn, der ihm völlig fremd war.« Die Worte sprudelten nur so aus ihr heraus, und das Ausmaß von Joes Unglück wurde ihr immer deutlicher.

»Ich habe alles falsch gemacht. Ich habe ihm seinen Sohn aufgedrängt. Ich habe Michael geliebt, also musste er ihn auch lieben. Ich habe von ihm erwartet, sich sofort wieder um die Farm zu kümmern, und als er das nicht tat, nicht konnte, habe ich ihm gezeigt, wie gut ich war, und habe es ihm unmöglich gemacht, die Plantage zu verkaufen. Und da mich seine Annäherungsversuche zu sehr angewidert haben, habe ich ...« Ihre Stimme geriet ins Stocken. »Oh Gott.«

»Seien Sie nicht zu hart mit sich selbst. Es muss sehr schwer gewesen sein.«

»Das war es, aber ich habe nie den Versuch gemacht, es zu verstehen.«

»Ich bin mir sicher, dass Sie das getan haben, Mrs. King. Jemand, den sie geliebt haben, ist als vollkommen veränderter Mensch zu Ihnen zurückgekehrt. Ganz gleich welches die Gründe dafür waren, Sie haben keine Schuld daran. Er hätte die Ärmel aufkrempeln und sein Leben in die Hände nehmen können. Stattdessen hat er sich in den Alkohol geflüchtet, ist süchtig geworden.«

»Wie Tessa?«

»Manche Menschen haben in ihrer Persönlichkeit Abhängigkeitsstrukturen. Nicht alle von ihnen werden auch tatsächlich abhängig. Es kommt darauf an, was ihnen das Leben bringt. Tessa wuchs in einer schwierigen Familiensituation auf und hat einen Weg gefunden, vor ihren Ängsten und ihrem Unglücklichsein zu flüchten. Sie fand heraus, dass Sex zumindest vorübergehend ihre Sehnsucht nach einem ganz normalen Familienleben zudeckte. Das sind nur Mutmaßungen, Mrs. King, ich kann das erst sicher sagen, wenn ich mit Ihrer Tochter gesprochen habe. Aber wenn das, was Sie über Tessa und ihren Vater erzählt haben, stimmt, dann würde ich meine Hände dafür ins Feuer legen, dass ihre Abhängigkeit aus dem einfachen Wunsch entstand, sich mit ihm verbunden zu fühlen.

Claire blinzelte. »Das ist alles?«

»Ja, das ist alles. Die menschliche Seele ist häufig geheimnisvoll. Wir alle bekommen mal Probleme. Eine Sucht entsteht meist dann, wenn es uns, ganz gleich aus welchem Grund, nicht gelingt, sie zu lösen. Ihr Mann wollte ganz sicher aufhören zu trinken. Er kann mit der Situation nicht glücklich gewesen sein. Das Problem ist, dass er getrunken hat, weil er unglücklich war, und dass er unglücklich war, weil er getrunken hat. Es war ein Teufelskreis, das versichere ich Ihnen. Und auch Tessa möchte nicht so sein, wie sie ist. Ihre Abhängigkeit macht sie unglücklich. Und dieses Unglücklichsein erleichtert sie sich, indem sie ihrer Sucht nachgibt.«

»Was können wir also tun?«

Er sah sie ernst an. »Das kann ich erst dann beantworten, wenn ich Ihre Tochter besser kennen gelernt habe.«

»Das heißt, es gibt keine Standardbehandlung? Keine Wunder-*muthi*, mit der es ihr besser geht?«

»Muthi?«

»Entschuldigung, ich meine Medizin.«

Dr. Greenberg schüttelte den Kopf. »Leider nicht.«

»Was also haben wir für eine Wahl?«

»Ein Selbsthilfeprojekt wäre sicher einen Versuch wert. Es gibt eine ganze Reihe davon. Aber der Erfolg hängt ganz wesentlich von Tessas Bereitschaft zur Mitarbeit ab.«

»Oder?«, drängte Claire.

»Oder wir müssen ihr Medikamente gegen Depressionen geben. Das beruhigt die Libido in der Regel.«

»Sonst noch etwas?«

»Besteht die Chance, dass sie zustimmen würde, Nonne zu werden?«

Claire sah ihn nur an.

»Geben Sie ihr Zeit, Mrs. King. Als Erstes muss sie körperlich wieder ganz gesund werden.«

Tessa blieb in der Klinik. Claire besuchte sie jeden Tag, um sie zu verwöhnen und zu verhätscheln. Sie wurde intravenös ernährt, zweimal am Tag gebadet und bekam hochdosierte Medikamente, auf die sie sofort ansprach. Innerhalb von zwei Wochen war auch die Syphilisinfektion unter Kontrolle.

»Ich fürchte, sie wird nie Kinder haben können«, sagte Dr. Greenberg zu Claire, als Tessa schließlich über den Berg war. »Es ist zu viel beschädigt worden.«

Claire war sehr traurig darüber. »Wie genau wird ihre Zukunft aussehen?«

»Es ist noch ein bisschen zu früh, um das beurteilen zu können. Leider sträubt sie sich immer noch gegen uns.«

»Geben Sie ihr noch etwas Zeit. Sie steht ja noch immer völlig unter dem Einfluss der Medikamente.«

Der Arzt sah Claire mitfühlend an. »Ich weiß nicht, wie ich Ihnen das schonend beibringen kann, Mrs. King, deshalb werde ich es gar nicht erst versuchen. Viele Sexabhängige genießen den eigentlichen sexuellen Akt gar nicht. Tessa liebt es, um es mit ihren eigenen Worten auszudrücken. Wir haben es hier also mit einer jungen Dame zu tun, die abhängig ist, die starrköpfig ist und rebellisch und die nicht wirklich aufhören will. Diese Kombination ist fatal. Und jede konventionelle Therapie wäre in ihrem Fall Zeitverschwendung. Wir werden morgen die Beruhigungsmittel absetzen. Stellen Sie sich auf ein Feuerwerk ein.«

»Dr. Greenberg, verglichen mit allem anderen, ist ein Feuerwerk leicht zu ertragen. Was können wir denn bloß für sie tun? Es muss doch etwas geben. Ich kann sie doch nicht wieder mit nach Südafrika zurücknehmen und riskieren, dass sie so weiterlebt wie vorher. Sie ist jetzt achtzehn, deshalb kann ich sie nicht dazu zwingen, etwas zu tun, was sie nicht will. Sie weigert sich strikt, zu ihrer Schwester nach Frankreich zu gehen, und eine Universität kommt für sie gar nicht infrage. Ich kann sie doch nicht einfach den Straßen Londons überlassen.«

Der Arzt schwieg einen Augenblick gedankenverloren. Dann seufzte er tief und sagte: »Ich hätte noch einen Vorschlag zu machen.«

»Nämlich?«

»Er wird Ihnen nicht gefallen.«

»Heraus mit der Sprache.« Claire war auf alles vorbereitet. Auf alles, bloß nicht auf die nächsten Worte des Arztes.

»In London gibt es eine Frau, die eine ... eine Art Wohnheim für Mädchen mit Tessas Problemen betreibt. Es ist zugleich eine Begleitagentur. Ich weiß, was Sie jetzt denken, nämlich dass das nur ein besserer Name für ein Bordell ist. Aber so ist es nicht. Bitte ...« Er streckte den Arm aus, als Claire ihn zu unterbrechen versuchte. »Lassen Sie mich ausreden.«

Claire nickt mit zusammengepressten Lippen. Ohne es selbst zu bemerken, hatte sie die Arme vor der Brust verschränkt, um sich unbewusst von den Worten des Arztes zu distanzieren.

»Ihr Name ist Judith Murray-Brown. Sie stammt aus einer guten Familie, hat eine exzellente Erziehung genossen und ist eine wunderbare Lady. Sie war ebenfalls sexabhängig. Sie hat alles mitgemacht, am Ende ist sie sogar auf der Straße gelandet. Drogen, Prostitution ... alles. Dann wurde sie eines Nachts so heftig verprügelt, dass sie zehn Tage im Krankenhaus verbringen musste.« Dr. Greenberg runzelte die Stirn. »Judith ist intelligent. Sie hat erkannt, dass sie sich in einer Spirale befand, die sie immer weiter nach unten brachte. Und sie hat erkannt, dass sie nicht die Einzige war. Es gab viele andere wie sie, die nicht in der Lage waren, sich selbst zu helfen. Sie begann den langsamen Aufstieg nach oben.«

»Nein«, antwortete Claire versteinert.

»Nein?«, fragte er leise.

»Unter keinen Umständen.«

»Hören Sie mir erst bis zum Ende zu.«

Claire presste die Lippen zusammen und sagte nichts.

Dr. Greenberg fasste das als Ermutigung auf. »Mein Vater hat damals in dieser Klinik praktiziert. Er galt als einer der renommiertesten Sexualtherapeuten in London, und er hat die Gründe für diese Abhängigkeit untersucht. Judith war bei ihm und hat mit ihm gesprochen. Sie unterstützte ihn bei all seinen Tests, und dann kamen sie gemeinsam zu dem Schluss, dass zwar den meisten Mädchen, die an Sexabhängigkeit leiden, mit einer Therapie geholfen werden kann, einigen wenigen jedoch nicht: Mädchen wie Tessa, schwierigen Persönlichkeiten, Mädchen, die abhängig sind, aber nicht aus dieser Abhängigkeit herauswollen. Und genau diesen Mädchen wollte Judith helfen. Mein Vater unterstützte sie in dieser Absicht voll und ganz. Denn er hatte zu viele von ihnen im Leichenschauhaus enden sehen.«

Claire schloss für eine lange Zeit die Augen.

»Mit finanzieller Unterstützung ihrer Eltern kaufte Judith ein Haus in Wimbledon. Sie eröffnete eine kleine und sehr exklusive Begleitagentur.« Er beugte sich zu Claire herüber. »Es ist *kein* Bordell. Das kann ich gar nicht stark genug betonen.« Er lehnte sich zurück. »Es ist ganz erstaunlich, wie sehr sich die Mädchen verändert haben. Ihr Leben lang waren sie unglücklich gewesen. Verwirrt und verunsichert sind sie zu Judith gekommen. Sie hat ihnen beigebracht, dass es in Ordnung ist, dass sie anders sind als andere Mädchen. Und wir haben etwas sehr Bemerkenswertes festgestellt. Viele der Mädchen fangen sich und führen anschließend ein völlig normales Leben.«

»Dann ist diese Klinik also daran beteiligt.«

»Ja natürlich. Mein Vater ist zwar pensioniert, aber die Untersuchungen werden fortgesetzt.« Er grinste. »Den Mädchen ist das vielleicht gar nicht bewusst, aber dank Judith ist diese Einrichtung ebenso erfolgreich wie viele andere Therapien. Sie ist nur ...«

»Unkonventioneller.«

Er senkte den Kopf. »Es funktioniert. Das ist das Wichtigste. Was halten Sie davon?«

Claire nahm sich ein Taxi und fuhr zu der Adresse in Wimbledon, die Dr. Greenberg ihr genannt hatte. Das Haus entpuppte sich als großes Backsteingebäude in einer ruhigen, baumbestandenen Seitenstraße, in der viele Häuser dieser Art standen. Das hatte Claire nicht erwartet. Die Frau, die ihr die Tür öffnete, war elegant gekleidet und sprach ruhig und in wohl gewählten Worten. »Kommen Sie herein, ich bin Judith Murray-Brown. Dr. Greenberg hat mich angerufen und mir gesagt, dass Sie unterwegs zu mir sind.« Sie musste Mitte vierzig sein. Ruhige braune Augen, braunes

Haar, kurz geschnitten und aus dem gänzlich ungeschminkten Gesicht gekämmt.

Claire trat ein. »Danke.«

»Tessa wäre bei uns sehr willkommen«, begann Judith Murray-Brown. »Ich werde Sie gleich herumführen.«

»Vielleicht will sie gar nicht hierher«, antwortete Claire knapp. Die Vorstellung, dass Tessas Zukunft in den Händen von Dr. Greenberg und dieser Frau liegen sollte, gefiel ihr ganz und gar nicht.

»Natürlich.« Judith Murray-Browns Stimme war warm und sehr verständnisvoll.

Claire kam sofort auf den Punkt. »Was sind das für Männer, die hierher kommen?«

Judith lächelte. »Die Männer kommen gar nicht hierher, Mrs. King. Unsere Mädchen werden gebucht und gehen zu ihnen. Manchmal wünscht einer unsere Klienten, dass ihn ein Mädchen auf eine Geschäftsreise oder in den Urlaub begleitet. Die Mädchen reisen ziemlich viel.«

»Dann wissen die Nachbarn also nicht, dass die Mädchen ...?«

»Hostessen sind?« Judith setzte sich auf eine Couch und bot Claire ebenfalls einen Platz an. »Ich denke schon. Würde Sie das stören? Möchten Sie einen Kaffee?«

»Danke.« Claire setzte sich auf einen Stuhl gegenüber. »Ehrlich gesagt weiß ich gar nicht, was mich noch stört.«

»Wir sind sehr diskret, wissen Sie. Trotzdem kann ich mir vorstellen, dass es nicht leicht für Sie ist. Sahne?« Sie reichte Claire eine Tasse. »Nehmen Sie sich bitte selbst Zucker und Kekse.« Sie wartete, während Claire in ihrem Kaffee rührte. »Darf ich offen sprechen?« Als Claire nickte, fuhr sie fort. »Eine Begleitagentur ist nicht mehr und nicht weniger als der Name besagt. Wenn meine Klienten puren Sex wollen, rate ich ihnen, woanders hinzugehen. Natürlich entwickelt sich in neun von zehn Fällen eine sexuelle Beziehung, aber wir leben schließlich in den sechziger Jahren. Die Mädchen hier tun nichts anderes als andere Mädchen auch. Wir schützen sie dabei nur, und sie tun es unter gewissen Bedingungen.«

»Sie sind sehr direkt.«

»Claire. Darf ich Sie Claire nennen? Gut. Ich habe einen nicht unerheblichen Teil meines Lebens damit verbracht, Menschen einzuschätzen. Sie, würde ich sagen, sind ausgesprochen unerfahren. Wie viele Männer haben Sie in Ihrem Leben kennen gelernt? Also gut, das geht mich nichts an. Sie sind praktisch veranlagt, intelligent und fair. Aber das Leben ist nicht immer so einfach, und was Tessa betrifft, sind Sie meiner Ansicht nach völlig verunsichert und suchen verzweifelt nach einer Lösung. Ja, ich bin direkt. Aber sind Sie deshalb nicht hergekommen?«

Claire nickte stumm.

»Im Voraus ist eine Sicherheitsanzahlung zu leisten. Sie ist nicht hoch, aber sie schützt mich vor Vertragsbrüchen.«

Claire blinzelte.

»Ich bin sehr stolz auf mein Haus und erwarte, dass die Mädchen es auch sind. In der Regel leben immer vier oder fünf hier. Sie kommen und gehen, wie es ihnen gefällt. Sie dürfen einen Freund haben, wenn sie möchten, ja, sie leben ein ganz normales Leben. Es gibt feste monatliche Abzüge für Kost und Logis. Halbjährliche Gesundheitskontrollen sind verpflichtend.« Sie lächelte gewinnend. »Es gibt keine Verträge, keine Verpflichtungen. Wenn ein Mädchen gehen möchte, kann sie das jederzeit tun.«

»Aber Sie schicken sie mit Männern fort?«

»Aus Ihrem Mund klingt das wie eine Todesstrafe.«

»Es ist ... Prostitution. Sie können es schönreden, so sehr Sie wollen, darauf läuft es am Ende hinaus.«

»Technisch haben Sie vermutlich Recht.«

Claires Stimme wurde hart. »Meine Tochter ist erst achtzehn.«

Judith passte ihren Ton an Claires an. »Was ist Ihnen lieber? Dass Tessa in der Gosse endet oder dass sie hierher kommt, wo sie glücklich sein wird, und, was noch wichtiger ist, sicher? Ich führe kein Bordell, Claire. Ich versuche Menschen wie Tessa zu *helfen*.«

Als Claire zwei Stunden später im Taxi zur Klinik zurückfuhr, schwirrte ihr Kopf. Sie war verunsichert und das wusste sie. Peter hatte ihr angeboten, sie zu begleiten, und im Augenblick hätte sie seinen nüchternen Pragmatismus wirklich gut brauchen können.

Judith Murray-Brown hatte Claire mit ihrer direkten und klaren Beschreibung ihres Unternehmens beeindruckt. Offenbar legte sie größten Wert darauf, Mädchen wie Tessa zu helfen, und arbeitete eng mit der Klinik zusammen.

»Tessa ist kein schlechtes Mädchen«, hatte sie zu Claire gesagt. »Sie *hält* sich nur für schlecht. Das Erste, was sie lernen muss, ist, sich selbst zu lieben. Was glauben Sie, wie weit wir kämen, wenn wir sie zur Gruppentherapie oder zu irgendwelchen ominösen Gebetsrunden schicken würden.«

»Das ist alles schön und gut, aber was ist mit der anderen Seite? Dem Risiko einer Erkrankung, der Gefahr, in die Hände eines Tunichtguts zu fallen? Ich meine, was sind das für Männer, die für eine Begleiterin bezahlen?«

Judith hatte auch darauf eine Antwort gehabt. »Beschäftigte Männer. Frisch geschiedene Männer. Schüchterne Männer. Männer aus Übersee, die auf Geschäftsreise hier sind. Alle Sorten absolut netter, normaler Männer, die, aus welchem Grund auch immer, keine Chance haben, Frauen kennen zu lernen.«

Claire war noch immer in Gedanken, als das Taxi anhielt. Sie bezahlte den Fahrer, straffte die Schultern und ging die Treppe zur Klinik hinauf. Sie hatte ihren Entschluss gefasst. Sie wappnete sich innerlich, als sie Tessas Zimmer betrat. Der Arzt hatte ihr gesagt, sie solle sich auf ein Feuerwerk einstellen. Tessa saß in ihrem Bett, trug einen Schal, den Claire ihr gekauft hatte, und sah sie mit funkelnden Augen an. Claire lächelte. »Guten Morgen, Darling. Du siehst gut aus.«

»Danke.« Tessas Stimme klang rebellisch.

»Wie fühlst du dich?«

»Besser. Schlechter. Ich habe Angst. Ach, ich weiß nicht.«

Claire setzte sich auf einen Stuhl und schlug die Beine übereinander. »Hat Dr. Greenberg mit dir gesprochen?«

Tessas Augen füllten sich mit Tränen.

»Komm schon, Darling. Weine nicht. Dazu gibt es keinen Grund.«

»Keinen Grund?«, zischte Tessa. »Was weißt du denn schon? Du bist ja nicht krank.«

»Das bist du auch nicht«, antwortete Claire leise. »Nur ein bisschen durcheinander.«

»Ich kann nicht anders«, schrie Tessa. »Sieh der Wahrheit ins Gesicht, Mutter, nur dieses eine Mal. Ich bin ein Fall fürs Irrenhaus.«

Claire wartete eine halbe Minute ab. Dann sagte sie in aller Seelenruhe etwas, das ihrer Tochter die Sprache verschlug.

»Du bist sexabhängig, Tessa. Das ist so ähnlich wie Alkohol- oder Drogensucht. Du musst ... vögeln. Es ist keine

Liebe, es geht nur ums Vögeln. In deinem hübschen Kopf verwechselst du Sex mit Zuneigung. Ich weiß, dass es das nicht ist. Du weißt, dass es das nicht ist. Aber das ist es, was dich antreibt, Tessa. Das ist das Problem. Und die Frage ist nun, was wir dagegen tun können.« Claires Gesicht überzog eine feine Röte, aber sie hielt den Blick eisern auf ihre Tochter gerichtet.

Tessa öffnete den Mund und schloss ihn wieder, aber es kam kein Wort heraus. Schließlich gelang ihr ein krächzendes »Mummy«.

»Ja, Darling?«

»Bitte sag dieses Wort nicht mehr.«

Claire zupfte sich ein Staubkorn vom Rock, das nicht da war. »Okay«, sagte sie. »Um ehrlich zu sein, gefällt es mir auch nicht. Ich habe es nur gesagt, um mir deine Aufmerksamkeit zu sichern.«

»Es ist dir gelungen.«

»Gut, dann können wir jetzt vernünftig miteinander reden. Laut Dr. Greenberg hast du verschiedene Möglichkeiten.«

Tessa schaute auf ihre Hände. »Wunderbar«, sagte sie bitter. »Und was für Möglichkeiten. Wieder in ein verdammtes Kloster zu gehen, ein Zombie zu werden, der so mit Medikamenten zugestopft ist, dass er sich nicht mal mehr an seinen eigenen Namen erinnert, oder irgendeine blöde Therapie zu machen, wo ein Haufen Nymphomaninnen im Kreis sitzen und sich gegenseitig ihre Geschichten erzählen.« Tessa verschränkte ihre Arme. »Und wahrscheinlich hält keine bis zum Ende durch, weil sie vorher ihr ganz spezielles Bedürfnis überkommt.«

Bei dieser Vorstellung musste Claire lachen. »Also, was sollen wir tun?«

»Nichts. Das hilft alles nicht.«

»Ich stimme dir zu.«

»Es ist hoffnungslos. Am liebsten wäre ich tot.«

»Sei nicht albern.«

»Bin ich nicht. Du hast ja keine Ahnung ...«

»Doch, Darling, zufällig habe ich das. Ich habe mich mit ein paar sehr interessanten Leuten unterhalten.« Claire beugte sich zu ihrer Tochter und begann zu erzählen. Und zum zweiten Mal innerhalb weniger Minuten war Tessa sprachlos. Claire lehnte sich zufrieden zurück. »Judith freut sich darauf, dich kennen zu lernen.«

Tessa starrte sie an. Erneut füllten sich ihre Augen mit Tränen. »Wie bitte?«, fragte sie mit erstickter Stimme.

»Ich war dort, sogar dein Zimmer habe ich mir bereits angesehen.« Claire fummelte an einem Blumengesteck neben Tessas Bett herum. »Und ich habe einige der anderen Mädchen kennen gelernt. Sie sind sehr nett.«

»Mutter!«

Claire griff nach Tessas Händen. »Ich verstehe dich jetzt, mein Darling. Ich habe so vieles gelernt. Es tut mir so Leid. Ich hätte wissen müssen, dass es einen Grund für alles gibt. Es ist okay, Tessa. Es ist wirklich okay.«

Die Tränen rannen nun über Tessas Wangen. »Meinst du das wirklich so?«

Claire drückte die Hand ihrer Tochter. »Ja.«

Tessa atmete erleichtert aus. »In einem Kloster würde ich sterben.«

Claire lächelte. »Ich auch.«

»Ich brauche Sex. Ständig.«

»Ich weiß.«

»Und du hasst mich deshalb nicht? Bist du denn nicht völlig erschüttert?«

»Meine Antwort auf die erste Frage lautet: Nein, auf die zweite: Doch.«

Tessa biss sich auf die Lippen. »Ich war sicher schrecklich.«

»Keineswegs«, versicherte Claire ihrer Tochter lächelnd. »Du warst eine absolute Katastrophe.«

Ein zaghaftes Lächeln.

Claire sah Tessa mitfühlend an. Da saß eine junge Frau vor ihr, auf der Schwelle zum Leben, so durcheinander und verunsichert, und würde einen Weg gehen, den nur wenige gehen würden und der dennoch so richtig für sie war. Claire begriff, wie weit sie selbst im Laufe der letzten Wochen gekommen war. Sie hatte gelernt und ihren Horizont beträchtlich erweitert. Sie konnte sehen, dass Tessa plötzlich so etwas wie Frieden gefunden hatte, auch wenn Claire sich nicht sicher war, ob es an dem offenen Gespräch lag, das sie miteinander geführt hatten, oder an der Vorfreude auf das, was auf sie zukam und wovon sie nie zu träumen gewagt hätte. Tessa musste Zweifel haben, viele Zweifel. Denn trotz ihres rebellischen Verhaltens war sie eine gut erzogene junge Dame mit allen Vorurteilen Männern gegenüber, die für die Gesellschaft einer Frau, ob mit oder ohne Sex, Geld bezahlten. Claire fand, es sei an der Zeit, ihrer Tochter ihr ganzes Vertrauen zu beweisen, und erzählte ihr deshalb die Wahrheit über Gregor.

»Wie du siehst, Darling, bin ich auch nicht so perfekt, wie du immer gedacht hast.«

»Ich liebe dich, Mummy.« Die Laken raschelten, als Tessa sich ihrer Mutter in die Arme warf. Und dann entschuldigte sie sich zum ersten Mal in ihrem Leben. »Es tut mir so entsetzlich Leid, dass ich dir deinen Schmuck gestohlen habe.«

Zwei Wochen später hatte Claire eine wie ausgewechselte Tessa in Judith Murray-Browns Etablissement untergebracht und sich anschließend noch zwei Tage mit Peter Dawson gegönnt, ehe sie nach UBejane zurückkehrte, um dort die Hochzeitsvorbereitungen zu treffen. Sie hatte noch immer einige letzte Vorbehalte gegen die Lösung für Tessas Probleme, aber so sehr sie auch nachdachte, es fiel ihr einfach keine bessere ein.

Peter, der eigentlich ein sehr konservativer Mensch war, hatte ihr noch einmal Mut zugesprochen. »Sie ist glücklich, sie ist sicher und sie ist in guten Händen. Es ist vielleicht ein wenig ungewöhnlich, aber, Darling, die anderen Alternativen würden nicht funktionieren. Ich bewundere dich sehr für deine Entscheidung. Du bist über deinen eigenen Schatten gesprungen und hast das Wohlergehen deiner Tochter über deine moralischen Wertvorstellungen gestellt. Das ist nicht einfach.«

Als sie sich auf dem Flughafen Heathrow voneinander verabschiedet hatten, hatte Peter in seiner Jackentasche gekramt und eine kleine Schachtel hervorgezogen. »Öffne sie im Flugzeug.«

»Ist das eine Bombe?«, hatte Claire gescherzt.

»Ich weiß nicht«, gab er zu. »Das kommt darauf an.«

Sie trug den Diamantring am Mittelfinger ihrer linken Hand, als Michael sie in Durban vom Flughafen abholte. »Wie geht es Tessa?«

»Viel, viel besser.«

»Du warst so ausweichend am Telefon. Wann kommt sie zurück?«

»Ich weiß es nicht. Zunächst einmal bleibt Tessa in England.«

»Um dort was zu tun?«

Claire informierte Michael ausführlich.

Er hörte ihr schweigend zu und fuhr sehr viel langsamer als üblich.

»Es ist alles gut organisiert«, schloss Claire. »Im Grunde ist es eine Art Therapie.«

»Ich bin ehrlich gesagt ziemlich schockiert«, gestand Michael.

»Ich weiß. Das war ich auch.«

»Was erzählen wir den Leuten?«

»Das habe ich bereits mit Tessa besprochen. Wir werden sagen, sie sei in einem Kloster.«

»Ein feines Kloster. Was der liebe Gott wohl dazu sagen würde«, murmelte Michael. »Und Sally und Gregor?«

»Sally werde ich die Wahrheit sagen, und bei Gregor warte ich damit, bis er ein wenig älter ist.«

»Mutter.«

»Ja, Darling.«

»Du bist eine Teufelsfrau!«

Claire hob die Hand mit dem funkelnden Diamanten. »Der Ansicht ist jemand anders auch.«

Michael hielt den Wagen an und zog seine Mutter zu sich, um sie stürmisch zu umarmen.

Die Hochzeit von Michael King und Jennifer Bailey war ein großes Fest, zu der die halbe europäische Bevölkerung von Zululand eingeladen wurde. UBejane stand zum Verkauf, und das Haus und die Gärten waren herausgeputzt und bildeten eine perfekte Kulisse für die Trauung und den anschließenden Empfang.

Peter Dawson war zu diesem Anlass aus England hergeflogen, und Claire, schön und elegant in zartem Moosgrün, war glücklicher, als Michael sie je erlebt hatte. Der glitzernde Diamant an ihrem Verlobungsfinger führte zu wilden Spekulationen unter Claires Freunden. Das und die Tatsache, dass Peter auch nicht eine Sekunde von ihrer Seite wich.

Gregor spielte seine Rolle als Trauzeuge souverän. Mit seinen zwölf Jahren war er bereits groß und attraktiv und strahlte viel Lebensfreude aus. Als er mit Michael auf der Veranda stand, wo sie auf Jennifers Ankunft warteten, machte er eine Kopfbewegung in die Richtung, wo Claire und Peter Gäste begrüßten. »Mutter und ich hatten gestern Abend ein langes Gespräch. Sie hat mir die Wahrheit erzählt über ... du weißt schon.«

»Gut«, antwortete Michael, ohne richtig bei der Sache zu sein. Denn gerade in diesem Augenblick traf die Braut ein, und er spürte, wie nervös er war.

»Allerdings«, meinte Gregor glücklich. »Es ist wunderbar.«

»Weiß Peter schon, dass du es weißt?« Jennifers Auto hielt vor dem Haus, und sie stieg aus dem Fond. Ein Traum aus weißem Satin. Michaels Nervosität legte sich ebenso schnell, wie sie gekommen war, als sie aufsah und ihm zuzwinkerte.

In diesem Moment fiel ihm auf, dass Gregor ihm gar keine Antwort gegeben hatte. Aha! Sein Bruder hatte offenbar gerade einen Versuchsballon losgelassen, und er war mit beiden Füßen in die Falle getappt. »Du ausgefuchster Mistkerl!«, zischte Michael, ohne die Lippen zu bewegen.

Gregor grinste triumphierend.

»Behalt es bloß für dich«, raunte Michael seinem Bruder zu, bevor sie sich anschickten, die Veranda zu verlassen und ihre Plätze auf dem Rasen einzunehmen, wo der Priester bereits wartete. »Sie wird es dir früh genug selber sagen.«

»Klar«, antwortete Gregor. Er wartete bis er an die Stelle kam, wo seine Mutter und Peter saßen. Dann beugte er sich zu ihnen hinüber und flüsterte: »Hi, Mum, Dad.«

Michael hörte es und hätte seinen Bruder am liebsten kräftig geschüttelt. Claire unterdrückte einen kleinen Überraschungsschrei. In Peters Gesicht stand zuerst Schreck und dann Freude. Für mehr blieb keine Zeit mehr, denn Jennifer stand schon am Arm ihres Vater bereit, um durch die Schar der Gäste zu schreiten. Peter lächelte und sagte leise. »Hallo Sohn.«

Es war so normal, wie es schon seit Jahren hätte sein sollen.

Jennifer sah in dem weißen Satinkleid bezaubernd aus. Später, als die Fotos gemacht wurden, beugte Michael sich zu ihr und sagte ihr das.

»Warte nur, bis du meine Unterwäsche siehst«, flüsterte sie zurück und lächelte in die Kamera. »Sie ist stahlblau.«

Wilson und Nandi waren ebenfalls unter den Gästen, aber sie hielten sich scheu im Hintergrund. Sie durften keinen Alkohol bekommen, das war gegen das Gesetz. Die anderen Gäste, hauptsächlich robuste und selbstbewusste Zululänder, kümmerte dieses Gesetz nicht weiter, aber sie hatten Verständnis für die Zurückhaltung der Mpandes und gaben sich viel Mühe, ein Gespräch mit ihnen anzufangen, zumeist auf Zulu. Nandi hielt sich trotzdem an alkoholfreie Getränke, aber das Glas von Wilson wurde ständig nachgefüllt. Niemand störte die Anwesenheit von Nandi und Wilson, auch wenn einige bemerkten, dass gemeinsame Zusammenkünfte von Weißen und Schwarzen zunehmend riskanter würden.

Raj und Balram nahmen mit ihrer Familie ebenfalls am Fest teil. Balram sowie die Frauen und Kinder hielten sich wie Wilson und Nandi ein wenig im Hintergrund. Raj tat das nicht, sondern lief überall herum und tat, als sei er Michaels Vater. Mit seiner schmalen, in festliches Satin gewandeten Figur, den habichtähnlichen Zügen und dem buschigen weißen Bart gab er eine imposante Erscheinung ab.

Sally war extra zu diesem Ereignis aus Frankreich angereist. Sie sah sehr schick aus in ihrem selbst entworfenen blauen Etuikleid aus Leinen mit passender Jacke, und bewegte sich selbstsicher durch die Menge, um Freunde und Verwandte zu begrüßen. Ihr schwarzes lockiges Haar war kurz geschnitten, im Stil von Audrey Hepburn, der im Augenblick in Europa der neuste Schrei war.

Fragen nach Tessa wurden knapp beantwortet. »Sie konnte nicht aus dem Kloster weg. Sie darf ihr Schweigegelübde nicht brechen, aber sie lässt alle herzlich grüßen.«

Die meisten Gäste waren davon überzeugt, dass es sich bei Tessas plötzlicher tiefer Religiosität nur um eine vorübergehende Erscheinung handeln konnte. Wenn sie auch nur halb so gut aussähe wie ihre Zwillingsschwester, bemerkten einige, sei es eine Schande, sie in einem Kloster zu verstecken. Die Wahrheit erriet niemand.

UBejane wurde an einen zynischen Menschen aus dem Norden verkauft, der die Zentralafrikanische Föderation von Nordrhodesien verlassen hatte, kurz nachdem sie die Unabhängigkeit von Großbritannien erlangt hatte und zu Sambia geworden war. »Afrika geht vor die Hunde«, beklagte er sich gegenüber Michael und Claire. »In Südafrika sind wir wenigstens sicher.«

Claire hatte ein schlechtes Gewissen wegen der Zulu auf UBejane, von denen die meisten vermutlich ihre Arbeit verlieren würden. »Sie dürfen gern bleiben«, verkündete der frühere Kupferminen-Arbeiter. »Aber ich kenne mich gut genug aus, um sicher zu sein, dass dies hier kein Weideland ist. Ich werde versuchen, auf den Hügeln Bananen anzubauen.«

»Die Zulu werden sich gegen Bananenanbau sträuben«, warnte Michael. »Das ist unter ihrer Würde.«

Der neue Besitzer zuckte unbekümmert mit den Schultern. »Dann müssen sie eben gehen.« Er blinzelte verschwörerisch. »Was haben Bananen und Politiker gemeinsam?« Er wartete erst gar keine Antwort ab. »Sie sind gelb, verbogen und hängen immer im Bund zusammen.« Er lachte schallend über seinen eigenen Witz.

Zusätzlich zum Kaufvertrag verpflichtete sich der neue Besitzer UBejanes zur Unterzeichnung einer auf 99 Jahre festgelegten Pachtvereinbarung für das Haus und den Garten, in dem Raj seinen Lebensabend verbrachte. Michael war froh, dass wenigstens der alte Sikh, seine Kinder und Enkel abgesichert waren.

Wilson und Nandi beschlossen, mit ihrer Familie nach Kwa-Mashu zu ziehen, einem ausgedehnten Township. Es lag so nahe an Durban, dass die weißen Stadtbewohner für die Arbeit in ihren Häuser und Gärten bequem auf die meist ungelernten Arbeiter zugreifen konnten, ohne dass die Schwarzen direkt vor ihrer Haustür lebten.

Der Kaufvertrag lag zwei Wochen nach Michaels Hochzeit zur Unterschrift bereit, an dem Tag, als Michael und Jennifer aus ihren Flitterwochen zurückkehrten. Das Haus sah traurig aus. Die Möbel waren eingelagert, manches verkauft, andere Stücke an die Dienerschaft verschenkt worden. Sowohl Claire als auch Michael wollten den schmerzhaften Prozess endlich hinter sich bringen.

Der Abschied von Angestellten und Hauspersonal, von denen einige länger als Claire auf UBejane gewesen waren, war für alle äußerst bewegend. Michael wusste, dass er die meisten der liebgewonnenen und vertrauten Gesichter nie wiedersehen würde. Sie hatten seine Vergangenheit geprägt, und er würde sie noch lange in Erinnerung behalten, doch irgendwann würden ihre Bilder verblassen und von den Winden der Zeit wie abgestorbenes Laub fortgeweht werden.

Ein Abschied war besonders schmerzlich. Michael besuchte Wilson in der Zulu-Siedlung. »Gibt es etwas Neues von Dyson?«

»Noch nicht, *Nkosi*. Nicht, seit er in London ist. Er muss seine Briefe über Vermittler schicken.«

»Ich wünschte, ich wüsste, dass es ihm gut geht. Wenn Sie ihm schreiben, bitten Sie ihn, Kontakt mit mir aufzunehmen, ja?«

»Kann Miss Tessa in ihrem Kloster Besucher empfangen? Vielleicht könnte Dyson sie dort besuchen, aber ich habe gehört, dass man in diesen Einrichtungen nicht sprechen darf.« Wilson runzelte die Stirn. »Verzeihen Sie, *Nkosi*, aber manchmal erscheinen mir Ihre Vorstellungen seltsam. Welcher Gott würde seinen Kindern verbieten zu sprechen?«

Michael lehnte sich an den Stamm des Baumes, unter dem sie saßen, und schloss die Augen. *Es war wirklich seltsam. Zur Hölle damit.* »Sie ist in keinem Kloster. Das ist nur eine Geschichte, die wir erfunden haben, um die Wahrheit zu vertuschen.« Er gestand Wilson alles. »Merkwürdig«, meinte er, als er schließlich geendet hatte. »Ich vertraue Ihnen die Wahrheit an, die ich nicht mal meinen eigenen Vettern erzählen würde.«

»Der *Nkosi* ehrt mich mit seinen Worten sehr, und ich werde der Verpflichtung, die sie beinhalten, mit großem Ernst nachkommen. Niemand soll ein Wort von mir erfahren.«

»Danke.«

»Wir können uns diejenigen, denen wir vertrauen, nicht immer aussuchen, aber ein aufrichtiger Mann spürt in seinem Herzen, wenn es richtig ist, und ein weiser Mann wird dann sprechen. Auch ich würde ein Geheimnis teilen.«

»Ich werde Sie nicht bedrängen.«

»Der Tag ist nicht fern, an dem sich Inkatha aus der Asche des Zulu-Volks erhebt. Prinz Buthelezi wird unser Anführer sein. Ich bin gebeten worden, das Volk von Kwa-Mashu vorzubereiten.«

»Deshalb also gehen Sie in die Stadt. Seien Sie vorsichtig.«

Wilson antwortete nicht auf diese Warnung. Stattdessen sagte er: »Einige Weiße haben signalisiert, dass sie bereit sind, uns zu unterstützen.«

Michael verstand die Aufforderung und antwortete ohne zu zögern. »Wenn Sie in Schwierigkeiten geraten, werde ich sofort kommen. Wenn Sie inhaftiert werden, werde ich mich um Nandi und die Kinder kümmern, als wäre es meine eigene Familie. Wenn Sie oder eine Person, die Ihnen teuer ist, einen sicheren Hafen braucht, brauchen Sie nicht darum zu bitten, er steht Ihnen jederzeit zur Verfügung. Sie wissen, wie ich zu den Zulu stehe. Ich würde nur zu gern ein unabhängiges Zululand sehen. Aber, Wilson, ich werde mich der Inkatha-Bewegung nicht anschließen.«

»*Nkosi*, ich glaube, das haben Sie soeben getan.«

Michael lachte, dann wurde er wieder ernst. »Sie gehen von hier fort. Ich werde ebenfalls weggehen. Die Farm ist so gut wie verkauft. Ich fühle mich, als tanzte ich mit Schatten.

Und manchmal wünschte ich, alles könnte immer so bleiben, wie es ist.«

»Nur das Gute, *Nkosi.* Aber es gibt auch viel Schlechtes, von dem man sich befreien muss. Die Schatten, mit denen Sie zu tanzen glauben, sind die Schatten Ihrer Vergangenheit.«

»Sie haben natürlich Recht. Schade, nicht wahr?« Er sah das Unverständnis in Wilsons Augen. »Ich meine, wir können uns nicht verändern, ohne ein Stück von uns zurückzulassen.«

»Wenn wir das Vieh auf neues Weideland bringen, wird es fett.«

Michael grinste. »Okay, Sie haben gewonnen, aber denken Sie immer an eines. Ein berühmter amerikanischer Schriftsteller hat einmal gesagt: ›Wenn Sie dort ankommen, ist oft kein Dort mehr dort.‹«

Wilson lachte leise. »Das ist etwas, das ich selbst herausfinden muss.«

»Ich kann Sie mir in einer Stadt nur schwer vorstellen, Wilson.«

»Es ist mein Schicksal. Die *sangoma* hat es vor langer Zeit vorhergesagt. Jetzt ist die Zeit da.«

Michael sprang auf die Füße. Wilson brauchte ein wenig länger.

»Irgendetwas ist mit Ihrem Rücken nicht in Ordnung, Wilson.«

»Hau! Es ist nichts. Ich bin zu *madala*.«

»Sie sind ganz sicher kein alter Mann. Ich werde Nandi eine Nachricht für den Arzt geben.« Michael sah sich noch einmal in der Zulu-Siedlung um. Seit seiner Jugendzeit hatte sich hier vieles verändert. Die Bienenstock-Hütten waren verschwunden. An ihrer Stelle standen nun ordentlich aufgereiht Backsteinhäuschen mit flachen Wellblechdächern. Die Zulu bevorzugten diese Abdeckung. Sie war wetterfest, und auf dem geriffelten Eisen konnte man wunderbar Kürbisse reifen lassen.

Wilson war seinem Blick gefolgt. »Im Fortschritt liegt immer Trauer um das, was man nicht beibehalten kann.«

»Die Hütten?« Michael lachte bitter. »Ich vermisse sie.«

»Sie mussten ja auch nicht in ihnen leben.« Wilson zuckte mit den Schultern. »Aber ich vermisse sie auch.«

»Wir zwei plaudern hier wie Frauen. Ich habe zu arbeiten. Ich muss das Vieh bis morgen um zehn Uhr fertig haben. Die Trucks werden um die Mittagszeit hier sein.«

»Das ganze Vieh, *Nkosi*?«

»Bis auf das letzte Stück. Der neue Besitzer möchte Bananen anbauen.«

Wilson schüttelte verächtlich den Kopf. »Bananen! Können sie Milch geben? Können sie ein ganzes Dorf ernähren? Können sie nachts den Körper wärmen?«

»Sie haben es gerade selbst gesagt, Vater meines Freundes. Fortschritt bedeutet immer, etwas zu verlieren.«

Michael und Jennifer fuhren Claire und Gregor nach Johannesburg zum Jan-Smuts-Flughafen. Als seine Mutter und sein Bruder in der Wartelounge verschwanden, zu der nur Passagiere Zutritt hatten, spürte Michael eine mitfühlende Hand an seinem Arm. Er holte tief Luft und sah in die warmen Augen seine jungen Frau. Sie war das Jetzt, und sie war die Zukunft. »Ich liebe dich«, sagte er, und seine Stimme klang brüchig.

Sie legte den Kopf gegen seine Brust. »Ich liebe dich auch.«

Hand in Hand verließen sie den Flughafen und fuhren wieder in das Hotel zurück, wo sie alle zusammen die vorherige Nacht verbracht hatten. Morgen würden sie nach Betschuanaland aufbrechen und ein neues Leben beginnen.

Kapitel Dreizehn

Nachdem Michael und Tessa Betschuanaland verlassen hatten, hatte auch Dyson keine Zeit verloren, seine Weiterreise vorzubereiten. Obwohl es sich um ein eigenständiges Land handelte, war das Hauptzentrum von Gaberones für seinen Geschmack zu nahe an der Grenze zu Südafrika. Die britische Regierung hatte nie einen Hehl aus ihrer Abneigung gegen die Apartheid gemacht und Anfragen aus Pretoria, den Südafrikanern zu gestatten, das kleine britische Protektorat zu verwalten, hartnäckig abgelehnt. Aber Dyson fühlte sich nicht sicher. Er berief sich auf seinen Status als Flüchtling und überzeugte die Briten rasch davon, ihm einen Pass auszustellen sowie eine vorübergehende Aufenthaltsgenehmigung in Großbritannien zu gewähren.

In Gaberones hatte er Kontakt zu einer kleinen Gruppierung des Afrikanischen Nationalkongresses gehabt. Sie unterstützten seine Entscheidung, Afrika zu verlassen. In letzter Zeit war es mehrfach zu Fällen von Kidnapping gekommen. Die Sicherheitspolizei hatte im Exil lebende ANC-Mitglieder im Schutz der Dunkelheit entführt und ihre unglückseligen Opfer entweder sofort ermordet oder zurück nach Südafrika geschmuggelt, wo sie Verhöre, Folter und lebenslange Inhaftierung erwarteten. Dyson war extrem gefährdet. Die Südafrikaner würden alles daransetzen, ihn zurückzuholen, ehe er preisgeben konnte, was sich in ihrem Land tatsächlich abspielte. Also wurde Dyson mit der Adresse des ANC in London sowie einem Begleitschreiben ausgerüstet.

Michaels Scheck war sehr großzügig gewesen. Die Summe war mehr als doppelt so hoch wie die, die Dyson für die Flucht brauchte. Er kaufte sich ein paar neue Kleidungsstücke und einen Koffer und zahlte seiner Tante das Geld zurück, das sie für ihn ausgegeben hatte. Er schrieb einen langen Brief an seine Eltern, und um ihre Adresse geheim zu halten, bat er seine Tante, den Umschlag an Michael zu adressieren. Dyson brachte seine Verzweiflung zum Ausdruck, dass er Afrika verlassen musste, und versprach, eines Tages zurückzukehren. Er bat Dorcas Sobona, den Brief nach seiner Abreise einzuwerfen.

Um kein Risiko einzugehen, flog Dyson mit Zambia Airlines von Gaberones nach Lusaka, wechselte dort das Flugzeug und flog weiter nach Blantyre in Nyasaland, dann mit KLM nach Nairobi und schließlich mit British Airways nach London. Obwohl er bei jedem Umsteigen damit rechnete, dass sich die schwere Hand der Behörden auf seine Schulter legte, verließ er den afrikanischen Kontinent schweren Herzens.

Als er schließlich in London-Heathrow landete, kam Dyson sich vor wie auf einem fremden Planeten. Noch nie hatte er sich so einsam und allein gelassen gefühlt. In all seinen Träumen und Erwartungen hätte er niemals geglaubt, dass sein Schicksal ein Leben außerhalb Afrikas sein würde. Weiße wie Michael hatten historische Verbindungen nach Europa, die es ihnen erleichterten, sich an Orten wie London rasch wohl zu fühlen, doch für Dyson bestanden solche Bindungen nicht. Alles, vom Wetter bis zu den

Menschen, war fremd, ja beängstigend für ihn. Als er in Heathrow stand und sich überlegte, was er als Nächstes tun sollte, wünschte sich Dyson sogar für eine kurze Sekunde in das südafrikanische Gefängnis zurück.

»Reiß dich zusammen«, ermahnte er sich und wehrte das Selbstmitleid ab, das ihn zu überfallen drohte. Er beschloss, direkt zum Büro des ANC in der Penton Street im Norden von London zu fahren, wo er wenigstens einige Afrikaner treffen würde. Dyson rechnete damit, mit offenen Armen empfangen zu werden. Er ging davon aus, dass sie sich darauf freuen würden, mit ihm reden zu können. Und er sehnte sich danach, mit jemandem Zulu zu sprechen.

Die Dame am Empfang war eine Nigerianerin, die seit ihrem vierten Lebensjahr in London lebte und Englisch mit East-End-Einschlag sprach. Sie bat Dyson zu warten, bis jemand Zeit für ihn hätte. Zwei Stunden lang saß er herum und beobachtete die Leute. Nach allem, was er erkennen konnte, wimmelte es hier von allen Völkern unter der Sonne, nur einen Zulu konnte er nirgends entdecken. Und wie es aussah, schienen sie alle hinreichend Zeit zu haben, um sich zu unterhalten, Witzchen zu machen, Geschichten zu erzählen. Nur für ihn hatte niemand Zeit.

Zunächst hatte ihn die Geschäftigkeit in dem Büro eingeschüchtert und er war sich seiner Fremdheit sehr bewusst gewesen. Doch im Laufe der ersten Stunde und dann der zweiten wurde Dyson zunehmend ungehalten. Als sich schließlich eine Tür öffnete und er von jemandem in sein Büro gebeten wurde, der, nach Aussehen und Kleidung zu urteilen, ein Araber sein konnte, war Dyson in Kampfesstimmung.

»Setzen Sie sich, Mr. Mpande. Was kann ich für Sie tun?«

Der Akzent des Mannes bestätigte Dysons ersten Eindruck. Er war Nordafrikaner, Sudanese wahrscheinlich, stammte also aus einer Gegend, die Tausende von Kilometern von dem geplagten Süden entfernt lag.

»Schön, dass Sie endlich Zeit für mich haben.« Der Sarkasmus in Dysons Stimme war nicht beabsichtigt.

Der Mann ignorierte ihn und zeigte auf Dysons Koffer. »Gerade angekommen?«

»Ja, ich bin direkt vom Flughafen aus hergekommen.«

»Keine gute Idee, den Koffer mit herzubringen.«

»Warum nicht?«

»Dies hier ist der ANC, Mr. Mpande. Ihr Koffer könnte eine Bombe enthalten.«

»Dann überprüfen Sie ihn doch.«

»Das ist nicht nötig. Stattdessen haben wir Sie überprüft. Das ist der Grund, weshalb Sie warten mussten. Also, wozu sind Sie hier?«

»Ich brauche Arbeit.«

»Versuchen Sie es bei British Rails.«

Das war zu viel. Wie konnte er es wagen ... dieser ... Araber ..., der aber auch gar nichts mit den Freiheitskämpfen in Südafrika zu tun hatte, wie konnte er es wagen, dort zu sitzen, selbstgefällig in einem Job, auf den er kein Recht hatte, und Dyson vorschlagen, sich bei der englischen Eisenbahngesellschaft nach Arbeit umzusehen? Dyson hatte bemerkt, dass sich die Tür, die das Büro mit dem Nebenzimmer verband, geöffnet hatte, aber er war viel zu wütend, um sich darum zu kümmern, wer ihm zuhörte.

»Was bilden Sie sich eigentlich ein, wer Sie sind?« Und ehe er sich's versah, sprudelte alles aus ihm hervor. Wütend berichtete er, was er hinter sich hatte, von seiner Verhaftung bei der Umkhonto-Versammlung über seine Zeit im Gefängnis, seine Flucht und seinen Aufenthalt in Betschuanaland. »Ich habe meine Zeche gezahlt, was man von Ihnen vermutlich nicht behaupten kann. Ich war eingesperrt, bin gefoltert worden und wie ein wildes Tier gejagt.« Dyson stand auf. »Wenn das alles ist, was der ANC zu bieten hat, können Sie es sich in den Arsch schieben!« Er bückte sich, um seinen Koffer zu nehmen. Im Aufrichten fügte er kalt hinzu: »Anscheinend ist die Solidarität der Schwarzen untereinander bei einigen sofort zu Ende, sobald sie den Kontinent verlassen. Machen Sie sich nicht die Mühe, mich zur Tür zu bringen, ich finde schon selbst hinaus.« Er wandte sich zum Gehen.

»Warten Sie, Zulu.«

Dyson blieb stehen.

»Haben Sie irgendeine Vorstellung davon, wie viele zu uns kommen, weil sie Arbeit suchen?«

»Zu uns?« Dyson drehte sich um. »Sie sind keiner von uns.«

»Seien Sie sich da nicht so sicher«, ertönte eine ruhige Stimme von der Tür. »Sie haben gerade selbst von der Solidarität der Schwarzen gesprochen.«

Dyson drehte sich um, um zu sehen, wer da sprach, und stellte erschrocken fest, dass es sich um den ehemaligen Anwalt Oliver Tambo, einen Xhosa, handelte, der zu den führenden Persönlichkeiten des ANC in Südafrika gehört hatte. Als 1960 nach dem Massaker von Sharpeville und der Verhaftung von Albert Lutuli und Nelson Mandela der Ausnahmezustand ausgerufen worden war, war es Tambo gelungen, der Inhaftierung zu entgehen, indem er nach Betschuanaland und von dort nach London geflohen war. Nun leitete er das Londoner Büro des ANC.

»Gebt ihm Arbeit«, sagte Tambo plötzlich. »Herrje, er

hat es wirklich verdient.« Er verschwand und schloss die Tür hinter sich.

Dyson begann ganz unten, er sortierte im Postraum die Briefe. Es gab einen ständigen Korrespondenzstrom, Informationsbroschüren und Briefe, in der Hauptsache Spendengesuche, die jede Woche herausgeschickt wurden. Die Menge war gigantisch. Aber, so erklärte man Dyson, die Welt musste aufgeklärt werden über das Schicksal Südafrikas, und da man sich keine großen Werbekampagnen leisten konnte, war dies der zweitbeste Weg.

Bisher hatte Dyson immer geglaubt, die ganze Welt wüsste bereits, was in Südafrika los sei. Deshalb überraschte es ihn umso mehr, als er feststellte, dass sich die Protestbewegungen, die es in Großbritannien gab, im Allgemeinen für nukleare Abrüstung einsetzten. Menschenrechtsfragen fanden keine große Aufmerksamkeit, weder in der Öffentlichkeit noch in den Medien. Einige hatten von der Apartheid gehört, aber die meisten assoziierten den Begriff mit Sport. Außerdem schockierte Dyson, dass Rassismus nicht auf Südafrika beschränkt war. Es gab in England zwar keine Apartheidgesetze, aber Vorurteile waren auch hier an der Tagesordnung.

Weil er sehr rasch lernte und gern die erforderlichen Überstunden machte und weil sein Englisch ausgezeichnet war, wurde er bald in die Abteilung versetzt, die für Sanktionen gegen Südafrika eintrat. Die Arbeit war sehr abwechslungsreich und interessant und wurde für ihn bald zum Mittelpunkt seines Lebens.

Hasan Yaak, mit dem Dyson bei seinem Eintreffen gesprochen hatte, war tatsächlich Sudanese. Er war 1961 aus dem Sudan geflohen, fünf Jahre nachdem die Briten und Ägypter sich zurückgezogen hatten und ein Bürgerkrieg zwischen dem arabisch dominierten Norden und dem afrikanischen Süden ausgebrochen war. Hasan war das Produkt einer Liaison zwischen seinem reichen arabischen Vater und seiner einflussreichen afrikanischen Mutter. Er war gebrandmarkt als jemand, der mit den Füßen in zwei verschiedenen Lagern stand, und deshalb vom Tode bedroht. Er akzeptierte seinen Exil-Status und war fest davon überzeugt, dass sich die Lage im Sudan eines Tages wieder beruhigen würde und er nach Hause zurückkehren konnte. Außer im Büro sah Dyson nicht viel von Hasan, aber die ursprüngliche Animosität, die er gegen ihn verspürt hatte, verschwand, als er das gesamte Ausmaß des Grauens im Sudan begriff. Hasan war zwar von dem, was in Südafrika geschah, nicht unmittelbar betroffen, aber seine eigenen Erfahrungen hatten ihn für die Belange des ANC sensibilisiert, und er nutzte seine guten Beziehungen zu mächtigen Arabern für erhebliche Spenden.

Dyson führte auch eine Art soziales Leben; er traf sich hauptsächlich mit Kollegen, von denen die meisten Xhosa waren. Es gab eine natürliche Verbundenheit zwischen ihnen, und etwaige Stammesdifferenzen waren zweitrangig angesichts der Tatsache, dass sie alle aus ihrem normalen Lebensraum herausgerissen worden waren. Aber Dyson war nicht sonderlich glücklich. Er vermisste Afrika. Und vor allem vermisste er Zululand.

Er fand ein Apartment in Soho, das er, vielleicht aufgrund seines Gefühls der Heimatlosigkeit, sehr unpersönlich einrichtete. Das Einzige, was Dyson über jene ersten Monate hinweghalf, war die Gewissheit, dass er eines Tages nach Afrika zurückkehren würde. An diese Überzeugung klammerte er sich verzweifelt. Doch nach mehreren Monaten erschien ihm selbst diese Möglichkeit nicht mehr sehr realistisch. Je mehr er durch seine Arbeit für den ANC lernte, desto klarer wurde ihm, wie lang und zäh das Ringen um Gleichberechtigung werden würde.

Diese bittere Erkenntnis fiel mit dem Beginn des Winters zusammen. Die dunklen kalten Tage passten zu seiner Stimmung. Der Regen, in Zululand das Lebenselixier, raubte ihm jegliche Chance, die versteckten Schönheiten Englands schätzen zu lernen. Wenn es zu Hause regnete, lief der Himmel über und ergoss sich segensreich auf die verdorrte Erde, dramatisch begleitet von Blitz und Donner. Hier machte das stetige Nieseln das Leben einfach nur noch schlimmer, als es ohnehin schon war. Die Sprache schmerzte in seinen Ohren. Früher hatte er immer geglaubt, Englisch wäre Englisch. Aber in London gab es unzählige Dialektformen, die sich so sehr voneinander unterschieden, als wären es verschiedene Sprachen.

Er war fast fünf Monate in London, als er einen Brief erhielt, in dem sein Vater ihm Tessas Adresse und Telefonnummer in London mitteilte. Die Tatsache, dass er sie als Kind nie gemocht hatte, die schockierenden Einzelheiten über die katastrophale Beziehung von Tessa und Jackson, sein Wissen um das, was sie hier machte, das alles störte ihn nicht. Dyson war überglücklich, dass er endlich die Gelegenheit hatte, eine Person zu treffen, die nicht nur sein Land kannte, sondern auch noch seine Sprache sprach. Er rief Tessa an und vereinbarte mit ihr, sich auf einen Kaffee zu treffen.

Tessa hatte sich riesig gefreut, von Dyson zu hören. Auch sie vermisste Afrika, obwohl sie in London glücklich war und ihre Mutter vor den Toren Hertfords lebte und sie sich oft sahen. Selbst Sally, die sich endgültig auf der anderen Seite des Kanals in Frankreich niedergelassen hatte und für einen Modedesigner arbeitete, war erreichbar. Auch Gregor, der ein Internat besuchte, sah sie regelmäßig. Was ihr fehlte, waren die offene Landschaft, die Farben, die Gerüche und die Wärme ihres Landes. Und Dyson repräsentierte ihre Heimat. Er symbolisierte die kulturelle Mannigfaltigkeit, die für Afrika so einzigartig war. Auch wenn Tessas Kindheit nicht besonders glücklich gewesen war, bedeutete die Gelegenheit, etwas Zeit mit jemandem zu verbringen, der sie mit ihr geteilt hatte, eine Reise voller Erinnerungen, der sie gespannt entgegensah.

Tessa war ein neuer Mensch geworden. Zum ersten Mal in ihrem Leben fühlte sie sich nicht völlig anders als die Menschen um sie herum. Die Veränderungen hatten sich nicht über Nacht eingestellt, aber nach fünf Monaten konnte sie jeder merken. Selbst Tessa konnte spüren, dass sie sich verändert hatte. Zunächst hatte sie Schwierigkeiten damit gehabt, dass Männer sie für ihre Gesellschaft bezahlten, vor allem nach den Erlebnissen in dem Bordell in Gaberones. Doch bald begriff sie, dass die Männer tatsächlich nur für ihre Gesellschaft zahlten, nicht für Sex. Das war ein bedeutender Unterschied. Im Gespräch mit den anderen Mädchen wurde Tessa bald klar, dass viele Klienten zwar hoffen mochten, dass der Abend im Bett endete, es aber letztlich an ihnen lag, ob es dazu kam oder nicht. Und damit unterschieden sie sich nicht von allen anderen Mädchen hier in London, die sich auf ein Rendezvous einließen.

Keines der Mädchen wusste, dass Judith in ständigem Kontakt zu Dr. Greenberg und der Klinik stand. Diese Tatsache wurde aus zwei Gründen geheim gehalten. Erstens hatten Judiths Mädchen alle eine schwierige Vergangenheit hinter sich und neigten zur Selbstzerstörung. Es gab in ihrem Etablissement nicht eine, die eine Selbsthilfetherapie nicht strikt abgelehnt hatte. Der andere Grund war der, dass Judiths Experiment so radikal war, dass die Klinik nicht öffentlich damit in Verbindung gebracht werden wollte. Doch Judith erzielte mit ihrer Arbeit bemerkenswerte Ergebnisse, die insgesamt sehr ermutigend waren.

Das Wichtigste für Dr. Greenberg war die Tatsache, dass die Therapie zu funktionieren schien. Die Mädchen wurden geheilt und konnten schließlich ein ganz normales Leben führen. Das genügte ihm bereits. Ein weiterer zusätzlicher Effekt war das Material, das er sammeln konnte und das vielleicht eines Tages dazu beitragen würde, konventionelle Therapiemethoden weiterzuentwickeln. Für Judith war das Wichtigste, dass die Mädchen in Sicherheit waren. Es gab durchaus einige gescheiterte Fälle, doch die erfolgreiche Rehabilitierung überwog bei weitem. Die Mädchen waren glücklich und in Gesellschaft anderer, die sie mochten und schätzten. Und das wiederum führte dazu, dass sie sich selbst zu mögen und zu schätzen begannen. Eine einfache Philosophie, zu einfach für die, die komplizierte Therapieverfahren entwickelten; zu radikal für die Weltverbesserer; zu gut um wahr zu sein für die Mädchen selbst.

An dem Tag, an dem sie Dyson treffen sollte, legte Tessa besonders großen Wert auf ihr Aussehen. Sie schämte sich für ihre letzte Begegnung und wollte unbedingt, dass er sie nun in einem anderen Licht sah. Es war ihr wichtig, Michaels Freund zu beeindrucken, auch wenn sie selbst nicht genau wusste warum. Vermutlich lag es daran, dass sie Michael gefallen wollte.

Sie kam zehn Minuten zu früh in das Café, aber er war schon da und saß in einer Nische am Fenster. Als er sie sah, sprang er auf. »Tessa, du siehst toll aus.« Es stimmte. Sie war ganz in Schwarz gekleidet: schwarze Hose, schwarzer Rolli, schwarze Jacke, schwarze Stiefel.

Sie freute sich über das Kompliment, zog lächelnd die Jacke aus und setzte sich auf den Stuhl gegenüber. »Du auch. Es ist so schön, dich zu sehen.«

Ein Kellner kam, und sie bestellten sich Kaffee und ein Sandwich. Draußen klatschte der Regen auf das Pflaster, und die Welt war kalt und grau. Drinnen duftete es nach frisch aufgebrühtem Kaffee und noch warmem Brot und Kuchen, und es herrschte eine heimelige Atmosphäre. Sie fühlten sich beide sehr entspannt.

Ihre Unterhaltung wechselte problemlos zwischen Englisch und Zulu hin und her. Sie waren so vertieft, dass sich der Kellner dreimal laut räuspern musste, ehe sie bemerkten, dass er ihren Kaffee und die Sandwiches brachte.

Sobald sie wieder allein waren, schnitt Tessa das Thema an, das ihr besonders auf dem Herzen lag. »Weißt du, ich habe mich nie dafür bedankt, dass du mich damals in Gaberones gerettet hast.«

»Vergiss es. Du bist meine Schwester. Ich hätte gar nichts anderes tun können.«

»Ich werde es nie vergessen, Dyson. Du hast mich aus der Hölle geholt.«

»Michael war auch daran beteiligt.«

Ihr Blick wich ihm nicht aus. »Ihr beide wart es. Bis dahin hatte ich nicht geglaubt, dass ...« Sie biss sich auf die Lippe.

»Dass du es wert bist, gerettet zu werden?«

»So etwas Ähnliches. Ich weiß, dass ich damals nicht besonders nett war, aber ich konnte einfach nicht anders sein.«

»Und jetzt?«

»Eh ... es gibt da etwas, das du wissen solltest.«

»Ich weiß es bereits.«

Tessa lächelte gequält. »Dann hast du die Geschichte mit dem Kloster also nicht geglaubt?«

Dyson lachte. »Vergiss nicht, ich kenne dich ein Leben lang.«

»Ja.« Ihr Augen blitzten plötzlich. »Du hast gar keine Ahnung, wie schön das ist.«

»Außerdem hat mein Vater es mir gesagt.«

Tessa kicherte.

Dyson lächelte. »Du siehst jetzt aus wie Sally.«

Er konnte nicht ahnen, dass dies das schönste Kompliment war, das man ihr je gemacht hatte.

Seither waren drei Jahre vergangen. Nach jenem ersten Treffen sahen Tessa und Dyson sich regelmäßig, mindestens einmal im Monat. Tessa nahm ihn mit nach Hertford zu Claire und Peter. Die beiden wurden fast wie Ersatzeltern für ihn; und Dysons Einsamkeit und Heimweh verschwanden vorübergehend, wenn er in ihrer Gesellschaft war.

Tessa öffnete Dyson die Augen für die Schönheiten Londons und seiner Umgebung. Sie bestand darauf, dass sie Museen und Kunstgalerien besuchten, schlug Tagesausflüge aufs Land vor, feilschte auf den Märkten, lauschte den verrückten Rednern im Hyde Park, stand stundenlang an, um einen Blick auf die Queen zu erhaschen, und besorgte Karten für Rockkonzerte. Sie kümmerte sich um Dysons Apartment und machte die kahlen Zimmer in kurzer Zeit gemütlich – mit Teppichen, Bildern, Topfpflanzen, weichem Licht und allem möglichen Schnickschnack, den sie von ihren Ausflügen mitbrachte.

Ihre Freundschaft wurde sehr eng. Dyson mochte Tessa

sehr und kam zu dem Schluss, dass zu einer guten Beziehung zwischen Männern und Frauen nicht unbedingt Sex nötig war. Und Tessa merkte allmählich, dass ein platonischer Freund mindestens so gut, wenn nicht besser war als einer, mit dem sie ins Bett gehen konnte. Bei Dyson konnte sie völlig entspannt sein. Und das war etwas, wozu sie als Kind nie eine Chance gehabt hatte.

Dyson betrachtete sich im Spiegel und versuchte zum dritten Mal, seine Krawatte ordentlich zu knoten. Er hasste es, sich so herzurichten, aber es war seine eigene Schuld. Es war seine Idee gewesen, ins Theater und anschließend zum Essen zu gehen.

Im Grunde freute er sich auf den Abend. Es machte Spaß, mit Tessa zusammen zu sein. Sie konnte sich über alles Mögliche freuen, im Gegensatz zu den anderen Mädchen, mit denen er manchmal ausging und die es für ihre moralische Pflicht zu halten schienen, sich möglichst unbeeindruckt zu zeigen.

Dyson hatte inzwischen akzeptiert, dass London nun sein Lebensmittelpunkt war und dass die Chancen, je wieder nach Hause zurückzukehren, sehr gering waren. Es war kein schlechtes Leben. Seine Wohnung war dank Tessas Hilfe ausgesprochen gemütlich geworden, und das gefiel ihm. Er hatte viel zu tun und war bereits mehrfach befördert worden. Sein Freundeskreis war klein, aber vielfältig und interessant.

Nur zwei Dinge fehlten ihm. Seine Heimat, Zululand – die flirrende Hitze, die schäumenden Flüsse, die tiefen Täler, der Ozean, der weite blaue Himmel. Er würde sie nie vergessen können. Zululand gehört zu ihm wie die Farbe seiner Haut. Es würde ihm nie genommen werden, und die Erinnerung daran würde niemals verblassen. Häufig schaute Dyson aus dem Fenster seiner Wohnung in Soho auf das Meer aus Regenschirmen und die vorbeihastenden Menschenmassen hinab und sehnte sich nach der weiten, offenen Landschaft Südafrikas. Wenn er an seinem Gaskamin saß, dachte er an die Kochstellen und den herrlichen Duft von geröstetem Mais. Und Dyson klammerte sich an diesen kostbaren Besitz der Erinnerungen. All die anderen, die vielen grauen Gesichter Londons, hatten nie den Geruch von Regen auf heißem rotem Staub erlebt, kannten nicht die samtene Schwärze einer Nacht in Zululand, hatten nie die hohen Schreie der Adler gehört, die vor einem perfekten blauen Himmel segelten. Auch wenn er Zululand vermisste, er hielt es wenigstens in seinem Herzen und seiner Erinnerung.

In letzter Zeit vermisste Dyson auch noch etwas anderes in seinem Leben – eine Frau, mit der er dieses Leben teilen konnte. Wenn er zu Hause geblieben wäre, hätte er sicher schon vor Jahren die weiße Flagge gehisst. Die Frauen, die er in London kennen gelernt hatte, waren provokant, starrten ihm lange in die Augen, bestanden darauf, neben ihm statt hinter ihm zu gehen, tranken Bier und rülpsten anschließend, sprachen, ehe sie angesprochen wurden. Tessa war sich wenigstens der Zulu-Etikette bewusst und bemühte sich, die wichtigsten Regeln einzuhalten, wenn sie auch manches ablehnte und sich darauf berief, in einem weißen Land zu sein, wo man sich wie die Weißen verhielt. Doch wenn sie in seine Wohnung kam, achtete sie immer darauf, auf dem für Frauen bestimmten Platz zu sitzen, nämlich dem links von der Tür. Sie begrüßte ihn immer anständig: »*Sawubona*, ich sehe dich.« Wenn sie ihm etwas reichte, tat sie das ausschließlich mit der rechten Hand und hielt dabei ihre linke unter den rechten Unterarm.

Sie machte diese kleinen Gesten unbewusst. Sie war das Naheste zu einem Zulu, das er gefunden hatte, und das Zusammensein mit ihr machte ihm klar, dass er sein Leben nur mit einer Frau teilen konnte, die seine Lebensweise verstand. Da er und Tessa so enge Freunde waren, hatte er das ihr gegenüber einmal geäußert. »Oje«, hatte sie lachend geantwortet. »Ich glaube, du kommst in die Brunstzeit.«

»Möglich«, hatte er zugegeben.

»Sorg ja dafür, dass ich sie auch mag.«

»Du musst ja nicht mit ihr zusammenleben.«

»Nein«, hatte sie ernsthaft erklärt, »aber ich muss dich mit ihr teilen.«

Diese Bemerkung hatte ihn sehr berührt und lange beschäftigt, zumal sie noch hinzugefügt hatte: »Du hast großes Glück, dass du dir so etwas wünschen kannst. Ich konnte das nie.« Sie hatte dabei so traurig ausgesehen, dass er sie am liebsten in die Arme genommen und getröstet hätte. Aber er hatte sie noch nie so berührt und war sich nicht sicher, wie sie darauf reagieren würde. Dyson wusste ganz genau, dass Tessa trotz ihrer Geschichte mit Jackson und des unkonventionellen Lebens, das sie führte, großen Wert darauf legte, wenigstens mit einem Mann befreundet zu sein, bei dem sie entspannen konnte und der sie nicht an die Probleme ihrer früheren Lebensjahre erinnerte. Wenn er sie in die Arme nähme, ganz gleich mit welcher Absicht, würde sie das vielleicht völlig durcheinander bringen. Und das würde er ihr nicht antun, um nichts in der Welt.

Das letzte Mal, als sie sich getroffen hatten, war sie zum Abendessen in seine Wohnung gekommen. Nach dem Essen hatten sie an dem kleinen Tisch gesessen und Karten gespielt.

Irgendwann hatte Tessa ihn angeschaut und gelächelt. »Weißt du, Dyson, du bist wie ein Paar alte Pantoffeln.«

»Danke«, hatte er trocken geantwortet.

»Du weißt, wie ich das meine. Nichts zwickt, wenn ich mit dir zusammen bin.«

Aus irgendeinem Grund hatte ihn diese Bemerkung verletzt. Aber es hatte ihn nicht davon abgehalten, sie ins Theater einzuladen, und hier stand er nun und versuchte, seine verdammte Krawatte zu knoten, die nicht so wollte, wie er wollte.

Sie hatten vereinbart, sich im Theater zu treffen. Dyson kam als Erster, wie üblich, und suchte die Menge nach ihr ab. Sie kam wenige Minuten später die Stufen hinauf und betrat das Foyer. Er beobachtete sie. Sie war groß und elegant, das dunkle Haar rahmte ihr Gesicht ein und fiel weich auf ihre Schultern. Das schwarze Etuikleid, das sie trug, war schlicht und elegant. Ärmellos und hochgeschlossen, umspielte es Brüste und Hüften und wirkte gleichzeitig züchtig und sexy. Sie trug ganz wenig Make-up, nur ein Hauch Rot auf den Lippen. Er wusste, dass er gleich dieses Parfüm riechen würde, das er so liebte. Sie drehte sich langsam um, suchte nach ihm. In diesem Augenblick passierte etwas mit Dysons Herz. Es begann heftig zu pochen. Er konnte kaum noch atmen. Seine Beine wurden weich. Sie sah ihn, lächelte und bahnte sich durch die Menge einen Weg zu ihm. Dyson konnte gar nicht glauben, was da mit ihm geschah. Das Letzte, was er erwartet oder gewollt hätte, war, sich in Tessa King zu verlieben.

»Hi. Du siehst verdammt gut aus.« Sie hakte sich bei ihm unter.

»Und du bist wunderschön.« Seine Stimme war Gott sei Dank unter Kontrolle. »Ich habe uns Schokolade gekauft. Sollen wir hineingehen?«

Das Stück dauerte unendlich lange. Dyson bekam kaum etwas davon mit. Seine Gedanken kreisten unablässig um Tessa, die neben ihm saß. Seine Gefühle verwirrten ihn. *Wie kann ich sie lieben? Sie ist doch meine Schwester. Sie ist eine Freundin. Sie ist eine weiße Südafrikanerin. Es darf nicht sein. Es wäre Wahnsinn.* Seine Gedanken kreisten unentwegt. Aber so sehr er sich nach dem Wie und dem Warum fragte, er erhielt keine Antworten. Nur eines war ihm klar: Er liebte Tessa.

Als sie nach dem Theater auf ihr Essen warteten, plauderte Tessa unbefangen wie immer. Sie merkte nicht, dass Dyson ungewöhnlich schweigsam war. Als er sie später zum Taxi brachte und sie sich zu ihm beugte und ihm einen Gutenachtkuss auf die Wange gab, fiel es ihm schwer, sie nicht an sich zu reißen. »Ich rufe dich an«, sagte er mit mühsam beherrschter Stimme.

»Ich werde zwei Wochen unterwegs sein.«

»Gut.« Er fragte nicht, wo sie hinfuhr und warum. Es würde mit ihrem Job zu tun haben. In der Vergangenheit hatte es nur seine Missbilligung gefunden. Jetzt brach es ihm fast das Herz.

Auf dem Nachhauseweg schimpfte Dyson mit sich selbst. Tessa war kein Mädchen, in das man sich verliebte. Sie hatten häufig über Beziehungen gesprochen, und sie hatte mehr als einmal klar gesagt, dass sie an ihrer Fähigkeit zweifelte, nur einem einzigen Mann treu zu sein. Auch Dyson bezweifelte das. Und Kinder? Für einen Zulu waren Kinder die Altersversicherung. Solange man Kinder hatte, hatte man Gesellschaft, ein Dach über dem Kopf, etwas zu essen im Magen und Geld im Portemonnaie. Tessa konnte keine Kinder bekommen.

Schließlich war da noch Michael. Dyson und Michael verband seit über zwanzig Jahren eine enge Freundschaft. Eine Freundschaft, die sogar einem System getrotzt hatte, das alles darangesetzt hatte, sie zu zerstören. Aber wie weit ging sie tatsächlich? War Michael, oder Dyson, resistent gegen die Gehirnwäsche, die in Schulen, Kirchen und den Medien stattfand? Und selbst wenn Rassenunterschiede keine Rolle spielten, kulturelle Unterschiede taten es durchaus.

Ganz gleich von welcher Warte aus er es betrachtete, alles sprach gegen eine erfolgreiche und lebenslange Liaison zwischen ihm und Tessa.

»Sie darf es niemals erfahren«, sagte er laut zu sich selbst. »Ich darf es ihr nie zeigen.«

TEIL VIER

ab 1969

Kapitel vierzehn

Die Sonne ging unter, ein riesiger roter Ball versank hinter den Bäumen und verwandelte sie in riesige Silhouetten, verwurzelt vor dem pastellgrauen Hintergrund eines wolkenlosen Abendhimmels. Es war so atemberaubend schön, dass Michael sich wünschte, er könnte den Augenblick festhalten, damit er ewig andauern würde. Er hatte eine Kamera bei sich, aber ein zweidimensionales Foto würde weder das Geschrei der Vögel wiedergeben noch den Geruch von mit Laub gemischtem Tierdung. Es würde auch das leichte Prickeln auf seiner Haut nicht zeigen. Eine Fotografie konnte vielleicht eine Erinnerung wachrufen, aber sie konnte niemals das gesamte Gefühl festhalten. Ein derart besonderer Augenblick wie dieser musste voll und ganz erlebt werden oder gar nicht. Michael ließ seine Kamera, wo sie war.

Er hockte bequem auf den unteren Ästen eines Mopane-Baums, von wo aus er eigentlich ein großes männliches Spitzmaulnashorn beobachtete, das sich durch das hohe trockene Gras einen Weg zur Wasserstelle suchte.

Die untergehende Sonne tauchte alles in Rot- und Violetttöne, und Michaels Aufmerksamkeit war abgelenkt worden von den tiefblauen Schatten, die jeden Grashalm berührten und ins Pinkfarbene tauchten, während sie in der sanften Brise wogten, die in diesen Minuten des Tages immer aufkam.

Michael bekam nie genug vom afrikanischen Busch. Für ihn würde er nie an Anziehungskraft verlieren; ein Hauch von Gefahr verband sich immer mit der Stille und Tiefe der Naturschönheiten. Michael riss sich zusammen, konzentrierte sich wieder auf seine Aufgabe, hob das Fernglas an die Augen und suchte die Stelle ab, wo er das Nashorn zuletzt gesehen hatte. Das Tier war verschwunden. Es spielte keine Rolle. Er wusste, wo es hinging, was es dort tun würde, wie lange es bleiben würde und wo er es am nächsten Morgen wieder finden würde. Trotz der uneingeschränkten Weite ihres natürlichen Lebensraums waren einzelne Tiere an ein festes von ihnen sorgfältig markiertes Revier gebunden. Michael ließ das Fernglas sinken und steckte sein Notizbuch ein. Es wurde Zeit, ins Lager zurückzukehren. Es wurde rasch dunkel, und er hatte noch eine Fahrt von einhundert Kilometern vor sich. Er warf einen letzten Blick auf die Stelle, wo das Nashorn verschwunden war, und dachte traurig daran, dass sich das Forschungsprojekt allmählich dem Ende zu neigte und dass dieses Leben von ihm und Jennifer, das sie beide so sehr lieben gelernt hatten, damit ebenfalls beendet sein würde.

In den letzten fünf Jahren hatte das gesamte Team großes Verständnis und eine tiefe Zuneigung zu diesem zweifellos bösartigsten, unangenehmsten und unberechenbarsten Wesen, das Gott auf diese Erde gesetzt hatte, entwickelt: das fast prähistorisch anmutende afrikanische Spitzmaulnashorn. Ihr Forschungsgebiet war gigantisch, es erstreckte sich vom Chobe-Fluss in östliche Richtung, durch das nördliche Botswana bis zum Caprivi-Strip – einem Landstrich, der zum südafrikanisch verwalteten Territorium Südwestafrikas gehörte.

Zu Beginn ihrer Forschungsarbeiten hatten sie ihr Basislager auf der Südseite des Linyanti-Flusses aufgeschlagen, in dem Gebiet, das als britisches Protektorat Betschuanaland bekannt war. Nach der Unabhängigkeit hatte die neue Regierung Botswanas seine Unterstützung fortgesetzt, den Chobe-Nationalpark gegründet und dem Team angeboten, den Park für seine Forschungen zu nutzen. Für eine Weile war er zu ihrem Stützpunkt geworden, aber Spitzmaulnashörner waren hier nicht ursprünglich beheimatet gewesen, und die wenigen, die man angesiedelt hatte, wollten sich einfach nicht fortpflanzen. Also war das Team irgendwann weitergezogen in eine Gegend, die die Tiere mehr zu bevorzugen schienen, den Caprivi-Strip. Von dort erstreckte sich ihr Forschungsgebiet bis zum Sambesi-Fluss, wo sich Botswana, Sambia und Rhodesien sein Ufer als gemeinsame Grenze teilten. Sie hatten unbeschränkten Zugang zum gesamten Okavango-Delta, mit seinen sich windenden Wasserläufen und dem komplexen Netz aus Kanälen, Seen, Schwemmland und grasbewachsenen Inseln.

Spitzmaulnashörner zu lokalisieren war anfangs eine schrecklich zeitraubende Angelegenheit gewesen. Ihr Bestand war alarmierend gering. Sobald man jedoch eines aufgespürt hatte, war es aufgrund seines Territorialverhaltens sehr gut zu beobachten. Nashörner waren Gewohnheitstiere, die einen fast monotonen Tagesablauf hatten. Deshalb kannte das Forscherteam bald jedes Tier so gut, dass sie sehr genau vorhersagen konnten, zu welcher Tageszeit ein bestimmtes Tier an welcher Stelle anzutreffen war. Das von Michael beobachtete Nashorn lebte in einem Gebiet, das sich den Linyanti-Fluss entlang erstreckte, der den Caprivi-Strip in eine östliche und eine westliche Hälfte teilte. Das Tier hielt sich gewöhnlich auf der Ostseite auf und machte sich dort über die üppige Vegetation her, aber manchmal, so wie jetzt, wanderte es auch in das jungfräuliche Buschland südlich von Angola.

Michaels Arbeit und die seiner Teamkollegen hatte zunächst darin bestanden, so viele Spitzmaulnashörner wie möglich zu lokalisieren, zu betäuben und zu identifizieren. Das Einschießen des Narkosepfeils und das Anbringen der Ohrmarke hatte den größten Teil des ersten Jahres in Anspruch genommen. Es war eine schweißtreibende, gefährliche und manchmal auch herzzerreißende Arbeit. Nicht alle Tiere reagierten problemlos auf die Medikamentenmischung, und sie hatten einige verloren, die das Bewusstsein nicht wiedererlangt hatten und ganz still gestorben waren. Die niedrigste Dosis, die sie zu verwenden wagten, waren zwanzig Milliliter, aber auch das war eine große Menge Flüssigkeit, die die Fluggeschwindigkeit des Pfeils reduzierte und die Flugbahn unberechenbar machte.

Es dauerte in der Regel zwanzig Minuten, ehe ein betäubtes Nashorn zusammenbrach, und während dieser Zeit stürmte es in blinder Panik bis zu acht Kilometer weit durch den Busch. Es stellte sich bald heraus, dass der Stress, der dadurch bei dem Tier ausgelöst wurde, eine der Haupttodesursachen war.

Michael hatte bereits darüber nachgedacht, das Betäuben der Tiere ganz einzustellen, als ein neues Medikament auf den Markt kam. Es gehörte zur Familie der Morphine und war für Menschen absolut tödlich. Aber bei einem Nashorn waren nur noch drei Milliliter Serum nötig, die Zeit bis zum Eintreten der Wirkung betrug nur die Hälfte und der Stress wurde auf ein Minimum reduziert.

Sobald das Tier am Boden lag, wurde ihm, noch ehe es vermessen und gekennzeichnet wurde, ein Gegenmittel ins Ohr injiziert. Das benommene Nashorn wurde anschließend spazieren geführt, bis es sich wieder erholte. Dabei den richtigen Zeitpunkt abzupassen, um zu verschwinden, wurde zu einer Kunst an sich.

Wilderei war eine der Hauptursachen, die für die alarmierende Verringerung des Bestands verantwortlich war, aber sie war nicht der einzige Grund. Die Tiere vermehrten sich sehr langsam und waren nicht in der Lage, sich an veränderte Klimabedingungen anzupassen. Selbst in Zeiten extremer Trockenheit verließ ein Nashorn sein Revier so gut wie nie, und anstatt sich wie andere Tiere einen geeigneteren Lebensraum zu suchen, gab es einfach auf, verhungerte oder verdurstete. Mangelnde Sehkraft führte dazu, dass viele sich in Gefahr brachten, von Uferböschungen stürzten, sich zwischen Felsen ein Bein brachen oder sich in den Löchern von Ameisenbären verfingen. Hinzu kam, dass die Aggressivität des Nashorns häufig zu Konfrontationen mit Artgenossen oder gar Elefanten und infolgedessen zu Verletzungen führte. Das Schicksal meinte es nicht gut mit ihm. Erschwert wurde das Ganze noch zusätzlich durch die Tatsache, dass das Nashorn einfach nicht kooperieren wollte. Versuche, das Tier in Gefangenschaft zu vermehren, waren praktisch gescheitert.

Indem man dem Spitzmaulnashorn einen vertrauten Lebensraum zur Verfügung stellte, versuchte man, seinem Aussterben entgegenzuwirken. Alles, was man lernen konnte, war von Nutzen. Irgendwer hatte sogar vorgeschlagen, das Problem der Wilderei zu entschärfen, indem man den Tieren die Hörner entfernte, aber für diese Studie musste alles so belassen werden, wie die Natur es vorgesehen hatte.

Das Forschungsteam war eine auf den ersten Blick derartig bunt zusammengewürfelte Gruppe, wie man sie sich nur vorstellen konnte. Sie wurde von Dr. Emil Daguin von der Universität Gascogne in Bordeaux, Frankreich, geleitet. Emils Leidenschaft galt dem Rotwein, Afrika im Allgemeinen und dem Spitzmaulnashorn im Besonderen. Er sprach seine Muttersprache mit einem starken regionalen Einschlag und war erstaunt, dass die anderen, deren Französischkenntnisse sehr unterschiedlich waren – von Michaels Schulerinnerungen bis zu Jennifers perfektem Französisch –, ihn nicht verstanden. Dennoch bevorzugten alle sein Französisch vor seinem radebrechenden Englisch. Er war ein Genie, dick und rund, mit schwarzen buschigen Augenbrauen und einem Lächeln, das von Ohr zu Ohr reichte und rechteckige, krumme, aber sehr, sehr weiße Zähne entblößte. Emil lachte nicht, er kicherte, und zwar so ansteckend, dass man nicht anders konnte als in sein Kichern einzustimmen, auch wenn man oftmals den Grund dafür nicht verstand.

Emil war schon häufiger vor wild gewordenen Nashörnern auf Bäume geflüchtet als alle anderen im Team zusammen. Das lag hauptsächlich daran, dass das Objekt seines Interesses Emils Begeisterung und Freude über seinen Anblick meist ignorierte, jegliche Störung übel nahm und in der Regel ohne Vorwarnung zum Angriff überging. Emil ließ dieses unfreundliche Verhalten kalt und stürmte weiter durch den tiefsten Busch. Offenbar war er davon überzeugt, dass seine Liebe zu dem gewaltigen Tier ihn vor jedem Übel schützen würde.

Das Team hatte es Emil und seiner Leidenschaft für gutes Essen und Trinken zu verdanken, dass die Verpflegung im Camp ausgezeichnet war und einmal in der Woche frische Nahrungsmittel aus Südafrika eingeflogen wurden. Bier war im Lager geächtet, weil Emil sich um den Verbleib des Leerguts sorgte. Glücklicherweise erstreckte sich diese Sorge nicht auf leere Weinflaschen, deshalb floss das Produkt aus Bordeaux beim Essen reichlich. Michael und seine Kollegen vermuteten, dass dieser Luxus über einen Projektzuschuss finanziert wurde, denn immer, wenn einer von ihnen sich vorsichtig danach erkundigte, strahlte Emil nur und sagte: »C'est possible. Pas de problème.« Erst Monate später kamen sie dahinter, dass Emil einen großen Teil der Kosten selbst übernommen hatte. Darauf angesprochen, gab er widerstrebend zu, dass der Familie seiner Frau ein ansehnliches Stück von Bordeaux gehört hatte und er nach ihrem Tod ein sehr wohlhabender Mann geworden war.

Im Grunde war Emil Daguin zu alt für die physischen Anforderungen der Arbeit im Gelände. Sein Job, der darin bestand, die gesammelten Beobachtungen und Aufzeichnungen zu sichten, zu interpretieren und sie in eine sinnvolle Reihenfolge zu bringen, um anschließend einen zusammenhängenden Bericht zu formulieren, hielt ihn an den meisten Tagen im Lager, zur großen Erleichterung aller, die je seinen Leichtsinn draußen im Gelände miterlebt hatten.

Jennifer war für das Labor zuständig. In einem Versorgungszelt der Armee waren Labor-Arbeitsplätze eingerichtet, mit Regalen voller Chemikalien, Paraffin-Kühlschränken und der kompletten wissenschaftlichen Ausrüstung, die sie benötigte. Große Moskitonetze erlaubten ein wenig Frischluftzufuhr, aber Jennifer bereitete es bei der großen Hitze dennoch Probleme, die Kühlung auf einer konstanten Temperatur zu halten. Aus diesem Grund war das Zelt so platziert worden, dass es zu allen Tageszeiten im Schatten einer großen Wildfeige lag.

Jennifer liebte ihre Arbeit und war oftmals so vertieft, dass man sie mit Gewalt zum Essen aus dem Labor holen musste. Nicht zwei Tage waren gleich. Zweige und Blätter wurden untersucht, klassifiziert und entweder ausgesondert oder als geeignetes Futter für Spitzmaulnashörner gekennzeichnet. Wasserproben wurden untersucht, weil man wissen wollte, ob die von den Tieren bevorzugten Tränken besondere Eigenschaften aufwiesen. Exkremente boten Unmengen an Informationen über die Art der Nahrung sowie innere Parasiten. Ein tot geborenes Nashornbaby, das unter größtem Risiko von seiner wütenden und extrem verwirrten Mutter sowie bereits gierig streunenden Hyänen entfernt wurde, ließ wertvolle Schlussfolgerungen auf die biologische Ausstattung des Tieres zu. Überall im Labor schwammen Teile des unglückseligen Wesens in mit Formalin gefüllten Gläsern. Am unangenehmsten empfanden die meisten das Auge. Es schien einen auf Schritt und Tritt zu verfolgen, als wäre immer noch Leben in ihm, und schien ständig zu fragen, wann es endlich aus diesem Glas in den Busch zurückkäme. Jennifer meinte, sie würden sich alle nur anstellen, und es sei ein sehr hübsches Auge. An dem Tag, als es plötzlich verschwunden war, gab es niemandem im Team, der es nicht vermisste, zumal Jennifer völlig emotionslos erklärte, sie habe das Auge seziert.

Michael war verantwortlicher Leiter der Feldforschung. Er hatte große Zweifel geäußert, als Emil ihm mitgeteilt hatte, dass ihm damit sogar die hoch qualifizierten Wissenschaftler unterstellt sein würden. »Unsinn«, hatte Emil darauf nur verächtlich geantwortet. »Akademiker sind meist völlig unbeholfen und wenig praxisorientiert. Um diesen Haufen zusammenzuhalten, brauche ich jemanden, der mit ihren empfindlichen Seelen umzugehen weiß und den Überblick behält. Und dafür, mein Freund, sind Sie der ideale Mann. Also, sind Sie dabei oder nicht?«

Es stellte sich heraus, dass Michaels Sorgen unnötig gewesen waren. Das Team bestand keineswegs nur aus arroganten Akademikern. Mit einer Ausnahme hatte Emil ein sicheres Gespür für eine homogene, gut zusammenpassende Gruppe bewiesen.

Jennifer und Michael bewohnten die einzige halbwegs anständige Unterkunft im Camp – einen vorgefertigten, transportablen rechteckigen Raum, mit dem sie ihr großes Schlafzelt verbunden hatten. Es war das Überraschungsgeschenk der anderen gewesen, als Jennifer und Michael zwei Jahre nach Beginn des Projektes stolze Eltern eines Sohnes – Jeremy – geworden waren.

»Ein Kinderzimmer«, hatte Emil dazu gesagt. »Etwas, wo der Kleine sicher ist.«

Anfangs war es perfekt, wurde dann aber ziemlich eng, als achtzehn Monate später ihr zweiter Sohn – Andrew – dazukam.

Jennifer hatte überhaupt keine Probleme damit, ihre Arbeit mit dem Muttersein zu verbinden. Sie hatte ein junges Kindermädchen eingestellt, aber auch die anderen Mitglieder des Teams erfanden jede nur erdenkliche Ausrede, um ein wenig Zeit mit den Kindern verbringen zu können. Ihre Anwesenheit in diesem Camp voller arbeitsbesessener und ehrgeiziger Erwachsener schuf eine familiäre Atmosphäre, die alle sehr zu schätzen wussten.

Vier weitere Personen waren in die Außenarbeit eingebunden. Terry Silk, der gerade sein Studium in Naturschutz-Management an der Universität von Natal beendet hatte, war ein begeisterungsfähiger, wenngleich leicht abzulenkender Zweiundzwanzigjähriger aus Zululand, den Michael flüchtig kannte, weil er der jüngere Bruder eines Schulfreundes war. Er neigte ständig dazu, vom eigentlichen Thema abzuschweifen, und kam häufig mit völlig wertlosem Material über alles Mögliche, vom Elefanten bis zum Mistkäfer, zurück.

Jedes Mal, wenn Michael versuchte, ihn wieder an seine tatsächlich Aufgabe zurückzuführen, sagte er: »Aber es könnte doch wichtig sein, Mann.« Der Satz wurde zum geflügelten Wort innerhalb des Teams und ungefähr ein Jahr lang bis zum Erbrechen zitiert, bis selbst Terry ihn nicht mehr hören konnte.

André van der Merwe, ein Afrikaner, der ein Diplom in Zoologischer Genetik an der Stellenbosch-Universität erworben hatte, war ein ruhiger Fünfundzwanzigjähriger, der sich ohne großes Interesse am Schicksal des Spitzmaulnashorns um den Job beworben hatte, weil er ein paar Jahre praktische Erfahrung sammeln wollte. Im Laufe der Zeit begeisterte er sich jedoch völlig für das Projekt, auch wenn bei einigen seiner fotografischen Dokumentationen die Komposition mehr im Vordergrund stand als das Motiv selbst. Mit André gab es nur ein Problem: Gleich in der ersten Woche im Camp hatte er feststellen müssen, dass er schreckliche Angst vor Schlangen hatte. Unglücklicherweise führte seine Abneigung gegen Vertreter dieser Spezies dazu, dass er ihnen besonders häufig begegnete.

Ausgerechnet sein Bett hatte sich eine Schwarze Mamba ausgesucht, um dort die Nacht zu verbringen. Eng zusammengerollt döste sie zufrieden vor sich hin, als sie durch seinen Entsetzensschrei aus dem Träumen gerissen wurde. Und von allen Bäumen, die André sich hätte aussuchen können, um ein im Schlamm suhlendes Nashorn besser zu beobachten, musste er ausgerechnet den besteigen, den sich eine Boomslang zum Quartier ausersehen hatte. Zu Andrés Glück fand die Schlange, dass der Baum für sie beide zu eng wäre, und machte sich auf die Suche nach einer ruhigeren Umgebung. Es war vor allem deshalb ein ganz besonderer Glücksfall, weil das Gegengift in diesem speziellen Fall so selten war und, um nicht an Wirksamkeit zu verlieren, unter solch strengen Laborbedingungen aufbewahrt werden musste, dass es nur auf schriftlichen Antrag aus Pretoria herbeordert werden konnte! Wenn eine Puffotter irgendwo lag und sich sonnte, war es mit Sicherheit André, der beinahe auf die drauftrat. Es war also für niemanden sonderlich überraschend, dass er innerhalb kürzester Zeit eine solche Phobie gegen Schlangen entwickelt hatte, dass er doppelt so lang wie alle anderen benötigte, um von hier nach dort zu gehen oder irgendetwas zu tun. Die anderen machten sich über Andrés Ängste lustig, aber Michael musste zugeben, dass André von Zusammenstößen mit diesen teilweise hochgefährlichen Erdbewohnern in besonderem Maße geplagt wurde.

Bruce Jenkins war Australier. Der Tierchirurg aus Perth war nach Afrika gekommen, nachdem seine siebenjährige Ehe geschieden worden war. Er hatte durchaus wörtlich in der Bar des Riley's Hotel in Maun herumgehangen, als das Team auf dem Weg zum Linyanti-Fluss die Nacht dort verbracht hatte. Emil war nicht nur von Bruce' Qualifikationen und seiner Entschlossenheit, ›alles im Leben einmal auszuprobieren‹, beeindruckt gewesen, sondern auch von der respektvollen Art, mit der er über seine Exfrau sprach und sich selbst die Mitschuld an ihrer Trennung gab. Er beschloss kurzerhand, ihn in sein Team aufzunehmen.

Das letzte Mitglied war Emils Patensohn, ein junger

Amerikaner, der eigentlich nur ein Abenteuer erleben wollte, ehe er nach Hause zurückkehren und aufs College gehen würde. Bobby Peach hatte immer vorgehabt, Medizin zu studieren und Arzt zu werden. Aber nach fünf Jahren war er immer noch bei ihnen, plante inzwischen, den Rest seines Lebens in diesem Teil Afrikas zu verbringen und sich nach Beendigung des Forschungsprojekts Arbeit bei einem Unternehmen zu suchen, das Safaris veranstaltete. Bobby war stets gut gelaunt, umgänglich und verdammt gut aussehend und besaß die seltene Gabe, sogar dort Mädchen aufzutreiben, wo eigentlich gar keine existierten.

Am Anfang war noch eine weitere Person im Team dabei gewesen. Professor Athol Rogers, ebenfalls Amerikaner, der sich selbst den Titel ›Doktor der Zoologischen Verhaltensforschung‹ gegeben hatte. Leider hatte sich ziemlich schnell herausgestellt, dass er genau das verkörperte, was Emil anfangs über Akademiker gesagt hatte – er war sehr selbstverliebt, egoistisch, besessen von seinen eigenen Theorien, unglaublich arrogant und davon überzeugt, alle Frauen lechzten nach ihm. Nachdem der Professor drei Monate lang seiner Lieblingsbeschäftigung, dem Predigen seiner Theorien, nachgegangen war, anstatt tatsächlich hinauszugehen und zu arbeiten, ließ Emil, der ihm bis dahin erstaunlich geduldig zugehört hatte, seinem französischen Temperament freien Lauf, verblüffte alle mit seiner erfinderischen Kreativität in ungefähr acht Sprachen und verwies Athol Rogers des Feldes.

Es wäre nur natürlich gewesen, wenn bei dieser engen Arbeitsatmosphäre Meinungsverschiedenheiten schnell zu Konflikten geführt hätten. Aber Emils Beharren darauf, dass jeder seinen Unmut sofort laut äußerte, ließ ein gespanntes Klima gar nicht erst entstehen. Doch auch die Personen selbst sowie die sechs Wochen Urlaub, die jedem zustanden, trugen zu der angenehmen Atmosphäre bei. Mit Ausnahme von Jennifer und Michael durften allerdings nie zwei Personen gleichzeitig fort sein. Und so kam es, dass eigentlich ständig ein Mitglied des Teams nicht anwesend war. Es war erstaunlich zu beobachten, wie sich, abhängig davon, welche Person gerade abwesend war, die Stimmung im Camp veränderte. Zusätzlich zum Urlaub hatte jedes Teammitglied Aufgaben, die es erforderlich machten, das Lager ab und zu für einige Tage oder sogar Wochen zu verlassen. Selbst wenn es also den Eindruck machte, als würden sich alle ständig gegenseitig einengen, kam dies in Wahrheit eher selten vor.

Im Übrigen gab es auch sonst eine Menge Abwechslung: Elefanten, Löwen, Leoparden, Geparden, Nilpferde, Giraffen. Warzenschweine, Affen und Antilopen passierten das Camp. Michael und Jennifer hatten eines Tages einer Warzenschwein-Familie zugesehen, als eines der Kleinen in einem Anflug von Ausgelassenheit plötzlich gegen einen Baum rannte. Es stürzte sofort zu Boden und lag dann zwei Minuten lang mit ausgestreckten Beinen flach auf dem Rücken, während seine Mutter gegen die weiche Haut seines Bauches stupste und versuchte, es wieder zu beleben.

Ein Leoparden-Männchen lebte ganz in der Nähe und jagte regelmäßig in Sichtweite des Camps. Löwen bekam man fast täglich zu sehen, und nachts waren sie gut zu hören. Zwei scheue Giraffen stolzierten von Zeit zu Zeit vorbei und spähten vorsichtig durch die Baumwipfel. Ein einsamer Elefantenbulle wurde zu einem regelmäßigen Besucher, da er die hölzernen Stützpfosten der Sanitäranlagen – hohe Balken, zwischen die Jute gespannt war – ideal fand, um seinen Bauch daran zu kratzen. Sie hatten längst aufgegeben, die umgefallenen Pfosten und die zerrissenen Jutebahnen, die ersetzt werden mussten, zu zählen. Auch regte sich niemand mehr darüber auf, wenn sein Duschbad wegen eines Elefanten mit Juckreiz jäh unterbrochen wurde.

Die Tage waren voller interessanter Begebenheiten, die Nächte erfüllt von guten Gesprächen. Als in der vergangenen Woche das gesamte Team einmal beisammen gewesen war, hatte Emil ein bedrückendes Thema angesprochen, das ihnen allen durch den Kopf ging: In wenigen Monaten würde das Forschungsprojekt beendet sein.

»Meine Freunde, die fünf Jahre sind nun bald vorüber.« Aufmerksam betrachtete er ihre Gesichter im flackernden Schein des Feuers. Sie waren sich so nah wie eine Familie. »Wir haben ebenso viel über uns selbst gelernt wie über das Spitzmaulnashorn. Wir waren ein wunderbares Team. Der Gedanke, dass wir bald auseinander gehen werden, bedrückt mich sehr.«

»Dabei könnten wir noch so viel erforschen«, fügte André hinzu. »Es gäbe hier noch eine Menge Arbeit.« Er war inzwischen derart besessen von der Idee, das Spitzmaulnashorn vor dem Aussterben zu bewahren, dass er sogar plante, ein Buch zu diesem Thema zu veröffentlichen. Seine Fotos waren noch immer eher Kunstwerke als wissenschaftliches Anschauungsmaterial, aber sie gehörten zweifellos zu den spektakulärsten Aufnahmen, die es je gegeben hatte.

»Und ob!« Bruce zerschlug eine Mücke auf seinem Arm. »Wir stehen noch immer ganz am Anfang, was meinst du, Em?«

Bruce sprach keinen von ihnen mit dem richtigen Namen an. Michael war der King, Jennifer hieß Doc. Bobby und

Terry nannte er Peachie und Silko, und André hieß einfach nur Van.

»Fünf Jahre. Wo sind die nur geblieben?« Nachdenklich trank Emil einen Schluck Wein. »Auf jeden Fall haben wir eine Menge Neues herausgefunden.«

Jennifer nickte. »Unsere Ergebnisse werden sich mit Sicherheit auf die Bedingungen auswirken, unter denen Spitzmaulnashörner in der Gefangenschaft gehalten werden. Das Interesse an unserer Arbeit ist sehr groß. Niemand hat jemals über einen derart langen Zeitraum so viel Material gesammelt. Du hast natürlich Recht, André, es gibt noch vieles zu erforschen, aber Emils Bericht wird der umfangreichste sein, der je zu diesem Thema veröffentlicht worden ist. Wir haben aus aller Welt Anfragen zu Vorab-Exposés erhalten.«

»Aber es gibt noch so viele unbeantwortete Fragen«, wandte André ein.

»Andere werden unsere Arbeit fortsetzen«, versicherte Emil ihm. »Mit deiner Erfahrung kann ich dich sicher in einem anderen Team unterbringen, wenn du möchtest.«

André nickte zufrieden.

»Dann solltest du nach Neuseeland reisen, Van.« Bruce kicherte. »Da gibt es keine Schlangen. Was ist mit dir, Silko?«

Terry zuckte mit den Schultern. »Ich bin jetzt siebenundzwanzig. Vielleicht werde ich mich allmählich irgendwo niederlassen.«

»Hast du schon eine im Auge?«, fragte Bobby sofort. »Ich kenne ein paar ...«

»Danke, Kumpel. Wenn du nichts dagegen hast, erledige ich das allein.«

»Habt ihr schon was von Umfolozi gehört?«, erkundigte

Emil sich bei Michael. Alle wussten, dass er und Jennifer sich beworben hatten, um an dem dortigen Forschungsprojekt über das Breitmaulnashorn teilzunehmen.

»Noch nicht. Vielleicht ist ja was in der Post. Jen fährt nächste Woche nach Maun.« Einmal im Monat fuhr einer von ihnen nach Botswana, nach Maun, dem Versorgungszentrum des Okavango-Deltas, um Post abzuholen und die Vorräte aufzustocken.

»Wirst du nach Australien zurückkehren?« Michael wandte sich an Bruce, der die ganze Zeit hartnäckig geschwiegen hatte.

»Ich schätze ja. Als ich das letzte Mal drüben war, hat mir das sehr gut getan.«

»Aber es ist kein Vergleich mit Afrika, oder?«, meinte Bobby. »Bloß Kängurus und Koalas. Ziemlich langweilig gegen das hier.«

»Vielleicht«, gestand Bruce zu. »Aber ich sage dir eins, Junge, der australische Busch hat einen entscheidenden Vorteil.«

»Und der wäre?«, fragte Terry.

»Dort vergräbt niemand Landminen, deshalb.«

Zustimmendes Nicken.

»Euch stehen hier noch große Probleme ins Haus«, fuhr Bruce fort. »Ihr könnt die Schwarzen nicht ewig unterdrücken. Seht euch doch um. Botswana hat vor drei Jahren seine Unabhängigkeit errungen. Sambia ist seit wann selbstständig? Seit fünf Jahren? Der Kontinent wird in die Hände der Schwarzen zurückfallen, und so oder so wird das auch mit Rhodesien und Südafrika geschehen.«

»Keine Chance!« Schon der Gedanke erzürnt André. »Aber was ist mit Australien?«

»Was soll damit sein?«

»Du erzählst uns, dass Afrika in die Hände der Schwarzen zurückfallen wird. Was ist denn mit Australien? Müsste dann nicht auch Australien wieder in die Hände der Aborigines zurückfallen?«

»Sei nicht albern. Das ist etwas ganz anderes.«

»Nein, ist es nicht.«

Michael versuchte zu schlichten. »Ich kann über dein Land nichts sagen, Bruce, aber was unseres betrifft, hast du natürlich Recht. Was hier passiert, ist bisher bloß die Spitze des Eisbergs.«

Es war ein altes Thema, das regelmäßig am Lagerfeuer diskutiert wurde, vor allem, seit Guerillatruppen der SWAPO, der von Sowjets und Kubanern unterstützten South West African People's Organization, im Caprivi-Strip aktiv geworden waren.

»Ich finde die Vorstellung, dass die Gegend hier Kriegsgebiet werden könnte, unerträglich«, meinte Emil. »Das Problem der Wilderei ist schon schlimm genug. Was soll aus den Tieren werden? Ich hoffe, dass es nicht so weit kommen wird.«

»Es ist bereits so weit.« Terry Silk stocherte mit einem Stock in der Glut. »Ich habe vor zwei Tagen eine Gruppe so genannter Freiheitskämpfer gesehen.«

»Woher weißt du, wer sie waren?«, fragte Jennifer. »Es könnten doch auch Stammesangehörige aus der Gegend gewesen sein.«

»Die spazieren aber nicht einfach so im Busch herum. Sie gehen zum Fischen, Jagen oder was auch immer. Aber sie tragen keine europäische Kleidung, und sie haben immer traditionelle Waffen bei sich. Die Männer, die ich gesehen habe, standen neben der Straße und haben gewunken und gelächelt und versucht, einen möglichst harmlosen Eindruck zu machen. Ich habe keinen einzigen Speer entdeckt. Genau genommen hatten sie gar nichts bei sich. Wahrscheinlich haben sie schnell alles in ein Gebüsch geworfen, als sie unser Fahrzeug gehört haben.«

»Ich nehme an, du hast diesen Vorfall gemeldet?«, fragte Emil.

Terry zuckte mit den Schultern. »Ja. Aber bis die Polizei kam, waren sie natürlich längst verschwunden. Es war ein ziemlich bunt zusammengewürfelter Haufen. Einer von ihnen war ein Zulu, das könnte ich schwören.«

André schnippte seine halb gerauchte Zigarette ins Feuer. »Wir sollten ab sofort Gewehre bei uns tragen und die Burschen an Ort und Stelle erschießen.«

»Das ist ein bisschen übertrieben«, antwortete Emil. André war häufig so hitzköpfig.

»Wieso nicht?«, ereiferte sich André. Er war der Meinung, dass sich die Südafrikaner viel zu zurückhaltend verhielten. »Jeder Idiot kann sehen, was die vorhaben. Es geht nicht um Angola oder Namibia, das sie befreien wollen. Sie haben es auf Südafrika abgesehen, und sie haben dabei die Kommunisten im Rücken.« Er zündete sich noch eine Zigarette an. »Ich sage euch was, wenn die Armee nicht bald eingreift, werden sie ihre Landminen innerhalb unserer Grenzen legen.«

Als Michael später im Bett lag, kam er noch einmal auf das Gespräch am Feuer zurück. »Es gibt keinen Ausweg, Jen. Die Regierung gibt keinen Millimeter nach, und die Gegenseite, ob sie nun zum ANC gehört oder nicht, ist viel zu verbissen, um nun aufzugeben. Es gibt keinen Weg zurück. Wer weiß, wo das alles enden wird?! Menschen wie Dyson in seinem Londoner Exil suchen verzweifelt nach einer friedlichen Lösung. Aber dann sind da Leute wie sein Bruder Jackson. Als ich zuletzt von ihm gehört habe, war er unterwegs nach Sambia, und wahrscheinlich ist er inzwischen so besessen, dass er gar nicht mehr weiß, wofür er eigentlich kämpft. Zu Hause explodieren Bomben, die unschuldige Menschen töten, schwarze wie weiße, und meist weiß keiner, ob es sich um eine Protestaktion handelte oder ob unsere verfluchte Regierung dafür verantwortlich war und vielleicht auf makabre Weise versucht, sich durch solche Aktionen das Mitgefühl der restlichen Welt zu erschleichen. Mandela sitzt nun schon seit sieben Jahren im Gefängnis, und je länger er dort bleibt, desto mehr Aufmerksamkeit erhält unser Land. Es ist ein Chaos, Jen. Ein blutiges Chaos.

Jennifer rollte sich zu ihm und legte den Arm auf seine Brust. »Wenn das mit dem Umfolozi-Job nicht klappt, könntest du ja darüber nachdenken, dich mehr auf politischer Ebene zu betätigen.«

»Darüber denke ich schon eine ganze Weile nach«, gestand Michael. »Es würde unser Leben ziemlich verändern. Wie fändest du das?«

»Ich würde dich natürlich unterstützen. Ich liebe es, hier draußen zu arbeiten, aber die Jungs können nicht ewig im Busch bleiben. In ein paar Jahren muss Jeremy in die Schule. Ich habe auch schon darüber nachgedacht. Ich könnte jederzeit in eine Privatpraxis gehen.«

Sanft legte Michael die Hand auf den Bauch seiner Frau. »Wie geht es unserer Tochter heute Abend?«

»Gut.«

»Was ist, wenn es wieder ein Junge wird?«

Sie schmiegte sich an ihn. »Dann müssen wir es eben weiter versuchen.«

Sie waren so gut aufeinander abgestimmt, dass einer meistens schon wusste, was der andere sagen wollte. Michael hatte bei sich selbst ein so intensives Ausmaß an Liebe festgestellt, dass es ihn manchmal ängstigte. Die letzten fünf Jahre waren geradezu verflogen. Sie waren gerade etwas länger als ein Jahr im Camp gewesen, als Jennifer schwanger geworden war. Sie hatte fast bis zuletzt gearbeitet, und zwei Wochen vor der Geburt des Babys war Michael mit ihr Richtung Süden aufgebrochen. Sie waren Hunderte von Kilometern durch Sand und Lehm gefahren, hatten bei Tlokweng die südafrikanische Grenze überquert und nach insgesamt vier Tagen Johannesburg erreicht. Michael war während dieser langen Reise in ständiger Sorge gewesen, bei seiner Frau könnten die Wehen einsetzen, und hatte nicht verstehen können, wie sie so ruhig bleiben konnte. Aber Jeremy Michael King hatte eine für Babys ungewöhnliche Rücksicht bewiesen und wurde pünktlich an seinem errechneten Geburtstermin am 30. September 1966 geboren, dem Tag, als das britische Protektorat Betschuanaland zur unabhängigen Republik Botswana erklärt worden war.

Achtzehn Monate später war Andrew Dyson King geboren worden. Und nun war Jennifer erneut schwanger und hoffte auf eine Tochter.

Michael wusste, dass die Zeit für eine Veränderung gekommen war, aber wie alle anderen war auch er traurig, dass ihr Forschungsprojekt zu Ende ging. Trotz ihrer unterschiedlichen Lebenswege und Persönlichkeiten waren sie sich sehr nahe gewesen. Gut, Terry musste hin und wieder auf das richtige Gleis zurückgeführt werden; André konnte sich sehr über Politik ereifern und nervte mit seiner Schlangenphobie; Emil erlebte Momente tiefster Depressionen über den Verlust seiner Frau, die so schlimm waren, dass ihm niemand helfen konnte; Bruce ärgerte die Südafrikaner ihrer Gruppe häufig mit seinen sarkastischen Bemerkungen über ihr Land; und Bobby ließ sich nur allzu gern von jungen Rucksacktouristinnen locken. Trotzdem, wenn man bedachte, dass sie sieben Menschen waren, die sich vorher nicht gekannt hatten und die fünf Jahre lang unter doch recht primitiven Umständen zusammengelebt hatten, hatte sich das Team ausgesprochen gut behauptet.

Michael riss sich aus seinen Tagträumereien. Er war manchmal selbst wie Terry und ließ sich von seinen Gedanken treiben. »Komm schon«, ermahnte er sich selbst laut. »Das Projekt ist zwar bald beendet, aber noch hast du einen Job zu erledigen.«

Seine Erkenntnisse über das Nashorn waren mittlerweile sehr fundiert. Es war ein trüber Tag gewesen, als er schließlich der Wahrheit hatte ins Auge sehen müssen: Das Spitzmaulnashorn war nachweislich das dümmste Tier im afrikanischen Busch. Alle wilden Tiere waren unberechenbar, das wusste er, aber keines war so schwer einzuschätzen wie das Spitzmaulnashorn. Michael bezweifelte, dass das Tier selbst im Voraus wusste, ob es angreifen oder weglaufen würde. Er war unzählige Male Zeuge blinder Attacken gewesen, eine hatte seinem eigenen Fahrzeug gegolten, das er im Schatten einer Akazie abgestellt hatte. Das Nashorn war aus dem Busch gestürmt, hatte den Landrover entdeckt und war ohne zu zögern auf die Beifahrertür zu gerast und hatte sie attackiert, als wäre diese aus Papier. Anschließend war es noch immer nicht zufrieden gewesen und hatte das Fahrzeug in blinder Wut geschoben und gedrückt, bis es auf die Seite fiel. Und dann hatte es plötzlich so ausgesehen, als hätte die junge Nashornkuh, die höchstens sechs Jahre alt war, den Vorfall völlig vergessen, denn sie hatte die nächsten Stunden damit verbracht, friedlich in einem nahen Gebüsch zu grasen.

Ein anderes Mal, bei einer der zahllosen gefährlichen Situationen, in die sich Emil zu bringen pflegte, hatte Michael eine Katastrophe in letzter Sekunde verhindern können, indem er einem kampfbereiten alten Bullen seine Jacke vor die Füße geworfen hatte, als dieser sich gerade mit tödlicher Absicht auf den Franzosen stürzen wollte. Das Tier, das mit Leichtigkeit auch Michael hätte angreifen können, hatte daraufhin jegliches Interesse an Emil verloren und seine ganze Wut an der Jacke ausgelassen. Das Letzte, was Michael von seinem Lieblingskleidungsstück gesehen hatte, waren ein paar zerrissene Fetzen. Das Nashorn war davongaloppiert und hatte verzweifelt versucht, sich von dem lästigen Ding zu befreien, das sich in seinem steinharten verfilzten Horn verfangen hatte.

Michael hatte lernen müssen, dass ein Spitzmaulnashorn absolut bösartig war. Es tötete gnadenlos, stieß mit gesenktem Horn häufig zwischen die Beine seines Opfers, um es dann hoch in die Luft zu schleudern. Michael hatte das Ergebnis eines solchen Angriffs gesehen, die traurigen Überreste eines kleinen Barakwengo-Buschmannes, den das Nashorn nach erfolgreicher Entmannung einfach zum Sterben liegen gelassen hatte. Ein Schwarm tief kreisender Geier hatte ihn zu dem Unglücklichen geführt. Andere aus seinem Clan waren bereits bei ihm gewesen und hatten versucht, die Aasfresser zurückzuhalten. Mithilfe von Zeichensprache und der ihnen eigenen Gabe für Nachahmung hatten sie Michael zu verstehen gegeben, dass sie auf der Jagd gewesen waren, als das Nashorn plötzlich aus dem

Busch gebrochen war, seinen großen Kopf geschwungen und die Genitalien ihres Freundes amputiert hatte, um dann ungerührt weiterzuziehen.

Michael war nicht sonderlich überrascht gewesen. Es war Regenzeit, und aus irgendeinem Grund pflegte das Spitzmaulsnashorn zu dieser Zeit häufig, sein Horn an Felsen oder Baumrinden zu reiben, und dabei die Spitze zu einer zweifellos gefährlichen Waffe schärfte. Niemand konnte sagen, warum sie das taten. Jennifer favorisierte die Theorie, wonach sich in dem feuchten Klima leichter Parasiten an den Hörnern festsetzten und das Nashorn lediglich versuchte, durch Reiben die lästigen Plagegeister wieder loszuwerden. Terry vermutete ein Vorspiel zur Paarungszeit. Was auch immer der Grund war, es zeigte einmal mehr, wie wenig man tatsächlich über das Verhalten des Spitzmaulnashorns wusste.

Das Tier hatte keinerlei berechenbare Eigenschaften, bis auf eine bemerkenswerte Ausnahme: seine unstillbare Neugier. Beim ersten Anzeichen für die Gegenwart eines anderen Lebewesens, sei es Mensch oder Tier, hob es den Kopf. Schnüffelnd begann das Nashorn zu kreisen, um der Sache näher auf den Grund zu gehen. *UBejane*, das sich viel besser auf seine Nase als auf seine Augen verlassen konnte, war nicht eher zufrieden, bis der Eindringling lokalisiert war. Und genau zu diesem Zeitpunkt entschied sich, ob 1.000 Kilogramm prähistorischer Monstermasse entweder wie ein Schnellzug auf sein Opfer losstürmte oder Hals über Kopf in die entgegengesetzte Richtung floh. Es gab keine Möglichkeit, dies vorherzusehen: kein Zucken der Ohren, keine Bewegung des Schwanzes. Michael und seine Kollegen waren übereinstimmend zu dem einzig möglichen Schluss gekommen, dass das Nashorn, wenn es sich einmal zum Angriff entschlossen hatte, selten noch einmal seine Meinung änderte. Bösartig, unberechenbar, aggressiv und unglaublich dumm, wie es war, wirkte das Spitzmaulnashorn wie ein schlechter Scherz der Natur. Und trotz alledem liebte Michael dieses Tier.

Es war fast vollkommen dunkel, als er seine Kamera, seine Wasserflasche und seinen Notizblock zusammensuchte. Sein Wagen stand in einigen hundert Metern Entfernung. Angesichts des großen Bullen in der Nähe hielt Michael es für klüger, sich Richtung Fahrzeug in Bewegung zu setzen, solange er noch etwas sehen konnte. Er bereitete sich darauf vor, vom Baum zu springen, und kniff die Augen zusammen, um ein letztes Mal Ausschau nach dem Tier zu halten. In diesem Augenblick zerriss der ohrenbetäubende Lärm einer Explosion die Stille. In dem dämmrigen Licht erkannte Michael etwas, das hoch in die Luft geschleudert wurde und sich beinahe wie in Zeitlupe um die eigene Achse drehte, ehe es der Schwerkraft unterlag. Es landete in der Nähe des Baums, auf dem Michael saß. Der blutige Stumpf war kaum als Teil eines Nashornbeins zu erkennen.

Michael nahm all seine Sinne zusammen, sprang zu Boden und blieb regungslos stehen. Er lauschte auf irgendwelche weiteren ungewöhnlichen Geräusche. Aber bis auf das Knistern der Flammen war es wieder totenstill im Busch. Ein paar Rauch- und Staubwolken hingen vor den letzten Sonnenstrahlen. Michael wusste genau, was geschehen war. Das Nashorn war auf eine Landmine getreten und hatte damit ein 3.000 Grad heißes Inferno ausgelöst und einen beinahe ein Meter tiefen Krater in die Erde gerissen.

Jackson Mpande stöhnte in der schwülen Hitze unter dem Gewicht seines Rucksacks und seines Gewehrs. Die Sonne war bereits untergegangen, aber es hatte geregnet, und die Luft war nun schwer von Feuchtigkeit. Irgendwer vor ihm stolperte, fand aber sofort das Gleichgewicht wieder. Jackson nickte zufrieden. Die Männer, die bei ihm waren, waren alle gut ausgebildete Profis, die ihr eigenes Wohlbefinden zurückstellten, um ihren Job anständig zu erledigen. Der Schweiß lief ihm über das Gesicht, aber er ignorierte es. Sie hatten noch sieben oder acht Kilometer vor sich, ehe sie Katima Mulilo erreichten und über die Grenze nach Sambia zurückkehren konnten. Jackson kannte den Weg nur allzu gut. Seine Truppe legte seit Monaten Landminen entlang des Caprivi-Strip, allein in den letzten Wochen hatten sie fünf Abstecher tief in den westlichen Teil hinein gemacht.

Jackson war nun schon seit fast fünf Jahren Mitglied der SWAPO. Sie war in Sambia stationiert, und ihr Ziel bestand darin, in der einzigen Pufferzone zwischen Angola und Südafrika Unruhe zu erzeugen. Die Marxisten wollten Südwestafrika, aber vor allem wollten sie seinen an Diamanten reichen Verwalter. Die Verminung des Caprivi-Strip war ein Weg, das ohnehin angeschlagene Pretoria noch weiter in Bedrängnis zu bringen.

Nachdem Jackson Tessa in Gaberones zurückgelassen hatte, hatte er sich in nördliche Richtung nach Sambia durchgeschlagen. Er hatte ab und zu eine Arbeit angenommen und war so einigermaßen über die Runden gekommen. Die Bewohner von Betschuanaland verhielten sich ihm gegenüber uninteressiert, ja sogar feindselig. Seine Absicht, sich den Freiheitskämpfern anzuschließen, beeindruckte sie nicht. Ihr eigenes Land stand kurz vor der Entlassung in die Unabhängigkeit. Es war ein friedlicher Prozesse, der völlig ohne Blutvergießen verlaufen und dem Engagement einiger weniger weitsichtiger Menschen zu verdanken war. Der größte Teil der Bevölkerung kümmerte sich nicht um die Probleme, die das benachbarte Südafrika schüttelten. Jackson war enttäuscht über ihr mangelndes Verständnis, und es machte ihn umso entschlossener, sich für die Befreiung all derer einzusetzen, die noch unter kolonialer Herrschaft standen.

Für Jackson war Freiheit für Afrika gleichbedeutend mit dem Traum der Zulu von einem eigenen unabhängigen Land. Jackson glaubte fest daran, dass sich eines aus dem anderen ergeben würde. Und beides war seiner Meinung nach abhängig vom Ende der weißen Vorherrschaft in Südafrika.

Er verließ Betschuanaland, überquerte den entlegenen Caprivi-Strip und gelangte bei Katima Mulilo nach Sambia. Zu irgendeinem Zeitpunkt in der Geschichte war mitten durch dieses isolierte Dorf eine Grenze gezogen worden, wobei der größere Teil der südwestafrikanischen Seite zugesprochen worden war. Sowohl Sambia als auch sein südlicher Nachbar benutzten den Namen einfach weiter, und so gab es innerhalb von fünf Kilometern in zwei verschiedenen Ländern zwei Orte, die sich Katima Mulilo nannten. Sobald er Sambia erreicht hatte, entspannte sich Jackson ein wenig, machte keinen Hehl aus seinen Absichten und fragte offen nach dem Weg zu den Trainingscamps der SWAPO. Sehr zu seinem Erstaunen schien niemand etwas davon zu wissen. Im Gegenteil, viele hielten den kleinen Zulu, der etwas Derartiges in Sambia vermutete, offenbar für verrückt. Immer wieder riet man ihm, es in Angola zu versuchen.

Bei Sesheke, gleich auf der andere Seite des Sambesi-Flusses, stellte Jackson eine Frage zu viel und fand sich auf der

Ladefläche eines Lasters wieder, zusammen mit fünf weiteren Männern. Sie waren jedoch allesamt frei und bewaffnet, während er in Handschellen gegen ein Gitter hinter der Fahrerkabine gepresst saß. Fragen, wohin sie ihn bringen würden und wieso sie ihn wie ein Stück Vieh transportierten, blieben unbeantwortet. Vielleicht verstand ihn auch niemand. Die Fremden sprachen eine afrikanische Mundart, die Jackson noch nie gehört hatte.

Nach fünf heißen, staubigen und holprigen Stunden bog der Laster von der Straße ab und fuhr quietschend und stöhnend eine weitere Dreiviertelstunde durch den Busch, um dann in der Mitte von Nirgendwo schließlich anzuhalten.

»Raus«, sagte ein Mann in Englisch und schloss Jacksons Handschellen auf.

Seine Handgelenke massierend, stolperte er von der Ladefläche.

»Geh.«

Sie wurden hintereinander in eine Reihe gestellt, dann setzte sich der Trupp in Bewegung. Jackson konnte keinen Pfad erkennen. Zwanzig Minuten später tauchten drei schwer bewaffnete Männer aus dem Nichts auf, und ein hitziger Wortwechsel fand statt. Jackson konnte der Unterhaltung zwar nicht folgen, aber ihm war klar, dass sie über ihn sprachen. Nach einigem Hin und Her ließ man Jackson und seine Begleiter widerstrebend passieren.

Wenige Minuten später erreichten sie das Lager. Es war nicht zu erkennen gewesen, bis sie direkt davor standen. Es war riesig groß und so perfekt getarnt, dass es vermutlich auch aus der Luft nicht zu sehen war.

»Warte.«

Drei Männer blieben bei ihm, die anderen beiden entfernten sich. Jackson sah sich neugierig um. Geschickt getarnte Zelte waren in einem Halbkreis angeordnet und unter mächtigen Bäumen verborgen. Weit und breit war kein Mensch zu sehen. Aus dem Kochstellen stieg kein Rauch auf. Er hörte keine Stimmen. Entweder war das Lager verlassen, oder die Bewohner hatten gelernt, in absoluter Stille zu leben.

Fünf Minuten vergingen, ehe er jemanden kommen hörte. Die drei Männer, die ihn hergebracht hatten, erstarrten. Auch Jackson straffte die Schultern und reckte sich in dem Bemühen, einen guten ersten Eindruck zu machen. Er war völlig unvorbereitet auf den Mann, der auf sie zukam. Er war groß, breitschultrig, offenbar sehr durchtrainiert, mit einem hageren, von Entbehrungen gekennzeichneten Gesicht, stechenden Augen und schmalen, aufeinander gepressten Lippen. Alles Eigenschaften, die Jackson nicht überraschten. Bis auf eine Kleinigkeit. Zwei, um genau zu sein. Der Mann war weiß. Und als er näher kam, konnte Jackson noch etwas viel Überraschenderes erkennen. Das war gar kein Mann. Jackson konnte nicht verhindern, das sein Unterkiefer nach unten klappte.

Kalte blaue Augen musterten ihn. »Komm.« Ohne die anderen eines Blickes zu würdigen, drehte sie sich auf dem Absatz um und ging davon. Jackson folgte ihr.

Sie führte ihn zu einem offenen Zelt, das etwas größer war als die anderen. »Schließ den Eingang.«

Jackson entknotete zwei Bänder und ließ das Segeltuchdreieck herunterfallen. Als er sich umdrehte, stand sie an einen Schreibtisch gelehnt. »Du bist?«

»Jackson Mpande.«

Sie machte ihn nervös. Er hatte das Gefühl, seine Zunge würde am Gaumen kleben. Sie trug eine verwachsene grüne

Uniform, und als sie ihren Hut abnahm, konnte er sie bloß anstarren. Ihr Haar war ganz kurz geschnitten, und das, was davon übrig war – er sah nicht genau, ob es weiß oder grau war –, konnte nicht darüber hinweg täuschen, dass ihr Schädel so rund war wie eine Kanonenkugel. Sie kratzte sich den angetrockneten Schweiß von der Stirn. »Du fragst zu viel.« Ihre Stimme war rau, ihr Akzent schwer zu verstehen.

Jackson fand sie abstoßend. »Ich will bei Ihnen mitmachen.«

»Wieso?« Die Antwort kam wie aus der Pistole geschossen.

»Um die Schwarzen zu befreien von ...« Er zögerte, krümmte sich innerlich, als sie ihn höhnisch anschaute.

»Ha!« Sie lachte laut auf.

Verletzt fügte Jackson hinzu: »In Südafrika.«

»So? Du interessierst dich also gar nicht für Angola?« Sie lächelte jetzt zum ersten Mal, dabei blitzte eine Reihe von Goldzähnen auf. »Wenigstens bist du ehrlich.«

Russin. Sie musste Russin sein. »Meine Interessen unterscheiden sich nicht von Ihren.«

Sie sah ihn kalt an. »Unsinn, Zulu. Zwischen unseren Interessen liegen Welten.«

Ihre Augen musterten ihn genau. Sie schien ihn zu testen. »Das mag so sein«, erwiderte er schroff und hoffte, es war die richtige Antwort. »Aber unsere Methoden, um unsere Ziele zu erreichen, sind dieselben.«

In ihren blassblauen Augen blitzte ganz kurz so etwas wie Anerkennung auf. »Gut. Sehr gut.« Sie goss sich Wasser aus einem Krug ein, der auf ihrem Schreibtisch stand, und trank durstig. Ihm bot sie nichts an.

Jackson sagte nichts. Offenbar traf sie gerade eine Entscheidung über ihn. Zwischen ihnen herrschte eine Stille, die so tief war, dass er sie fast hören konnte.

»Geh nach Hause, Zulu«, sagte sie plötzlich. »Du kämpfst deinen eigenen Kampf.«

Jackson wich keinen Millimeter zurück. »Mein Kampf ist mit Ihrem Kampf verbunden.«

Sie schüttelte den Kopf. »Ich hatte schon früher Leute von deinem Volk hier. Sie bringen nur Probleme.«

»Ich bestimmt nicht«, antwortete Jackson ruhig. »Ich kann nicht zurück.«

Die Frau ging hinter ihren Schreibtisch und setzte sich, dann machte sie ihm mit der Hand ungeduldig ein Zeichen, sich ebenfalls zu setzen. »Ich bin Genossin Jelena. Wir befinden uns hier in Basislager 37. Du weißt schon jetzt genug, um zu sterben. Beantworte meine Fragen wahrheitsgemäß. Warum bist du hergekommen?«

»Um mitzumachen.«

»Warum?«

»Um mein Volk zu befreien«, wiederholte er.

»Ha!«, höhnte sie erneut. »Ein einzelner Zulu. Du hast die Träume eines Kindes.«

»Nein«, widersprach er. »Ich habe die Träume eines Zulu. Es liegt mir im Blut. Wie meine Vorfahren muss ich kämpfen, wenn dieses Blut zu heiß wird. Notfalls werde ich dabei sterben. Ich bin kein Feigling. Ich bin keiner, der Schwierigkeiten macht. Ich werde das tun, was man von mir verlangt, und ich werde es ebenso gut tun wie jeder andere Mann. Vielleicht besser.«

»Oder Frau?«

Er neigte den Kopf. »Wenn Frauen Soldaten sind, werde ich sie wie solche behandeln.«

Sie ignorierte das. »Du hast hier alte Stammesfeinde.«

Jackson wich ihrem Blick nicht aus. »Zulu sind nicht nachtragend. Die Feinde von gestern können die Freunde von heute sein.«

»Sehen eure Feinde das genauso?«

Jackson zuckte mit den Schultern. »Wenn nicht, werde ich sie töten.«

Sie kniff die Augen zusammen.

Er bemerkte seinen Fehler und fügte rasch hinzu. »Wenn ein Mann vor einer Schlange davonläuft und eine Schlange vor einem Mann, bleibt das Schlachtfeld leer.«

Genossin Jelena gestattete sich den Anflug eines Lächelns, aber nur für einen kurzen Augenblick. »Du sagst, du kannst nicht zurück. Wovor läufst du davon?«

»Vor der Polizei.«

»Hast du jemanden umgebracht?«

»Nein.«

Sie starrte ihn unnachgiebig an, und Jackson gab zu: »Ich habe ein weißes Mädchen geschwängert. Wir sind zusammen von zu Hause weggelaufen.«

Zum ersten Mal hatte er das Gefühl, sie beeindruckt zu haben.

»Aha«, sagte sie leise. »Du lässt den Schwanz nicht hängen. Das gefällt mir.«

Er wusste nicht genau, ob sie das mit Absicht zweideutig formuliert hatte.

Ganz plötzlich warf sie den Kopf zurück, und ihre Goldzähne blitzten. Dann steckte sie zwei Finger in den Mund und pfiff markerschütternd. Sofort wurde der Zelteingang zurückgeschlagen, und ein bulliger Mann erschien. Er hielt eine AK-47 im Anschlag, die er unmissverständlich auf Jacksons Magengegend richtete.

Genossin Jelena schüttelte ungeduldig den Kopf. »Dieser

Zulu ist Genosse Jackson. Er gehört ab sofort zu uns. Besorg ihm einen Schlafplatz. Sein Training beginnt morgen. Und sei auf der Hut, Genosse, er könnte schon morgen deinen Platz einnehmen.«

Der andere war kein Zulu. Seine Züge wirkten sehr europäisch, aber seine Haut war dunkel. Genossin Jelena hatte mit Absicht und sehr wirkungsvoll die Konkurrenz zwischen ihnen geschürt. Der zweite Test. Jackson fragte sich, warum. Der andere passte viel besser zu dieser dürren weißen Frau. Er lächelte ihn an und antwortete ruhig: »Die Fußstapfen des Vaters sind viel zu groß für das Kind.«

In Genossin Jelenas Augen blitzte spöttische Bewunderung auf, als Jackson dem Mann hinausfolgte.

Sobald sie außer Hörweite waren, drehte er sich um und hielt Jackson seine geöffnete Handfläche hin. »Du sprichst weise, Zulu. Ich bin Genosse Selveira. Meine Heimat ist Angola. Lass dich von dieser Hexe nicht an der Nase herumführen.«

Jackson schüttelte den Kopf. »Hat sie hier tatsächlich das Sagen?«

Selveira warf einen raschen Blick in Richtung des Zeltes und senkte die Stimme. »Ein vorübergehendes Arrangement. Ein Experiment. Die Russen benutzen uns als Müllhalde für die, die sie nicht mehr gebrauchen können. Du wirst bald selber sehen, dass sie nicht besser sind als die Briten, die Portugiesen oder die anderen.« Er zuckte mit den Schultern. »Egal, Genosse Jackson, egal. Das ist nur ein geringer Preis für die Versorgung mit Waffen, was?« Ein kurzes bellendes Lachen. »Wir benutzen sie, sie benutzen uns. Zumindest kämpfen wir gegen einen gemeinsamen Feind, wenn schon nicht für ein gemeinsames Ziel. Sie werden früher oder später merken, dass wir ihnen ebenso in die Finger beißen können wie den anderen. Kümmere dich nicht weiter um Genossin Jelena und ihre Spielchen. Sie wird schon bald nach Moskau zurückbeordert werden, wenn sie bis dahin keiner von uns umgebracht hat. Sie halten es nie lange in Afrika aus, diese Russen.«

»Ich hatte das Gefühl, sie würde mich testen. Macht sie das ...?«

»Mit jedem.« Selveira nickte. »Du hast deine Sache gut gemacht. Viele sind dabei nicht so erfolgreich.«

Sie setzten sich wieder in Bewegung. »Du wärst bereits tot, wenn du versagt hättest. Ich hätte dich persönlich getötet.« Ein weiteres kurzes Lachen. »Es sei denn, sie hätte Lust gehabt, das selbst zu besorgen.«

Jackson erschauderte.

»Genossin Jelena hasst Männer. Frauen sind ihr lieber.«

Jackson war schockiert, und das merkte man ihm an.

»Hey!« Seine Naivität amüsierte Selveira. »Du wirst das noch früh genug merken.«

»Weiße Frauen haben kein Schamgefühl«, stieß Jackson hervor. »Kein bisschen.«

Selveira lachte schallend. »Woher soll so ein Grünschnabel wie du das denn wissen?«, fragte er schließlich. »So jung, wie du bist, dürfest du ja noch nicht mal dein Bett nass gemacht haben.«

»Habe ich aber«, erwiderte Jackson trotzig. »Und wie.«

»Aha!« Selveira amüsierte sich immer noch. »Ich dachte, Zulu-Mädchen halten ihre Beine zusammen.«

»Sie war kein Zulu-Mädchen«, prahlte Jackson. »Sie war weiß.« Es war das erste Mal, dass Jackson mit jemand so detailliert über Sex sprach. Er kam sich plötzlich sehr wichtig vor.

Aber Selveira wechselte unvermittelt das Thema. »Warum willst du bei uns mitmachen?«

»Aus demselben Grund wie du.«

»Das glaube ich nicht, mein junger Freund.«

»Ich will Freiheit. Ist es nicht das, wofür wir kämpfen?«

»Nein.« Selveiras Stimme wurde plötzlich hart. »Das wirst du bald merken. Freiheit ist es nicht, wofür wir kämpfen. Es ist mehr als das.«

»Was denn?« Jackson war nun ernstlich verwirrt.

Selveira warf ihm einen mitleidigen Blick zu. »Macht natürlich. Die alte Ordnung ist zerstört. Jetzt wird die Macht neu verteilt. Ich werde dabei sein, wenn die Zeit kommt. Ich werde nicht länger nur Befehlsempfänger sein. Ich werde zu denen gehören, die die Befehle erteilen. Nenn es Freiheit, wenn du dich dann besser fühlst, aber du wirst bald ebenso wie wir alle lernen, dass das Kind, das wir einmal Idealismus genannt haben, zu einem Mann namens Ehrgeiz heranwächst.«

Jackson war nicht überzeugt. »Aber ohne Freiheit kann es keine Macht geben.«

Selveira lächelte traurig. »Es gibt keine Freiheit. Das wirst du noch früh genug erfahren.«

Jackson fand es klüger, die Unterhaltung zu beenden. Er begab sich zurück auf sicheren Boden. »Wenigstens tut ihr hier etwas. Mein Volk redet nur von der Vergangenheit und sogar davon, die Freiheitsbewegung Inkatha wieder zu beleben. Was soll das nützen?«

»Du hast Recht, Genosse. Kugeln töten. Worte können nur verletzen.«

»Aber die Südafrikaner machen sich Sorgen. Ihr Selbstvertrauen ist sehr erschüttert. Ihr habt schon eine Menge erreicht. Immer mehr schließen sich euch an. Der Erfolg ...«

»Wie kommst du auf die Idee, wir hätten Erfolg? Wir verlieren mehr Männer, als wir töten. Die Südafrikaner sind sehr gut.«

»Wir können genauso gut sein.«

Selveira seufzte und blieb stehen. »Dies ist dein Zelt. Mach es dir bequem. Vielleicht wünschst du dir schon morgen, du wärst tot.«

Das war nun fast fünf Jahre her. Genossin Jelena hatte, wie Selveira vorhergesagt hatte, nicht lange ausgehalten. Eine hartnäckige Malariaerkrankung hatte sie sehr geschwächt und zur Aufgabe gezwungen. Das gesamte Lager hatte erleichtert aufgeatmet, als sie abreiste. Sie war durch einen Trunkenbold ersetzt worden, der den ganzen Tag damit verbracht hatte, in seinem Zelt zu sitzen und Wodka zu trinken, und die Ausbildung seinen Handlangern überlassen hatte. Ihm war der junge und extrem unerfahrene Sohn eines ranghohen sowjetischen Offiziers nachgefolgt. Er war mit großen Worten und hochtrabenden Plänen im Lager angekommen und hatte es zwei Wochen später in einem Leichensack wieder verlassen, nachdem er sich mit einer der russischen, extrem unzuverlässigen TM-46-Landminen in winzig kleine Stücke zerrissen hatte.

Zur allgemeinen Erleichterung hatten die Russen dann beschlossen, dass eine Hand voll afrikanischer Rekruten, die in der Sowjetunion eine Spezialsausbildung erhalten hatten, die Sache selbst in die Hand nehmen könnten. In den letzten drei Jahren war Basislager 37 Genosse Selveira unterstellt gewesen. Es war eine sehr kluge Entscheidung gewesen, und das Camp hatte so lange wie eine gut geölte Maschine funktioniert, bis die Sowjets ihm einen unangekündigten Besuch abgestattet hatten, um ihre Investition in Afrika zu überprüfen.

Jackson war inzwischen ein junger Offizier. Er hatte hart trainiert und schnell gelernt und jedes Wort des rhetorisch versierten Trainers begierig in sich aufgesogen. Nach zwei Jahren hatte man ihn zu einer Spezialausbildung über Sprengstoffe nach Russland geschickt. Nun, im Alter von dreiundzwanzig Jahren, war er der Anführer einer kleinen Einheit, die regelmäßig Exkursionen in den Caprivi-Strip unternahm, um dort Landminen zu legen. Ihr erstes Ziel war die südafrikanische Polizei in Katima Mulilo, die ihre Patrouillengänge an den nördlichen Grenzen des Caprivi-Strip zu Angola und Sambia verstärkt hatte, um die zunehmenden Aktivitäten der SWAPO in dieser Gegend einzudämmen.

Das Regime in Pretoria war so verstört über die hohe Zahl der Menschen und Maschinen, die plötzlich in Stücke gerissen wurden, dass sie eine Spezialeinheit der Armee entsandte, um ein Fahrzeug zu entwickeln, das der vernichtenden Detonation der Landminen widerstand. Seit diese Einheit existierte, erschien es Jackson sicherer, zivile Ziele in Angriff zu nehmen. Das würde die Aufmerksamkeit der ganzen Welt auf diese Region lenken. Außerdem käme ihnen zugute, dass Zivilisten angesichts einer gewaltigen Explosion mit versteinerten Gesichtern regungslos stehen blieben, sodass Jackson und seine Männer wesentlich mehr Chancen hätten, sicher zurück nach Sambia zu gelangen. Die südafrikanischen Verteidigungskräfte waren dagegen hoch qualifiziert und gingen aus einer Konfrontation fast immer als Sieger hervor.

Jackson hatte Selveira seinen Vorschlag unterbreitet. Der hatte ihm zwar beigepflichtet, jedoch zunächst die Zustimmung aus Moskau einholen wollen. Während sie darauf warteten, war die Nachricht zu ihnen durchgesickert, dass ein Naturschutzprojekt mit südafrikanischer Beteiligung, das im Caprivi-Strip durchgeführt worden war, bald beendet sein würde. »Das ist unsere Chance«, hatte Jackson Selveira bedrängt. »Die Weißen ziehen sich zurück.«

»Es wird andere geben«, hatte Selveira abgelehnt, dem es widerstrebte, allein die Verantwortung zu übernehmen.

»Aber nicht mehr so direkt vor unserer Nase. Wir wissen, wo sie ihr Basislager aufgeschlagen haben. Wir kennen die Wege, auf denen sie sich bewegen. Wir könnten sie schwer treffen.«

Die Tatsache, dass viele Männer Jacksons Vorschlag beigepflichtet hatten, hatte Selverira schließlich überzeugt. Jackson und seine Truppe befanden sich nun auf dem Rückweg von ihrer Mission. Sie hatten westlich des Linyanti-Flusses an ausgewählten Pfaden Minen gelegt. Pfade, die zu allen Zeiten von den Mitgliedern des Forscherteams benutzt wurden. Das unglückselige Nashorn, das praktisch vor Michael Kings Augen in Stücke gerissen worden war, war jedoch das Opfer einer Aktion gewesen, die schon vor Wochen erledigt worden war. Das Tier war auf eine Mine getreten, die für die südafrikanische Grenzpolizei bestimmt gewesen war.

Kapitel fünfzehn

Während Michael ins Lager zurückfuhr, musste er immer wieder an die Mine denken. Wie viele mögen da draußen noch versteckt sein, grübelte er. Es war nicht das erste Mal, dass ein Tier auf eine Mine getreten war, und es würde auch nicht das letzte Mal gewesen sein, aber es war das erste Mal, dass Michael sowohl die Explosion als auch ihre Folgen unmittelbar miterlebt hatte. Das Nashorn hatte, anstatt quer durch den Busch zu brechen, einen Pfad gewählt, den die Grenzpatrouillen angelegt hatten und den sie ein- oder zweimal im Monat benutzten. Michael war erschüttert über den Verlust dieses speziellen Tieres. In nur zwei Wochen hatten Ranger kommen sollen, um das Nashorn mit Pfeilen zu betäuben. Es war alles so sorgfältig geplant gewesen. Das Tier sollte in das Mkuzi-Reservat in der Nähe von Umfolozi gebracht werden, wo Emil Daguin ein Gebiet entdeckt hatte, das dem ursprünglichen Lebensraum des Tiers sehr ähnlich war. Andere Nashörner sollten es dort erwarten, sowohl weibliche als auch männliche, die Teil eines Fortpflanzungsprojektes waren, das bereits mehr als viel versprechende Erfolge aufzuweisen hatte. Der Verlust dieses Bullen bedeutetet zwar nicht das Ende des Projektes in Mkuzi, aber es war ein weiterer sinnloser Tod innerhalb einer Spezies, die ohnehin mehr Verluste als Zuwächse zu verzeichnen hatte.

Michael verließ den Grenzpfad und bog auf den Weg, der ihr Basislager mit der Straße nach Botswana verband. Unter einer Segeltuchplane auf dem Rücksitz lagen die wenigen Teile des Nashorns, die er aufgefunden hatte. Vielleicht konnte Jennifer etwas mit ihnen anfangen, auch wenn er selber keine genau Vorstellung davon hatte, was. Ob sie wohl bereits aus Maun zurück war?

Früher hatten sie sich immer damit abgewechselt, die monatliche Fahrt in die Stadt zu unternehmen, um die Post abzuholen und die Vorräte aufzufrischen, doch auf ihren eigenen Vorschlag hin hatte in letzter Zeit nur noch Jennifer diese Aufgabe übernommen. Sie nahm jedes Mal die Jungen mit und verbrachte ein paar Tage bei Freunden. Mehrere Familien, die am Ufer des Thamalakane-Flusses direkt vor der Stadt lebten, hatten Kinder in Jeremys und Andrews Alter, und die Kinder freuten sich jedes Mal darauf, Spielkameraden zu treffen.

Im Scheinwerferlicht versuchte Michael zu erkennen, ob kürzlich andere Fahrzeuge hier entlanggefahren waren, aber die frischesten Reifenspuren waren seine eigenen von heute Morgen. Er war überrascht, aber nicht weiter besorgt. Jennifer fuhr zwar nicht gern nachts, aber es war möglich, dass sie zu spät aus Maun abgefahren war. Vermutlich war sie nur wenige Kilometer hinter ihm.

Michael vermisste seine Familie, wenn sie diese allmonatlichen Ausflüge unternahm. Jeremy war inzwischen ein stämmiger kleiner Bursche von drei Jahren. Er hatte einen wachen, wissbegierigen Verstand und nahm fast alles auseinander, um zu ›sehen, wie das funktioniert‹. Michael verbrachte viel Zeit damit, die Dinge, die sein Sohn untersucht hatte, anschließend wieder zusammenzubauen. In gewisser Hinsicht war er froh, dass das Projekt nun bald beendet sein würde. Jeremy brauchte dringend andere Kinder um sich. Wenn sie die Stellen in Umfolozi bekommen würden, würde dafür gesorgt sein.

Jeremy sah Michael sehr ähnlich. Blonde Haare, blaue Augen, großer Mund und Sommersprossen auf der ganzen Nase. Er konnte sich stundenlang damit amüsieren, alle Lebewesen als ›Gottes Wesen‹ zu bezeichnen. Die, auf die er aus Versehen trat oder die er zerquetschte, waren ›Gottes arme Wesen‹. Wegen seiner offenen und freundlichen Art war er bei allen sehr beliebt.

Andrew war inzwischen achtzehn Monate und groß für sein Alter. Er war ebenfalls blond und besaß die angenehmen Züge seiner Mutter. Er war anderen gegenüber eher scheu, folgte seinem älteren Bruder auf Schritt und Tritt und versuchte alles nachzumachen, was Jeremy tat.

Da beide Jungen vorwiegend in der Gesellschaft Erwachsener aufwuchsen, verfügten sie bereits über einen Wortschatz, der für ihr Alter weit fortgeschritten war. Außerdem unterhielten sie sich mit Emil in einfachem Französisch, sprachen Setswana mit dem jungen afrikanischen Kindermädchen, und zu Bruce' großer Freunde plapperten sie ihm vergnügt einige australische Worte nach.

Jeremy war nach Jennifers Ansicht auf dem Weg, ein richtiger Mann zu werden. »Er ist ein Macher«, behauptete sie. Andrew hingegen war sensibel und verspielt. »Ein Liebhaber, kein Kämpfer«, fand Jennifer.

Michael neigte weniger dazu, seine Söhne in solche Schubkästen zu stecken. Er wusste lediglich, dass diese kleinen Wesen sein Herz erobert hatten. Er bewunderte sie und war stolz auf sie, und er war sich sicher, dass beide Jungen auf dieser Welt ihre Spuren hinterlassen würden.

Michael runzelte die Stirn, als er eine Gruppe schwarzer

Männer im Scheinwerferlicht erkannte. »Was tun die hier draußen?«, fragte er sich laut. Irgendetwas an der Art, wie sie an der Straße standen und winkten und lächelten, war ihm nicht geheuer. Die wenigen Bewohner des Caprivi-Strips waren einfache, misstrauische Menschen, die jeglichen Kontakt zur Außenwelt scheuten. Stammesangehörige aus Botswana verirrten sich nur selten in diese Gegend. Terry hatte vor wenigen Tagen von einer ähnlichen Begegnung erzählt, und Michael verstand nun, warum er diesen Vorfall gemeldet hatte. Die Männer wirkten irgendwie bedrohlich. Er beschloss, die Grenzpolizei zu verständigen, sobald er ins Lager kam. Da die SWAPO in dieser Gegend immer gefährlicher wurde, wollte er kein Risiko eingehen. Diese Männer konnten völlig unschuldig sein, aber es konnte sich ebenso gut um Terroristen handeln. Es könnten sogar diejenigen sein, die für die Mine verantwortlich waren, die das Nashorn zerfetzt hatte. Als Michael auf der mit Schlaglöchern übersäten Straße an ihnen vorbeifuhr, hob einer der Männer den Kopf und starrte ihn an. Irgendetwas an ihm kam Michael bekannt vor. Aber die Straße erforderte bereits wieder seine volle Aufmerksamkeit, und er hatte den Mann bald vergessen.

Seine Scheinwerfer fielen auf einen sandigen Fleck vor ihm, und er lenkte den Wagen daran vorbei. Die Wege waren eine tückische Mischung aus Schlaglöchern, Furchen und ganzer Abschnitte tiefen, weichen Sandes. Inzwischen kannte Michael diese Strecke wie seine Westentasche, aber in den ersten Tagen war dies noch nicht so gewesen. Der Sandbelag veränderte sich ständig, und überall konnten sich plötzlich auf unerklärliche Weise gefährlich tiefe Schlaglöcher bilden. Geriet man bei voller Geschwindigkeit in ein solches Loch, konnte man sein Fahrzeug ernstlich beschädigen.

Michaels Reifen entgingen dem Rand einer Landmine nur um Haaresbreite.

Jackson hatte den Wagen herankommen hören, noch ehe er die Scheinwerfer gesehen hatte. Er fuhr ein hohes Tempo. »Schnell«, hatte er gezischt. »Schüttet die Mine zu.« In dem weichen Sand dauerte das nur Sekunden, dann hatten sich die Männer schon wieder aufgerichtet und bewegten sich auf das herankommende Fahrzeug zu. Waffen, Rucksäcke und Kleidungsstücke hatten sie rasch ins Gebüsch geworfen. Sie selbst machten keine Anstalten, sich zu verstecken. Meist wurden Fahrzeuge, die in der Dunkelheit unterwegs waren, von Jägern gefahren und verfügten daher über kräftige Scheinwerfer. Männer, die sich irgendwo hinter einen Strauch duckten, würden mehr Verdacht erregen als solche, die ganz normal die Straße entlangliefen.

Sie eilten vorwärts, denn sie mussten so weit wie möglich von der Mine fort. Wenn ein Fahrzeug die Detonation einer Mine auslöste, wurde es aufgrund der Druckwelle meist zugleich nach oben und nach vorn geschleudert. Deshalb gingen sie auf den heranfahrenden Wagen zu, anstatt von ihm weg.

Die Scheinwerfer blendeten sie. Einer seiner Männer lachte und schlug seinem Nachbarn auf den Arm, als hätten sie sich gerade einen Witz erzählt. Sie bemühten sich, trotz ihrer Anspannung ganz natürlich zu wirken. Grenzpatrouillen benutzten diesen Weg zwar nur selten, aber es kam vor, und sie wussten, dass die Afrikaner beim leisesten Verdacht, sie könnten der SWAPO angehören, erst schießen und erst danach Fragen stellen würden. Doch weder hielt das Fahrzeug an noch wurde es auch nur langsamer. Jackson hatte kaum die Zeit zu registrieren, dass ein Weißer am Steuer saß. Er lächelte dümmlich, als der Wagen vorbeifuhr, und winkte gemeinsam mit den anderen. Mit angehaltenem Atem sahen sie zu, wie der Wagen die Landmine passierte. Dann war er verschwunden.

»Wir müssen uns beeilen«, sagte Jackson zu seinen Männern. »Er wird die Polizei benachrichtigen, dass er uns gesehen hat.«

»Wie lange noch, Mummy?«, quengelte Jeremy.

»Nicht mehr lange, Darling. Nur noch eine Viertelstunde.«

Sie war müde. Es war ein langer Weg von Maun, und auch wenn Jennifer gern dort war, der Heimweg kam ihr jedes Mal wie eine Ewigkeit vor. Zu allem Überfluss hatte sie auch noch eine Reifenpanne gehabt. Sie hatte nicht genug Kraft gehabt, die Radmuttern zu lösen, und sie hatten zwei Stunden warten müssen, bis ein anderes Fahrzeug vorbeigekommen war. Jennifer sah in den Rückspiegel. Andrew lag schlafend auf dem Rücksitz. »Warum legst du dich nicht auch ein bisschen hin?«, schlug sie Jeremy vor.

»Nein danke, Mummy«, antwortete er höflich. »Ich bleibe wach und leiste dir Gesellschaft.«

Zu spät sah Jennifer denselben Sandfleck, dem ihr Mann vor einer knappen halben Stunde ausgewichen war. Sie betete, dass sich kein Schlagloch darunter befände, umklammerte das Lenkrad fester und fuhr mitten darüber. Die Vorderreifen rutschten im Sand leicht ab, aber ein Hinterreifen fuhr direkt über die metallene Druckplatte. Die Detonation schleuderte das Auto nach vorn und nach oben, drehte es mitten in der Luft, ehe es mit dem Kühler voran herunterkrachte, wo es noch dreimal auf makabre Weise hin und her schaukelte, ehe es schließlich mit den Reifen nach oben neben der Straße liegen blieb. Das Hinterteil des Fahrzeugs war völlig zerfetzt, eine klumpige Masse aus verbogenem Metall.

Andrew war durch die Druckwelle sofort hinausgeschleudert worden, senkrecht nach oben, wo das Dach Sekundenbruchteile vorher zerborsten war und sich von der restlichen Karosserie getrennt hatte. Jeremy war durch die Windschutzscheibe katapultiert worden, sein Körper lebendig gehäutet, ehe er vom Kühler des Wagens zerquetscht wurde, als dieser auf die Erde zurückfiel. Jennifer war sofort tot. Ein herumfliegender Bombensplitter hatte sich in ihren Hinterkopf gebohrt, und die starre Lenksäule hatte jeden Knochen ihres jungen Brustkorbs zertrümmert.

In der pechschwarzen afrikanischen Nacht war die Stille, die nun einsetzte, eine tödliche Stille.

Zwei Beamte der südafrikanischen Polizei, die sich etwa einen Kilometer entfernt befanden, hörten die Explosion. Sie wussten sofort, was das gewesen war. Sie achteten sorgfältig darauf, in den Reifenspuren vorausgefahrener Fahrzeuge zu bleiben, und näherten sich wenig später mit gezückten und schussbereiten Waffen der Unglücksstelle. Sie fanden als Erstes das, was von Jeremy übrig war. Sein kleiner Körper, der noch Minuten vorher so voller Leben gewesen war, lag regungslos auf der Straße, blutend und mit Sand bedeckt. Keiner der beiden Männer brachte es über sich, ihn zu berühren oder auch nur lange anzusehen. Sein Schädel war zertrümmert, aber das sommersprossige Gesicht war unbeschädigt. Er wirkte ernst und friedlich, als würde er schlafen, während sein restlicher Körper so grausam entstellt worden war.

»Oh mein Gott, oh mein Gott! Diese Schweine!«, keuchte einer der Polizisten und kämpfte gegen die aufsteigende Übelkeit.

Mit größter Umsicht bewegten sie sich vorwärts, ihre starken Taschenlampen erhellten die Nacht. Sie suchten den Boden vor sich nach weiteren Minen ab, während sie langsam auf das qualmende Autowrack zugingen. Jennifer befand sich noch darin; seltsam verkrümmt kauerte sie über dem Lenkrad, ihre Arme hingen an den Seiten herab, die Überreste ihres Kopfs waren nach hinten gebogen, das blonde Haar voller Blut. Der Geruch verbrannten Fleischs war unerträglich.

»Sonst noch jemand?«

Der andere Polizist ließ den Lichtstrahl der Taschenlampe durch das Wageninnere gleiten. »Nein.«

»Das ist Dr. King vom Forschungscamp«, erklärte der ältere und erfahrenere der beiden Polizisten. »Zumindest vermute ich das. Es ist einer ihrer Landrover.«

Der jüngere Mann beugte sich vor und übergab sich. »Dann muss das einer ihrer Söhne sein«, keuchte er, als er sich wieder aufrichtete, und zeigte auf das Fahrzeug. »Schwer zu sagen welcher.« Er wandte sich ab und übergab sich erneut. »Jesus Christus! Diese Schweine! Jesus Christus!«

»Komm.« Sein Partner registrierte die ersten Anzeichen eines Schocks bei seinem jungen Kollegen. »Wir müssen das an die Zentrale melden.«

Vorsichtig gingen sie zu ihrem eigenen Fahrzeug zurück und machten dabei einen großen Bogen um die Leiche von Jeremy. Der jüngere Mann griff in das Wageninnere und holte das Funkgerät heraus.

Aber er brachte keinen Ton heraus, deshalb nahm der andere Polizist es ihm aus der Hand und gab einen Bericht an das Hauptquartier. »Ihr müsst auch in Linyanti Bescheid geben.«

»Roger.« Die blecherne Stimme des Beamten am anderen Ende klang erschreckend laut. »Wir schicken euch unverzüglich Hilfe. Bleibt so lange, wo ihr seid. Und passt auf Raubtiere auf.«

Die beiden Beamten warteten in ihrem Fahrzeug. Sie saßen im Dunkeln, schweigend und rauchend, hingen ihren Gedanken nach und versuchten, irgendwie mit dem zurechtzukommen, was sie gerade gesehen hatten. Sie hörten es beide gleichzeitig, einen schwachen jämmerlichen Laut. Er schien von irgendwoher zu ihrer Linken zu kommen.

»Gib mir eine Taschenlampe und schalte die Scheinwerfer ein«, flüsterte der Ältere. Er mochte erfahrener sein als sein Kollege, aber das Geräusch hatte auch ihm einen Schauer über den Rücken gejagt. Er richtete den kräftigen Lichtstrahl in das Gebüsch, während die Scheinwerfer des Wagend den Weg vor ihnen mit Licht überfluteten. Das Gejammer verstummte. »Was zum Teufel war das?«

»Ein Buschbaby?«, vermutete der andere und dachte an das kleine, einem Eichhörnchen ähnliche Tier, das schon mehr Leute irrtümlich zu dem Glauben verleitet hatte, irgendwo müsste ein Baby in der Nähe sein.

»Niemals, Mann. Buschbabys klingen ganz anders.«

»Eine Wildkatze?«

Das Gejammer setzte wieder ein.

»Das ist ein Mensch. Ach du lieber Himmel! Es ist das andere Kind.«

Andrew kam aus dem Gebüsch auf die Straße gewankt. Er stand blinzelnd im Scheinwerferlicht. Auf der Stirn hatte er eine Schnittwunde, und Blut lief ihm über die Wange. Ansonsten schien er unverletzt zu sein.

»Ich gehe hin«, erklärte der jüngere Polizist und öffnete die Fahrertür. Er entfernte sich vom Auto, redete mit beruhigender Stimme und versuchte, sich vom Licht der Scheinwerfer fern zu halten, um nicht noch beängstigender zu wirken. »Hallo Kleiner, bist du okay?«, rief er leise und verfluchte sich dafür, dass er sich nicht an den Namen des Jungen erinnern konnte. »Ich bin ein Freund von deinem Daddy.«

Andrew reagierte nicht.

Der Polizist bewegte sich langsam vorwärts. Er wollte unbedingt bei dem Jungen sein, ehe der sich umdrehen und das Autowrack oder die Leiche seines Bruders sehen konnte, aber er wusste auch, dass jede hastige Bewegung den Kleinen in Panik versetzen würde. »Ich bin ein Polizist. Ich tue dir nichts. Komm her, mein Junge, es wird alles gut.«

Andrew blieb regungslos stehen.

Er erreichte den Jungen und kniete sich vor ihn hin. »Möchtest du gern einmal im Polizeiauto mitfahren?«

Keine Reaktion. Dieses Schweigen war erschreckend.

»Wir fahren dich nach Hause, wenn du möchtest.«

Nichts.

Der Polizist streckte die Hand aus und berührte den Jungen sanft an der Schulter. Andrew erstarrte. Der Polizist fragte sich, ob man dem Kind bereits beigebracht hatte, nicht mit Fremden zu sprechen. Er ließ seine Hand wieder sinken. »Es ist alles gut, Kleiner. Du bist in Sicherheit. Es ist alles gut.«

Noch immer nichts.

Er hörte seinen Partner aus dem Wagen steigen.

»Hör auf, auf ihn einzureden, Mann. Der Kleine steht unter Schock. Du musst ihm *sagen*, was er tun soll, nicht fragen.« Er ging geradewegs auf Andrew zu und streckte seine Hand aus. Nach kurzem Zögern ergriff der Junge sie vertrauensvoll und ging mit ihm zum Polizeiwagen.

Andrew wurde vorsichtig auf die Rückbank gesetzt, wo er sich regungslos zusammenkauerte und die beiden Beamten aus großen, ernsten Augen anschaute.

»Was schätzt du, wie alt er ist?«, fragte der jüngere Mann.

»Keine Ahnung. Er ist noch ein Kleinkind. Zwei vielleicht.«

»Armer kleiner Kerl.«

Andrew gähnte, dann legte er sich quer über den Sitz und steckte den Daumen in den Mund. Innerhalb einer Minute war er fest eingeschlafen. Obwohl die Nacht warm war, deckten sie ihn mit einer Jacke zu.

»Glaubst du, er ist unverletzt?«

»Sieht so aus, aber er scheint nichts zu hören.«

»Jesus! Ich wünschte, diese Idioten würden endlich kommen.«

Michael machte sich langsam Sorgen. So spät war Jennifer noch nie gewesen. »Vielleicht gab es Probleme mit dem Auto«, meinte Emil beruhigend, aber auch er war besorgt.

»Hör mal.« Michael neigte den Kopf leicht zur Seite. »Ein Auto. Da ist sie ja endlich.«

Seine Erleichterung wich einer eiskalten Vorahnung, als er das Polizeiauto erkannte. »Mr. King«, sagte einer der Beamten. »Ich fürchte, ich habe schlimme Nachrichten für Sie.«

Es gab keinen Irrtum und kein Erbarmen. Die Realität hielt ihn fest gepackt und ließ ihn nicht los. Michael wollte die Augen nicht öffnen. Da draußen, in der Welt von morgen, erwartete ihn ein fürchterlicher Schmerz. Er lag regungslos in der Morgendämmerung, noch benommen von der hohen Dosis Valium, die Emil ihm verabreicht hatte. Im Einschlafen hatte er gehofft, die Qualen würde am nächsten Morgen fort sein. Aber nein, da waren sie wieder. Es begann ganz tief in seinem Magen, stieg dann in erstickenden Wellen der Erinnerung langsam hoch, bis salzige Tränen aus seinen fest zusammengepressten Augen quollen und auf seiner sonnengebräunten Haut weiße Spuren hinterließen. Heftige Schluchzer erschütterten seinen Körper. Um sie abzuwehren, schniefte Michael und stöhnte und verbarg das Gesicht voller Verzweiflung in seinem Kopfkissen.

Emil hörte seine Trauer. Für sie, die anderen, war es schwer genug, das alles zu begreifen. Jennifer, blühend und voller Leben, intelligent und witzig, warmherzig und nett und schwanger. Plötzlich weg. Jeremy, wissbegierig und ernsthaft, offen und klug, das ganze Leben noch vor sich. Weg. Andrew, achtzehn Monate alt und vermutlich durch die Explosion für immer taub. Lieber Gott, dachte Emil und erhob sich mühsam von seinem Stuhl am Lagerfeuer. Was für eine grausame Welt ist das nur! Er schlug den Eingang zu Michaels Zelt zurück und ging hinein. Hilflos stand er neben dem Bett, betrachtete den quälenden Schmerz seines Freundes. Tränen traten in Emils Augen. In einem instinktiven Versuch zu trösten, setzte er sich auf die Bettkante und legte Michael die Hand auf die Schulter.

Er regte sich, drehte sich auf die Seite, schlang beide Arme um Emil und klammerte sich verzweifelt an ihn. Tränen durchweichten Emils Hose, als Michael seinen schrecklichen Kummer herausweinte.

Sie mussten Andrew auf schnellstem Weg in ein Krankenhaus schaffen.

Die kombinierte Polizei-Armee-Einheit hatte sich der Sache angenommen. Sie zögerten nicht lange, sondern informierten Emil über das, was zu tun war. Das war ihre Aufgabe, und sie machten sie gut. Äußerlich zeigten sie keinerlei Emotionen, sie handelten rasch, sprachen mit fester Stimme, machten sogar ein paar Witzchen über andere Dinge. Aber irgendwie war dieser Vorfall anders als sonst. Diese Frau, dieses Kind berührten sie, durchdrangen die Fassade der kühlen Professionalität, die sie sonst umgab. Man spürte es ganz deutlich. Kleine Gruppen von Männern standen zusammen, wurden plötzlich still und nachdenklich, rauchten, bis ihre Kehlen schmerzten. Gezwungenes Lachen. Wutausbrüche ohne jeden Grund. Niemand sprach es aus, niemand. Aber der Gedanke war in allen Köpfen: *Dies ist der Anfang vom Ende.* Es machte ihnen Angst, aber schlimmer noch als die Angst war die schreckliche Gier nach Rache, die im Herzen und in der Seele eines jeden Einzelnen brannte. Und selbst hinter diesem instinktiven Wunsch zurückzuschlagen lag eine tiefere und gewaltigere Emotion. Sorge. Nicht so sehr um die Frau und das Kind als um etwas, das sich für immer veränderte: das Paradies Südafrika. *Der Anfang vom Ende.*

Dennoch taten sie das, was sie tun mussten. Die Leichen von Jennifer und Jeremy wurden in Säcke verpackt und zum Flugplatz von Katima Mulilo gebracht. Von dort wurden sie nach Südafrika geflogen. Das Wrack des Landrovers konnte nicht abgeschleppt werden, also wurde ein Loch ausgehoben, in dem man das Auto begrub.

Lange bevor es Tag wurde, hatte die Armee sämtliche Zufahrtswege zum Lager auf Minen untersucht. Sie fanden noch vier weitere, eine auf jedem Weg, und alle im Umkreis von zehn Kilometern. Noch ehe Michael erwachte, um sich seinem Schmerz zu stellen, wusste die Armee, dass das Spiel nun anders gespielt wurde. Die SWAPO zielte nun auf Zivilisten.

Um acht Uhr dreißig landete ein Armee-Helikopter mit einem riskanten Manöver in dem ausgetrockneten Flussbett. Michael beachtete ihn kaum. Er hockte auf einem Stuhl vor Jennifers Laborzelt, unfähig hineinzugehen und die Erinnerungen darin zu ertragen. Andrew hielt er in seinen Armen.

Ein Polizist machte sich auf die Suche nach Emil, um ihn davon zu unterrichten, was als Nächstes geschehen würde.

»Sie landen in Lanceria«, erklärte er und nannte den Namen des kleinen Flughafens vor den Toren von Johannesburg. »Dort steht ein Krankenwagen bereit, der Sie in die Sandton-Klinik bringt. Ein Hals-Nasen-Ohren-Spezialist erwartet Sie. Wir haben auch dafür gesorgt, dass ein Psychiater hinzugezogen wird.«

Michael, der blass und stumm dasaß und Andrew festhielt, als könne er es nicht ertragen, ihn auch nur eine Sekunde aus den Augen zu lassen, nickte nur, als Emil ihm sagte, dass er mit ihnen fliegen würde. Emil war auch derjenige, der die Tasche für Michael und seinen Sohn packte. »Komm«, drängte er seinen Freund, der wie betäubt war und plötzlich zögerte, in den Helikopter zu steigen.

Michael runzelte die Stirn. »Da ist etwas ... woran ich mich die ganze Zeit zu erinnern versuche. Etwas Wichtiges.«

»Was ist es denn?«, fragte Emil behutsam.

»Wegen gestern.« Michaels Gesicht war völlig konzentriert. »Es ist von Bedeutung.«

»Vielleicht fällt es dir unterwegs wieder ein«, meinte Emil. Er sagte zwar nichts, aber er machte sich Sorgen um Andrew. Vom Verlust seines Hörvermögens abgesehen, schien er unverletzt, aber Emil würde erst dann sicher sein, wenn eine gründliche medizinische Untersuchung stattgefunden hatte. Der Schnitt an seinem Kopf war nur oberflächlich, aber der Schädel eines Kindes war weich. Vielleicht hatte er eine Gehirnerschütterung oder innere Blutungen, was auch immer.

»Jennifer ... Jeremy ...« Michaels Stimme stockte, und er brachte es nicht fertig zu fragen.

Emil verstand. »Sie wurden heute Morgen nach Johannesburg geflogen.«

Das schien ihm den Impuls zu geben, den er gebraucht hatte. Michael übergab Andrew an Emil, kletterte selbst in den Helikopter und streckte dann sofort wieder die Arme nach seinem Sohn aus.

»Lass ihn vorn sitzen«, schlug Emil vor. »Dann kann er besser sehen.«

Aber Michael schüttelte den Kopf. »Er sitzt auf meinem Schoß.«

Emil widersprach nicht. Wenn es Michael Trost gab, seinen Sohn auf dem Schoß zu halten, war das immerhin ein kleiner Anfang.

Der Pilot verschwendete keine Zeit. Innerhalb weniger Minuten waren sie in der Luft. Eine halbe Stunde später vernahm Emil einen unterdrückten Aufschrei. Er drehte sich um und sah, dass Michaels Gesicht unter dem Schweißfilm noch blasser geworden war.

»Jetzt erinnere ich mich wieder. Gestern Abend. Da waren Männer auf der Straße.«

Der Hubschrauberpilot hörte ihnen zu. »Das wissen wir,

Sir. Wir konnten ihre Spuren bis nach Sambia hinein zurückverfolgen. Machen Sie sich keine Sorgen. Die kriegen wir. Sie können sich nicht lange verstecken.«

Michael wollte noch mehr sagen, doch dann stockte er. Vor seinem geistigen Auge tauchte erneut das Gesicht auf, das er im Scheinwerferlicht kurz gesehen hatte. Es war ihm so bekannt vorgekommen. Jetzt wusste er plötzlich wieso. Jackson Mpande. Älter und erwachsener, als er ihn in Erinnerung hatte, aber unverkennbar. Ein Gesicht, das er schon früher gehasst hatte. Aber jetzt! *Oh du meine Güte.* Jetzt!

Die Erkenntnis traf ihn wie ein Donnerschlag. Sein Verstand arbeitete plötzlich ganz klar und konzentriert.

Ganz gleich, wie lange es dauert, du Schwein. Du gehörst mir.

Etwas Kaltes schloss sich um sein Herz. Der Schmerz um Jennifer und Jeremy zog sich vorerst zurück, darum würde er sich später kümmern. Und wenn es ihn den Rest seines Lebens kosten würde, wenn er dabei selbst umkam, es gab nur noch einen einzigen Gedanken in Michaels Kopf.

Jackson Mpande war ein toter Mann.

Kapitel sechzehn

Wenn es nach Michael gegangen wäre, hätte er seinen Sohn zur medizinischen Versorgung direkt nach England gebracht. Nicht weil er den Einrichtungen in Südafrika nicht getraut hätte, ganz im Gegenteil. Einige der besten Ärzte der Welt arbeiteten hier. Es war nur so, dass Michael das Gefühl hatte, er müsste Afrika dringend für eine Weile verlassen.

Die Entscheidung wurde dadurch erleichtert, dass Jennifers Mutter im vergangenen Jahr in Zululand an Krebs gestorben war. Jennifers Vater trauerte so sehr um seine Frau und seine Tochter, dass er nicht in der Verfassung war, sich um Michael und Andrew zu kümmern.

Außerdem wollte Michael Andrew nach England bringen, fort von der zunehmenden Unruhe, die sie hier umgab. Er sehnte sich nach Claire, nach ihrer Ruhe und Liebe, sehnte sich danach, seinen angegriffenen und zerrissenen Nerven eine Pause zu gönnen. Und er brauchte Zeit zum Nachdenken.

Die kalte Wut, die sich um sein Herz geschlossen hatte, war nicht nur eine angenehme Ablenkung, sie war wichtig für seine seelische Gesundheit. Michael wusste, dass er nicht klar denken konnte. Er ließ den Gedanken zwar zu, war aber so ehrlich zu sich selbst, dass er seinen Wunsch nach Rache in die richtige Perspektive rückte. Jackson Mpande würde sterben, daran gab es keinen Zweifel. Er musste geduldig sein, seine blinde Wut beherrschen lernen. Wenn Jackson starb, würde es das Befriedigendste sein, was Michael je getan hatte.

Nur die Zeit würde es ihm ermöglichen, dieses Ziel zu erreichen. Es würde ihm helfen, Afrika für eine Weile zu verlassen. Aber als der Helikopter in Lanceria landete, stand dort ein Krankenwagen bereit, kompetentes medizinisches Personal erwartete sie, und so akzeptierte Michael auf Emils Drängen die Tatsache, dass das Wohlergehen seines Sohnes nun oberste Priorität hatte.

Zwei Monate später informierte der behandelnde Arzt Michael nach einer Reihe von anstrengenden Untersuchungen, dass Andrews Gehör, soweit er das sehen konnte, nicht dauerhaft geschädigt sei. »Es ist nur der Schock. Haben Sie Geduld.«

»Seien Sie nicht albern«, hatte Michael den Arzt angefahren. »Versuchen Sie einmal, ein Geräusch hinter ihm zu machen oder ihm ein Stück Schokolade anzubieten. Er kann es schlicht nicht hören.«

Nach dem Hals-Nasen-Ohren-Spezialisten waren Andrew und vor allem Michael, wiederum auf Emils Anraten, einem Psychiater vorgestellt worden. Zuerst war Michael davon überzeugt gewesen, seine Trauer auch ohne ärztliche Hilfe bewältigen zu können. Die Vorstellung, auf einer Couch zu liegen und sein Herz einem Fremden auszuschütten, der ihm kühl und distanziert zuhörte, war ihm zuwider. Ihm war nicht bewusst, dass Emil sich um Andrew sorgte. Er verstand Michaels Bedürfnis nach Rache, aber er wollte sichergehen, dass Andrew deshalb nicht benachteiligt werden würde. Insgeheim hoffte Emil sogar, dass der Psychiater Michael beruhigen und von seinen schrecklichen Absichten abbringen könnte.

Emil war derjenige, der den Termin vereinbarte und darauf bestand, dass Michael ihn auch einhielt. Michael ging widerstrebend hin in der Hoffnung, dass dieser Dr. Devilliers nichts mit der Psychiaterin gemein hatte, zu der sie Tessa damals geschleppt hatten. »Also gut, aber nur ein Termin«, hatte er schließlich zugestimmt.

Emil hatte genickt, erleichtert. Er hatte sich selbst in psychiatrische Beratung begeben, als seine Frau damals gestorben war, und hoffte, dass Michael es nicht bei einem Termin belassen würde, wenn Dr. Devilliers auch nur halbwegs gut war. Sobald das Eis einmal gebrochen sei, so war es zumindest bei Emil gewesen, würde jeder nachfolgende Besuch ihn weiterbringen und ihm helfen, mit der Realität zurechtzukommen.

Michael war drei Minuten zu früh in der Praxis erschienen. Im Wartezimmer lagen die üblichen alten Zeitschriften und Broschüren herum. Die Frau an der Rezeption war schwarz, etwas Ungewohntes an einem sonst von Weißen beherrschten Arbeitsplatz. Zwei andere Patienten blätterten desinteressiert in irgendwelchen Magazinen herum. Michael setzte sich und stellte sich auf die normale lange Wartezeit ein, die mit einem Arztbesuch verbunden war. Ein Summton erklang. Die Empfangsdame sprach in den Telefonhörer, dann schaute sie zu Michael herüber. »Dr. Devilliers erwartet Sie.« Sie führte ihn einen Gang entlang, klopfte an eine Tür, öffnete sie und bat ihn, einzutreten. Michael ging hinein, und die Tür wurde hinter ihm geschlossen.

Er sah die Ärztin nicht sofort, der große Mahagoni-Schreibtisch war leer.

»Hier drüben.«

Er drehte sich um. Sie saß in einem Sessel an einem kleinen Tischchen. »Sie?«

Ein Lachen. »Ich habe mich schon gefragt, ob es derselbe Michael King sein kann.« Sie zeigte auf den leeren Sessel neben sich. »Kommen Sie, setzen Sie sich.«

Michael blieb wie angewurzelt stehen. »Ich weiß nicht, ob das eine gute Idee ist. Sie waren schon beim letzten Mal keine große Hilfe.«

»Ich hatte ja auch keine Gelegenheit dazu. Wie geht es übrigens Ihrer Schwester?«

»Gut«, antwortete er kurz angebunden.

»Ich weiß, warum Sie hier sind, Michael.« Ihre Stimme war sanft, aber geschäftlich. »Lassen Sie sich Zeit. Wir können erst über Tessa sprechen, wenn Sie möchten.«

Ihre wilden Locken waren hochgesteckt, aber ein paar Strähnen hatten sich gelöst und fielen ihr ins Gesicht. Michael sah plötzlich Jennifers Gesichtszüge vor sich, und er merkte, dass er unglaublich zornig wurde. *Wie konnte sie es wagen?! Diese ruhige und so zynisch distanzierte Person, wie kann sie es wagen sich einzubilden, ich würde meine Liebe, meine Trauer, meine Wut mit ihr diskutieren? Was bildet sie sich eigentlich ein, wer sie ist?* Er merkte es nicht, aber als er so dastand, hatte er die Hände zu Fäusten geballt.

»Ich sehe, dass Sie zornig sind, Michael. Aber das meiste davon gehört nicht in diesen Raum. Es tut mir Leid, dass wir uns damals wegen Tessa nicht einig waren, aber Sie haben mir auch nicht den Hauch einer Chance gegeben. Ich hoffe, dass Sie dieses Mal nicht denselben Fehler machen. Sie brauchen Hilfe, ob Ihnen das gefällt oder nicht. Wenn es Ihnen lieber ist, kann ich Sie an einen meiner Kollegen weitervermitteln.«

»Ich hatte keine Ahnung, dass Sie es sind. Das letzte Mal hießen Sie noch Dr. Lewis. Sie haben einen anderen Namen angenommen.«

»Das tun Frauen häufig, wenn sie heiraten.«

»Wie kommen Sie auf die Idee, dass Sie mir helfen können? Ich kann Sie ja nicht einmal ausstehen.«

Sie lächelte über seine Offenheit. »Ich hoffe, dass Sie das nicht so meinen. Ich vermute, Ihnen hat das, was ich über Ihre Schwester gesagt habe, damals nicht gefallen. Habe ich Recht?«

»Vielleicht«, antwortete Michael.

»Würden Sie lieber mit einem Kollegen von mir sprechen?«

»Zur Hölle«, meinte Michael plötzlich. »Lassen Sie uns die Sache hinter uns bringen.« Er verschränkte die Arme vor der Brust und sah sie feindselig an. »Wo soll ich mich hinlegen?«

Sie lachte über seine Frage. »Wenn Sie darauf bestehen, könnte ich meinen Schreibtisch frei machen.« Sie beugte sich vor, nahm eine Schachtel Zigaretten und ein Feuerzeug von dem kleinen Tischchen, zündete sich eine Zigarette an und blies den Rauch zur Decke. »Aber mir persönlich wäre es lieber, wenn Sie sich hier zu mir setzen würden.«

Michael durchquerte den Raum. »Sie sollten nicht rauchen.«

»Ich weiß. Stört Sie der Qualm?«

Ehe er sich's versah, erzählte er ihr, wie er in der Schule einmal versucht hatte zu rauchen und ihm dabei übel und schwindelig geworden war. Das wiederum führte ihn nach UBejane und zu irgendwelchen Kindheitserinnerungen, und als sie sich nach dem außergewöhnlichen Namen der Farm erkundigte, kam er auf die Probleme der Nashörner in der Gefangenschaft zu sprechen und von da aus wieder zurück zum Zuckerrohranbau. Er war erstaunt, als sie auf ihre Uhr sah und verkündete, dass die Stunde vorüber wäre.

»Nächste Woche um die gleiche Zeit.«

Er hörte sich einwilligen. »Ich wollte eigentlich nur einmal kommen, aber da wir nicht auf meine ... nun, meine so genannten Probleme zu sprechen gekommen sind, muss ich wohl noch einmal ...«

»Gut.« Sie lächelte.

In der darauf folgenden Woche erzählte er ihr von Claire, von den Problemen, mit denen sie ihr Leben lang zu kämpfen hatte, und wie froh er war, dass sie nun endlich mit Peter Dawson glücklich sein konnte.

»Nächste Woche um die gleiche Zeit.«

»Okay.«

Es dauerte sieben Wochen, ehe er auf Jennifer und Jeremy zu sprechen kam. Sobald er das tat, öffneten sich sämtliche Schleusentore, und er fand es schrecklich einfach, seine ganze Wut herauszulassen. Zu seiner völligen Überraschung liefen Anne Devilliers, als er fertig war und nichts mehr zu sagen hatte, Tränen über die Wangen.

»Hey, das tut mir Leid. Ich wollte nicht ...«

Sie tupfte sich die Augen trocken. »Sind Ihnen meine Tränen unangenehm?«

»Nein.« Das entsprach der Wahrheit. »Es ist nur so, dass ...« Verdammt! Er hatte sich die ganze Zeit zusammengerissen, hatte ihr die Geschichte halbwegs sachlich erzählt, aber nun standen ihm plötzlich ebenfalls Tränen in den Augen. Er schluchzte auf, und ehe er wusste, wie ihm geschah, erzählte er ihr die ganze Geschichte noch einmal, und dieses Mal war er kein bisschen gefasst, und als seine Traurigkeit endlich nachließ und er wieder klar denken konnte, verspürte er plötzlich einen inneren Frieden, wie er ihn seit ... Aber nein. So weit würde er es nicht kommen lassen.

Er spürte ihre Hand auf seinem Arm. Sie sagte nichts,

hielt nur seinen Arm fest, mit langen kräftigen Fingern. Das, was dann geschah, konnte Michael nicht verhindern. Im Nachhinein vermutete er, dass er sich verzweifelt nach menschlicher Wärme gesehnt hatte. Er hatte Annie Devilliers alles anvertraut, und er musste, ganz gleich wie flüchtig, jemandem körperlich nah sein. Er stand auf und zog sie mit sich hoch. Sie leistete keinerlei Widerstand. Michael schlang die Arme um sie und verbarg das Gesicht in ihrem Nacken. Er spürte ihre Arme an seinem Rücken, spürte, wie sie ihn festhielt. Er hatte keine Ahnung, wie lange sie so zusammenstanden. Dann zog er sich plötzlich zurück. »Tut mir Leid.«

Sie grinste. »Unsinn! Es hat Ihnen gefallen.«

Michael blinzelte. Sie hatte eine Art, die Dinge beim Namen zu nennen, die ihn sprachlos machte. »Eh ... ja ... also.« Er wurde tatsächlich rot.

»Sie brauchten eine Umarmung«, erklärte sie schlicht. »So einfach ist das.«

Michael lief vor ihr auf und ab.

»Sie waren Jennifer nicht untreu, wenn Sie das meinen. Setzen Sie sich wieder, Michael, Sie machen mich schwindelig.«

»Das ist es nicht. Es ist, verdammt, Annie, ich schulde Ihnen eine Entschuldigung.«

»Sie können manchmal ziemlich unhöflich sein.«

Er schüttelte ungeduldig den Kopf. »Wegen Tessa. Ich begreife jetzt, dass ... dass die Dinge, die Sie tun, Zeit brauchen. Ich habe mich damals geirrt, und dafür möchte ich mich entschuldigen.«

»Setzen Sie sich«, drängte sie sanft. Als er gehorchte, fuhr sie fort: »Wissen Sie, in meinem Beruf gibt es häufig Situationen, die es erforderlich machen, in die Privatsphäre anderer Menschen einzudringen. Ich habe damals sofort gesehen, welche Probleme Tessa hatte, und aus dem, was sie mir erzählten, schloss ich, dass sie große Aggressionen vor allem gegen Sie hatte. Ehe ich bei Tessa mit einer Therapie beginnen konnte, musste ich mich daher vergewissern, dass Sie nicht ... die Ursache für die Probleme Ihrer Schwester waren.«

»Wollen Sie damit sagen, was ich annehme, was Sie sagen? Dass Sie tatsächlich geglaubt haben, ich hätte meine eigene Schwester missbraucht?«

»Das kommt vor. Häufiger als die meisten ahnen. Ich musste sicher sein.« Sie zuckte mit den Schultern. »Ich nehme es Ihnen nicht übel, dass Sie sauer sind. Ich hätte es damals geschickter anfangen sollen. Aber ich war noch ziemlich unerfahren.«

»Hätten Sie ihr helfen können?«

»Wahrscheinlich nicht.«

»Warum nicht?«

»Weil sie sich nicht helfen lassen wollte.« Sie sah auf die Uhr. »Okay, das wär's für heute. Nächste Woche um die gleiche Zeit.«

»Ein letzter Termin. Danach schaffe ich es allein.«

Sie zündete sich eine Zigarette an. »Sie sind niemals allein«, sagte sie in den Rauch hinein. »Vergessen Sie das nie.«

Bei seinem letzten Besuch erzählte Michael Annie Devilliers, dass dieser verfluchte Hals-Nasen-Ohren-Arzt behauptet hätte, Andrews Gehör sei völlig in Ordnung.

»Ein Schock kann sich auf vielfältige Weise auswirken«, erklärte sie mit ruhiger Stimme. »Andrews Körper und seine Seele haben Schreckliches mitgemacht.« Sie standen beide auf einer Seite ihres Schreibtisches, und sie kritzelte etwas auf einen Notizblock, während sie redete. Sie riss den

Zettel ab und reichte ihn Michael. »Dies ist der Name und die Adresse eines der besten Spezialisten in Europa. Wenn Sie eine zweite Meinung hören möchten, fliegen Sie mit Ihrem Sohn zu ihm. Er hat bei vielen Schockpatienten hervorragende Arbeit geleistet.«

Michael blickte abwesend auf das Papier und fuhr sich mit der Hand durchs Haar. »Europa?«

Sie lächelte. »Da wollten Sie doch sowieso hin, oder nicht?«

»Ich weiß es nicht.«

Sie lehnte sich auf ihrem Stuhl zurück und verschränkte die Arme vor der Brust. »Michael, ich höre Ihnen nun seit neun Wochen zu. Ich weiß, was Sie vorhaben.«

»Tatsächlich? Und was könnte das sein?«, fragte er streitlustig. Die ganze Woche lang hatte sich in ihm etwas aufgebaut. Ungeduld, ja. Vielleicht ein Bedürfnis, etwas zu tun. Aber es war kein Zorn, der hatte nachgelassen.

Sie ignorierte seinen Ton. »Ein unerledigtes Geschäft.«

Michael stopfte den Notizzettel in seine Hosentasche.

»Habe ich Recht?«, forschte sie.

Er schaute ihr direkt in die Augen, sagte aber nichts.

»Ja. Ich glaube, ich habe Recht.«

»Es geht Sie nichts an«, sagte er unwirsch.

Sie blinzelte und warf ihr Haar zurück. Heute fiel es offen herab, ein Wasserfall aus blonden Locken, der perfekte Rahmen für ihre lavendelfarbenen Augen.

»Ich habe mich wirklich noch nicht entschieden«, log er, wenn auch in etwas milderem Ton. Seine Emotionen fuhren mit ihm Achterbahn, und er wusste nie, ob er im nächsten Augenblick aufgebracht oder ruhig sein würde. Es war ziemlich enervierend, aber es stand nicht in seiner Macht, diese Stimmungsschwankungen zu verhindern.

»Tessa. Jennifer. Jeremy.« Sie zählte sie an ihren langen schlanken Fingern ab. »Drei gewichtige Gründe, um nicht die andere Wange hinzuhalten.«

Der Ärger kam wieder hoch. »Nicht zu vergessen Südafrika. Menschen wie er verdienen es nicht zu leben.« Seine Stimme wurde wieder hart. »Er muss dafür zahlen.«

Sie nickte. »Und Sie finden, es liegt in Ihrer Verantwortung, die Schulden einzutreiben?«

»Tut es das nicht? Schließlich fühle ich mich ja auch wie derjenige, der die Ware verkauft.«

Sie ignorierte das ebenfalls. »Und Sie können nichts unternehmen, solange Sie Andrew im Schlepptau haben. Das bringt uns wieder zurück zu Europa. Sie bringen ihn zu Ihrer Mutter, nicht wahr?«

»Ich schätze, das ist der beste Platz für ihn.«

»Bleiben Sie bei ihm. Wenigstens für eine Zeit lang.«

Plötzlich wusste er, was es war, was sich da in ihm aufgebaut hatte. Er war ungeduldig, ja. Er war bereit, es zu tun, und konnte es kaum erwarten, loszuziehen. Und sie verlangte von ihm, noch zu warten. »Ich liebe meinen Sohn sehr«, sagte er rauer, als er beabsichtigt hatte. »Ich schulde es ihm so sehr wie mir selbst.«

»Ich kann Sie gut verstehen«, antwortete sie zu seiner Überraschung. »Ich möchte nur, dass Sie erst ein wenig Zeit mit Andrew verbringen. Sie sind alles, was ihm geblieben ist. Er braucht Sie, Michael.«

»Er ist noch ein Baby. Woran kann er sich schon erinnern?«

In ihrem Gesicht flackerte Ärger auf. »Stellen Sie diese Frage in zwanzig Jahren noch einmal. Der menschliche Verstand ist ein Wunderwerk, Michael. Das, was Andrew erlebt hat, wird eines Tages an die Oberfläche kommen, glauben Sie mir. Das, was Sie heute tun, ist ganz wesentlich für sein zukünftiges Wohlergehen. Schenken Sie dem kleinen Kerl Ihre Zeit, verdammt nochmal. Das ist doch nicht zu viel verlangt. Im Gegensatz zu Ihnen kann er seine Erlebnis nicht rational verarbeiten. Trösten Sie ihn. Seien Sie für ihn da.«

»Na wunderbar«, antwortete Michael bitter. »Und während ich das tue, macht sich der Mann, der meine Frau getötet hat, meinen anderen Sohn und unser ungeborenes Kind, in aller Ruhe aus dem Staub. Wie viel Zeit schlagen Sie vor?«

Sie sah ihn an, Mitleid stand in ihrem Gesicht. »Der Rest Ihres Lebens wäre gut. Wenn Sie das nicht schaffen, dann geben Sie Ihrem Sohn wenigstens die Möglichkeit, sich eine neue Bezugsperson zu suchen.« Sie versuchte, nicht böse auf ihn zu sein, aber das gelang ihr nicht so recht. »Wenn Sie ihn jetzt im Stich lassen, werden Sie das irgendwann bereuen. Sie können nicht einfach so in sein Leben und wieder heraustanzen. Entscheiden Sie sich, verdammt nochmal. Sie haben Ihrem noch lebenden Sohn gegenüber Verpflichtungen. Deutlicher kann ich es nicht sagen.«

»Also gut.« Er wollte raus aus ihrer Praxis, weg von ihren Worten. Er wusste, dass sie Recht hatte. »Machen Sie sich keine Sorgen. Andrew wird in guten Händen sein. Meine Mutter ...«

Sie stand plötzlich auf, sehr zornig. »Scheiße! Tändeln Sie nicht mit ihm herum, Michael King. Er braucht Sie wie noch nie. Kümmern Sie sich um ihn, verdammt. Ist das klar?«

Michael senkte den Kopf, hauptsächlich um sein Grinsen zu verbergen. Sie sah so albern aus, wie sie da über ihren Schreibtisch gebeugt stand, die Hände in die Hüften gestemmt und ihn beschimpfte. Ihm wurde plötzlich klar, dass es das erste Mal war, dass er sich über etwas amüsierte seit ... *Stopp! Keinen Schritt weiter.* Er sah wieder zu ihr. »Glasklar.« Er erhob sich ebenfalls. »Ich werde auf Sie hören. Ich gebe Andrew Zeit, ich verspreche es. Würden Sie mich jetzt bitte entschuldigen?« Er wandte sich zum Gehen.

»Michael.«

Er drehte sich noch einmal um. »Ja?«

Sie lächelte jetzt. »Ich wollte Ihnen nur sagen, dass ich normalerweise nicht so mit meinen Patienten spreche.«

Michael gelang ein halbes Lachen.

Sie nickte. »Gut. Das nächste Lächeln wird Ihnen schon viel leichter fallen.«

Das bezweifelte er.

Annie Devilliers schrieb noch etwas auf den Notizblock. »Wenn Sie zurückkommen, nehmen Sie Kontakt zu diesem Mann hier auf. Wenn Ihnen jemand behilflich sein kann, dann er.« Sie reichte ihm den Zettel.

Michael warf einen Blick darauf. Ein Name und eine Telefonnummer. »Ich nehme an, Sascha Devilliers ist Ihr Mann?«

Sie nickte.

»Keine Adresse?«

»Er ist viel unterwegs. Rufen Sie diese Nummer an und hinterlassen Sie eine Nachricht.«

»Was macht er?« Michael hatte leise Zweifel. Ihre Antwort hatte so geheimnisvoll geklungen. War ihr Mann eine Art Söldner? Oder jemand, der mit dem Amt für Staatssicherheit zu tun hatte? So oder so, was würde er dazu sagen, dass seine Frau einem völlig Fremden seine Telefonnummer gab? »Ich meine, was genau tut er?«

»Das kann ich Ihnen nicht sagen.«

»Können oder wollen Sie es nicht?«

»Beides.«

»Dann sagen Sie mir nur eins. Arbeitet er für die Armee oder die Regierung, oder ist es etwas Privates?«

Sie schien über seine Frage nachzudenken, aber alles, was sie sagte, war: »Ich kann Ihnen nur so viel verraten. Es ist sehr wahrscheinlich, dass er weiß, wo Ihr Mann steckt.«

Michael faltete den Zettel zusammen. »Danke.«

»Sagen Sie ihm, dass ich Ihnen die Nummer gegeben habe.« Sie verzog das Gesicht. »Nicht dass das einen Unterschied machen würde«, fügte sie mit merkwürdig wehmütiger Stimme hinzu.

Sie verabschiedeten sich, schüttelte sich die Hände. Michael tat es ein bisschen Leid. Er hatte diese junge Frau schätzen gelernt. In ihrer ruhigen, unaufdringlichen Art hatte sie ihn dazu gebracht, über alles Mögliche zu sprechen, sich vorsichtig an den Punkt heranzutasten, an dem er über Jennifer und Jeremy reden konnte. Sie hatte keinerlei Bewertungen vorgenommen, bis heute, und da hatte sich ihr Urteil mehr auf Andrew bezogen als auf seine Absichten in Bezug auf Jackson. Sie hatte eine ganz besondere Art, ihm zuzuhören, und alles an ihr, selbst ihre Körpersprache, erweckte Vertrauen. Michael hatte das Gefühl, ihr alles sagen zu können. »Sieh der Wahrheit ins Gesicht«, murmelte er vor sich hin, als er schließlich in den Aufzug stieg. »Genau das hast du getan.«

Als Michael ins Hotel zurückfuhr, wo Emil Andrew beaufsichtigte, kehrte seine Ruhelosigkeit zurück. Einem plötzlichen Impuls folgend betrat er ein Reisebüro und kaufte für sich und Andrew Flugtickets nach London. Andrews Ticket war nur für einen einfachen Flug, für alle Fälle.

Emil bedauerte sehr, dass sie weggingen. Für Michael und Andrew da sein zu können, hatte ihm geholfen, mit einem gewissen Gefühl der Mitverantwortung fertig zu werden, das er nicht richtig los wurde. »Vielleicht treffen wir uns eines Tages wieder.«

Michael hielt das für unwahrscheinlich, nickte aber dennoch. »Vielleicht.« Emil wiederzusehen würde ihm sämtliche Erinnerungen zurückbringen. Er musste nach vorn schauen, nicht nach hinten. Es gab nur eine Aufgabe, die zunächst erledigt werden musste.

Auf dem Flug nach England war eine der Stewardessen so von dem stillen, ernsten kleinen Junge mit den großen dunklen Augen fasziniert, dass sie Michael fragte, ob sie Andrew mit ins Cockpit nehmen dürfe. Als der Junge eine halbe Stunde später zurückkam, spürte Michael eine Veränderung an seinem Sohn. Seine Augen strahlten, als er sich aus den Armen der Stewardess befreite und über Michaels Schoß auf seinen Fensterplatz krabbelte.

Dort nahm er sofort den Zeichenblock und die Buntstifte, die die Stewardess ihm zu Beginn des Fluges gegeben hatte. Mit konzentriertem Gesicht begann er ein Bild zu malen. Es war das Cockpit, eine typische Kinderzeichnung, unkoordiniert und sehr simpel. Zufrieden über seine Arbeit zupfte er an Michaels Ärmel und zeigte auf das Bild.

»Sehr schön.« Michael beugte sich zu ihm, um das Kunstwerk seines Sohnes gebührend zu bewundern. »Das ist das Cockpit, wo der Pilot sitzt, nicht?«

»Hm«, antwortete Andrew versunken und fügte noch ein paar Striche hinzu.

Er war so mit seiner Malerei beschäftigt, dass er weder die

plötzlichen Tränen in den Augen seines Vaters bemerkte noch sein geflüstertes »Danke, Gott« registrierte.

Obwohl Andrew während des gesamten Fluges kein weiteres Wort sagte, war Michael ganz euphorisch. Annie hatte versucht, ihm zu erklären, dass Andrews Gehirn über eine Art Schutzmechanismus verfügte, der das Gehör oder auch die Sprache des Jungen komplett ausschalten konnte. »Es wird sich alles normalisieren, sobald Andrew so weit ist«, hatte sie prophezeit. »Je sicherer er sich fühlt, desto schneller geht es.«

»Aber er hat doch gar nicht viel mitbekommen«, hatte Michael entgegnet. »Er hat tief und fest geschlafen. Er ist immer eingeschlafen, sobald er im Auto saß.«

»Selbst wenn Andrew geschlafen hat«, hatte sie erklärt, »spürt er im Unterbewusstsein, dass sich etwas verändert hat. Der arme kleine Kerl wacht im Stockdunkeln mitten im Busch auf, ohne zu wissen, wie er dort hingekommen ist, und seither hat er seine Mutter und seinen Bruder nicht mehr gesehen.«

»Wollen Sie mir damit sagen, dass auch er trauert?«

Sie hatte einige Sekunden über diese Frage nachgedacht. »Nicht so, wie wir das verstehen, nein. Es ist mehr eine Art Weigerung, sich der Realität zu stellen. Aber das ist schwer zu sagen. Kommt er Ihnen sonst noch anders vor als früher?«

»Ja, aber nur, weil er so still ist. Er spielt mit seinen Spielsachen, schaut sich Bilderbücher an, malt. Er war immer ziemlich kreativ. Natürlich war er fast ständig mit Jeremy zusammen ...«, Michaels Stimme war ins Stocken geraten, »deshalb ist das schwer zu beurteilen.«

Daraufhin hatte sie mitfühlend genickt und das Thema gewechselt.

Nun, die Ärzte und Annie schienen Recht zu behalten. Andrew konnte hören. Er war nur noch nicht fähig oder gewillt zu sprechen. Da Michael das nun wusste, nahm er sich vor, seinem Sohn die Zeit zu geben, die er benötigte. Während er zusah, wie sein Sohn ein weiteres Bild vom Cockpit malte, wurde ihm plötzlich klar, dass Andrew in den letzten zwei Monaten nicht ein einziges Bild von Jennifer oder Jeremy gemalt hatte. Der Kühlschrank und die Regale, die Küchenwände und selbst die Seitenwände des Zeltes waren damals voll von diesen Bildern gewesen, hauptsächlich von Jennifer. Annie Devilliers hatte ihm geholfen, klarer zu sehen, aber für Andrew war es so, als würde die Vergangenheit gar nicht existieren. Diese Erkenntnis brach Michael fast das Herz.

Claire holte sie in Heathrow am Flughafen ab. Michael sah sofort, wie sehr die Tragödie seine Mutter hatte altern lassen. Sie umarmte ihren Sohn, dann bückte sie sich, um Andrew auf den Arm zu nehmen. »Hallo, du großer Junge«, sagte sie mit erstickter Stimme. »Wir zwei werden ganz besondere Freunde werden, ja?«

Andrew sah sie an, seine Augen waren leer und ernst. »Er kann dich hören. Er sagt nur nichts«, erklärte Michael.

»Dann werden wir jemanden finden, der ihm helfen kann«, antwortete Claire.

»Ich habe eine Londoner Adresse. Ein Arzt, der sich auf Schockzustände spezialisiert hat.«

Claire warf einen Blick auf ihr Gepäck. »Ist das alles?«

»Es sind hauptsächlich Andrews Sachen. Der Rest ist eingelagert.«

»Weil du wieder zurückfliegst?«

»Ja.«

Sie musterte ihn aufmerksam. Er hatte an Gewicht verloren, und feine Linien des Schmerzes, aber auch der Entschlossenheit hatten sich in seine gegerbte Haut eingegraben. Noch vor sechs Monaten, als sie und Peter eine ihrer regelmäßigen Reisen nach Südafrika unternommen hatten, war Michaels Gesicht glatt gewesen, er hatte eine gesunde Hautfarbe gehabt und er war glücklich gewesen. Sie konnte sich nur entfernt vorstellen, was er durchgemacht haben musste. »Wem soll das nutzen?«

»Jackson Mpande auf jeden Fall nicht«, erklärte Michael mit grimmiger Miene.

»Jackson? Dysons Bruder?« Claire war erschrocken. »Aber wieso?«

»Weil er verantwortlich ist. Ich habe ihn an jenem Abend gesehen, Mutter. Jackson Mpande hat diese verfluchte Mine gelegt.«

»Aber warum?« Sie warf einen ängstlichen Blick in Andrews Richtung. »Es kann doch nur ein Versehen gewesen sein.«

Michael schien es nicht für nötig zu halten, sich im Beisein seines Sohns zurückzuhalten. »Es war kein Versehen. Man hat in der Nähe unseres Camps noch vier weitere Minen gefunden.« Er holte tief Luft und fuhr fort. »Die Dinge haben sich verändert, Mutter. Inzwischen haben sie es auf Zivilisten abgesehen. Wir wussten, dass das irgendwann passieren würde, aber wir haben nicht so schnell damit gerechnet. Es gibt kein Zurück mehr.« Michael schüttelte den Kopf. »Wann werden die in Pretoria endlich aufwachen? Wenn sie doch bloß zuhören würden. Aber nein. Die bilden sich immer noch ein, Gott wäre auf ihrer Seite. Ich prophezeie dir, Mutter, es wird ein Blutbad geben.« Er merkte nicht, dass ihm die Tränen in den Augen standen und seine Stimme ganz schrill geworden war.

»Was diese Feiglinge betrifft, die diese Minen legen, sie wollen nur die Welt auf sich aufmerksam machen. Für sie sind Jen und Jeremy bloß ... ein ... ein Triumph.«

Er konnte nicht mehr weitersprechen. Claire spürte, dass die Leute zu ihnen herübersahen, und ihr wurde klar, wie mitgenommen Michael immer noch war. »Komm, Darling. Lass uns nach Hause gehen.«

Michael fuhr sich mit der Hand durchs Haar. »Es tut mir Leid.« Er streckte seine Arme nach Andrew aus. »Gib ihn mir. Er ist so schwer.«

Auf dem Weg zum Auto kam Claire auf Dyson zu sprechen. »Hättest du Lust, ihn wiederzusehen? Ich weiß, dass er sich riesig freuen würde, wenn du Kontakt mit ihm aufnähmst.«

»Ich weiß nicht«, gab Michael zu. »Vielleicht ist es keine gute Idee, wenn er erfährt, dass ich zurückfliege, um seinen Bruder zu suchen.«

Claire blieb plötzlich stehen. »Michael, was genau hast du vor? Ich meine, *falls* du Jackson findest?«

»Oh, ich werde ihn finden, Mutter, da kannst du dir ganz sicher sein.«

Die kalte Entschlossenheit in seiner Stimme beantwortete ihre Frage. Claire zitterte vor Angst um ihren Sohn, der so zu hassen gelernt hatte.

Claire und Peter Dawson lebten am Rande des malerischen alten ländlichen Städtchens Hertford. Claire liebte den alten Charme des Ortes. Michael wurde es in Hertford und seiner Umgebung nach einigen Wochen trotz aller Schönheit zu eng. »Immer sieht man dieselben Leute«, beklagte er sich mehr als einmal bei seiner Mutter.

»Aber es sind sehr nette Leute«, antwortete Claire lächelnd.

Dagegen konnte er nichts sagen. Es waren freundliche, aufgeschlossene Menschen, die immer für ein Schwätzchen über das Wetter zu haben waren. Aber es waren keine Zulu. Nirgends der durchdringende Geruch von Räucherholz oder geröstetem Mais. Hier nahm man Medizin, nicht *muthi*. Hier sprach man von Dörfern statt von *kraals*. England war wunderschön, zweifellos, aber es war so langweilig. Wenn man durch die Wälder spazierte, musste man bloß darauf achten, nicht in ein Kaninchenloch zu stolpern und sich einen Knöchel zu brechen; man lief nicht etwa Gefahr, einer Löwin zu begegnen, die ihre Jungen beschützte. Die Telefone funktionierten immer, Schlaglöcher auf den Straßen wurden unverzüglich repariert, Wasser brauchte nicht abgekocht zu werden, Krankheit bedeutete in der Regel eine Grippe, keine Malaria oder Bilharziose, in den Geschäften konnte man alles nur Erdenkliche kaufen, das ganze Leben bedeutete Sicherheit, Komfort und Vorhersehbarkeit.

Was soll daran falsch sein, fragte Michael sich. Und die Antwort, ob sie nun richtig oder falsch war, lautete immer: Es ist langweilig und so verdammt kalt.

Trotzdem machte er zunächst keine Anstalten, nach Südafrika zurückzufliegen.

Das Haus von Peter und seiner Mutter war groß, mit einem riesigen Garten, von dem aus man einen viel besuchten Ententeich sehen konnte, der ihr Grundstück von dem öffentlichen Park dahinter trennte. Peter interessierte sich sehr für Enten und sammelte Originalgemälde von Peter

Scott. Er stand oft stundenlang mit seinem Fernglas am Fenster und war außer sich vor Aufregung, wenn er einen neuen Vogel neben dem eisbedeckten Teich entdeckte.

Michael und Andrew bewohnten eine Zwei-Zimmer-Einliegerwohnung im Erdgeschoss mit einem separaten Eingang. Ihre Mahlzeiten nahmen sie in ihrer gemütlichen Landhausküche neben einem Ofen ein, der niemals ausging und auf dem immer ein Wasserkessel stand. Andrew verbrachte viel Zeit mit Claire, die unaufhörlich mit ihm redete, ohne je eine Antwort zu erwarten.

Michael vereinbarte einen Termin bei dem Trauma-Spezialisten, den Annie Devilliers ihm empfohlen hatte, und fuhr dann mit seinem Sohn zu ihm in seine Praxis. Der Mann schien sich jedoch mehr für die Probleme Südafrikas zu interessieren als für Andrews Symptome. Nachdem es Michael endlich gelungen war, das Gespräch wieder auf den eigentlichen Anlass ihres Besuchs zurückzubringen, lautete sein einziger Kommentar: »Dem Jungen würde ein gleichaltriger Spielgefährte oder eine Spielgefährtin gut tun. Ansonsten machen Sie so weiter wie bisher. Liebe, Zuneigung, feste Gewohnheiten, gesundes Essen und ein bequemes Bett. Lieben Sie ihn und seien Sie für ihn da. Aber jetzt sagen Sie mal, Mr. King, glauben Sie, die ganzen Unruhen hätten ein Ende, wenn man Mandela freilassen würde?«

Schocktherapeut, dachte Michael auf dem Rückweg nach Hertford verächtlich. Der einzige verdammte Schock war die Rechnung, die er ausstellte.

Aber er folgte dem Rat des Mannes, sich um einen Spielgefährten für Andrew zu bemühen, und nahm Kontakt zu Sally in Frankreich auf. Sie war gern bereit, ihre Tochter Dominique für ein paar Wochen nach England zu bringen. »Wir wollten euch sowieso besuchen, sobald ihr euch ein wenig eingelebt habt«, erzählte sie Michael am Telefon. »Wie ist das Wetter bei euch?« Nur mit seiner Schwester reden zu können, half Michael bereits, sich wieder ein bisschen normaler zu fühlen.

Sally, ihr Mann Marcel und Dominique kamen wenige Tage später. Marcel, der eine eigene Textilfabrik besaß, hatte nur ein Wochenende lang Zeit, aber Sally und ihre Tochter wollten länger bleiben. Dominique, die nur zwei Monate älter war als Andrew, war ein sehr aktives kleines Mädchen, und die beiden Kinder verstanden sich auf Anhieb. Innerhalb weniger Tage reagierte Andrew, zunächst nur mit einem Ja oder Nein, aber als sich der Besuch seiner Kusine dem Ende zuneigte, plapperte er bereits wieder munter drauflos.

Dann kamen die Albträume. Ohne Vorwarnung drang das Grauen aus der Tiefe seiner Seele zu ihm vor. Es war eine harte Zeit für alle. Die Nächte waren erfüllt mit markerschütternden Schreien. ›Monster‹ – das war das einzige Wort, das Andrew immer wieder sagte. Und dann hielt Michael seinen Sohn in den Armen und wiegte ihn beruhigend zurück in den Schlaf, und er betrachtete sein inzwischen wieder friedliches Gesicht und fragte sich, ob ihr Leben je wieder normal werden würde.

Das Albtraumproblem wurde schließlich von Gregor gelöst. Er war siebzehn, stand kurz vor dem Schulabschluss und war während der Osterferien aus dem Internat nach Hause gekommen. Er war intelligent, sensibel und künstlerisch sehr begabt und wollte die Ferien eigentlich nutzen, um sich auf seine bevorstehenden Prüfungen vorzubereiten. Aber zwischen Andrew und Gregor entwickelte sich rasch eine ganz besondere Beziehung. Andrew folgte seinen Onkel auf Schritt und Tritt und konnte nicht genug bekommen von seinen witzigen schauspielerischen Einlagen.

Irgendwann holte Gregor ein altes Kasperletheater vom Speicher. Er nutzte das schöne Frühlingswetter und baute es zu Andrews großem Vergnügen im Garten auf. Stühle wurden herausgeschleppt, und Andrew erklärte mit wichtiger Miene jedem, wo er zu sitzen hatte. Dann begann Gregor mit seiner Show.

Andrew war völlig aus dem Häuschen. Er lachte lauthals, klatschte in die Hände, gab laute Buhrufe von sich und war völlig in das Stück versunken. Dann kam der laute Knall. Andrew sprang erschrocken auf, sein Gesicht war leichenblass und er zitterte am ganzen Körper. Claire reagierte als Erste, sie pfiff und buhte laut. Peter und Michael schlossen sich an, damit Andrew begriff, dass es sich immer noch nur um ein Spiel handelte. Aber der Junge saß da wie erstarrt. Michael wollte Gregor gerade bitten aufzuhören, als sein jüngerer Bruder verstand, was geschehen war, und instinktiv reagierte. Er gab die Show seines Lebens zum Besten. Er improvisierte, Kasper stolperte über alle möglichen Dinge, er war ungeschickt, machte dumme Witze. Andrew sah regungslos zu.

Dann kam das Meisterstück: Der laute Knall stammte von Kasper, der unter schrecklichen Blähungen litt, und die Großmutter fiel vor Gestank fast in Ohnmacht. Andrew quietschte vor Vergnügen. Der arme Kasper quälte sich, die Geräusche wurde immer absurder. Großmutter rannte hin und her, hielt sich die Nase zu. Andrew verlangte mehr.

In jener Nacht bekämpfte Michael die Albträume seines Sohnes auf die gleiche Weise. Es funktionierte. Nach einer Woche Kasperletheater und einer nächtlichen Suche unter Bett und Kleiderschrank nach dem bösen stinkenden Kasper hörten die Albträume auf.

»Du bist ein Genie«, bescheinigte Michael Gregor.

»Ich weiß.« Gregor grinste. »Ich kann es kaum erwarten, meinem Mathelehrer zu erzählen, dass ich zu sehr mit Furzen beschäftigt war, um für meine Prüfung zu lernen.«

Michael lachte. »Du kriegst vielleicht nicht die Noten, die du dir wünschst, aber ich sage dir eins, Bruderherz, du wirst niemals arbeitslos sein. Du bist brillant. Du könntest für England furzen.«

Nachdem Gregor wieder zur Schule zurückgekehrt war, schien sich Andrew ein paar Tage lang sehr einsam und verloren zu fühlen. Erst als Michael ihm versicherte, dass Onkel Gregor bald wiederkommen würde, leuchtete sein Gesicht wieder auf. »Gott sei Dank«, sagte Claire an jenem Abend. »Sicher hat er geglaubt, Gregor wäre nun für immer verschwunden wie ...« Sie sprach den Satz nicht zu Ende, weil sie nicht wusste, wie Michael darauf reagieren würde.

Er legte den Arm um ihre Schultern. »Wie seine Mutter und sein Bruder«, vollendete er den Satz für sie.

Claire sah in das Gesicht ihres Sohnes. »Heilen die Wunden allmählich, Darling.«

»Ja, ich glaube schon.«

»Aber du bist immer noch fest entschlossen ...«

»Ja.«

»Wann?«, fragte sie. Sie hatte Angst um ihn, Angst um ihren Sohn.

»Noch nicht.« Er seufzte und schloss die Augen. »Ich habe noch zu wenig Distanz zu allem. Wenn ich Jackson Mpande töte, möchte ich es kaltblütig tun.«

Natürlich hatte sie seine Absichten gekannt. Aber als er sie zum ersten Mal laut aussprach, erfüllte sie das mit Entsetzen.

Als Sally, Dominique und Gregor wieder abgereist waren, begann Michael an Dyson zu denken. Claire hatte eine Telefonnummer, über die er Kontakt zu ihm aufnehmen konnte. Bisher hatte Michael gezögert, seinen alten Freund wiederzutreffen, weil er befürchtet hatte, Jackson könne zwischen ihnen stehen. Schließlich rief er ihn doch an, und sie vereinbarten, sich in einem Pub in der Gegend von York Gate in London zu treffen, ganz in der Nähe der Marylebone Straße.

Dyson legte den Hörer auf; er freute sich, etwas von Michael gehört zu haben. Claire hatte ihm erzählt, was mit Jennifer und Jeremy geschehen war, und erwähnt, dass Michael vermutlich einige Zeit in England bleiben würde. Aber das war inzwischen Monate her. »Ein alter Freund«, antwortete er auf die fragend hochgezogenen Brauen seines Kollegen. »Wir sind zusammen aufgewachsen.«

»Er klang weiß und südafrikanisch«, meinte der Mann, der das Gespräch entgegengenommen hatte.

»Das ist er auch.«

»Du kennst die Spielregeln.«

Dyson nickte. Die Bemerkung irritierte ihn. Er brauchte nicht daran erinnert zu werden. Äußerste Vorsicht, so lautete die Anweisung. Niemand wusste zu sagen, wie häufig es Einschleusungsversuche gegeben hatte. Die Südafrikaner waren gerissen; sie rekrutierten Freunde, ja sogar Verwandte bekannter ANC-Mitglieder. Dyson wusste, dass er auf der Hut sein musste, selbst bei Michael. Schon bevor Claire ihn angerufen hatte, hatte er gewusst, dass Michaels Ehefrau und sein Sohn durch Aktivitäten der SWAPO im östlichen Caprivi-Strip ums Leben gekommen waren. Es war nicht auszuschließen, dass Jacksons Truppe für die Landminen verantwortlich gewesen war. Den Augen und Ohren des

ANC entging kaum etwas. Dyson wusste sehr gut über Jacksons Spezialausbildung in Russland Bescheid.

Davon abgesehen würde es gut tun, Michael wiederzusehen.

Sie hatten vereinbart, sich abends um halb sechs zu treffen. Michael nahm den Zug bis Kings Cross und ging von da aus zu Fuß. Der Pub war überfüllt mit Leuten, die den Beginn des Wochenendes feierten. Er quetschte sich in eine Ecke an der Bar und bestellte ein Bier. Ein Mädchen stieß mit ihn zusammen und entschuldigte sich. Dann schaute sie noch einmal hin, und das, was sie sah, schien ihr zu gefallen. Sie lächelte. »Ich habe dich hier noch nie gesehen.«

»Ich bin neu in der Stadt.« Er musste brüllen, um sich verständlich zu machen. »Ist es hier immer so voll?«

Sie beugte sich zu ihm, damit er sie besser verstehen konnte. »Um halb sieben wird es schlagartig leer. Dann gehen die meisten in den Klub.«

Ein Hauch ihres Parfüms umwehte ihn. Es warf ihn völlig aus dem Gleichgewicht. Madame Roche. Das war Jennifers Lieblingsparfüm gewesen. Er zuckte zurück, sah sich hastig um, sah einen leeren Platz an der Wand, entschuldigte sich und steuerte darauf zu. Das Mädchen sah ihm bedauernd nach. Verheiratet. Das merkte man gleich.

Dyson erschien zehn Minuten später. Er entdeckte Michael sofort, winkte, machte ihm ein Zeichen, dass er zwei Bier holen würde, und stellte sich an die Bar. Michael sah zu, wie er sich einen Weg durch die Menge bahnte, und registrierte, wie wohl er sich hier fühlte, wie wenig ihn diese Menschenmassen zu stören schienen. Dyson unterhielt sich kurz mit dem Mädchen von vorhin, dann kam er zu Michael herüber.

»Ich sehe dich, *Nkawu*«, sagte er auf Zulu und grinste.

Dann fügte er in Englisch hinzu. »Die junge Dame an der Bar bat mich dir zu sagen, dass sie ungebunden ist. Offenbar hast du sie sehr beeindruckt.«

Michael sah ihn von oben bis unten an. »Es wird Zeit, dass ich dich aus England heraushole. Du siehst schon richtig britisch aus, mit Nadelstreifenanzug, Übergewicht und allem.«

Dyson lachte. »Ist das schlimm?« Er reichte Michael ein Bier.

»Für einen Zulu? Du machst wohl Witze.« Michael streckte seine geöffnete Hand aus, und sie begrüßten sich, indem sie die Handflächen aneinander drückten, dann die Daumen ineinander verhakten und dann wieder die Handflächen zusammendrückten. »Himmel, tut das gut, dich zu sehen. Können wir an einen ruhigeren Ort gehen?«

»Jetzt? Es ist Freitagabend. Da ist es überall voll. Es wird gleich besser.«

Michael hätte Dyson am liebsten auf den Arm geboxt, mit ihm in Zulu gesprochen. Seinen alten Freund anzuschauen gab ihm das Gefühl, wieder ein Junge zu sein, brachte ihm die Erinnerungen an die brütende Hitze eines Nachmittags in Zululand zurück, den Geruch des afrikanischen Busches nach einem Sommerregen. Stattdessen standen sie hier in einem überfüllten, lauten Pub, wo einem der Rauch in den Augen brannte und jede Unterhaltung unmöglich war.

Aber Dyson und dieses Mädchen von der Bar sollten Recht behalten. Um Punkt halb sieben begann sich der Pub zu leeren, die Menschen strömten wie die Lemminge nach draußen. »Gott helfe dem Letzten, der durch diese Tür tritt. Er muss sich vorkommen wie ein Versager. Was ist das? Zwangsauswanderung?«

Sie gingen zu einem frei gewordenen Tisch und setzten sich. »Jetzt können wir in Ruhe reden«, meinte Dyson. »Vor allem anderen, mein Herz ist schwer wegen deines Verlustes. Ich war über die Nachricht schockiert und sehr erzürnt.«

»Danke.« Michael atmete tief durch. »Es fällt mir immer noch schwer, darüber zu sprechen.«

»Ich verstehe.«

»Aber was ist mit dir?«

»Nichts Neues. Es geht mir gut, wie du sehen kannst.«

»Als ich das letzte Mal mit deinem Vater sprach, sagte er mir, du würdest für den ANC arbeiten. Wie geht es voran?«

Es war eine ganz unschuldige Frage, aber Dyson wurde sofort hellhörig. »Darüber kann ich nicht sprechen, nicht einmal mit dir.« Michael sah ihn überrascht an, und Dyson fügte rasch hinzu: »Diese Mine stammte von der SWAPO, nicht vom ANC. Aber das weißt du nicht von mir.«

Michael schloss für einen kurzen Augenblick die Augen. Als er sie wieder öffnete, sagte er bloß: »Natürlich nicht.«

Dyson wechselte das Thema, und sie sprachen über Wilson und Nandi und die beiden jüngeren Kinder, über Sally und ihr Leben, über Gregor und über die alten Zeiten in Zululand. Michael wusste, dass Dyson mit Tessa befreundet war, aber als er ihn auf seine Schwester ansprach, wich Dyson aus. Auf Michaels Drängen gab er schließlich zu, dass er und Tessa ein paarmal zusammen ausgegangen waren. Michael hatte den Eindruck, als ob ihm sein alter Freund etwas verschweigen würde. Beide Männer vermieden es, Jacksons Namen zu erwähnen. Ihr Gespräch war angespannt, die frühere Unbeschwertheit wollte sich nicht so recht einstellen. Als sie sich schließlich verabschiedeten, fragte Dyson: »Was willst du jetzt tun?«

Michael sah ihn an und zuckte mit den Schultern. »Nach Südafrika zurückgehen.«

»Warum?«

»Weil ich dort hingehöre«, antwortete Michael ausweichend.

Dyson sah ihn an und meinte dann. »Du kannst dich glücklich schätzen, dass du nach Hause zurückkannst.«

Sie traten in die kalte Nacht hinaus. »Werde ich dich noch einmal sehen, ehe du fliegst?« Dyson war sich nicht einmal sicher, ob er das wollte.

»Klar. Wir bleiben in Kontakt.« In Wahrheit bezweifelte Michael das.

Sie trennten sich hastig. Dyson kam zu dem Schluss, dass sich sein Freund sehr verändert hatte. Er wirkte hart und verbittert. Gut, er hatte eine schlimme Zeit hinter sich, aber das hatten viel andere auch. Wenigstens musste er nicht vor dem Regime in Pretoria flüchten. Millionen schwarzer Südafrikaner litten ebenso sehr wie er.

Während Michael zur U-Bahn ging, überlegte er, dass das Wiedersehen mit Dyson nicht halb so schön gewesen war, wie er gehofft hatte. Dyson vertraute ihm nicht, und das tat weh. Er war ein Stadtmensch geworden. Das war schrecklich. Er war einfach nicht mehr der alte Dyson Mpande.

Keiner der beiden Männer gestand sich den wahren Grund ein: Sie kannten sich gut genug, um genau zu spüren, dass sie sich gegenseitig etwas verheimlichten.

Er hatte Tessa noch gar nicht gesehen, nicht einmal am Telefon mit ihr gesprochen. Es war purer Zufall, aber jedes Mal, wenn sie angerufen hatte, war Michael gerade nicht zu Hause gewesen, und wenn er anschließend zurückgerufen hatte, war Tessa Minuten zuvor aus dem Haus gegangen.

»Geht sie mir vielleicht aus dem Weg?«, fragte Michael seine Mutter schließlich. Sie waren sich nie sehr nahe gewesen, und seine Erinnerungen an sie waren nicht sonderlich angenehm, aber er war nun schon seit zwei Monaten in England, und er fand, es sei an der Zeit, sich endlich zu treffen.

»Ich schätze, sie ist ein bisschen nervös. Unsicher, was du wohl für sie empfindest. Aber du musst sie unbedingt sehen, Michael, sie ist ein ganz anderer Mensch geworden.«

»Dann lad sie doch hierher ein. Ich werde sie nicht beißen.«

Aber Tessa kam nicht und erfand irgendwelche Ausreden. Endlich gelang es ihnen, miteinander zu telefonieren, ein schwieriges Gespräch, dass sehr stockend verlief und unglaublich distanziert war. Es sollte noch weitere drei Monate dauern, ehe Michael mit Andrew nach London fuhr, um ihr einen Überraschungsbesuch abzustatten. »Sie ist ein paar Tage zu Hause. Ruf sie nicht an, fahr einfach hin. Und Michael, sei tolerant, ich bitte dich.«

Auf dem Weg nach Wimbledon überlegte er, dass er zwar tolerant war, aber niemals geglaubt hätte, zusammen mit seinem kleinen Sohn eine Prostituierte zu besuchen, die auch noch seine Tante war. Denn auch wenn Tessa sich Hostess nannte, lief es darauf hinaus, dass Männer sie kaufen konnten. Aus welcher Perspektive auch immer Michael es betrachtete, es gelang ihm einfach nicht, ihre Tätigkeit mit den großzügigen Augen seiner Mutter zu sehen.

»Das ist das typische Ältere-Bruder-Syndrom«, hatte Jennifer ihm einmal erklärt. »Es ist okay, den Schwestern von anderen nachzustellen, aber wehe, ein Mann stellt der eigenen Schwester nach.«

Annie Devilliers hatte gelächelt, als er es ihr erzählt hatte. »Eine interessante Lösung für ein wirklich ernstes Problem. Vermutlich ist es die einzig vernünftige für eine Frau wie Tessa.«

All das hatte Michael zu dem Schluss geführt, dass Frauen wesentlich liberaler waren als Männer und mit ungewöhnlichen Situationen einfach besser umzugehen wussten.

Das Haus war alt und gediegen und unterschied sich nicht von den anderen Häusern in der ruhigen, baumbestandenen Seitenstraße. Es wirkte völlig normal, ja sogar fast ein bisschen langweilig. Als Michael den Taxifahrer bezahlte, rechnete er damit, dass der Mann ihm zum Abschied zuzwinkern würde, aber er nickte bloß und fuhr davon. Mit Andrew an der Hand trat Michael durch das niedrige Holztor. Der winzige Vorgarten war sehr gepflegt und sah aus wie ein typischer Cottage Garden. Aus dem Haus drangen die Klänge von Beethovens Pastorale nach draußen. Michael drückte auf den Klingelknopf.

Tessa öffnete selber die Tür. »Michael!« Sie war völlig überrascht.

»Hi, Schwesterherz.« Er hatte nicht damit gerechnet, dass ihn eine solche Rührung überkommen würde. Sie sah toll aus. Makellose Haut, ohne jegliches Make-up. Jeans, ein weißes T-Shirt, nackte Füße. Von der alten Tessa keine Spur.

Sie lächelte ihn unsicher an. »Wie schön, dich zu sehen.« Sie machte einen Schritt auf ihn zu, um ihn zu umarmen, dann überlegte sie es sich anders und kniete sich vor Andrew auf den Boden. »Hallo. Ich bin deine Tante Tessa.« Sie sah zu Michael hoch. »Er ist genau wie ... wie ich ihn mir vorgestellt habe. Und schon so groß.« Sie erhob sich. »Bitte kommt herein. Wir gehen direkt durch in den Garten. In dieser Jahreszeit ist es da draußen zauberhaft.« Sie plapperte unaufhörlich, um ihre Nervosität zu verbergen. »Ich wollte euch schon längst einmal besuchen, aber, tja, es kam immer etwas anderes dazwischen. Kommt hier entlang. Möchtet ihr etwas trinken? Was kann ich für Andrew besorgen?«

Sie führte sie durchs Haus, das innen überraschend groß war. Hinter dem Salon schloss sich ein kleiner Wintergarten an, von dort ging es hinaus ins Freie. Glyzinen rankten sich an einer Pergola empor. Zwei schmale Blumenbeete trennten die Terrasse von einem kleinen Rasenstück dahinter. »So, da wären wir.« Tessa zeigte auf einen Gartentisch mit zwei Bänken. »Bitte setzt euch. Es ist so warm heute.«

Michael setzte sich, und Andrew kletterte neben ihm auf die Bank. Das Haus erhob sich in drei Stockwerken hinter ihnen, es wirkte von hier mächtig und imposant. »Großes Haus«, kommentierte Michael in einem Versuch, Tessas nervöses Geplapper zu unterbrechen.

»Da oben ist mein Zimmer.« Sie zeigte auf ein Fenster im ersten Stock.

»Wie viele von euch wohnen hier?« Es war nicht seine Absicht gewesen, aber so, wie er die Frage gestellt hatte, klang es, als wollte er sie verhören.

Tessa verzog ein bisschen das Gesicht, gab aber bereitwillig Auskunft. »Das Haus gehört Judith. Sie hat ein Zimmer im Erdgeschoss. Auf meiner Etage gibt es fünf Zimmer und darüber noch einmal drei. Der Keller ist zu einem kleinen Apartment umgebaut worden, in dem zwei Mädchen wohnen. Und dann gibt es noch zwei kleine Zimmer unterm Dach. Sie stehen aber im Moment leer.«

»Wo sind die anderen alle?«

Auch diese Frage beantwortete sie geduldig. »Judith ist in ihrem Zimmer und schreibt Briefe. Zwei andere Mädchen laufen irgendwo im Haus herum. Die anderen sind unterwegs.« Sie zögerte kurz, dann fuhr sie fort: »Wir wohnen hier, Michael, sonst nichts. Ich weiß, was du jetzt denkst, aber wir tun hier nichts anderes als wohnen.«

»Nein, nein. Ich denke gar nichts.« *Himmel! Das lief schief. Reiß dich zusammen, verdammt.* »Entschuldige, Schwesterherz.«

»Ich verstehe dich, Michael. Wirklich.«

Andrew erhob seine Stimme. »Wo sind die ganzen kleinen Leute?«

»Kleine Leute?« Tessa sah ihren Bruder an.

»Kinder«, erklärte Michael. »So nennt er sie.«

»Ach so. Verstehe.« Sie lachte. »Hier gibt es keine kleinen Leute, Andrew. Nur große Leute.«

Michael gefiel die Art, wie sie mit ihm sprach. Andrew nickte und schwieg wieder. In seinem Gesicht machte sich Resignation breit.

Tessa lächelte. »Ich weiß zufällig, dass im Moment Zeichentrickfilme im Fernsehen laufen. Wenn du möchtest, stelle ich ihn für dich an. Wie wäre es mit einem Glas Milch und ein paar Schokokeksen dazu?« Damit hatte sie gewonnen. Sie entfernten sich Hand in Hand, und Tessa erzählte ihm, dass Judith ihm vielleicht Gesellschaft leisten würde, denn sie mochte Zeichentrickfilme auch sehr gern.

Zehn Minuten später kehrte Tessa mit Kaffeetassen auf einem Tablett zurück und setzte sich Michael gegenüber. Sie kam gleich zur Sache, ihre Nervosität war verschwunden, als hätte sie sich selbst ins Gewissen geredet. »Das, was passiert ist, hat mich sehr schockiert, Michael. Du bist ein guter Mensch. Es ist so unfair.«

»Danke.« Seine Stimme klang ruhig. »Es ist immer noch schwer, aber ich lerne, damit zurechtzukommen. An manchen Tagen ist es schlimmer als an anderen.«

Sie machte eine Kopfbewegung zum Haus. »Dein Sohn ist wirklich süß. Mum hat mir erzählt, wie er auf dieses schreckliche Unglück reagiert hat. Jetzt geht es ihm wieder besser, oder?«

»Das habe ich vor allem Gregor und Dominique zu verdanken.«

Als der Name von Sallys Tochter fiel, bekamen Tessas Augen einen weichen Glanz. »Ich bin ihre Patentante, weißt du das?«

»Sally hat es mir gesagt.«

»Ich sehe sie häufig. Immer wenn ich in Paris bin.«

Aus ihrem Mund klang es wie eine Geschäftsreise. In gewisser Weise ist es das wohl auch, dachte Michael. Er war froh, dass die Unterhaltung jetzt endlich lief. »Und Gregor?«

Sie verzog das Gesicht. »Ich habe nur wenig Kontakt zu ihm. Er ist jung. Ich schätze, er kommt mit meinem Leben nicht klar ...« Ein kurzes verlegenes Lachen. »Außerdem war ich immer so ekelhaft zu ihm.«

»Du warst zu uns allen ekelhaft.«

Die alte Tessa wäre jetzt aggressiv geworden. Aber zu seiner Überraschung warf sie den Kopf in den Nacken und lachte. »Ich weiß«, gab sie schließlich zu. »Und es tut mir Leid. Ich habe mich damals selbst nicht gemocht.«

»Und jetzt?«

Sie beugte sich vor, stützte die Ellbogen auf den Tisch, ihre Augen funkelten. »Heute strotze ich voller Selbstbewusstsein, Selbstwertgefühl, Selbstachtung.« Sie lachte über sich selbst. »Auf jeden Fall fängt alles mit »Selbst« an. Der

Seelenklempner hat gesagt, ich sollte zur Abwechslung einmal an *mich* denken. Dabei habe ich das doch immer schon getan.« Sie lachte wieder, dann wurde sie plötzlich ernst. »Ich habe dich immer beneidet, Michael. Du hast nie an dem gezweifelt, wer oder was du warst.«

»Das hat Sally auch nicht.«

»Ich weiß. Aber Sally habe ich nie beneidet. Ich habe sie gehasst wie die Pest.«

Michael grinste über Tessas Offenheit.

»Wenn ich noch einmal von vorn beginnen könnte, weißt du, was ich dann tun würde?« Sie lachte wieder. Michael hatte sie noch nie so glücklich gesehen. »Ich wäre noch einmal das gleiche egoistische, verlogene, hinterhältige, verdammte kleine Monster.« Sie zuckte mit den Schultern und breitete die Hände aus. »Ich bin eben so, wie ich bin, und ich habe inzwischen gelernt, damit zu leben. Vielleicht fällt es dir schwer, das zu verstehen, aber so ist es nun mal.«

Michael beugte sich zu seiner Schwester und nahm ihre Hände. »Ich verstehe das sehr gut, Schwesterherz. Du bist deine Dämonen losgeworden. Du bist glücklich und zufrieden, und außerdem siehst du bezaubernd aus.« Er drückte ihre Hände. »Die Art und Weise, wie du deinen Lebensunterhalt verdienst, ist vielleicht ein bisschen ungewöhnlich, aber es gibt Schlimmeres.«

»Schlimmeres?«

»Ja.« Er grinste. »Gib mir eine Minute. Mir fällt sicher gleich etwas ein.«

Sie lachten beide, und die letzten Vorbehalte waren verschwunden.

»Ich habe Dyson letzte Woche gesehen. Er hat mir erzählt, dass ihr euch ein paarmal getroffen habt.«

»Ja. Wir sind Freunde geworden.« Sie zögerte, dann sprudelte es aus ihr heraus: »Ich glaube, Dysons Gefühle gehen ein wenig tiefer. Er hat nie etwas gesagt, aber ... nun, eine Frau merkt das einfach.«

Michael war überrascht. Aber es würde erklären, warum Dyson an dem Abend einem Gespräch über Tessa so ausgewichen war. »Und wie denkst du darüber?«

Sie sah ihn an. »Du weißt ja, dass mich die Hautfarbe eines Menschen wenig interessiert.« Sie suchte nach den richtigen Worten. »Ich mag Dyson, aber ich weiß nicht, ob ich ihn liebe. Liebe ist zu viel, zu eng, zu einschränkend.«

»Zu beherrschend?«, fügte er hinzu.

Sie nickte. »Das auch. Ich hätte furchtbare Angst, ihm wehzutun.«

»Vielleicht tust du das bereits.«

»Vielleicht.« Sie seufzte, biss sich auf die Lippen und schaute weg.

Michael wusste genau, dass ihre Angst vor einer Bindung sie traurig machte. Ihm wurde plötzlich klar, was für ein komplizierter Mensch sie war. Kein Wunder, dass sie ihr Leben lang so schwierig gewesen war. »Schwesterherz, das Leben, für das du dich entschieden hast ... bist du ganz sicher, dass es das ist, was du möchtest?«

»Es ist das erste Mal, dass ich glücklich bin.«

»Und was beunruhigt dich dann?«

Sie dachte lange darüber nach. »Es ist meine letzte Chance. Dyson ist meine letzte Chance, ein anständiges Leben zu führen, ein Leben, das für alle anderen aus meiner Familie ganz selbstverständlich ist.«

»Das ist der falsche Grund zum Heiraten.«

»Ich weiß ja. Es ist nur so, dass ... Ach, keine Ahnung, Michael. Ich glaube nicht, dass ich jemanden bis ans Ende meines Lebens lieben kann, aber ich wünsche es mir trotzdem. Es ist so verlockend, es zu versuchen, vor allem mit Dyson. Manchmal glaube ich, ich könnte ... ich würde ihn doch lieben.«

In diesem Augenblick wurde Michael klar, dass Tessa auf ihre ganz eigene Weise eine absolut ehrenwerte Person war. Sie war nicht ohne Fehler, und das wusste sie, aber sie hatte gelernt, mit ihnen zu leben. Sie vermied eine feste Bindung, so sehr sie sich diese auch wünschte, weil sie wusste, dass sie damit vielleicht jemanden verletzen könnte. Den Ausdruck *Ehrenhaftigkeit* hätte er früher in Verbindung mit Tessa nie in den Mund genommen. In ihren Augen, die ihn unsicher ansahen, standen Angst, dass er sie ablehnen könnte, und der verzweifelten Wunsch, akzeptiert zu werden. Aber das hielt sie nicht davon ab, brutal ehrlich zu ihm zu sein. »Ich liebe dich, Tessa«, sagte Michael plötzlich.

Tränen traten in ihre Augen. »Ich liebe dich auch«, flüsterte sie. Sie wischte die Tränen fort. »Es tut mir Leid, dass ich so eine Nervensäge war.«

»Nervensäge?« Michael lächelte. »Du warst eine absolute Katastrophe.«

Lachend sprang Tessa auf, lief auf ihn zu und schlang die Arme um seinen Hals. »Ich bin so froh, dass du gekommen bist. Ich hatte schreckliche Angst vor diesem Zusammentreffen.«

Er tätschelte ihren Arm. »Ich freue mich auch.«

Es war ein merkwürdiges Gefühl. Zwei Erwachsene, die so viele unschöne Erinnerungen verband, bemühten sich endlich darum, die Beziehung zueinander zu finden, die ganz natürlich gewesen wäre. Und es würde ihnen gelingen, das stand fest.

Als Michael einige Stunden später mit seinem schokoladenverschmierten Sohn aufbrach, fragte er Tessa: »Wann kommst du nach Hertford?«

»Bald«, versprach Tessa lächelnd. »Und dieses Mal meine ich es ernst.«

Als das Taxi davonfuhr, stand Tessa auf dem Gehweg und winkte ihnen nach. Es gab nur ein einziges Thema, das sie beide gemieden hatten – Jackson.

Jackson Mpande befand sich genau in diesem Moment auf einem Flug von Lusaka, der Hauptstadt Sambias, nach Nairobi. Von dort hatte er einen Anschlussflug mit South African Airways nach London gebucht. Der weiße südafrikanische Geschäftsmann, der neben ihm saß, rümpfte angewidert die Nase über den Körpergeruch, der jedes Mal zu ihm herüberwehte, wenn Jackson sich bewegte. Hat dieser Mensch denn kein Wasser und keine Seife zur Verfügung gehabt?, fragte er sich und fühlte sich in seiner Überzeugung bestätigt, dass man zwar den Kaffer aus dem Busch, nicht aber den Busch aus dem Kaffer holen konnte.

Dabei war Jackson absolut sauber und trug brandneue Kleidung. Allerdings benutzte er kein Deodorant, denn der unangenehm süßliche Geruch von Deodorants und Aftershaves war ihm zutiefst zuwider. Jackson fand, ein Mann könne ruhig wie ein Mann riechen.

Es war fast unmöglich, auf dem engen Sitz der Economy-Class eine bequeme Position zu finden. Jackson hasste es, in ein Flugzeug gesperrt zu sein und die einengende Kleidung der Weißen tragen zu müssen. Wenn es nach ihm gegangen wäre, hätte er diese Reise gar nicht erst unternommen. Einer der Russen, der geglaubt hatte, er würde Jackson einen Gefallen tun und ihn für seine vorbildliche Arbeit im Caprivi-Strip belohnen wollte, hatte ein großes Theater daraus gemacht, ihn als Kurier auszuwählen, um dringende Dokumente nach London zu bringen, die aus irgendeinem Grund unbedingt persönlich abgeliefert werden mussten. »Bleib ein paar Wochen«, hatte er Jackson geraten. »Du hast es dir verdient.«

Jackson war noch nie in England gewesen, aber die anderen hatten ihm davon erzählt. »Die Jahreszeiten unterscheiden sich kaum voneinander, und wenn man den Himmel überhaupt sehen kann, dann zumindest nicht so viele Sterne wie bei uns.« Jackson hatte während seines Aufenthalts in Russland bereits eine ähnliche Erfahrung gemacht, und daher wäre es ihm viel lieber gewesen, jemand anders hätte den Botenjob übernommen und er hätte in Afrika bleiben können. Aber er hatte schon lange gelernt; dass man zu gehorchen hatte, wenn die russischen Bosse sprachen. Und zwar unverzüglich. Also hatte er Begeisterung vorgetäuscht und die vermeintliche Ehre mit gemischten Gefühlen angenommen.

In der letzten Zeit hatte Jackson zunehmend unter Heimweh gelitten. Er sehnte sich nach der tropischen Hitze von Zululand, nach einem Sonnenaufgang über dem endlosen Indischen Ozean; er sehnte sich nach dem Geruch brennenden Zuckerrohrs, er sehnte sich nach den geheimnisvollen Hügeln und Tälern der Gegend um den Umfolozi-Fluss. Er hätte alles dafür gegeben, dorthin zurückzukönnen, seine Mutter und seinen Vater, seine Schwester und seinen Bruder wiederzusehen. Aber würden sie ihn auch willkommen heißen? Konnte er jemals wieder nach Hause zurück?

Der Busch von Sambia war heiß, staubig und nur spärlich bewachsen. Das alltägliche Leben war entsetzlich monoton geworden; es gab nur wenige Gelegenheiten, einmal in eine

Stadt zu kommen, sich zu betrinken oder sich mit einer Frau zu vergnügen. Natürlich kamen Frauen zu ihnen ins Lager, aber wer hatte schon Lust auf eine Hure, die zuvor mit jedem anderen Mann im Camp geschlafen hatte? Wer hatte Lust, sich mit Männern zu betrinken, die man so gut kannte, dass man schon genau wusste, was sie sagen würden, wenn sie nur den Mund aufmachten? Selbst die Ausflüge zum Caprivi-Strip hatten ihren Reiz verloren.

Der Caprivi-Strip war eine sandige Gegend mit verkümmerter Vegetation, Malaria übertragenden Moskitos und umherhuschenden todbringenden Skorpionen. Jackson und seine Männer beherrschten es inzwischen so perfekt, unbemerkt über die Grenze zu gelangen, ihre Minen zu legen und wieder nach Sambia zurückzukehren, dass die Gefahr, erwischt zu werden, praktisch nicht existierte. Ab und zu erfuhren sie zwar von einem Treffer, etwa in dem Fall der weißen Frau und ihrem Kind, der in der ganzen Welt Schlagzeilen gemacht hatte, aber ansonsten war ihre Arbeit eher frustrierend. Der eine große Erfolg war der einzige Höhepunkt in seiner mehr als fünfjährigen SWAPO-Mitgliedschaft gewesen. Er würde das befriedigende Gefühl nie vergessen, das ihn überkommen hatte, als ihm die Russen die südafrikanische Zeitung mit dem Bericht gezeigt hatten. Die Namen Jennifer und Jeremy King hatten Jackson nichts gesagt; eine Verbindung zu der Familie King aus Zululand hatte er nicht hergestellt.

Die SWAPO verlor für Jackson zunehmend an Faszination. Ihre Streifzüge nach Südwestafrika hatten so wenig gebracht. Die Südafrikaner waren ein wenig unruhig geworden, gut, aber das bestärkte Pretoria nur in dem Entschluss, den Caprivi-Strip weiter besetzt zu halten. Jacksons Ziel, das Volk der Zulu zu befreien, war nicht mehr als ein Luftschloss gewesen, das sah er inzwischen ein. Vielleicht wusste irgendwer, wohin die SWAPO-Aktivitäten führten, Jackson ganz bestimmt nicht.

Und nun das. In einen viel zu engen Anzug gezwängt, saß er stundenlang in so einem verhassten Flugzeug, nur um einen Briefumschlag an eine Adresse in South Kensington abzuliefern, wo auch immer das sein mochte. Und nach vollendeter Mission würde er dann gezwungen sein, zwei Wochen lang die Zeit totzuschlagen und dafür auch noch dankbar zu sein. Sie hatten ihm so gut wie kein Geld gegeben, sodass er sich zwei Wochen in London eigentlich gar nicht leisten konnte.

Die ganze Reise hatte nur einen positiven Aspekt: Dyson lebte in London. Jackson hatte sowohl seine Arbeits- als auch seine Privatadresse. Er stand einem Wiedersehen mit seinem Bruder ein wenig skeptisch gegenüber, aber zumindest gab es in London jemanden, den er kannte. Ob Dyson sich wohl freuen würde, ihn zu sehen? Es hatte lange keinen Kontakt mehr zwischen ihnen gegeben, nicht mehr seit jenem Abend, als sein Bruder von der südafrikanischen Polizei verhaftet worden war.

So wie der ANC die SWAPO im Auge behielt, so wusste auch die SWAPO fast alles über die Aktivitäten des ANC. Und deshalb war es für Jackson nicht besonders schwer gewesen herauszufinden, wo Dyson lebte und arbeitete. Er wusste seit einigen Jahren, dass sich sein älterer Bruder in England aufhielt. Er vermutete auch, dass Dyson Kontakt zu Tessas Eltern haben würde und somit vermutlich von der Geschichte mit ihr wusste. Ob er bei Dyson willkommen war? Nun, es gab nur eine Möglichkeit, das herauszubekommen.

Das Flugzeug setzte zum Landeanflug auf Nairobi an.

Jackson legte seinen Sicherheitsgurt an. Der Weiße neben ihm, der Jackson während des ganzen Flugs so geflissentlich ignoriert hatte, sprach ihn plötzlich an. »Gott sei Dank ist es nun bald vorbei. Ich hasse diese Mickymaus-Airlines.« Er reckte sich, und so wie er vorhin über Jacksons Körpergeruch die Nase gerümpft hatte, verzog nun Jackson das Gesicht, als ihm der süßliche Duft seines Deodorants in die Nase stieg. »Bleiben Sie in Nairobi?«

»Nein, ich fliege weiter nach London.«

Der Weiße zog die Augenbrauen hoch. »Wohnen Sie in Lusaka?«

»Ja.«

»Verzeihen Sie, dass ich das sage, aber ich komme aus Durban. Sie wirken auf mich wie ein Zulu.«

Jackson zuckte mit den Schultern. »Tut mir Leid, wenn ich Sie enttäuschen muss.«

»Tja.« Der Mann lächelte kurz, dann schloss er fest die Augen, während das Flugzeug landete. Als sie unten waren, konnte er es kaum erwarten, bis die Maschine ihr Tempo verringert hatte, dann sprang er auf und kramte in dem Gepäckfach über ihnen nach einer Tasche. »Gehört die Ihnen?« Er reichte Jackson seine Schultertasche, ein Werbegeschenk der Fluggesellschaft, die auf beiden Seiten mit deren Schriftzug bedruckt war.

Wortlos nahm Jackson die Tasche an sich.

Der Mann brummte etwas, als er sich wieder setzte. Er betrachtete die leuchtend grün-orange Tasche, sagte aber nichts. Jackson fragte sich, was ihm wohl durch den Kopf ging. Ein wie ein Zulu aussehender Mann aus Sambia, der über Nairobi nach London flog, musste angesichts der Paranoia, die heutzutage unter den weißen Südafrikanern herrschte, Verdacht erregen.

Seine Gedanken wanderten nach Zululand. Sein Zuhause, das er mit jeder Faser seines Körpers liebte. Das leuchtende Grün des Zuckerrohrs. Das tiefe Braun des Viehs. Die Schönheit eines buttergelben Mondes über dem Meer, so gigantisch, so wunderschön, dass es einem die Sprache verschlug. Die glutroten Sonnenuntergänge am westlichen Horizont. Der warme, unermüdlich heranrollende Indische Ozean, der unzählige unberührte und menschenleere Strände liebkoste. Das Schokoladenbraun der Gewässer bei Hochwasser, rauschende Flüsse, die in Richtung Meer strömten und an ihrer Mündungsstelle das leuchtende Blau kilometerweit mit fruchtbarer Erde durchsetzten. Die sanften Meeresbrisen, die das Versprechen auf nächtliche Abkühlung von der Hitze des Tages mit sich brachten.

Jackson seufzte. Er würde niemals dorthin zurückkönnen.

Die Passagiere bewegten sich langsam zum Ausgang. Der Weiße neben ihm erhob sich. »Einen guten Flug noch«, sagte er höflich und schloss sich den aussteigenden Passagieren an. Sein Handgepäck hielt er fest unter den Arm gedrückt, als fürchtete er, es könnte Beine bekommen und fortlaufen.

Zögernd machte auch Jackson sich auf den Weg nach draußen. Ihm stand stundenlanges Warten bevor und anschließend der zehnstündige Weiterflug nach London. Kenia gehörte zu den afrikanischen Ländern, die ihre diplomatischen und wirtschaftlichen Beziehungen zu Südafrika abgebrochen hatten, doch dieser Boykott schien für seine Fluggesellschaft nicht zu gelten. Allerdings startete die Boeing 707 erst um Mitternacht in Nairobi, damit möglichst wenige den anstößigen fliegenden Springbock auf dem Heck der Maschine sehen konnten.

Kapitel siebzehn

Jackson atmete erleichtert auf, als das Flugzeug im grauen Nebel Londons landete. Kein Wunder, dass die Weißen so scharf auf unser Land sind, dachte er. London war noch schlimmer als Russland. In Moskau war wenigstens die Architektur interessant gewesen. Außerdem konnte Jackson sich an zauberhafte Wintertage erinnern, an denen fahles Sonnenlicht vom Baldachin eines blassblauen Himmels, wie er ihn noch nie erlebt hatte, auf frischen weißen Schnee gefallen war. Aber nach den ersten Eindrücken, die Jackson von London bekommen hatte, würde Grau wohl auf ewig seine Vorstellung von dieser Stadt prägen.

Er tauchte in die Menschenmassen ein, die alle gekommen waren, um Passagiere abzuholen, und stand plötzlich vor einer verwirrenden Qual der Wahl. Shuttle-Busse, doppelstöckige Busse, Express-Busse, die als Zubringer zur nächsten U-Bahn-Station namens Hounslow dienten, Reisebusse, Londoner Taxen. Wenn er eine Ahnung hätte, wo South Kensington lag, hätte er vielleicht eine Chance herauszufinden, wie man dorthin kam. Ein Taxi wäre das Einfachste, aber das konnte er sich nicht leisten. Schließlich hielt er zwei Flughafen-Polizisten an und fragte.

»Und wo kommen Sie her?«

»Sambia.«

»Das ist aber weit weg.«

»Viel zu weit«, bestätigte Jackson seufzend.

Die Polizisten, die wegen des in letzter Zeit stark zunehmenden Gepäckdiebstahls zusätzlich in Heathrow eingesetzt worden waren, hatten Mitleid mit diesem offenbar völlig orientierungslosen Touristen. Sie begleiteten ihn, damit er ein paar Reiseschecks umtauschen konnte, um dann in einer Buchhandlung einen Taschenstadtplan von London zu erstehen. Schließlich zeigten sie ihm noch, wie man die Karte las, und halfen ihm, eine Route auszuarbeiten.

Wenig später befand Jackson sich zunächst in einem Bus in Richtung Hounslow und etwas, das sich Piccadilly Line nannte, und danach in einem U-Bahn-Waggon nach South Kensington. In den Ohren hatte er noch die Auskunft, »Piccadilly, Mann, da müssen Sie nicht einmal umsteigen.« Jackson hatte begriffen, dass er lediglich auf den Streckenplan im Wagen zu achten brauchte und auf die Bahnstationen, die sie passierten, und dann in South Kensington aussteigen musste.

Das war leichter, als er erwartet hatte.

Tessa, die in einem U-Bahn-Zug in entgegengesetzter Richtung saß und unterwegs war zu einer Verabredung, stieg ebenfalls in South Kensington aus. Sie und Jackson verpassten sich nur um zwei Minuten. Als Tessa aus dem Untergrund auftauchte, ging Jackson bereits die Old Brampton Road entlang und hielt Ausschau nach dem Cranley Place.

Tessa zog bewundernde Blicke auf sich, als sie über den Thurloe Square in South Kensington ging. Mit ihrer cremefarbenen Hose, den kniehohen Lederstiefel und einer karamellfarbenen Seidenbluse wirkte sie sehr elegant. Unter einem schwarzen Barett fiel ihr dunkles, gelocktes Haar bis auf die Schultern, und ein schwarzer Schal, den sie locker um den Hals geschlungen hatte, gab ihr zusätzlichen Schick. Sie war unterwegs von der U-Bahn-Station South Kensington zum Rembrandt Hotel, wo sie sich mit einem guten Klienten zum Lunch verabredet hatte. Von dort aus würden sie zu einem Apartment gehen, das er sich für seine gelegentlichen Besuche in London extra gemietet hatte.

Kerry Glasshouse gehörte genau zu der Sorte Klienten, die Judith Murray-Brown gern hatte. Er war gebildet, diskret und rücksichtsvoll und behandelte die Mädchen mit dem größten Respekt. Die Tatsache, dass er vermögend war, Mitte dreißig, attraktiv und in guter körperlicher Verfassung, wertete ihn zusätzlich auf. Tessa mochte ihn gern. Sie hatten viel Spaß, wenn sie zusammen waren, häufig nur, um ins Theater oder essen zu gehen. Seit beinahe vier Jahren kam er regelmäßig zu Judith. Zunächst war er mit irgendeinem Mädchen ausgegangen, das gerade Zeit hatte, aber im Laufe der Zeit hatte er immer häufiger nach Tessa gefragt. Sie trafen sich ungefähr einmal im Monat. Wenn Tessa keine Zeit hatte, bedankte er sich höflich bei Judith und lehnte ihr Angebot, ihm ein anderes Mädchen zur Verfügung zu stellen, ebenso höflich ab. Die anderen Mädchen zogen Tessa häufig mit ihm auf.

»Warte nur ab, eines Tag macht er dir einen Heiratsantrag.«

»Du hast ihn verzaubert.«

»Er hat sich in dich verliebt, ganz bestimmt.«

Zu all diesen Bemerkungen lächelte Tessa jedes Mal und schüttelte den Kopf. Sie wollte nicht, dass sich irgendjemand in sie verliebte oder sie bat, ihn zu heiraten. Es war so, wie sie Michael gesagt hatte. Wenn es eines gab, das sie über sich gelernt hatte, dann, dass sie nicht zu einem bürgerlichen Leben taugte. Es würde sie unglücklich machen. Und eine unglückliche Tessa war für alle Beteiligten eine Katastrophe. Oder nicht? In letzter Zeit hatte sie immer häufiger darüber nachgedacht, Judiths Etablissement zu verlassen, sich eine Arbeit zu suchen und ein eigenständiges Leben zu beginnen. Sie war sogar bereit, eine Schule zu besuchen und Schreibmaschineschreiben und Stenografie zu lernen.

Tessa warf einen Blick auf ihre Cartier-Uhr, eines der vielen Geschenke, die sie von ihren Kunden erhalten hatte. Sie hatte noch ein paar Minuten Zeit. Sie verlangsamte ihren Schritt, machte einen großen Bogen um die frische Hinterlassenschaft eines Hundes und begann den Thurloe Place entlangzuschlendern. Dabei ging sie noch einmal alle Möglichkeiten durch. Ein normales Leben beginnen? Einen Job suchen? Sie konnte immer wieder zu Judith zurückkehren, wenn es nicht funktionierte. Was hielt sie zurück? Sie kam immer wieder auf dieselbe Antwort. Dyson. In einem normalen Leben würde Dyson da sein und auf sie warten. Aber war das so schlimm? Nein. Was war es denn? Die Aussicht auf eine feste Bindung oder die Gefahr, ihm wehzutun? Wenn sie das herausfinden könnte, käme das einer Entscheidung gleich.

Dysons Gesicht tauchte vor ihrem geistigen Auge auf. Es war ein so liebes, vertrautes Gesicht. Konnte sie Judith und Dyson gleichzeitig verlassen und an einem ganz anderen Ort neu beginnen? Nein! Ein Leben ohne Dyson war undenkbar. Er war ihr bester Freund. *Liebe ich ihn? Ja ... ja, natürlich liebe ich ihn. Aber liebe ich ihn auch so richtig? Überleg einmal. Bisher hat er dich noch nie angerührt.* Tessa begann zu zittern. Ihre Schritte stockten. Es überfiel sie mit einer solchen Macht, dass sie kaum noch klar denken konnte. Wie sehr sie sein Lächeln liebte. Die Berührung seiner Hand an ihrem Ellbogen. Seine tiefe Stimme. Es kam ihr so vor, als sei ein Stern in ihr aufgegangen, der ihren ganzen Körper mit Wärme und Licht durchflutete.

Tessa drehte sich um und ging mit raschen Schritten in die Richtung zurück, aus der sie gekommen war. Die Verabredung mit Kerry Glasshouse kam nicht mehr infrage. Sie würde sofort aus Judiths Haus ausziehen, sich eine Wohnung und einen Job besorgen. Und Dyson? Sie war endlich so weit, dass sie glaubte, es wagen zu können.

Jackson hatte keine Ahnung, für wen die Dokumente bestimmt waren und wozu; er wusste nicht einmal, was sich in dem Umschlag befand. Aber es interessierte ihn auch nicht. Im Augenblick war ihm wichtiger, ihn endlich loszuwerden und sich dann ein billiges Hotel zu suchen. Ein Hotel oder seinen Bruder, das war gleichgültig. South Kensington schien sein Budget auf jeden Fall deutlich zu übersteigen. Sein Koffer wurde von Minute zu Minute schwerer. London. Nun wo er schon mal hier war, wäre es eine Schande, wenn er nichts von der Stadt sähe. Wenn er aufpasste, würde sein Geld gerade reichen, vor allem wenn er bei Dyson wohnen konnte. Für den Fall, dass ihn sein Bruder nicht aufnehmen wollte oder konnte, würde er weitersehen. Dyson lebte in Soho, aber vielleicht sollte er ihn auf der Arbeit anrufen? Es hatte schließlich keinen Sinn, nach Soho zu fahren, wenn er dort ohnehin nicht bleiben konnte.

Was seinen Bruder betraf, so hätte Jackson, wenn er nicht in so einem finanziellen Engpass gesteckt hätte, vermutlich nicht einmal versucht, Kontakt zu ihm aufzunehmen. Zu Hause war Dyson der Lieblingssohn gewesen, und Jackson hatte irgendwann begonnen, ihn zu hassen. Daher hätte es ihn nicht sonderlich geschmerzt, wenn er Dyson niemals mehr wiedergesehen hätte. Auch wenn sie Blutsbrüder waren, Tatsache war, dass Jackson in all den Jahren keinen einzigen Gedanken an Dyson verschwendet hatte.

Jackson war so sehr in seine Gedanken verloren, dass er fast an dem Haus vorbeigelaufen wäre. Vielleicht würden sie ihm ja anbieten, ihn bei sich aufzunehmen. Schließlich hatte er nur für sie einen ziemlich weiten Weg zurückgelegt. Jackson drückte auf den Klingelknopf. Im Haus regte sich etwas, aber es dauerte eine Ewigkeit, bis die Tür geöffnet wurde. Er wusste nicht so recht, womit er gerechnet hatte, aber ganz sicher hatte er nicht erwartet, Genossin Jelena vor sich zu sehen.

Sie erkannte ihn sofort, vielleicht hatte sie aber auch im Voraus gewusst, wer die Dokumente überbringen würde. »So treffen wir uns also wieder, Genosse Jackson.« Goldzähne blitzten, als sie ihn ohne jede Wärme anlächelte. »Ich nehme an, du hast etwas für mich?«

Während Jackson seine Tasche öffnete, um den Umschlag herauszuholen, registrierte er, dass die Malaria, wegen der sie Sambia damals hatte verlassen müssen, deutliche Spuren hinterlassen hatte. Sie war sehr alt geworden. »Ich muss etwas finden, wo ich bleiben kann. Mein Bruder wohnt hier in London. Hättest du etwas dagegen, wenn ich einmal dein Telefon benutze?«

Sie führte ihn in die Küche, ohne ihm anzubieten, bei ihr zu wohnen. Jackson hätte zwar abgelehnt, denn er verspürte nicht das geringste Bedürfnis, zwei Wochen in ihrer Nähe zu verbringen, aber sie könnte wenigstens eine kleine Geste der Gastfreundschaft oder Dankbarkeit zeigen. Er wartete, bis sie die Küche verlassen hatte, ehe er die Nummer seines Bruders wählte.

Mit gemischten Gefühlen legte Dyson den Hörer auf. Er hatte seit fast neun Jahren niemanden von seiner Familie gesehen. Die Art, wie Jackson Tessa behandelt hatte, war ihm absolut zuwider. Aber sie hatte es überstanden und sich vollkommen erholt. Und trotz aller Mutmaßungen hatte Dyson keinen Beweis dafür, dass Jackson derjenige gewesen war, der die Mine gelegt hatte, die Michaels Frau, seinen Sohn und sein ungeborenes Kind getötet hatte. Er suchte nach Entschuldigungen, das wusste er genau. Aber er sehnte sich nach irgendeiner Verbindung zu seiner Familie, ganz gleich wie kurz sie auch sein mochte.

Der ANC und die SWAPO hatten so gut wie keinen Kontakt zueinander, und wenn herauskäme, dass sein Bruder bei der SWAPO war, würde er dafür bitter bezahlen müssen. Als Jackson ihn fragte, ob er ein paar Wochen bei ihm wohnen könnte, hätte Dyson eigentlich Nein sagen müssen, aber er sagte Ja.

»Wer war das?«

»Einer meiner Brüder.«

»Wie heißt er?«

»Mapitha.«

»Du kriegst in letzter Zeit ziemlich viele private Anrufe.«

Man würde das melden, das wusste Dyson, und er hätte sich in der umgekehrten Situation genauso verhalten. Sie mussten auf der Hut sein. Da er Jacksons Geburtsnamen angegeben hatte, hoffte er, dass niemand dessen Verbindungen zur SWAPO entdecken würde.

Um kurz nach fünf verließ er das Büro und fuhr mit dem Bus nach Soho. Unterwegs ging er noch schnell in einen Supermarkt, um einige zusätzliche Vorräte einzukaufen: Milch, Brot und, weil es sich um einen besonderen Anlass handelte, ein paar T-Bone-Steaks. Einem Impuls folgend kaufte er anschließend noch zwei Flaschen billigen Rotwein und sechs Flaschen Bier. Glücklicherweise musste er die Einkäufe nicht weit tragen.

Jackson wartete bereits vor dem Haus auf ihn. Sie begrüßten sich mit einem herzlichen Lachen, stießen sich gegenseitig an den Arm und riefen sich Beleidigungen auf Zulu zu, um damit zu zeigen, wie sehr sie sich über das Wiedersehen freuten.

Jackson folgte seinem Bruder die zwei Treppen nach oben in sein winziges Apartment. »Mein kleines Reich«, sagte Dyson. »Du musst auf dem Sofa schlafen.«

»Kein Problem.« Nach dem Zelt in Sambia war ein Sofa der reinste Luxus.

Dyson stellte seine Einkaufstüten auf die Spüle. »Möchtest du ein Bier?«

»Gern. Was gibt es dazu?«

»Alkohol, meinst du? Einen Brandy oder Gin.«

»Beides.« In Sambia hatten sie nicht häufig die Gelegenheit dazu gehabt, deshalb war es, wenn sie einmal tranken, oberstes Ziel gewesen, so schnell wie möglich betrunken zu werden.

Dyson runzelte die Stirn, goss aber zwei kleine Gläser Gin ein. Jackson nahm einen langen Schluck von seiner warmen Flasche Bier.

Dyson grinste. »Wo hast du denn gelernt, so zu trinken?«

»So trinkt doch jeder.«

»Hier nicht.« Aber Dyson machte es seinem Bruder nach

und goss den Gin in einem Zug hinab. Er verzog das Gesicht, als er in seiner Kehle brannte.

Sie unterhielten sich holpernd, zurückhaltend, zögernd. Mit jeder Flasche Bier ging es besser. Bei der dritten begann Dyson ein wenig zu schwanken und versuchte dann, ihnen etwas zu essen zu kochen. »Kein Bier mehr«, murmelte er. »Ich habe noch Rotwein, wenn du möchtest.«

Jackson war Wein eigentlich zu sauer, aber da es nichts anderes gab, willigte er ein.

Dyson öffnete eine Flasche und goss zwei Gläser bis zum Rand voll, dann reichte er eins davon seinem Bruder. »Also, was führt dich nach London?«

»Du weißt, was ich mache«, antwortete er nur. »Geschäfte.«

Dyson zuckte mit den Schultern, um seinem Bruder zu zeigen, dass es ihm gleichgültig war.

Aber Jackson konnte sehen, dass er gekränkt war. »Erzähl mir von unseren Eltern.«

»Warum hast du keinen Kontakt zu ihnen aufgenommen?« Dysons Stimme klang scharf. Jacksons Weigerung, ihm den Grund seines Aufenthalts in London zu nennen, hatte ihn verletzt. Es bedeutete, dass sein Bruder ihm nicht vertraute.

»Es ist sicherer so. Ich wollte nicht, dass sie wissen, was ich mache.« Jetzt zuckte Jackson mit den Schultern. »Es ist wahrscheinlich das Beste so.«

»Unsere Mutter sehnt sich danach, etwas von dir zu hören. Sie hat Angst um dich. Du könntest sie wenigstens beruhigen.«

»Dann erzähl ihr doch, dass du mich gesehen hast. Sag ihr, dass es mir gut geht. Sag ihr liebe Grüße und unserem Vater ebenfalls.«

»Das werde ich«, antwortete Dyson. »Dennoch glaube ich, dass sie es lieber aus deinem Mund hören würden.«

Verärgere ihn nicht, sonst kannst du nicht bleiben. Jackson lächelte seinen Bruder an. »Ich höre dich. Ich werde ihnen schreiben, sobald ich zurück bin.«

Dyson blieb hartnäckig. »Warum tust du es nicht gleich von hier? Das wäre sicherer für sie.«

»Du hast Recht, großer Bruder. Vielleicht morgen.«

Damit schien Dyson beruhigt. Er zeigte auf eine Schublade im Tisch. »Hier findest du alles, was du brauchst. Mein Adressbuch liegt auch darin. Unsere Eltern leben nicht mehr auf UBejane. Ihre neue Adresse steht in dem Buch.«

»Danke.« Die Neuigkeit überraschte Jackson. »Wo sind sie nun?«

Dyson berichtete Jackson, dass UBejane verkauft worden war und ihre Eltern nach Kwa-Mashu in der Nähe von Durban gezogen waren. »Ich weiß, dass du das für Zeitverschwendung hältst, aber zu Hause ist man der Ansicht, dass Inkatha wieder belebt werden sollte. Es wird viel darüber spekuliert, dass Buthelezi der richtige Mann dafür wäre.«

»Und was hat unser Vater damit zu tun?«

»Es gibt viel zu tun. Zu viele Menschen haben sich von der Inkatha abgewendet. Sie sagen, wenn der ANC alle Volksstämme repräsentiert, gibt es keinen Grund, etwas wieder zu beleben, das allein die Interessen der Zulu vertritt. Aber sie irren. Unser Vater und viele andere wissen, dass die Leute nicht angehört werden, solange der ANC eine verbotene Organisation ist. Innerhalb des Landes wird etwas gebraucht. Sie glauben, dass dies unsere Chance ist, zur schwarzen Stimme Afrikas zu werden.«

»Ich verstehe dich nicht. Du sprichst, als würdest du ihnen zustimmen, und trotzdem arbeitest du für den ANC.«

»Wenn ich die Wahl hätte, wäre ich lieber zu Hause, um unseren Vater zu unterstützen.«

Im Laufe der Nacht lockerte der Rotwein den Brüdern die Zunge. Jackson öffnet sich ein wenig, als er feststellte, dass Dyson über die SWAPO-Aktivitäten im Caprivi-Strip sehr wohl Bescheid wusste, und in den frühen Morgenstunden prahlte er sogar damit, dass er derjenige gewesen war, der die Mine gelegt hatte, mit dem die weiße Frau und das Kind getötet worden waren. »Vielleicht hast du davon gelesen. In der ganzen Welt haben die Zeitungen darüber berichtet.«

Dyson verspürte plötzlich einen Anflug von Zorn, den er nicht zurückhalten konnte. Ehe er es verhindern konnte, stieß er hervor: »Diese weiße Frau war Michael Kings Frau.«

»Michael King! Von UBejane?«

»Genau. Der Michael King. Der, der immer so gut zu unserer Familie war. Mein Freund.«

Jackson war ehrlich erschüttert. »Ich schwöre zu Gott, das wusste ich nicht.«

»Hätte es einen Unterschied gemacht, wenn du es gewusst hättest?« Dysons Stimme klang scharf.

Jackson schüttelte langsam den Kopf. Der Alkohol hatte zwar seinen Verstand benebelt, aber er spürte instinktiv, dass es Dyson noch mehr erzürnen würde, wenn er jetzt log. »Nein. Ich hatte meine Anweisungen. Es herrscht Krieg. Ich musste den Anweisungen folgen.« *Jesus! Wenn Michael King das je herausfindet, bringt er mich um.*

Dysons Stimme klang nun resigniert und traurig. »Erst Tessa, jetzt das. Ich verstehe von den Gesetzen des Krieges ebenso viel wie du, also erzähl mir nicht, dass die unverzeihliche Art, wie du Michaels Schwester behandelt hast, etwas mit dem Befolgen von Anweisungen zu tun gehabt hat. Lass diese Familie in Ruhe, Jackson.«

Jackson erhob sich schwankend von der Couch. »Muss pissen.« Im Bad versuchte er seine Atmung unter Kontrolle zu bekommen. Dysons Enthüllungen hatten ihm ziemlich zugesetzt. Eine weiße Frau und ihr Kind war immer angenehm unpersönlich gewesen. Michael Kings Frau und Sohn waren das nicht. Er hatte Michael nie gemocht, vor allem nicht, nachdem er in Tessas Bett erwischt worden war, aber er hätte niemals mit Absicht das Leben der Frau und des Kindes dieses Mannes ausgelöscht. Jackson bezweifelte allerdings, dass er Michael je davon würde überzeugen können. Er sah in den Spiegel und straffte die Schultern. Dann mahnte er sich zur Ruhe. Schließlich wusste ja niemand, dass er es gewesen war. *Dyson! Ob er Kontakt zu Michael hat? Was war, wenn er es ihm erzählte? Und wenn schon. Michael würde ihm in Sambia nichts anhaben können.*

Etwas beruhigter kehrte Jackson ins Zimmer zurück. Dyson war eingeschlafen, und er rüttelte ihn wach. »Geh ins Bett. Wir sehen uns morgen.«

Im Halbschlaf stolperte Dyson in sein Zimmer. Jackson erinnerte sich auf einmal daran, dass sein Bruder noch nie Alkohol vertragen hatte. Es war also möglich, dass er sich gar nicht mehr an ihr Gespräch erinnern würde, wenn er erwachte.

Als Jackson wach wurde, war Dyson bereits zur Arbeit gegangen. Er hatte eine Nachricht auf der Spüle hinterlassen, auf der stand, Jackson möge sich ganz wie zu Hause fühlen. *Wenn du etwas brauchst, nimm es dir einfach. Bis heute Abend.* Jackson duschte, zog sich saubere, wenn auch zerknitterte Kleider aus dem Koffer an, machte sich Toast und Kaffee zum Frühstück, sah eine Weile fern und beschloss dann, den Rat seines Bruders zu beherzigen und seinen Eltern zu schreiben. Er wühlte in der Schublade, fand einen Schreibblock, einen Stift und das Adressbuch. Dann setzte er sich hin und begann zu schreiben.

Eine halbe Stunde später hatte Jackson außer *Liebe Mutter, lieber Vater* noch nichts zu Papier gebracht. Seufzend nahm er das Adressbuch zur Hand und blätterte darin herum. Er fragte sich, ob er darin einen Hinweis auf Dysons Kontakt zu Michael finden könnte. Es schadete nicht, wenn er wusste, wo der Mann wohnte. Ein anderer Name sprang ihm in die Augen. King, Tessa. Eine Londoner Adresse. Er konnte es nicht glauben. Tessa hier?

Jackson schaute aus dem kleinen Fenster und dachte nach. Die Vergangenheit schien ihn plötzlich mit aller Macht einzuholen. Und alles wegen Dyson. Sein Bruder war plötzlich zum Dreh- und Angelpunkt für eine Reihe von Gefahren geworden. Woher wusste Dyson, dass diese Frau und das Kind zu Michaels Familie gehörten? Von Tessa? Er sah sich das Adressbuch noch einmal an, fand aber keinen anderen King. Tessa musste diejenige gewesen sein, die es Dyson erzählt hatte. Konnte er Dyson vertrauen nach dem, was er ihm in dieser Nacht offenbart hatte? Was, wenn Dyson es Tessa verriet? Würde sie ...?

Denk nach!

Was genau weiß Dyson? Er weiß, dass ich für die SWAPO arbeite; er weiß, dass ich Michaels Frau und seinen Sohn getötet habe; er kennt Tessa, und er weiß, wo ich im Augenblick bin. Das sind vier Tatsachen zu viel. Was ist mit Tessa? Sie hasst mich genug, um sofort zu Michael zu rennen, wenn sie von Dyson alles erfährt. Wo also ist Michael King? Er muss an diesem Nashorn-Forschungsprojekt beteiligt gewesen sein, aber das Lager ist seit Monaten aufgelöst. UBejane ist verkauft, dort kann er also auch nicht sein. Was, wenn er in England ist?

Jackson kontrollierte die Seite noch einmal, aber er fand keinen Michael King. Zu Sicherheit sah er noch unter M nach. Auch nichts. Dyson würde sicher wissen, wenn er in England wäre. Als Jackson das Adressbuch gerade zuklappen wollte, bemerkte er einen losen Zettel, der vorn im Umschlag steckte. Er zog ihn heraus. Michael King. Eine Telefonnummer, keine Adresse. War es eine englische Nummer? Es gab nur eine Möglichkeit, das herauszufinden. Jackson wählte die Nummer. Es klingelte einige Male, dann meldete sich eine Frau. »Claire Dawson. Wer ist da bitte?«

Er legte auf. Die Stimme gehörte zweifellos Michaels Mutter. Wie war ihr Name gewesen? Dawson, oder? Hastig blätterte Jackson das Adressbuch durch. Dawson, Claire und Peter. Na also. In Hertford. Er konsultierte seinen Stadtplan, aber das half ihm nicht weiter. Bei einem Blick auf Dysons Bücher entdeckte er einen Straßenatlas von Großbritannien. Aha. Er begann plötzlich zu frösteln. Dyson konnte Michael bereits angerufen haben, dann war er vielleicht schon auf dem Weg zu ihm.

Das Telefon klingelte, riss ihn aus seinen Gedanken. Sollte er rangehen? Vielleicht war es Dyson. Beherzt griff er zum Hörer. »Hallo.«

»Ich wollte nur hören, ob du schon wach bist.«

»Schon seit einigen Stunden.«

»Was machst du?«

»Ich versuche, diesen Brief zu schreiben.«

»Welchen Brief?«

Jackson entspannte sich. Wenn Dyson vergessen hatte,

dass er einen Brief nach Hause schreiben wollte, dann bestand immerhin die Chance, dass ihm auch seine blödsinnigen Prahlereien über die Landmine entfallen waren. Er beschloss, es herauszufinden. »Hör zu, ich war heute Nacht ein bisschen betrunken. Ich habe einige Dinge gesagt, die ich vielleicht nicht hätte sagen sollen. Das lag nur am Alkohol.«

Ein kurzes Zögern am anderen Ende der Leitung, dann lachte Dyson. »Ich erinnere mich an nichts mehr. Tut mir Leid, ich muss jetzt Schluss machen. Bis heute Abend.«

Stirnrunzelnd legte Jackson auf. Alkohol konnte die wunderlichsten Dinge mit dem Gedächtnis anstellen, aber irgendetwas an Dysons Stimme sagte ihm, dass sein Bruder nicht ganz ehrlich gewesen war. Verdammt! Was sollte er jetzt tun?

In Wahrheit erinnerte sich Dyson an jede Einzelheit ihrer nächtlichen Unterhaltung. Es war genau so, wie er es vermutet hatte. Jackson war verantwortlich für Michaels tragischen Verlust. Er hatte es ihm selbst bestätigt. Die Frage war bloß, was er mit diesem Geständnis anfangen sollte. Ganz gleich wie er sich verhielt, ob er es weitererzählte oder nicht, er würde einem gegenüber unloyal sein. Wer war ihm wichtiger? Sein ältester Freund oder sein Bruder? Widerstrebend kam Dyson zu einer Entscheidung. Mit Michael verband ihn eine langjährige Freundschaft, aber mit Jackson verband ihn Blutsverwandtschaft. Also musste seine Loyalität seinem Bruder gelten, auch wenn die Wahrheit ihn noch so schockiert und entsetzt hatte.

Jackson geriet zunehmend in Panik. Er war davon überzeugt, dass sich Michael King in England aufhielt und nach ihm suchte. Tessa war das Verbindungsglied. Offenbar hatte Dyson Kontakt zu ihr, sonst stände ihre Anschrift nicht in seinem Adressbuch. Er traf eine Entscheidung. Tessa musste zum Schweigen gebracht werden.

Es war einfach herauszufinden, wie er zu der Adresse gelangte, die er in Dysons Buch gefunden hatte. Er nahm die U-Bahn nach Notting Hill Gate, stieg dort um in die District Line Richtung Wimbledon. Der Stadtplan zeigte ihm, wie er von dort zu ihrem Haus kam. Es fing an zu regnen, und er zog sich die Kapuze seines billigen Plastikregenmantels über den Kopf. Als er vor ihrem Haus stand, überlegte er, was er als Nächstes tun sollte. Er hatte ein kleines Haus erwartet, nicht ein dreistöckiges Gebäude. Das konnte sie unmöglich allein bewohnen.

Jackson stand auf der gegenüberliegenden Straßenseite und überlegte hin und her, ob er einfach klingeln sollte, als Tessa plötzlich aus dem Haus trat. Er hielt den Atem an. Sie war wirklich schön. Er fand auf die Schnelle nichts, wo er sich hätte verstecken können, aber das war auch nicht nötig. Tessa öffnete ihren Schirm und setzte sich, ohne nach rechts oder links zu schauen, in Bewegung. Er folgte ihr.

Tessa hatte spontan entschieden, sich für ein paar Tage zurückzuziehen. Sie besaß einen eigenen Schlüssel zu Kerry Glasshouse' Apartment. Als er angerufen hatte, um sich zu erkundigen, warum sie nicht zu ihrer Verabredung erschienen war, hatte sie ihm erklärt, dass sie sich nicht wiedersehen könnten. Daraufhin hatte er sie gebeten, noch einmal über diese Entscheidung nachzudenken. »Benutz so lange das Apartment. Ich bin auf Geschäftsreise in den Vereinigten Staaten. Und Tessa, ganz gleich, wozu du dich entschließt, ich wünsche dir viel Glück.«

Sie wollte ein wenig Zeit für sich haben. Sie wollte absolut sicher sein, dass sie die richtige Entscheidung traf. Ihr Entschluss musste felsenfest sein, ehe sie mit Dyson sprach. Judith hatte sie ebenfalls dazu ermutigt, sich diesen Schritt sorgfältig zu überlegen. Sie hatte es für eine gute Idee gehalten, dass Tessa sich für ein paar Tage in Kerrys Apartment zurückzog.

Draußen regnete es in Strömen. Tessa schüttelte ihren Schirm aus und überlegte kurz, ob sie ein Taxi nehmen sollte oder nicht. Dann beschloss sie, es nicht zu tun. Die U-Bahn-Station war gleich am Ende der Straße, und sie konnte die zwei Stationen bis zu Kerrys Apartment bequem mit der Bahn fahren. Das würde außerdem schneller sein.

Jackson hatte nicht den leisesten Schimmer, wohin die Reise gehen sollte, deshalb zog er sich an der U-Bahn-Station eine Netzkarte, die ihm vier Tage lang freie Fahrt im gesamten Streckennetz Londons gewährte. Er stieg in den Wagen hinter Tessa und setzte sich so, dass er sie gut im Blick halten konnte. Sie zog eine Zeitschrift aus der Tasche und begann zu lesen.

Jackson war überrascht, als Tessa sich bereits an der Haltestelle South Kensington erhob und zur Tür ging. Er folgte ihr und sorgte dafür, dass immer genügend andere Fahrgäste zwischen ihnen waren. Sie verließ den Untergrund und bog nach links. Es regnete immer noch. Fünf Minuten später blieb Tessa vor einem terrassenförmig angelegten Apartmenthaus stehen. Sie kramte in ihrer Tasche, zog einen Schlüssel hervor und verschwand im Innern des Hauses.

Jackson wartete ein paar Minuten, dann folgte er ihr. Vor dem Haus gab es sechs Briefkästen, ebenso viele Klingelknöpfe und eine Sprechanlage. Die Namen auf den Schildern sagten ihm nichts. Dann bemerkte er, dass die Haustür nicht richtig geschlossen worden war. Aber in welcher Wohnung befand sich Tessa? Er kramte in seiner Tasche und fand den Zettel, auf dem er ihre Adresse notiert hatte. Er faltete ihn ein paarmal und klemmte ihn zwischen die Tür. Dann ging er auf die gegenüberliegende Straßenseite, stellte sich in einem Bushäuschen unter und begann das Haus zu beobachten. Da! Eine Bewegung an einem Fenster im ersten Stock. Die Gardinen öffnete sich, und da stand Tessa und rekelte sich. Soweit er das sehen konnte, sprach sie mit niemandem. War sie allein?

Er duckte sich rasch, als sie ihren Blick die Straße entlang schweifen ließ. Als er wieder hinsah, war sie verschwunden.

Was nun? Er könnte an die Wohnungstür klopfen und sich gewaltsam Zugang verschaffen, wenn sie öffnete. Aber was, wenn sie doch nicht allein war? Er könnte es auf die freundliche, charmante Tour versuchen, dann würde sie ihn hineinbitten, und wenn sie allein war, konnte er sie umbringen. Aber wenn sie ihn gar nicht erst hereinließ? Warum sollte sie das tun? Und wenn er einfach gegen ihren Willen hineinging und ein Mann in der Wohnung wäre, was dann? Sollte er dann einfach wegrennen, so tun, als wäre er ein ehemaliger Liebhaber? Nicht besonders originell, aber etwas Besseres fiel Jackson nicht ein. Ein Bus kam herangefahren. Der Fahrer verringerte das Tempo, als er Jackson erblickte, fuhr jedoch wieder schneller, als der ihn vorbeiwinkte. Er machte sich zu viele Gedanken. Tessa war nicht Tessa, sie war das Objekt. Das hatte man ihm beigebracht.

»Denken Sie nicht an Zivilisten, Frauen oder unschuldige Kinder. Sie sind nur das Mittel zum Zweck. Denken Sie an den Grund Ihrer Aktionen.«

Entschlossen verließ Jackson das Bushäuschen und rannte fast die Stufen zum ersten Stock hinauf. Auf dieser Etage gab es nur zwei Wohnungen, die linke schien offenbar die richtige zu sein. Er klopfte. Sein Atem ging ruhig, sein Gehirn war konzentriert. Die Tür wurde geöffnet. Ehe sie Zeit hatte, ihn zu erkennen und zu reagieren, hatte er sie bereits zurückgestoßen, war hineingestürmt und hatte die Tür mit dem Fuß zu getreten.

»Jackson. Was zum Teufel ...«

Hastig ließ er seine Blicke schweifen. Er konnte zwei Türen sehen. Das Wohnzimmer war leer. »Bist du allein?«

»Ja ... nein ... nein. Kerry, schnell.«

Niemand kam. Jackson sah sie an und lächelte. »Es ist keiner da, stimmt's?«

Tessa erholte sich langsam von ihrem Schock. »Was um alles in der Welt tust du hier?«

Sie würde sich wehren. Er musste es sofort tun. Jackson trat mit ausgestreckten Armen auf sie zu.

Auf Judiths Anraten hatte Tessa ein wenig Selbstverteidigung gelernt. Nicht viel, nur ein paar Griffe für den Fall, dass sie je in Schwierigkeiten geraten würde. Sie trat zurück, duckte sich leicht. »Was willst du?«

Jackson stürzte sich auf sie, und sie trat zur Seite, bekam seinen Arm zu fassen und verdrehte ihn.

»Du Miststück!« Er packte nun ihren Arm und stieß sie mit Leichtigkeit von sich. Sie wich zurück, ihr Gesicht war leichenblass, in ihren Augen stand Angst. Jackson griff in seine Tasche und zog das Messer heraus, das er aus Dysons Küche mitgenommen hatte.

»Jackson, nicht …« Sie wich zurück an die entgegengesetzte Wand. »Bitte. Wir können über alles reden.«

Er musste rasch handeln, ehe sie schreien konnte. Seine Bewegungen waren flink, aber sie warf sich wieder im letzten Moment zur Seite. Sie behielt das Messer fest im Blick, trat deshalb gegen einen Lederhocker und wäre fast gestolpert. Jackson ließ das Messer in dem Moment vorschnellen, als sie den Arm ausstreckte, um das Gleichgewicht wieder zu finden. Die Klinge drang bis auf ihren Knochen. Tessa öffnete den Mund zum Schrei, aber da war er schon über ihr, warf das Messer fort und griff nach ihrer Kehle. Sie kämpfte wie eine Wildkatze. Sie stürzten zu Boden, warfen eine Stehlampe um. Blut floss aus ihrem Arm. Viel Blut. Es war überall. Seine Hände wurden ganz glitschig davon. Er drückte und drückte. Würde sie denn nie ruhig sein? Als es endlich vorüber war, hatte er Krämpfe in Händen und Armen.

Keuchend rappelte er sich auf. *Jesus! Das konnte nicht wahr sein!* Blut an der ganzen Wand, auf dem Boden, Blutflecken auf dem Sofa. Sein Magen krümmte sich, und ihm wurde übel. Er rannte in Richtung Bad, schaffte es aber nicht mehr rechtzeitig und übergab sich auf den Schlafzimmerteppich. In dem großen Spiegel am Kleiderschrank sah er, dass er ebenfalls voller Blut war. In einem Schrank fand er Männerkleidung. Perfekt. Er lief ins Bad, zog sich aus und duschte. Dann bediente er sich von der Garderobe des Mannes, zog Jeans an, ein Hemd und einen Pulli. Er fand auch Schuhe, aber sie waren ihm zu klein, deshalb wischte er seine eigenen sauber und zog sie wieder an. Eine Öljacke hing hinter der Tür. Er nahm sie sich, ehe er ins Wohnzimmer zurückkehrte. Tessa hatte sich nicht mehr bewegt. Vorsichtig näherte er sich ihr, achtete auf ein Anzeichen dafür, dass sie atmete. Nichts. Er wollte sie nicht berühren.

In der kleinen Küche fand Jackson ihre Handtasche. Darin befanden sich fast 350 Pfund. Ein Vermögen! Er wollte das Geld gerade in seine Brieftasche stecken, als ihm auffiel, dass sie nicht da war. Sie steckte noch in seiner alten Hose, zusammen mit Dysons Wohnungsschlüssel. Sicherheitshalber durchsuchte er die Taschen noch dreimal, dann stopfte er die schmutzige Hose in eine Plastiktüte. Die musste er unterwegs irgendwo loswerden. Er hatte ein Messer bei sich gehabt. *Das Messer!* Wo war es bloß? Fünf Minuten verbrachte er mit hektischem Suchen, ehe er es endlich fand. Es war unter einen Stuhl gerutscht. Mit einem Küchentuch hob er es auf. Das musste er ebenfalls loswerden. Nein. Er würde es säubern und mit zurücknehmen, sonst würde Dyson es noch vermissen.

Ehe er ging, warf Jackson noch einen letzten langen Blick auf Tessa. Selbst tot und blutverschmiert war sie noch immer schön.

Um Viertel nach fünf war Jackson wieder in Dysons Wohnung. Bis sein Bruder nach Hause kam, hatte er das Abendessen vorbereitet, und das Messer lag gründlich gereinigt in der Schublade, wo es hingehörte. Das Gespräch zwischen ihnen geriet bald ins Stocken. Sie hatten sich nichts zu sagen. Der Fernseher ersparte ihnen die Mühe, sich miteinander zu unterhalten. Jackson hatte bereits beschlossen, seinen Rückflug nach Sambia umzubuchen. Er würde lieber noch etwas in Lusaka bleiben statt in London. Außerdem war es sicherer, England so schnell wie möglich zu verlassen.

Am nächsten Morgen stellte Jackson sich schlafend, bis Dyson die Wohnung verlassen hatte, dann zog er sich an, besorgte sich etwas zum Frühstück und rief bei einem Reisebüro an. Dort war man sehr hilfsbereit, konnte ihm jedoch vor Dienstag keinen Flug anbieten. Und heute war Mittwoch. Das bedeutete, dass er fast noch eine ganze Woche warten musste.

Tessas Leiche wurde von der Frau aufgefunden, die das Apartment sauber hielt. Inspektor John Dyer von Scotland Yard übernahm den Fall und erschien gegen 10 Uhr morgens mit seinem Assistenten, Detective Brian O'Callaghan.

»Hübsches Ding«, kommentierte Dyer.

Die Putzfrau, eine Mrs. Webb, saß Tee trinkend in der Küche und redete aufgeregt auf jedes Mitglied der Spurensicherung ein, das ihr zuhörte. Aber Dyer wollte nichts hören. O'Callaghan war nicht überrascht, als sein Boss, der über keine besonders guten Umgangsformen verfügte, ihren Monolog einfach unterbrach.

»Wie lautet der Name der jungen Dame?«

»Woher soll ich das wissen?« Die Frau war beleidigt über das mangelnde Interesse des Polizeibeamten. Dabei hatte sie gleich gewusst, dass etwas nicht stimmte, als sie ihren Schlüssel ins Schlüsselloch gesteckt hatte.

»Wem gehört diese Wohnung?«

»Keine Ahnung. Da werden Sie wohl meinen Chef fragen müssen, dem die Reinigungsfirma gehört.«

»Welche Reinigungsfirma?«, fragte Dyer genervt.

»Sir.« O'Callaghan hatte Tessas Handtasche gefunden. »In ihrem Portemonnaie steckt eine Karte.« Er kniff die Augen zusammen und versuchte den Namen zu entziffern, ohne irgendwelche Spuren zu verwischen. »Tessa King.«

»Gibt es auch eine Adresse?«

»Ja, Sir.«

»Und die lautet?«

»Ich kann sie nicht lesen, Sir.«

Dyer seufzte. »Okay, setzen Sie sich mit dieser Reinigungsfirma in Verbindung und versuchen Sie, etwas rauszukriegen. Ich werde mich hier noch ein wenig umsehen und die Nachbarn befragen. Irgendwer muss doch etwas gehört oder gesehen haben.« Er sah die plötzlich sehr schweigsam gewordene Mrs. Webb an. »Sie brauchen hier heute nicht mehr zu arbeiten. Machen Sie Ihre Aussage bei meinem Kollegen, dann können Sie gehen.«

Sie erhob sich steif, und er fügte hinzu: »Oh, und verschwinden Sie nicht einfach nach Mallorca oder so etwas. Vielleicht brauchen wir Sie noch einmal.«

Ihre Antwort bestand aus einem verächtlichen Schnauben.

John Dyer erkundigte sich, wie die Spurensicherung im Wohnzimmer vorankam. Der Pathologe war inzwischen eingetroffen. Das Mädchen war wirklich eine Augenweide. Immer noch. »Herrje, was für eine Schande. Hallo, Doc, wann kann ich mit einem Ergebnis rechnen?«

Später an diesem Tag fuhren Dyer und O'Callaghan nach Hertford. Diese Adresse hatten sie von Judith Murray-Brown erhalten.

Als Claire die Nachricht vom Tod ihrer Tochter hörte, brach sie zusammen und musste ein Beruhigungsmittel einnehmen. Die beiden Kriminalbeamten blieben mit einem bleichen, aber gefassten Michael King zurück, offenbar der Bruder des toten Mädchens.

»Die Bewohnerin des Apartments im zweiten Stock sagte, sie hätte einen Schwarzen im Bushäuschen herumlungern sehen. Sie fand das seltsam, weil er anscheinend nicht auf einen Bus gewartet hätte. Hatte Ihre Schwester Kontakt zu irgendwelchen Farbigen?«

»Meine Schwester kannte eine Menge Männer, Inspektor. Sie hat für eine Begleitagentur gearbeitet«, antwortete Michael geradeheraus.

Dyer blinzelte. Das hatte er gewusst, aber er war dennoch überrascht, dass ihr Bruder es so offen zugab.

»Die Wohnung gehört einem Mann namens Kerry Glasshouse aus York. Er hat ein wasserdichtes Alibi. Im Augenblick versucht er vermutlich seiner Frau zu erklären, wozu er das Apartment gemietet hatte. Sie wusste nämlich nichts davon.« Dyer grinste, dann hüstelte er verlegen, als ihm wieder einfiel, wer Michael war. »Gibt es noch irgendetwas über Ihre Schwester, das uns bei unseren Ermittlungen weiterhelfen könnte?«

»Tut mir Leid, nichts.«

»Sind Sie sicher, Sir? Wenn Sie einen Moment brauchen, um nachzudenken ...«

»Inspektor Dyer, ich bin erst seit wenigen Monaten in England. In dieser Zeit habe ich meine Schwester genau einmal gesehen. Warum fragen Sie nicht Judith Murray-Brown? Sie kann Ihnen vielleicht eine Auskunft geben.«

»Das werden wir tun, Sir.« Dyer rieb sich die Schläfen, eine Angewohnheit, die bereits dazu geführt hatte, dass ihm auf beiden Seiten des Kopfes die Haare ausgefallen waren. »Mr. King, wenn Ihre Schwester, wie Sie sagen, als Hostess gearbeitet hat, und wenn Mr. Glasshouse ihr sein Apartment in London zur Verfügung gestellt hat, dann müssen sie doch ein ganz besonderes Verhältnis gehabt haben. Ich will damit sagen, dass ich mir nicht vorstellen kann, dass sie einen anderen Kunden mit dorthin gebracht hätte. Was sagt uns das also?«

»Es war jemand, den sie nicht kannte«, schloss Michael.

»Wollen Sie wissen, was ich glaube?«, sagte Dyer wenig später zu O'Callaghan, als sie zurück nach London fuhren.

O'Callaghan gab keine Antwort. Dyer würde es ihm sicher gleich mitteilen.

»Ich glaube, Mr. King verschweigt uns etwas.«

»Meinen Sie, er war es?«

»Nein. Aber ich glaube, er weiß mehr, als er uns gesagt hat.«

Ein Schwarzer. Ein Schwarzer. Immer wieder musste Michael darüber nachdenken. Es gab Tausende Schwarzer in London. Warum ging ihm bloß immer wieder der Name Jackson durch den Kopf?

Es kam abends in den Neun-Uhr-Nachrichten. Kein großer Bericht, bloß die Meldung, dass in South Kensington eine Frau tot aufgefunden worden war, die man als Tessa King identifiziert hatte, und dass die Todesumstände noch unklar seien. Sowohl Dyson als auch Jackson sahen die Nachricht.

»Nein!« Dyson stieß einen entsetzten Schrei aus.

Jackson war überrascht über den Schmerz in der Stimme seines Bruders. »Tessa! Nun, ich schätze, sie hat bekommen, was sie verdient hat.«

Dyson wollte gerade eine entsetzte Antwort geben, aber Jacksons Gesichtsausdruck hielt ihn davon ab. Dyson hatte diesen Ausdruck bei seinem Bruder schon häufig gesehen. Er war heimtückisch, verschlagen. Mit einem Mal wusste Dyson, dass es Jackson gewesen war, der Tessa ermordet hatte. Wortlos stand er auf und ging zu der Schublade, in der er sein Adressbuch aufbewahrte. Er hielt es Jackson unter die Nase. »Du hast ihre Adresse hierdrin entdeckt.« Dyson konnte kaum reden. »Du hast sie gefunden, und du konntest sie nicht in Ruhe lassen. Was um alles in der Welt hat dich dazu getrieben?«

»Wozu getrieben?« Jackson riss erstaunt die Augen auf. »Wovon sprichst du?«

Dyson warf das Adressbuch auf den Tisch. »Du weißt sehr gut, wovon ich spreche.«

»Ich schwöre bei Gott, ich habe keine Ahnung. Was ist nur in dich gefahren? Tessa ist also tot. Und? Wie kommst du darauf, dass ich etwas damit zu tun haben könnte?«

Dyson lief in dem kleinen Zimmer auf und ab, fuhr sich mit der Hand durchs Haar. »Ich hätte es wissen müssen. Du Schwein! Wovor hattest du Angst? Dass ich Tessa erzählen könnte, dass du Michaels Familie zerstört hast?« Er brach ab und starrte Jackson an. »Das ist der Grund, nicht wahr?«

Jackson erhob sich. »Dann erinnerst du dich also doch daran?«

»Natürlich erinnere ich mich daran. Glaubst du, ich würde so etwas vergessen?«

»Und?«

Dyson sah ihn mit gerunzelter Stirn an. »Und was? Du bist mein Bruder.«

Jackson bemühte sich, dankbar auszusehen.

»Du musst hier verschwinden. Ich kann es nicht ertragen, dich hier zu haben und zu wissen, dass ...« Er stockte, und Tränen liefen ihm über das Gesicht. »Ich habe sie geliebt«, sagte er leise.

Jackson lachte laut. »Tessa? Du machst Witze. Sie war eine Hure.«

Kalte Wut erfasste Dyson. Sein Bruder war abgrundtief schlecht. »Ich weiß, was sie war. Aber ich habe sie trotzdem geliebt.« Seine Stimme klang wehmütig. »Und auch dich habe ich genug geliebt, um zu vergessen, dass du es warst, der sie dazu gemacht hat.« Er atmete tief ein. »Ich habe dich genug geliebt, um meinen besten Freund zu verraten.«

Sie standen sich gegenüber, von Angesicht zu Angesicht, nur wenige Schritte voneinander entfernt. Ihre Botschaft war eindeutig. Der andere musste sterben. Beide Männer reagierten instinktiv, gingen mit erhobenen Fäusten aufeinander zu. Es war kein hitziges Gerangel. Hier ging es darum zu töten oder getötet zu werden, ein verzweifelter, hasserfüllter Kampf auf Leben und Tod. Faustschläge trafen und blieben nahezu unbemerkt. Möbelstücke zerbarsten und blieben ungehört. Ihre Blicke waren ineinander verschweißt, während das, was ihre Herzen miteinander verbunden hatte, zersprang.

Dyson verlor den Kampf. Der Zorn, der ihm Kraft verlieh, reichte nicht aus gegen eine in fünf Jahren im Busch erworbene Kondition. Jackson hatte eine Hand an seiner Kehle, und Dyson sah dem mörderischen Schlag hilflos entgegen, sah die tödliche Absicht in den Augen seines Bruders und konnte nichts dagegen tun. Der Schlag traf ihn am Unterkiefer und riss ihn von den Füßen. Er stürzte nach hinten, und sein Kopf schlug gegen den harten Marmorvorsprung des kleinen Kamins. Ein hässliches Knirschen von Knochen und Fleisch, dann verlor Dyson das Bewusstsein.

Ganz allmählich kam die Wirklichkeit wieder zu Jackson zurück. Er registrierte plötzlich ein Klopfen an der Wand und Schreie. »Ruhe da drüben, sonst rufen wir die Polizei!« Er sah sich in dem verwüsteten Zimmer um. Wie lange hatten sie gekämpft? Sein Adrenalinspiegel sackte ab, und er fühlte sich müde und erschöpft. Dyson lag regungslos mit dem Kopf in einer Blutlache. Das Klopfen an der Wand hörte auf, dann vernahm er Stimmen auf dem Korridor.

»Was ist denn da los?«

»Keine Ahnung? Irgendeine Streiterei.«

»Diese verdammten Ausländer. Alles Störenfriede, wenn Sie mich fragen.« Türen schlossen sich. Stille.

Ich muss hier weg.

Jackson rannte ins Bad und schaute in den Spiegel. Geschwollene Oberlippe, aufgeplatzte Augenbraue, das linke Auge wuchs langsam zu. Er spritzte sich Wasser ins Gesicht, stöhnte auf, weil es so schmerzte. Auf der Ablage neben dem Waschbecken stand eine kleine Dose Zam-Buk, ein Heilmittel, das man in Afrika für alles benutzte, vom Mückenstich über Muskelkater bis zu Verbrennungen. Jackson fragte sich, wo Dyson das Zeug in London wohl herbekommen hatte, und strich sich die lindernde Salbe auf Lippen und Augen.

Als er ins Wohnzimmer zurückkehrte, sah er sich gründlich nach allem um, was ihn verraten könnte. Dann nahm er seinen Koffer und ging zur Tür. Dyson hatte sich noch immer nicht bewegt, aber Jackson, der noch einen allerletzten Blick durch den Raum schweifen ließ, verschwendete keine Zeit mit Mitleid oder Fürsorge.

Auf der Treppe begegnete ihm niemand. Er lief drei Blocks zu Fuß, dann hielt er ein Taxi an und bat den Fahrer, ihm eine billige, aber saubere Unterkunft zu empfehlen. Er fuhr ihn zu einer kleinen Frühstückspension in Earls Court. Dort nahm er sich ein Zimmer, zahlte für vier Tage im Voraus. Hier in der Anonymität fühlte er sich endlich sicher und kam zu dem Schluss, dass London doch gar nicht so schlecht war, wie er zunächst angenommen hatte.

Dyson war nicht tot, aber er war dem Tod gefährlich nahe. Ein älterer Nigerianer aus der Wohnung unter ihm war durch das Gepolter aus seinem Schläfchen vor dem Fernseher geweckt worden. Er lauschte einige Minuten, dann ging er zum Telefon und meldete die Lärmbelästigung der Polizei. Eine halbe Stunde später erschienen zwei Beamte. Sie brachen Dysons Wohnungstür auf und fanden ihn. Er wurde eiligst ins Krankenhaus gebracht, wo eine Notoperation durchgeführt wurde. Dann brachte man ihn auf die Intensivstation.

Inspektor John Dyer war zwar für den Fall Dyson Mpande nicht zuständig, dafür aber ein Kollege, der mit ihm im selben Zimmer saß. Als der Dysons Adressbuch durchblätterte, stieß er auf den Namen Tessa King. Es dauerte ein paar Minuten, dann erinnerte er sich daran, dass John Dyer den Mordfall an einer Nutte mit diesem Namen bearbeitete. Als Dyer ihn bat, das Büchlein einmal sehen zu dürfen, fiel ein Zettel heraus, auf dem Michaels Name und seine Telefonnummer standen.

Dyer und O'Callaghan statteten Michael erneut einen Besuch ab. »Kennen Sie einen Dyson Mpande?« Dyer kam gleich zur Sache.

»Ja.«

»Wissen Sie, dass er gestern Abend in seiner Wohnung überfallen worden ist?«

»Nein.« Michael fror plötzlich. Erst Tessa, nun das.

»Wie geht es ihm?«

»Er liegt auf der Intensivstation des Shaftesbury-Hospitals.«

»Gut. Ich muss ihn sehen.«

»Er wird einige Tage lang keine Besucher empfangen können. Vielleicht überlebt er nicht einmal.« Dyer ließ Michael ein paar Sekunden, um die Information zu verarbeiten. »Ich habe eigentlich gar nichts mit dem Fall zu tun, aber der Name Ihrer Schwester stand in seinem Adressbuch. Und Ihrer ebenfalls.«

»Das ist möglich«, meinte Michael, der immer noch Mühe hatte, die Nachricht zu verstehen.

»Darf ich fragen, wieso?«

Michael holte tief Luft und versuchte sich zu konzentrieren. »Dyson und ich sind zusammen aufgewachsen. Seine Eltern haben damals in Südafrika für uns gearbeitet. Sie haben ihm vermutlich diese Adresse gegeben, als meine Mutter neu heiratete und hierherzog. Auf jeden Fall weiß ich, dass sie ihm Tessas Adresse gegeben haben. Die beiden haben sich ab und zu getroffen.«

»Könnte dieser Mpande Ihre Schwester umgebracht haben?«

»Nein.« *Nicht dieser Mpande.*

»Ein ziemlicher Zufall, finden Sie nicht auch? Dass jemand versucht hat, auch ihn zu töten?«

»Wollen Sie damit andeuten, dass ich etwas damit zu tun haben könnte?«

Dyer sah Michael aufmerksam an. Er war blass. Feine Linien hatten sich in seinem Gesicht eingegraben. Anfang dreißig. Ein bisschen jung, um so mitgenommen auszusehen. Aber sein Blick war beständig. »Nein, Sir. Ich versuche nur, einen Sinn in die ganze Sache zu bekommen. Ich glaube nicht, dass Sie etwas damit zu tun haben, aber ich könnte wetten, dass Sie eine ziemlich genaue Vorstellung haben, wer es ist.«

Michaels Gesicht blieb regungslos. »Ich fürchte nein, Inspektor.«

Dyer war hartnäckig. »Oh doch, das haben Sie. Ich weiß nicht, was Sie vorhaben, mein Sohn, aber was es auch ist, tun Sie es bitte nicht auf meine Kosten.«

»Meine Schwester wird am Dienstag beerdigt. Danach fahre ich nach Hause, wenn Sie nichts dagegen haben.«

Dyer nickte. »Das müsste gehen, Mr. King. Halten Sie uns nur auf dem Laufenden, falls Sie etwas Neues erfahren.«

»Wissen Sie, was ich glaube?«, sagte Dyer zu O'Callaghan, als sie wenig später nach London zurückfuhren.

O'Callaghan brummte etwas Unverständliches.

»Ich glaube, dass derjenige, der seine Schwester umgebracht und seinen Freund zusammengeschlagen hat, vor irgendetwas Angst hatte. Ich möchte jetzt nicht in seiner Haut stecken, das kann ich Ihnen sagen. Und wissen Sie, was ich noch glaube?«

O'Callaghan seufzte.

»Ich glaube, unser Mordfall ist so gut wie abgeschlossen. Zumindest sobald King nach Südafrika zurückkehrt. Das ist es, was ich glaube.«

Michael durfte Dyson erst am Montag besuchen. Die Krankenschwester ermahnte ihn: »Aber nur ein paar Minuten, Mr. King. Er ist immer noch sehr durcheinander und regt sich leicht auf.«

Auf Zehenspitzen schlich Michael ins Zimmer. Dyson hatte die Augen geschlossen, um den Kopf trug er einen

Verband. Er hörte Michael hereinkommen und öffnete die Augen. »*Sawubona*«, flüsterte er.

»*Yebo, sawubona.*« Michael setzte sich auf einen Stuhl neben dem Bett. Dyson hatte die Augen wieder geschlossen. »Für einen Zulu siehst du im Moment verdammt weiß aus.«

Eine winzige Lippenbewegung signalisierte ihm, dass Dyson sich über diese Bemerkung amüsierte. »Jackson«, krächzte er.

Eine Schwester kam herein, half Dyson, einen Schluck Wasser zu trinken, und ging dann wieder.

»Jackson«, wiederholte er mit etwas kräftigerer Stimme. »Er hat Tessa getötet.«

»Ich weiß.«

»Und deine Familie.«

»Das weiß ich auch.«

»Er will zurück nach Sambia.«

»Ich werde ihn finden.«

»Es tut mir so Leid.« Dyson entschuldigte sich für die Taten seines Bruders.

»Mir tut es auch Leid.« Michael entschuldigte sich für das, was er vorhatte.

Beide Männer hatten verstanden.

»Töte ihn auf Zulu-Art.«

»Das werde ich.«

Die Krankenschwester kam zurück. »Es tut mir Leid, Mr. King. Unser Patient ist jetzt müde. Sie müssen gehen.«

Michael stand auf und ergriff Dysons Hand. Ganz sanft drückte er die tauben Finger. »Werde gesund.«

»Bleib gesund.«

Als Michael das Krankenhaus verließ, murmelte er vor sich hin: »Tja. Mr. Mpande. Du kannst ruhig davonlaufen, ich werde dich kriegen, du Schwein. Und wenn ich dich kriege, wirst du sterben. In bester Zulu-Tradition, aufgespießt auf einen Stock, den ich dir mitten durch deinen verfluchten Arsch ramme.«

Kapitel achtzehn

An einem milden Sommernachmittag wurde Tessa King zur letzten Ruhe gebettet. Die Regenwolken, die schon den ganzen Tag am Himmel gehangen hatten, öffneten sich genau in dem Moment, als der Sarg in die Erde hinabgesenkt wurde.

Claire stand bleich, aber gefasst, auf ihren Mann gestützt unter einem großen Schirm. Die Wärme und Stärke seines Körpers waren sehr tröstlich. Sie fühlte sich wie betäubt, aber wenigstens wusste sie, dass er bei ihr war.

Sally, Marcel und die kleine Dominique hatten sich eng zusammengeschlossen. Marcel hatte einen Arm um Sally gelegt, der andere ruhte auf der Schulter seiner Tochter. Sallys Augen waren rot verweint. Für sie war es, als würde ein Teil von ihr begraben. Den unaufhörlich herabtropfenden Regen bemerkte sie gar nicht.

Michael und Gregor standen Seite an Seite, Andrew hatten sie in ihre Mitte genommen. Dominique und Andrew verstanden die Bedeutung des Ereignisses noch nicht richtig und spielten zwischendurch Fangen zwischen den Beinen ihrer Eltern.

Judith Murray-Brown und fünf von Tessas engsten Freundinnen standen ein Stück von der Familie entfernt.

Unter den Bäumen, in diskretem Abstand zu den Trauernden, standen Dyer und O'Callaghan. Sie ließen ihre Blicke über den Friedhof schweifen in der Hoffnung, dass der Mörder, wie es manchmal geschah, sich gezwungen fühlte, an der Beerdigung teilzunehmen. Ihre Hoffnung erfüllte sich nicht. In dem Augenblick, als Tessas Sarg zu ihrer ewigen Ruhe herabgesenkt wurde, saß Jackson Mpande in der Abfluglounge des Flughafens Heathrow und wartete darauf, dass sein Flug aufgerufen wurde.

Einige Tage nach der Beerdigung, als Sally und ihre Familie wieder nach Paris zurückgekehrt waren und Gregor ins Internat, beschloss Michael, dass er mit seiner Mutter über das Geschehene sprechen musste, ganz gleich, wie schmerzhaft es werden würde. Bisher hatte sie sich geweigert, über Tessa und Dyson zu reden sowie einen möglichen Zusammenhang zwischen ihnen und Jackson. Aber wieso sollte sie auch? Wahrscheinlich hatte sie die Verbindung noch gar nicht gezogen.

Michael musste seine Worte mit Bedacht wählen. Schließlich waren Claire seine Absichten ja bekannt. Wenn sie merken würde, dass auch er sich möglicherweise in Gefahr brachte, würde sie womöglich die Nerven verlieren. Michael fand sie zusammen mit Andrew in der Küche. Sein Sohn saß auf dem Boden, über eine Glasschüssel gebeugt, und leckte die Reste eines Schokoladenkuchenteigs aus. Gesicht und Hände waren völlig verschmiert, und Claire stand an der Spüle und sang ihm ein Kinderlied vor. Die reine Idylle.

»Mutter, können wir reden?«

Das Singen hörte auf, Claire drehte den Wasserhahn zu und stand mit dem Rücken zu ihm regungslos da. »Ich habe immer versucht so zu leben, wie es Gott gefällt.« Ihre Stimme klang leise, beinahe abwesend. »Ich habe nie geglaubt, dass jemand so barbarisch sein könnte. Ich dachte immer, es müsste einen Grund geben ... irgendeine Krankheit vielleicht. Selbst Jennifer und Jeremy waren ... es tut mir Leid, Michael, aber sie waren zufällige Opfer politisch motivierter Gewalt. Es gab einen Grund, verstehst du, etwas, was man fassen kann, und, auch wenn du mir nicht zustimmst, zumindest einen Ausgangspunkt. Verstehst du, was ich meine?«

So wie sie da an der Spüle stand, als Silhouette vor dem Fenster, wirkte sie entrückt, unwirklich.

»Wir alle brauchen das. Wenn sich etwas ereignet, das wir nicht begreifen können, suchen wir etwas, ganz gleich wie klein es ist, an das wir uns klammern können, das uns weiterhilft. Es ist unsere einzige Chance, mit der Sache fertig zu werden.« Ihre Stimme wurde kräftiger. »Diese kleine Sache habe ich für Jennifer und Jeremy gefunden, und ich halte sie ganz fest. Aber was bleibt mir für Tessa oder Dyson? Sein eigener Bruder, Michael, sein eigenes Fleisch und Blut.«

Sie drehte sich zu ihm um, wischte sich die Hände an einem Tuch trocken. Tränen flossen über ihr Gesicht. »Es muss doch eine Erklärung geben.«

Er sah sie an. »Würde Vergeltung helfen?«

Seine Mutter wischte sich über die Wangen. »Andrew kann gern bei uns bleiben. Wann fliegst du?«

Am nächsten Tag tauchte John Dyer noch einmal bei Michael auf. »Ich bin zufällig hier vorbeigekommen.«

»Kommen Sie herein.«

»Wenn es Ihnen nichts ausmacht, wäre es mir lieber, wenn sie herauskämen.«

»Es regnet«, meinte Michael und zog sich einen Mantel über.

»Tatsächlich.« Dyer wirkte überrascht, als hätte er das gerade erst bemerkt.

Sie gingen in den Garten, bis zum Teich hinunter. »Ein Paradies für Enten«, bemerkte Dyer.

»Wir haben hier die glücklichsten Enten von ganz Hertfordshire«, antwortete Michael trocken.

»Von mir haben Sie das nicht.«

»Das mit den Enten?«, fragte Michael.

Dyer zuckte mit den Schultern. »Wollen Sie hören, was ich Ihnen zu sagen habe?«

»Ich bin nicht sicher.«

Der Detektiv sah Michael an. »Ich habe ein paar Nachforschungen angestellt. Tut mir Leid, die Geschichte mit Ihrer Frau und Ihrem Sohn.«

»Danke.«

»Dann habe ich mich nach einigen Personen erkundigt. Ein Typ namens Jackson Mpande hat am Dienstag ein Flugzeug nach Afrika bestiegen. Nairobi. Er war nicht einmal zwei Wochen hier.«

Michael atmete hörbar aus.

»Dyson Mpande gibt an, sein Bruder hätte bei ihm gewohnt.« Dyer runzelte die Stirn. »Nett, dass er so lange gebraucht hat, um uns das zu sagen. Ich schätze, Sie können dazu auch nichts Erhellendes beitragen? Ich weiß, dass Sie Dyson besucht haben.«

Michael schwieg.

Dyer seufzte. »Dachte ich mir schon. Jetzt habe ich genau zwei Möglichkeiten. Ich kann versuchen, eine Auslieferung zu beantragen, oder ich kann es lassen. Wissen Sie, mein Problem ist Folgendes: Der legale Weg, einen Verdächtigen aus Afrika herauszuholen, dauert so verdammt lange, dass ich wahrscheinlich in Rente bin, ehe er hier ist. Wenn er überhaupt kommt. Andererseits schmeckt es mir überhaupt nicht, einen Verdächtigen von der Angel zu lassen. Wissen Sie, was ich meine?«

Michael sah ihn nur an.

»Gerechtigkeit ist manchmal komisch«, philosophierte Dyer. »Sie erwischt jeden, so oder so.«

»So oder so«, bekräftigte Michael.

»Wie ich bereits sagte, von mir haben Sie das nicht erfahren.«

Als die Boeing 707 der South African Airlines zehn Tage später auf dem Jan-Smuts-Flughafen landete, war Michael glücklich, endlich wieder zu Hause zu sein. Er hing mit seinem Herzblut an Afrika. Mit ein bisschen Glück würde er sein Blut hier nicht vergießen.

Er brauchte ein Basislager. Johannesburg würde sich gut dafür eignen.

Er kaufte ein kleines Stadthaus in einem Wohnkomplex in der Nähe von Craighall Park, ließ sich seinen Besitz aus dem Lager holen und beauftragte einen Raumausstatter, sich um Gardinen und Teppiche zu kümmern.

In den nächsten vier Wochen kam Michael kaum zum Luftholen. Der Notgroschen, den er und Jennifer gespart hatten, schrumpfte zusammen, das Geld wurde weniger, als gäbe es kein Morgen. Vielleicht gab es das auch nicht. Doch diesen Gedanken verdrängte er rasch wieder und kümmerte sich um die Dinge, die jetzt wichtig waren. Er kaufte einen Sechszylinder-Landrover, mit einem extra großen Tank für lange Strecken. Eine komplette Campingausrüstung, die er nicht einmal auspackte, stellte er in seiner Garage unter. In einem Waffengeschäft kaufte er eine 9-mm-Browning-Selbstladepistole, eine 12-Kaliber-Remington mit halb automatischem Nachladeschloss aus zweiter Hand, vier Päckchen Schrot sowie eine brandneue Winchester-70-H&H-Magnum mit zwei Päckchen Munition.

»Wollen Sie einen Krieg beginnen?«, fragte der Geschäftseigentümer.

»So etwas Ähnliches.«

Der Mann zuckte mit den Schultern. Schließlich ging ihn das nichts an.

Endlich war alles bereit. Konzentriert und kaltblütig entfaltete Michael das Stück Papier, das Annie Devilliers ihm mitgegeben hatte, und wählte die Nummer. Beim zweiten Klingeln kam jemand an den Apparat. »As-Exporte«, knurrte eine weibliche Stimme.

Michael grinste. Sascha Devilliers mochte für die Staatssicherheit arbeiten oder als Söldner, aber ganz sicher verkaufte er nichts, nicht mit einer solchen Telefonistin. »Guten Tag. Sascha Devilliers bitte.«

Eine Pause entstand. »Wer spricht da?«, fragte die Stimme.

»Er kennt mich nicht.«

»Wer spricht denn da?« Aus dem Knurren war unerbittliche Hartnäckigkeit geworden.

»Michael King.«

»Woher haben Sie die Nummer?«

»Seine Frau hat sie mir gegeben.«

Erneutes Schweigen am anderen Ende. Dann endlich. »Wie können wir Kontakt zu Ihnen aufnehmen?«

Michael gab ihr die Nummer, und die Verbindung wurde sofort unterbrochen. »Auf Wiedersehen auch«, rief Michael in den toten Hörer.

Er brauchte nicht lange zu warten. Nach weniger als zwanzig Minuten klingelte das Telefon. Ehe er seinen Namen nennen konnte, fragte eine Stimme. »Was wollen Sie?«

»Sind Sie Sascha Devilliers?«

»Natürlich, Mann. Wieso haben Sie in meinem Büro angerufen?«

Rasch informierte Michael ihn. Es hatte keinen Zweck, etwas zu verheimlichen. Soweit er wusste, hatte Annie ihm die Situation bereits erklärt.

»Und wie kommen Sie auf die Idee, ich könnte Ihnen helfen?«

»Annie meinte ...«

Ein Laut des Unmuts drang durch den Hörer. »Ich rufe Sie übermorgen zurück. Um dieselbe Zeit.« Er legte auf.

Zwei Tage später rief Sascha ihn pünktlich zurück. »Der Mann, den Sie suchen, ist nach Sambia zurückgekehrt.«

»Wissen Sie, wohin genau?«

»Basislager 37. Sagt Ihnen das was?«

»Noch nicht.«

»Vergessen Sie's. Sie werden ihn da nicht finden.«

»Ich könnte es versuchen.«

»Sind Sie sicher, dass Sie das möchten?«

»Ja.«

»Wie kommen Sie auf die Idee?«

»Ich hasse ihn bis aufs Blut.«

»Sie scheinen meine Frau sehr beeindruckt zu haben. Sie weiß, dass Sie mich bei meiner Arbeit nicht stören darf.«

Michael sagte dazu nichts.

»Sind Sie noch da, King? Ich sagte ...«

»Ich habe gehört, was Sie gesagt haben.«

»Und?«

»Und was? Ich bin nicht an Ihrer Frau interessiert, wenn Sie das glauben.«

»Sie haben keine Ahnung, was ich glaube, King. Nicht die geringste.« Ein leichtes Zögern. »Ich bin teuer.«

»Ich brauche nur einige Informationen, sonst nichts.«

»Möglicherweise haben Sie keine Wahl. Wie kommen Sie auf die Idee, dass ich Ihnen die einfach so geben könnte?«

Michaels Geduld war allmählich zu Ende. »Hören Sie, was soll das? Können Sie mir helfen oder nicht? Ich habe keine Zeit für diese Spielchen. Sie haben mir gesagt, wo er sich befindet. Notfalls mache ich mich allein auf den Weg.«

Devilliers lachte höhnisch. »Passen Sie auf, King. Die Informationen, die ich habe, sind brandheiß und nicht so einfach zu kriegen.«

Michael schluckte seinen Ärger herunter.

»Vielleicht können wir uns gegenseitig helfen. Wenn Sie Mpande aus der Welt schaffen, tun Sie uns allen einen Gefallen. Der Mann führt definitiv etwas im Schilde.«

»Die Informationen, die Sie haben, wie verlässlich sind sie?«

Wieder dieses höhnische Lachen. »Clever, King. Sehr clever.«

Dieser Sascha Devilliers begann Michael auf die Nerven zu gehen. »Ich will nicht wissen, wo sie herkommen. Ich frage nur, ob sie verlässlich sind.«

»Das sind sie, King.«

»Gut.«

Devilliers räusperte sich. »Okay. Hören Sie mir zu und unterbrechen Sie mich nicht. Sie brauchen nicht zu wissen, was ich tue. Ich bin sauber, das muss fürs Erste genügen. Ich arbeite im Moment an einer ganz anderen Sache, welche, ist unwichtig. Aber es geht um eine Menge, und ich bin ganz dicht dran.« Seine Stimme wurde scharf. *»Ich würde es hassen, wenn jetzt etwas schief ginge.«*

Michael fragte sich, wovon Devilliers sprach, sagte aber nichts.

»Letzte Woche«, fuhr Devilliers nun fort, »habe ich einen Anruf von einem Bekannten bekommen, für den ich hin und wieder arbeite. Er wollte wissen, ob ich im Moment abkömmlich sei. Die SWAPO scheint ein großes Ding vorzuhaben. Ich habe ihm gesagt, ich wäre in ein paar Wochen frei, dann sollte er mich wieder anrufen. Ich schätze, das hat ihm nicht gepasst. Seither habe ich jedenfalls nichts mehr von ihm gehört. Dann tauchen Sie plötzlich auf. Also habe ich ein bisschen herumgeschnüffelt ... und wissen Sie was? So ein Zufall. Könnte sein, dass Ihr Mann etwas mit der Sache zu tun hat. Das Problem ist, King, ich habe im Moment einfach keine Zeit. Und da kommen Sie gerade recht. Glauben Sie mir, mein Problem sind die Zivilisten, die ständig in meinem Revier auftauchen. Sie werden meist getötet. Also kriegen Sie Ihren Jungen. Aber ich sage Ihnen eines, King, wenn Sie die Sache vermasseln und ich kommen muss, um Ihren Arsch zu retten, dann wünschten Sie, Sie hätten nie etwas von mir gehört. Verstanden?«

Michael stellte fest, dass Sascha Devilliers eindeutig einen Hang zum Melodramatischen hatte. Aber alles, was er sagte, war: »Verstanden.«

»Superb«, antwortete Devilliers, offenbar zufrieden.

»Wie also finde ich Mpande?«

»Machen Sie sich nicht die Mühe, nach Sambia zu fahren. Ihr Freund ist hier, in Zululand.«

Oh mein Gott! Ich rieche dich schon, du Schweinehund.

»Wollen Sie wissen, wieso?«

»Wenn es mir hilft, das Schwein zu kriegen.«

»Er soll die Inkatha-Bewegung unterwandern.«

»So viel zur Loyalität eines Zulu.«

»Wir leben in merkwürdigen Zeiten, King.«

»Was ist mit Ihrem Bekannten? Wenn Mpande der Grund für seinen Anruf war, wieso hat er nicht noch einmal Kontakt zu Ihnen aufgenommen?«

»Er wird es auf anderen Wegen probieren. Auf offiziellen. Ich werde ihn anrufen, ihm sagen, dass alles unter Kontrolle ist. Ich riskiere hierbei einiges, ich hoffe, Ihnen ist klar, wie viel.«

»Danke.«

»Bedanken Sie sich nicht bei mir, bedanken Sie sich bei Annie. Sie ist diejenige, die gesagt hat, man könnte Ihnen vertrauen.«

Da war er wieder, dieser herablassende, spöttische Ton bei der Erwähnung seiner Frau. Michael wunderte sich darüber, sagte aber nichts. »Wissen Sie wo in Zululand?«

»Ulundi.«

»Der Königliche Kral? Warum? Der ist doch mitten im Nirgendwo.«

»Denken Sie nach, Mann. Was ist seine Spezialität?«

»Landminen.«

»Und welche touristische Attraktion ist nur zwanzig Meilen entfernt? Ich glaube, Sie kennen sie gut.«

Michael wurde eiskalt. *Der Umfolozi-Nationalpark.* »Ich dachte, Sie sagten, er sollte die Inkatha ...?«

Devilliers ließ ihn seinen Satz nicht zu Ende aussprechen. »Hören Sie, die Kommunisten haben Ihren Freund in Russland ausgebildet. Sie glauben nun, seine Talente seien im Caprivi-Strip verschwendet. Natürlich ist Mpandes Mission die Unterwanderung der Inkatha, aber sie wollen, dass er unterwegs ein wenig Unruhe stiftet. Den Tourismus schädigen, indem er ein paar unschuldige Touristen in die Luft jagt. Er muss daran gehindert werden. Mpande ist seit zwei Tagen in Ulundi. Wir wissen, dass er dort eine Kontaktperson hat. Wahrscheinlich wird er nachts agieren, seine Minen legen und dann wieder verschwinden. Wenn er das tut, haben Sie ihn verloren. Aber im Moment scheint Mpande es noch nicht eilig zu haben; es ist so, als würde er noch auf irgendetwas warten.«

»Du lieber Himmel!« Michael wurde blass. »Ich glaube, ich weiß, was das sein könnte. Die Verwaltungen der Nationalparks von Natal veranstalten in Umfolozi einen zweitägigen Tourismus-Kongress. Der zuständige Minister und eine Reihe anderer hochrangiger Politiker werden kommen, dazu Gäste aus Übersee, Reiseveranstalter, Repräsentanten von Fluggesellschaften und die Medien natürlich. Der Kongress beginnt morgen.«

»Verdammt! Sind Sie da ganz sicher?«

»Jennifer und ich waren eingeladen. Ich sollte einen Vortrag über unser Nashorn-Projekt halten. Der Kongress beschäftigt sich damit, wie sich Tourismus mit Naturschutz vereinbaren lässt. Es sollte zum Beispiel überlegt werden, wie man die Touristen in einzelne Naturschutzprojekte einbeziehen kann.« Michael überlegte hastig. »Morgen. Er wird sich vor morgen nicht rühren.«

»Woher wollen Sie das wissen?«

»Ich kenne ihn. Ich kann denken wie er.«

»Und?«, drängte Devilliers weiter. »Sie müssen doch noch mehr haben als das.«

»Für den Kongress wurden alle Unterkünfte gebucht. Das Reservat ist sogar vierundzwanzig Stunden lang für Tagesbesucher geschlossen. Am zweiten Tag werden die Delegationen nach dem Mittagessen zu einer Safari eingeladen.

Mpande wird seine Minen morgen Nacht legen. Einen Tag später ist er in Kwa-Mashu.«

»Wie rasch können Sie aufbrechen?«

Michael blickte auf seine Uhr. Kurz nach zwei. Er könnte in einer halben Stunde im Auto sitzen, würde Durban gegen Mitternacht erreichen und Ulundi drei Stunden später. »Ich bin schon unterwegs.«

»Superb. Oh ... und noch etwas. Ich habe einen Kontaktmann in Ulundi. Edward ... seinen Nachnamen habe ich vergessen. Er hat sich inzwischen zur Ruhe gesetzt, hat aber früher als Spurenleser für einen Safari-Veranstalter in Botswana gearbeitet. Ein Zulu durch und durch, einer vom ganz alten Schlag. Er hasst jeglichen Fortschritt, und er hat nicht den geringsten Respekt vor irgendwelchen Gesetzen. Er erwartet Sie.«

»Mich erwarten? Sie meinen, wir haben das alles durchgespielt, um ...?«

»Ich wollte Sie nur kurz prüfen.« Devilliers lachte leise. »Annie hatte Recht. ich kann Ihnen vertrauen. Viel Glück!«

»Verflucht!«

»Superb.«

Trotz der späten Stunde leuchtete eine Petroleumlampe hinter einem Fenster des Hauses, dessen Adresse Devilliers ihm gegeben hatte. Die Tür wurde geöffnet, noch ehe Michael den Motor ausstellen konnte. »Ich sehe Sie, *Nkosi*. Kommen Sie«, bat er.

Michael folgte ihm. Das Haus war ein rechteckiges Betongebäude, einfach, unordentlich und nicht besonders sauber. Drinnen musterte der Zulu Michael aus blutunterlaufenen Augen. »Der weiße Mann, der die Aufgabe eines

Löwen zu erfüllen hat, ist noch ein Grünschnabel«, murmelte er in Zulu.

Michael antwortete in derselben Sprache. »Aus diesem Grund begleitet der alte Löwe ihn.«

Edward kicherte. Die wenigen Zähne, die er noch im Mund hatte, waren ganz braun. Doch trotz seines Alters war sein Körper sehnig und muskulös. Ein grauer Schleier lag wie eine feine Schicht Puderzucker auf seinem Haar. Er trug alte Khaki-Shorts, sonst nichts. »Also gut, Grünschnabel. Sie sprechen meine Sprache. Sagen Sie mir eines. Der Mann, den Sie suchen, ist er sehr klug?«

»Wie ein Leopard.«

»Aahh!« Edward atmete tief. Er wirkte seltsam zufrieden. »Erzählen Sie mir von ihm. Danach müssen Sie schlafen.«

Michael war zwar todmüde, aber er begriff, wie wichtig es für Edward war, sich eine Vorstellung von Jackson zu machen. Er berichtete ihm alles, ohne etwas auszulassen. Edward hörte aufmerksam zu und unterbrach ihn nicht ein einziges Mal.

»Ein Leopard, sagten Sie«, meinte er, als Michael zu Ende gesprochen war. »Ich glaube, er ist gefährlicher als ein Leopard.«

»Gibt es etwas Gefährlicheres als einen Leoparden?«

»Zwei Leoparden.« Edward zeigte in eine Ecke, wo eine Matratze lag. »Schlafen Sie jetzt. Nach dieser Nacht wird es keine Ruhe mehr geben.«

Michael war gar nicht klar gewesen, wie müde er war. Als Edward ihn wachrüttelte, war es fast zehn Uhr morgens. Der Zulu hatte sein ganzes Gepäck aus dem Auto hereingeholt. »Sie haben eine Menge nutzlosen Ballast dabei.«

»Wenn heute Abend alles gut geht, können Sie das meiste davon haben.«

Edward beugte sich vor und inspizierte das Preisschild, das noch immer am Zelt hing. »Der Frieden, den Sie suchen, kostet eine Menge Geld.«

»Das ist es mir wert.«

Edward gab einen unverständlichen Laut von sich und machte sich daran, Michaels Werkzeugausrüstung zu untersuchen. »Eine Stacheldrahtschere. Gut.« Er nahm sie zusammen mit eine Rolle Draht heraus.

»Sie haben das schon häufiger gemacht, was?« Michael grinste.

»Sehr häufig.« Edward nickte. »Ein Mann muss sich ernähren.«

Michael nahm das Gewehr aus der Tasche. »Wissen Sie, wie man so etwas benutzt?«

»Sie vertrauen einem alten Mann das an?«

»Alter Löwe, ich vertraue Ihnen mehr an als nur ein Gewehr.«

»Keine Sorge, Grünschnabel. Ich bin Ihr Mann.«

»Sie sind auch Sascha Devilliers Mann. Erinnern Sie mich daran, Sie danach zu fragen.«

»Ah«, antwortete Edward. »Das ist eine ganz andere Geschichte.« Dann wechselte er das Thema. »Ihr Leopard hält sich heute Morgen versteckt, aber er hatte bereits zwei Besucher. Beide haben etwas Schweres bei sich getragen. Und beide sind mit leeren Händen wieder gegangen.«

Michael nickte. »Minen.«

»Und Sie glauben, er wird heute Nacht zuschlagen?«

»Noch vorher. Es sind zwanzig Meilen bis zum westlichen Teil des Reservats, und von dieser Seite aus führen keine Straßen dorthin. Es ist eine ziemlich raue und abgelegene

Gegend da draußen. Er wird sich an die Eisenbahnschienen halten, bis sie über den Fluss führen, und von dort dem Grenzzaun in Richtung Norden folgen. Der Rundweg für die Touristen ist vielleicht noch einmal sechs oder sieben Meilen von dort entfernt. Er wird vor Anbruch der Dunkelheit innerhalb des Reservats sein wollen. Wir haben gerade Vollmond. Er könnte seine Minen vergraben und vor Tagesanbruch wieder verschwunden sein.«

»Aber was ist, wenn ein Tier darauf tritt? Würde er nicht besser bis morgen warten?«

»Ich glaube nicht. Das ist zu riskant. Er kennt möglicherweise die Route, die die Kongressteilnehmer nehmen werden; es wird der übliche VIP-Rundgang sein. Mit garantiert guter Sicht und in einiger Entfernung zum Hauptcamp. Wenn ein Tier aus Versehen eine Explosion auslöst, wird man das vermutlich gar nicht hören.«

Ein heftiges Klopfen an der Tür unterbrach sie. Edward öffnete, und ein junger Mann um die zwanzig trat ein, warf einen Blick auf Michael und sprach dann hastig mit dem alten Mann. »Er bricht jetzt auf.«

Edward sah zu Michael hinüber. »Sie hatten Recht. Der Leopard wartet nicht auf die Dunkelheit.« Er wandte sich wieder an den jungen Mann. »Welchen Weg? Und wie kommt er vorwärts?«

»Mit der Eisenbahn, *Babu*. Er geht allein der Morgensonne entgegen.«

»Hat er Gepäck bei sich?«

»Ja, *Nkosi*, auf seinem Rücken. Es scheint schwer zu sein.«

»Was haben Sie nun vor, Grünschnabel?«, fragte Edward Michael, ehe er wieder mit dem jüngeren Mann sprach. »Sie haben Ihre Sache gut gemacht. Gehen Sie jetzt.«

»Wir müssen ihm nach. Können Sie seine Spuren verfolgen, wenn er die Eisenbahnschienen verlässt?«

»Bin ich Spurenleser oder blind?«, fragte Edward ärgerlich.

»Das werden wir bald herausfinden«, antwortete Michael. »Ich habe mir das Gewehr noch nicht angesehen.«

»Sie jagen einen Leoparden, keinen Büffel.«

Er hatte Recht. Es war besser, mit leichtem Gepäck zu reisen. Außerdem war eine Kugel nicht die Art Rache, die er anstrebte.

Kapitel neunzehn

Sie waren ungefähr eine Stunde hinter Jackson. In Ulundi war es ziemlich kühl gewesen, aber es wurde heiß und windstill, als sie zum Weißen-Umfolozi-Fluss hinuntergingen. Zu Michaels großer Erleichterung hatten die drohenden Kumuluswolken bisher keinen Regen gebracht.

Jacksons Spuren zu verfolgen war für Edward ein Kinderspiel. An einer Stelle hatte er die Schienen verlassen, aber nur, um seine Därme zu entleeren. Bei dieser Entdeckung wünschte Michael sich, Edward wäre nicht ganz so clever. Sie wollten sich gerade wieder in Bewegung setzen, als Edward einen unterdrückten Schrei des Erstaunens von sich gab. »Der Leopard ist bewaffnet. Sehen Sie nur, wo er sein Gepäck abgestellt hat.«

Michael hätte die Abdrücke auf dem sandigen Untergrund gar nicht bemerkt. Mit dem Blick folgte er Edwards Finger. Direkt neben einer kleinen Mulde erkannte er die schwachen Abdrücke eines Gewehrslaufs. »Er geht kein Risiko ein«, stellte Michael fest.

»Aber er ist sich seiner Sache zu sicher«, meinte Edward, als sie wieder zu den Eisenbahnschienen zurückkehrten. »Er bleibt nicht stehen, um sich nach hinten abzusichern.«

»Wie weit ist er uns jetzt voraus?«

»Vielleicht dreißig Minuten, mehr nicht.«

Dreißig Minuten. So nah! Michael bemühte sich, alle Gedanken außer den an Jackson Mpande aus seinem Gehirn zu verdrängen. Es war besser so. Ganz gleich von welcher Seite er sein Vorhaben betrachtete, es lief auf einen vorsätzlichen Mord hinaus. Michael hatte genug Gewissensprüfungen hinter sich. Er hatte den emotionalen Spießrutenlauf hinter sich – Jennifer, Jeremy, Tessa, Dyson –, hatte es mit Rechtfertigungen versucht – Südafrika mit seiner Geschichte voller Blut und Verrat, mit seinen unterschiedlichen Stämmen und Rassen und deren Bemühungen, einigermaßen friedlich nebeneinander zu leben.

Alles Unsinn!

Am Ende lief alles darauf hinaus, dass es auf dieser Erde nicht genug Platz für Michael King und Jackson Mpande zusammen gab. Die Gründe waren nicht klar umrissen, sie waren verzerrt von Wut und Hass, von dem einzigen Gedanken, dass Jackson sterben musste.

Am Fluss stießen sie auf die Stelle, wo Jackson die Schienen verlassen hatte. Danach war er etwa drei Meilen dem Fluss gefolgt, ehe er in nördliche Richtung gebogen war, an dem hohen Zaun entlang, der die westliche Grenze des Reservats bildete.

»Warum ist er nicht am Fluss geblieben?«, fragte Edward sich laut. Das hätte mehr Sinn ergeben, denn der Weiße Umfolozi floss direkt in das Reservat hinein.

»Vergessen Sie nicht, er ist es gewohnt, sich unvorhersehbar zu verhalten. Es wird ziemliches Aufsehen geben, wenn sein Plan aufgeht, deshalb verhält er sich nicht geradlinig. Das hat man ihm so beigebracht.«

Es war kurz nach vier Uhr nachmittags. Jackson unternahm keinerlei Bemühungen, seine Spuren zu verwischen.

»Er hat keine Ahnung, dass wir ihm auf den Fersen sind«,

meinte Edward, als sie feststellten, dass Jackson an einer Stelle unter dem Zaun hindurchgeschlüpft war, die von Warzenschweinen gegraben worden war und von ihnen regelmäßig benutzt wurde.

»Warum sollte er?«, bemerkte Michael und kroch durch das schmale Loch.

»Er ist ein Leopard. Er wird es bald merken.« Er folgte Michael in das Reservat. »Es ist klug von ihm, solch eine Stelle zu wählen. Seine Spuren werden bald unkenntlich sein. Wir müssen ihm in Gedanken voraus sein.«

»Ich bin dem Bastard längst voraus. Wofür ist Umfolozi berühmt?« Michael wartete die Antwort gar nicht erst ab. »Für Nashörner. Und wo halten sich die Nashörner auf? Überall. Manchmal kriegt man sie zu Gesicht, manchmal nicht. Das ist nicht gut. Es gibt Busse voller VIPs, die nicht enttäuscht werden dürfen. Wo bringt man sie also hin? Dorthin, wo sie garantiert etwas zu sehen kriegen. An die höchste Stelle. Den nördlichen Rundweg.«

»Das haben Sie schon einmal gesagt«, meinte Edward. »Was macht Sie so sicher?«

»Mpande agiert nach dem Gesetz der Wahrscheinlichkeit, aber er muss das eine oder andere Risiko eingehen. Ich bezweifle, dass er mehr als vier Minen tragen kann. Also wird er den Nutzen maximieren, indem er den Zufall minimiert.«

»Sprechen Sie Zulu, Grünschnabel. In Englisch machen Sie keinen Sinn.«

Michael wechselte die Sprache. »Er weiß nicht, welchen Weg die Busse nehmen werden. Aber es gibt nur ein Straße, die hin und wieder zurück führt. Dort wird er beginnen. Sobald wir die Straße erreichen, werde ich den Busch übernehmen, und Sie überwachen die Straße. Und kein Wort.

Das Minenlegen wird ihn Zeit kosten, und wir müssen den Überraschungseffekt nutzen. Lassen Sie uns nun gehen.«

Sie gingen schweigend weiter und erreichten die Straße in weniger als fünfzehn Minuten. Sie war kreuz und quer mit Tierfährten übersät, selbst auf den frischesten Reifenspuren. Dann bogen sie wieder nach Norden. Die schwüle Hitze des Tages hatte ein wenig nachgelassen, und die Tiere begannen sich zu regen. Seine jahrelange Erfahrung bei der Beobachtung von Nashörnern half Michael, regelrecht durch den Busch hindurchzuschauen. Was die Richtung anging, verließ er sich voll und ganz auf Edward. Selbst als der Zulu plötzlich stehen blieb, richtete Michael seine gesamte Konzentration darauf, die leiseste Bewegung wahrzunehmen, die nicht hierher gehörte. »Was ist los?«, flüsterte er.

Die Straße gabelte sich vor ihnen, und Edward blickte unverwandt auf Jacksons Spuren. »Was tut ein Mann, wenn er eine Mine legt?«

»Er gräbt ein Loch.« Michael zuckte zusammen, dann entspannte er sich wieder. Die Bewegung, die er zu seiner Linken wahrgenommen hatte, war das zuckende Ohr einer Schraubenantilope gewesen.

Edward zeigte auf etwas. »Er hat seinen Rucksack hier abgestellt.« Ein Stück heruntergetretenes Gras an der Straßenseite. Aber es konnte ebenso gut von einem Tier stammen, das sich dort hingelegt hatte. »Keine Bewegung«, zischte Edward. Er hatte sich geduckt und erforschte den Boden mit zusammengekniffenen Augen. Die Schatten waren bereits lang geworden und würden bald von der hereinbrechenden Dunkelheit ganz verschlungen werden.

»Schlaglöcher«, flüsterte Michael. »Ein Fahrzeug würde um sie herumfahren.« Ihm wurde plötzlich ganz kalt. Eines war direkt neben seinem rechten Fuß. Zwischen dem Fuß und dem heruntergetretenen Gras befand sich ein Abstand von nicht mehr als einem Meter, und er war genau in der Mitte davon. Er spürte Edwards Hand an einem Arm.

»Gehen Sie zurück.«

»Sicher?«

»Nein.«

Verdammt! »Wo ist es?«

»Der Zeh Ihres linken Stiefels.«

Michael sah nach unten. Der Boden wirkte auf den ersten Blick völlig normal, doch dann sah er, was Edward meinte. Ein völlig unnatürliches Stück, es gab nicht einmal Ameisenspuren. Der Zeh seines linken Stiefels ragte ganz knapp dort hinein.

»Jesus!«

Ganz vorsichtig kniete er sich hin und wischte den Sand um seinen Fuß herum weg. Seine Finger fühlten etwas Hartes, und er erstarrte. »Jesus!«, flüsterte er noch einmal.

Ein Zentimeter weiter, und er hätte den Rand der Mine berührt. Ganz langsam begann er sich zurückzubewegen, doch dann stockte er plötzlich. Was, wenn hier noch eine lag? Aber Edward schüttelte den Kopf. »Nur eine. Sie sind in Sicherheit.«

Mit butterweichen Knien trat Michael den Rückzug an.

Edward wich seinem Blick aus. »Es tut mir Leid, dass ich sie nicht gesehen habe.« Er hatte ein zutiefst schlechtes Gewissen. Sein geschultes Auge hatte ihn im Stich gelassen, und das war ihm furchtbar peinlich.

Michael wusste, dass der Zulu keine Vergebung erwartete und auch jede Form des Mitleids verachten würde. »Wenn die Augen des Löwen zu alt sind, um zu sehen, wäre nun eine gute Gelegenheit, es zu sagen.«

Edward blickte auf seine Füße. »Sie sind nicht zu alt.« Er suchte nicht nach einer Rechtfertigung.

»Also gut.«

Das war alles, was dazu zu sagen war. Wenn Michael ein Schwarzer gewesen wäre, hätte er niemals gewagt, den älteren Mann zu rügen. Wenn Edward ein Weißer gewesen wäre, wäre Michael ihm vermutlich an die Kehle gesprungen. Beide wussten das. Und beide akzeptierten die Kultur des anderen genug, um den wenig befriedigenden Kompromiss zu akzeptieren.

Angstvoll schaute Edward auf die Stelle, wo die Mine versteckt lag. »Ich verstehe nichts von diesen Dingen.«

Michael verstand auch nicht viel davon. Er erinnerte sich vage daran, dass ihm jemand erzählt hatte, die in der Sowjetunion hergestellten TM-46-Minen, die im Caprivi-Strip verwendet wurden, benötigten ein Gewicht von mindestens 300 Kilogramm auf ihrer Druckplatte, um zu detonieren. Was bedeutete das? Sie waren also ziemlich unzuverlässig; aber was war, wenn die Mine zu seinen Füßen eine ganz andere war? Er bewegte sich auf die Landmine zu und rechnete halb damit, dass sie in die Luft ging. Ganz langsam ließ er sich zu Boden, legte sich flach auf den Bauch und begann vorsichtig um die Mine herumzugraben. Es war ein übel aussehendes Ding, wie eine runde Konservendose, bloß dass sie mit hochexplosivem Sprengstoff gefüllt war. Nachdem Michael sie frei gelegt hatte, hob er sie aus der Vertiefung. Vermutlich musste sie entschärft werden, aber er hatte keine Ahnung, wie man das machte. Sie konnten sie unmöglich mitnehmen, wollten sie aber auch nicht neben der Straße liegen lassen, sonst trat am Ende noch ein ahnungsloses Tier darauf. Am Ende hievte Michael sie in die Astgabel eines Baumes. Das war das Beste, was er im Augenblick damit tun konnte.

Edward, der sich sehr bemühte, seinen Fehler wieder gutzumachen, war ein Stück vorausgegangen, den Blick fest zu Boden gerichtet. Als Michael ihm folgte, verschwand er gerade hinter einer Kurve etwa hundert Meter vor ihm. Sekunden später hörte Michael einen Schuss und dann das unverkennbare Geräusch einer Kugel, die in ihr Ziel einschlug. Instinktiv sprang Michael von der Straße, rollte sich zur Seite und rutschte rückwärts in das Gebüsch, während er verzweifelt nach der Pistole an seinem Gürtel tastete. Kein weiterer Schuss fiel. Von dort, wo Michael lag, konnte er die Straße nicht sehen. Er hatte wenig Zweifel, dass das Jackson gewesen war. Und mit jeder verstreichenden Minute schwanden seine Hoffnungen für Edward. Michael blieb nichts anderes übrig, als in seinem Versteck zu bleiben und abzuwarten.

Jackson Mpande hatte viel zu lange im Busch gelebt, um das zunehmende Gefühl, das ihm jemand folgte, zu ignorieren. Es war sein Instinkt, nichts Greifbares, aber er würde nicht den Fehler machen weiterzugehen, ohne der Sache vorher auf den Grund zu gehen. Nachdem er die erste Mine gelegt hatte, hatte er sich rasch die Straße entlang bewegt und sich dann ein Versteck gesucht. Verborgen hinter einem Strauch, streifte er sich den Rucksack ab und brachte seine Kalaschnikow in Stellung. Dann wartete er.

Es gab keinen Anlass zu der Vermutung, dass er verfolgt wurde, andererseits hatten die Südafrikaner schon häufiger von SWAPO-Vorhaben Wind bekommen; deshalb konnte die Möglichkeit, dass es im Basislager 37 Informanten gab, nicht ausgeschlossen werden. Es würde in knapp zwei Stunden dunkel sein. Das war gut so. Es war beinahe Vollmond, und die Wolken von heute Nachmittag hatten sich verzogen. Er musste noch drei weitere Minen legen, ehe er zurückkehren konnte. Gegen Morgen wäre er längst verschwunden, unterwegs nach Süden, nach Kwa-Mashu.

Tief geduckt, die Kalaschnikow im Anschlag, drehten sich Jacksons Gedanken nur um eines: um den Job, den er zu erfüllen hatte. Eine halbe Stunde später wurde seine Vorsicht belohnt, als ein Schwarzer um die Kurve kam. Das Schießeisen, das er um die Schulter hängen hatte, zeigte, dass er für so etwas nicht ausgebildet war, aber Jackson wusste sofort, dass der Mann ihm folgte. Ohne zu zögern feuerte er und gab einen zufriedenen Laut von sich, als sein Opfer zusammensackte. Die Kugel hatte ihn direkt unter dem Herzen getroffen.

Jackson wartete. Vielleicht waren es mehr als einer. Aber niemand kam. Der Mann auf der Straße rührte sich nicht mehr. Jackson betrachtete ihn. Nackte Füße, abgewetzte Shorts, T-Shirt. Ganz sicher keiner vom Militär. Aber er war auch kein Ranger, dazu war er zu ungepflegt. Ein Wilderer? Vielleicht. Auf der Straße waren zahlreiche Wildspuren, es konnte gut sein, dass er hinter einer vierbeinigen Beute her gewesen war. Zwanzig Minuten verstrichen, und noch immer kam niemand. Jackson ließ seinen Rucksack zurück und näherte sich vorsichtig dem auf der Straße liegenden Mann.

Edward war nicht tot. Irgendeine schreckliche Macht hatte ihn völlig überraschend getroffen und umgeworfen. Seine Brust fühlte sich an, als säße ein Büffel darauf. Er konnte sich nicht bewegen. Nach einer Ewigkeit, so schien es ihm, tauchte ein Gesicht vor ihm auf. Jackson Mpande. Kalte Augen blickten ihn an, aber Edward war viel zu weit weg, um Angst zu haben. Die Schmerzen in seiner Brust waren so ungeheuerlich, dass er an nichts anderes denken konnte. Er versuchte etwas zu sagen, aber er konnte keine

Worte formen. Blut aus seiner Lunge blubberte aus seinem Mund.

»Bist du allein?«

Edward hörte die Worte, aber sie ergaben keinen Sinn. Er starrte mit angsterfüllten Augen vor sich hin.

Brutal trat Jackson ihn in die Seite. Es war kein heftiger Tritt, aber der Schreck kam zu der Schusswunde hinzu, und Edward keuchte schmerzerfüllt.

»Antworte, Alter. Bist du allein?«

In diesem letzten Augenblick vor seinem Tode wurde er noch einmal ganz klar. Er konnte nicht sprechen, ertrank in seinem eigenen Blut, aber mit letzter Kraft wusste Edward, dass er den Grünschnabel beschützen musste, der sich hinter ihnen versteckt halten würde. Er nickte. Bei seinem allerletzten Atemzug hatte Edward plötzlich das Gefühl zu schweben.

Jackson stand da und starrte den toten Mann an. Er hatte die Wahrheit gesagt. Niemand, der so kurz vor dem Tode stand, würde lügen. Offenbar ein Wilderer, auch wenn er eine überraschend gute Waffe bei sich trug. Jackson wusste, dass sich diejenigen, die von ihrem Geschick und dem Gewehr lebten, normalerweise mehr um ihr Handwerkszeug kümmerten als um sich selbst. Dieser hier war einfach nur zur falschen Zeit am falschen Ort gewesen. Jackson zerrte die Leiche von der Straße ins Gebüsch und machte sich nicht die Mühe, irgendwelche anderen Spuren zu beseitigen. Es wurde Nacht, und mit der Nacht kamen die Raubtiere. Afrika sorgte für sich selbst. Aber die Waffe nahm er mit.

Er schwang seinen Rucksack auf den Rücken und setzte seinen Weg fort. Dank Edwards außerordentlicher Loyalität kam Jackson nicht auf die Idee, noch einmal zurückzugehen und die Mine zu überprüfen. So blieben Michaels Fußspuren nur hundert Meter hinter ihm unentdeckt. Jackson Mpande hatte seinen ersten Fehler gemacht.

Eine Stunde war vergangen, seit Michael den Schuss gehört hatte. Mit verkrampften Muskeln bewegte er sich und erhob sich steif. Es wäre glatter Selbstmord, der Straße zu folgen. Er kroch durch den Busch vorwärts, bis er die Kurve erreichte und das nächste Straßenstück einsehen konnte. Leer. Verlassen. Aber Michael durfte kein Risiko eingehen. Er hielt sich versteckt, kämpfte sich weiter durch das Gestrüpp und nutzte jede Möglichkeit der Deckung. Voller Konzentration lauschte er auf das geringste Geräusch, achtete auf die flüchtigste Bewegung. Fast wäre er über Edwards Körper gestolpert.

Er kannte den Mann kaum einen Tag, deshalb überraschte es ihn, wie traurig ihn sein Tod machte. »Lieber Gott«, flüsterte er, »wann wird das ein Ende haben?«

Es gab nichts, was er für den Körper des alten Zulu hätte tun können, aber mit seiner Seele war dies etwas anderes. Mithilfe seines Messers schnitt Michael einen kleinen Ast von einer Akazie ab und legte ihn auf die Leiche. Selbst wenn sie nie gefunden würde, hätte Edwards Seele so einen Platz, an dem sie zu Hause sein konnte.

Wenig später, nachdem er festgestellt hatte, dass das Gewehr fort war, fand Michael die Stelle, wo Jackson Edward aufgelauert hatte. Und dann sah er zu seinem großen Erstaunen, dass die Fußspuren weiter über die Straße verliefen. Der Mann schien sich so sicher zu sein, dass er seinen Weg ungerührt fortsetzte. Er schien also zu glauben, dass Edward allein unterwegs gewesen war.

Du musst weiter denken als dieses Schwein! Michaels Verstand arbeitete auf Hochtouren. Jackson wähnte sich also in Sicherheit. Aber er hatte demonstriert, wie aufmerksam er war. Es wäre gefährlich, ihm einfach zu folgen. Michael glaubte immer noch zu wissen, wo Jackson hinwollte. Deshalb beschloss er, dort als Erstes hinzugehen. Wenn die Pfade innerhalb des Reservats immer noch so angelegt waren, wie er sie in Erinnerung hatte, konnte er eine Abkürzung nehmen und Jackson an der letzten Wegschleife auflauern. Und das war Michaels erster Fehler.

Am liebsten hätte Jackson die beiden Hauptstraßen vermint. Aber es gab ein Wegstück, das den Okhuklo- mit dem Ngolotsha-Rundweg verband und das näher am westlichen Umgrenzungszaun lag. Ganz gleich, welchen Weg die Busse nahmen, sie würden an genau diesem Abschnitt vorbeikommen. Er hatte viel Zeit mit dem Wilderer verloren, und vielleicht würden ja drei Minen so dicht hintereinander noch weit mehr Schaden anrichten. Also änderte Jackson seinen Plan. Anstatt den Park an der Stelle zu verlassen, wo er hineingekommen war, würde er den Zaun ein Stück weiter nördlich zerschneiden und dann querfeldein nach Ulundi laufen. Er würde Kwa-Mashu trotzdem noch am nächsten Tag erreichen.

Michael hörte auf zu rennen und wischte sich den Schweiß aus dem Gesicht. Er hatte die westliche Grenze erreicht, aber er hatte länger dafür gebraucht, als er gedacht hatte. Mpande konnte inzwischen bereits den ersten Rundweg erreicht haben. Er selbst hatte, so schätzte er, noch einen halben Kilometer vor sich, ehe er das Stück erreichte, das die beiden Rundwege miteinander verband. Die Sonne war nur noch eine dunkelrote Scheibe tief am Horizont. In einer halben Stunde würde es dunkel sein.

Jackson häufte vorsichtig Sand über die letzte seiner Minen. Geschafft. Keine Minute zu früh. Der tote Wilderer wollte ihm nicht aus dem Kopf gehen. Seiner Erfahrung nach waren unerwartete Ereignisse häufig der Grund für einen Misserfolg. Er musste sich beeilen und sehen, dass er aus dem Park herauskam. Vor wenigen Minuten hatte er bereits einen Löwen brüllen gehört. Diese Tageszeit war nicht günstig, um zu Fuß unterwegs zu sein. Auch wenn Jackson nicht besonders abergläubisch war, hatte er plötzlich ein ungutes Gefühl.

Er kannte die Wege im Park in- und auswendig. Der Begrenzungszaun im Westen war einen guten Kilometer von der Stelle entfernt, an der er sich gerade befand. Er wandte sich zum Gehen und erstarrte, als er plötzlich nicht weit von der Straße entfernt ein Rascheln vernahm. Seine Augen registrierten den massigen Körper eines grasenden Spitzmaulnashorns. Wie die meisten Menschen, die viel Zeit im afrikanischen Busch verbracht hatten, hatte Jackson keine übermäßige Angst vor einer Begegnung mit einem wilden Tier. Die meisten Tiere hatten mehr Angst vor dem Menschen als umgekehrt. Außerdem war er ja bewaffnet. Es war windstill. Das Tier würde ihn vermutlich nicht wittern. Ganz langsam tastete Jackson sich in die Nähe eines Baums. Diese Vorsichtsmaßnahme erwies sich als unbegründet, denn die Kuh verlor das Interesse an dem Strauch, an dem sie gefressen hatte, und verzog sich. Wenn sie nun die Straße entlangginge ... Nun, dieses Risiko musste er in Kauf nehmen. Im Augenblick war nur wichtig, schleunigst aus dem Reservat zu verschwinden.

Jacksons geänderte Pläne und Michaels Überlegung, den äußersten Rundkurs vor ihm zu erreichen, brachte die beiden Männer auf einen direkten Kollisionskurs.

Kapitel zwanzig

Michael hätte schwören können, körperlich fit zu sein, aber die letzten Monate forderten ihren Tribut. Der Dauerlauf quer durch den Busch, mit dem er sich einen Vorsprung vor Jackson sichern wollte, und die spärlichen Mahlzeiten der letzten Tage zehrten zusätzlich an seinen Kräften. Ein einziger Gedanke trieb in vorwärts: vor Jackson an der letzten Wegschleife zu sein. Die Tierfährten, denen er folgte, würden ihn zu einem Straßenabschnitt führen, der zu beiden Rundwegen gehörte. Es war nur noch ein kurzes Stück bis dahin.

Ein ausgebildeter Mann wäre vorsichtiger gewesen. Jackson war ausgebildet. Michael war es nicht. In zwei Metern Entfernung passierte er die Stelle, wo Jackson im Gestrüpp lauerte.

Jackson war eilig vorangeschritten, als er plötzlich einen Zweig hatte knacken hören und dann noch einen. Er hatte sofort gewusst, dass dieses Geräusch von keinem Tier verursacht worden war. Rasch hatte er die Straße verlassen und war in der Dunkelheit verschwunden. Eine Sekunde lang lähmte ihn ungläubiges Staunen, als er Michael erkannte, doch er zwang sich sofort dazu, in Ruhe nachzudenken.

Michael blieb kurz stehen, um sich zu orientieren, dann drehte er sich um und kam direkt auf Jackson zu. Das Tageslicht würde gleich ganz verschwunden sein, und er musste unbedingt vorher den Weg erreichen. Die Fußabdrücke, die auf einmal zu sehen waren, registrierte er zunächst nicht, und er war bereits acht oder neun Schritte an Jackson vorbei, als er stutzig wurde. Seine Sinne waren aufs Äußerste geschärft. Er hechtete nach vorn, rollte sich mit der Pistole in der Hand zur Seite und wusste zugleich, dass es vielleicht schon zu spät war.

Jackson beobachtete, wie Michael an ihm vorbeiging, und begriff sofort, dass ihm nur wenige Sekunden blieben, bis Michael seine Fußspuren entdecken würde. Er trat auf die Straße, die Kalaschnikow in Hüfthöhe, hielt den Finger am Abzug. Er zielte und bereitete sich innerlich auf den Rückschlag vor. Ein einzelner Schuss ging in den Sand, und Jackson fluchte. Die Waffe war noch umgestellt für den Hinterhalt auf diesen verdammten Wilderer. Das gab Michael die kostbaren Sekunden, die er brauchte, aber auch sein erster Schuss verfehlte das Ziel.

Alles schien sich in Zeitlupe abzuspielen. Michael sah, wie Jackson den Hebel umlegte und erneut zielte. In seinen Augen stand blanker Hass. Michael fixierte ebenfalls sein Ziel. Es dauerte alles so endlos. Der Bruchteil einer Sekunde war quälend lang. Michaels Finger schlossen sich um den Abzug.

Der Feuerstoß kam. Aber nicht aus Michaels Browning. Auch nicht von Jackson, der sich in seltsam verzögerter Bewegung an den Arm fasste, sich mit weit aufgerissenen Augen umdrehte, und dann zu rennen begann. Seine Waffe war ihm in hohem Bogen aus der Hand geschleudert. Zwei weitere Schüsse krachten. Von hinten!

Im Busch wurde es plötzlich lebendig, als schattenhafte Gestalten sich aus der Dunkelheit lösten und sich etwas zuriefen.

»Ich hab ihn erwischt!«

»Das Schwein ist getroffen.«

»Van Schalkwyk, Pienaar, Macmillan, folgt ihm.«

Michael versuchte irgendeinen Sinn in die ganze Sache zu bekommen. Männer. Schüsse. Stimmen. Jackson. Minen. »Minen«, brüllte er plötzlich, und sein Verstand war wie durch ein Wunder wieder glasklar. »Auf der Straße liegen Minen.«

»Was glauben Sie denn, weshalb wir hier sind? Wir haben die Minen. Los, Männer, schnappt euch den kleinen Kommunisten. Erledigt ihn.«

Ein vielstimmiges »Jawohl, Sir!« erklang aus der Dunkelheit.

Michael stolperte zur Straße und klopfte sich den Staub von der Hose.

»Sind Sie verletzt?«

»Nein, ich ... Danke ...«

»Sie sind Michael King, nehme ich an?«

»Devilliers?«

Ein schwergewichtiger Mann baute sich vor Michael auf. »Was zum Teufel glauben Sie denn? Nelson Mandela?« Er war wütend und machte keine Anstalten, es zu verbergen.

»Nein, ich ...«

»Wir hatten ihn. Wir hatten das Schwein. Aber ausgerechnet dann mussten Sie auf die Straße rennen wie ein Idiot. Ich habe es Ihnen doch gesagt, King. Vermasseln Sie mir nichts.«

»Ich? Ich und etwas vermasseln? Was ist denn mit Ihnen? Ihre Männer haben doch nicht richtig getroffen.« Michael war nun ebenso ungehalten wie Devilliers. »Sie haben hier überhaupt nichts zu suchen. Ich hatte ihn gerade im Visier. Was wollen Sie eigentlich hier?«

»Ihren Arsch retten.«

»Unsinn!«

»Wenn ich auch nur ein Fünkchen Verstand hätte, hätte ich ihn auf Sie loslassen sollen.«

»Wenn Sie auch nur ein Fünkchen Verstand hätten, hätten Sie mich wissen lassen, dass Sie hierher kommen. Glauben Sie etwa, ich wäre ein verdammter Hellseher?«

»Halten Sie die Klappe, King. Setzen Sie sich, sonst kippen Sie noch um.«

»Zur Hölle«, schimpfte Michael.

»Sie verfluchter kleiner Pfadfinder. Wir *hatten* ihn, begreifen Sie das denn nicht? Und jetzt haben wir ihn nur Ihretwegen wieder verloren.«

Ein Schatten tauchte neben Devilliers auf. »Sir?«

»Was?«, bellte Devilliers.

Der Mann räusperte sich. »Eh, vielleicht sollten wir unser Gespräch auf später verschieben, Sir.«

»Wieso?«, donnerte Devilliers. »Jetzt ist sowieso alles zu spät.« Er senkte seine Stimme und fuhr fort. »Dieser Clown hier wird fast erschossen, und wir retten seinen Arsch. Da sollte man doch meinen, er wäre ein bisschen dankbar, oder? Aber nein. Stattdessen wird er auch noch unverschämt.«

»Ja, Sir.«

Michael fand, dass der Mann ein kleines bisschen amüsiert klang.

»Jetzt habe ich es diesem Mr. Scheißking zu verdanken, dass drei meiner besten Männer hinter diesem wahnsinnigen Terroristen herjagen. Welcher Idiot rennt denn auch mitten in einen Hinterhalt hinein? Wir *hatten* ihn, Bob. Verdammt, wir *hatten* ihn.«

»Ja, Sir.«

»Jesus!« Devilliers raufte sich frustriert die Haare. »Ich kann es einfach nicht fassen.«

»Was machen Sie denn hier? Sie sagten ...«

»Ich weiß, was ich gesagt habe. Bob, geh und sammle das Spielzeug von unserem kleinen Scheißer auf. Zumindest wissen wir jetzt, dass er nicht mehr bewaffnet ist.« Devilliers baute sich vor Michael auf. »Die Dinge ändern sich. Zum Glück für Sie, was?«

Michael begriff, dass er Recht hatte. Wenn Devilliers und seine Männer nicht aufgetaucht wären, wer hätte dann zuerst geschossen, er oder Jackson? Wer von ihnen würde jetzt tot auf der Straße liegen? Er würde es wohl nie erfahren.

Bob kehrte mit der Kalaschnikow und mit Michaels Remington zurück. Devillier machte eine verächtliche Kopfbewegung in Michaels Richtung, und Bob gab ihm sein Gewehr zurück.

»Lasst uns jetzt gehen. Ich möchte nicht die ganze Nacht hier verbringen.« Er wandte sich an Michael. »Ich nehme an, Sie wissen nichts über die Leiche da hinten?«

»Das ist ...«

»Genau wie ich dachte. Nichts.«

»Edward«, beendete Michael seinen Satz ungerührt.

»Absolut nichts.«

»Absolut nichts«, wiederholte Michael.

»Superb.«

Devilliers dachte kurz nach. »Sie sagten, Sie könnten sich in den Kopf dieses Schweinehundes versetzen? Wo geht er jetzt hin?«

Michael überlegte, was Jackson nun wohl tun würde. Schließlich sagte er: »Das Hauptcamp ist nicht gut, da wimmelt es im Moment von Sicherheitskräften. Er hat drei

Männer im Nacken. Er ist verletzt. Wir wissen zwar nicht, wie schwer, aber er braucht vermutlich einen Arzt. Er ist clever. Sobald er klar denken kann, wird er sich verstecken, Ihre Männer abschütteln und dann in Richtung Westen laufen oder warten und ein Touristenauto kapern, sobald das Reservat wieder für das Publikum geöffnet ist.«

In der Dunkelheit sah Michael, dass Devilliers zustimmend nickte. »Das werden wir zu verhindern wissen. Dann lasst uns gehen. Ach, und King, wenn Sie auch nur einen Zweig zum Knacken bringen, breche ich Ihnen das Genick.«

»Das können Sie ja mal versuchen, Sie arroganter Bastard.«

Ein langes Schweigen folgte. Dann sagte Devilliers etwas milder gestimmt: »Meine Eltern waren verheiratet.«

Jackson begann allmählich zu verzweifeln. Als vorhin auf der Straße um ihn herum die Hölle ausgebrochen war, hatte er einzig und allein an Flucht gedacht. Er kannte sich aus im Busch, war trittsicher und hatte einen Blick für Gefahren – und er war zuversichtlich gewesen, dass er entkommen konnte. Das Pochen in seinem Oberarm spürte er kaum, als er sich durch das Gestrüpp kämpfte. Aber je länger er lief, desto klarer wurde ihm, dass er zwar gut war, die Männer hinter ihm aber auch. Der Schock über seine Verletzung setzte langsam ein und raubte ihm einen Teil seiner Kraft. Er hatte keine Ahnung, wie schlimm die Wunde war, aber er vermutete, dass es mehr war als nur eine Verletzung. Der Schmerz saß tief und wurde von Minute zu Minute heftiger.

Nach zehn Minuten wurde ihm klar, dass er seine Verfolger nur mit List, nicht jedoch mit Geschwindigkeit abschütteln konnte. Er musste den Zaun erreichen, das war seine einzige Chance. Die Drahtschere! Sie war in seinem Rucksack, den er zurückgelassen hatte. Er musste umkehren. Damit würden sie nicht rechnen. Er verlangsamte seine Schritte, blieb stehen, lauschte angestrengt. Ja, sie waren ihm noch immer auf den Fersen; mit Taschenlampen verfolgten sie seine Fußspuren in einigen Hundert Metern Entfernung. Rasch bog Jackson nach Westen und dann fast in Richtung Norden. Er konnte seine Spuren nicht verwischen, aber mit etwas Glück könnte er es schaffen, seine Drahtschere zu holen und vor ihnen den Zaun zu erreichen. Er hatte den Vorteil, dass er wusste, wo er hinwollte. Die Männer hinter ihm mussten seiner Fährte folgen und waren deshalb zur Langsamkeit gezwungen. Wenigstens hatten sie keine Hunde dabei.

Die Spitzmaulnashorn-Kuh war in der Brunst, leicht reizbar und suchte dringend nach einem Partner. Sie war gerade unterwegs zu ihrem Lieblings-Wasserloch gewesen, als die Schüsse aufgepeitscht waren. Der plötzliche und unerwartete Lärm versetzte sie in Panik. Sie reagierte instinktiv, stürmte blindlings in den Busch. Hektisch suchte sie vertrautes Revier und brach durch das Unterholz, als wäre es gar nicht da. Sie brachte eine Distanz von beinahe drei Kilometern hinter sich, ehe sie abrupt und regungslos im dichten Unterholz stehen blieb. Vollkommen auf ihren Geruchssinn und ihr Gehör vertrauend, würde sie so stundenlang warten, bis sie sicher sein konnte, dass alles in Ordnung war.

Michael, Sascha und Bob waren ausgeschwärmt und bewegten sich vorsichtig in südwestliche Richtung. Auf Saschas Anordnung hin benutzten sie keine Taschenlampen. Das Knacken eines Zweiges ließ sie aufhorchen. Dort, ein Schatten, der direkt auf die zukam. Er überquerte eine freie Fläche.

Jackson. Er schien zurückgegangen zu sein und die anderen abgeschüttelt zu haben, und er kam nun direkt auf sie zu.

Rasch duckten sie sich und warteten. Sie konnte seinen keuchenden Atem hören. Plötzlich war er da, er bewegte sich rasch und hielt seinen rechten Arm.

Ohne jegliche Vorwarnung bebte plötzlich der Busch, und eine Spitzmaulnashorn-Kuh brach aus ihrem Versteck hervor, schnaubend vor Wut. Sie blieb nicht stehen. Jackson hätte ein Strauch sein können, ein Bulle oder ein Mensch, es interessierte sie nicht. Es war dort, vor ihr, und ihre Instinkte forderten sie auf, es zu töten. Mit hoch erhobenem Kopf donnerte sie geradewegs auf ihr Ziel zu. Jackson drehte sich um und rannte, aber Michael wusste sofort, dass er den Baum nicht mehr erreichen würde. Im letzten Moment senkte das Nashorn den Kopf, riss ihn wieder empor und rammte sechzig Zentimeter ungemahlenes so genanntes Aphrodisiakum zwischen Jacksons Beine. Dann schleuderte sie ihn hoch in die Luft. Das Horn hatte Fleisch und Knochen durchdrungen. Jackson blieb aufgespießt. Irritiert und fassungslos senkte die Kuh den Kopf und versuchte ihn abzuschütteln. Die Wunde riss auf. Jackson schrie. Mit einem letzten heftigen Schütteln befreite sie sich von ihm. Schnaubend vor Angst, wovor auch immer, stampfte die Nashornkuh davon. Sie hatte eine gänzlich unangenehme Nacht hinter sich.

Michael war der Erste, der Jacksons gekrümmten Körper erreichte. Er leuchtete mit der Taschenlampe nach unten. Das Horn hatte Jackson genau unter den Hoden erwischt und war bis in seinen After hinaufgedrungen. Bei dem Versuch, ihn abzuschütteln, hatte das Horn ein gewaltiges Loch in Jacksons Unterleib gerissen und Jacksons Penis und seine Hoden abgetrennt. Sein gesamter Unterkörper war eine klaffende Masse aus Innereien und Blut.

»Igitt!« Saschas Ausruf war ohne jegliches Gefühl, fast beiläufig. »Ich würde sagen, Ihr Mann hat es hinter sich.«

Michaels Magen drehte sich. Jackson starrte ihn an, mit flehendem Blick. »Hilf mir«, flüsterte er.

»Superb«, meinte Sascha. »Ein passendes Ende für das Schwein, finden Sie nicht auch?«

Michael dachte an Jeremy, Jennifer und Tessa. Er dachte an Edward, wie er neben der Straße gelegen hatte, und an Dyson im Krankenhaus. Er dachte an die vielen Unbekannten, die dieser Mann möglicherweise noch auf dem Gewissen hatte.

»Hilf mir«, bat Jackson. »Töte mich.«

Töte mich! Es war das Einzige, was Michael in letzter Zeit getrieben hatte. Als er nun auf seinen Feind hinabblickte, war es das Einzige, was er nicht tun wollte. »Stirb zu deiner Zeit, Jackson Mpande«, sagte er hart.

»Bitte«, flehte Jackson. »Töte mich.«

»Du hast gehört, was der Mann gesagt hat«, meinte Sascha kalt. »Nein. Geh zum Teufel.«

Jackson Mpande ging zum Teufel. Aber er brauchte dazu zweiundfünfzig Minuten.

KAPITEL EINUNDZWANZIG

Michael war froh, als das Stöhnen endlich aufhörte. Er hatte noch nie erlebt, dass ein Mensch solche Schmerzen hatte, und die Laute waren ihm durch Mark und Bein gegangen. Das Gefühl der Genugtuung, das er eigentlich erwartet hatte, war ausgeblieben. *Jennifer und Jeremy. Könnt ihr das hören? Gibt euch das irgendeine Genugtuung? Oder weint ihr, so wie es Engel tun, angesichts solcher Qualen? Tessa. Kannst du ihn hören? Hilft dir das? Lieber Gott! Lass es bald vorbei sein.*

Jackson Mpandes Tod war für Michael schließlich eine ebenso große Erleichterung, wie es das vermutlich für Jackson selbst war. »Wir können ihn doch nicht einfach so zurücklassen«, protestierte er, als ihm klar wurde, dass Devilliers und seine Männer vorhatten zu gehen.

»Was schlagen Sie denn vor?«, fragte Devilliers spöttisch. »Sollen wir ihn feierlich beerdigen?«

»Wir sollten ihn wenigstens mit Steinen zudecken.«

»Vergessen Sie es, Mann. Morgen früh wird nichts mehr von ihm übrig sein. Außerdem haben wir heute Nacht noch eine Strecke von fünfzehn Kilometern vor uns.« Devilliers sah Michael an. »Sie kommen mit uns.«

»Wohin?«

»In unser Lager. Im Naturschutzgebiet unten am Fluss.«

Michael war überrascht. »Wie ist Ihnen denn das gelungen? Das ist den meisten Menschen nicht möglich.«

»Freunde an höherer Stelle«, antwortete Devilliers ganz knapp.

Irgendetwas beunruhigte Sascha Devilliers. »Unsere Informanten haben uns mitgeteilt, dass Mpande vier Minen bei sich hatte. Wir haben aber nur drei gefunden.«

»Kein Problem. Die vierte hing in einem Baum. In der Nähe der Leiche, von der ich nichts weiß.«

»Entschärft?«

»Ich wusste leider nicht wie.«

Devilliers seufzte. »Wir holen sie morgen Früh. Ich glaube nicht, dass dieses verdammte Ding bis dahin Beine bekommt.« Er zündete sich eine Zigarette an. »Gutes Ergebnis. Ein bisschen chaotisch, aber gut.«

»Wollen Sie mir nun endlich erklären, was Sie hier tun? Wie zum Teufel sind Sie so schnell hierher gekommen?«

»Hubschrauber. Er steht im Manila Camp.«

»Okay, das beantwortet die Frage nach dem Wie. Jetzt wüsste ich noch gerne, warum?«

Devilliers schien darüber nachzudenken. »Warum nicht«, sagte er schließlich. Geräuschvoll inhalierte er den Rauch. »Erinnern Sie sich, dass ich Ihnen sagte, man hätte mich wegen Mpande angesprochen?«

»Ja.«

»Nun, die Sache, an der wir damals gearbeitet haben, ist hochgegangen. Ziemlich großer Mist. Ich habe dabei zwei Männer verloren.«

»Was war es?«

»Das brauchen Sie nicht zu wissen, King. Drogen. Reicht das?«

»Ja.«

»Es macht mir nichts aus, ein Risiko einzugehen, wenn Sie wissen, was ich meine. Schließlich ist das mein Job. Aber wenn dieser Abschaum anfängt, meine Familie zu belästigen, wird die Sache ernst. Und persönlich. Ich wurde wütend und leichtsinnig.« Er gab einen unzufriedenen Laut von sich. »Das hat mich zwei Männer gekostet und die gesamte Operation. Wir mussten uns zurückziehen, und zwar schnell. Gerade als ich dachte, was für eine blöde Zeitverschwendung, bekam ich einen Anruf von meinem anderen ... derjenige, von dem ich Ihnen erzählt habe. Er ist in Panik geraten. Meinte, er wollte keinen verfluchten Neuling auf Mpande angesetzt haben. Und da ich ja ohnehin nichts Besseres zu tun hatte ... Außerdem müssen wir alle von Zeit zu Zeit einmal in den Busch.«

»Glück für mich.«

»Nett, Sie das sagen zu hören, King.«

Michael grinste in die Dunkelheit.

»Also haben wir unser Lager am Fluss aufgeschlagen. Hübsches Fleckchen. Keine Nachbarn. Wir werden ein paar Tage dort trainieren.«

»Und diese Drogengeschichte? Für wen genau arbeiten Sie?«

»Ach!« Devilliers machte eine ungeduldige Handbewegung. »Ich habe Ihnen doch gesagt, dass ich keine krummen Sachen mache. Ich arbeite frei – für die Armee, die Bullen, das Amt für Staatssicherheit, andere Organisationen. Mit anderen Worten, King, ich bin ein bezahlter Privatsoldat. Ich versuche unabhängig zu bleiben, verstehen Sie? Dieses Mal habe ich für die Staatssicherheit gearbeitet, die meisten Aufträge kommen von ihnen. Sie können also ganz beruhigt sein. Und was die Jobs betrifft, sie ergeben sich einfach so. Inzwischen müsste ich daran gewöhnt sein. Die Staatsicherheit hat genug zu tun. Die dicken Fische kriegen sie zwar nicht, aber wenigstens zerstören wir das Netzwerk. Es wird eine Weile dauern, ehe etwas Neues aufgebaut werden kann.« Er wurde plötzlich wieder wütend. »Haben Sie eine verdammte Vorstellung davon, wie das ist? So nah dran zu sein und dann doch noch zu verlieren?«

»Ich kann es mir denken.« Michael hatte den Verdacht, dass Sascha Devilliers' Interpretation des Wortes *unabhängig* ziemlich weitreichend war.

»Tja.« Devilliers zündete sich eine weitere Zigarette an. »Guter Tabak, das hier. Sagen Sie mir eines, King. Was hatten Sie mit Mpande vor, wenn Sie ihn erwischt hätten?«

»Ihn zu töten.«

»Aha.« Devilliers klang amüsiert.

»Ich habe ihn genug gehasst, um es zu tun. Ich wollte, dass er langsam stirbt, nach Art der Zulu.«

»Den Arsch aufgespießt? Dann hat sich Ihr Wunsch ja erfüllt, dank *uBejane*.«

»Könnte man so sagen.«

»Wissen Sie, was ich denke, King? Ich denke, es war gut, dass das alte Nashorn gerade des Wegs kam. Sie hätten nicht die Nerven gehabt, so etwas zu tun.«

»Ich war davon überzeugt.«

»Und jetzt?«

»Jetzt ist er tot. Es ist vorbei.«

»Sie Glücklicher«, meinte Devilliers leise und erweckte bei Michael den Eindruck, auf einmal von etwas ganz anderem zu sprechen.

Kurz darauf ließ sich Sascha Devilliers hinter Michael zurückfallen und überließ ihn seinen eigenen Gedanken, während sie durch die mondbeschienene Nacht liefen. Ungeordnete und unangenehme Erinnerungen schwirrten in seinem Kopf herum, aber er ließ sie herankommen, und als sie schließlich das Lager erreichten, hatte Michael das Gefühl, dass er nun endlich darauf hoffen konnte, seinen ersehnten Seelenfrieden zu finden.

Sascha führte Michael zu einem Zelt. Innerhalb von zwei Minuten war er eingeschlafen.

Als Michael am frühen Morgen erwachte, fühlte er sich entspannt wie schon lange nicht mehr, und er hatte riesigen Hunger. Der Duft gebratener Zwiebeln hing in der Luft, und sein Magen knurrte in Vorfreude. Er verließ das Zelt und ging zum Feuer, wo bereits mehrere Leute saßen und sich die Hände an dampfenden Kaffeebechern wärmten. Sascha saß an einem Tisch. »Morgen. Gut geschlafen?«

»Morgen. Wie ein Stein.«

Eine Gestalt, die am Feuer gehockt hatte, richtete sich auf und drehte sich um. Michael traute seinen Augen nicht. In der Morgensonne, das blonde Haar zu einem schlichten Pferdeschwanz zusammengebunden, sah Anne Devilliers aus wie fünfzehn. Sie trug khakifarbene Shorts und ein weißes T-Shirt. »Guten Morgen.« Sie lächelte ihm kurz zu, dann ging sie zum Tisch und setzte sich zu ihrem Mann.

»Holen Sie sich einen Stuhl.« Sascha machte eine Handbewegung. »Der Kaffee ist fertig. Und das Essen dauert auch nicht mehr lange.«

Michael goss sich Kaffee ein, nahm sich Zucker und gesellte sich zu ihnen. Aus der Nähe konnte er feine Stressfältchen in Annies Mund- und Augenpartie erkennen.

»Nach dem Frühstück werden wir losgehen und die letzte Mine holen. Ich möchte, dass sie von dort verschwindet und entschärft wird. Glauben Sie, Sie können sie wieder finden?« Sascha Devilliers wartete Michael Antwort gar nicht ab. »Danach können Sie tun und lassen, was Sie wollen.« Er warf einen Seitenblick auf Annie. »Dein Patient hat seinen Wunsch gestern Abend erfüllt bekommen. Ein SWAPO-Mann, mausetot.«

»Er ist nicht mein Patient.« Annies Stimme klang ein bisschen genervt.

»Er war dein Patient.«

Sie erhob sich ganz plötzlich, nahm ihre Kaffeetasse mit. »Wie du meinst. Entschuldigt mich bitte.« Sie steuerte ein Zelt in der Nähe an und verschwand darin.

»Falsche Zeit im Monat.« Sascha grinste Michael an und schüttelte den Kopf. »Frauen, he? Wer wird aus denen schlau?«

»Ist sie zu ihrem Schutz hier?«

»Ja. Ich habe es Ihnen gestern Abend erzählt. Meine Familie ist bedroht worden.«

Michael gab keine Antwort, aber er fand, dass Sascha ein wenig mehr Mitgefühl für seine Frau zeigen könnte. Sehr wahrscheinlich war sie mitten aus ihrem Praxisalltag gerissen worden und sollte sich nun auf unbestimmte Zeit irgendwo im Busch verstecken.

Bob knallte einen Blechteller vor Michael auf den Tisch. Vier Würstchen, Speck, drei Eier schwammen in Fett, dazu gebackene Bohnen und ein Haufen gebratener Zwiebeln. Es war das verführerischste Mahl, das er seit langem gesehen hatte. Sascha verließ den Tisch mit der Bemerkung, er sei in einer halben Stunde zurück und Michael solle bis dahin fertig sein, um ihn zu begleiten. Von den anderen Männern war auch niemand mehr zu sehen.

Michael goss sich gerade ein zweite Tasse Kaffee ein, als er Schritte hinter sich vernahm. Als er sich umdrehte, sah er Annie vor sich. In ihren Augen stand Verachtung. »Ich hätte Ihnen nicht zugetraut, dass Sie das wirklich tun würden«, sagte sie ohne jede Vorrede. »Ich hatte wirklich gehofft, Sie würden zur Vernunft kommen.«

»Für Sie ist es einfach, so etwas zu sagen«, antwortete er. Ihre Kritik verletzte ihn.

Sie setzte sich. »Hat es sich gelohnt? Fühlen Sie sich jetzt besser?«

»Ja. Überrascht Sie das?«

Sie fuhr sich müde mit der Hand über die Stirn. »Auge um Auge«, sagte sie leise. »Ein ziemlich blutiger Grundsatz, finden Sie nicht auch?«

Sie war sehr böse, und Michael überlegte, dass das nicht nur etwas mit Jackson Mpande zu tun hatte. »Blutig oder nicht, es gibt Dinge, von denen Sie nichts wissen«, erklärte er ihr ruhig. »Jackson ist in London aufgetaucht, hat Tessa umgebracht und versucht, meinen besten Freund, seinen eigenen Bruder, zu töten.«

»Oh Michael.« Ihre Augen füllten sich plötzlich mit Tränen. »Es tut mir so Leid. Bitte verzeihen Sie mir. Ich bin manchmal wirklich eine Hexe.«

»Es tut mir nicht Leid, dass er tot ist«, erklärte Michael nüchtern.

»Nein«, flüsterte sie. »Das kann ich verstehen.«

»Aber ich habe ihn nicht selbst umgebracht, Annie. Ein Nashorn hat ihn erwischt. Aber ich hätte es getan. Ich hätte dieses Schwein getötet.«

Sie streckte die Hand aus und legte sie auf seinen Arm. »Eines Tages, Michael, werden Sie sehr froh sein, dass Sie es nicht getan haben.« Sie schien gar nicht zu merken, dass sich ihre Finger hin und her bewegten. »Ich weiß, was so etwas bei Menschen anrichtet.«

»Sascha?«

Sie nickte und atmete tief durch.

»Es muss sehr schwierig für Sie sein, Annie.«

»Ja«, gab sie zu. »Und es macht mich so schrecklich wütend. Er hat kein Recht darauf zuzulassen, dass seine Arbeit meine Arbeit behindert.« Sie stockte und riss ihre Hand zurück. »Entschuldigen Sie, ich sollte Ihnen solche Dinge nicht erzählen.«

Michael lächelte. »Von allen Leute sollten Sie am besten wissen, wie wichtig es ist, sich ab und zu einmal auszusprechen.«

Sie gab den Anflug eines Lächelns zurück. »Eins zu null für Sie, Mr. King.«

»Möchten Sie eine gute Nachricht hören?«

»Ja, bitte.«

»Sie hatten Recht mit Ihrer Prognose über Andrew. Er konnte die ganze Zeit hören. Inzwischen redet er wie ein Wasserfall.«

Ehrliche Freude strahlte aus ihren Augen. »Das freut mich.« Sie zögerte, dann fragte sie: »Was werden Sie nun tun?«

»Versuchen, mein Leben wieder in normale Gleise zu bringen, schätze ich.«

»Wird Andrew ein Teil dieses Lebens sein?«

Er nickte. »Es wird nicht einfach werden, aber ja.«

»Sie werden es nicht bereuen.«

»Und was ist mit Ihnen?«

Die Frage überraschte sie. »Mein Leben ist unter Kontrolle.«

Michael neigte leicht seinen Kopf. »Das heißt nicht viel.«

Annie schaute weg. »Es ist mehr, als manch einer von sich behaupten kann«, antwortete sie leise. »Ich wusste, worauf ich mich einlassen würde.«

Michael wollte erst noch etwas hinzufügen, ließ es dann aber sein. Es ging ihn schließlich nichts an.

Sie redeten über andere Dinge, als Sascha und seine Männer zurückkamen. »Fertig zum Aufbruch, King?«

Michael und Annie standen auf.

»Du kommst nicht mit«, verkündete Sascha seiner Frau knapp.

»Warum nicht?« Sie schien auf eine Auseinandersetzung vorbereitet.

»Weil ich es sage, Annie. Deshalb.«

Hinter ihm tauschten Saschas Männer unbehagliche Blicke.

Annie trat auf ihren Mann zu. »Wenn ich mitkommen will, kannst du mich nicht daran hindern.«

»Bob«, rief Sascha.

»Sir?« Der Mann kam widerstrebend nach vorn.

Sascha sprach mit ihm, aber sein Blick wich keine Sekunde aus Annies Gesicht. »Sie bleiben im Camp und sorgen dafür, dass meine Frau es auch tut.«

Wütend drehte Annie sich um und ging wortlos zu ihrem Zelt.

»Kommen Sie«, herrschte Devilliers Michael an. »Wir haben nicht den ganzen Tag Zeit.« Ohne zu warten, wandte er sich um und marschierte aus dem Lager.

Michael öffnete den Mund, um sich über die Art zu beschweren, wie er Annie behandelt hatte, aber Bob schüttelte hastig den Kopf und raunte ihm zu. »Lieber nicht, Mr. King. Er ist ein guter Mann, aber er hat keine Ahnung, wie man mit Frauen umgeht. Der Job steht für ihn immer an erster Stelle. Lassen Sie es bleiben.«

Michael wollte sich noch bei Annie verabschieden, aber da Sascha und die anderen schon nicht mehr zu sehen waren, schnappte er sich sein Schießeisen und lief hinter ihnen her.

Der schwere männliche Gorilla führte seine Truppe die staubige Straße entlang. Es waren viele Tiere, insgesamt fast fünfzig, die sich über mehrere Hundert Meter Straße verteilten. Neugeborene Babys klammerten sich an die Bäuche ihrer Mütter, älterer Nachwuchs ließ sich ein Stück tragen, wann immer es möglich war. Einzelne von ihnen blieben stehen, um irgendwelche Steine zu untersuchen und sie umzudrehen, um Ameisen oder Käfer zu finden. Ein besonders dreistes männliches Exemplar sprang ein Weibchen vor ihm an. Der Akt grenzte an eine Vergewaltigung, aber das schien sie nicht zu stören. Sie blieb stehen, bis er fertig war, dann nahm sie ihren offenbar ziellosen Marsch wieder auf.

Das dominierende Männchen an der Spitze verließ plötzlich die Straße und lief auf einen Baum zu, und diejenige, die sich unmittelbar hinter ihm befanden, fielen fast übereinander. Ein merkwürdiges rundes Etwas hatte seine Aufmerksamkeit erregt. Er hob es auf, schaute darunter, in der Hoffnung, etwas Essbares zu finden. Als er nichts entdeckte, verlor er das Interesse an dem flachen Teil und warf es fort. Es landete auf der Seite und rollte ein Stück vorwärts, ehe es einen Strauch traf und mit der richtigen

Seite nach oben unter seinen stacheligen Zweigen liegen blieb.

Die Gorillatruppe lief weiter querfeldein zu ihrer gewohnten Wasserstelle.

»Hier«, meinte Michael, als er die Astgabel an der Straßenseite erkannte. »Hier habe ich sie hingehängt.«

»Und jetzt?«

»Auf diesen Baum.« Michael zeigte hinauf. »Moment, ich hole sie.«

»Nein, Sie bleiben, wo Sie sind.« Devilliers wandte sich an Macmillan. »Kletter du hinauf und gib uns das verdammte Ding runter.«

Der Mann entledigte sich seiner Waffe, legte sie neben der Straße ab und trat in das Unterholz. Behände kletterte er den Baum hinauf.

Sascha trat an den Fuß des Baumes, um die Mine in Empfang zu nehmen.

»Hier ist nichts«, rief Macmillan hinunter.

Sascha trat einen Schritt zurück, um besser sehen zu können. »Täuschst du dich auch nicht?«

»Nein.«

Sascha sah Michael an. »Sind Sie sicher, dass es dieser Baum war?«

»Absolut.«

Sascha zuckte mit den Schultern. Er ging noch ein paar Schritte zurück und erstarrte plötzlich. Alle hörten sein unterdrücktes »Scheiße!«.

Macmillan sprang hinab und hockte sich neben Sascha. »Es ist die Mine.« Er rief den anderen zu: »Der Boss steht auf der verdammten Mine.«

Alle starrten Sascha an. Er hatte sich nicht gerührt. »Diese Dinger brauchen mehr als mein Gewicht«, erklärte er ruhig. »Ich möchte, dass ihr alle sofort von hier verschwindet.«

Niemand regte sich.

Sascha lächelte grimmig. »Tut, was ich euch befohlen haben. Jetzt.«

Die Männer zogen sich langsam zurück. Michael folgte ihnen.

»He, King!«

Er blieb stehen.

Devilliers war blass und schweißüberströmt. »Ich hatte nicht geplant, das zu sagen, deshalb klingt es jetzt vielleicht alles ganz verkehrt. Und ich habe auch nicht die Zeit, lange herumzureden, weil dieses Ding jede Sekunde hochgehen kann. Also hören Sie mir zu und unterbrechen Sie mich nicht. Annie mag Sie. Sie mochte Sie von Anfang an. Ein Mann wie ich, Teufel, in meinem Leben gibt es keinen Platz für eine Frau. Es war ein Fehler gewesen, Annie zu heiraten. Jetzt kommt das, was ich sagen will. Wenn ich von diesem Ding fortgehe, werde ich auch von Annie fortgehen. Sie braucht einen Freund. Das ist alles, King.«

Michael sah die Angst in den Augen des Mannes.

»Also?«, fragte Devilliers. »Kann ich mich auf Sie verlassen?«

»Warum kommen Sie nicht her und wir reden darüber?«

»Ich brauche das jetzt nicht, King. Kann ich mich auf Sie verlassen oder nicht?«

Michael nickte langsam.

»Superb. Und jetzt verschwinden Sie von hier.«

Sie hörten Sascha brüllen: »Jetzt geht's los, Jungs!« Michael sah ihn unter einen der niedrigen Büsche springen.

Nichts. Devilliers rollte und kam schwankend auf die Füße, dann rannte er verzweifelt auf sie zu. Nichts. Angst wich Erleichterung. Er blieb auf der Straße stehen, ein Stück entfernt von der Stelle, wo sie warteten. Er grinste und hatte die Hände in die Hüften gestemmt, als die Mine explodierte. Die Gewalt der Detonation riss ihn von den Füßen, er landete mitten auf der Straße flach auf dem Rücken. Noch ehe das letzte herumfliegenden Teil zu Boden fiel, rannten sie alle, Michael eingeschlossen, auf ihn zu.

Eine feine Blutspur lief aus Devilliers Nase, ansonsten schien er unverletzt zu sein. »Boss«, schrie einer der Männer.

Sascha Devilliers lag regungslos da. Als sie ängstlich um ihn herumstanden und überlegten, ob man ihn bewegen dürfte oder nicht, ertönte auf einmal ein tiefes keuchendes Lachen. Er lachte und hustete zur gleichen Zeit. Es steigerte sich in ein brüllendes Gelächter. Ungläubig, starrten die anderen ihn an. Als er wieder sprechen konnte, sagte er: »Habt ihr wirklich geglaubt, diese verdammten Russen würden einmal irgendetwas richtig hinkriegen?«

Der Kongress war zu Ende, die Teilnehmer abgereist, noch immer tief beeindruckt von ihren Nashorn-Erlebnissen. Sascha sorgte dafür, dass einer seiner Männer Michael nach Ulundi flog, damit er dort sein Fahrzeug und seine Campingausrüstung abholen konnte.

Michael holte seine Besitztümer aus Edwards unverschlossenem Haus. Dann startete er allein in nördliche Richtung, zu den Tälern am Schwarzen-Umfolozi-Fluss. Er verbrachte sechs Tage in der Einsamkeit, ohne einen Menschen zu treffen. Dort sprach er mit Jennifer, Jeremy und Tessa. Er erinnerte sich an seine Kindheit auf UBejane. Er dachte zurück an die Gespräche, die er mit Dyson und Wilson über ihre wachsende Sorge um Südafrika, insbesondere das Zulu-Volk, geführt hatte. Er erinnerte sich wieder an Tessas turbulente Jugend, und dabei wurde ihm bewusst, wie sehr es ihn freute, dass sie in ihren letzten Lebensjahren Frieden gefunden hatte. Er weinte um Jennifer. Mit Schmerzen dachte er darüber nach, dass Jeremy nicht einmal vier Jahre auf der Erde verbracht hatte, ehe sein Leben so brutal ausgelöscht worden war. Und er vermisste Andrew.

Irgendwann fragte er sich, ob Sascha Devilliers tatsächlich von Annie fortgegangen war.

Nach sechs Tagen Einsamkeit wusste Michael King genau, was er als Nächstes tun würde. Einiges davon würde nicht einfach sein.

Zunächst würde er Wilson und Nandi in Kwa-Mashu besuchen. Schwierige Worte lagen vor ihm, aber er würde nicht darum herumkommen.

Dann würde er nach England zurückfliegen, um seinen Sohn zu holen. Er konnte es kaum erwarten, ihn wiederzusehen und Claire zu zeigen, dass ihrem ältesten Sohn nichts passiert war.

Und danach würde er sich um den Rest seines Lebens kümmern. Jene sechs Tage Besinnung hatten Michael ganz deutlich gezeigt, was er wollte.

Er hatte drei Möglichkeiten. Er könnte eine politische Karriere in Angriff nehmen, so wie Jennifer es vorgeschlagen hatte. Es gab eine Frau in Johannesburg, Helen Suzman, das einzig verbliebene Mitglied der Progressiven Partei, die nach den Vorjahreswahlen noch im Dienst war. Sie könnte ihm vielleicht eine Aufgabe besorgen. Sie war den

Nationalisten ein Dorn im Auge, die einzige Stimme im Parlament, die es wagte, sie infrage zu stellen. Nicht, dass sie das an ihrer zunehmend repressiven Politik gehindert hätte, keineswegs. Aber das, was Suzman tat, indem sie öffentlich Fragen aufwarf, störte sie ebenso wie die Antworten, die im *Hansard* veröffentlicht wurden. Und diese Publikation war überall auf der Welt erhältlich, jeder konnte sie lesen.

Seine zweite Option war, sich erneut dem Spitzmaulnashorn-Projekt in Umfolozi anzuschließen. Von irgendwoher waren neue Fördergelder gekommen, und in einem Brief, der Michael in Johannesburg erreicht hatte, hatte man deutlich zum Ausdruck gebracht, dass man ihn gern mit im Team hätte.

Als UBejane verkauft worden war, war Michaels Anteil in einem Fond angelegt worden, der hohe Zinserträge brachte. In sechs Monaten war er zuteilungsreif. Seine dritte Option bestand nun darin, sich seine eigene Zuckerrohrplantage zu kaufen.

Die Hauptmotivation für die Entscheidung, die er schließlich traf, war Andrew. Ein Leben in der Politik war ein sehr arbeitsintensives Leben. Michael musste seinem Sohn sowohl Vater als auch Mutter sein. Und das konnte er nicht, wenn er ständig auf Reisen war oder arbeitete. Also kam das nicht infrage.

Das Naturschutzprojekt würde ihm Zeit mit Andrew geben, und, je nachdem, wer sonst noch an den Forschungsarbeiten beteiligt sein würde, auch Spielkameraden für Andrew. Aber irgendwann würde Andrew in die Schule müssen. Und Michael konnte die Vorstellung nicht ertragen, dass sein Sohn ein Internat besuchte. Also kam auch das nicht infrage.

Vermutlich hatte er immer gewusst, wo er am Ende sein würde. Es war die richtige Wahl für ihn, und er war glücklich damit.

Er brauchte ein wenig länger als erwartet, um Wilson zu finden.

Als Michael versuchte, nach Kwa-Mashu zu gelangen, um ihn aufzusuchen, fanden die Behörden den Grund für seinen Besuch – einem Mann, der einmal für ihn gearbeitet hatte, in einer Familienangelegenheit eine wichtige Nachricht zu überbringen – nicht ausreichend. Man verweigerte ihm die Genehmigung, das nur von Schwarzen bewohnte Township zu betreten. Also versuchte Michael, mit verschiedenen Schwarzen Kontakt aufzunehmen, die in Durban arbeiteten, bis er schließlich jemanden fand, der Wilson kannte und sich bereit erklärte, ihm seine Botschaft zu übermitteln. Nach zwei nicht unangenehmen Tagen im Royal-Hotel an der Strandpromenade von Durban erhielt er eine Antwort von Wilson. Sie trafen sich schließlich, etwa einen Kilometer von Kwa-Mashu entfernt, und der ältere Zulu sah sich ängstlich um, ehe er rasch auf die mit einer Plane zugedeckte Ladefläche von Michaels Landrover stieg.

Sie fuhren eine Viertelstunde landeinwärts, über staubige Straßen und an Feldern mit üppig wachsendem Zuckerrohr vorbei. Dabei sprachen sie kein Wort. Dann fand Michael endlich das, wonach er gesucht hatte, einen Ort, wo sie nicht gesehen werden konnten. Sie stiegen beide aus dem Fahrzeug und umarmten sich. »Hier sind wir sicher vor neugierigen Blicken«, sagte Michael zu Wilson.

»Wir sind nie sicher«, antwortete Wilson. »Nicht mehr.«

»Wovor haben sie nur Angst? Warum begegnet man einem Treffen wie unserem mit so viel Misstrauen? Es ist wahnsinnig.«

»Das ist es«, stimmte Wilson zu. »Aber wir vergessen unsere Manieren, Sie und ich. Ich sehe Sie, mein Sohn. Was ist so wichtig, dass Sie dieses Treffen riskiert haben?«

»Ich sehe Sie, alter Vater. Viele schlimme Dinge sind geschehen. Es ist meine Pflicht, mit Ihnen darüber zu sprechen.«

»Auch wenn ich Ihre Worte fürchte, meine Ohren sind geöffnet.«

Michael ließ nichts aus.

Wilson hörte ihm schweigend zu. Was er dabei auch empfinden mochte, er ließ es sich nicht anmerken. »Es ist so, wie die *sangoma* es vor Jahren prophezeit hat«, sagte er, als Michael aufgehört hatte zu sprechen. »Ein böses Schicksal würde die Leben der beiden Familien berühren. So ist es gekommen.« Dann ließ Wilson seinen Tränen endlich freien Lauf. Sie rannen ihm ungehindert die Wangen hinab. Doch obwohl ihn dieser große Schmerz schüttelte, schämte er sich gleichzeitig für das, was Jackson getan hatte. »Es ist möglich, vor dem Bösen davonzulaufen, wenn es versucht, dich einzuholen. Aber wenn das Böse in dir ist, kann man ihm nicht entkommen. Der Gerechtigkeit musste Genüge getan werden. Aber ich glaube, dass Gerechtigkeit wie ein Feuer ist. Sie schwelt noch lange weiter, wenn die Flammen längst erstickt sind. Mein Sohn Jackson hat unsere Gesetze mehrfach gebrochen. Das ist unverzeihlich. Seine Strafe war gerecht. Trotzdem muss ich Ihnen sagen, *Nkosi*, dass ich froh bin, dass Ihre Hände nicht mit seinem Blut befleckt sind. Wenn das so wäre, würde es Ihnen niemals gelingen, sie wieder reinzuwaschen. Weder in meinen Gedanken noch in Ihren eigenen.«

»Das ist wahr, *Babu*, obwohl ich nicht gezögert hätte.«

Die Tränen waren versiegt. »Er war mein Sohn. Er ist zu einem Mann herangewachsen, den ich nicht respektieren konnte. Wir können nicht immer für eine gute Ernte garantieren, wenn wir die Saat pflanzen. Das ist alles, was ich zu sagen habe.«

Michael konnte nicht anders; er bewunderte die Art, wie Wilson mit den für ihn sicher erschütternden Nachrichten umging. »Es ist nun vorbei.«

»Nein. Es ist nur der Anfang.« Wilson seufzte. »Die *sangoma* hat versucht, es mir zu erklären. Es gibt viel zu tun, und mein Blut läuft nicht mehr so heiß wie einst. Sie sagte, ich muss meine Zeit gut nutzen und zufrieden sein. Ich habe versucht, das zu tun, aber nun, da sich das Ende meines Lebens nähert, frage ich mich manchmal, ob ich überhaupt etwas ausgerichtet habe.«

»Der Weg nach vorn geht sehr langsam, da stimme ich zu.«

»Und der Weg zurück ist versperrt.«

Michael kramte in seiner Tasche und reichte Wilson ein Paket Tabak, weil er wusste, dass der alte Mann seine Pfeife liebte. »Es gibt zwei Schwierigkeiten in unserem Leben.«

»Erzählen Sie mir davon.« Wilson betastete die Packung liebevoll, ehe er eine abgenutzte Pfeife hervorzog.

»Die Erste ist, sich selbst zu kennen und zu wissen, was man mit der Zeit anfangen möchte, die einem auf dieser Welt gegeben ist.«

»Ich stimme zu.«

»Das haben Sie immer gewusst.«

»Die *sangoma* hat mir meinen Weg gezeigt. Ohne ihre Führung wäre ich nicht so sicher gewesen.« Wilson verrieb ein wenig Tabak in seiner Handfläche, füllte die Pfeife und zündete sie an. »Und die andere?«

»Die andere?« Michael lächelte bitter. »Die andere ist noch schwieriger als die erste.«

»Ja«, stimmte Wilson zu, der bereits ahnte, was Michael sagen würde.

»Wie macht man das?«, fragte Michael.

Wilson ließ den Rauch um den Stiel seiner Pfeife ziehen. Er wusste es zu schätzen, dass Michael ihm das letzte Wort gab, »Es wird gemacht«, antwortete er langsam, »indem man sich das im Herzen bewahrt, was im Kopf manchmal unmöglich erscheint. Es wird gemacht, indem man an die Reinheit seiner Träume glaubt. Und es wird gemacht, indem man nicht zulässt, dass ein anderer die eigenen Absichten vergiftet.«

Michael schwieg.

»Sie sind zu einer Entscheidung gelangt, mein Sohn.«

»Ja.«

»Gut.« Wilson fragte nicht, was es war. Dass Michael zu ihm gekommen war, war gut genug. »Wo werden Sie leben?«

»Dort, wo ich hingehöre. In Zululand.«

»Ah. Wahrlich eine gute Entscheidung. Sie sind ein Sohn dieses Landes.«

»Ja«, antwortete Michael. »Und es wird Zeit, dass mein Sohn es auch wird.«

»Ihr Sohn ist bereits ein Teil dieses Lands, *Nkosi*. Ein Fluss kann sich niemals von seiner Quelle trennen.«

Es war gefährlich, zu lange zusammenzubleiben. Also fuhr Michael Wilson zurück nach Kwa-Mashu und ließ ihn an der Stelle hinaus, wo er eingestiegen war.

»*Hamba kahle*, mein Sohn.«

»Shlala kahle, Babu.«

Als er davonfuhr, ging es Michael durch den Kopf, dass es zwar sehr schön war, sich gegenseitig zu wünschen, es möge dem anderen gut ergehen. Aber die eskalierenden Umstände in Südafrika könnten jedoch so weit führen, dass keiner von ihnen je erfahren würde, ob es dem anderen tatsächlich gut erging. Er rechnete nicht damit, Wilson jemals wiederzusehen.

Michael verbrachte fast einen ganzen Monat in England, damit Andrew sich wieder an ihn gewöhnen konnte. Das Kind hatte ihn ein paar Tage lang wie einen Fremden behandelt, aber nach einer Woche übertrug Andrew seine Zuneigung wieder von Claire auf Michael.

Dyson, der nach seinen Verletzungen immer noch unter Schwindelanfällen und Kopfschmerzen litt, verbrachte eine Woche bei ihnen in Hertford. Er und Michael hatten sich viel zu sagen.

»Ich bin froh, dass du bei meinem Vater warst.«

»Es war meine Pflicht. Er musste es von mir erfahren.«

Sie waren im Garten, unten am Ententeich, und genossen den spätsommerlichen Sonnenschein.

»Hat er eigentlich erfahren, dass ich noch am Leben bin?«, fragte Dyson und bezog sich damit auf Jackson.

»Nein.«

»Tut es dir Leid, dass du ihn nicht getötet hast?«

»Ja und nein. Ich habe ihn so sehr gehasst, dass es mir ein Vergnügen gewesen wäre, in zu töten. Jetzt, wo es vorbei ist, bin ich froh, dass ich es nicht getan habe.« Michael zuckte mit den Schultern. »Es ist kompliziert, und es ist schwierig, mit dir darüber zu sprechen.«

»Es ist wirklich kompliziert«, bestätigte Dyson. »Aber

fühl dich ruhig frei, mit mir darüber zu sprechen. Ich hätte ihn selbst umgebracht, wenn ich gekonnt hätte. Dennoch bin ich froh, dass du es nicht getan hast, auch wenn ich mir seinen Tod gewünscht hatte.«

»Weißt du noch, als wir Kinder waren?«, fragte Michael plötzlich. »Wie einfach damals alles war!«

Dyson grinste. »Wir konnten es nicht erwarten, endlich erwachsen zu werden.«

»Ja. Und sieh jetzt, was passiert ist.«

Dyson schwieg eine Weile. Dann sagte er plötzlich. »Ich habe Tessa geliebt.«

»Das hat sie mir erzählt.«

»Sie wusste es?«

»Offenbar.«

»Gott sei Dank!« Dyson fuhr sich mit der Hand über die Augen. »Das hat mich ganz verrückt gemacht, der Gedanke, dass sie gestorben sein sollte, ohne es je zu erfahren.«

»Ich glaube, sie hat dich auch geliebt«, meinte Michael leise. »Sie ist damit nur nicht zurechtgekommen.«

Unvergossene Tränen glitzerten in Dysons Augen. »Was hättest du empfunden, wenn wir zwei zusammengekommen wären?«

»Du meinst, wenn ihr geheiratet hättet? Ich hätte mir ein bisschen Sorgen gemacht wegen eurer unterschiedlichen kulturellen Herkunft.«

»Das ist alles?«

Michael dachte kurz nach. »Nein«, antwortete er dann ehrlich.

Dyson nickte. »Danke.«

»Du hättest dir über diese Rassengeschichte auch Sorgen gemacht.«

»Das habe ich.«

Michael seufzte.

»Du hast Recht, *Nkawu*. Es ist schwierig, erwachsen zu sein.«

Es war an der Zeit, England zu verlassen. Michael sah ihrer Abreise mit gemischten Gefühlen entgegen. Er konnte es kaum erwarten, nach Afrika zurückzukommen, aber er ließ so vieles von sich hier zurück.

»Wenn es zu Hause nicht so läuft, wie du es dir vorgestellt hast, kommst du dann wieder?«, fragte Claire.

»Ich höre, was du sagst, Mutter, aber ich glaube nicht. Dieser Ort ist mir zu zahm.«

Sie lächelte. »Ich hatte immer Angst, dass du zu wild aufwachsen würdest. In gewisser Weise bist du das wohl auch.« Sie umarmte ihn. »Aber es hat dir nicht geschadet. Ich bin sehr stolz auf dich.«

Er verließ England mit dem festen Versprechen, einmal im Jahr wiederzukommen.

In der Abfluglounge des Flughafens Heathrow kam zu seiner Überraschung Inspektor John Dyer auf ihn zu. »Verreisen Sie?«, fragte Michael.

»Nein. Ich habe gehört, dass Sie hier sind, und wollte Sie treffen.«

»Was kann ich für Sie tun?«

»Ich bin ein geduldiger Mensch, King. Das muss ich sein, denn mein Job verlangt es von mir. Aber ich muss wissen, was geschehen ist.«

»Möchten Sie, dass ich einen Mord gestehe?«

»Nein.«

»Was wäre, wenn ich Ihnen sagte, dass ich ihn getötet habe?«

»Ihre Sache, nicht meine. Südafrika fällt nicht in meine Zuständigkeit.«

»Jackson Mpande ist tot. Ein Nashorn hat ihn erwischt.« Ein Lächeln huschte über Michaels Gesicht. »Merkwürdig, wie sich die Dinge manchmal entwickeln.«

»Wissen Sie, was ich glaube, King? Ich glaube, es wird höchste Zeit, dass Sie Ihrem Schutzengel mal eine Ruhepause gönnen.«

Michael hatte Andrew gerade ins Bett gebracht, als es an der Tür klingelte. Er hatte niemanden erwartet, schon gar nicht Annie Devilliers. Sie hielt zwei Flaschen Rotwein in der Hand. »Sascha hat mir Ihre Adresse gegeben.«

»Ich frage nicht, wo er sie her hat.«

»Wonach riecht es hier?«

»Abendessen. Haben Sie Hunger?« Er trat zur Seite, und sie kam hinein.

»Ich bin fast verhungert. Wann sind Sie zurückgekommen?«

»Vor zwei Wochen.«

»Und warum haben Sie mich nicht angerufen?«

»Es gab keinen Grund.«

»Unsinn!«

»Okay, ich war mir nicht sicher, ob ich es tun sollte.«

»Ich habe damit gerechnet. Tja, nun bin ich da. Wie finden Sie das? Öffnen Sie eine von denen, ja?«

Er nahm ihr die Flaschen aus der Hand. »Wenn Sie es unbedingt wissen wollen, ich freue mich sehr, dass Sie hier sind.«

Sie folgte ihm zu einem Sideboard. »Sie würden bei so einer Frage niemals lügen, oder?«

»Ich belüge doch keine Lady.«

»Lady. Das gefällt mir.«

Michael öffnete eine der Weinflaschen. »Ich vermute, Sie brauchen sich nicht mehr zu verstecken?«

»Richtig. Haben Sie einen Aschenbecher?«

»Tut es auch eine Untertasse? In der Küche steht eine.« Er goss zwei Gläser Wein ein und reichte ihr eins. »Zum Wohl.«

Annie trank einen Schluck, stellte das Glas ab und zündete sich eine Zigarette an. »Nächste Woche höre ich auf.« Dann ging sie in die Küche und holte sich eine Untertasse.

Michael verzog das Gesicht. »Unsinn! Sie sind doch süchtig, Lady, machen Sie sich nichts vor.«

»Ich meine es ernst.« Sie brach in Tränen aus.

»Annie! Mein Gott, das tut mir Leid. Was ist denn los, warum sind Sie so bestürzt?«

»Ich bin nicht bestürzt.« Sie rieb sich die Augen.

Er drehte sie sanft zu sich. »Also, warum weinen Sie?«

Sie wich zurück, riss ihm das Taschentuch aus der Hand, das er ihr hinhielt, und drückte ihre kaum gerauchte Zigarette aus. Dann begann sie wie eine Tigerin im Käfig durchs Zimmer zu laufen. »Ich weiß es nicht. Woher soll ich das wissen?«

»Weil Sie die Psychiaterin sind«, meinte er seelenruhig.

Sie tupfte sich ihre feuchten Wangen trocken. »Ich weine«, sagte sie schließlich, »weil mir nicht nach Weinen zumute ist.«

Michael versuchte nicht zu lächeln, aber es gelang ihm nicht.

Sie sah sein Grinsen und versuchte, ihr eigenes zu verbergen. Sie bekam einen Schluckauf, dann lachte sie. »Sie müssen doch zugeben, das macht auf absurde Art Sinn.«

»Es ist wegen Sascha.«

»Er hat mir gesagt, ich soll gehen.« Ihre Stimme klang gekränkt. »Nur nicht in so vielen Worten. Dabei war Sascha für seine Verhältnisse äußerst beredt.«

»Annie, Sie brauchen mir nichts zu erklären.«

»Ich weiß das.« Sie runzelte die Stirn und erinnerte sich an das, was sie ihren Patienten immer sagte. »Ich muss nichts tun, was ich nicht tun möchte.«

»Dann erzählen Sie es mir nicht.«

»Aber ich möchte es Ihnen erzählen.«

»Annie, sind Sie okay?«

Sie starrte ihn an. »Nein«, erklärte sie schließlich. »Nein, ich bin nicht okay. Ich fühle mich in meinem Stolz verletzt.«

»Und das ist alles?«

Sie nickte. »Ich habe ihn nicht geliebt, ich glaube, ich habe ihn nie geliebt. Er war für mich als Psychiaterin eine Herausforderung, denn er ist der einzige Mensch, den ich kenne, der innerlich absolut kalt ist.«

Michael dachte an Saschas Angst, als er auf der Landmine gestanden hatte. An seine Worte, daran, dass er gesagt hatte, ein Mann wie er hätte nicht heiraten dürfen. Ein kalter Mann hätte so etwas nie gesagt. Sascha Devilliers hatte gewusst, dass er seine Frau unglücklich machte, und er liebte sie genug, um sie gehen zu lassen. Michael sagte nichts.

»Sind Sie schockiert?«

»Nein.«

»Ich schon.«

»Deshalb weinen Sie.«

Sie trank von ihrem Wein. »Ich werde für eine Weile fortgehen.«

»Das ist wahrscheinlich eine gute Idee.«

»Was werden Sie tun?«

»Eine Farm kaufen.«

»In Zululand?«

»Es ist meine Heimat.«

»Meine auch. Ich werde sie vermissen.« Sie rümpfte die Nase. »Irgendetwas verbrennt hier.«

Er konnte den Braten noch retten, aber die Erbsen waren hinüber. Annie machte rasch eine Soße, dann trugen sie ihr Essen auf Tabletts ins Wohnzimmer.

Sie blieb nicht lange. Als sie ging, sagte sie: »Haben Sie etwas dagegen, dass ich Sie besuche, wenn ich zurückkomme?«

»Wann wird das voraussichtlich sein?«

»Ich weiß es nicht. In einem Jahr. Vielleicht in zwei Jahren?«

Michael nickte. »Tun Sie es unbedingt.«

EPILOG

1999

Der Himmel glühte in feurigem Rot. Vom Haus aus konnte Michael das Prasseln der Flammen hören, die durch die Zuckerrohrfelder rasten. Normalerweise wäre er mit draußen gewesen, um zu helfen, aber seine Tochter hatte ihm unmissverständlich zu verstehen gegeben, dass sie durchaus in der Lage sei, diese Aufgabe allein, ohne ihren Vater, zu erledigen. Michael hatte die Zurechtweisung diplomatisch hingenommen; er war stolz, dass Tessa eine so gute Farmerin war, und froh, dass sie die Verantwortung übernahm. Außerdem fand er, dass er es mit einundsechzig Jahren verdient hatte, das Leben etwas leichter zu nehmen.

Manchmal, wenn er zurückblickte, was er in letzter Zeit häufiger tat, fragte er sich, wo die letzten dreißig Jahre geblieben waren.

Dreißig Jahre! Der junge Mann war alt geworden. Wehwehchen und kleinere Beschwerden kamen und gingen auf mysteriöse Weise. Es dauerte nun länger, bis er abends einschlief, und mit jedem Jahr schien er morgens früher aufzuwachen. Sein blondes Haar war weiß geworden, ebenso sein Schnauzbart. Körperlich war er zwar immer noch fit, aber seine athletische Figur hatte er schon vor Jahren gegen eine etwas rundere Lehnstuhl-Version eingetauscht.

Vor dreißig Jahren, als Michael mit seinem damals zweijährigen Sohn nach Afrika zurückgekehrt war, hatte er keine Ahnung gehabt, was das Leben für ihn bereithalten würde. Er hatte lediglich gewusst, dass er den Rest davon in Zululand verbringen wollte. Er verkaufte das Stadthaus in Johannesburg und fand eine Plantage in der Nähe von Amatikulu, etwa fünfzig Kilometer von dem Ort entfernt, wo er aufgewachsen war. Verglichen mit UBejane war die Farm klein, sie hatte weniger als 2.000 Hektar. Während er darauf wartete, dass die Formalitäten erledigt wurden, verbrachte er viel Zeit mit Jennifers Vater.

Erschüttert über den Tod seiner Frau, seiner Tochter und seines Enkels innerhalb eines einzigen Jahres, hatte Harold Bailey sich seinerzeit in die Farmarbeit gestürzt und praktisch alle technischen Neuheiten ausprobiert, die es auf dem Markt gab. Deshalb hatte er Michael auf den allerneusten Stand bringen können.

Die Zuckerrohrindustrie war heutzutage wesentlich weniger arbeitsintensiv. Durch die Einführung moderner Technologien konnten viele Arbeitsgänge, die früher per Hand verrichtet werden mussten, nun von Maschinen übernommen werden. Plantagenbesitzer waren in der Lage, höhere Erträge auf weniger Land zu erwirtschaften. Die Ära der riesigen Plantagen, die sich in Privatbesitz befanden, ging dem Ende zu. Michael war froh über die vielen Ratschläge seiner Schwiegervaters, schließlich hatte er fünfeinhalb Jahre lang keinerlei Berührung mehr mit dem Zuckerrohranbau gehabt. Begierig wartete er darauf, seinen neuen Besitz endlich übernehmen und die neuen Technologien anwenden zu können, die ihn so begeistert hatten.

Er und Andrew zogen Mitte der siebziger Jahre in ihr neues Heim. Es war ein großzügiges, im mediterranen Stil gebautes Backsteinhaus mit gefliestem Boden, großen Fenstern und runden Türdurchbrüchen. Die Möbel aus dem Johannesburger Haus wirkten in den großen Räumen verloren, und Michael hatte das Gefühl, sie würden in ihrem neuen Haus nur campieren. Er nahm sich vor, mehr Möbel zu kaufen, das Haus wohnlicher zu gestalten, aber er tat es nie. Es blieb ein Haus, kein Heim. Ohne Jennifer konnte es kein Heim werden.

Michael hatte das gesamte Personal des Vorbesitzers übernommen, dazu gehörte auch ein scheues Zulu-Mädchen namens Mirrit. Sie war für die Reinigung des Hauses und die Wäsche zuständig, aber sie war erst vierzehn und noch sehr unerfahren. Doch als sie und Andrew sich kennen lernten, funkte es sofort. Für Andrew war es Liebe auf den ersten Blick. Er betete sie an, und Mirrit wiederum vergötterte Andrew. Sie besaß unendliche Geduld, spielte mit ihm, las ihm in gebrochenem Englisch vor, schnallte ihn sich auf den Rücken und unternahm endlose Spaziergänge mit ihm. Die beiden wurden unzertrennlich, was Michael Gelegenheit gab, sich ganz auf die Plantage zu konzentrieren.

Wie sein Schwiegervater fand auch Michael Trost in der Arbeit, und schon bald blühte seine Plantage. Er freundete sich mit einigen Nachbarn an und entwickelte ganz langsam so etwas wie ein geselliges Leben. Den zweiten Todestag von Jennifer und Jeremy verbrachte er mit dem einzigen anderen Menschen auf dieser Welt, der so empfand wie er. Es war ein trauriger Abend für beide Männer.

Irgendwie war dieser Jahrestag schwieriger als der erste. Vor einem Jahr waren Michael und Andrew bei Harold Bailey zu Besuch gewesen, und Jennifers und Jeremys Tod war damals noch eine offene Wunde gewesen. Der erste Todestag war zwar bedeutsamer gewesen als die anderen Tage, hatte sich aber vom Rest des Jahres nicht so sehr unterschieden. Beide Männer hatten damals noch tief getrauert und keinen besonderen Schmerz empfunden, weil sie es gewohnt waren, Tag für Tag damit zu leben. Nun, nach zwei Jahren, wünschte sich keiner von ihnen, die schmerzhaften Erinnerungen zurückzuholen, aber sie wussten, dass sie keine andere Wahl hatten.

Der Prozess erschwerte sich noch dadurch, dass Andrew, der inzwischen dreieinhalb war, jedes Wort ihres Gesprächs verstand und eine Menge Fragen stellte – von denen einige fast zu schmerzlich waren, um sie zu beantworten.

»Großvater, war meine Mummy einmal dein kleines Mädchen, so wie ich Daddys kleiner Junge bin?«

Oder mit niederschmetternder kindlicher Logik: »Du stirbst doch zuerst, Großvater, oder? Wenn du dann Mummy und Jeremy triffst, bestellst du ihnen viele Grüße von mir?«

Harolds und Michaels Blicke trafen sich über Andrews Kopf. Könnten sie doch auch nur so pragmatisch sein!

Nach dem Abendessen, als Andrew auf dem Sofa eingeschlafen war, schlug Jennifers Vater vor, den Brandy mit auf die Veranda zu nehmen. Als sie in den komfortablen Ledersesseln saßen, kam Harold, der noch nie ein Blatt vor den Mund genommen hatte, sofort zur Sache.

»Ich finde, du solltest wieder heiraten.«

Michael hatte immer ein sehr gutes Verhältnis zu seinem Schwiegervater gehabt. Ihm war klar, dass es keinen Sinn machte, die Gefühle des alten Mannes zu schonen. »Noch nicht.«

»Nein. Es ist noch zu früh, das verstehe ich. Aber eines Tages wird dir eine Frau begegnen. Du wirst sie heiraten und noch ein paar Kinder bekommen.«

»Vielleicht. Aber ich habe es nicht eilig, Harold. Wenn es passiert, passiert es.«

»Versteh das alles nicht falsch, mein Sohn. Es ist nur so, dass Andrew der einzige Blutsverwandte ist, den ich noch habe. Ich habe mein Testament geändert. Wenn ich sterbe, wird Andrew meine Farm erben. Sollte er noch unter einundzwanzig sein, sollst du als Erbschaftsverwalter eingesetzt werden. Ich hoffe, du bist damit einverstanden. Es sollte immer alles an dich und Jen gehen, aber jetzt ... Nun, die Dinge ändern sich.«

»Ich finde, es ist eine großartige Idee. Andrew ist zu jung, um sich an Jennifer erinnern zu können. Das Erbe wäre eine wunderbare Verbindung zu ihr. Natürlich bin ich einverstanden, Harold.«

Michael war froh, als der Tag und der Abend zu Ende waren. Nun würde es wieder ein ganzes Jahr dauern, ehe er sich diesem Tag erneut stellen musste.

Annie Devilliers hielt Wort und kehrte nach achtzehn Monaten Globusumwanderung nach Südafrika zurück. An einem Sonntagmorgen tauchte sie auf der Plantage auf, in einem zerbeulten alten Jeep. »Sascha hat mir Ihre Adresse gegeben.«

Michael war längst nicht mehr überrascht, dass der Mann seine Spuren verfolgte. Er zeigte auf das Auto. »Wo haben Sie die alte Kiste her?«

»Durban. Ist sie nicht wunderbar?«

Er ging die Stufen hinunter, um Annie zu begrüßen. »Wie geht es Ihnen?« Er freute sich sehr, sie wiederzusehen.

Sie stand auf dem Rasen, die Hände in die Hüften gestemmt, und schaute ihm entgegen. Sie trug Jeans und ein weißes Männerhemd. Die Ärmel hatte sie hochgekrempelt und die unteren Enden um die Hüften geknotet. Auf dem Kopf trug sie eine Kappe, unter die sie ihr Haar geschoben hatte, doch einige Strähnen hatten sich gelöst. Sie waren noch immer so wild gelockt und widerspenstig wie früher. Sie war tief gebräunt, und das unglaubliche Violet ihrer Augen strahlte eine große Wärme aus. »Sie sehen gut aus.«

»Sie auch.« Er blieb dicht vor ihr stehen. »Sind Sie zurückgekommen, um zu bleiben?«

Sie nickte. »Ich überlege, eine Praxis in Empangeni zu eröffnen.«

Michael zog die Augenbrauen hoch. »Glauben Sie, da kriegen Sie viel zu tun?«

»Genug.« Sie drehte sich um und betrachtete die Plantage. »Gehört das alles Ihnen?«

»Hat Sascha Ihnen das nicht erzählt?«

Sie lächelte. »Also, ehrlich gesagt, doch.«

»Wie geht es ihm?«

»Er hat viel Arbeit. Lässt Sie grüßen.«

»Und Sie? Wie geht es Ihnen wirklich?«

»Gut.« Sie nahm ihre Kappe ab, schüttelte den Kopf und ihre Locken flogen. »Besser als gut. Wie ist es mit Ihnen?«

»Okay.« Er fühlte sich seltsam beschwingt, wusste aber nicht warum. »Hören Sie, das ist verrückt. Warum stehen wir hier in der Sonne herum? Kommen Sie herein. Möchten Sie etwas trinken?«

Sie blieb stehen. »Können wir offen reden?«

»Natürlich.«

»Ich meine, so richtig ehrlich. Geradeaus und raus mit der Sprache?«

»Lassen Sie es uns versuchen.«

»Gibt es jemanden in Ihrem Leben?«

»Nein.«

»Hätten Sie gern jemanden?«

»Vielleicht.«

»Sie machen es mir ziemlich schwer.«

»Geradeaus und heraus mit der Sprache. Das haben Sie doch gesagt, oder?«

»Okay.« Sie straffte die Schultern. »Wie wäre es mit mir?«

Er sah sie an. Sie wich nicht aus, schaute ihn ebenfalls nur an. »Die Vorstellung ist nicht ohne Reiz.« Er grinste, fühlte sich plötzlich noch beschwingter. »Sie reden nicht lange um den Brei herum, was? Schon mal etwas von weiblichem Schamgefühl gehört?«

Sie machte eine wegwerfende Handbewegung. »Dazu habe ich keine Zeit. Ich bin immerhin sechsunddreißig.«

»Sie sind ganz anders als Jennifer. Was ist, wenn es nicht funktioniert?«

»Ich will Sie ja nicht gleich heiraten. Wir könnten es ja erst einmal versuchen. Dann merken wir ja, ob es funktioniert oder nicht.«

Das machte Sinn. Michael streckte die Hand aus, und sie griff zu. »Unter einer Bedingung«, sagte er und führte sie zum Haus.

»Und die wäre?«

»Dass du deine blöde Psychiatrie für dich behältst.«

Sie senkte den Kopf, aber er sah, dass sie lächelte. »Ich werde mich bemühen.«

Im Haus drehte er sie zu sich herum. »Ich habe in letzter Zeit häufig an dich gedacht«, gestand er.

»Wo ist Andrew?«

»Auf einer Geburtstagsparty.«

»Gut.« Diese Augen sagten ihm, dass sie ihn wollte.

Ihr Liebespiel wurde zu einer zaghaften Reise. Sie hatten

beide Angst vor schmerzhaften Erinnerungen, die über sie hereinbrechen könnten. Ganz allmählich merkten sie, dass es nicht dazu kommen würde. Je mehr sie beide gaben, desto mehr bekamen sie voneinander, bis es schließlich keinen Grund mehr gab, Gespenster zu fürchten. Dann gab es nur noch sie beide.

Als sie anschließend eng aneinander geschmiegt lagen, war in Michaels Herz und Kopf nur noch Annie. Es tat so gut, sie neben sich zu spüren, Haut an Haut. Er hatte das Gefühl, zu geben und zu nehmen, zu teilen und zu vertrauen, so lange entbehren müssen. Er horchte in sich hinein, auf Schuldgefühle, aber es gab keine. Die Liebe zu Jennifer würde immer bestehen; sie war viel zu stark und zu fest gewesen, um je zu verblassen, aber, so stellte Michael fest, das Herz hatte viel Platz für Liebe.

Annie schien es ähnlich zu gehen. Sie lagen lange nebeneinander, ohne ein Wort zu sagen, im Frieden mit sich selbst und in gegenseitigem Frieden. Endlich regte sie sich und gab einen wohligen Laut von sich.

Er küsste sie auf die Schulter. »Ist die Zigarette danach nicht angeblich die beste?«

»Ich habe aufgehört.« Sie rollte sich zu ihm und schlang die Arme um ihn.

»Gut gemacht.« Er wollte sie wieder. »Wann?«

Sie liebkoste sein Ohr, heiße Schauer durchfuhren ihn. »Vor Ewigkeiten.«

Viel später stellte er die Frage noch einmal. »Wann?«

Sie sah ihn verschlagen an. »Heute Morgen.«

Sechs Monaten später heirateten sie.

Achtzehn Monate danach brachte Annie ihre Tochter zur Welt. Als Michael vorschlug, sie Tessa zu nennen, war sie sofort einverstanden.

Sie war, wie er anfangs gesagt hatte, ganz anders als Jennifer. Sie konnte schroff und abweisend sein, ungeduldig, und sie hasste Hausarbeit in jeder Form. Aber sie hatte viel Sinn für Humor, einen wachen Verstand und eine Menge künstlerische Kreativität, mit der sie das Haus in ein behagliches und schönes Heim verwandelte. Sie freundete sich rasch mit Andrew an. Michael liebte sie mit bedingungsloser Aufrichtigkeit und Loyalität. Sie weinte bei traurigen Filmen. Nach ihren Erfahrungen mit Sascha überraschte und beglückte sie Michaels offene Zuneigung immer wieder, und sie lernte, sie mit großer Freude zu erwidern.

Aber sie hatte gelogen, als sie behauptet hatte, mit dem Rauchen aufgehört zu haben. Es dauerte weitere elf Jahre, bis ihr das tatsächlich endlich gelang.

Michaels Gedanken kehrten in die Gegenwart zurück. Das Feld, das Tessa bearbeitet hatte, brannte und schien unter Kontrolle zu sein. Schon bald würde sie mit dem nächsten beginnen.

Schon als Tessa zehn gewesen war, war klar geworden, dass sie ebenso aufsässig und schwierig sein konnte wie ihre Namensvetterin. Puppen und hübsche Kleidchen waren nichts für sie. Cowboy-und-Indianer-Spiele gefielen ihr schon besser. Sie genoss die Gesellschaft von Mädchen und Jungen gleichermaßen. Als sie daher mit zehn Jahren verkündet hatte, sie würde gern Zuckerrohrfarmerin werden wie ihr Dad, hatte niemand daran gezweifelt, dass sie es ernst meinte. Michael hatte es ziemlich praktisch gefunden, und Annies einzige Bemerkung war gewesen: »Wenn es sie glücklich macht.« Sie war sehr stolz darauf, dass Tessa genug Selbstvertrauen besaß, ihren Kopf durchzusetzen, und sie sagte einmal: »Es erfordert viel Mut, wenn ein Kind beschließt, einen eigenen Weg zu gehen.«

Michael, der Annies tiefes Verständnis für die menschliche Seele inzwischen bewunderte, hätte ihr gern zugestimmt. Aber er musste an ein anderes Kind namens Tessa denken.

Seine Tochter hatte die Schule beendet und danach an einem College Landwirtschaft studiert. Und nun führte sie die Farm so gut wie eigenständig. Sie war mit dem einzigen Jungen verlobt, den sie je angeschaut hatte. Mit sechs hatte sie ihren Eltern feierlich verkündet, dass sie Nick Kelsall heiraten würde. »Aber erst in ein paar Jahren«, hatte sie hinzugefügt. Nick wusste nichts von ihren Plänen, aber schließlich war er damals auch erst acht.

Nicks Eltern waren Freunde von Annie und Michael, ihre Ländereien grenzten aneinander. Michael hatte keinen Zweifel daran, dass es eines Tages zu einem einzigen Anwesen vereinigt werden würden.

Andrew zeigte trotz großväterlicher Erbmasse kein Interesse an der Landwirtschaft. Er war Grafiker und lebte und arbeitete in Johannesburg, wo er ein Stadtmädchen geheiratet hatte. Als klar geworden war, dass wenig Aussicht bestand, dass Andrew seine Farm weiterführen würde, hatte Harold Bailey sehr diplomatisch reagiert. »Es liegt bei dir, was du tust, mein Junge. Wenn ich einmal nicht mehr bin, spielt es keine Rolle, was aus diesem Anwesen wird.«

Aber Andrew wusste genau, wie sehr der alte Mann seine Farm liebte. »Du wirst noch lange bei uns bleiben, Großvater. Mach dir keine Sorgen, ich werde sie nicht verkaufen. Ich werde mir einen guten Verwalter suchen. Dad wird mir sicher helfen. Und wer weiß, vielleicht ende ich eines Tages doch noch als Farmer.«

Im Moment gab es allerdings keinerlei Anzeichen dafür. Nachdem der alte Mann verstorben war, hatte Andrew den besten Verwalter eingestellt, den es gab – trotz ernsthafter Warnungen vieler, die fanden, man könnte keinem Inder trauen. Balram.

Im zweiten Feld züngelten die ersten Flammen, dann erwachte es laut prasselnd zum Leben. Michael kehrte zu seinen Erinnerungen zurück.

Sally hatte inzwischen drei erwachsene Kinder: Dominique, die eine sehr begabte Textildesignerin geworden war; Pascale, die einen journalistischen Beruf ergriffen hatte, und schließlich einen Sohn, Charles, ein einst brillanter junger Wissenschaftler, der irgendwann an der Universität ausgebrochen und drogensüchtig geworden war. Er befand sich inzwischen auf dem langen Weg der Genesung. Aber die schweren Drogen, mit denen er seinen Körper zu lange malträtiert hatte, hatten seiner Konzentrationsfähigkeit sehr geschadet. Im Augenblick baute er in einer Spezialwerkstatt einfache Holzspielzeuge zusammen. Sally ertrug das Schicksal ihres Sohnes mit derselben ruhigen Gelassenheit, die auch Claire damals so ausgezeichnet hatte.

Sie war in der unbarmherzigen Welt des Modedesigns recht erfolgreich und hatte sich ein eigenes Label geschaffen, das in Frankreich und England sehr geschätzt wurde.

Gregor war seinem Herzenswunsch gefolgt und ans Theater gegangen. Er war inzwischen ein etablierter Bühnenschauspieler in Großbritannien, der häufig Gastspiele in Amerika gab. Er hatte ein Model geheiratet, und sie hatten einen gemeinsamen Sohn, Sean. Als seine Frau nach einer plötzlichen Gehirnblutung im Alter von einundzwanzig Jahren verstarb, brach es Gregor das Herz. Seither hatte er keinerlei Ambitionen gezeigt, noch einmal zu heiraten.

Um ihn ein wenig von seinem Schmerz abzulenken, nahm Claire wenige Monate nach der Tragödie Sean zu sich, damit Gregor und Sally gemeinsam nach Südafrika reisen konnten. Sie fanden das Land, in dem die geboren waren, so verändert vor, dass sie sich beide bei ihrer Abreise schworen, nie wieder dorthin zurückzukehren.

In den siebziger Jahren, als die Apartheid trotz zunehmenden Widerstands weiter praktiziert wurde, begegnete man der Gewalt schließlich mit offenem Widerstand und mit Gegengewalt. In der Mitte des Jahrzehnts erweckte Prinz Mangosuthu Buthelezi die Inkatha-Bewegung zu neuem Leben, der sich beinahe jeder Zulu aus Natal anschloss. Am 16. Juni 1976 wurden Studenten, die in dem afrikanischen Township Soweto vor den Toren von Johannesburg dagegen demonstrierten, zwangsweise Afrikaans lernen zu müssen, von Polizeikugeln niedergestreckt. In Soweto brach die Hölle los. Innerhalb eines Jahres waren 700 afrikanische Kinder und Jugendliche getötet worden. Dies hatte eine Protestwelle ausgelöst, die sich rasch über das gesamte Land ausgebreitet hatte. Jungen und Mädchen wurden offen dazu angehalten, sich dem System zu widersetzen. Sie kamen dieser Aufforderung nach. Weitere Ermordungen folgten. Protestmärsche weiteten sich bald zu anderen Formen des Widerstands aus. In einem Versuch, die Wirtschaft des Landes nachhaltig zu zerstören, wurde zu Arbeitsniederlegungen aufgerufen. Zugewanderte Zulu, die in Soweto in Pensionen lebten, beachteten die Streikaufrufe nicht und wurden angegriffen, als sie von der Arbeit zurückkamen. Dieses Ereignis markierte den Beginn eines offenen Krieges zwischen Zulu und allen anderen afrikanischen Rassen in Südafrika.

Zu Beginn der achtziger Jahre kam es zum Bruch zwischen Buthelezi und dem Afrikanischen Nationalkongress, der weitreichende Folgen für das ohnehin von Kriegen zerrissene Südafrika haben sollte. Mitte der achtziger Jahre begannen die internationalen Sanktionen schwere Schäden zu hinterlassen. Die Inkatha-Bewegung verlor erneut an Glaubwürdigkeit. Wegen Buthelezis Streitigkeiten mit dem ANC bemühte sich eine neu formierte Ersatzpartei, die Vereinigte Demokratische Front, gemeinsam mit Inkatha um Anhänger, und regelmäßige Straßenschlachten zwischen den beiden Gruppierungen gehörten nun zur Tagesordnung. Das Undenkbare geschah: Zulu kämpften gegen Zulu. Und niemand blieb davon verschont.

In Kwa-Mashu öffnete Wilson Mpande eines Abends auf ein Klopfen hin die Tür und wurde ins Freie gezerrt. Er musste geahnt haben, was ihn erwartete, aber das hinderte ihn nicht daran, seinen Prinzipien treu zu bleiben. Als Wilson sich der Aufforderung der Meute, von Inkatha zur Vereinigten Demokratischen Front überzutreten, widersetzte, hängte man ihm einen mit Benzin getränkten Autoreifen um den Hals und zündete ihn an. Dieser ›Halskrausen‹-Mord war nichts weiter als ein weiterer Todesfall in einem Land, in dem jedes Jahr Tausende ihr Leben ließen.

Michael hatte von dem Halskrausen-Mord in Kwa-Mashu gehört, kam aber gar nicht auf die Idee, es könnte sich dabei um Wilson gehandelt haben. Erst als eine völlig gebrochene Nandi von ihrem jüngsten Sohn zu seinem Haus geführt wurde, erfasste er die schrechliche Tatsache. Ihm fiel die unangenehme Aufgabe zu, Dyson vom Tod seines Vaters zu unterrichten. Auch wenn die brutalen Nachrichten seinen alten Freund sehr erschütterten, fanden er und seine Mutter doch einen gewissen Trost darin, fast eine

Stunde lang zusammen zu telefonieren, nachdem sie fast fünfundzwanzig Jahre kein Wort miteinander gewechselt hatten.

Die Gewalt in Südafrika eskalierte weiter. Die Wirtschaft lag am Boden, im ganzen Land herrschte Chaos. Dann erklärte Präsident Fredrik de Klerk nach sechsmonatiger Amtszeit das Verbot des ANC für aufgehoben und versprach die Befreiung Nelson Mandelas. Neun Tage später sah die Welt zu, wie der große politische Gefangene, den man 27 Jahre lang nicht gesehen hatte, in die Freiheit trat.

Viele Menschen, auch Michael, glaubten, dass damit das Schlimmste überstanden sei. Leider war es das nicht. Die Zulu wurden zersplittert. Die Konservativen unter ihnen folgten Buthelezi und seiner Inkatha, während die Gebildeten sich dem Afrikanischen Nationalkongress und seiner Forderung nach einer Stimme für alle Schwarzen anschlossen. Innerhalb des ANC formierte sich eine radikale Gruppierung, die die Auseinandersetzung mit der Inkatha fortsetzte. Und eine ›dritte Kraft‹ aus Polizisten und Militäroffizieren wurde offiziell dazu ermuntert, die Gewalt zu verschärfen. Diese ›dritte Kraft‹, so erzählte man, wäre von der ausscheidenden Nationalpartei gebildet worden.

Claire Dawson, inzwischen achtzigjährig und auf eine Gehhilfe angewiesen, drängte Michael immer häufiger, alles zu verkaufen und nach England zu kommen. Michael und Annie hatten ein paarmal darüber gesprochen, waren aber immer nur zu einem Schluss gekommen. Afrika war ihre Heimat. Doch als Claire ihm in einem Brief kürzlich schrieb, »Welche Chance haben die Zulu denn? Sie können sich nicht vereinen. Sie haben den Blick auf ihre Ziele verloren.

Ich fürchte, das bedeutet ihr Ende«, musste Michael ihr Recht geben. Ebenso wie der achte König der Zulu, König Goodwill Zwelithini, der die Frage stellte: »Wenn Großbritannien sich im Krieg befände, würde sich das britische Volk unter ihrer Königin gegen den Feind verbünden. Wie könnten wir hier ein solches Problem jemals bewältigen, solange wir untereinander Feinde sind?«

Bei den ersten Wahlen für alle Rassen, die 1994 stattfanden, gewann die Inkatha eine Mehrheit in Kwa-Zulu-Natal, auch wenn der ANC in dem Gebiet nördlich des Tugela-Flusses Wahlbetrug witterte. Zugleich gewann die Inkatha zehn Prozent der Wählerstimmen für die Nationalversammlung. Die politische Gewalt hätte eigentlich beendet sein müssen. Stattdessen ging sie nicht nur weiter, sondern gebar einen unheilvollen Abkömmling. Drogenkriminalität. Das schreckliche Blutvergießen wurde fortgeführt, traf Weiße ebenso wie Schwarze. In Kwa-Zulu-Natal war es ebenso schlimm, wenn nicht schlimmer als anderswo im Land. Die Anzahl der Raubüberfälle schoss raketenartig in die Höhe. Erbeutet wurden in der Hauptsache Geld und Waffen, Vergewaltigungen waren nicht selten. Die Kriminaldelikte wurden vorwiegend von Angehörigen der Altersgruppe der Zwölf- bis Fünfundzwanzigjährigen begangen; die meisten von ihnen kaum zurechnungsfähig, weil sie unter Drogen standen.

Michael, dem das alles zuwider war, fühlte sich dazu gezwungen, seine Fenster und Türen zu vergittern, kugelsicheres Glas einzubauen und einbruchsichere Schlösser anzuschaffen. Annie schloss ihre Praxis in Empangeni. Es war zu gefährlich geworden, abends allein nach Hause zu fahren. Ältere Zulu, die sich an Zeiten erinnern konnten, als die Jungen die Älteren noch respektiert hatten, schüttelten die Köpfe über das, was geschah.

Farmer in abgelegenen Gegenden waren besonders betroffen, und überall im Land wurden private Sicherheitsdienste engagiert. Jeder besaß eine Gegensprechanlage, Mobiltelefone lagen ständig griffbereit. Auch Waffen waren immer in Reichweite. Dennoch gab es immer wieder Berichte über Morde in ländlichen Gegenden.

Nach Wilsons Ermordung versuchte Michael, Nandi davon zu überzeugen, auf seine Farm zu ziehen. »Bitte, Nandi. Sie wären dort viel sicherer.«

»Nein, Master Michael. Nirgends ist es sicher. Ich werde in meine Heimat zurückkehren.«

Sie ging zurück in das Bergdorf, wo sie aufgewachsen war und wo sie Wilson kennen gelernt hatte. Nach dem Tod ihrer Schwiegermutter wurde sie dort in die große Hütte der Matriarchin aufgenommen, wo sie zusammen mit allen Vorfahren Wilsons lebte. Im Laufe der Jahre hatte sich das Dorf verändert, so wie sich alles verändert hatte, aber wegen seiner Abgeschiedenheit hatte das Leben dennoch viel Ähnlichkeit mit früher. Ihre beiden jüngsten Kinder, die inzwischen verheiratet waren und eine eigene Familie gegründet hatten, folgten ihr. Wie die meisten anständigen Menschen hatten sie genug von den Gewalttätigkeiten und der ständigen Angst, ihre eigenen Kinder könnten darin verstrickt werden.

»Wann hört das endlich auf?«, fragte Dyson Michael verzweifelt.

Er war 1990 zurückgekehrt, zwei Wochen nachdem das Verbot des ANC aufgehoben worden war. Niemand hatte gewusst, dass er kommen würde. Michael war eines Tages von den Feldern nach Hause gekommen, und sein alter

Freund hatte auf der Veranda gesessen und auf ihn gewartet.

»Dyson!«, brüllte Michael.

Dyson sprang auf und grinste triumphierend. Sie hatten sich zwar regelmäßig gesehen, wenn Annie und Michael mit den Kindern in England waren, aber hier war das etwas anderes. Hier war es richtig.

Sie benahmen sich wie die Kinder, boxten sich gegenseitig und versuchten zu ringen, bis einer von ihnen am Boden lag. Sie waren beide außer Atem, als sie schließlich aufhörten.

»Wir werden alt«, stellte Dyson fest. Er war nun zweiundfünfzig und hatte dreißig Jahre im Exil gelebt.

»Bist du zurückgekommen, um für immer zu bleiben?«

»Ja. Ich werde nie wieder fortgehen.«

»Suchst du einen Job?«

Dyson schüttelte den Kopf. »Ich werde in das Dorf meines Vaters zurückgehen. Ich werde nach alter Zulu-Tradition leben. Ich möchte mit dem Neuen nichts mehr zu tun haben. Ich werde mir eine Frau suchen, Kinder haben und Vieh züchten. Ich werde die frische Luft einatmen, zu den Rhythmen Afrikas tanzen, spüren, wie mir die Sonne den Rücken verbrennt, und nichts als Zulu sprechen. Und du, *Nkawu*, wirst mir jederzeit willkommen sein.«

»Du wirst es irgendwann satt sein.«

»Ich werde es nie satt sein.«

Und so war es, auch wenn er sein Dorf noch einmal verlassen musste. Das Erste, was Dyson nach seiner Rückkehr und der Begrüßung seiner Mutter unternommen hatte, war ein Besuch bei der *sangoma*. Sie sagte ihm, was er bereits wusste. »Du bist nach Hause zurückgekehrt.« Aber dann fügte sie hinzu: »Es wird welche geben, die deine Worte hören werden. Die Zeit wird kommen, wenn große Fehler richtig gestellt werden.«

Im Jahre 1996 unternahm das südafrikanische Regime die größte Säuberungsaktion, die es je auf der Welt gegeben hatte. Die Untersuchungskommission, der unter anderem der Nobelpreisträger von 1985, Bischof Desmond Mpilo Tutu vorstand, wurde Wahrheits- und Versöhnungskommission genannt. Ihr erklärtes Ziel war es, zu lernen, nicht zu urteilen. Geschichten, die jahrzehntelang verschwiegen worden waren, rührten Bischof Tutu bei mehr als nur einer Gelegenheit zu Tränen. Jeder, der unter den Auswirkungen der Apartheid gelitten hatte oder für das Leiden verantwortlich gewesen war – ob es sich um Freiheitskämpfer handelte, südafrikanische Sicherheitsbeamten, Mitglieder des ANC, der Inkatha oder der Vereinigten Demokratischen Front, Angehörige der Afrikaner-Widerstandsbewegung von Eugene Terre Blanches, Mitglieder der Nationalpartei, ehemalige Angestellte des Amtes für Staatssicherheit oder Anhänger der Umkhonto we Sizwe –, alle wurden vor diese Kommission berufen. Auch Dyson Mpande und Sascha Devilliers machten ihre Aussage.

Michael, der den Prozess in den Medien verfolgte, fand es schwer verständlich, wie so viele Menschen mit so vielen unterschiedlichen Meinungen so vieles falsch machen konnten. Niemand war ohne Schuld. Keine Gruppierung konnte es sich leisten, mit dem Finger auf eine andere zu zeigen. Die unschuldigen Opfer, einfache afrikanische Männer, Frauen und Kinder, die die eine oder andere Form der Grausamkeit ertragen hatten, erzählten Geschichten über bislang unvorstellbare Qualen und Leiden. Südafrika hätte vor Scham zugrunde gehen müssen. Und es schien, als würden einige durchaus Zeichen der Reue zeigen, während andere viel zu beschäftigt waren, um ihre Taten zu rechtfertigen.

Dyson machte zwei Mal eine Aussage: zu seiner Behandlung im Gefängnis und zu seiner Mitgliedschaft in der Umkhonto we Sizwe. Er war Opfer auf der einen Seite gewesen und Täter auf der anderen – ein typisches Beispiel für das komplexe Antlitz Südafrikas, das sich im Laufe der letzten fünfzig Jahre entwickelt hatte.

Sascha sprach sehr emotionslos über seine Arbeit und die Dinge, an die er glaubte. Ja, er stimme zu, dass das System keineswegs perfekt gewesen sei, keineswegs gerecht. Aber das habe ihn nicht interessiert. Er sei beauftragt gewesen, diejenigen, die sein Land unterwandern wollten, daran zu hindern. So einfach sei das.

Annie, die ihren Exmann im Fernsehen sah, meinte traurig: »Er ist wirklich ein Dinosaurier. Ein Relikt aus der Vergangenheit. Sieh ihn dir an. Stocksteif, steife Oberlippe, keine Entschuldigung, keine Empfindungen. Selbst wenn er der Meinung wäre, etwas falsch gemacht zu haben, würde er eher sterben als es zuzugeben. Für solche Menschen gibt es in dieser Welt keinen Platz mehr. Er tut mir Leid.«

Erneut eine ganz andere Facette der komplizierten Wirklichkeit Südafrikas.

Es musste besser werden. Südafrika musste das Ruder herumreißen. Aber wenn das Pendel so weit in die eine Richtung schwingt, muss es ebenso weit in die andere Richtung schwingen. Irgendwann würde es aufhören zu schwingen. Erst dann konnte man Frieden finden. Zumindest hoffte Michael das.

Michael hatte sich über das Spitzmaulnashorn-Projekt in Umfolozi immer auf dem Laufenden gehalten und das Reservat mehrmals im Jahr besucht. Durch ein gewachsenes Verständnis für die Bedürfnisse des Tieres, durch größere Sicherheitsmaßnahmen gegen Wilderer und einen Lebensraum, das dem Tier ideale Bedingungen bot, hatten sich die Bestände des Spitzmaulnashorns ein wenig erholt. Nicht nur in Umfolozi, in ganz Afrika vermehrte sich das Tier wieder und war von der *Roten Liste* gestrichen worden.

Annie kam auf die Veranda hinaus, wo Michael saß und nachdachte. »Kontrollierst du Tessa?«, fragte sie scherzend.

»Nein. Ich spinne nur ein bisschen vor mich hin.« Er lächelte sie an. Sie hatte sich die langen blonden Locken sofort abschneiden lassen, als sie das erste graue Haare entdeckt hatte. Sie brauchte inzwischen eine Lesebrille, die sie, wenn sie sie nicht benutzte, an einer Kette um den Hals trug. Das Violett ihrer Augen war ein wenig blasser geworden, aber ihre wunderschöne Farbe ließ noch immer viele jüngere Frauen vor Neid erblassen. Sie war ein wenig rundlicher geworden, ein wenig langsamer, aber sie fluchte noch immer wie ein Bierkutscher und redete nicht lange um die Dinge herum. »Du bist wunderschön«, gestand Michael ihr liebevoll.

»Du brauchst eine Brille, du dummer alter Kerl«, antwortete sie lachend. Aber ihre Augen waren ganz weich, und sie legte eine Hand auf seine Schulter und drückte sie. »Möchtest du einen Drink?«

»Gern.«

Nachdem sie wieder ins Haus gegangen war, schüttelte Michael seine Erinnerungen von sich. Aber einen letzten ironischen Gedanken gönnte er sich noch. Sein Leben lang waren ihm drei Dinge wichtig gewesen: sein Respekt vor den Zulu und die Überzeugung, dass sie einen eigenen, unabhängigen Lebensraum brauchten; seine Liebe zu Südafrika und der Wunsch, dass alles, was an seinem System falsch war, richtig werden würde. Und seine Sorge um die Beinahe-Ausrottung des Spitzmaulnashorns.

Da wurde ihm klar, dass der einzige Gewinner, so weit er das sehen konnte, das Spitzmaulnashorn war.

»Temporeich, witzig und unwiderstehlich.«
Cosmopolitan

Lizzie Jordan blickt freudig der Zukunft entgegen: Sie erwartet eine glanzvolle Karriere an einem Londoner Theater und freut sich darauf, bald Mrs. Adams zu werden. Ja, Lizzie weiß, was die Zukunft ihr bringen wird. Sie glaubte es zumindest ... Einen Monat später lebt sie als Single in einer gammeligen WG in Venice Beach, Kalifornien, jobbt als Kellnerin in einer Transvestitenbar und hat das erste Engagement – allerdings nicht an einem Theater: Sie gibt vor, die Verlobte eines bekannten Regisseurs zu sein, der eigentlich schwul ist, aber seiner im Sterben liegenden Mutter eine letzte Freude machen will. Doch die Aussicht auf eine baldige Hochzeit ihres Sohnes und Enkelkinder lässt die alte Dame auf wundersame Weise wieder genesen ...

ISBN 3-404-15078-3

BASTEI LÜBBE